HEYNE BÜCHER

Fantasy

Herausgegeben von Friedel Wahren

Von JENNIFER ROBERSON erschienen in der Reihe
HEYNE SCIENCE FICTION & FANTASY:

Der Schwerttänzer-Zyklus

Schwerttänzer · 06/5072
Schwertsänger · 06/5073
Schwertmeister · 06/5074
Schwertmagier · 06/5178

Der Cheysuli-Zyklus

Wolfsmagie · 06/5671
Das Lied von Homana · 06/5672
Das Vermächtnis des Schwerts · 06/5673 (in Vorb.)
Die Fährte des weißen Wolfs · 06/5674 (in Vorb.)
Die Ehre der Prinzen · 06/5675 (in Vorb.)
Die Tochter des Löwen · 06/5876 (in Vorb.)
Der Flug des Raben · 06/5877 (in Vorb.)
Ein Gobelin mit Löwen · 06/5878 (in Vorb.)
Löwenmagie · 06/5879 (in Vorb.)

Für Marion Zimmer Bradley,
für Tagträume und Wirklichkeiten
und
Betsy Wollheim,
die meine Tagträume und Wirklichkeiten
verbessert hat

Ozean von Thule
algaard
Atvia
Andemir
Rondule
Kilore
Homana
Erinn
Mujhara
Lestra
Idrianischer Ozean
Solinde
Hondarth
N
Kristallinsel

Bortall
Rheghed
Falia
Ellas
Die Einöden
Tessalay
Meer von Septre
Nona
Caledon

Teil I

Kapitel Eins

Ich versuchte den Sturm zu durchdringen und Finn zu erkennen. Er ritt vor mir auf einem kleinen Steppenpony, das meinem sehr ähnlich war, obwohl es braun statt rötlich und kaum mehr als ein unbestimmbarer dunkler Fleck im umherwirbelnden Schnee war. Der Wind schlug mir ins Gesicht. Finn würde mich nicht hören, es sei denn, ich schrie gegen den Wind an. Ich zog die wärmenden Tücher von meinem Gesicht und zuckte zusammen, als der scharfe Wind Eiskristalle gegen meinen Bart blies. Dann rief ich Finn, der im Exil mein Freund geworden war, meine Frage zu.

»Kannst du etwas erkennen?«

Der unbestimmbare Fleck wurde erkennbarer, als sich Finn im Sattel umwandte. Er war genau wie ich dick in Leder, Stoffe und Felle gehüllt und trug eine Kapuze, wobei er unter all den Schichten kaum noch als Mensch zu erkennen war. Aber Finn würde von den meisten auch gar nicht als Mensch bezeichnet werden, denn er war ein Cheysuli.

Er machte sein Gesicht ebenfalls frei. Anders als ich trug er keinen Bart, der ihn vielleicht versteckt hätte. Cheysuli haben keinen Bartwuchs. Irgend etwas in ihrem Blut verhinderte es, hatte Finn einmal gesagt. Aber dafür wuchs ihr Haupthaar äußerst üppig. Finn hatte dichtes schwarzes Haar, das in letzter Zeit nur ab und zu gekürzt worden war. Es flatterte im Wind und gab das sonnengebräunte Gesicht eines räuberischen Wesens frei.

»Ich habe Storr vorausgeschickt, damit er uns einen geschützten Platz sucht«, rief er zu mir zurück. »Wenn es in all dem Schnee einen solchen Platz gibt, wird er ihn finden.«

Mein Blick schweifte sofort zu den Pfotenabdrücken des Wolfs seitlich des schmalen Waldwegs, die parallel zu unseren Hufspuren verliefen und in dem umherwirbelnden Schnee und Wind nur kurz zu sehen waren. Große Abdrücke in gewaltigen Abständen, kaum mehr als Vertiefungen, die von Wind und Schnee schnell wieder zugeweht wurden. Aber sie zeigten dennoch den Weg, den Finns *Lir* genommen hatte. Und sie offenbarten Finn als besonderes Wesen, denn welcher Mann reitet schon mit einem Wolf an seiner Seite? Und noch genauer kennzeichneten sie *mich*, denn welcher Mann reitet schon mit einem Gestaltwandler an seiner Seite?

Finn ritt nicht sofort weiter. Er wartete ab und schwieg. Sein Gesicht stand noch immer im Wind. Während ich auf ihn zuritt, sah ich, wie er seine Augen zu schmalen Schlitzen verengte, so daß die Pupillen vor dem blendenden Weiß vollkommen schwarz wirkten. Aber die Iris seiner Augen war klar und unheimlich gelb. Nicht bernsteinfarben oder golden oder honigfarben. *Gelb.*

Die Menschen nannten sie Bestienaugen. Ich wußte aus gutem Grund, warum.

Ich zitterte, fluchte dann und versuchte das Eis aus meinem Bart zu kratzen. Wir hatten die letzte Zeit in der Wärme östlicher Länder verbracht. Es war ein seltsames Gefühl, fast wieder zu Hause zu sein und den Winter zu erleiden. Ich hatte vergessen, wie es war, so dick in Felle und Stoff und Leder gehüllt zu reiten.

Und doch hatte ich auch nichts vergessen. Besonders nicht, wer ich war.

Finn grinste, als er mein Zittern bemerkte, und lachte dann lautlos. »Bist du es bereits leid? Und wirst du deine Zeit mit Zittern und Klagen über den Sturm verbringen, wenn du erneut die Hallen und Gänge Homana-Muhjars beschreitest?«

»Wir haben Homana noch gar nicht wieder erreicht«, erinnerte ich ihn, denn mir mißfiel seine leichtfertige Bemerkung, »und erst recht noch nicht den Palast meines Onkels.«

»*Deinen* Palast.« Er betrachtete mich einen Augenblick ernst, wobei er mich an jemand anderen erinnerte: an seinen Bruder. »Zweifelst du? *Immer noch?* Ich dachte, du hättest das alles geklärt, als du beschlossen hast, es sei an der Zeit, aus dem Exil zurückzukehren.«

»Das stimmt.« Ich kratzte mit behandschuhten Fingern meinen Bart und befreite ihn einmal mehr von den kalten Kristallen. »Fünf Jahre im Exil sind für *jeden* Mann ausreichend und für einen Prinz schon zu lang. Es ist an der Zeit, meinen Thron von diesem solindischen Thronräuber zurückzufordern.«

Finn zuckte die Achseln. »Das wird dir gelingen. Die Prophezeiung der Erstgeborenen ist ziemlich eindeutig. Du wirst den Löwenthron von Bellam und seinem Ihlinizauberer zurückerobern und deinen Platz als Muhjar einnehmen.« Er streckte seine behandschuhte rechte Hand mit einer beredten Geste aus: die Finger gespreizt, die Handfläche aufwärts gewandt. *Tahlmorra.* Die Cheysuliphilosophie, nach der das Schicksal jedes Menschen in den Händen der Götter lag.

Nun, so sollte es sein. Solange die Götter mich anstatt Bellam zum König machten.

Der Pfeil schnitt durch den Sturm und versank tief in der Rippengegend von Finns Pferd. Das Tier schrie auf und sprang ruckartig zur Seite. Tiefe Schneeverwehungen verschlangen Beine und Bauch des Wallachs fast augenblicklich, er schlug um sich und ging dann zu Boden. Blut lief aus seinen Nüstern und der Wunde, spritzte auf den Schnee und färbte ihn hell karmesinrot.

Ich riß sofort mein Schwert aus der am Sattel befestigten Scheide. Ich wendete mein Pferd, fluchte und sah, wie Finn den Arm ausstreckte, während er von seinem stürzenden Pferd herabsprang. »Drei Angreifer … *jetzt*!«

Der erste Mann erreichte mich. Wir prallten aufeinander. Er trug ebenfalls ein Schwert, schwang es wie eine Sense, während er mir den Kopf abzuschlagen versuchte. Ich hörte die vertrauten Geräusche: das Pfeifen der durch die Luft schneidenden Klinge, das Schnauben des Pferdes, den zischend zwischen den Zähnen des Mannes hervordringenden Atem, während er vor Anstrengung knurrte. Ich hörte auch mein eigenes Zähneknirschen, während ich das schwere Breitschwert schwang. Ich spürte das befriedigende Erzittern der auf den Körper auftreffenden Klinge, obwohl die Winterfelle des Mannes den Aufprall des Schwertes dämpften. Dennoch genügte er – der Mann im Sattel schwankte, und sein Gegenschlag wurde geschwächt. Meine Klinge durchdrang langsam das Leder und schnitt dann schnell in die Haut ein. Noch ein durch den Ruck meiner Schulter verstärkter Stoß, und der Mann war tot.

Ich riß das Schwert sofort frei und wendete mein Pferd erneut, verfluchte seine geringe Größe und wünschte mir ein homanisches Streitroß, als dieses schwankte. Es war der Unauffälligkeit wegen ausgesucht worden, nicht wegen seines Kampfvermögens. Und jetzt mußte ich dafür bezahlen.

Ich suchte nach Finn, aber statt dessen sah ich den Wolf. Ich sah auch den mit weit geöffnetem Mund im Schnee verblutenden Mann. Der dritte und letzte Angreifer saß noch immer auf seinem Pferd, starrte entgeistert den Wolf an. Das war kein Wunder. Er war Zeuge eines Gestaltwandels gewesen, was genügte, um einen erwachsenen Mann vor Angst schreien zu lassen. Ich erschrak nur deshalb nicht, weil ich diesen Vorgang schon so viele Male gesehen hatte. Und doch fürchtete ich mich noch immer davor.

Es war ein großer rötlicher Wolf. Er sprang gerade in dem Augenblick los, als der Angreifer aufschrie und zu fliehen versuchte. Der Mann wurde aus dem Sattel gerissen und auf den Schnee geworfen, wo er schreiend die Arme hochriß, um seine Kehle zu schützen. Aber die Zähne hatten ihr Ziel bereits gefunden.

»Finn!« Ich schlug meinem Pferd mit der flachen Seite meiner Klinge auf den Rumpf, zwang es durch die tiefen Schneeverwehungen voran. »Finn«, sagte ich ruhiger, »es wird schwierig sein, einen toten Mann zu befragen.«

Der über der zitternden Gestalt stehende Wolf wandte den Kopf und sah mich an. Der feste Blick war zermürbend, denn es waren die Augen eines Menschen in dem rötlichen, schneebestäubten Kopf eines Wolfes.

Dann verschwamm die Wolfsgestalt. Sie verschmolz zu einer Leere, einem Nichts, das in den Augen und im Kopf schmerzte und meinen Magen sich wenden ließ. Nur die auf mich gerichteten Augen blieben die gleichen: tierhaft und gelb und seltsam. Die Augen eines Wahnsinnigen oder die Augen eines Cheysulikriegers.

Ich spürte ein mein Rückgrat hinablaufendes Kribbeln, obwohl ich es zu unterdrücken versuchte. Der sichtbare Eindruck verschwamm erneut, als die Leere schwand, aber dieses Mal wurde der schwache Umriß eines Menschen sichtbar. Kein Wolf mehr, sondern ein zweibeiniger, dunkelhäutiger Mann. Nicht menschlich, niemals menschlich. Etwas anderes. *Mehr.*

Ich beugte mich im Sattel vor und drängte mein Pferd vorwärts. Der kleine Wallach zögerte, denn er roch den Tod, aber schließlich trat er doch näher heran. Ich parierte ihn neben dem im tiefen Schnee auf dem Rücken liegenden Gefangenen, der mit geweiteten Augen den Mann anstarrte, der ein Wolf gewesen war.

»Du«, sagte ich und sah, wie er seinen Blick losriß und zu mir schaute. Ich konnte erkennen, daß er aufstehen wollte. Aber er hatte Angst und fühlte sich hilflos, wie er da im Schnee lag, und ich wollte, daß er es zeigte. »Sprich«, sagte ich zu ihm, »wer ist dein Herr?«

Er schwieg. Finn trat wortlos einen Schritt auf ihn zu. Da begann der Mann zu sprechen.

Ich zeigte meine Überraschung nicht. Der Mann sprach Homanisch, nicht Ellasisch. Ich hatte die Sprache fünf Jahre lang nicht mehr gehört, außer aus Finns Mund. Selbst jetzt hielten wir uns fast immer an die caledonesische und die ellasische Sprache. Und doch hörten wir hier in Ellas wieder Homanisch.

Er sah nicht Finn an, sondern mich. Ich erkannte die Angst. Und dann Scham und Zorn. »Welche Wahl hatte ich?« fragte er noch immer im Schnee liegend. »Ich habe eine Frau und eine Tochter und keine Möglichkeit, für sie zu sorgen. Keine Möglichkeit sie zu kleiden, zu ernähren, sie im Winter warm zu halten. Mein Grundstück ist verloren, weil ich die Pacht nicht mehr bezahlen konnte, da mein Geld im Krieg ausgegeben wurde. Meinen Sohn habe ich bei Prinz Fergus verloren. Soll ich meine Frau und meine Tochter verhungern lassen, weil ich nicht für sie sorgen kann? Soll ich meine Tochter an die Sittenlosigkeit von Bellams Hof verlieren?« Er sah mich aus feindseligen braunen Augen an. Sein Zorn wuchs während des Sprechens, und die Scham verging. Übrig blieben nur Feindseligkeit und Verzweiflung. »Ich hatte keine Wahl! Man hat mir gutes *Gold* geboten...«

Das Messer wand sich in meinem Bauch, obwohl es keine Klinge gab. »Blutiges Gold«, unterbrach ich ihn und wußte sehr wohl, was er sagen würde.

»Ja!« rief er. »Aber das ist es *wert*! Shaines Krieg hat mir nur einen toten Sohn und den Verlust meines Pachtgrundstücks eingebracht und meine Familie an den Bettelstab getrieben. Was soll ich sonst tun? Bellam bietet Gold – *blutiges Gold!* –, und ich nehme es an. Wir nehmen es alle an!«

»Alle?« wiederholte ich, und mir gefiel nicht, was ich hörte. Wenn mich ganz Homana meinem Feind für sein solindisches Gold übergeben wollte, war mein Leben verwirkt, bevor meine Aufgabe begonnen hatte.

»Ja!« rief er. »Alle! Und warum auch nicht? Sie sind Dämonen. Scheusale. *Bestien!*«

Der Wind drehte sich. Er wehte mir erneut Eis ins Gesicht, aber ich machte keinerlei Anstalten, mich davon zu befreien. Ich konnte es nicht tun. Ich konnte nur den Mann im Schnee anstarren, wie betäubt von seinen Geständnissen.

Und dann sah ich Finn an.

Er war genauso still wie ich. Schwieg. Starrte. Aber dann hob er langsam den Kopf und blickte mich an. Ich sah, wie sich seine Pupillen verengten, so daß das Gelb seiner Augen hervorstach wie ein Leuchtfeuer im Sturm. Gelbe Augen. Schwarzes Haar. Das von seinem linken Ohr herabhängende Gold, das vom Wind, der ihm das Haar aus dem Gesicht blies, freigelegt wurde. Sein fremdartiges Gesicht eines räuberischen Wesens.

Ich betrachtete ihn mit neuen Augen, wie ich ihn seit fünf Jahren nicht mehr betrachtet hatte, und erkannte, was er war. Ein Cheysuli. Ein Gestaltwandler. *Ein Mann, der willentlich die Gestalt eines Wolfs annahm.*

Und der Grund für den Angriff.

Ich war überhaupt nicht der Grund. Ich war unbedeutend. Der Gefangene wußte nicht, daß ihm mein Kopf, wenn er ihn Bellam überbrachte, mehr Gold einbringen würde, als er sich vorstellen konnte. Bei den Göttern, er wußte nicht einmal, wer ich war!

Bei anderer Gelegenheit hätte ich vielleicht über die Ironie dieser Geschichte gelacht. Hätte mich vielleicht über meine Eitelkeit amüsiert, weil ich glaubte, daß alle Welt mich und meinen Wert kennen müßte. Aber hier, an diesem Ort, war ich nicht wichtig. Finns Rasse war wichtig.

»Meinetwegen«, sagte er, mehr nicht.

Ich nickte. Die Erkenntnis verursachte mir Übelkeit, aber ich nickte. Die Schwierigkeit, der wir jetzt gegenüberstanden, schien unlösbarer denn je. Nicht nur, daß wir nach fünf Jahren Exil nach Hause, nach Homana, kamen, um ein Heer aufzustellen und den gestohlenen Thron zurückzufordern, sondern wir mußten dies auch noch angesichts homanischer Voreingenommenheit tun. Shaines Säuberung – die Cheysuli nennen sie *Qu'mahlin* – war kaum mehr als die hübsche Rache eines wahnsinnigen Königs, der damit nicht einmal etwas riskiert hatte.

Sie waren nicht gekommen, um mich zu töten oder auch nur gefangenzunehmen. Sie waren wegen Finn gekommen, weil er ein Cheysuli war.

»Was haben sie dir getan?« fragte ich. »Die Cheysuli. Was hat dieser Mann dir getan?«

Der Homaner sah einigermaßen erstaunt zu Finn hinauf. »Er ist ein Gestaltwandler!«

»Aber was hat er dir *getan*?« beharrte ich. »Hat er deinen Sohn getötet? Hat er dir deine Pacht genommen? Deine Tochter geschändet? Deine Familie an den Bettelstab gebracht?«

»Gib dir keine Mühe«, sagte Finn. »Man kann einen krumm gewachsenen Baum nicht geradebiegen.«

»Man kann ihn fällen«, erwiderte ich. »Ihn fällen und in Stücke hacken und verfeuern ...« Ich wollte noch mehr sagen, aber ich hielt inne. Ich sah sein Gesicht, den verschlossenen, nach innen gekehrten Ausdruck, und ich schwieg. Finn wollte nicht, daß jemand seinetwegen Zuneigung oder Zorn zeigte. Finn schlug seine eigenen Schlachten.

Und jetzt war diese Schlacht zu schlagen.

»Kann er bekehrt werden?« fragte ich. »Ich verstehe seine Not – ein verzweifelter Mann wird verzweifelte Dinge tun –, aber ich kann sein Ziel nicht gutheißen. Dringe in seinen Geist ein und bekehre ihn, damit er wieder nach Hause zurückkehren kann.«

Finn hob seine rechte Hand. Sie war leer. Aber ich sah, wie er die Finger zusammenpreßte, als umklammere er ein Messer. Er bat um meine Zustimmung. Er war der treue Gefolgsmann des Prinzen von Homana, und er bat darum, einen Tod zumessen zu dürfen.

»Nein«, sagte ich. »Dieses Mal nicht. Gebrauche statt dessen deine Magie!«

Der Mann im Schnee sank in sich zusammen. »Götter, nein! Nein! *Keine Magie …*«

»Halte ihn fest«, sagte ich ruhig, als er aufzuspringen und davonzulaufen versuchte.

Finn war sofort über ihm, aber er schlug ihn nicht. Er hielt ihn lediglich fest, drückte ihn kniend in den Schnee, einen Arm um die Kehle des anderen gelegt – die andere umfaßte seinen Kopf. Eine Drehung, und es wäre vorbei gewesen.

»Gnade!« schrie der todgeweihte Mann. Und ich hätte ihn, wenn möglich, leben lassen.

Finn würde nicht erneut bitten. Er erkannte meine Entscheidung an. Ich sah, wie sich seine Hand um den Kopf des Homaners anspannte, und sah Entsetzen in den braunen Augen aufsteigen, dann Leere, und ich wußte, daß Finn in ihn eingedrungen war und das tat, was ich ihm befohlen hatte.

Man sieht es in den Augen. Ich habe es in den Gesichtern und Augen anderer gesehen, bei denen Finn seine Magie angewendet hatte. Aber ich habe es auch jedes Mal an Finns Augen gesehen: die vollständige Versenkung seiner Seele, wenn er die Gabe, zwingen zu können, anrührte und sie auf andere richtete. Er ging fort, obwohl sein Körper blieb. Derjenige, der Finn gewesen war, befand sich anderswo. Er war Nicht-Finn. Er war weniger und furchteinflößend mehr zugleich. Er war kein Mensch, kein Tier, kein Gott. Etwas … frei von allem.

Der Mann schwankte und sackte zusammen, aber er fiel nicht hin. Finns Arm blieb um seine Kehle geschlossen. Seine Hand lag nach wie vor am Schädel des Gefangenen, aber er drückte nicht zu. Finn brach ihm nicht das Genick. Er wartete ab.

Finn zuckte und wand sich. Die natürliche Sonnenbräune seines Gesichts war plötzlich verschwunden. Er war totenblaß, ganz grau und elfenbeinfarben, und die

Augen waren leer. Ich sah, wie sein Mund erschlaffte, und hörte das Röcheln in seiner Kehle. Und dann, bevor ich etwas sagen konnte, brach er dem Mann das Genick und warf den Körper auf den Boden.

»Finn!« Ich sprang sofort von meinem Pferd herab, stieß meine Schwertklinge in den Schnee. Ich ließ sie dort, trat zu Finn und streckte die Hand aus, um soviel von seiner Leder- und Fellkleidung zu ergreifen wie möglich. »Finn, du solltest ihn *bekehren*, nicht töten ...«

Aber Finn entzog sich mir, wankte über den Schnee davon, und ich wußte, daß er mich nicht gehört hatte. Er war nicht er selbst. Er war noch immer ... anderswo.

»Finn.« Ich ergriff seinen Arm und hielt ihn fest. Sogar unter der dicken Schicht von Winterfellen konnte ich die Anspannung darin spüren. Er war noch immer sehr blaß. Seine Pupillen schienen nur Punkte in einer vollkommen gelben Leere. *»Finn ...«*

Er zuckte erneut und war dann wieder da. Er wandte den Kopf, um mich anzusehen, und bemerkte erst dann, daß ich seinen Arm festhielt. Ich ließ ihn sofort los, denn ich merkte, daß er inzwischen wieder er selbst geworden war, aber ich entspannte mich noch nicht. Nur weil er Finn war, hatte ich mein Schwert zurückgelassen.

Er schaute an mir vorbei auf den Körper im Schnee. *»Tynstar«,* sagte er. »Ich habe ... *Tynstar* berührt.«

Ich starrte ihn an. *»Wie?«*

Er runzelte die Stirn und fuhr sich mit einem Unterarm über die Stirn, als schwitze er. Aber sein Gesicht war schneebestäubt, und er zitterte vor Kälte. Nur einmal, aber das zeigte seine Verwirrung und seltsame Verletzlichkeit. »Er war ... *dort*. Wie ein Netz, weich, aber klebrig ... und unzerreißbar.« Er schüttelte sich, wie ein Hund, der Wasser abschüttelt.

»Aber ... wenn er und die anderen Cheysuli gejagt haben und nicht den Prinzen von Homana ...« Ich hielt einen Augenblick inne. »Würde sich Tynstar in das *Qu'mahlin* einmischen?«

»Tynstar würde sich in alles einmischen. Er ist ein Ihlini.«

Ich mußte fast lächeln. Aber ich tat es nicht, weil ich über Tynstar nachdachte. Tynstar, genannt der Ihlini, regierte (wenn dies das zutreffende Wort ist) das Volk der solindischen Magier. Die Cheysuli waren die magische Rasse Homanas und die Ihlini diejenige von Solinde. Aber letztere waren bösartig und handelten nach den Geboten der der Unterwelt dienenden Dämonen. Es war nichts Gutes an den Ihlini. Sie wollten Homana und hatten Bellam geholfen, es zu erobern.

»Also weiß er nicht, daß wir hier sind«, sagte ich noch immer nachdenklich.

»Wir befinden uns in Ellas«, erinnerte Finn mich. »Homana liegt, je nach Wetterlage, nur einen oder zwei Tage entfernt, und ich zweifle nicht daran, daß Bellam Spione an den Grenzen hat. Es ist gut möglich, daß diese Männer geschickt wurden, um Cheysuli gefangenzunehmen ...« Er runzelte die Stirn, und ich wußte, daß er sich fragte, welche Beweise Bellam für die Tötung eines Cheysuli verlangte – vielleicht den Ohrring, vielleicht auch die Armreife »... aber vielleicht haben sie auch nach Homanas im Exil lebenden Prinzen gesucht.« Er runzelte erneut die Stirn. »Ich weiß es nicht sicher. Ich hatte keine Zeit, seine Absichten zu erfahren.«

»Und jetzt ist es zu spät.«

Finn sah mich offen an. »Wenn sich Tynstar mit Homanern einläßt und sie gegen die Cheysuli aussendet, dann müssen sie getötet werden.« Er betrachtete erneut den Körper. Dann schwenkte sein Blick zu mir zurück. »Es ist Teil meines Dienstes, dein Leben zu schützen. Kann ich nicht dasselbe für mich tun?«

Dieses Mal betrachtete ich den Körper. »Ja«, sagte ich schließlich rauh, wandte mich um und nahm mein Schwert an mich.

Finn trat zu seinem toten Pferd und nahm ihm die Satteltaschen ab. Ich bestieg mein Pferd und ließ das

Schwert wieder in die Scheide gleiten, nachdem ich mich versichert hatte, daß die Klinge frei von Blut war. Im weißen Licht des Sturms schimmerten die alten Runen silbern. Cheysulirunen in der mir unbekannten Alten Sprache. Ein Cheysulischwert für einen homanischen Prinzen. Aber das war nur ein weiterer Punkt der Prophezeiung: Eines Tages würde ein Mann aller Rassen vier kriegführende Reiche und zwei magische Völker in Frieden vereinen. Vielleicht wäre es dann nicht mehr ein Cheysulischwert in Händen eines homanischen Prinzen. Es wäre lediglich ein Schwert in Händen eines Königs.

Aber bis dahin würde das goldene Heft mit dem wilden, königlichen Löwen und dem riesigen strahlenden Rubin in dem gezackten Knauf unter Lederschichten verborgen bleiben. Zumindest bis ich den Löwenthron zurückfordern und Homana befreien konnte.

»Steig auf«, sagte ich zu Finn. »Du kannst in diesem hohen Schnee nicht laufen.«

Er reichte seine Satteltaschen hinauf, machte aber keinerlei Anstalten, hinter mir aufzusteigen. »Dein Pferd trägt so genug Gewicht.« Er grinste. »Ich werde als Wolf weiterziehen.«

»Wenn Storr zu weit voraus ist...« Ich hielt inne. Obwohl ein Gestaltwandel von der Entfernung zwischen Krieger und *Lir* abhing, war offensichtlich, daß es dieses Mal keine Beeinträchtigung gab. Der seltsam losgelöste Ausdruck, den ich so gut kannte, überzog erneut Finns Gesicht. Kurze Zeit verharrte sein Körper noch neben meinem Pferd, aber sein Geist schon nicht mehr. Er war anderswo, antwortete einem zwingenden Ruf, die Augen nach innen gerichtet, ausdruckslos und leer, als führe er eine Unterhaltung mit etwas – oder *jemandem* –, die niemand sonst hören konnte.

Und dann war er wieder da, grinste sichtlich erfreut, und der Angriff auf uns beide war vergessen. »Storr sagt, er habe ein Wirtshaus für uns gefunden.«

»Wie weit entfernt?«

»Eine Meile, vielleicht etwas mehr. Nah genug, denke ich, nach zwei Tagen ohne Dach über dem Kopf.« Er fuhr sich mit einer Hand durch sein schwarzes Haar und befreite es von dem pulverartigen Schnee. »Die *Lir*-gestalt bietet große Vorteile, Carillon. Ich werde schneller sein – und es sicherlich *wärmer* haben – als du.«

Ich beachtete ihn nicht. Mehr konnte ich niemals tun. Ich führte mein Pferd auf den Weg zurück und ritt weiter, drei tote Männer und ein totes Pferd zurücklassend – die anderen Pferde waren davongelaufen. Ich verfluchte den Sturm erneut. Mein Gesicht fühlte sich von dem Eis in meinem Bart taub an. Sogar die Stoffschichten halfen nicht.

Als Finn mich schließlich überholte, geschah dies in Wolfsgestalt: gelbäugig, rotfellig, flink. Und zweifellos hatte er es tatsächlich wärmer als ich.

Kapitel Zwei

Der Schankraum war voller Leute, die Zuflucht vor dem Sturm gesucht hatten. Tropfende Kerzen hinterließen Wachsspuren auf jedem Tisch und sandten schwaches Licht und Rauch zu dem niedrigen Balkenwerk des Wirtshauses hinauf. Der Dunst war recht dicht, so daß ich gegen seinen beißenden Geruch anhusten mußte, aber dafür war es sehr warm. Dafür würde ich jeden Gestank ertragen.

Die Tür klemmte auf dem festgefrorenen Boden. Ich blieb jäh stehen und duckte mich dann, um mir nicht den Kopf am Türrahmen zu stoßen. Aber schließlich sind nur wenige Wirtshaustüren so gebaut, daß ein Mann meiner Größe hindurchpaßt. Während der Jahre im Exil war ich größer und doppelt so schwer geworden wie fünf Jahre zuvor. Dennoch mochte ich mich nicht beklagen, denn wenn die zusätzliche Größe, das Gewicht – und der Bart – es mir erlaubten, auf meiner Heimreise unerkannt zu bleiben, wäre es mir doch gleichgültig, wenn ich mich an ellasischen Türrahmen stoßen würde.

Finn schlüpfte an mir vorbei in den Raum, während ich noch mit der Tür kämpfte. Ich öffnete sie mit Gewalt und schloß sie dann in halbgefrorenen Lederscharnieren schwungvoll, während ich fluchte, als ein Hund zwischen meinen Beinen hindurchlief und mich fast umwarf. Einen Augenblick dachte ich an Storr, der sich im Wald verbarg. Dann an Speise und Wein.

Ich ließ die Tür einrasten und betrachtete gedankenverloren das feste Schloß. Ich konnte erkennen, daß es nur selten benutzt wurde. In meinem Leben war kein Platz mehr für die Leichtigkeit bedeutungsloser, in Wirtshäusern geschlossener Freundschaften.

Finn wartete am Tisch, der wie alle anderen nur eine Kerze aufwies. Aber diese sandte kein Licht aus, nur eine Wolke dichten Rauchs, der die Luft an der Stelle vernebelte, wo noch kurz zuvor die Flamme gebrannt hatte. Das war Finns Werk, wie ich wußte. Es war unser beider Angewohnheit.

Ich gesellte mich zu ihm und entledigte mich der Felle und des Leders. Es fühlte sich gut an, wieder ein Mensch zu sein, und nicht ein Bär – und die Freiheit der Bewegung zu spüren. Ich setzte mich auf einen dreibeinigen Stuhl und sah mich gleichzeitig mit Finn im Schankraum um.

Es waren keine Krieger da. Ellas war ein friedliches Land. Die meisten Gäste schienen Pächter zu sein, die in der Wärme und Glut des Alkohols Geselligkeit fanden. Auch Reisende waren da, die nach Osten oder Westen wollten: Ellasier, Homaner, auch Falianer, ihrem Akzent nach zu urteilen. Aber keine Caledonesen, was bedeutete, daß Finn und ich Ellasisch mit caledonesischem Einschlag sprechen konnten und niemand bemerken würde, daß wir woanders herkamen.

Bis auf jene, die einen Cheysuli erkannten, wenn sie einen sahen, und in Ellas konnte das jedermann sein.

Die Ellasier sind ein offenes, heiteres Volk, das frei heraus spricht und sich unverstellt verhält. Sie greifen kaum zu Ausflüchten, wofür ich dankbar bin. Ich war solches Verhalten leid, obwohl ich es notwendigerweise auch selbst angewandt habe. Es war ein gutes Gefühl, sich auf Grund dessen anerkannt zu wissen, als was ich in dem Wirtshaus erschien: ein Fremder in Begleitung eines Cheysuli, aber dennoch bei ihnen willkommen. Nur Finn begutachteten sie zweimal, wenn auch nur kurz. Und dann schauten sie wieder fort und übergingen, was sie gesehen hatten.

Ich lächelte. Nur wenige Menschen übergehen einen Cheysulikrieger. Aber in Ellas geschieht das häufig. Hier werden die Cheysuli nicht gejagt.

Und dann erinnerte ich mich daran, daß Homaner auf der Jagd nach Cheysuli nach Ellas hereingekommen waren, und mein Lächeln schwand vollständig.

Schließlich kam der Wirt heran, während er sich schmierige Hände an einer ausgefransten Stoffschürze abwischte. Er sprach mit dem kehligen, undeutlichen ellasischen Akzent, ganz heiser und träge. Ich hatte Monate gebraucht, um den Trick zu erlernen, aber ich hatte ihn erlernt, und jetzt wandte ich ihn an.

»Wir haben Bier«, sagte er, »oder Wein. Roter aus Caledon, ein süßer weißer aus Falia oder aus unserer eigenen ausgezeichneten ellasischen Weinernte.« Er hatte schlechte Zähne, aber sein Lächeln wirkte echt.

»Habt Ihr *Usca*?« fragte ich.

Die grauen Augenbrauen hoben sich, während er über die Frage nachdachte. »*Usca*, ja? Nein, nein, ich habe keinen. Die Steppenbewohner handeln mit uns nicht mehr, seit Ellas sich im letzten Krieg mit Caledon verbündet hat.« Seine hellbraunen Augen erkannten in uns Caledonier. Mein Akzent hatte das bewirkt. Oder *ich selbst*, denn Finn erinnerte nicht im geringsten an einen Caledonier. »Was wollt Ihr dann haben?«

Finns gelbe Augen wirkten im schwachen Kerzenschein fast schwarz, aber ich konnte das Glitzern darin deutlich erkennen. »Wie steht es mit homanischem Met?«

Sofort wurden die Brauen zu einem Stirnrunzeln gesenkt. Das ellasische Haar schimmerte genau wie die Augenbrauen bereits grau und war sehr kurz geschnitten. Narben, die von einer Kinderkrankheit zurückgeblieben schienen, zogen sich über eine Wange. Aber in seinen Augen war kein Argwohn oder Mißtrauen zu erkennen, nur leichter Widerwille.

»Nein, auch nicht. Das ist ein homanisches Getränk, wie Ihr bereits sagtet, und zur Zeit gelangt nur wenig homanische Ware über unsere Grenzen.« Dann betrachtete er den durch Finns schwarze Haare hindurchschimmernden, goldenen Ohrring. Ich wußte, was der Ellasier dachte: Nur wenig Homanisches gelangte über die Grenze, es sei denn, man rechnete die Cheysuli dazu.

»Also kein Handel?« fragte ich.

Der Mann zupfte an Fäden seiner weinbefleckten Schürze. Er sah sich schnell um, schätzte die Bedürfnisse seiner Gäste mit langjähriger Erfahrung ab. »Es wird gehandelt, ja, nach einem bestimmten Muster«, gab er kurz darauf zu, »aber nicht mit Homana, sondern statt dessen mit Bellam, dem solindischen König.« Er neigte den Kopf in Finns Richtung. »*Ihr* könntet das wissen.«

Finn lächelte nicht. »Ich könnte es vielleicht wissen«, sagte er ruhig. »Aber ich habe Homana verlassen, als Bellam den Krieg gewann, und kann daher nicht sagen, was meiner Heimat seitdem widerfahren ist.«

Der Ellasier betrachtete ihn. Dann beugte er sich vor, preßte beide Hände flach auf den Tisch. »*Ich* finde es traurig, wenn man sieht, wie das Land verkommt. Es leidet unter diesem solindischen Herrn *und* unter seinem Ihlinizauberer.«

Und so kamen wir auf das Thema, das ich schon die ganze Zeit hatte zur Sprache bringen wollen, wobei ich es aber lieber nicht selbst anschneiden wollte. Wenn ich jetzt nichts sagte und keine Fragen stellte, würde ich wie ein Dummkopf erscheinen und mit fast vollständiger Sicherheit verdächtig. Der Mann hatte sich als gesprächig erwiesen, und davon sollte ich ihn lieber nicht abbringen.

»Ist Homana kein glückliches Land?« Meine Stimme – und ich sprach caledonesisch gefärbtes Ellasisch – klang müßig und wenig neugierig. Fremde verbrachten ihre Zeit mit solchem Geplauder.

Der Ellasier lachte schallend. »*Glücklich*? Wenn Bellam regiert und Tynstars Hand um Ellas' Kehle liegt? Nein, Homana ist kein glückliches Land, niemals glücklich … sondern hilflos. Wir erfahren von hohen Steuern und viel zu harter Rechtsprechung. Von derlei Dingen, die uns in Ellas, unter unserem guten Hochkönig, nicht bekümmern.« Er räusperte sich und wandte den Kopf, um auf den Boden zu spucken. »Es heißt, Bellam wolle eine Verbindung mit Rhodri selbst eingehen, aber Rhodri wird solch unmenschlichen Absichten nicht zustimmen. Bellam ist ein habsüchtiger Narr. Rhodri nicht. Er braucht es nicht zu sein, da er sechs wohlgeratene Söhne hat.« Er grinste. »Ich habe gehört, daß Bellam seine Tochter dem Hochprinzen persönlich anbietet, aber ich bezweifle, daß sie zusammenkommen werden. Cuinn weiß hübschere Schenkel zu spreizen als die Electras von Solinde.«

Und so kam das Gespräch auf Frauen, wie es unter Männern üblich ist. Aber nur bis uns der Ellasier verließ, um sich um unsere Mahlzeit zu kümmern, denn dann sprachen wir nicht mehr über Frauen, sondern dachten statt dessen über Homana nach. Und über Bellam, der von Tynstar beherrscht wurde.

»Sechs Söhne«, sann Finn. »Vielleicht stünde Homana jetzt nicht unter solindischer Herrschaft, wenn sich das Königshaus als fruchtbarer erwiesen hätte.«

Ich sah ihn stirnrunzelnd an. Ich mußte nicht daran erinnert werden, daß das Haus Homana wenig fruchtbar gewesen war. Genauer gesagt hatte Shaine der Mujhar überhaupt keinen Sohn gezeugt – geschweige denn *sechs* Söhne! –, weshalb er sich dem einzigen Sohn seines Bruders zugewandt hatte. Ach ja, Fruchtbarkeit und Unfruchtbarkeit – und wie diese Themen mein Leben geformt hatten, wie auch Finns. Denn Shaines Unfruchtbarkeit – bis auf eine trotzige Tochter – war der Grund dafür, daß seinem Neffen Carillon von Homana und dem ihm dienenden Cheysuligestaltwandler ein gewaltiges Erbe übertragen worden war: der Löwenthron selbst, nachdem der Mujhar gestorben war, und jetzt ein zu bewältigender Krieg.

Und eine zu beendende Säuberung.

Der Wirt kam mit einer Platte dampfenden Fleischs und Brot zurück, die er mitten auf dem Tisch absetzte. Hinter ihm trat ein Junge mit einem Krug ellasischem Wein, zwei Lederbechern und einem Viertel gelben Käse heran. Ich sah, wie der Junge Finns Gesicht betrachtete, das im bernsteinfarbenen Kerzenschein so dunkel wirkte. Ich sah, wie er die gelben Augen ansah, aber er sagte kein einziges Wort. Vielleicht war Finn sein erster Cheysuli. Und einen zweiten Blick wert.

Weder der Junge, noch der Mann blieben bei uns, da sie zu sehr von anderen Gästen beansprucht wurden, und Finn und ich wandten uns mit der Eile Ausgehungerter dem Essen zu. Wir waren nicht wirklich ausgehungert, da wir bei Tagesanbruch etwas gegessen hatten, aber eine im Schneesturm verspeiste, altbackene Wegverpflegung ist nicht annähernd so schmackhaft wie eine heiße Mahlzeit in einem warmen Wirtshaus.

Ich zog mein Messer, schnitt ein Stück Wild ab und legte es auf mein Schneidebrett. Es war ein caledonisches Messer, das ich jetzt statt meines eigenen benutzte, eine Klinge mit einem Knochenheft, die mit Runen und Schriftzeichen versehen war. Das Heft war aus dem Oberschenkel eines riesigen Tieres herausgeschnitten worden, zumindest hatte der König von Caledon mir das bei der Überreichung des Messers gesagt. Die Klinge selbst bestand aus schimmerndem, vorzüglich geschliffenem Stahl. Ihr Gewicht war geeignet für meine Hand. Dennoch war es nicht mein eigenes, das – von Cheysuli gefertigt – in meinen Satteltaschen verborgen war.

Ich aß, bis ich mich auf meinem Stuhl kaum noch rühren konnte, und bestellte dann einen zweiten Krug Wein. Und gleich darauf, gerade als ich unsere Becher erneut vollgoß, hörte ich das Summen beginnender Unterhaltung. Finn und ich sahen uns beide sofort nach dem Grund dafür um.

Ein Harfenist kam, sein Instrument unter einen langen Arm geklemmt, die Leiter herab. Er trug ein blaues, um die Taille mit einer Silberkette zusammengehaltenes Gewand, und ein Silberdiadem hielt das dichte schwarze Haar zurück, das sich bis auf seine Schultern lockte. Ein reicher Harfenist, wie Harfenisten es häufig sind, die von Königen beherbergt und mit Gold und Edelsteinen beschenkt wurden. Auch diesem war es gut ergangen. Er war groß und breitschultrig, und seine Handgelenke, die aus den blauen Ärmelsäumen hervorsahen, wirkten muskulös. Ein mächtiger Mann, denn er errang sich seinen Ruf ausschließlich mit der Harfe, und nicht mit dem Schwert. Er hatte blaue Augen, und wenn er lächelte, dann gekonnt, warm und willkommen heißend.

Zwei Männer machten ihm in der Mitte des Raumes Platz und zogen einen Stuhl für ihn heran. Er dankte ihnen leise, setzte sich hin und stützte die Harfe auf Hüfte und Oberschenkel auf. Ich wußte sofort, daß es ein besonderes Instrument war, da ich bei meinem Onkel in Homana-Mujhar so viele der besten dieser Art gehört hatte. Sie war aus üppig honiggoldenem Holz gefertigt und durch jahrelangen Gebrauch auf Hochglanz poliert worden. Ein einzelner grüner Stein war in das Oberteil eingelassen. Die Saiten schimmerten im Rauch und Kerzenschein unendlich zart. Sie glitzerten, versprachen viel, bis er sie schließlich berührte und dieses Versprechen mit dem Darüberstreichen eines einzigen Fingers erfüllte.

Sie antwortete wie eine Frau auf die Liebkosung eines Liebhabers. Die Musik schwebte durch den Raum, weich und wunderschön und unendlich verlockend, und brachte die Stimmen sofort zum Schweigen. Kein lebender Mensch kann sich der Anziehungskraft der Harfenmusik entziehen, es sei denn er ist völlig taub.

Die Stimme des Harfenisten war genauso lieblich wie die seiner Harfe. Ihr fehlte die weibliche Klangfarbe vieler, die ich gehört hatte, und beanspruchte dennoch den reichhaltigen Umfang, den diese Kunst erforderte. Er mußte nicht laut sprechen, um in alle Winkel des Raumes zu gelangen. Er sprach einfach, und die Menschen hörten zu.

»Ich werde Euch erfreuen, wie ich mich selbst erfreue«, sagte er ruhig, »indem ich Euch alle Unterhaltung biete, die ich meiner Lady entlocken kann. Aber zunächst muß ich eine Aufgabe erfüllen.« Er zog ein zusammengefaltetes Pergament aus dem Ärmel seines Gewandes. Er glättete es und las. Es war keinerlei gefühlsbetonte Klangfärbung zu hören – er las einfach. Aber die Worte allein waren schon genug.

»Wisset, all ihr Männer, daß Bellam der Mujhar,
König von Solinde und Mujhar von Homana,
Herrscher der Städte Mujhara und Lestra,
die Summe von fünfhundert Goldstücken aussetzt,
für jedermann, der verläßliche Nachricht überbringt
von Carillon,
der sich Prinz von Homana nennt
und unrechtmäßigen Anspruch auf den Löwenthron
erhebt.

Wisset, all ihr Männer, daß Bellam der Mujhar
noch sehnlicher die Anwesenheit des Anspruch
Erhebenden wünscht
und jedermann eintausend Goldstücke bietet,
der Carillon – oder seine Leiche -
nach Homana-Mujhar bringt.«

Als der Harfenist geendet hatte, faltete er das Pergament genauso wie vorher zusammen und steckte es wieder in seinen Ärmel. Seine blauen Augen, die in dem rauchigen Licht fast schwarz wirkten, betrachteten jedermann, als ergründe er ihre Gedanken. Alle Muße war geschwunden. Ich sah nur noch aufmerksame Anspannung. Er wartete.

Ich fragte mich, ob er jetzt Leute auswählte. Ich fragte mich, ob er von Bellam gesandt worden war, um Gold zu versprechen. Ich fragte mich, ob er die Goldstücke selbst zählen würde, fünfhundert, wenn er wußte, daß ich hier war. Eintausend, wenn er mich nach Homana-Mujhar zurückbrachte.

Zurück. Zur freien Verfügung Bellams – oder Tynstars.

Ich erkannte, was die ellasischen Männer taten. Sie dachten über das Gold und den Ruhm nach. Sie dachten über die Aufgabe und den Triumph nach. Sie überlegten einen Augenblick, wie es sein könnte, Reichtum zu erwerben, aber nur kurz, denn dann dachten sie über ihr Reich nach, über Ellas, nicht über Homana, über Rhodris Reich. Und der Mann, der dieses Gold anbot, hatte bereits ein Land vereinnahmt.

Ich wußte, daß die Ellasier nichts für Bellams Gold tun würden. Aber es waren noch andere im Raum, und vielleicht würden sie es tun.

Ich sah Finn an. Sein Gesicht schien wie immer eine Maske, eine ausdruckslose, sonnengebräunte Maske mit Augen, die von Magie und Mythen erzählten und beides sehr wirklich erscheinen ließen.

Der Harfenist begann zu singen. Seine tiefe Stimme klang wundervoll und lieblich und drückte seine Absicht beredt aus. Er sang von der Bitterkeit der Niederlage und dem Übelkeit erregenden Gemetzel des Krieges. Er sang von Jungen, die auf blutigen Schlachtfeldern starben, und von Befehlshabern, die unter solindischen und atvianischen Schwertern fielen. Er sang von einem König, der sich in der Sicherheit hinter den rosenroten Mauern Homana-Mujhars verbarg und durch eine wahnsinnige Besessenheit halb verrückt geworden war. Er sang von dem getöteten Bruder des Königs, dessen Sohn in Verzweiflung und atvianischem Eisen gefangen war. Er sang von dem gleichen Jungen, der jetzt ein Mann und frei war, der sein Leben in der Fremde verbrachte und vor der Ihlinivergeltung floh. Dieser Fremde sang mein Leben und erweckte die Erinnerungen.

O Götter … die Erinnerungen …

Wie konnte ein Harfenist die Geschichte kennen? Wie konnte er das Wesentliche dessen, was geschehen war, was ich war, was ich sein wollte, einfangen? Wie konnte er meinen Gesang singen, während *ich* ahnungslos dasaß, nur wußte, daß es die Wahrheit war und wünschte, es wäre anders?

Wie konnte das sein?

Die Heftigkeit der Gefühle ließ mich fast zerbrechen. Ich erschauderte kurz und betrachtete dann eingehend den verschrammten Holztisch, während die Striemen der Eisenfesseln unter meinem Lederhemd den erinnerten Schmerz wieder aufleben ließen. Ich konnte den Harfenisten nicht ansehen. Nicht solange er meine Geschichte, mein Erbe, mein Vermächtnis und die Geschichte eines Landes – *meines* Landes – im Todeskampf erzählte.

»Bei den Göttern …«, murmelte ich, bevor ich es verhindern konnte.

Ich spürte Finns Blick auf mir ruhen, aber er schwieg.

Kapitel Drei

Ich bin Lachlan«, sagte der Harfenist. »Ich bin Harfenist, aber auch ein Priester Lodhis des Allwissenden, des Allvaters. Soll ich Euch von ihm singen?« Stille war die Antwort, eine ehrerbietige und ehrfürchtige Stille. Er lächelte, und seine Hände ruhten unbewegt auf der Harfe. »Ihr habt von der Magie gehört, über die wir Männer Lodhis verfügen. Die Erzählungen sind wahr. Kennt Ihr sie nicht?«

Ich sah mich in dem Raum um. Männer saßen schweigend auf ihren Bänken und Stühlen und achteten auf niemanden außer auf den Harfenisten. Ich fragte mich erneut, was er zu tun beabsichtigte.

»Der Allvater hat einigen von uns die Gabe des Gesangs, die Gabe des Heilens, die Gabe der Worte gegeben. Und nur sehr wenige dieser Auserwählten sind mit allen drei Gaben gesegnet.« Er lächelte geheimnisvoll. »Ich bin einer davon, und heute abend werde ich soviel wie möglich meiner Gaben mit Euch teilen.«

Der einzelne grüne, in den oberen Teil der Harfe eingelassene Stein schimmerte, während seine Finger über die Saiten tanzten und einen Klang hervorbrachten, der mir sofort eine Gänsehaut verursachte. Sein Blick erfaßte erneut alle Gäste in dem Wirtshaus, als versuche er zu verstehen, was jedermann von uns dachte. Und er lächelte noch immer.

»Einige Menschen nennen uns Magier«, sagte er ruhig. »Das werde ich nicht erörtern. Meine Lady und ich haben dieses Land und auch andere Länder durchquert, und was ich gesehen habe, habe ich gelernt. Heute abend werde ich Euch etwas schenken, wonach sich die meisten Menschen sehnen: eine Rückkehr zu den Tagen der Unschuld. Eine Rückkehr zu einer Zeit, in der die Sorgen nicht so groß und die Verantwortung der Menschen nicht so schwer waren. Ich werde Euch Euren großartigsten Tag schenken.« Die blauen Augen wurden schwarz. »Sitzt still und hört mir zu, hört nur meine Lady und mich, und ich werde Euch das Geschenk Lodhis geben.«

Ich hörte, wie die Musik erklang. Einen Augenblick lang dachte ich mir nichts dabei. Es war derselbe Harfenklang wie immer, der nichts anderes verkündete, als ich bereits gehört hatte. Und dann hörte ich den die Melodie durchziehenden Unterton. Einen seltsamen, unheimlichen Ton, der nicht zu der sonstigen, weicheren Klangfärbung zu passen schien. Ich betrachtete die über die Harfe gleitenden Hände des Harfenisten, während Licht von den Saiten abstrahlte. Und dann spürte ich ihn in meinem Kopf.

Plötzlich war ich nur noch Musik. Eine einzige einzelne Note. Eine wieder und wieder gezupfte Saite, ich fühlte mich durch den Harfenisten geführt, dessen Hände auf meiner Seele lagen. Ich betrachtete die sich flink bewegenden, liebkosenden, die Saiten zupfenden Finger, und die Musik erfüllte meinen Kopf.

Alle Farben flossen aus dem Raum, als wenn ein umgestoßenes Weinglas sich entleerte. Alles war grau, dunkel und hell, ohne Schwarz- und Weißschattierungen. Ich sah einen Harfenisten in grauem Gewand, mit grauen Augen und grauem Haar. Nur die Harfe behielt ihre wahre Farbe: schimmerndes Honiggold mit einem smaragdgrünen Auge. Und dann verging auch das …

Kein Krieg mehr – kein Blut mehr – keine Rachegelüste mehr. Nur das Empfinden früherer Zeiten. Das Empfinden eines jüngeren Carillon, der freudig und ehrfürchtig das große kastanienbraune Streitroß betrachtete, das sein Vater ihm zum achtzehnten Geburtstag geschenkt hatte. Ich erinnerte mich so gut an diesen Tag und an mein Gefühl für das Pferd. Ich erinnerte mich an alles, denn an diesem Tage war ich zum Prinzen von Homana und Erben des Löwenthrons ernannt worden.

Erneut polterte ich die gewundene Treppe in Joyenne hinab, erwiderte nickend den Morgengruß der Diener und dachte nur an das versprochene Geschenk. Ich wußte, daß es ein Pferd sein sollte, ein Streitroß, aber ich wußte nicht, welches. Ich hatte gehofft ... und die Hoffnung hatte sich erfüllt. Der große rote Hengst hatte mit der besten Stute meines Vaters einen würdigen Sohn gezeugt, und dieser Sohn gehörte jetzt mir. Er war voll ausgewachsen und vollständig zugeritten, bereit für einen Krieger. Ich war damals noch kein richtiger Krieger, da ich erst den Übungsraum und die Turnierplätze kennengelernt hatte, aber ich war mehr als bereit zu beweisen, wie gut ich bereits war. Und doch hätte ich mir nicht träumen lassen, daß die Chance so bald kommen würde.

Dann erkannte ich die Kehrseite der Magie des Harfenisten. Er hatte mir tatsächlich meine unschuldige Zeit zurückgegeben, aber mit jener Zeit kam auch das Wissen davon zurück, was danach geschehen war. Er hätte keine lebendigere Erinnerung heraufbeschwören können. Ich denke, es geschah absichtlich. Ich glaube, daß er in meinen Geist eingriff, forschte und suchte, bis er die richtige Erinnerung gefunden hatte. Und dann gab er sie mir.

Die Erinnerung veränderte sich. Ich war nicht mehr der junge Prinz, der die Hand ausstreckte, um den Hengst zu berühren. Nein, ich war jemand vollständig anderes: ein blutender, schmutziger, erschöpfter Junge im Körper eines Mannes, dem man sein Schwert genommen und dessen Handgelenke man in atvianisches Eisen gelegt hatte, von Keoughs Sohn Thorne selbst gefangengenommen, der die Eisenfesseln befohlen hatte.

Alle meine Muskeln verkrampften sich. Schweiß brach auf meiner Haut aus. Ich saß inmitten eines ellasischen Sturms im gefüllten Schankraum eines Wirtshauses, und ich schwitzte, weil ich mir nicht helfen konnte.

Und dann kehrten die Farben plötzlich zurück. Die Grautöne schwanden. Kerzen tropften und rauchten, tauchten die Gesichter abwechselnd in Helligkeit und Dunkelheit, und dann erkannte ich, daß ich noch immer auf meinem Stuhl saß und daß Finns Hand mein rechtes Handgelenk umklammert hielt. Und dann sah ich, warum. In meiner Faust lag das Messer mit dem Knochengriff, dessen Klinge auf den Harfenisten gerichtet war.

»Noch nicht«, sagte Finn ruhig. »Vielleicht später, wenn wir seine wahren Absichten ergründet haben.«

Das machte mich ärgerlich. Ärgerlich auf Finn, was falsch war, aber ich hatte kein besseres Ziel. Ich wollte den Harfenisten, weil er mich so beeinflußt hatte, aber Finn war zu nah.

Ich ließ das Messer los, und Finn ließ meine Hand los. Ich zog sie an meinen Körper zurück, massierte die Ränder des Narbengewebes, das mein Handgelenk umschloß, als wäre es noch immer in Eisen geschlagen. Und ich sah Finn mit aller Verärgerung im Blick an. »Was hat er *dir* geschenkt? Einen Cheysuli auf dem Thron?«

Finn blieb ernst. »Nein«, sagte er. »Er hat mir Alix geschenkt.«

Das nahm mir den Atem. Alix, natürlich. Wie konnte man besser an Finn herankommen, als wenn man ihn an die Frau erinnerte, nach der es ihn stark genug verlangt hatte, um sie zu entführen? Die Frau, die ihn verschmäht hatte, um seinen Bruder Duncan zu heiraten.

Die Frau, die meine Cousine war und die ich selbst besitzen wollte.

Ich lachte verbittert auf. »Ein wirklich kunstfertiger Harfenist... oder eher ein Magier, wie er behauptet.« Ich sah zu dem blau gewandeten Mann hinüber, der sich ruhig weigerte, erneut zu singen. »Glaubst du, er ist ein Ihlini? Von Bellam gesandt, um eine Falle zu stellen?«

Finn schüttelte den Kopf. »Er ist kein Ihlini, denn das würde ich wissen. Und ich habe schon von diesem Allvatergott gehört.« Er verzog angewidert das Gesicht. »Eine ellasische Gottheit und daher für mich weniger wichtig, aber dennoch mächtig.« Er beugte sich vor, um sich Wein nachzugießen. »Ich werde mit ihm sprechen.«

Er hatte gesagt, er hieße Lachlan, und jetzt wanderte er durch den Raum, um seine Bezahlung in Münzen, Tand und Wein einzusammeln. Er trug seine Harfe in der Beuge eines Arms und in der anderen Hand einen Becher. Licht wurde von den silbernen Kettengliedern um seine Taille und von dem Diadem auf seinem Kopf gespiegelt. Er war ein noch junger Mann, vielleicht in meinem Alter, und er war groß, aber nicht ganz so groß und schwer wie ich. Dennoch schien er kein Leichtgewicht, mit kräftigen Schultern.

An unseren Tisch trat er zuletzt, wie ich es erwartet hatte, und ich schob den Weinkrug vor, damit er wußte, daß er sich bedienen konnte. Und dann schob ich ihm einen Stuhl hin. »Setzt Euch. Bedient Euch mit Wein. Und hiermit.« Ich zog ein gezacktes Goldstück aus meiner Geldbörse, das mit einem groben Muster versehen war. Es war gutes schweres Gold, und nur wenige Menschen würden seine Herkunft in Zweifel ziehen. Ich schob es um das Messer mit dem Knochengriff herum mit einem Zeigefinger über den Tisch.

Der Harfenist lächelte, nickte und setzte sich auf den Stuhl. Seine blauen Augen paßten zu der kräftigen Schattierung seines Gewandes. Sein Haar war im schwachen Kerzenlicht matt dunkelbraun. Es wirkte, als habe die Sonne es niemals berühren können, um es rötlich oder blond zu verfärben. Gefärbt, dachte ich, und lächelte in mich hinein.

Er goß Wein in seinen Becher aus edlem, jedoch vom Alter matt gewordenen Silber. Der Hausbecher eines Harfenisten, dachte ich, obwohl ich wenig Sinn darin sah. Ich bezweifelte, daß der Becher ihm gehörte.

»Steppengold.« Er nahm das Goldstück auf. »Ich werde nicht oft auf diese Art bezahlt.« Sein Blick zuckte von der Münze zu meinem Gesicht. »Ich glaube nicht, daß mein Können so viel wert ist. Nehmt es zurück.« Er legte die Münze auf den Tisch und ließ sie dort.

Die Beleidigung war ruhig und klar und sehr sorgfältig überlegt erfolgt. Ich wußte nicht, welche Absicht er damit verfolgte, aber mir war die Beleidigung als solche dennoch bewußt. Oder angelte nur ein neugieriger Mann nach einem dicken Fisch? Vielleicht nach einem verbannten Prinzen.

»Ihr könnt es behalten oder nicht, ganz wie Ihr wollt.« Ich hob meinen Becher. »Mein Gefährte und ich sind gerade aus dem caledonesischen Krieg gegen die Steppenbewohner zurückgekehrt – lebend und unversehrt, wie Ihr seht – und waren daher großzügig gestimmt.« Ich sprach ellasisch, aber mit caledonesischem Einschlag.

Der Harfenist – Lachlan – ließ den Wein in seinem matt gewordenen Becher kreisen. »Hat Euch mein Geschenk erfreut?« fragte er.

Ich betrachtete ihn über meinen Becher hinweg. »Sollte es mich erfreuen?«

Er lächelte. »Ich verfolge mit meinen Harfenklängen keine Absichten. Ich teile einfach meine Gabe – *Lodhis* Gabe – mit dem Zuhörer, der daraus macht, was er daraus machen will. Es sind *Eure* Erinnerungen, nicht meine. Wie könnte ich bestimmen, was Ihr seht?« Sein Blick war zu Finn gewandert, als warte er ab.

Finn erwiderte nichts. Er saß ruhig auf seinem Stuhl und schien sich wohl zu fühlen, obwohl ein Cheysuli, der sich wohl fühlt, gesprächiger ist als jeder andere Mann. Er ließ seinen Becher mit einer langfingrigen Hand müßig auf dem Tisch kreisen. Seine Augen waren leicht geschlossen, wie die eines Raubvogels, aber die Iris schimmerte gelb unter den Lidern hervor.

»Caledon.« Der Harfenist fuhr fort, als erkenne er, daß von Finn nichts zu erwarten sei. »Ihr sagtet, Ihr hättet auf der Seite Caledons gekämpft, aber Ihr seid keine Caledonier. Ich erkenne einen Cheysuli am Aussehen.« Er lächelte und sah dann mich an. »Und was Euch betrifft – Ihr sprecht gutes Ellasisch, aber nicht gut genug. Ihr seid nicht dafür geschaffen. Aber Ihr seid auch kein Caledonier. Ich kenne sie ziemlich gut.« Seine Augen verengten sich. »Solinder vielleicht oder Homaner. Euch fehlt die Fröhlichkeit Falias.«

»Söldner«, sagte ich, weil es die Wahrheit war – oder gewesen war.

Lachlan sah mich an. Ich merkte, daß er den dichten Bart und das ungeschnittene, sonnengebleichte, wirr auf meine Schultern herabfallende Haar betrachtete. Ich hatte den mit einem karmesinroten Band gehaltenen Söldnerzopf abgeschnitten, den ich fünf Jahre lang trug, und war als freier Mann weitergezogen, was bedeutete, daß mein Schwert ein freies war. Mit einem Cheysuli an meiner Seite wäre ich ein wertvoller Mann. Könige würden für unsere Dienste Gold bezahlen.

»Ihr gehört keinem Reich an«, sagte er und lächelte. Dann stieß er sich vom Tisch ab und stand auf, wobei er seine Harfe in den Armen barg. Er nahm den matt gewordenen Silberbecher auf und dankte uns mit einem Kopfnicken für den Wein.

»Nehmt Eure Bezahlung an«, sagte ich. »Sie wurde in gutem Glauben angeboten.«

»Und in gutem Glauben lehne ich sie ab.« Er schüttelte den Kopf. »Ihr braucht das Gold nötiger als ich. Ich muß kein Heer erheben.«

Ich lachte laut auf. »Ihr mißversteht den Begriff Söldner, Harfenist. Wir erheben keine Heere. Wir *dienen* in einem Heer.«

»Ich sagte genau das, was ich meinte.« Sein Gesichtsausdruck war ernst, und sein Blick wanderte aufmerksam zwischen uns hin und her. Und dann wandte er sich ab.

Finn streckte eine Hand aus und nahm sein Messer

auf. Nein, nicht wirklich *sein* Messer, denn das hielt er genauso verborgen wie ich meines. Statt dessen trug er ein Messer, das er einem Steppenbewohner abgenommen hatte, aber es erfüllte auch seinen Zweck. In Finns Hand erfüllte jedes Messer seinen Zweck.

»Ich werde noch heute abend mit diesem Harfenisten sprechen«, sagte er ruhig.

Ich dachte flüchtig an den ellasischen Gott, dem der Harfenist zu dienen behauptete. Würde Lodhi eingreifen? Oder würde Lachlan mit uns zusammenarbeiten?

Ich lächelte. »Tu, was du tun mußt.«

Weil der Sturm an diesem Abend so viele Leute hereingetrieben hatte, barst das Wirtshaus fast aus den Nähten. Es waren keine Zimmer mehr frei. Aber als ich dem Wirt Gold gab, konnte ich wenigstens zwei Decken auf dem Boden eines schon von drei anderen Leuten belegten Raumes bekommen. Als ich, später als vorgehabt, allein hineinging, schliefen sie bereits. Ich blieb unmittelbar hinter der Tür stehen und lauschte, um zu ergründen, ob jemand Schlaf vortäuschte, um mich in eine Falle zu locken, aber alle drei Männer schliefen fest. Also schloß ich die Tür, legte mein blankgezogenes Schwert auf die flohbefallene Decke, während ich meine Beine ausstreckte und darauf wartete, daß Finn hereinkäme.

Als er kam, geschah es lautlos. Nicht einmal die Tür quietschte, wie sie es bei mir getan hatte. Finn stand einfach im Raum. »Der Harfenist ist fort«, sagte er. Er sprach sehr leise, aber ich hatte gelernt, ihn zu hören.

Ich runzelte in der Dunkelheit die Stirn, während Finn sich auf die andere Decke kniete. »Bei diesem Sturm?«

»Er ist nicht hier.«

Ich lehnte mich gegen die Wand und starrte nachdenklich in die Dunkelheit. Aus jahrelanger Gewohnheit berührte ich mit der rechten Hand das lederumwickelte Heft meines Schwertes. »Also ist er fort?« sann ich. »Was könnte einen Menschen ohne guten Grund in einen ellasischen Schneesturm hinaustreiben?«

»Häufig ist Gold ein ausreichender Grund.« Finn breitete einige seiner Felle über seine Beine. Er streckte sich auf seiner Decke aus und wurde still. Ich konnte ihn nicht einmal mehr atmen hören.

Ich biß mir in den linken Daumen, während ich die Dinge überdachte. Fragen kamen auf, und ich konnte keine davon beantworten. Auch Finn konnte dies nicht, weshalb ich gar nicht erst Zeit damit verschwendete, ihm diese Fragen zu stellen. Und dann, als ich lange genug über den Harfenisten nachgedacht hatte, glitt ich an der Wand abwärts, streckte mich auf der Decke aus und versuchte zu schlafen.

Welcher Mann – selbst wenn er ein Prinz ist, auf dessen Kopf Gold ausgesetzt wurde – muß um seine Sicherheit fürchten, wenn er einen Cheysuli an seiner Seite hat?

Es wurde Morgen, bevor wir offen miteinander sprechen konnten, und selbst dann kamen die Worte zögerlich. Wir traten in die flüchtige Stille nach dem Sturm hinaus, sattelten und bepackten unsere Pferde und führten sie auf eine Futterraufe zu. Der Schnee lag hoch und weich um meine Stiefel und reichte mir fast bis zu den Knien. Der Weg war besser begehbar, festgetreten und flach, und dort wartete ich, während Finn in den Wald trat, um seinen *Lir* zu suchen.

Storr kam wie ein Hund sofort herbeigelaufen und warf sich in Finns Arme. Der kniete sich trotz der Kälte hin und warf einen schnellen, abschätzenden Blick zum Wirtshaus hinüber. Ich hielt es für sehr unwahrscheinlich, daß uns jetzt jemand beobachten konnte. Zufrieden streckte Finn einen Arm aus und schlang ihn um Storrs Hals, um den Wolf nahe an sich heranzuziehen.

Ich weiß nicht genau, was sie verbindet. Ich weiß nur,

was Finn mir erzählt hat, nämlich daß Storr ein Teil seines Herzens und seiner Seele und seines Geistes ist, zur Hälfte er selbst. Ohne den Wolf, so sagte Finn, wäre er kaum mehr als ein Schatten, ohne die Gaben seiner Rasse und die Fähigkeit zu überleben. Ich hielt es für grauenvoll, sein Leben nur durch eine magische Verbindung mit einem Tier zu behaupten, aber ich konnte nicht in Frage stellen, was so offensichtlich gelang. Ich hatte ihn den Wolf schon früher auf diese Art begrüßen sehen, und ich fühlte mich dabei stets verlassen und leer. Ich empfand auch Eifersucht, denn das, was sie miteinander teilten, konnte außer den Cheysuli niemand sonst für sich beanspruchen. Ich hatte Hunde und Lieblingspferde besessen, aber das war nicht dasselbe. Das wurde mir klar, wenn ich sie beobachtete, denn Finns Gesicht verklärte sich, wenn er wieder mit Storr vereint war.

Finns neues Pferd, ein dem Wirt abgekaufter, dunkelbrauner Wallach, zerrte an den Zügeln. Ich zog ihn wieder zurück und löste seine Zügel von denen meines kleinen Steppenponys. Als ich erneut zu Finn schaute, sah ich, wie er Storr erfreut auf die Schulter schlug, und dann bahnte er sich seinen Weg durch den Schnee zu mir zurück.

Ich übergab ihm die Zügel. »Wie geht es ihm?«

»Recht gut.« Er lächelte weiterhin, als unterhalte er sich noch immer mit dem Wolf. Ich hatte ein- oder zweimal den Gedanken gehegt, daß sein Gesichtsausdruck dem eines von einer Frau befriedigten Mannes glich, wie auch jetzt. »Storr möchte nach Hause ziehen.«

»Nicht sehnlicher als ich.« Der Gedanke an Homana anstatt an fremde Länder verursachte sofort einen Krampf in meinem Bauch. Götter, wieder nach Hause zu ziehen ... Ich schwang die Zügel meines Pferdes über seine Ohren, zog sie am Hals nach unten und stieg auf. Der kleine Wallach brummte wie üblich. Nun, ich bin schwerer als die Steppenbewohner, die ihn zähmten.

»Ich denke, daß wir Homana heute erreichen können, wenn der Himmel klar bleibt.« Ich schaute himmelwärts und blinzelte. »Vielleicht sollten wir zum Keep reiten.«

Finn sah mich scharf an, während er sich im Sattel zurechtsetzte. Er ritt genau wie ich ohne Kopfbedeckung, und das Licht der frühen Dämmerung ließ seinen Ohrring sanft golden schimmern. »So bald?«

Ich lachte ihn an. »Möchtest du deinen Bruder nicht sehen?«

Finn runzelte die Stirn. »Du weißt sehr gut, daß ich nicht darauf versessen bin, Duncan wiederzusehen. Aber ich dachte nicht, daß wir schon so bald in Cheysuliland hineinreiten würden.«

Ich zuckte die Achseln. »Wir sind fast da. Der Keep liegt an der Grenze, die wir überqueren müssen. Und außerdem denke ich, daß wir beide Alix wiedersehen möchten.«

Finn sah mich nicht an. Es war seltsam zu erkennen, daß die Zeit außerhalb Homanas sein Verlangen nach der Frau seines Bruders nicht gemildert hatte. Und das gleiche galt auch für mich.

Schließlich sah er mich an. »Willst du *mich* zu ihr führen oder selbst dorthin gehen?«

Ich lächelte und versuchte ihm meinen Kummer nicht zu zeigen. »Sie ist jetzt glücklich verheiratet. Ich habe in ihrem Leben nur noch als Cousin Platz.«

»Und *ich* nur noch als *Rujholli.*« Finn lachte verbittert auf.

Sein auf mir ruhender Blick wirkte ironisch und hart, während er sich schwarzes Haar aus dem dunklen kantigen Gesicht schob. »Findest du es nicht seltsam, wie die Götter mit unseren Sehnsüchten spielen? Du hattest Alix' Herz, ohne es zu wissen, während sie nur auf ein Wort aus deinem Mund wartete. Dann habe ich sie dir gestohlen, in der Absicht, sie zu meiner *Meijha* zu machen. Aber Duncan, wieder einmal Duncan … hat sie uns beiden genommen.« Grimmig streckte er eine Hand aus und machte die Geste, die ich inzwischen wegen all ihrer unendlichen Bedeutung zu hassen gelernt hatte.

»*Tahlmorra*«, sagte ich verärgert. »Ja, Finn, ich finde es seltsam. Und es gefällt mir nicht allzu sehr.«

Finn lachte und schloß die Hand zu einer Faust. »Es *gefällt* dir nicht allzu sehr? Aber die Götter erwarten von uns nicht, daß uns das *Tahlmorra* gefällt. Nein, nur daß wir ihm dienen.«

»*Du* dienst ihm. Ich will mit der Cheysuliprophezeiung nichts zu tun haben. Ich bin ein homanischer Prinz.«

»Und du wirst ein homanischer König sein... mit aller Hilfe der Cheysuli.«

Ein Mensch, dessen Volk erst eine junge Geschichte aufzuweisen hat, hört nicht gern von einem anderen, dessen Geschichte weitaus älter ist, besonders wenn sein Haus durcheinander geraten ist. Das Haus Homana hatte den Löwenthron fast vierhundert Jahre lang innegehabt. Das war in den Gedanken der Cheysuli nicht lang, da ihre Geschichte Hunderte von Jahrhunderten bis zu einer Zeit zurückreichte, als es noch keine Homaner gab. Damals gab es nur die Erstgeborenen, die Vorfahren der Cheysuli, mit all ihren Gestaltwandlerkünsten.

Und die Macht, eine Prophezeiung weiterzugeben, die eine ganze Rasse beherrschte.

»Also hier entlang.« Finn deutete in eine bestimmte Richtung und trieb sein Pferd an.

»Bist du sicher?« Ich wollte mich nicht verirren, nicht wenn ich Homana schon so nah war.

Finn warf mir einen vernichtenden Blick zu. »Wir wollen zum Keep reiten, nicht wahr? Ich sollte den Weg kennen, Carillon. Es war einst meine Heimat.«

Ich versank in Schweigen. Ich werde in seiner Gegenwart oft schweigsam. Bei Finn ist Schweigen manchmal das beste.

Kapitel Vier

Das Wetter blieb gut, aber wir kamen nicht allzu schnell voran. Wir hatten den ausgetretenen Pfad, der westwärts nach Homana hineinführte, verlassen und statt dessen weniger bekannte Wege gewählt. Obwohl die Cheysuli in Ellas willkommen waren, blieben sie lieber für sich. Ich bezweifelte, daß Hochkönig Rhodri viel über die Leute wußte, die in seinen Wäldern Zuflucht suchten. Sie sonderten sich ab und wirkten daher geheimnisvoller denn je. Es gab keine vielbereisten Wege zum Keep.

Als die Sonne schließlich unterging, betraten wir den Wald, um einen geeigneten Lagerplatz zu finden, denn wir erkannten, daß Homana und der Keep einen weiteren Tag warten mußten. Wir lagerten in einem dichten Eichen- und Buchenhain.

Finn schwang sich von seinem Pferd. »Ich werde uns Fleisch besorgen, während du ein Feuer entfachst. Kein Trockenfleisch mehr für mich, nicht bevor ich wieder frisches Fleisch geschmeckt habe.« Er warf mir seine Zügel zu und verschwand dann mit Storr an seiner Seite in der Dämmerung.

Ich kümmerte mich zunächst um die Pferde, sattelte sie ab, pflockte sie an und verfütterte die letzten schwindenden Rationen an sie. Als die Pferde versorgt waren, suchte ich Steine, um eine richtige Feuerstelle errichten zu können. Wir hatten häufig genug ohne Feuer zurechtkommen müssen, aber ich bevorzugte nach dem Schlafen eine heiße Mahlzeit und Wärme.

Ich errichtete die Feuerstelle, benutzte das Brennholz, das wir in unseren Satteltaschen mitgenommen hatten und sorgte dafür, daß das Feuer weiterbrannte. Dann kümmerte ich mich um die Decken, die ich den Pferden abgenommen hatte. Genauer gesagt waren es Felle. Jedes Pferd war mit zwei Fellen bedeckt. Die Unterseite lag auf dem Pferderücken, die Oberseite bildete ein Polster für den Sattel. Nachts benutzten Finn und ich die nach Schweiß und Pferdehaaren riechenden – aber warmen – Felle als Decken. Ich breitete sie jetzt auf dem Schnee aus. Nach dem Essen konnten wir die heißen Steine darunterlegen, um ein wenig Wärme zu schaffen.

Während ich die Decken noch ausbreitete, hörte ich die durch den Schnee gedämpfte Bewegung. Meine Hand zuckte sofort zu meinem Schwert und riß es aus der Scheide an meiner linken Hüfte. Ich fuhr herum, hob die Klinge an und sah, wie der Schein der untergehenden Sonne die Runen in blendendes Feuer verwandelte.

Vor mir befanden sich drei Männer, die aus den sich verdichtenden Schatten auf mich zuliefen. Und ich sah noch mehr Männer hinter mir. Ich fragte mich, wo Finn war, dachte dann aber nicht mehr daran, weil ich keine Zeit mehr dazu hatte.

Ich erledigte den ersten Mann nur zu leicht, wobei ich den erschreckten Ausdruck auf seinem Gesicht bemerkte, als ich die Klinge schwang, durch Leder und Felle und Haut hindurchschnitt und den Knochen seines Arms unmittelbar unter der Schulter zerteilte. Die Klinge hatte soviel Schwung, daß sie noch tiefer einschnitt, in die Rippengegend, dann fiel er, und ich wirbelte das Schwert frei, um es gegen einen anderen Angreifer einzusetzen.

Der zweite Mann fiel nach einem Stoß durch die Lungen ebenfalls, und dann taten die anderen, was sie von Anfang an hätten tun sollen. Sie drangen plötzlich auf mich ein, alle auf einmal, so daß sie mich selbst dann noch erwischt hätten, wenn ich einen dritten versucht hätte zu töten. Ich bezweifelte nicht, daß mir das mindestens noch einmal gelingen würde, bevor ich starb, und vielleicht sogar noch zweimal – Finn und die Not hatten mich darin ausgebildet –, aber das Endergebnis wäre dasselbe. Ich wäre tot, und Bellam hätte seinen Prinzen.

Ich spürte den kalten Kuß von Stahl im Nacken durch mein Haar schneiden. Eine weitere Klinge lag an meiner Kehle, eine dritte drückte gegen die meinen Bauch schützenden Leder- und Fellschichten. Also drei Mann bei mir, zwei waren tot, und der letzte – der sechste – stand ein Stück entfernt und beobachtete mich. Sein Gesicht war blutbefleckt, aber er schien nicht verletzt.

»Verhaltet Euch ruhig«, befahl er mir sofort, und ich hörte die Angst in seiner Stimme. Und die homanischen Worte.

Ich deutete auf meine Geldbörse. »Mein Gold ist dort drinnen.«

»Wir wollen Euer Gold nicht«, sagte er schnell. »Wir sind wegen mehr gekommen.« Er lächelte. »Aber wir werden es dennoch nehmen, da Ihr es uns schon anbietet.«

Ich hielt mein Schwert noch immer in der rechten Hand. Aber sie ließen es mich nicht behalten. Ein Mann streckte die Hand aus, nahm es mir fort und stieß es dann beiseite. Ich sah, wie es gegenüber der Feuerstelle mit hartem Klang auf Fels aufschlug. Ich sah, wie das Heft in den Flammen landete, und wußte, daß das Leder verbrennen und den goldenen Löwen freigeben würde.

»Wessen Gold wollt Ihr dann?« Ich sprach homanisch, da sie es auch taten, behielt aber meinen caledonesischen Akzent bei.

»Bellams Gold«, teilte er mir vertraulich mit und grinste.

Ich fluchte innerlich. Der solindische Eindringling hatte mich nur zu leicht gefangen. Und ich hatte Homana nicht einmal erreicht.

Dennoch zwang ich mich zu einem verwirrten Stirnrunzeln. »Was will Bellam mit einem Söldner? Kann er nicht Hunderte davon *kaufen*?«

»Ihr reist mit einem Gestaltwandler«, stellte er nüchtern fest.

Ich runzelte noch immer die Stirn. »Ja. Was ist damit? Hat Bellam das verboten? Ich bin kein Homaner, ich bin Caledonier. Ich suche mir meine Gefährten, wo ich will.« Ich betrachtete das Schwertheft und bemerkte, daß das Leder schwarz und mürbe wurde. Gleich würde es sich abschälen, und ich wäre entlarvt. Wenn ich es nicht schon war.

»Einem Cheysuli droht das Todesurteil«, sagte der Homaner. »Das ist eine der Verfügungen, die Bellam seit der Zeit Shaines aufrechterhalten hat.«

Ich heuchelte Überraschung. »Also erkennt Ihr Bellam als König an? Obwohl Ihr Homaner seid?«

Er schaute zu den anderen. Sie waren einander sehr ähnlich: Ich hatte sie am Abend zuvor im Wirtshaus gesehen. Und sie hatten die Botschaft gehört, die der Harfenist verlesen hatte. Aber ich fragte mich, wie ich mich verraten hatte.

Der Mann spie auf den Schnee. »Wir erkennen Bellams Gold an, da wir anderenfalls nichts davon bekommen würden. Solange er Bezahlung für jeden getöteten Cheysuli bietet, werden wir ihm dienen. Das ist alles.«

Diesmal brauchte ich die Überraschung nicht zu heucheln. Sie wollten wieder nicht mich, sondern Finn. Aber mich hatten sie gefangengenommen, und ich war – für Bellam – mehr wert als fünfhundert Cheysulikrieger.

Nur daß es auf der ganzen Welt keine fünfhundert Cheysuli mehr gab. Dafür hatte mein Onkel gesorgt.

»Ihr seid auf der Jagd nach Cheysuli über die Grenze gekommen?« fragte ich.

Er lächelte. »Sie sind in Homana schwer zu finden. Aber der ellasische König bietet ihnen Zuflucht, also suchen wir sie hier. Wie könnten wir uns unser Gold besser verdienen?«

»Warum dann«, fragte ich sehr ruhig, »entwaffnet Ihr *mich*? Ich habe nichts mit alledem zu tun.«

»Ihr seid mit dem Gestaltwandler hereingekommen. Indem wir Euch gefangennehmen, nehmen wir ihn gefangen. Er wird sich nicht in eine Bestie verwandeln, wenn Euer Leben in unseren Händen liegt.«

Ich lachte. »Ihr verlaßt Euch auf einen Bund, der nicht besteht. Der Cheysuli und ich, wir haben uns unterwegs getroffen und schulden einander nichts. Mich gefangenzunehmen bringt Euch nichts anderes ein als einen bedeutungslosen Tod.« Ich hielt inne. »Ihr *wollt* mich doch töten, nicht wahr?«

Er sah erneut die anderen an. Einen Augenblick lang war Unschlüssigkeit in seinen blauen Augen zu erkennen, und dann zuckte er die Achseln. Seine Entscheidung war gefallen. »Ihr habt zwei von uns getötet. Dafür müßt Ihr bezahlen.«

Ich hörte das Rasseln von Pferdegeschirr. Die Klingen wurden fester gegen meinen Nacken, meine Kehle und meinen Bauch gepreßt, während der Mann aus dem Wald herausritt. Er trug eine Harfe in seinen bloßen Händen, und die eine Note, die er hervorzauberte, hielt uns alle in ihrem Bann.

»Ihr werdet niemanden töten«, sagte der Harfenist. »Narren seid Ihr alle, da Ihr doch Carillon in Eurer Gewalt habt.«

Die Homaner bewegten sich nicht. Sie konnten sich nicht bewegen. Sie waren, genau wie ich, Gefangene der Harfe.

Lachlan sah mich an. »Sie sind Homaner. Wenn Ihr ihnen Euren Namen genannt hättet, wären sie vor Euch niedergekniet, anstatt Euch mit Stahl zu bedrohen.«

Er griff in die Saiten und löste ein Gewirr von Noten aus. Nun konnte ich sprechen, aber nicht mehr. »Ich bin ein Söldner«, sagte ich ruhig. »Ihr verwechselt mich mit jemand anderem.«

Er runzelte die Stirn. Sein Blick hielt mich unbewegt fest, und der Klang der Harfe wurde lauter. Ich spürte ihn in meinem Kopf, und dann lächelte er. »Ich kann Euer ganzes Leben erzählen, Mylord. Wollt Ihr, daß ich es uns allen beweise?«

»Zu welchem Zweck?« fragte ich. »Ihr werdet tun, was Ihr tun wollt, was ich auch sage.«

»Ja«, stimmte er mir zu.

Ich sah seine Finger auf den Saiten tanzen, und er entlockte der Harfe einen traurigen quälenden Klang. Er erinnerte mich an das Lied, das er am Abend zuvor gespielt hatte, an die Betroffenheit über die Erinnerungen an das, was geschehen war. Aber es war nicht das gleiche. Dies klang anders. Seine Lady sang ein anderes Lied.

Die Klingen wurden von meinem Nacken, meiner Kehle und meinem Bauch entfernt. Die Homaner traten zurück, stolperten durch den Schnee, bis ich allein dastand. Ich beobachtete stumm, wie sie die von mir getöteten Männer aufhoben und die Körper in den Wald trugen. Ich war allein, bis auf den Harfenisten, aber genauso hilflos wie zuvor.

»Aha«, sagte ich, »Ihr wollt das Gold also für Euch selbst beanspruchen.«

»Meine Absicht ist es, Euch alle Männer zur Verfügung zu stellen, die ich Euch zur Verfügung stellen kann«, sagte er abwehrend. »Ich habe sie nach Hause gesandt, wo sie abwarten sollen, bis Ihr sie ruft.«

Ich lachte. »Wer würde einem Söldner dienen, Harfenist? Ihr verwechselt mich, das sagte ich bereits.«

Vollkommen ruhig legte Lachlan die Harfe in ihren Kasten, schloß ihn und befestigte ihn am Sattel. Dann sprang er von seinem Pferd herab und kam durch den Schnee auf mich zu. Er kniete sich schnell hin, nahm dicke Handschuhe aus seinem Gürtel, faltete sie und zog dann mein Schwert aus der Feuerstelle heraus. Das

Leder war fortgebrannt, und in den letzten Strahlen der untergehenden Sonne funkelte der Rubin dunkel karmesinrot. Der Löwe schien flammendes Gold.

Lachlan erhob sich. Er hielt die Klinge vorsichtig vor sich, hütete sich selbst mit den Handschuhen vor der von ihr abstrahlenden Hitze, aber sein Lächeln schwand nicht. Er wandte sich um und sah mich mit kaum wahrnehmbarem Triumph im Blick an. »Ich habe Leder bei mir«, sagte er ruhig. »Ihr werdet es neu umwickeln müssen.«

Ich konnte mich noch immer nicht bewegen und überlegte, wie lang er mich noch festhalten mochte. Ich fragte mich, ob er mich den ganzen Weg nach Homana in seinem Zauber halten wollte, damit Bellam mich hilflos sähe. Der Gedanke ließ mich mit den Zähnen knirschen.

Und dann lächelte ich. Als Lachlan sich zu seinem Pferd umwandte – zweifellos um die Harfe zu holen –, trat Finn um den Pferdeleib herum und versperrte ihm den Weg. Auf der anderen Seite kam Storr hervor, und damit war der Zauber gebrochen.

Ich streckte meine behandschuhte Hand aus und schloß sie um die Klinge meines Schwertes, das Lachlan noch immer vorsichtig vor sich hielt. Ich spürte die Hitze, aber sie genügte nicht, mich zu verbrennen. Sie reichte nur aus, mich daran zu erinnern, was beinahe geschehen wäre.

Lachlan stand ganz still. Seine Hände waren jetzt bis auf die zusammengefaltet in seinen Handflächen ruhenden Handschuhe vollkommen leer. Er wartete ab.

Finn trat näher heran. Storr folgte ihm. Ich konnte Lachlans Anspannung mit jedem ihrer Schritte zunehmen spüren. Meine eigene war schließlich vergangen. Ich fühlte mich ruhig und wohl, zufrieden zu wissen, daß wir ihn fest im Griff hatten, und nicht mehr von einem Harfenisten mit magischen Fähigkeiten bestimmt wurden.

»Die anderen sind tot.« Finn blieb vor Lachlan stehen.

Der Harfenist sprach. »Habt Ihr sie *getötet*? Aber ich hatte ihnen eine Aufgabe erteilt…«

»Ja«, stimmte Finn ihm spöttisch zu. »Aber ich ziehe es vor, keine Risiken einzugehen.«

Lachlan öffnete den Mund zum Protest, schloß ihn dann aber wieder. Ich sah, wie fest angespannt sein Kiefer war. Kurz darauf versuchte er es erneut. »Dann habt Ihr fünf Männer aus Carillons Heer getötet. Diese fünf Männer werden Euch fehlen.«

Finn lächelte leicht belustigt. »Es ist mir lieber, fünf Männer aus Carillons Heer getötet zu haben als Carillon selbst.«

Lachlan sah mich scharf an. »Ihr glaubt mir nicht, wenn ich sage, daß ich Euch nur helfen will. Nun gut, das verstehe ich. Aber er ist ein Cheysuli. Er kann mich zur Wahrheit zwingen. Ich kenne seine Fähigkeiten. Ich habe meinen eigenen Anteil daran.«

»Und da dies so ist, könntet Ihr meinen Fähigkeiten widerstehen«, bemerkte Finn.

Lachlan schüttelte den Kopf. »Ohne meine Harfe steht mir keine Magie zur Verfügung. Ich stehe Euch zu Diensten. Und ich bin kein Ihlini, so daß Ihr nicht den Verlust Eurer Macht fürchten müßt.«

Finns Hände waren kaum zu sehen, so schnell griff er nach dem Kopf des Harfenisten, bevor Lachlan ausweichen konnte. Finn hielt seinen Schädel zwischen beiden Handflächen, als wolle er ihn zerdrücken, aber er tat es nicht. Lachlan hob ebenfalls die Hände, ergriff Finns Finger, um sie zurückzubiegen, aber dann hielt er inne. Seine Hände sanken herab. Finn ließ seine um Lachlans Kopf gelegt und drang in seinen Geist ein.

Kurz darauf, als er wieder bei sich war, sah Finn mich an. »Er ist ein Harfenist, ein Heiler und ein Priester. Soviel kann ich spüren. Aber nichts sonst. Er ist gut abgeschirmt, auch wenn er unschuldig zu sein vorgeben will.«

»Dient er Bellam oder Tynstar?«

»Es *scheint* nicht der Fall zu sein.« Er drückte sich offensichtlich vorsichtig aus.

Ich betrachtete mein Schwert und säuberte es von der Asche. »Wenn er weder Bellams noch Tynstars Mann ist, wem dient er dann? Er hatte die Gelegenheit, mich mit Hilfe dieser Harfe zu töten oder meinen Geist zu vernichten. Bellam würde ihn mit Gold belohnen, wenn ich tot oder wahnsinnig geworden wäre.« Ich verzog das Gesicht. »Er hätte die Homaner sogar als Wachabteilung benutzen können, denn er hat mit dieser Harfe die Macht, es zu tun. Aber er hat nichts von alledem getan.«

»Soll ich ihn für dich töten?«

Ich betrachtete blinzelnd den Rubin, der jetzt in der untergehenden Sonne dunkler wirkte. »Harfenisten befassen sich üblicherweise nicht mit Morden und ähnlichem. Sie lieben kleinliche Intrigen – ich glaube, das ist ebenso wie das Harfenspiel von Natur aus in ihnen angelegt –, aber ich habe niemals einen Harfenisten gekannt, der sich auf Mord eingelassen hätte.«

»Mit Gold kann man jeden Mann kaufen.«

Ich grinste ihn mit gewölbten Brauen an. »Einen Cheysuli vielleicht auch?«

Finn runzelte die Stirn. Bei all dem Reichtum um seine Arme und an seinem Ohr hätte ihn oder jeden anderen Krieger kaum mehr Gold reizen können. »Er ist kein Cheysuli«, sagte er nur, und es war nur zu klar, was er meinte.

»Nein«, stimmte ich ihm seufzend zu. »Aber vielleicht ist er nur ein Spion, kein gedingter Mörder. Mit Spionen kann ich umgehen, sie sind oft sehr nützlich. Wie sonst hätten wir Bellam fünf Jahre lang diesen munteren Tanz bieten können?« Ich lächelte erneut. Bellam hatte Spione ausgesandt, die uns aufspüren sollten. Fünf hatten uns sogar gefunden. Wir hatten sie ihrer Aufgabe entledigt und ihnen eine neue zugewiesen, nämlich Bellam die Nachricht zu überbringen, daß wir uns an einem anderen Punkt der Welt befänden, nämlich Hunderte von Meilen von dem Ort entfernt, an dem wir uns tatsächlich aufhielten. Es war bei dreien von ihnen gelungen.

Die anderen hatten wir getötet.

»Also willst du ihn benutzen.« Finns Stimme klang vollkommen gleichgültig, aber ich wußte, daß ihm dieser Gedanke nicht gefiel.

»Wir werden ihn mitnehmen und abwarten, was er vorhat.«

»Du schlägst einen gefährlichen Weg ein, Carillon.«

Ich lächelte. »Er ist bereits gefährlich. Dies ist kaum der Rede wert.« Ich lachte über Finns Gesichtsausdruck. »Es wird dich auch in Übung halten, *Gefolgsmann*. Du bist mir sehr spät zu Hilfe geeilt.«

»Ich mußte erst fünf Männer töten, bevor ich die Harfe erreichen konnte.« Aber er runzelte leicht die Stirn, und ich wußte, daß ihm die Gewißheit, *tatsächlich* langsam gewesen zu sein, nicht gleichgültig war. Er war vielleicht schneller gewesen als jeder andere, aber für einen Cheysulikrieger dennoch langsam.

»Du wirst alt, Finn.« Ich machte eine Geste. »Laß unseren Harfenisten frei. Wir sollten abwarten, welche Absicht er verfolgt.«

Finn ließ Lachlan los. Der Harfenist taumelte kurz, fing sich dann aber und berührte seinen Kopf. Sein Blick war getrübt und verwirrt. »Seid Ihr fertig?«

»Mehr als fertig«, bestätigte ich. »Jetzt erzählt uns, warum Ihr mir helfen wollt.«

Er rieb sich die Stirn. »Das Leben eines Harfenisten besteht daraus, aus Helden und aus der Geschichte Lieder zu gestalten. Ihr seid beides, Ihr und der Cheysuli. Ihr solltet die Geschichten hören, die man sich über Euch erzählt.« Er grinste, seine Sinne waren wiederhergestellt. »Ein Harfenist erlangt sein eigenes Maß an Ruhm, indem er zu dem Ruhm anderer beiträgt. Ich könnte es schlechter treffen, als mit Carillon von Homana und seinem gleichermaßen berühmten Gefolgsmann zu reiten.«

»Das ist wahr«, stimmte ich ihm zu und ließ ihn daraus entnehmen, was immer er wollte.

Kurz darauf deutete Lachlan auf die Feuerstelle. »Euer Feuer ist erloschen. Wenn Ihr wollt, kann ich es wieder entfachen.«

Ich betrachtete die Feuerstelle. Während des Handgemenges mit den Homanern war Schnee ins Feuer gelangt, der es letztendlich erstickt hatte. »Ich habe einen Feuerstein bei mir«, sagte ich.

»Euer Brennholz ist feucht. Mich kostet es weniger Mühe.« Lachlan wandte sich zu seinem Pferd um, um die Harfe zu holen, aber Storr stand ihm im Weg. Kurz darauf schaute ein graugesichtiger Harfenist zu mir zurück.

Ich lächelte. »Storr gehorcht Finn, wenn nicht sich selbst. Schaut ihn an.«

Lachlan regte sich nicht. Er wartete ab. Und schließlich trat Storr beiseite.

Der Harfenist nahm den Kasten vom Pferderücken herab, barg ihn an seiner Brust und wandte sich dann um. »Befürchtet Ihr, daß ich Magie gegen Euch einsetzen könnte?«

»Ich habe allen Grund dazu«, erklärte ich.

»Ich werde keine Magie gegen Euch einsetzen.« Er schüttelte seinen dunklen Kopf. »Nicht noch einmal. Ich werde sie *für* Euch einsetzen, wenn Ihr wollt, aber nicht gegen Euch. Niemals wieder gegen Euch. Wir haben zu vieles gemeinsam.«

»Was hat ein Söldner mit einem Harfenisten gemeinsam?« fragte ich.

Lachlan grinste. Es war der freundliche, belustigte Gesichtsausdruck, den ich schon am Abend zuvor bemerkt hatte, als wüßte er, was ich nicht wissen konnte, und wolle es dabei belassen. »Ich bin vieles«, sagte er geheimnisvoll. »Einiges davon ist Euch bekannt: Harfenist, Heiler, Priester. Und eines Tages werde ich Euch den Rest mitteilen.«

Ich hob mein Schwert. Ganz gezielt setzte ich die Spitze auf dem Rand der Scheide auf und ließ Lachlan die im ersterbenden Licht kaum wahrnehmbaren Runen betrachten. Dann ließ ich das Schwert mit einem die Schatten erfüllenden, vom Stahl verursachten Zischen in die Scheide gleiten. »Wenn Ihr Euch auf uns einlaßt«, sagte ich leise, »dann seht Euch vor.«

Lachlans Lächeln schwand. Er umfaßte noch immer den Harfenkasten und schüttelte den Kopf. »Wenn ich Euren Tod wollte, würde Euer Cheysuli mich töten.« Er warf Finn einen schnellen Blick zu. »Dies ist Ellas. Wir bieten den Cheysuli jetzt schon seit mehreren Jahren Zuflucht. Glaubt Ihr, ich würde Finns Fähigkeiten unterschätzen? Nein. Ihr braucht mir gegenüber nicht vorsichtig zu sein, wenn er in der Nähe ist. Ich könnte nichts tun.«

Ich brummte. »Ihr haltet das in Händen.«

»Meine Lady?« Er war überrascht und lächelte dann. »O ja, ihre Magie. Aber es ist Lodhis Magie, und ich gebrauche sie nicht zum Töten.«

»Dann zeigt uns, wie Ihr sie *sonst* gebraucht«, forderte ich ihn auf. »Zeigt uns, welche andere Magie Euch außer der Fähigkeit, uns unsere Erinnerungen zu schenken oder uns den Willen zu nehmen, noch zur Verfügung steht.«

Lachlan sah Finn an, der in den sich vertiefenden Schatten fast unsichtbar war. »Bei Euch war es schwierig. Die meisten Menschen sind so oberflächlich, so flüchtig. Aber Ihr seid vielschichtig. Einige Schichten sind dünn und können leicht beiseite gezogen werden, aber darunter zeigt sich die metallene, die eherne Unterschicht«, sagte er nachdenklich. »Ich würde Euch mit Eisen vergleichen. Hart und kalt und fest.«

Finn deutete plötzlich auf die Feuerstelle. »Zeigt es uns, Harfenist.«

Lachlan kniete sich neben die Feuerstelle, öffnete geschickt den Harfenkasten – aus gegerbtem Leder, das durch eine dick gepolsterte Innenauskleidung hart wie Stein geworden war – und nahm seine Lady heraus. Die so zerbrechlich wirkenden Saiten schimmerten im verbliebenen Licht. Der Rahmen bestand, wie ich sah, aus uraltem Holz, vielleicht von einem magischen Baum. Er war mit gesponnenem Gold umwunden. Der grüne Stein – ein Smaragd? – glitzerte.

Lachlan kniete sich in den Schnee, mißachtete die zunehmende Kälte und spielte eine einfache Weise. Sie erklang sanft, fast lautlos, war aber dennoch bemerkenswert. Und als sich seine Hände so schnell über die Saiten bewegten, daß man sie kaum noch erkennen konnte, sah ich tief in dem feuchten, verkohlten Holz Funken aufglühen, bis eine Flamme aufstieg, alles verschlang und das Feuer wieder auflebte.

Das Lied der Harfe erstarb. Lachlan sah zu mir hoch. »Geschafft«, sagte er.

»So ist es, und ich bin unversehrt.« Ich streckte eine behandschuhte Hand aus, ergriff seine bloße Hand und zog ihn hoch. Er hatte einen festen Griff, der Griff einer Frau hätte nicht genügt, um seine Harfenistenfinger geschmeidig zu halten.

Lachlan lächelte, als wir unsere Hände voneinander lösten. Ich dachte, daß er mich genauso schnell eingeschätzt hatte wie ich ihn. Aber er schwieg, denn es gab nichts zu sagen. Wir waren einander fremd, obwohl in mir etwas flüsterte, dies müßte nicht immer so sein.

»Ihr reitet ein Vollblutpferd«, sagte ich und betrachtete den grauen Schecken.

»Ja«, stimmte Lachlan mir ernst zu. »Der Hochkönig mag meine Musik. Er hat ihn mir im letzten Jahr geschenkt.«

»Ihr seid in Rheghed willkommen?« fragte ich und dachte darüber nach, was das bedeuten könnte.

»Harfenisten sind überall willkommen.« Er zog seine Handschuhe an und kauerte sich gegen die Kälte zusammen. »Ich bezweifle auch nicht, daß Bellam mich in Homana-Muhjar willkommen heißen würde, wenn ich dorthin ginge.«

Er forderte mich mit seinem Blick heraus. Ich lächelte, aber Finn blieb ernst. »Ja, vermutlich habt Ihr recht.« Ich wandte mich an Finn. »Haben wir etwas zu essen?«

»Schon«, bestätigte er, »aber nur wenn du bereit bist, Kaninchenfleisch zu essen. Die Jagd war nicht sehr erfolgreich.«

Ich seufzte. »Kaninchen ist nicht mein Lieblingsfleisch, aber es ist besser als nichts.«

Finn lachte. »Dann habe ich dir in diesen vergangenen Jahren zumindest etwas beigebracht. Früher hättest du vielleicht Wildbret verlangt.«

»Damals wußte ich es nicht besser.« Ich schüttelte den Kopf. »Auch ein Prinz lernt, daß er einen genauso leeren Magen wie jeder andere haben kann, wenn ihm der Titel genommen wird.«

Lachlans Hände ruhten auf seiner Harfe, während er sie in den Kasten legte. »Welcher Titel?« fragte er. »Prinz von Mujhar?«

»Ist das wichtig? Bellam hat mir beide gestohlen.«

Als von den Kaninchen nur noch Knorpel und Knochen übrig waren – und Storr vernichtete diese Überreste nur zu schnell – holte Lachlan einen Schlauch mit herbem Wein aus seiner Satteltasche und reichte ihn mir. Ich saß mit überkreuzten Beinen auf meinen zwei Fellen und versuchte die in meine Knochen dringende Nachtkälte zu vergessen. Der Wein war etwas bitter, aber er wärmte, und nach einem langen Zug reichte ich ihn an Finn weiter. Er nahm ihn sehr ernst entgegen, rief dann nach einem festgelegten Ritus seine Cheysuligötter an, und ich bemerkte, wie Lachlan ihn ansah. Finns Art, den Glauben anderer Menschen zu verspotten, brachte ihm wenig Freundschaft ein, aber er wollte auch keine. Er sah keinen Sinn darin, da er Storr hatte.

Lachlan nahm den Schlauch schließlich wieder an sich, trank und reichte ihn an mich weiter. »Wollt Ihr mir dann erzählen, was ich wissen muß? Ein Legende entsteht aus Tatsachen, nicht aus der Phantasie heraus. Erklärt mir, wie es geschehen konnte, daß ein König die Rasse vernichtet, die ihm und seinem Haus so treu gedient hat.«

»Das könnte Finn besser erzählen.« Wenn er es wollte.

Finn, der mit Storr an seiner Seite auf seinen Fellen saß, zuckte die Achseln. Sein Ohrring schimmerte im Feuerschein. In den Schatten wirkte er fremdartiger denn je, wie ein Teil der Nacht selbst. »Was gibt es zu erzählen? Shaine hat völlig grundlos ein *Qu'mahlin* über uns verhängt... und wir starben.« Er hielt inne. »Die meisten von uns.«

»*Ihr* lebt«, bemerkte Lachlan.

Finn lächelte verzerrt, verzog die Lippen nur, als wollte er die Zähne blecken. »Die Götter haben einen anderen Weg für mich bestimmt. Mein *Tahlmorra* besagt, daß ich der Prophezeiung in späteren Jahren dienen und nicht als hilfloses Kind sterben sollte.« Er versenkte seine Hand in Storrs dichtem Fell.

Lachlan zögerte, hielt noch immer den Harfenkasten umfangen. »Darf ich den Beginn der Säuberung erfahren?« fragte er schließlich.

Finn lachte freudlos. »Was ist der Beginn, Harfenist? Ich weiß es nicht, und ich war Teil davon.« Er sah einen Augenblick wie gebannt zu mir, als hielte die Erinnerung ihn vollkommen gefangen.

Ich schluckte, erinnerte mich ebenfalls. »Der Fehler lag in dem anmaßenden Stolz eines einzigen Mannes.« Ich wußte nicht, wie ich sonst hätte beginnen sollen.

»Mein Onkel, Shaine der Mujhar – der einen Sohn haben wollte, aber keinen bekam – versuchte seine Tochter mit Ellic von Solinde, Bellams Sohn, zu verheiraten, in der Hoffnung, daß der Krieg dann beendet würde. Aber diese Tochter erwählte sich einen anderen Mann, einen Cheysuli, Shaines eigenen Gefolgsmann, womit sie dem Bündnis und der Verlobung den Rücken wandte. Sie entfloh ihrem Vater und Homana-Mujhar und der Krieger mit ihr.«

»Mein *Jehan*«, sagte Finn, bevor ich fortfahren konnte. »Vater, würdet Ihr sagen. Hale. Er riß Lindir aus ihrem *Tahlmorra* und gestaltete für sie beide ein anderes. Dies hat uns alle ins Unglück gestürzt.« Er starrte ins Feuer. »Es hat den Stolz eines Königs erschüttert, ihn niedergedrückt, bis er es nicht länger ertragen konnte. Und als seine *Cheysula* an Schwindsucht starb und seine zweite Frau keine lebenden Kinder gebar, entschied er sich zu glauben, daß die Cheysuli sein Haus verflucht haben mußten.« Er schüttelte leicht bedauernd den Kopf. »Und er verhängte über uns alle das *Qu'mahlin*.«

Lachlan runzelte angestrengt die Stirn. »Also wegen einer Frau. Der Antrieb für alles.«

»Wegen Lindir«, bestätigte ich. »Meine Cousine. Sie war Shaine trotz ihrer Frauenart ähnlich genug, um einen Sohn angemessen zu ersetzen. Nur daß sie eine Tochter war und ihren Stolz dazu benutzte, flüchten zu können.«

»Was hat sie zu dem allen gesagt?«

Ich schüttelte den Kopf. »Das weiß niemand. Sie kam acht Jahre später, als sie Hales Kind unter dem Herzen trug und er gestorben war, zu ihrem Vater zurück, weil sie nirgendwo sonst hingehen konnte. Shaine nahm sie wieder auf, denn er brauchte einen männlichen Erben. Als dann ein Mädchen geboren wurde, verbannte er es in die Wälder, damit die Bestien ihren Gestaltwandlermischling bekommen sollten. Aber Alix überlebte, weil Shaines Waffenmeister – und die Königin von Homana selbst – den Mujhar baten, sie den Menschen anstatt den Bestien zu überlassen.« Ich setzte mich um. »Lindir starb bei Alix' Geburt. Ich weiß nicht, wie sie über das *Qu'mahlin* dachte, aber immerhin wurde ihr Krieger dadurch getötet und seine Rasse fast vernichtet.«

Lachlan dachte über all das nach. Und dann sah er Finn an. »Wie kommt es dann, daß Ihr Carillon dient? Shaine der Mujhar war sein Onkel.«

Finn streckte eine Hand aus und machte die vertraute Geste. »Deshalb. Wegen des *Tahlmorra.* Deshalb habe ich keine Wahl.« Er lächelte leicht. »Ihr würdet es vielleicht Schicksal nennen oder Los oder welches andere ellasische Wort auch immer Ihr darauf anwenden wollt... Wir glauben, daß jedes Kind mit einem *Tahlmorra* geboren wird, das beachtet werden muß, wenn die Götter es verkünden. Die Prophezeiung der Erstgeborenen besagt, daß eines Tages ein Mann aller Rassen vier kriegführende Reiche und zwei magische Völker in Frieden vereinen wird. Carillon ist ein Teil dieser Prophezeiung.« Er schüttelte im Feuerschein ernst den Kopf. »Wenn ich eine Wahl hätte, würde ich diesem Dienst, der mich bindet, entsagen, aber ich bin ein Cheysuli und kann es nicht tun.«

»Feinde, die zu Freunden geworden sind.« Lachlan nickte bedächtig und betrachtete angestrengt das Feuer, als höre er die Musik bereits. »Das würde ein schöner Schlag. Eine Geschichte, die die Herzen bräche und die Seelen entzweirisse und anderen zeigte, daß Mühsal nichts ist im Vergleich zu dem, was die Cheysuli erlitten haben. Wenn Ihr erlaubt, Finn, werde ich ...«

»... was tun?« fragte Finn. »Die Wahrheit verschönern? Die Geschichte zugunsten von Reim und Klang verändern? *Nein.* Ich verweigere Euch diese Erlaubnis. Was mein Stamm und ich erlitten haben, brauchen andere nicht zu wissen.«

Ich ballte meine bis dahin locker um die Knie gelegten Hände zu Fäusten, wodurch sich die Fingernägel in das Leder der Handschuhe gruben. Finn sprach selten über seine Vergangenheit oder über seine persönlichen Gefühle, da er ein ganz besonders in sich gekehrter Mensch war, aber während er sprach, konnte ich allen Schmerz und alle Empfindungen aus seiner Stimme heraushören. Frei und ungehindert, wie aufgebrochen.

Lachlan begegnete seinem Blick. »Ich würde nichts von dieser Wahrheit verschönern«, sagte er leise. »Ich denke, daß das nicht notwendig wäre.«

Finn sagte etwas in der Alten Sprache der Cheysuli. Ich hatte während der letzten Jahre einige Worte und Sätze daraus gelernt, aber wenn Finn sie aus Verärgerung oder Enttäuschung – oder aus einer Gefühlsaufwallung heraus – verwendete, konnte ich nichts davon verstehen. Die lyrischen Silben wurden undeutlich und unverständlich, konnten seine Gefühle jedoch ebensogut zum Ausdruck bringen. Ich zuckte zusammen, weil ich wußte, was Lachlan empfinden mußte.

Und dann brach Finn ab. Er schrie niemals, weil er es nicht nötig hatte, denn seine Ruhe war genauso wirkungsvoll. Stille war jedoch etwas völlig anderes, und so dachte ich, daß ihn vielleicht etwas aufgehalten hatte. Dann sah ich den seltsam losgelösten Ausdruck auf seinem Gesicht und die Leere in seinen Augen und erkannte, daß Storr mit ihm sprach.

Ich konnte mir nicht vorstellen, was der Wolf sagte, aber ich sah, wie sich Finns Gesicht im Feuerschein dunkelrot verfärbte und dann blaß und grimmig wurde. Schließlich lockerte er seine Zunge und sprach.

»Ich war noch ein Junge.« Die Worte wurden so leise ausgesprochen, daß ich sie über das Knacken und Prasseln des Feuers hinweg kaum hören konnte. »Drei Jahre alt.« Seine Hand krampfte sich in das Silberfell an Storrs Hals. Ich fragte mich, und war überrascht über den Gedanken, ob er bei seinem *Lir* Unterstützung suchte, um offen über seine Kindheit sprechen zu können. Er hatte mir bisher noch nichts davon erzählt, nicht einmal wenn ich ihn danach gefragt hatte. »Ich war an einer Kinderkrankheit erkrankt und klammerte mich an die Röcke meiner *Jehana* wie ein einfältiger Narr.« Seine Augen verklärten sich ein wenig, aber er lächelte, als belustige ihn die Erinnerung, aber nur sehr kurz, denn es war wenig Belustigendes an seiner Erzählung. »Der Schlaf brachte mir keinen Frieden, nur schlechte Träume, und es war heiß in dem Zelt. Es war so sehr dunkel, und ich dachte, die Dämonen würden meine Seele rauben. Mir war so heiß.« Er schluckte schwer. »Duncan schüttete Wasser aufs Feuer, um es zu löschen, er wollte nur helfen, aber dadurch qualmte das Feuer und erstickte mich fast. Schließlich schliefen er und meine *Jehana* ein, aber ich konnte nicht schlafen.«

Ich sah Lachlan an. Er war wie erstarrt.

Finn hielt inne. Der Feuerschein erfüllte seine Augen. »Und dann war der Keep plötzlich voll des Donners der Götter, nur daß das Donnern von Menschen verursacht wurde, von den Männern des Mujhar. Sie drangen in unseren Keep ein wie Dämonen aus der Unterwelt und waren entschlossen, uns alle zu vernichten. Sie setzten das Zelt in Flammen.

Lachlan schrak auf. »Obwohl sich *Kinder* darin befanden?«

»Ja«, sagte Finn grimmig. »Unser Zelt ritten sie mit den Pferden nieder und warfen dann eine Fackel darauf.« Sein Blick zuckte zu Lachlans erstauntem Gesicht. »Wir bemalen unsere Zelte, Harfenist. Farbe brennt sehr schnell.«

Lachlan wollte etwas sagen, wie um die Erzählung zu unterbrechen. Aber Finn fuhr dennoch fort, befreite vielleicht damit seine Seele.

»Duncan zog mich aus dem Feuer heraus, bevor es uns alle verschlingen konnte. Meine *Jehana* führte uns beide in den Wald, und dort verbargen wir uns bis zum Tagesanbruch. Inzwischen waren die Männer fort, aber auch der größte Teil unseres Keep.« Er atmete tief durch. »Ich war jung, zu jung, um ganz verstehen zu können, aber selbst ein dreijähriges Kind lernt hassen.« Sein Blick wanderte zu mir. »Ich wurde zwei Tage vor dem Augenblick geboren, als Hale mit Lindir fortging, und dennoch nahm er sie mit sich. Er zog vom Keep nach Homana-Mujhar und verhalf seiner *Meijha* zur Flucht. Und so stellte Shaine, als er seine Männer auf uns ansetzte, sicher, daß Hales Keep als erster vernichtet wurde.

Lachlan schüttelte nach einer Weile des Schweigens den Kopf. »Ich habe viele Fähigkeiten, die andere Menschen nicht haben, durch Lodhi und meine Lady. Aber selbst *ich* kann diese Geschichte nicht so erzählen wie Ihr.« Sein Gesicht wirkte sehr betroffen. »Das werde ich jenen überlassen, die es können. Ich werde es den Cheysuli überlassen.«

Kapitel Fünf

Als wir uns dem Keep einen Tag später schließlich näherten, wurde Finn nachdenklich und mürrisch. Das sah ihm nicht ähnlich. Wir waren gut miteinander ausgekommen, wenn auch erst, nachdem ich mich daran gewöhnt hatte, einen Cheysuli an meiner Seite zu haben und nachdem *er* sich daran gewöhnt hatte, mit einem Homaner zu reiten. Jetzt waren wir wieder zu Hause angelangt, zumindest er. Würde Finn jetzt seinem Dienst entsagen?

Bei diesem Gedanken richteten sich die Haare in meinem Nacken auf. Ich wollte Finn nicht verlieren. Ich brauchte ihn noch immer. Ich hatte in den Jahren des Exils viel gelernt, aber ich mußte noch lernen, wie es war, einen gestohlenen Thron zu beanspruchen. Ohne Finn wäre die Lösung dieser Aufgabe fast unmöglich.

Er parierte scharf sein Pferd und fluchte leise. Und dann zeigte sein Gesicht den unheimlich leeren Ausdruck des *Lir*bundes, und ich wußte, daß er mit dem Wolf sprach.

Lachlan, der kluge Harfenist, schwieg. Er wartete genauso ab, wie ich es tat. Aber die fast greifbare Anspannung schien ihn nicht zu berühren.

Schließlich unterbrach Finn die Verbindung. Ich hatte sein Gesicht beobachtet, hatte gesehen, wie es hart und kantig und blaß geworden war, genau wie seine Augen. Und jetzt bekam ich Angst.

»Was ist los?« stieß ich zischend hervor.

»Storr warnt uns.« Finn erschauderte plötzlich, obwohl das von seinem Ohrring abstrahlende Sonnenlicht warm auf unseren Schultern lag. »Ich glaube, ich spüre es auch. Ich werde hineinreiten. Bleibt hier.« Er betrachtete Lachlan einen Augenblick, dachte – dem Ausdruck seiner Augen nach zu schließen – über etwas nach. Dann zuckte er die Achseln und ließ von dem Gedanken ab. »Bleibt hier, bis ich zu euch zurückkomme.«

Er sprach leichthin, zweifellos wegen Lachlan, aber ich konnte nicht auf Ausflüchte warten. Ich ergriff die Zügel seines Pferdes und hielt sie fest. »Sag es mir. Was ist los?«

Finn schaute erneut zu Lachlan und sah dann mich an. »Storr kann keinen Kontakt zu einem *Lir* finden.«

»Zu *keinem*?«

»Nicht einmal zu Alix' *Lir*.«

»Aber... bei ihrem Alten Blut...« Ich brach ab. Er brauchte nichts mehr zu sagen. Wenn Storr überhaupt keinen *Lir* finden konnte, war es tatsächlich ernst. »Vielleicht besteht auch für dich Gefahr«, sagte ich leise.

»Natürlich. Also gehe ich in *Lir*gestalt weiter.« Er sprang sofort von seinem Pferd herab und ließ mich mit einem unberechenbaren Tier am Ende eines Lederzügels stehen. *»Tahlmorra lujhala mei wiccan, Cheysu«*, sagte er achselzuckend zu mir und verwandelte sich.

Ich beobachtete Lachlan. Als Finn verschwunden war, weiteten sich Lachlans Augen, um sich dann wieder zu verengen. Stirnrunzelnd schaute er genau hin, als wollte er es allein begreifen. Seine Hände sanken auf den Harfenkasten neben seinem Knie und berührten ihn, als wollte er sich versichern, daß er wach war. Als ich wieder zu Finn schaute, war seine Menschengestalt vollkommen verschwunden und von den verschwommenen Umrissen eines Wolfs ersetzt worden. Ich spürte das vertraute Rebellieren meines Magens, schluckte wie immer dagegen an und sah erneut zu Lachlan. Sein Gesicht hatte eine seltsam grünliche Schattierung angenommen. Ich dachte, er würde seine Angst und sein Entsetzen vielleicht herauswürgen, aber er tat es nicht.

Der rötliche Wolf mit Finns gelben Augen zuckte mit dem Schwanz und rannte davon.

»Man muß sie nicht fürchten«, belehrte ich Lachlan deutlich, »es sei denn man hat etwas getan, weshalb man ihre Feindschaft verdient.« Ich lächelte, als er mich ansah, als dächte er, ich könnte vielleicht auch ein Wolf oder etwas Ähnliches sein. »Ihr sagtet, Ihr wärt ein unschuldiger Mann, ein Harfenist … was habt *Ihr* von Finn zu befürchten?«

Aber ein Mensch verliert die Angst vor Geistern aus den Alpträumen seiner Kinderzeit nicht so leicht, egal wie unschuldig er ist. Lachlan, der vielleicht mehr Schuld trug, als er behauptete, konnte weitere Gründe haben zu fürchten, was er sah. Er starrte hinter Finn her, ohne jetzt noch etwas zu sehen, aber die grünliche Blässe war von der Bleichheit des Schreckens und der Erkenntnis ersetzt worden. »*Wölfe* können keine Gründe kennen! Erkennt er Euch in dieser Gestalt?«

»Finn weiß in dieser Gestalt alles, was ein Mensch weiß«, sagte ich. »Aber er besitzt auch die Weisheit eines Wolfs. Eine doppelte Bedrohung, könnte man sagen, für jemanden, der Vorsicht verdient.« Ich regte mich im Sattel, in Gedanken halb bei Finn und halb auch bei Lachlan, denn ich wußte, was er empfand. Ich hatte während der ersten wenigen Male selbst so empfunden. »Er ist kein Dämon und auch keine Bestie. Er ist ein Mensch, der eine Göttergabe in seinem Blut trägt, genauso wie Ihr eine Göttergabe in Eurem Blut tragt. Nur zeigen seine Götter ihre Anwesenheit ein wenig anders.« Ich dachte an die durch seine Musik hervorgerufene Magie und lachte dann über seinen entsetzten Gesichtsausdruck. »Denkt Ihr, daß er Lodhi verehrt? Finn nicht. Er *verehrt* vielleicht keinen Gott, beziehungsweise keine Götter, aber er *dient* seinem Gott besser, als jeder andere Mann, den ich jemals kennengelernt habe. Was glaubt Ihr, warum er mir sonst die Treue hält?« Finns Pferd versuchte davonzulaufen, suchte im Schnee nach Gras, und ich zog es zurück. »Ihr braucht keine Angst zu haben, daß er sich wie ein Wolf auf Euch stürzen und Eure

Kehle zerfleischen könnte. Er würde dies nur tun, wenn Ihr ihm einen Grund dazu gäbt.« Ich begegnete dem Blick des Harfenisten gelassen und behielt einen beiläufigen Tonfall bei. »Aber Ihr wollt mich ja auch nicht verraten, nicht wahr? Nicht mit Eurem Wissen.«

»Nein.« Lachlan versuchte zu lächeln, aber ich konnte seine Gedanken erkennen. Niemand, der dem Gestaltwandel zum ersten Mal beiwohnt, vergißt dies so schnell wieder. Wenn überhaupt jemals. »Was hat er zu Euch gesagt, bevor er sich verwandelt hat?«

Ich lachte. »Eine Art Philosophie. In der Sprache der Cheysuli natürlich und daher einem Homaner oder Ellasier unbekannt.« Ich zitierte die Worte: *»Tahlmorra lujhala mei wiccan, Cheysu.* Es bedeutet, grob übersetzt, daß das Schicksal eines Menschen stets in Händen der Götter liegt.« Ich zeigte sehr deutlich die Geste, indem ich meine rechte Hand hob und die Finger spreizte. »Dieser Satz wird sonst zu dem Wort *Tahlmorra* verkürzt, was auf einfache Art mehr als genug besagt.«

Lachlan schüttelte bedächtig den Kopf. »Das ist mir nicht so fremd, glaube ich. Habt Ihr vergessen, daß ich auch Priester bin? Zugegebenermaßen huldige ich nur einem Gott, der sich sehr von Finns Göttern unterscheidet, aber ich habe Übung darin, den Glauben eines Menschen zu verstehen. Und es ist mehr als nur Übung, denn ich glaube mit ganzem Herzen daran, daß ein Mensch seine Gottheit erkennen und ihr dienen sollte.« Er berührte den Harfenkasten. »Meine Gabe befindet sich hier drinnen, Carillon. Finns Gabe liegt woanders, aber sie ist genauso stark. Und er glaubt mindestens genauso fest daran, daß er sich auf sein Schicksal einlassen muß.« Er lächelte. *»Tahlmorra lujhala mei wiccan, Cheysu.* Welch vielsagender Satz.«

»Kennt Ihr einen ähnlichen?«

Lachlan lachte. »Ihr könntet ihn niemals aussprechen. Euch fehlt die ellasische Kehle dazu.« Er pochte auf den Harfenkasten. »Aber dieser ist nicht so schwer: *Yhana*

Lodhi, yffennog faer.« Er lächelte. »Ein Mann kann immer von Stolz erfüllt sein, wenn er bescheiden mit Lodhi an seiner Seite schreitet.«

Und dann kam Finn als Mensch und blaß zurück, und ich hatte keine Zeit mehr zu philosophieren. Ich reichte Finn die Zügel, konnte aber keine der in mir aufsteigenden Fragen stellen. Finns Gesicht hatte mich sprachlos werden lassen.

»Zerstört«, flüsterte er. »Niedergerissen. *Verbrannt.*« Er war erschreckend bleich. »Es gibt keinen Keep mehr.«

Erst als wir die eingestürzten Gebäude erreicht hatten, erkannte ich, was er meinte, und ließ mein Pferd über die Überreste des Keep hinwegspringen, obwohl es eigentlich kein Springpferd war. Es stolperte, scharrte an den schneebedeckten Haufen Steinen, und dann erkannte ich, was dies war. Die Mauer, die jeden Keep umgebende, halbkreisförmige Mauer war zerstört worden. Sie lag zerschmettert und geschleift am Boden.

Ich parierte mein Pferd sofort, um es und auch mich selbst zu schützen. Ich saß schweigend auf dem kleinen Wallach und sah, was von dem Keep übriggeblieben war. Nach und nach betrachtete ich es, erlaubte mir nur einen kleinen Teil auf einmal zu begutachten, denn ich konnte es nicht ertragen, das ganze Ausmaß der Verwüstung auf einmal zu sehen.

Fast alles war von Schnee bedeckt, aber die Aasfresser hatten die Überreste ausgegraben. Ich sah die langen Pfähle, einige entzweigebrochen, einige verkohlt. Ich sah steifgefrorene, verschmutzte Stoffetzen, deren Farben durch die Zeit und das rauhe Wetter verblichen waren. Die vor jedem Zelt errichteten Feuerstellen waren verwüstet, von feindseligen Füßen und zerstörerischen Hufen verstreut. Alles schien vernichtet, nur noch bizarre Überreste waren von einem einst stolzen Keep geblieben.

Im Geiste sah ich es, wie ich es zuletzt gesehen hatte: unverputzte, nicht mit Mörtel versehene, zum Schutz des Keep hoch aufgeschichtete Steine und sich bauschende Zelte verschiedener Schattierungen, die mit gemalten *Lirs* geschmückt waren.

Ich fluchte. Die Flüche drangen feucht und böse aus meinem Mund. Ich dachte an Duncan, den Stammesführer dieses Keep, aber hauptsächlich dachte ich an Alix.

Dann ritt ich weiter, auf den eigentlichen Platz zu. Ich kannte ihn gut genug, obwohl nichts geblieben war, das ihn kennzeichnete. Dort glitt ich von meinem Pferd, zu steif, um geschmeidig oder anmutig abzusteigen, und sank auf die Knie.

Ein Pfahl ragte aus dem Schnee über den Ruinen hervor wie eine Standarte. Ein steifgefrorener Stoffetzen hing noch immer an dem Holz. Ich riß ihn ab, und er zerfiel in meiner Hand. Schieferfarben, mit einem leichten Schimmer von Gold und Braun, Duncans Falke.

Ich hatte niemals erwogen, daß sie tot sein könnten. Ich hatte während meiner Zeit des Exils niemals gedacht, daß sie fort sein könnten. Sie waren das einzig Unveränderliche in meinem Leben gewesen – neben Finn. Ich hatte mich stets an den Keep und an das Zelt des Stammesführers erinnert, erfüllt von Duncans Stolz und Alix' Stärke und dem Versprechen des ungeborenen Kindes. Ich hatte nicht einmal erwogen, daß sie nicht hier sein könnten, um mich zu begrüßen.

Aber es war nicht die Begrüßung, die ich vermißte. Es war die Gewißheit des Lebens, egal wo es atmete. Hier lebte jetzt nichts mehr.

Ich hörte ein Geräusch hinter mir und wußte sofort, daß Finn es machte. Langsam und plötzlich älter, als ich tatsächlich war, erhob ich mich. Ich zitterte wie krankhaft und verspürte nur eine tiefe Betrübnis, großen Zorn und einen alles umfassenden Kummer.

Götter ... sie konnten nicht tot sein ...

Lachlan stieß einen Laut aus. Ich starrte ihn blind an, dachte nur an Alix und Duncan, und dann sah ich den Ausdruck der Erkenntnis in seinen Augen.

Finn sah es ebenfalls. Als er in noch immer menschlicher Gestalt lossprang, fing ich ihn mitten im Schritt ab. »Warte ...«

»*Er hat es gewußt.*«

Die Worte waren wie ein Schlag ins Gesicht, aber ich hielt Finn noch immer fest.

»Warte. Wenn du ihn tötest, werden wir nichts von ihm erfahren. *Warte* ...«

Lachlan stand wie angewurzelt da. Eine Hand hielt er ausgestreckt, als wollte er uns zurückhalten. Sein Gesicht war bleich. »Ich werde es Euch sagen. Ich werde Euch sagen, was ich weiß.«

Als ich sicher war, daß Finn nichts mehr unternehmen würde, ließ ich ihn los. Zumindest bis er einen besseren Grund hatte. »Finn hat ein Recht, es zu erfahren: Ihr wußtet es.«

Lachlan nickte starr. »Ich wußte es. Ich hätte es wissen müssen. Aber ich hatte es vergessen. Es war ... vor drei Jahren.«

»*Vor drei Jahren.*« Ich sah mich in dem zerstörten Keep um. »Harfenist ... was ist geschehen?«

Er sah mich unbewegt an. »Ihlini.«

Finn zischte etwas in der Alten Sprache. Ich wartete nur auf weitere Erklärungen. Aber ich sagte: »Wir befinden uns hier in Ellas. Wollt Ihr also sagen, daß Tynstar auch hier seinen Einfluß hat?«

Lachlan errötete. »Ich will nichts dergleichen sagen. Ellas unterliegt nicht der Herrschaft der Ihlini. Aber einmal, nur einmal, fand ein Übergriff über die Grenze statt. Von Ihlini und Solindern ausgeführt, die die in diesem Reich Schutz suchenden Cheysuli jagten und hierher kamen.« An seinem Kinn zuckte ein Muskel. »Es sind Lieder darüber geschrieben worden, aber ich habe sie mir nicht gemerkt. Ich hatte es fast völlig vergessen.«

»Erinnert Euch«, sagte Finn barsch. »Erinnert Euch an alles, Harfenist.«

Lachlan spreizte die Hände. »Die Ihlini kamen hierher. Sie haben den Keep zerstört. Sie haben so viele Cheysuli wie möglich getötet.«

»*Wie viele?*« fragte Finn.

»Nicht alle.« Lachlan rieb mit einer Hand über seine Stirn, als wollte er das Silberdiadem abstreifen, das seinen Berufsstand anzeigte. »Ich... weiß es nicht, vielleicht so viele, wie ich wissen sollte.«

»Nicht genug und doch zu viele, alles auf einmal«, sagte Finn grimmig. »Harfenist, Ihr hättet eher reden sollen. Ihr wußtet, daß wir zum Keep gelangen würden.«

»Woher sollte ich von *allen* wissen. Der Hochkönig gewährt den Cheysuli Schutz, aber er zählt sie nicht, ob jung oder alt. Ich bezweifle, daß Rhodri sagen kann, wie viele Keeps oder Cheysuli es in Ellas gibt. Wir heißen sie einfach alle willkommen.«

Jetzt war es an Finn zu erröten, aber nur kurz. Der Kummer und die Anspannung kehrten sofort zurück, gruben sich tief in sein Gesicht ein. Er trug wieder die Maske, seine eigene Maske, starr und hart in ihrer Verschlossenheit. »Vielleicht sind sie alle tot. Und dann wäre nur noch ich übrig...« Er brach ab.

Lachlan atmete tief ein. »Ich habe gehört, daß jene, die überlebt haben, nach Homana zurückgekehrt sind. Nach Norden. Über den Blauzahnfluß hinweg.«

Finn runzelte die Stirn. »Zu weit«, murmelte er und sah Storr an. »Sogar zu weit für den *Lir*bund.«

Ich sah Lachlan ins Gesicht. »Ihr habt viel gehört für einen Mann, der sich an so wenig erinnert. Nach Homana, sagt Ihr. Nach Norden, über den Blauzahnfluß hinweg. Verfügt Ihr über Kenntnisse, zu denen wir keinen Zugang haben?«

Er blieb ernst. »Harfenisten verfügen über viele Kenntnisse, wie Ihr wissen solltet. Gab es in Homana-Mujhar keine Harfenisten?«

»Viele«, sagte ich knapp. »Bevor Bellam die Musik zum Schweigen brachte.«

Finn wandte sich um. Er betrachtete erneut die Überreste von Duncans schiefergrauem Zelt. Ich wußte, daß er wieder Kontrolle über sich erlangen wollte, und fragte mich, ob es ihm gelänge.

»Dürfte ich vorschlagen«, begann Lachlan, »daß Ihr meine Harfenkunst benutzt, um Eure Leute ausfindig zu machen? Ich könnte Wirtshäuser aufsuchen und das *Lied von Homana* singen, um herauszufinden, wie die Leute empfinden. Wie könnte man ihre Denkungsart und ihre mögliche Antwort auf den Anspruch ihres rechtmäßigen Königs besser ergründen?«

»Das *Lied von Homana*?« fragte Finn zweifelnd und sah jetzt Lachlan an.

»Ihr habt es gehört«, sagte der Harfenist, »und ich habe gesehen, was es mit Euch gemacht hat. Es hat eine eigene Magie.«

Er hatte recht. Wenn er homanische Wirtshäuser aufsuchte und dieses Lied auf seiner Lady spielte, würde er eher als jeder andere erfahren, wozu mein Volk fähig war. Wenn Bellam sie eingeschüchtert hatte, würde viel Zeit erforderlich sein, sie wieder aufzurichten. Aber wenn sie nur zornig waren, konnte ich mir ihren Zorn zunutze machen.

Ich nickte Lachlan zu. »Jemand sollte sich um die Pferde kümmern.«

Er runzelte einen Augenblick verwirrt die Stirn und verstand dann. Schweigend brachte er unsere Pferde fort und gab uns somit Gelegenheit, offen zu sprechen, ohne Angst haben zu müssen, daß er uns belauschte. »Ich stelle es dir frei zu gehen«, sagte ich einfach zu Finn.

In seinen Augen flackerte etwas auf. »Das ist nicht notwendig.«

»Doch. Du mußt gehen. Dein Stamm – deine Verwandten – sind über den Blauzahnfluß nach Norden gezogen. Nach Hause, nach Homana, was ohnehin unser Ziel ist. Du mußt sie suchen, damit deine Seele Frieden findet.«

Er lächelte nicht. »Homana zu heilen ist wichtiger, als meinen Stamm zu suchen.«

»Tatsächlich?« Ich schüttelte den Kopf. »Du hast mir einmal erzählt, daß man bei den Cheysuli durch Stammes- und Verwandtschaftsbande stärker verpflichtet ist, als durch alles andere. Ich habe es nicht vergessen. Ich stelle es dir frei zu gehen, damit ich dich vollständig zurückbekomme.« Er hob eine Ruhe gebietende Hand. »Bis du es weißt, wird es an deiner Seele nagen wie ein Krebsgeschwür.«

Sein Gesicht war sehr angespannt. »Ich werde dich nicht mit dem Feind allein lassen.«

Ich schüttelte den Kopf. »Wir wissen nicht, ob er ein Feind ist.«

»Er weiß zu viel«, sagte Finn grimmig. »Zu viel und zu wenig. Ich traue ihm nicht.«

»Dann traue wenigstens mir.« Ich streckte meine behandschuhte Hand aus und spreizte mit nach oben gerichteter Handfläche die Finger. »Hast du mich in der Kunst des Überlebens selbst in der größten Not nicht so gut unterrichtet wie du konntest? Ich bin nicht mehr der unerfahrene junge Prinz, den du ins Exil begleitet hast. Ich glaube, ich sollte mein Leben allmählich selbst in die Hand nehmen.« Ich lächelte. »Du sagtest, es sei mein *Tahlmorra,* den Löwenthron zurückzufordern. Wenn dem so ist, wird es geschehen, und nichts kann das verhindern, nicht einmal diese Zeit der Trennung.«

Er schüttelte zögernd den Kopf. »*Tahlmorras* können gebrochen werden, Carillon. Lebe nicht in dem Irrglauben, du seist sicher.«

»Hab mehr Vertrauen zu mir«, schalt ich. »Ziehe nach Norden und finde Alix und Duncan. Und bringe sie zurück.« Ich runzelte kurz die Stirn. »Bringe sie zu Torrins Haus. Es war Alix' Zuhause, und wenn er noch lebt, wird dies eine Zufluchtsstätte für uns alle sein können.«

Er betrachtete das zerstörte, unter dem Schnee begrabene Zelt. Und dann sah er Storr an und seufzte. »Erhebe dein Volk, Prinz von Homana. Und ich werde die Cheysuli nach Hause bringen.«

Kapitel Sechs

Mujhara. Es ragte wie ein Adler aus den Ebenen von Homana hervor und war rundum mit Mauern aus rosenrotem Stein und mit Toren geschützt, die durch Fallgitter und Wachtürme verstärkt waren. Homana-Mujhar sah ganz ähnlich aus: von einer Mauer umgeben, durch verstärkte Tore geschützt und rötlich. Der Palast stand auf einem Hügel inmitten der Stadt. Er ragte nicht sehr hoch auf, aber doch höher als alles andere. Lachlan und ich ritten durch das Haupttor nach Mujhara hinein, und ich hatte sofort ein heimatliches Gefühl.

Aber das Gefühl trog. Meine Heimatstadt war von solindischen Kriegern erfüllt, die in Kettenpanzern und gegerbtem Leder und mit silbern glitzernden Schwertern überall herumstanden. Sie ließen uns hinein, weil sie es nicht besser wußten und dachten, daß Homanas rechtmäßiger Herrscher niemals so bereitwillig in sein eigenes Gefängnis hineinreiten würde.

Ich hörte in den Straßen von Mujhara häufiger die solindische als die homanische Sprache. Lachlan und ich sprachen zur Sicherheit Ellasisch. Aber ich dachte, daß ich jede Sprache hätte sprechen können, ohne erkannt zu werden. Bellams Krieger langweilten sich. Nach fünf Jahren ohne erkennbare Bedrohung von außen frönten sie innerhalb der Stadtmauern dem Müßiggang.

Die Erhabenheit Mujharas war geschwunden. Ich dachte, es läge vielleicht an meiner mangelnden Urteilskraft, da ich so viel Zeit in fremden Ländern verbracht hatte, aber das war nicht der Grund. Die einst so stolze Stadt hatte jeden Ehrgeiz verloren. Sie beherbergte einen Mujhar, der seinen Thron gestohlen hatte, und die Homaner machten sich nicht die Mühe, seinen Namen zu preisen. Warum sollten sie seine Stadt preisen? Die Stadt, in der einst Glasfenster funkelten und Horn schimmerte und in der jetzt verhangene und an manchen Stellen schmutz- und rußverschmierte Dunkelheit und Düsterkeit herrschte. Die weiß getünchten Wände waren jetzt schmuddelig und grau und einige von Urinspuren verunziert. Die gepflasterten Straßen waren verfallen und verwittert, und der Gestank hing darüber wie eine Seuche. Ich bezweifelte nicht, daß Homana-Mujhar noch immer einem König angemessen war, aber für die übrige Stadt galt dies sicherlich nicht mehr.

Lachlan sah mich einmal an und dann noch einmal. »Schaut nicht so verärgert drein, sonst werden sie Euch erkennen.«

»Dieser Anblick macht mich krank«, sagte ich kurz. »Ich könnte auf diese Widerwärtigkeiten speien. Was haben sie meiner Stadt angetan?«

Lachlan schüttelte den Kopf. »Das, was besiegte Menschen überall tun: sie leben, sie machen einfach weiter. Das könnt Ihr ihnen nicht vorwerfen. Ihr Lebenssinn ist ihnen genommen worden. Bellam verlangt übertriebene Steuern, so daß niemand mehr richtig essen und schon gar nicht mehr sein Haus instand halten kann. Und die Straßen? Warum soll man den Mist wegräumen, solange der große Narr auf dem Thron sitzt?«

Ich blickte ihn scharf an. Er sprach nicht für Bellam, sagte nicht, was er hätte sagen müssen, um meinen Verdacht zu erregen. Er sprach wie ein Mann, der die Gründe für Mujharas Zustand erkannt hatte, dem dieser Zustand vielleicht mißfiel, der ihn aber besser ertragen konnte. Vielleicht weil er Ellasier und ein Harfenist war, der keinen Thron zu beanspruchen hatte.

»Es tut mir leid, daß Ihr es so sehen müßt«, sagte ich einfühlsam. »Wenn *ich* …« Ich brach sofort ab. Welchen Nutzen hatte es, etwas vorherzusagen, was vielleicht niemals eintreten würde?

Lachlan zeigte auf ein Gebäude. »Hier ist ein Wirtshaus. Sollen wir hineingehen? Vielleicht haben wir hier mehr Glück als in den Dorfwirtshäusern.«

Das sollten wir besser tun. Die bisherigen Mißerfolge schwärten in mir, obwohl ich verstand, was in den Menschen vorging. Es ist schwierig, arme Pächter zu bitten, das wenige, was sie besitzen, aufzugeben, um dem Ruf eines geächteten Prinzen zu folgen. Ich benötigte vorrangig Krieger, aber auch alle anderen verfügbaren Männer.

Ich betrachtete das Wirtshaus grimmig. Es sah wie alle anderen Wirtshäuser aus: grau, schmutzig und düster. Und dann betrachtete ich Lachlan.

Er lächelte, aber ohne jeglichen Humor. Er verzog nur die Mundwinkel. »Natürlich. Wir werden zu einem anderen Wirtshaus weiterreiten … zu einem, das Ihr selbst aussuchen werdet.«

Ich sprang vom Pferd, fluchte, als ich auf Mist ausrutschte und mit dem Stiefel an einem losen Pflasterstein entlangkratzte. »Dieses ist genausogut wie jedes andere. Kommt mit hinein und nehmt Eure Harfe mit.«

Lachlan betrat das Wirtshaus vor mir, nachdem er seine Lady vom Sattel heruntergenommen hatte. Ich hielt inne und ließ ihn allein hineingehen. Erst dann folgte ich ihm, schob die schmale, von Pfosten gestützte Tür auf.

Ich duckte mich sofort. Das Balkenwerk des dunklen Daches hing tief, so tief, daß ich unter seiner Beengtheit zusammenzuckte. Der Boden unter meinen Füßen war blanke, festgestampfte Erde, aber stellenweise hatten sich Rillen und kleine Erdhaufen gebildet, als Bänke und Tische darübergezogen worden waren, um neu aufgestellt zu werden. Ich hob eine Hand, um die klebrigen Spinnweben abzustreifen, die von dem Balken neben meinem Kopf herabhingen. Sie klebten an meinen Fingern, bis ich sie an dem rissigen, gehärteten Leder meines Wamses abrieb.

Eine einzige Laterne hing von einem Haken herab, der in den mit Pech geschwärzten Mittelbalken eingelassen war. Sie leuchtete den Schankraum nur schwach aus. Einige wenige Kerzen standen auf fettigen, schmierigen und stinkenden Tischen. Es gab wenig Licht an diesem Ort, nur ein kränklich gelbes Schimmern und der Dunst ockerfarbenen Rauchs.

Lachlan und seine Harfe wurden sofort willkommen geheißen. Ungefähr zwanzig Männer saßen im Schankraum verstreut, aber sie machten ihm gleich Platz, zogen einen Stuhl für ihn heran und baten ihn zu beginnen. Ich fand einen Platz in der Nähe der Tür, setzte mich hin und bestellte Bier, als der Wirt herankam. Es war gutes braunes Bier, kräftig und würzig. Ich trank den ersten Becher mit Genuß.

Lachlan begann mit einer heiteren Melodie, um seine Zuhörer aufzumuntern. Sie klatschten und jubelten, drängten ihn weiterzuspielen, bis er schließlich ein trauriges Lied von einem Mädchen und ihrem Geliebten sang, die von ihrem Vater ermordet wurden. Dieses Lied rief weniger überschwenglichen Beifall hervor, aber Lachlans Können gefiel den Männern dennoch. Und dann zupfte er die Anfangstöne des *Liedes von Homana*.

Er hatte mehr als die Hälfte der Geschichte vorgetragen, als sich ein Krieger in einem solindischen Kettenpanzer, der zuviel Wein getrunken hatte, plötzlich hochstieß und sein Schwert zog. »Verrat!« schrie er. Er schwankte auf seinen Füßen, und ich erkannte, wie betrunken er war. »Ihr singt *Verrat*!« Sein Homanisch war schlecht, aber man konnte ihn und auch seine Absicht, als er das schimmernde Schwert hob, dennoch deutlich verstehen.

Ich sprang sofort auf. Ich hielt mein Schwert in der Hand, aber andere Männer hatten den Krieger bereits ergriffen, ihn auf seinen Stuhl hinabgezwungen und ihm sein Schwert entwunden. Es schlug klingend auf dem Boden auf und wurde fortgetreten. Lachlan hatte seine Lady mitten auf einem Tisch abgesetzt, und seine Hand befand sich in der Nähe seines Messers.

Vier Männer hielten den Krieger fest. Ein fünfter Mann trat vor ihn hin. »Ihr seid hier allein, Solinder«, sagte er. »*Ganz* allein. Dies ist ein homanisches Wirtshaus, und wir sind alle Homaner. Wir bitten den Harfenisten, seine Weise zu beenden. Ihr werdet hier sitzen bleiben und zuhören … es sei denn, ich gebe Euch andere Anweisungen.« Er wandte den Kopf. »Fesselt ihn und stopft ihm den Mund!«

Der Krieger wurde sofort gefesselt und geknebelt und wie ein zum Scheren niedergedrücktes Schaf ziemlich unsanft auf dem Stuhl festgehalten. Der junge Mann, der den Befehl zum Fesseln gegeben hatte, warf einen abschätzigen Blick durch den Raum. Ich sah seine in der Düsterkeit des Kerzenlichts schwarz scheinenden Augen zu mir schwenken. Sein Blick verweilte, seltsam eindringlich, wenn auch scheinbar unbeteiligt, und wanderte dann weiter.

Er lächelte. Er war jung, achtzehn oder neunzehn, dachte ich, mit einer Sparsamkeit der Bewegungen, die mich ebenso wie sein schwarzes Haar und sein dunkles Gesicht an Finn erinnerte. »Wir haben diesen Narren zum Schweigen gebracht«, sagte er ruhig. »Jetzt sollten wir den Harfenisten sein Lied beenden lassen.«

Ich steckte mein Schwert wieder in die Scheide und setzte mich zögernd hin. Ich war mir der Männer bewußt, die hinter mir hereinkamen und sich entlang der Wand aufstellten. Ich sah, daß die Tür versperrt war. Das schien allerdings kein ungewöhnliches Vorkommnis zu sein: Die Solinder waren die Gejagten.

Dieses Wissen ließ mich lächeln.

Lachlan beendete sein Lied. Als die letzte Note verklungen war, herrschte vollkommene Stille. Ich spürte ein ahnungsvolles Kribbeln mein Rückgrat hinablaufen.

Ich erschauderte, da mir dieses Gefühl nicht behagte. Und dennoch konnte ich es nicht abschütteln.

»Ihr habt die Geschichte gut vorgetragen«, sagte der schwarzäugige junge Mann schließlich. »Ihr scheint ein Gefühl für unsere Lage zu haben. Und doch seid Ihr Ellasier.«

»Ja, ich bin Ellasier.« Lachlan hob einen Becher Wasser an seine Lippen und nippte daran. »Aber ich habe viele Länder bereist und bewundere Homana schon seit Jahren.«

»Was kann man an Homana noch bewundern?« fragte der Homaner. »Wir sind ein besiegtes Land.«

»Im Augenblick ja, aber wartet Ihr nicht nur darauf, daß Euer Prinz zurückkehrt?« Lächelnd zupfte Lachlan eine Saite seiner Lady an. Der Ton hing kurz in der Luft und verklang dann. »Der frühere Glanz, den Ihr zurückerlangen wollt ... wird vielleicht kommen.«

Der junge Mann beugte sich auf seinem Stuhl vor. »Sagt mir – da Ihr weitgereist seid, wie Ihr sagt –, glaubt Ihr, daß Carillon von unserer Not erfährt? Wenn Ihr dieses Lied überall dort gesungen habt, wohin Ihr gereist seid, habt Ihr doch sicherlich *irgendeine* Art von Antwort erhalten!«

»Angst«, sagte Lachlan ruhig. »Die Menschen haben Angst vor solindischer Vergeltung. Welches Heer könnte Carillon erheben, wenn er wieder nach Hause käme?«

»Angst?« Der andere nickte. »Ja, wir haben alle Angst. Was sonst sollte dieses Land empfinden? Wir brauchen wieder einen Herrscher, einen Mann, der dieses Reich zum Widerstand führen kann.« Er zeigte alle Hingabe eines Eiferers, und dennoch war nichts des dafür üblichen Wahnsinns an ihm zu erkennen. Er war nur verzweifelt, genau wie ich. »Ich will nicht lügen und behaupten, daß es leicht wäre, Harfenist, aber ich glaube, Carillon würde viele vorfinden, die bereit wären, ihm zu folgen.«

Ich dachte an die Kleinpächter, die nur über ihren Wein und ihr Bier gebeugt vor sich hin gemurmelt hatten. Ich dachte daran, wie erfolglos unsere Erkundigungen danach verlaufen waren, ob Homana meine Rückkehr wünschte.

»Was würdet Ihr tun«, fragte Lachlan, »wenn er wieder zurückkäme?«

Der andere lachte mit einer für sein Alter allzu tiefen Bitterkeit. »Wir würden uns ihm anschließen. Diese wenigen Männer, die Ihr hier seht. Es sind nicht viele, aber es wäre ein Anfang. Außerdem gibt es noch mehr von uns. Wir treffen uns heimlich, um Pläne zu schmieden und Carillon auf jede uns nur mögliche Art zu helfen, in der Hoffnung, daß er zurückkehrt.«

»Bellam ist mächtig«, warnte Lachlan, und ich fragte mich, was er noch wissen mochte.

Der Homaner nickte. »Er ist tatsächlich stark und befehligt viele Truppen, die ihm treu dienen. Und mit Tynstar an seiner Seite ist er sicherlich kein schwacher König. Aber Carillon hat die Cheysuli schon früher einmal nach Homana-Mujhar gebracht und die Ihlini fast besiegt. Dieses Mal könnte es ihm ganz gelingen.«

»Aber nur mit Hilfe.«

»Die wird er bekommen.«

Lachlan nickte bedächtig. »Es sind Fremde in diesem Raum. Auch ich bin ein Fremder, selbst wenn ich Ellasier bin.«

»Ihr seid ein Harfenist.« Der junge Mann runzelte die Stirn. »Harfenisten genießen natürlich Sonderrechte. Und was den Krieger betrifft, er wird getötet werden.«

Lachlan schaute über den Raum hinweg zu mir. »Und der andere?«

Der Homaner lächelte nur. Und dann traten mehrere Männer hinter mich und forderten mein Messer und mein Schwert. Nach einem kurzen Augenblick des Zögerns händigte ich ihnen beides aus. Zwei junge Männer blieben hinter mir und ein weiterer an meiner linken Seite stehen. Der Wortführer ging kein Risiko ein. »Er wird natürlich auch getötet.«

Natürlich. Ich lächelte Lachlan zu, der einfach abwartete.

Das Messer wurde dem jungen Mann übergeben. Er betrachtete es kurz, betrachtete stirnrunzelnd die caledonischen Runen und Inschriften und legte das Messer dann auf dem nächststehenden Tisch ab. Dann wurde ihm das Schwert gereicht, das er nicht sofort ablegte. Er bewunderte den Schliff und bemerkte dann die in das Silber eingearbeiteten Runen. Seine Augen weiteten sich. »Dieses Schwert wurde von einem Cheysuli gefertigt!« Er betrachtete mich scharf. »Wo habt Ihr das Schwert her?« Einen Augenblick lang zeigte sein Gesicht eine Regung. »Ihr habt es zweifellos einem Toten abgenommen. Cheysulischwerter sind selten.«

»Nein«, sagte ich. »Ich habe es einem Lebenden abgenommen. Und jetzt möchte ich Euch um etwas bitten, bevor Ihr mich tötet.«

»Ihr wollt mich um etwas *bitten*?« Er starrte mich an, während seine Brauen unter dem schwarzen Haar verschwanden. »Ihr könnt mich vielleicht etwas fragen ... Aber das bedeutet noch lange nicht, daß ich auch antworten werde.«

Ich rührte mich nicht. »Entfernt das Leder.«

Seine Hände lagen um das Heft. Ich sah, wie er auf das Leder schaute und seine Festigkeit spürte. Ich hatte das Heft gut eingebunden und würde es auch wieder tun.

»Entfernt das Leder.«

Sein Blick forderte mich kurz heraus. Und dann zog er sein Messer und tat genau das, was ich gesagt hatte.

Das Leder fiel herab. Er starrte das Schwertheft an: den wilden, königlichen Löwen aus reinstem Cheysuligold, den polierten Griff, den wuchtigen, von gewundenen Zacken gehaltenen Rubin – das prächtige Auge des Mujhar.

»Sagt, was Ihr seht, damit alle es wissen«, forderte ich ihn ruhig auf.

»Die Löwenkrone von Homana.« Sein Blick wanderte von dem Heft zu meinem Gesicht, und ich lächelte.

»Wer trägt dieses Schwert, diese Krone?«

Alle Farbe war aus seinem Gesicht gewichen. »Die Blutsverwandten des Hauses Homana.« Er hielt inne. Dann stieß er hastig hervor: »Aber Ihr könntet dieses Schwert *gestohlen* haben.«

Ich schaute zu meinen Wächtern. »Ihr habt mich entwaffnet. Sagt, daß ich vortreten kann.«

»In Ordnung. Kommt her.« Sein Gesicht hatte wieder an Farbe gewonnen. Er war jung und zornig und fürchtete, was er vielleicht hören könnte.

Ich erhob mich und schob meinen Stuhl zurück. Langsam trat ich vor, sah nur den jungen Mann an und blieb dann vor ihm stehen. Er war groß, so groß wie ein Cheysuli, aber ich war noch größer.

Ich schob meinen linken Ärmel hoch und zeigte ihm die mein Handgelenk umgebende Narbe. »Seht Ihr das? Ich habe eine weitere, ebensolche Narbe am rechten Handgelenk. Du solltest sie beide kennen, Rowan.« Er zuckte überrascht zurück. »Du warst genau wie ich Gefangener Keoughs von Atvia. Du wurdest ausgepeitscht, weil du Wein über Keough vergossen hattest und obwohl ich sie gebeten hatte, dich nicht zu bestrafen. Auf deinem Rücken müssen Narben von der Strafe zu sehen sein, genauso wie an meinen Armen Narben von dem Eisen zu sehen sind.« Ich schob den Ärmel wieder zurück. »Bekomme ich jetzt mein Schwert wieder?«

Er senkte starr den Kopf, um das Schwert in seinen Händen zu betrachten. Und dann streckte er es mir hin, als habe er die Geschichte der Klinge erkannt. Ich nahm es entgegen, fühlte mich fast augenblicklich sicherer, und dann sank Rowan auf die Knie.

»*Mylord*«, flüsterte er. »O Mylord … Vergebt mir!«

Ich ließ das Schwert in die Scheide gleiten. »Ich habe nichts zu vergeben. Du hast getan, was du tun mußtest.«

Er sah zu mir hoch. Ich bemerkte, daß seine Augen im Kerzenschein gelb waren. Ich hatte ihn schon immer für einen Cheysuli gehalten. Rowan hatte es stets geleugnet. »Wann werden wir den Kampf aufnehmen, Mylord?«

Ich lachte über seinen Eifer. »Der Winter ist fast vorüber. Wir werden Zeit brauchen, um so viele Männer wie möglich zu versammeln. Vielleicht können wir im Frühjahr mit den Angriffen beginnen.« Ich machte eine Geste. »Steh auf, Rowan. Dies ist nicht der richtige Ort, und ich bin noch nicht ganz der Mujhar.«

Er blieb, wo er war. »Wollt Ihr mich tatsächlich in Eure Dienste nehmen?«

Ich streckte die Hand aus, ergriff sein gewebtes Hemd und das Lederwams und zog ihn hoch. »Ich habe dir gesagt, daß du aufstehen sollst«, sagte ich milde und war überrascht, wie groß er geworden war. Als ich ihn das letzte Mal gesehen hatte, war er erst dreizehn Jahre alt gewesen.

Rowan glättete seine Kleidung. »Ja, Mylord.«

Ich wandte mich zu den anderen Männern um. Sie waren alle Rowans Männer, Widerstandskämpfer, die jetzt mit der Szene beschäftigt waren, die sich vor ihren Augen abspielte, da sie noch nicht ganz glauben konnten, daß sich der Prinz, dessen Rückkehr Rowan vorhergesagt hatte, tatsächlich mitten unter ihnen befand.

Ich räusperte mich. »Die meisten von euch sind zu jung, um sich an das Homana vor der Zeit des *Qu'mahlin* zu erinnern, als mein Onkel, der Mujhar, befahl, daß jeder Cheysuli getötet werden sollte. Ihr seid genau wie ich selbst in Angst und Mißtrauen den Cheysuli gegenüber aufgewachsen. Aber ich habe dazugelernt, und das müßt auch ihr tun.« Ich hob Ruhe gebietend eine Hand. »Sie sind keine Dämonen. Sie sind keine Bestien.

Sie dienen nicht der Unterwelt, sondern sie dienen *mir*.« Ich hielt inne. »Hat jemand von euch überhaupt jemals einen Cheysulikrieger *gesehen*?« Sie alle, einschließlich Rowan, verneinten. Ich sah alle Männer – einen nach dem anderen – an. »Ich wünsche kein Blutvergießen unter meinen Männern. Die Cheysuli sind nicht eure Gegner.«

»Aber...« begann ein Mann und wurde dann unter meinem Blick verlegen.

»Es ist nicht leicht, etwas zu vergessen, was man sein Leben lang zu glauben gelehrt wurde«, fuhr ich ruhiger fort. »Das weiß ich besser, als ihr denkt. Aber ich glaube auch, daß ihr erkennen werdet, daß sie nicht anders sind als andere, wenn ihr erst eure abergläubischen Ängste vor etwas, was ihr nicht verstehen könnt, abgelegt habt.« Ich hielt inne. »Ihr *solltet* es besser tun.«

Rowan lachte hinter mir einmal kurz auf. Ich glaubte Erleichterung aus dem Laut herauszuhören.

»Werdet ihr mir auch mit den Cheysuli an meiner Seite dienen?«

Zustimmung. Keine Ablehnung. Ich suchte nach Widerwillen und fand nichts dergleichen.

»Und so wird das *Lied* fortgeführt«, murmelte Lachlan, und daraufhin lachte ich laut auf.

Rowan erzählte mir von meiner Familie, von denen, die davon übriggeblieben waren: meine Mutter und meine Schwester. Wir saßen allein an einem Ecktisch und planten, wie wir das erforderliche Heer aufstellen könnten. Er sprach deutlich und ausführlich, denn er hatte schon viel Zeit mit den Überlegungen verbracht, wie dies am besten geschehen könnte, und ich war dankbar für seine Sorgfalt. Dadurch würden die Vorbereitungen erheblich erleichtert werden. Aber als er schließlich wie beiläufig erwähnte, daß meiner Mutter die Gesellschaft meiner Schwester sicherlich fehlen würde, hob ich Einhalt gebietend eine Hand.

»Befindet sich Tourmaline nicht in Joyenne?«

Rowan schüttelte den Kopf. »Bellam hat sie schon vor Jahren als Geisel genommen. Ich glaube, es geschah kurz nachdem Ihr aus Homana-Mujhar entkommen wart.«

Entkommen … Tynstar hatte mich gehen *lassen*. Ich zupfte an dem narbigen Holz des Tisches und bat Rowan fortzufahren.

Er zuckte die Achseln und wußte nicht so recht, was er mir erzählen sollte. »Lady Gwynneth wird gut bewacht in Joyenne festgehalten. Prinzessin Tourmaline befindet sich, wie ich bereits sagte, in Homana-Mujhar. Bellam versucht alles zu beanspruchen, was Euch zu ihm führen könnte. Er wagt es nicht, einem von ihnen die Freiheit zu geben, aus Angst, daß sie als Sammelpunkt für den Widerstand benutzt werden könnten.«

»An meiner Stelle?« Ich fuhr mit einer Hand durch meinen Bart und kratzte die darunterliegende Haut. »Nun, Bellam wird mit mir beschäftigt sein. Er braucht keine zwei Frauen gefangenzuhalten.«

»Das wird er dennoch weiterhin tun«, versicherte mir Rowan. »Er wird sie niemals gehen lassen.« Er hielt kurz inne und betrachtete mich zögernd. »Es geht sogar das Gerücht um, daß er die Lady, Eure Schwester, heiraten will.«

Ich stieß einen Fluch aus und war nahe daran, mit einer Hand an meinem erneut umwickelten Schwertheft aufzuspringen. Statt dessen setzte ich mich wieder hin und bearbeitete mit meinem Messer den Tisch, wodurch ich dem Holz noch weitere Narben zufügte. »Das würde Torry nicht zulassen«, sagte ich tonlos und wußte doch, daß sie nur wenig dazu zu sagen haben würde. Frauen konnten selten mitbestimmen, was mit ihnen geschah.

Rowan lächelte. »Ich hörte, daß sie keine fügsame Geisel wäre. Und wenn sich zwei Frauen in einem

Schloß befinden…« Er lachte laut und offensichtlich wirklich belustigt auf.

»Zwei?«

»Die andere Frau ist seine Tochter, Prinzessin Electra.« Rowan runzelte die Stirn. »Es geht das Gerücht um, daß sie Tynstars Geliebte sei.«

»Tynstars.« Ich starrte ihn, kerzengerade auf meinem Stuhl sitzend, an. »Bellam gibt seine Tochter für *so etwas* her?«

»Ich hörte, daß dies Tynstars Preis war.« Rowan regte sich auf seiner Bank. »Mylord, ich kann Euch nicht viel berichten. Das meiste sind nur Gerüchte. Ich würde niemals wagen zu behaupten, daß irgend etwas davon der Wahrheit entspräche.«

»An Gerüchten ist immer etwas Wahres«, sagte ich nachdenklich und nahm meinen Becher Bier wieder auf. »Wenn sie Tynstars Geliebte ist, kann ich sie für meine Pläne gebrauchen.«

»Ihr wollt eine Frau gegen den *Magier* einsetzen?« Rowan schüttelte den Kopf. »Verzeiht, Mylord, aber ich glaube, Ihr irrt Euch.«

»Prinzen irren sich niemals.« Ich grinste, als ich bemerkte, daß Rowan sich sofort unbehaglich fühlte. »*Alle* Menschen können sich irren, und ein Narr ist, wer sich davon ausnimmt. Nun gut, wir müssen einen Plan ersinnen – genauer gesagt: es müssen zwei Pläne sein –, um meine Mutter aus Joyenne und Torry aus Homana-Mujhar zu befreien.« Ich runzelte die Stirn und wünschte, Finn wäre bei mir. Ohne ihn eine Falle zu errichten… Ich widmete mich wieder Rowan. »Für einen Mann, der schwört, er sei kein Cheysuli, bist du das vollendete Abbild eines Kriegers.«

Rowan errötete. »Ich weiß. Das war mein Verderben.«

»Ich bedeute in der Beziehung keine Gefahr für dich. Du könntest es ruhig zugeben…«

»Ich gebe nichts zu!« Ich war froh, daß er seine Verärgerung auch seinem Prinzen gegenüber nicht verbarg.

Unzuverlässig sind jene Menschen, die zu allem unterwürfig ja und amen sagen und mich niemals in ihre Herzen sehen lassen. »Ich sagte bereits, daß ich kein Cheysuli bin, Mylord«, wiederholte er.

Ich lachte über seine steife Förmlichkeit, an die ich mich plötzlich auch wieder erinnerte. Und dann erstarb das Lachen, denn ich hörte Lachlan im Hintergrund die Harfe spielen. Ich hörte ihn mit seiner Lady Magie hervorbringen.

Ich wandte mich um und betrachtete meinen geheimnisvollen Verbündeten. Ein Ellasier. Ein Fremder, der mein Freund sein wollte, wie er gesagt hatte. Bellams Mann? Oder Tynstars? Oder nur sein eigener, der zu schlau war, um für jemand anderen zu arbeiten? Ich zweifelte noch immmer an ihm.

Ich stand zögernd auf. Rowan erhob sich aus Höflichkeit ebenfalls, aber ich konnte die Verwirrung in seinen Augen erkennen. Ich durchquerte den Raum, blieb an Lachlans Tisch stehen und bemerkte, wie schwarz seine Augen in dem gelben Licht des Wirtshauses wirkten.

Er hörte sofort auf zu spielen, aber seine Finger ruhten noch immer auf den schimmernden Saiten. Sein Publikum, das sich eng um ihn geschart hatte, trat schweigend fort, als sie mein Gesicht sahen.

Ich zog mein Schwert aus der Scheide. Ich sah das sofortige Aufflackern der Angst in Lachlans Augen. Ein falscher, gedämpft angeschlagener Ton stieg von seiner Harfe auf und verklang dann, und die Kerzen und die Laterne brannten aus.

Dunkelheit. Aber es war keine so ausschließliche Dunkelheit, daß gar kein Licht mehr vorhanden gewesen wäre. Doch man nahm nur Schatten wahr, denn allein der magische grüne Stein in Lachlans Lady lieferte genug Beleuchtung, um sehen zu können.

Seine Finger lagen auf den Saiten. Aber auch die Spitze meines Schwertes.

Ich erkannte sie auf seinem Gesicht: die Angst, ich

könnte seine Harfe beschädigen. Die Angst, ich könnte sie töten wie ein Tier oder wie einen Menschen. Als wären Holz und Draht lebendig.

»Legt sie hin – Eure Lady«, sagte ich sanft, denn ich hatte ihre Magie bereits zweimal zu spüren bekommen.

Er rührte sich nicht. Der Schein des Steins fiel über die Klinge meines Schwertes und ließ die Runen in seinem Licht funkeln. Und in diesem Licht erkannte ich die uralte und starke und wahre Macht.

Die Klinge schwebte parallel zu den Harfensaiten und berührte sie nicht. Ich drehte sie langsam. Eine Saite jaulte ihren Protest. Aber ich tötete sie nicht.

Lachlan beugte sich ein wenig vor und zog die Harfe unter meinem Schwert heraus. Vorsichtig setzte er seine Lady mitten auf dem Tisch ab und löste seine Hände davon. Dann wartete er ruhig ab, ohne die Harfe in Händen zu halten.

Ich legte die linke Hand unterhalb der Kreuzspange auf meine Schwertklinge. Ich nahm die rechte Hand vom Heft fort und hielt es ihm hin.

»Der solindische Krieger«, sagte ich ruhig. »Tötet ihn für mich, Harfenist.«

Kapitel Sieben

Verzeiht, Mylord«, sagte Rowan ruhig. »Ist es klug, wenn Ihr geht – und noch dazu allein?«

Ich saß hoch oben auf dem Hügel hinter Torrins Haus auf einem verrottenden Baumstumpf. Alix' Pflegevater lebte tatsächlich noch, und er war erstaunt gewesen, mich ebenfalls lebend wiederzusehen, als ich vor einigen Wochen an seinem Haus angekommen war. Er hatte mir die Geschichte des Ihliniangriffs genauso erzählt wie Lachlan und bestätigt, daß diejenigen, die von dem Stamm übriggeblieben waren, über den Blauzahnfluß nach Norden gezogen waren. Also versammelte ich jetzt ein möglichst großes Heer, wobei ich Torrins Haus als zeitweiliges Hauptquartier benutzte. Hier war ich sicher. Das Heer lagerte in den schützenden Wäldern auf den Hügeln hinter dem Tal und übte mit Schwertern und Messern.

Ich rekelte mich und schüttelte den Schnee von meinen Stiefeln ab, indem ich die Hacken gegen den Baumstumpf schlug. Der Tag war recht klar, und ich mußte gegen das Sonnenlicht anblinzeln. »Es ist klug, wenn mich niemand aufspürt.« Ich sah Rowan an, der in der angemessenen Haltung eines Dieners drei Schritte von mir entfernt stand. Ich glaubte, daß sich seine Haltung mit der Zeit lockern würde, so daß er mir dann eher aus eigenen Wünschen und nicht mehr nur aus starrem Pflichtgefühl dienen würde. »Außer dir und Torrin habe ich niemandem von meinem Plan erzählt.«

Rowan nickte, während Röte in sein sonnengebräuntes Gesicht stieg und wieder schwand. Er war es nicht gewöhnt, mein Vertrauen zu besitzen. Es machte ihm

Unbehagen, da er sich für kaum mehr als einen Diener hielt, egal wie oft ich ihm sagte, daß er für mich weitaus mehr war. »Der Harfenist weiß noch davon«, sagte er ruhig.

Ich brummte und setzte mich auf dem verrottenden Baumstumpf um. »Lachlan glaubt, er hätte seinen Wert bewiesen, indem er den Krieger getötet hat. Ich lasse ihn in dem Glauben. Er hat sich in gewissem Maße dadurch bewiesen… aber nicht völlig.« Ich beugte mich herab und hob einen Stein auf, den ich müßig in den Wald warf. »Sage mir, was du denkst, Rowan. Das ist ein Befehl.«

Er nickte und beugte ergeben den Kopf. Die Hände hielt er hinter dem Rücken verborgen. Sein Blick war nicht auf mich gerichtet, sondern auf den schneebedeckten Boden unter seinen Stiefeln. »Ihr mißtraut dem Harfenisten noch immer, Mylord, weil Ihr ihn nicht ausreichend gut kennt. Mylord, ich muß sagen, daß Ihr mich nicht viel besser kennt.«

»Ich kenne dich gut genug«, sagte ich. »Ich erinnere mich an den dreizehnjährigen Jungen, der zusammen mit mir bei den Atvianern gefangen war. Ich erinnere mich an den Jungen, der gezwungen wurde, Keough selbst zu dienen und der gestoßen und geschlagen und getreten wurde.« Rowan sah mich betroffen an. »Ich war auch in dem Zelt, Rowan. Daran mußt du dich sicherlich erinnern. Und ich habe gesehen, was sie deinem Rücken angetan haben.«

Seine Schultern bebten, spannten sich an, zogen sich unter dem Leder und der Wolle zusammen. Ich wußte, was er getan hatte. Er war vor der Peitsche zurückgewichen. Er hatte nichts dagegen tun können, genausowenig wie ich manchmal dagegen angehen konnte, wenn ich mich des Eisens um meine Handgelenke erinnerte.

Bei dieser Erinnerung schmerzte meine Haut. Ich rieb nacheinander beide Handgelenke und brauchte die Narben nicht zu fühlen, um zu wissen, daß sie da waren. »Ich weiß, wie das war, Rowan«, sagte ich tonlos. »Kein Mensch, der das durchlebt hat, würde jemals freiwillig dem Feind dienen. Nicht wenn sein rechtmäßiger Herrscher zurückgekehrt ist.«

Er schaute erneut zu Boden. Ich sah die Anspannung seiner Schultern. »Ich werde tun, was auch immer Ihr verlangt.« Seine Stimme klang sehr ruhig.

»Ich möchte, daß du hierbleibst und sorgfältig wachst, während ich fort bin.« Ich lächelte. »Lachlan hält uns letztlich vielleicht alle zum Narren, indem er genau das ist, was er zu sein behauptet, aber ich möchte meinen Feind kennen, bevor ich ihm den Rücken zuwende. Das ist Torrins und deine Aufgabe. Sorgt dafür, daß der Harfenist nicht verschwindet und nach Mujhara geht, um Bellam Nachricht von meinem Aufenthaltsort zu überbringen. Sorgt dafür, daß er keinen von uns verraten kann.«

Aus dem Wald erklang das Zusammenschlagen von Schwertern und das ärgerliche Rufen eines Waffenmeisters. Die Männer übten und übten bis zum Umfallen und verfluchten die Notwendigkeit solcher Übung, obwohl sie wußten, daß sie unumgänglich war. Die meisten von ihnen hatten schon zu lange keinen Krieg mehr erlebt, und einige hatten ihn niemals kennengelernt. Männer, die die heimliche Nachricht gehört hatten, kamen von ihrem Pachtland und aus den Städten und sogar aus weit entfernten Tälern herbei.

Carillon, besagte die Nachricht. *Carillon ist zurückgekehrt.*

Ich stand auf und klopfte meine Lederhose ab. Der Schnee war jetzt matschig und naß. Ich dachte, daß das Tauwetter bald einsetzen würde, und betete, daß es nicht zu früh sein würde. Wir waren noch weit davon entfernt, ein Heer darzustellen, und im Frühjahr wollte ich meinen Feldzug gegen Bellams Männer beginnen.

Ich lächelte. Im Frühjahr, wenn die Pflanzzeit begann und niemand einen Kampf erwartete. Ich würde einen

Sommerfeldzug vorwegnehmen und Bellam in Verwirrung bringen.

Das hoffte ich.

»Er wird es erfahren«, sagte Rowan, »der solindische König. Er wird Männer aussenden.«

Ich nickte. »Führe das Heer tiefer in den Wald hinein. Mehrere Meilen von hier fort. Laß niemanden bei Torrin. Ich möchte ihn nicht in Gefahr bringen. Ich will jetzt keinen Kampf. Es ist besser, sich wie fortgelaufene Kinder zu verbergen als uns Bellams Männern auszuliefern. Sorge dafür, daß meinem Befehl Folge geleistet wird, Rowan.«

Er kreuzte seine Arme über der Brust, als friere er plötzlich. »Mylord ... paßt auf Euch auf.«

Ich grinste ihn an. »Ich sollte noch nicht sterben. Und wenn ich sterben soll, dann wird es im Kampf geschehen.« Ich wandte mich zu meinem Pferd um und löste seine Zügel von einem jungen Baum. Es war noch immer derselbe kleine graue, struppige, unruhige und häßliche Steppenwallach, der in nichts dem Streitroß glich, das mein Vater mir vor fünf Jahren geschenkt hatte.

Rowans Gesicht wirkte besorgt und unglücklich. Alle seine Gedanken waren in seinen Augen zu lesen: Er glaubte, daß ich sterben und der Widerstand damit beendet sein würde.

Ich stieg auf und nahm die Zügel an mich. »Sie ist meine Mutter. Ich möchte sie wissen lassen, daß ich lebe.«

Er nickte kurz. »Aber daß Ihr dahin gehen müßt, wo sich Eures Wissens nach Krieger befinden ...«

»Sie werden ein Heer erwarten und keinen einzelnen Mann.« Ich berührte das Heft meines Schwertes, das ich erneut umwickelt und in die Scheide an meinem Sattel gesteckt hatte. »Es wird mir gelingen.«

Ich schaute nicht zurück, als ich von dem jungen Mann fortritt, dem ich zu vertrauen gelernt hatte. Aber ich wußte, daß er in den Schatten der Bäume stand und gegen die Sonne anblinzelte.

* * *

Die Walnußfarbe ließ mein Haar dunkel, starr und stumpf werden. Fett machte es glänzend und übelriechend. Ein mit einem Lederband gebundener Zopf hing vor meinem linken Ohr. Der Bart war bereits dunkel und für jedermann fremd, der mich mit achtzehn Jahren gekannt hatte.

Meine Zähne waren gut, und ich konnte mich rühmen, sie noch immer alle zu besitzen. Ich rieb mit einer harzartigen Masse darüber, um sie gelb werden und meine Zunge belegt wirken zu lassen. Meine Kleidung war geborgt, obwohl ich bezweifelte, daß ich sie zurückgeben würde, denn der Mann, der jetzt meine Kleider trug, würde sie seinen eigenen zweifellos vorziehen, da sie viel besser waren als seine Lumpen. Ich trug jetzt eine fadenscheinige Wolltunika, die einst dunkelgrün gewesen, nun aber vor Schmutz und Fett braun war. Eine dazu passende braune Wollhose war an den Knien ausgebeult und reichte nur halb über meine Knöchel. Ich hatte meine hohen Stiefel ausgezogen und sie durch Lederhalbstiefel ersetzt.

Lederarmschutze verbargen die Narben an meinen Handgelenken, auf die ein Wächter vielleicht geachtet hätte. Zweifellos hatte Bellam mich als großen Mann mit dunkelbraunen Haaren, blauen Augen und Fesselnarben an beiden Handgelenken beschrieben. Ich war noch immer groß, ging aber jetzt gebeugt, zog ein Bein nach und hatte eine Schulter nach unten gebeugt, als sei ein gebrochener Knochen nicht richtig zusammengewachsen. Ich ähnelte in keiner Weise mehr Bellams Beschreibung, während ich auf das Joyenne umgebende Dorf zuschritt. Ich trug nicht einmal mehr das Schwert und den Bogen, denn beides hätte mich verraten können. Ich hatte sie im Schnee unter einer Eberesche, die durch einen vom Blitz verursachten Riß gekennzeichnet war, vergraben. Ich trug nur ein Messer bei mir und dieses auch unter der Tunika an meiner Brust in einer Scheide verborgen.

Ich schlurfte durch Schnee und Matsch und trat nach den Hunden, die den Fremden begutachteten. Die Stadt Joyenne war kaum mehr als ein weit verstreutes Dorf, das durch das Schloß einen Aufschwung erfahren hatte. Es gab keine Mauern, sondern nur Gebäude und vorübereilende Menschen. Sie bemerkten mich nicht.

Ich konnte meinen Gestank riechen. Und mehr als das konnte ich den Gestank meiner zerfallenen Heimat riechen. Das Dorf, das ich seit ewigen Zeiten kannte, war ein guter Ort zum Leben gewesen, voller Geschäftigkeit. Wie alle Dörfer hatte auch dieses seinen Anteil an Taugenichtsen gehabt, aber die Menschen waren überwiegend glücklich gewesen. Ich hatte einige der Menschen gut gekannt, wie es bei jungen Leuten üblich ist, und ich erinnerte mich an einige Frauen, die dem großen Sohn ihres Herrschers nur zu gern ihre Gunst erwiesen hatten. Ich fragte mich zum ersten Mal in meinem Leben, ob eine dieser Frauen mein Kind empfangen hatte.

Die Hauptstraße führte zum Schloß hinauf. Joyenne selbst war mit Mauern und Türmen und schimmernden, bleigefaßten Glasfenstern auf einem Hügel erbaut worden. Mein Vater hatte große Freude daran gehabt, ein Heim zu errichten, auf das man stolz sein konnte. In Joyenne hatten wir gelebt, nicht gekämpft. Es war keine Bastion gewesen, die Feinde abwehren sollte, sondern ein Ort, an dem man Kinder aufziehen konnte. Aber die Götter hatten es für richtig erachtet, den Bewohnern totgeborene Söhne und Töchter zu schenken, bis Torry und dann ich selbst geboren wurden.

Joyenne war in Sonnenlicht, in Gold und Bronzefarben und Braun gebadet. Der ockergelbe Stein, den mein Vater ausgesucht hatte, war zu einer weicheren, gedämpfteren Farbe verblaßt. Vor dem schneebedeckten Hügel wirkte Joyenne wie ein großer Fleck aufgestapelter, mit Türmen, Mauern und Brustwehren versehener Steine. Es gab ein eisernes Fallgitter am vorderen Tor, das aber kaum jemals herabgelassen wurde. Zumindest nicht zu meines Vaters Zeiten. Joyenne war damals für jedermann geöffnet gewesen, der mit seinem Herrscher sprechen wollte.

Jetzt war der große Steinschlund jedoch eisenbezahnt. Männer mit Hellebarden schritten die Mauern ab. Kettenpanzer glitzerten silbern im Sonnenlicht. Bellams Banner hing von den Stangen auf jedem Turm herab: eine aufgehende weiße Sonne auf einem indigofarbenen Feld.

Da ich ein armer Mann war und vom jahrelangen Leben im Schmutz stank, ging ich nicht zum Haupttor. Statt dessen näherte ich mich einer kleineren Pforte, gebeugt und gekrümmt und ein Bein nachziehend. Die Wächter hielten mich sofort an und sprachen in schlechtem Homanisch auf mich ein. Sie fragten, was ich wollte. Ich erklärte ihnen höflich, daß ich meine Mutter besuchen wollte, wobei ich fleckig faulende Zähne zeigte. Durch das Einreiben mit der harzähnlichen Masse stank mein Atem und ließ die Wächter fluchend zwei Schritte zurückweichen. Ich wiederholte mit schwerfälliger und schleimiger Stimme, daß ich zu meiner Mutter wollte, die im Schloß diente.

Ich nannte einen Namen, den eine Dienerin im Schloß tatsächlich trug. Ich wußte nicht, ob sie noch lebte – sie war bereits alt gewesen, als ich in den Krieg gezogen war –, aber eine einzige Frage würde den Männern klarmachen, daß ich nicht log. Ich wußte, daß sie einen Sohn gehabt hatte, einen von einer Kinderkrankheit gezeichneten Sohn. Er war in ein anderes Dorf gezogen – zu ihrer ewigen Schande –, aber jetzt gedachte ich, ihn zurückkommen zu lassen. Wie kurz auch immer.

Die Wächter berieten sich und beobachteten mich

dabei angewidert mit hochmütigem Blick. Sie sprachen Solindisch, was ich überhaupt nicht verstand, aber ihre Stimmen verrieten sie. Mein Gestank, meine Schmutzigkeit und mein verkrüppelter Körper hatten mich vor einer näheren Begutachtung bewahrt.

Sie fragten schroff, ob ich bewaffnet sei.

Nein, das war ich nicht. Ich streckte beide Hände aus, als wollte ich sie auffordern, mich zu durchsuchen. Sie taten es nicht, sondern winkten mich statt dessen hindurch.

Und so kam Carillon wieder nach Hause, um seine Mutter zu besuchen.

Ich humpelte und schlurfte weiter und blieb dann stehen, wischte mit dem Ärmel über meine Nase, verrieb den Dreck und beschmutzte meinen Bart. Ich überquerte langsam, fast zögernd den gepflasterten Innenhof, als fürchtete ich wieder fortgeschickt zu werden. Die Solinder, die mit fragenden Blicken an mir vorbeigingen, fühlten sich durch meinen Gestank beleidigt. Ich zeigte ihnen mit dem Grinsen eines unterwürfigen, sich seines Platzes sicheren Hundes meine gelben Zähne.

Meiner Erscheinung nach wurde ich zu den Küchen (oder zur Müllgrube) verwiesen. Dort hatte die Frau gedient. Aber meine Mutter befand sich woanders, so daß ich an den Küchen vorbei zu den Sälen schritt, wobei ich mit meinen nassen Halbstiefeln über den Holzboden schabte.

Es waren nur wenige Diener da. Ich dachte, daß Bellam die meisten von ihnen, in dem Versuch meine Mutter zu demütigen, fortgeschickt haben würde. Für ihn, den Eindringling, war es sogar wichtig geworden, Krieg gegen eine Frau zu führen. Gwynneth von Homana war mit dem Bruder des Mujhar verheiratet gewesen. Jetzt war sie zwar nur noch eine hilflose Witwe, aber dennoch von königlichem Geblüt. Er konnte seine Macht zeigen, indem er diese Frau auf solche Weise demütigte.

Aber ich hielt es für unwahrscheinlich, daß er mit seinen Maßnahmen Erfolg hatte, egal wie viele Wächter er an den Mauern aufstellte und egal wie viele solindische Banner von den Türmen flatterten.

Ich fand die richtige Treppe, die sich spiralförmig zu einem oberen Stockwerk wand. Ich kletterte hinauf und spürte das Beben in meinem Magen. Ich war so weit gekommen, so weit, und doch konnte ein einziger Fehler mich verraten. Bellams Rachsucht würde zweifellos dafür sorgen, daß ich jahrelang lebendig gefangen, erniedrigt und gequält würde.

Ich betrat von der Treppe aus einen Saal, der mit honiggoldenem Holz verkleidet war – die Säulenhalle meines Vaters mit unterteilten Fenstern, die den Raum im Sonnenlicht schimmern ließen. Aber die Bienenwachspolitur war stumpf und dunkel geworden und an den Rändern verkrustet. Die Säulenhalle verströmte den Geruch von unbewohnter Leere und Gleichgültigkeit.

Meine Hand glitt zwischen den Falten meiner verschmutzten Tunika durch einen Riß im Stoff aufwärts. Ich schloß meine Finger um das Knochenheft meines caledonischen Messers. Einen Augenblick stand ich an der glänzenden Holztür der Sonnenliegehalle meiner Mutter und lauschte auf Stimmen. Ich hörte nichts. Möglicherweise verbrachte sie ihre Zeit woanders, aber ich hatte erfahren, daß sich Menschen in schwierigen Zeiten an das halten, was sie kennen. Die Sonnenliegehalle war schon immer ein Lieblingsplatz meiner Mutter gewesen. Und daher riß ich die glänzende Tür auf, als ich ganz sicher war, daß sie allein war.

Ich bewegte mich lautlos. Ich schloß die Tür geräuschlos. Ich stand im Raum und betrachtete meine Mutter – und erkannte, daß sie alt geworden war.

Ihr Kopf war über einen Stickrahmen gebeugt. Ich konnte nicht sehen, was sie dort stickte, nur daß es ihre ganze Aufmerksamkeit erforderte. Das Sonnenlicht brannte durch die unterbrochenen Scheiben des schmalen Fensters neben ihr und ergoß sich über ihre Arbeit, ließ die farbigen Fäden in der Mattheit des Raumes glänzen. Ich bemerkte sofort den schalen Geruch, als sei die Feuchtigkeit des Winters von der Wärme der Kohlenpfannen niemals ganz vertrieben worden. Dies war immer ein warmer freundlicher Raum gewesen, aber jetzt wirkte er kalt und öde.

Ich sah, wie sie den Stoff durchstach. Vorsichtig, mit gefurchten Brauen, mir ihr Profil zuwendend. Und ihre Hände …

Verkrümmte, spröde, zerbrechliche Hände, die Verdickungen an den Knöcheln aufwiesen und deren Finger mehr wie Klauen als wie Finger wirkten. Sie stickte so sorgfältig, und doch bezweifelte ich, daß sie mit jenen Händen wenig mehr tun konnte, als die Nadel ohne Rücksicht auf das Muster durch den Stoff zu stechen. Die Krankheit hatte sie ihrer Fertigkeit beraubt.

Ich erinnerte mich dann sehr deutlich daran, wie sehr ihre Hände früher bei Feuchtigkeit geschmerzt hatten. Wie sie sich niemals beklagt hatte, aber mit jedem Monat hilfloser geworden war. Und als ich sie jetzt ansah, merkte ich, daß die Krankheit die von meinem Vater so bewunderte Anmut zerstört hatte.

Sie trug ein weißes Brusttuch, eine Haube bedeckte ihr Haar, aber eine Locke fiel heraus und wand sich ihre Wange hinab. Grau, ganz grau war ihr Haar, obwohl es zuvor genauso dunkelbraun wie meines gewesen war. Ihr Gesicht zeigte die sanften feinen Linien des Alters, wie zerknitterte Seide.

Sie trug Indigoblau, was schon immer ihre Lieblingsfarbe gewesen war. Ich glaubte das Gewand als ein altes zu erkennen, das sie schon vor sieben Jahren fortgegeben hatte, und dennoch trug sie es jetzt, dieses fadenscheinig dünne und kaum ihres Standes angemessene Gewand.

Vielleicht verursachte ich ein Geräusch. Auf jeden

Fall hob sie suchend den Kopf, und ihr Blick wanderte zu mir.

Ich trat zu ihr und kniete mich hin. Alle Worte, die ich mir zurechtgelegt hatte, waren fort. Ich konnte nur schweigen und den schmerzhaften Krampf in meiner Kehle spüren.

Ich blickte unverwandt auf die Stickarbeit in ihrem Schoß. Sie hatte sie fallen lassen, hatte sie vergessen, und ich sah ein zwar schlecht gearbeitetes, mir aber dennoch vertrautes Muster. Ein großer, bärtiger Krieger auf einem gewaltigen, kastanienbraunen Hengst, der das Heer des Mujhar anführte. Ich hatte es als Kind geliebt, denn sie hatte mir gesagt, daß der Mann mein Vater war. Es schien seltsam, als ich mich jetzt selbst darin sah.

Ihre Hand lag auf meinem Kopf. Zuerst wollte ich zurückweichen, denn ich wußte, wie schmutzig ich durch das Fett und die Farbe aussah, aber ich rührte mich nicht. Sie legte die Finger ihrer anderen Hand unter mein Kinn und hob mein Gesicht zu sich empor, so daß sie mich vollständig ansehen konnte. Es tat gut, ihr Lächeln zu sehen, und die Tränen liefen ihr Gesicht herab.

Ich streckte die Hand aus, ergriff sanft ihre Hände und hatte Angst, ich könnte sie zerbrechen. Sie fühlten sich in meinen Händen so verletzlich an. Ich fühlte mich riesig, übergroß, viel zu ungeschlacht für ihre Zierlichkeit.

»Lady.« Meine Stimme klang belegt und zittrig. »Ich habe es versäumt, Euch früher aufzusuchen oder Nachricht zu senden …«

Finger verschlossen meinen Mund. »Nein.« Sie berührte lange meinen Bart und ließ dann beide Hände durch mein schmutziges Haar gleiten. »Hast du dir dies erwählt oder hast du alle Sorgfalt vergessen, die ich dich gelehrt habe?«

Ich lachte sie an, wenn auch hohl und spröde. »Das

Exil hat aus Eurem Sohn einen anderen Menschen gemacht, fürchte ich.«

Die Linien um ihre Augen, die genauso blau waren wie meine, vertieften sich. Und dann nahm sie ihre Hände fort, als habe sie vollkommen mit mir abgeschlossen. Ich erkannte in diesem Augenblick, daß sie die Nähe opferte, die sie mir so gern hätte zeigen wollen. Ich sah Freude und Stolz und Dankbarkeit und eine tiefe Anerkennung ihres Sohnes in ihren Augen. Sie gab mir meine Freiheit.

Ich stand unsicher auf – wie vor Hunger. Ihr Lächeln vertiefte sich. »Fergus lebt in dir weiter.«

Ich trat ans Fenster, da ich im Augenblick überwältigt war, und starrte blind zu den Wachen auf den Brustwehren hinüber. Als ich wieder dazu in der Lage war, wandte ich mich um. »Ihr wißt, warum ich gekommen bin.«

Sie hob ihr Kinn. Ich sah die zarten, um ihren Hals drapierten Falten des seidenen Brusttuchs. »Ich war fünfunddreißig Jahre lang mit deinem Vater verheiratet. Ich habe ihm sechs Kinder geboren. Die Götter haben bestimmt, daß nur zwei dieser Kinder erwachsen werden sollten, aber ich bin ganz sicher, daß sie beide gelernt haben, was es bedeutet, ein Mitglied des Hauses Homana zu sein.« Der Stolz ließ sie fast wieder jung wirken. »Natürlich weiß ich, warum du gekommen bist.«

»Und wie lautet Eure Antwort?«

Sie war überrascht. »Welche Antwort gibt es auf Pflicht? Du *bist* ein Mitglied des Hauses Homana, Carillon – was sonst könntest du tun, als deinen Thron von Bellam zurückzuerobern?«

Ich hatte nichts anderes erwartet, und doch schien es mir einen Augenblick lang seltsam, solche Nüchternheit bei meiner Mutter zu erleben. Diese Dinge werden von einem Vater niemals erwähnt, da sie so wohlbekannt sind, aber jetzt hatte ich keinen Vater mehr. Und so entließ mich meine Mutter in den Krieg.

Ich trat vom Fenster fort. »Kommt Ihr mit mir? Jetzt?«

Sie lächelte. »Nein.«

Ich machte eine ungeduldige Geste. »Ich habe es so geplant: Ihr werdet die Kleidung einer Küchendienerin anlegen und mit mir hier herausspazieren. Es ist möglich. *Ich* habe es getan. Es ist zu offensichtlich, als daß sie mißtrauisch würden.« Ich berührte mein schmutziges, bärtiges Gesicht. »Beschmiert Euer Haar, verschmutzt Eure Kleidung und nehmt das Verhalten einer Dienerin an. Wenn Ihr Euer Leben dabei riskiert, wird es Euch gelingen.«

»Nein«, sagte sie erneut. »Hast du deine Schwester vergessen?«

»Torry befindet sich in Homana-Mujhar.« Ich dachte, daß dies als Antwort genügen würde, und schaute erneut aus dem Fenster. »Es ist etwas schwieriger für mich, nach Homana-Mujhar hineinzugelangen, aber wenn wir erst sicher von hier entkommen sind, werde ich Torry in meine Pläne mit einbeziehen.«

»Nein«, wiederholte sie und erlangte somit endlich meine ungeteilte Aufmerksamkeit. »Carillon, ich bezweifle nicht, daß du dir das alles gut überlegt hast, aber ich kann es nicht tun. Tourmaline ist in Gefahr. Sie ist wegen genau solcher Vorkommnisse Bellams Geisel. Glaubst du, er würde nur dasitzen und nichts unternehmen?« Ich sah die Qual in ihren Augen, während sie mein stirnrunzelndes Gesicht betrachtete. »Er würde es nur zu bald erfahren, wenn ich seinen Wachen entkommen wäre. Und er würde sofort deine Schwester dafür bestrafen.«

Ich trat zu ihr und beugte mich hinab, um ihre Schultern zu umfassen. »Ich kann Euch nicht hierlassen! Glaubt Ihr, ich könnte in Frieden leben, wenn ich weiß, daß Ihr hier gefangen seid? Ihr müßt Euch nur diesen Raum ansehen, dem aller Glanz genommen wurde und der jetzt leer und kalt ist, so daß Ihr sicherlich bis auf die Knochen friert. Mutter ...!«

»Niemand fügt mir Schaden zu«, sagte sie deutlich. »Niemand schlägt mich, und ich werde ernährt. Ich werde nur so gehalten, wie du mich siehst: wie eine Bettlerin.« Die verkrümmten Hände griffen aufwärts und berührten meine lederbedeckten Handgelenke. »Ich weiß, was du gewagt hast, indem du hierher gekommen bist. Und wenn Tourmaline in Sicherheit wäre, würde ich mit dir kommen. Aber ich werde sie nicht Bellams Zorn überlassen.«

»Das hat er absichtlich getan, um sich gegen meine Rückkehr zu wappnen.« Diese Wahrheit hätte ich schon lange erkennen sollen, aber das hatte ich nicht getan. »Teilt den Schatz, und die Diebe sind besiegt.« Ich fluchte kurz und versuchte dann die Worte zurückzunehmen, denn sie war meine Mutter.

Sie lächelte belustigt, während Tränen in ihren Augen standen. »Ich kann es nicht tun. Verstehst du? Ich glaubte, du wärest tot und meine Tochter sei verloren. Aber jetzt bist du sicher und heil hier, und ich habe wieder etwas Hoffnung. Verlasse das Schloß und tu, was du tun mußt, aber gehe ohne mich, da ich dich nur behindern würde.« Sie streckte ihre Hände aus, als ich antworten wollte. »Siehst du, in welchem Zustand ich bin? Ich wäre eine Last für dich. Und das lehne ich ab, denn du hast ein Königreich zurückzuerobern.«

Ich lachte ohne jeden Humor. »Alle meine schönen Pläne sind durcheinandergeraten. Ich wollte Euch von hier befreien und zu meinem Heer bringen, wo Ihr in Sicherheit wärt. Und dann wollte ich einen Plan für die Befreiung Torrys – oder für die Einnahme Homana-Mujhars – ausarbeiten.« Ich seufzte und schüttelte den Kopf. Ich spürte die Qual der Sinnlosigkeit in meiner Seele. »Ihr habt mich an meinen Platz verwiesen.«

»Dein Platz ist in Homana-Mujhar.« Sie erhob sich, während sie meine Hände noch immer mit ihren spröden, verkrümmten Fingern umklammerte. »Gehe dorthin. Erringe deinen Thron und die Freiheit deiner

Schwester zurück. Und dann werde ich hingehen, wohin du willst.«

Ich nahm sie in die Arme und schob sie dann erschrocken und mit einem gemurmelten Fluch von mir. Schmutzig wie ich war …

Sie lachte. Sie berührte den Schmutzfleck auf ihrem wie zerknitterte Seide wirkenden Gesicht und lachte, und dann weinte sie. Als ich sie jetzt in die Arme nahm, schob ich sie nicht wieder sofort von mir.

Kapitel Acht

Ich verließ Joyenne genauso wie ich hineingelangt war: mit äußerster Vorsicht. Gebeugt und humpelnd schleppte ich mich mit gesenktem Kopf dahin und achtete darauf, keine Eile zu zeigen. Ich ging durch dasselbe Tor hinaus, durch das ich hereingekommen war, und murmelte den solindischen Wächtern etwas zu, die fluchend versuchten mich in eine Pfütze Pferdeurin stolpern zu lassen, die von den Pflastersteinen herauf stank. Vielleicht hätte ich mich hineinfallen lassen sollen, aber meine angeborenen Reflexe hinderten mich daran hinzufallen, als das Bein vorschoß, um meinen Knöchel zu treten. Ich erinnerte mich sofort meiner Aufmachung, stolperte schnell und schrie auf, und als ich mich wieder aufrichtete, lachten die Wächter und stießen gemurmelte Beschimpfungen auf Solindisch hervor. Und so verließ ich mein Heim und zog ins Dorf, um nachzudenken.

Meine Mutter hatte recht gehabt. Wenn ich sie aus Joyenne befreite, würde Bellam sofort wissen, daß ich zurückgekehrt war und wo ich mich befand. Wer sonst würde den Versuch unternehmen, meine Mutter zu befreien? Sie hatte in ihrem eigenen Heim nun fünf Jahre in Gefangenschaft verbracht, und niemand hatte sie befreit. Nur ich hätte einen Grund, mich den solindischen Wächtern entgegenzustellen.

Es ist demütigend zu wissen, daß alle Pläne, die man geschmiedet hat, umsonst waren und daß man es von Anfang an hätte erkennen müssen. Finn hätte diese Sache anders begonnen, dachte ich. Oder er hätte es überhaupt nicht getan.

Ich holte mein Pferd bei dem Pferdeknecht eines

schmuddeligen Wirtshauses ab und ritt sofort und geradewegs zu der Eberesche, um mein Schwert und den Bogen auszugraben. Es war ein gutes Gefühl, beides wieder in Händen zu haben und die Anspannung abzuschütteln, die sich während meiner Reise nach Joyenne in mir aufgebaut hatte. Ich befestigte das Schwert an meiner Hüfte, band mir den Cheysulibogen um und bestieg erneut mein Pferd.

Ich ritt über die Schneefelder hinaus und erneut nach Hause. Zu einem anderen Zuhause, einem Heer, in dem Männer Pläne schmiedeten und übten. Dorthin, wo Homanas Zukunft wartete. Und ich fragte mich, wie es kommen konnte, daß Menschen ein ganzes Königreich als nur ihr eigenes beanspruchten, wenn die Götter es für alle geschaffen hatten.

Dann dachte ich an Lachlan, der in seiner Priesterschaft gesichert war. Er hatte mir erklärt, was es für ihn bedeutete, daß Lodhis Dienst kein Zölibat oder Klosterleben oder ähnlich unsinnige Dinge verlangte. Er sagte, seine Aufgabe sei es, nur jenen Menschen von Lodhi zu erzählen, die zuhören wollten, und zu hoffen, daß sie den richtigen Weg erfahren würden. Ich erkannte sein Recht an, so zu handeln, obwohl ich andere Götter verehrte, aber er hatte mich niemals bedrängt, und dafür war ich ihm wirklich dankbar.

Die Sonne brannte von einem azurblauen Himmel gelb herab und wurde vom Schnee widergespiegelt. Das Pferd schwitzte genausosehr wie ich. Der Dreck an mir stank so erbärmlich, daß ich fast würgen mußte und mich unbedingt von dem Gestank befreien wollte. Aber bis ich die Zeit zum Baden fände, würde ich ihn in Kauf nehmen müssen.

Dann sah ich sie vor dem Horizont auftauchen. Vier Männer auf einem Hügel, nur Umrisse, von deren Kettenpanzern das Sonnenlicht abstrahlte. Nur ein Mann war schwarz gekleidet, trug keinen Kettenpanzer und nicht einmal ein Schwert.

Mein Herz tat unter dem Ansturm plötzlicher Vorahnung in meiner Brust einen Sprung. Ich hielt die Hand bewußt von meinem Schwert fern und ritt auf dem schmalen, in den matschigen Schnee getretenen Pfad weiter. Die Menschen konnten kommen und gehen wie sie wollten. Ob es nun Solinder waren oder nicht, sie hatten das Recht hinzureiten, wohin sie wollten. Und ich sollte lieber nicht ihre Aufmerksamkeit erregen, indem ich meine Waffen oder meine Stärke zeigte.

Der Hügel lag rechts von mir. Ich ritt verbissen weiter, die Schultern vorgebeugt und eingefallen, um keinen Stolz oder Neugierde zu zeigen. Die vier Reiter warteten schweigend. Sie waren noch immer kaum mehr als entfernte Umrisse, die dennoch wachten, die stetig wachten.

Ich trieb den Wallach nicht zur Eile an. Ich machte keine auffällige Bewegung und konnte doch ihre Blicke auf mir spüren, während sie mich beobachteten und abwarteten, als ich an ihrem Standort vorüberritt. Der Hügel befand sich noch immer zu meiner Rechten. Er ragte aus einem Spalt heraus, durch den ein schmaler Schneeschmelzstrom floß, der links von mir lag. Ich ritt zwischen dem Wasser und den Männern dahin. Der Wallach schnaubte unbeeindruckt, aber ich glaube, er spürte meine Anspannung.

Die Kettenpanzer flammten in der brennenden Sonne auf. Es waren Solinder, wie sich zeigte. Homanische Kettenpanzer waren dunkler, stumpfer und spiegelten das Sonnenlicht weniger stark wider. Und sie waren in sternenbeleuchteter Dunkelheit weniger auffällig, wenn die Heere einen Hinterhalt errichteten. Das hatte mein Vater mich gelehrt. Vielleicht war sich Bellam seiner Männer zu sicher und sah keine Notwendigkeit für solche Heimlichkeit.

Ich ritt weiter. Und sie ritten ebenfalls weiter.

Zumindest drei von ihnen – die Männer mit den Kettenpanzern. Sie kamen den Hügel hinab auf mich zu, wollten mir den Weg abschneiden, und ich sah, wie sie ihre Schwerter zogen. Dies war kein unschuldiges Zusammentreffen von Fremden. Sie wollten Blut, und ich hatte keines übrig.

Ich bezweifelte, daß ich ihnen entkommen konnte. Der Schnee lag hoch und war matschig, wodurch er zu trügerischem Untergrund für jedes Pferd und vor allem für meines wurde. Denn meines war kurzbeinig und leichter als andere Pferde. Dennoch schien es willig, und als ich es zum Galopp antrieb, tauchte es kräftig in den schweren Untergrund ein.

Der unter den wirbelnden Pferdehufen aufgewühlte Schnee flog als feiner feuchter Sprühregen durch die Luft. Ich beugte mich tief über den Pferdehals und verlagerte mein Gewicht über den sich bewegenden Schultern. Ich hörte das rauhe Atmen meines Pferdes und die Schreie der Männer hinter mir.

Der Wallach stolperte, fing sich wieder und sank dann auf die Knie. Durch den Schwung des schnellen Laufs flog ich sauber über seinen Kopf hinweg. Es kam nicht ganz unerwartet. Ich stand sofort auf, wirbelte herum, den herannahenden Männern entgegen und riß den Bogen von meinem Rücken.

Der Pfeil war eingelegt. Dann ließ ich ihn los. Er traf den ersten Krieger genau in die Kehle und warf ihn vom Pferd. Der nächste Pfeil blieb in der Brust des zweiten Mannes stecken, aber da war der dritte Mann bereits über mir, und es war keine Zeit mehr für einen weiteren Schuß.

Das Schwert fuhr herab, um mir den Bogen aus der Hand zu schlagen. Ich stolperte, rutschte aus und fiel in dem matschigen Schnee auf die Knie. Ich zog mein Schwert aus der Scheide und umklammerte mit beiden Händen das lederumwickelte Heft. Dann stand ich mühsam auf.

Der Solinder nahm neuen Schwung, wobei er sein Pferd mit den Knien führte. Ich sah das Sonnenlicht von seiner Klinge abstrahlen, als er auf mich zuritt. Ich sah auch das Abzeichen, das er trug: Bellams weiße Sonne auf einem indigofarbenen Feld.

Der Krieger ritt über mich hinweg. Aber er hielt kurz inne, um den vermeintlichen Todesstoß zu führen. Ich duckte mich sofort darunter hinweg und kam mit meiner eigenen Klinge wieder hoch, die ich seinem Pferd in den Bauch stieß. Das Tier schrie, stolperte und fiel auf die Knie. Der Krieger sprang augenblicklich herab und stellte sich mir auf gleicher Ebene entgegen.

Er hatte sein Breitschwert hoch erhoben, um es in meine linke Schulter zu versenken. Ich fing seine Klinge mit meiner ab und ließ sie von unten schräg hochschnellen, wobei sich das Handgelenk unter den Lederarmschutzen anspannte. Er zog sein Schwert sofort zurück und versuchte unter meiner Abwehr hindurch zu gelangen. Ich begegnete seinem Stoß mit einem an meinem Körper abwärts geführten Streich. Dann änderte er seine Stellung, um mich anders anzugreifen, aber ich nahm ihm seinen Schwung, indem ich mit Leichtigkeit unter seiner Abwehr hindurchschlüpfte und mein Schwert bis zum Heft in seiner Rippengegend versenkte. Die Stahlklinge kreischte auf dem stählernen Kettenpanzer einen Augenblick schrill, und dann befreite ich mein Schwert, während der Körper in den Schnee sank.

Ich wandte mich sofort um und hielt nach dem Mann Ausschau, der keinen Kettenpanzer und kein Schwert trug, aber ich sah niemanden. Der Hügel war leer. Ich lauschte, stand vollkommen still, aber ich hörte nur das Tröpfeln des winzigen Schmelzflusses.

Das solindische Streitroß war tot. Die Pferde der beiden anderen, durch Pfeile getöteten Krieger waren zu weit fortgelaufen, als daß ich sie noch hätte einfangen können. Ich war mit meinem struppigen Steppenpferd allein, das den Kopf hängenließ, um sich von seinem Lauf zu erholen.

Ich steckte mein Schwert in die Scheide, nahm den

Bogen wieder an mich und marschierte durch den Schnee zu dem Pferd hinüber, wobei ich die Nässe meiner Halbstiefel und die eisige Kälte auf meiner Haut verfluchte. Meine zerschlissene Kleidung war durch die Flucht und den Kampf durchweicht. Und ich stank noch immer.

Ich streckte eine Hand aus, um die herabbaumelnden Zügel zu ergreifen, und spürte etwas auf der Haut an meiner Taille krabbeln. Ich schlug sofort darauf und verfluchte Läuse und Flöhe. Als sich das Kitzeln wiederholte, schlug ich erneut zu. Ich legte meine Hand an das Heft meines caledonesischen Messers und spürte, wie es sich bewegte.

Ich riß es sofort aus der Scheide und hielt es ins Sonnenlicht. Einen Augenblick lang starrte ich es an, betrachtete die Klinge und das Knochenheft, und dann sah ich, wie es sich bewegte.

Jeder Muskel meines Körpers spannte sich an. Das Pferd schnaubte hinter mir unruhig. Ich stand da und beobachtete gebannt, wie sich das Knochenheft neu gestaltete.

Es wuchs in meiner Hand. Das glatte, gewundene Heft wurde länglich und befreite sich vom Griffzapfen der Klinge. Die Runen und Inschriften verschmolzen und verbanden sich mit der Knochenmasse, als würden die für die Gestaltung der Umrisse herausgeschnitzten Stücke wieder ersetzt.

Und dann erkannte ich, was ich da beobachtete.

Ich schaute sofort zu dem niedrigen Kamm des Hügels hinauf, von wo die Solinder gekommen waren. Dort stand, sich vor dem blauen Himmel dunkel abzeichnend, der vierte Mann, derjenige, der keinen Kettenpanzer und kein Schwert trug. Er war zu weit entfernt, als daß ich seine Gesichtszüge erkennen konnte, aber ich wußte, daß er mich beobachtete und abwartete.

Er war ein *Ihlini*. Ich erkannte es sofort.

Ich warf das Messer mit einer krampfartigen, von

Abscheu erfüllten Bewegung fort und griff statt dessen nach meinem Bogen, um einen Pfeil abzuschießen. Aber ich hielt fast augenblicklich inne, denn ein gegen Magie gerichteter Pfeil erfordert keine Kraft.

Der Knochen. Der Oberschenkelknochen eines riesigen Tieres, hatte der König von Caledon gesagt. Und der Ihlini hatte die Herkunft des Knochens heraufbeschworen und vor mir in die Schneefelder Homanas gelenkt.

Die Knochen fügten sich zusammen. Aus einem entstand ein weiterer, dann wieder einer, bis sie sich vereinten und das Skelett bildeten: das Rückgrat, gewölbt und lang, wuchtige Schultergelenke und der perlweiße Schädel mit gähnenden Augenhöhlen.

Dann entstanden schneller die Organe, das Gehirn, die Blutgefäße, die Muskeln, die die Knochen umgaben, bis letztlich Fleisch über alles wuchs und darüber die Haut.

Ich starrte die Bestie an. Ich wußte natürlich, um was es sich handelte. Mein Haus hatte sie schon immer als Wappen benutzt, um an die Kraft und den Mut des mythischen Wesens zu erinnern, das schon lange von dieser Welt verschwunden war.

Der Löwe von Homana.

Ich wich seitwärts aus. Der Löwe sammelte sich, sprang sofort auf das Pferd zu und riß es mit dem Schlag einer mächtigen Pranke zu Boden. Ich hörte das dumpfe Knacken eines gebrochenen Genicks und sah dann, wie sich die Bestie mir zuwandte.

Ich ließ meinen Bogen fallen. Ich lief los. Und der Löwe lief ebenfalls. Er war ein riesiger, dunkel goldgelber Blitz mit einer schwarzen Mähne auf seinen Schultern und einem Schwanz, der ein Eigenleben zu besitzen schien. Ich rannte, aber ich konnte ihm nicht davonlaufen. Und so wandte ich mich um, riß mein Schwert aus der Scheide und versuchte den Löwen darauf aufzuspießen.

Er sprang. Er sprang hoch in die Luft, wobei sich die Hinterbeine zusammenzogen, um ihn vom Boden abzustoßen, und die Vorderpranken holten weit aus. Meine Ohren verschlossen sich gegen das furchterregende Brüllen, so daß ich nur das Pochen des in meinen Kopf steigenden Blutes hörte.

Eine Pranke wurde ausgestreckt und erwischte mich am Kopf. Aber ich duckte mich unter dem größten Teil seines Gewichts hinweg und rettete damit mein Leben. Der Stoß hätte mir sofort das Genick gebrochen, wenn er mich richtig erwischt hätte. Aber dennoch hatte mich die Pranke gestreift und zu Boden geworfen, so daß ich fürchtete, mein Kiefer sei zerschmettert. Blut lief in Strömen aus meiner Nase.

Sogar im Fallen hielt ich mein Schwert noch nach oben gerichtet. Ich sah die Klinge in die wuchtige Brust einschneiden und durch die Haut dringen. Sie traf auf Knochen und verursachte dann ein knirschendes Geräusch, weil der Löwe in seinem Schwung weiter vordrängte.

Ich lag flach auf dem Rücken im Schnee. Aber dann sprang ich fast sofort wieder auf, denn ich war zu erschrocken, um Zuflucht zu Schmerz und Entsetzen zu nehmen. Mein Kopf hämmerte, und mein Mund war voller Blut. Mein Schwert war gegen den Löwen solange nutzlos, wie es keine lebenswichtige Stelle traf. Und um das versuchen zu können, mußte ich ihm sehr nahe kommen, in seine Reichweite hinein. Der Gedanke, daß er sich an meinem Fleisch nähren könnte, ließ mich erschaudern.

Der Löwe knurrte keuchend und kurz. Seine Mähne war gesträubt und stand schwarz und wirr von seinem Fell ab. Aber die Muskeln bewegten sich unter der dunkelgoldenen Haut. Die Verletzung hatte den Löwen nicht beeinträchtigt. Das Blut floß, aber er kam weiter auf mich zu.

Ich wußte, daß er nicht sterben würde. Ich konnte ihn

mit herkömmlichen Mitteln nicht töten. Die Bestie war von einem Magier herbeigerufen worden.

Ich trat auf etwas Hartes, als ich vor dem Löwen zurückwich, und erkannte, daß ich im Kreis gelaufen war, so daß ich wieder dort anlangte, wo ich losgelaufen war. Das Pferd lag noch, wo der Löwe es gerissen hatte, und den Bogen spürte ich unter meinen Füßen.

Ich ließ sofort das Schwert fallen, nahm den Bogen auf und riß einen Pfeil aus dem Köcher. Als die Bestie dennoch erneut lossprang, legte ich einen Pfeil ein und spannte ihn … schoß ihn ab. Aber nicht auf den Löwen, sondern auf den Mann.

Der Pfeil traf den Magier in die Brust. Ich sah ihn taumeln, den Pfeil umklammern und dann auf die Knie fallen. Er war plötzlich von einer Wolke purpurfarbenen Lichts umgeben, die um seinen Körper herum aufsprang. Und dann brach der Pfeil in strahlend karmesinrote Flammen auf – der Mann war tot.

Ich fuhr herum. Die Bestie war wieder auf einen Knochen geschrumpft. Auf einen einzigen, wie ein Heft geformten, im Schnee liegenden Knochen.

Ich fiel auf die Knie und sank vornüber, bis mich nur noch meine Arme hielten. Ich atmete pfeifend und keuchend, und meine Lungen brannten. Blut lief noch immer aus meiner Nase und befleckte den Schnee. Und mein Kopf schmerzte von dem Hieb. Ich spuckte einen Zahn aus und kauerte völlig erschöpft, damit mein Körper sich wieder erholen konnte.

Als ich schließlich wieder aufstehen konnte, schwankte ich wie ein Betrunkener. Jeder Knochen meines Körpers war erschüttert. Ich stolperte zu dem Schneeschmelzfluß, kniete mich daneben und nahm Wasser und Eis auf, um mein Gesicht zu reinigen und mir das Blut und den Schmutz aus dem Mund und die erschreckende Betäubung aus meinem Geist zu waschen.

Ich stand mühsam wieder auf. Langsam, wie ein alter, uralter Mann, nahm ich den Bogen und das

Schwert auf. Das Messerheft ließ ich im Schnee liegen. Ich würde es niemals wieder tragen.

Der Ihlini war tot. Sein Körper war in seine Kleidung eingesunken, als hätte ihm der Pfeil zusätzlich zu seinem Leben auch eine geheime Kraft genommen. Und dadurch war die befreite Hülle eingesunken. Es blieb noch immer ein Körper, aber kaum noch menschlich.

Das Pferd des Ihlini stand ein Stück unterhalb des Kamms auf der Rückseite des Hügels. Es war ein dunkelbrauner Wallach, der keinen ausgezeichneten, aber doch einen ausreichend guten Eindruck machte. Ein magiebehaftetes Ihlinipferd?

Ich nahm die Zügel vom Boden auf und führte das Pferd näher heran. Es war größer als der Kastanienbraune und verlor gerade sein Winterfell. Es hatte freundliche Augen, eine kurzgeschnittene Mähne und einen kurzen Schweif. Ein weißer Fleck zierte sein Gesicht. Ich tätschelte sein Maul und stieg auf. Und fiel beinahe wieder herab. Ich warf den Kopf herum, der gleich mit neuerlicher Heftigkeit schmerzte. Der Löwe hatte meine Sinne durcheinandergebracht. Ich kauerte eine Weile mit geschlossenen Augen im Sattel und wartete darauf, daß der Schmerz und die Benommenheit nachließen.

Ich berührte vorsichtig mein Gesicht und betastete die geschwollene Haut. Bei Einbruch der Nacht würde mein Gesicht zweifellos purpurfarben sein. Aber meine Nase war trotz der Schmerzen heil geblieben. Nachdem ich meine zahlreichen Blessuren begutachtet hatte, wandte ich das Pferd und ritt ostwärts davon.

Torrins Hund lief mir entgegen. Er war gewachsen, seit wir hierher gekommen waren, war jetzt kein Welpe mehr, aber unvermindert ausgelassen. Er sprang neben meinem Pferd dahin und kündigte Torrin mein Kommen an. Aber das wäre nicht nötig gewesen. Torrin zog am Brunnen gerade den Eimer hoch.

Er hatte sich während der letzten fünf Jahre nicht sehr verändert. Sein graues Haar war noch immer dünn und ganz kurz geschnitten. Seine Haut war noch immer faltig und er hatte schwielige Hände. Die Arbeit auf seinem Pachtgrundstück hatte seinen Körper von der Haltung eines Waffenmeisters in die gebeugte Haltung eines Landmannes gezwungen – ich konnte noch immer seine ruhige Befähigung erkennen. Er war für die Waffen, nicht für die Landarbeit geboren, und doch hatte er seine wahre Bestimmung um Alix' willen aufgegeben. Weil Shaine sie loswerden wollte und Torrin nicht ertragen konnte, daß das Kind sterben sollte.

Ich ritt langsam heran. Das Pferd trabte zum Brunnen und steckte seinen Kopf in den Eimer, den Torrin hielt. Torrin sah mit braunen, in Hautfalten versunkenen Augen zu mir hoch und schüttelte den Kopf. »War das ein Werk der Solinder?«

Er meinte mein Gesicht. Ich berührte es und verneinte. »Ein Ihlini ist es gewesen. Er hat eine Bestie heraufbeschworen. Einen Löwen.«

Seine ledrigen Wangen wurden blaß. »Bellam weiß...«

Ich schüttelte den Kopf, bevor er seine Frage beenden konnte. »Er kann es nicht wissen. Die Männer, die mich töten wollten, sind tot. Ich bezweifle nicht, daß er weiß, daß ich zurückgekehrt bin – das wissen die meisten Leute –, aber es ist niemand mehr übrig, der ihm sagen könnte, wo ich bin. Ich denke, wir werden noch eine Weile sicher sein.«

Er wirkte besorgt, aber ich hatte nicht die Zeit, mir darüber Gedanken zu machen. Ich beugte mich vor und stieg langsam und wegen der Quetschungen mühsam ab. Ich überließ Torrin das Pferd und trat langsam auf das Haus zu. Holzrauch trübte die Luft.

»Mylord, ich glaube...«

Vor der Tür wandte ich mich aus meiner Erschöpfung aufgeschreckt noch einmal um. »Du besitzt doch eine

Wanne, nicht wahr? Und Seife und Wasser? Ich möchte mich von diesem Gestank befreien.«

Er nickte mit gefurchter Stirn. »Möchtet Ihr, daß ich…«

»Nein.« Ich winkte müde ab. »Ich werde selbst dafür sorgen.« Das war etwas, was ich auf der Flucht gelernt hatte. Ich brauchte keine Diener, die mir Sachen bringen mußten.

»Mylord…« begann er erneut, aber ich betrat das Haus.

Und blieb jäh stehen, denn dort war Alix.

Sie stand an dem Tisch vor dem Feuer, die Arme in einen Brotteig versenkt und bis zu den Ellbogen mehlbestäubt. Ich sah sofort, daß ihr dunkelbraunes Haar lang genug gewachsen war, um es zu einem Zopf zu flechten, der mit Silberklammern am Kopf festgesteckt war, die im hereinfallenden Sonnenschein schimmerten.

Ich sah erneut das Mädchen, mit dem ich zu einer Zeit befreundet gewesen war, als ein Prinz so wenig wahre Freunde hatte. Ich sah das Mädchen wieder, das der Grund für meine Gefangennahme durch Finn und seine räuberische Horde gewesen war. Ich sah das Mädchen, dessen Cheysuli*tahlmorra* so eng mit meinem homanischen Schicksal verbunden war.

Aber hauptsächlich sah ich das Mädchen, das zur Frau geworden war, und ich haßte die verlorene Zeit.

Sie sah mich fragend und verwirrt an. Sie erkannte mich in diesem stinkenden und schmutzigen Zustand, bärtig und schmierig und mit Quetschungen versehen, nicht gleich. Ich dachte daran, welcher Mann ich vor fünf Jahren gewesen war und wie ich jetzt aussah – und lachte.

Und dann, als ihr Mund meinen Namen formte, durchquerte ich den kleinen Raum und nahm sie in die Arme.

Sie hielt mich genauso fest wie ich sie und sagte wieder und wieder meinen Namen. Sie roch nach Brotteig und Holzrauch und lachte, als könne sie nicht wieder aufhören.

»So *schmutzig* ...«, sagte sie, »und so *jämmerlich* ...«

Das war ich niemals gewesen. Aber ich lachte mit ihr, denn was sie sah, entsprach der Wahrheit, wenn auch vielleicht in geringerem Umfang als sie dachte. Oder aus anderen Gründen. Es stimmte, daß ich jämmerlich aussah, aufgrund der bloßen Tatsache, die so viele Männer erregte: Ich begehrte sie. Und so, da ich mir selbst nicht helfen konnte, nahm ich ihr Gesicht in beide Hände und küßte es.

Ich hatte sie nur einmal zuvor geküßt und das unter Umständen, die ihr diesen Kuß als ein Zeichen meines Dankes hatten erscheinen lassen. Damals war er auch so gemeint gewesen, aber er hatte auch noch mehr bedeutet. Aber damals, als sie mich vor den Atvianern gerettet hatte, war sie bereits Duncan versprochen gewesen. Sie hatte sein Kind unter ihrem Herzen getragen.

Jetzt hatte sie mich nicht gerettet. Was ich empfand, hatte nichts mit Dankbarkeit zu tun. Sie konnte es nicht als solche auslegen. Ich hatte fünf Jahre lang Zeit gehabt, an Alix zu denken und zu bedauern, was nicht zwischen uns geschehen war, und ich konnte meine Gefühle nicht verbergen.

Und doch stand noch immer Duncan zwischen uns.

Ich ließ sie los. Ich wollte sie noch immer berühren, aber ich ließ sie los. Sie stand still vor mir, hochrot im Gesicht, aber ihr Blick war tief und ruhig. Sie kannte mich besser als ich mich selbst.

»Soviel sei dir gewährt, da du es dir bereits genommen hast«, sagte sie leise, »aber nicht mehr.«

»Hast du Angst vor dem, was sich aus diesem Anfang ergeben könnte?«

Sie schüttelte sofort den Kopf. »Nichts kann sich aus diesem Anfang ergeben. Da ist nichts... hier.« Sie berührte eine Stelle über ihrem Herz. Ihr Blick blieb vollkommen ruhig.

Ich mußte fast lachen, denn das war eine nur zu deutliche Veränderung. Sie hatte an Verstand und Einsicht gewonnen und war sich ihrer selbst bewußt. Sie war keine Jungfrau mehr, die körperliche Empfindungen verwirren konnten, sondern eine Frau, eine Ehefrau und Mutter, und sie wußte: Ich genügte nicht.

»Ich habe jahrelang an dich gedacht«, sagte ich. »All jene Nächte im Exil.«

»Ich weiß.« Ihre Stimme schwankte keinen Augenblick. »Wenn du Duncan gewesen wärst, hätte ich dasselbe empfunden. Aber das warst – und bist – du nicht. Du bist du selbst. Du bist für mich etwas Besonderes, das ist wahr, aber für mehr ist es viel zu spät. Früher vielleicht ... aber diese Zeit ist vorüber.«

Ich atmete tief durch und versuchte meine Fassung zurückzuerlangen. »Ich wollte ... wollte das nicht tun. Ich wollte dich nur begrüßen. Aber anscheinend kann ich meine Hände jetzt noch genausowenig von dir fernhalten wie früher.« Ich lächelte verzerrt. »Das ist etwas, was nur wenige Männer einer Frau gegenüber eingestehen würden, die nichts von ihnen wissen will.«

Alix lächelte. »Finn hat fast dasselbe gesagt. Seine Begrüßung fiel ... ähnlich aus.«

»Und Duncan?«

»Duncan war ... woanders. Er ist nicht ohne Gefühle.«

»Und war es auch niemals.« Ich seufzte und kratzte meinen Bart. »Genug davon. Ich bin hereingekommen, um mich zu waschen, weißt du.«

»Gut.« Ein großer Teil der Anspannung löste sich, und ihre Augen begannen wieder zu leuchten. Diese warmen bernsteinfarbenen Augen, an die ich mich so gut erinnerte – eine so vollkommene Verschmelzung von Cheysuli- und Homanermerkmalen, die mir schöner vorkam denn je. »Ich bezweifle, daß ich deinen Gestank auch nur noch einen Augenblick länger ertragen könnte.« Sie wandte sich augenblicklich zu dem Feuer in der niedrigen Steinfeuerstelle um, kniete sich hin, um weiteres Holz aufzulegen, und sah mich dann über die Schulter hinweg an. »Könntest du vielleicht Wasser in den Kessel füllen?« Und dann errötete sie, als erinnerte sie sich, daß ich königlicher Abstammung war und über solch niedrigen Dingen stand.

Ich grinste. »Ich werde es holen und den Kessel aufsetzen. Hast du vergessen? Ich bin all die Jahre mit Finn zusammengewesen. Ich bin nicht mehr so, wie du mich gekannt hast.« Nachdem ich den schweren Kessel aufgehoben hatte, verließ ich sie und ging hinaus, um ihn mit Wasser zu füllen.

Torrin saß am Rand des von Steinen umgebenen Brunnens und rauchte seine Tonpfeife. Die grauen Augenbrauen hoben sich. »Ich wollte Euch vorwarnen, daß sie da ist«, sagte er, wobei er die Pfeife im Mund behielt.

Ich brummte, während ich den Eimer hochzukurbeln begann. »Ich hatte nicht gedacht, daß es für jedermann so offensichtlich ist.«

»Für mich schon.« Torrin stand auf, um den Eimer festzuhalten, als er aus dem Wasser wieder auftauchte. Er ergriff ihn und goß seinen Inhalt in den Kessel. »Sie war so jung, als Ihr ihr zum ersten Mal begegnet seid. Und ihr Erbe war so neu für sie, daß sie nur wenig von königlichen Belangen wußte. Und schließlich war da natürlich auch Duncan.«

Der Name sank in meine Seele wie ein Stein. »Ja ... er war klüger als ich. Er erkannte, was er wollte, und nahm es sich.«

»Er hat es *errungen*«, sagte Torrin ruhig. »Mylord, wenn Ihr sie von ihm zurückerlangen wollt, dann überlegt es Euch vorher noch einmal. Ich war siebzehn Jahre lang ihr Vater. Selbst jetzt empfinde ich noch so, als gehörte sie mir. Ich möchte nicht, daß sie verletzt oder daß ihr Glück gestört wird. Sie liebt ihn zutiefst.« Er stellte den Eimer ab, als er geleert war, und sah mich fest an. Wie er auch zweifellos dem festen Blick meines

Onkels begegnet war. »Ihr seid der Mujhar und habt das Recht zu tun, was Ihr wollt, sogar bei den Cheysuli. Aber ich glaube, daß Ihr mehr Verstand habt.«

Die meiste Zeit meines Lebens hatte ich bekommen, was ich wollte, einschließlich der Frauen. Alix hatte ich verloren, bevor ich wußte, wie sehr ich sie wollte. Und jetzt wußte ich ganz genau, wie sehr es schmerzte zu verlieren.

Besonders an Duncan zu verlieren.

Alix erschien unter der Tür des weißgetünchten, strohgedeckten Hauses mit dem grau gemauerten Schornstein. »Das Feuer ist bereit.« An ihrem Hals schimmerte der goldene Halsreif in der Gestalt eines fliegenden Falken mit ausgebreiteten Flügeln und weit geöffnetem Schnabel, der ein Stück Bernstein zwischen den Krallen hielt. Ein *Lir*halsband und Cheysulibrautgeschenk, das Duncan für sie angefertigt hatte.

Ich hob den Kessel und schleppte ihn ins Haus, wo ich ihn an den in das Gestein der rußigen Feuerstelle eingelassenen Eisenhaken hängte. Dann setzte ich mich auf einen Stuhl und wartete, wobei ich mir jeder ihrer Bewegungen bewußt war, und starrte ins Feuer, während sie erneut den Teig knetete.

»Wann bist du hierher gekommen?« fragte ich schließlich.

»Vor acht Tagen. Finn hat uns hergebracht.« Ein warmes, strahlendes Lächeln überzog ihr Gesicht.

»Er ist schon zurück?« Ich fühlte mich fast augenblicklich besser.

»Er hat uns vom Norden hierher gebracht.« Die Silberklammern in ihrem aufgesteckten Zopf glitzerten im Sonnenschein, während sie arbeitete. Die Falten ihres moosgrünen Gewandes bewegten sich mit ihr und veränderten ihre Lage dabei. Die mit Schaffell gefütterte Tunika, die sie darüber trug, war hellgelb gefärbt und mit hellgrünem Garn bestickt. Sie reichte ihr bis auf die Knie und wurde um die Taille von einem braunen Ledergürtel mit goldener Schnalle zusammengehalten. Diese Art Kleidung hätte man bei keiner Homanerin gesehen. Sie war also jetzt eine vollkommene Cheysuli.

Ich kratzte mein juckendes Gesicht. »Es geht ihm gut?«

»Finn? O ja … wann geht es ihm einmal nicht gut? Er ist eben Finn.« Sie lächelte wieder, während sie den Teig bearbeitete. »Obwohl ich glaube, daß er jetzt etwas anderes zu tun hat.«

»Es handelt sich um eine Frau«, vermutete ich. »Er hat im Stamm jemanden gefunden?«

Sie lachte. »Nein, es handelt sich nicht um eine Frau, sondern um meinen Sohn.« Ihr Lächeln wurde zu einem Grinsen. »Manchmal ähnelt Donal mehr seinem *Su'fali* als seinem *Jehan*. Und jetzt sind sie gute Freunde geworden. Finn ist schuld an den kleinen Unbesonnenheiten meines Sohnes. Einer allein war schon schlimm genug, aber jetzt sind es zwei.«

»Zwei Finns?« Ich dachte darüber nach, lachte und sah, wie Alix den Kopf schüttelte.

»Soll ich sie bitten herzukommen?« fragte sie und knetete noch immer den Teig. »Ich muß nur mit Cai und Storr sprechen.«

Ich dachte erneut an die Macht, die sie besaß, die grenzenlose Magie in ihren Adern – altes Blut war es, eine aus den Göttern wiedergeborene Gabe. Alix, und nur Alix, konnte mit jedem *Lir* sprechen und gezielt jede Gestalt annehmen.

»Nein«, sagte ich. »Ich werde zu ihnen gehen, wenn ich mich von dem zentnerschweren Schmutz befreit habe.« Ich prüfte das Wasser und fand es ausreichend heiß. Dann fragte ich nach der Wanne. Alix sagte mir, wo ich sie finden konnte, und ich zog sie aus einem kleinen Vorraum heran, wenn man diesen Raum eines Pächterhauses so nennen konnte. Die Wanne war mit gehämmerten Kupferringen versehen. Sie roch noch immer schwach nach Apfelwein, womit sich ihr ursprünglicher Zweck verriet. In Homana-Mujhar hatte ich in glatt polierten Eiche- und Silberwannen gebadet – ohne Splitter. Ich bezweifelte, daß diese genausogut war, aber sie würde ihren Zweck erfüllen. Im Exil hatte ich gelernt, für alles dankbar zu sein.

Ich rollte die Wanne in Torrins kleinen Schlafraum, wo ein einfaches Bett, eine Kiste und ein Stuhl standen. Dort stellte ich die Wanne auf und goß das Wasser aus dem Kessel hinein. Als schließlich alles bereit war, suchte ich nach einem Waschlappen und Seife.

Alix gab mir beides. »Torrin hat nichts verändert, seit ich fortgegangen bin«, sagte sie mit schwermütigem Lächeln, und ich fragte mich, ob sie sich an den Tag erinnerte, den Finn uns beiden gestohlen hatte.

Wie konnte sie sich nicht daran erinnern? Ich erinnerte mich nur zu gut. Und ich bemerkte die Veränderungen, die sich seitdem vollzogen hatten.

Ich betrachtete sie eine Weile, den zerschlissenen Stoff und harte, braune Seife in Händen. Ich wünschte, ich könnte mehr sagen. Und dann sagte ich es dennoch. »Ich werde weder dich noch deinen Mann beleidigen, indem ich mich dort aufdränge, wo ich nicht erwünscht bin.«

Sie errötete erneut. Ich bemerkte, daß die Jahre ihrer Haut die Jugendlichkeit genommen und das charakteristisch kantige, großflächige Cheysuligesicht zurückgelassen hatten. Ihr Gesicht ähnelte Finns mehr denn je. Die Kinder führten die Erbfolge weiter.

»Das hättest du nicht sagen müssen«, belehrte sie mich sanft.

»Doch, denn sonst könnte ich nicht für mein Handeln garantieren.« Ich berührte mit der Oberseite zweier Finger kurz ihr Gesicht. »Alix … wir hätten einst vielleicht so vieles teilen können. Laß uns davon bewahren, was möglich ist.« Ich nahm meine Hand fort und betrat den düsteren Schlafraum, wo das Wasser dampfte. Ich zog den Vorhang zu und entledigte mich meiner schmutzigen Kleidung.

Ich konnte sie nicht aus meinem Geist verdrängen. Ich dachte an sie, wie sie im Nebenraum den Teig knetete, wohl wissend, daß Duncan in ihrer Nähe war. Ich dachte an sie, wie sie des Nachts mit ihm zusammen war. Ich dachte an sie, wie ich sie gekannt hatte: ein junges liebliches Mädchen mit fohlenartiger Anmut und einer nur wenigen Menschen eigenen Ehrlichkeit.

Und ich dachte daran, wie seltsam es ist, daß sich zwei Menschen in einem Raum befinden können und wissen, was der andere empfindet und sich bewußt sind, daß es nicht gut ist.

Es war überhaupt nichts gut daran. Es war nur Qual.

Kapitel Neun

Leider war die Wanne für einen Mann meiner Größe zu klein. Es wurde ein sehr unbeholfenes Baden. Ich saß mit fast bis zum Kinn hochgezogenen Knien darin, und mein Rückgrat bohrte sich in das Holz. Aber es war naß und heiß, und ich schrubbte mich mit aller mir verbliebenen Kraft ab und befreite mich von all dem Schmutz und Fett. Auch Haare und Bart wurden gesäubert.

Als ich schließlich wieder atmen konnte, da der Gestank meiner Verkleidung beseitigt war, entspannte ich mich. Ich hängte meine Beine über den Rand der Wanne, setzte mich zurück und lehnte den Kopf gegen den Holzrand. Mein Gesicht schmerzte noch vom Schlag des Löwen, ebenso wie mein restlicher Körper. Ich fühlte mich älter als ich tatsächlich war. Der Löwe hatte mir meine Kraft genommen, der Löwe und das Wissen um die Ihlinimagie.

Das Wasser kühlte ab, aber nicht so schnell, daß ich mir mit dem Heraussteigen nicht noch hätte Zeit lassen können. Und ich ließ mir Zeit. Ich atmete tief aus, ließ meine Muskeln erschlaffen und schlief prompt ein.

»Carillon.«

Ich wachte ruckartig auf. Mein Rückgrat schabte gegen das rauhe Holz, und ich fluchte und sah Finn leicht verwirrt an, der vor dem zugezogenen Vorhang im Schlafraum stand. Ich dachte sofort an meine Sittsamkeit. Vielleicht bewirkte Alix solche Vorsicht.

Ich setzte mich auf und zog meine Beine wieder ein, während ich Finn stirnrunzelnd betrachtete. Finn lächelte nur belustigt, weil er mich in einem solchen Zustand vorgefunden hatte, und lehnte sich mit über der

Brust gekreuzten bloßen Armen gegen die Wand. Er hatte seine Winterkleidung wegen des Tauwetters abgelegt. Ich sah erneut die schweren Goldreife oberhalb seiner Ellbogen. Breite, wunderschöne Reife, die mit Runen und der Wolfsgestalt verziert waren. Er trug wieder weiches Leder: eine Hose und ein ärmelloses Wams. An seinem Gürtel hing das Steppenmesser, und ich dachte an die Magie, die ich erfahren hatte.

»Wann bist du zurückgekommen?« fragte er ganz ruhig.

Ich stand tropfend auf und griff nach der Decke von Torrins Bett, die Finn mir reichte. »Es ist noch nicht so lange her, daß ich Zeit gehabt hätte, mir den Bauch zu füllen.«

»Aber Zeit für ein Bad hattest du.« Seine Stimme klang vollkommen tonlos, aber ich konnte seine Absicht sehr gut erkennen. Diese Fähigkeit besaß ich jetzt schon seit Jahren.

»Wenn du mich gesehen – oder *gerochen* – hättest, hättest du mich abgewiesen.« Ich stieg aus der Wanne, zog die dunkelbraune Hose an und beugte mich dann hinab, um auch noch die kniehohen Stiefel anzuziehen. Dann schlüpfte ich in ein grünes Hemd und ein braunes Wams, das ich mit einem mit Bronze verzierten Ledergürtel schloß. »Ich wollte zum Heer hinaufgehen. Kommst du mit?«

»Ah, das Heer.« Finn lächelte sein ironisches Lächeln. »Wenn du es so nennen willst.«

Ich sah ihn stirnrunzelnd an und fuhr mir mit den Fingern durch das nasse Haar. Es hing mir bis auf die Schultern und befeuchtete den Stoff von Hemd und Wams. »Rowan hat alles ihm Mögliche getan, um kampfbereite Männer zu versammeln. Ich werde versuchen das Beste daraus zu machen. Erwartest du, daß ich die Tausende versammle, die Bellam zur Verfügung hat?«

»Das macht keinen Unterschied.« Finn folgte mir

durch den Nebenraum, wo Alix kniete und den Topf mit dem Brotteig über das Feuer hängte. »Du wirst die Cheysuli zur Verfügung haben, und das genügt, glaube ich.« Er streckte eine Hand zu Storr aus, der neben dem Tisch kauerte.

Ich spottete. »Ich habe *dich* und sicherlich auch Duncan. Und jene, die er vielleicht überzeugen konnte, sich mir im Namen der Prophezeiung anzuschließen.« Ich nahm einen Tonkrug mit Torrins saurem Wein auf, goß mir etwas davon in einen Becher und goß noch einen zweiten für Finn ein, als er zustimmend nickte.

»Es sind mehr als nur diese wenigen.« Er nahm den Becher ohne Dank entgegen und trank ihn sofort halb aus. »Wie viele Männer würdest du fordern, wenn du eine größere Anzahl bekommen könntest?«

Ich stellte den Krug wieder auf seinen Platz auf der Anrichte nahe der Feuerstelle zurück und setzte mich mit dem Becher an den Tisch. »Die Cheysuli sind die besten Kämpfer in ganz Homana.« Er lächelte nicht über mein Kompliment, da das, was ich gesagt hatte, lediglich eine wohlbekannte Tatsache war. »Und mit jedem Krieger bekäme ich auch einen *Lir*, so daß ich gleich die doppelte Anzahl Kämpfer zur Verfügung hätte.« Ich zuckte die Achseln. »Ein einziger Krieger ist mindestens fünf der anderen wert, so daß er mit seinem *Lir* zusammen gleich zehnmal soviel wert wäre.« Ich schüttelte den Kopf. »Es wäre töricht, etwas haben zu wollen, was ich nicht haben kann. Dennoch wäre ich über einhundert Krieger mehr als erfreut.«

»Wie wäre es mit *drei*hundert?« Finn lächelte. »Vielleicht sogar mehr.«

Ich starrte ihn an und vergaß meinen Wein vollkommen. »Bist du ein Magier geworden und kannst Phantommenschen heraufbeschwören?«

»Nein.« Finn schob Alix seinen leeren Becher zu, die ihn aufnahm und neben den Krug stellte. »Ich habe Männer heraufbeschworen, die ich lange tot geglaubt hatte. Shaine hat nicht so viele getötet, wie wir gefürchtet hatten, verstehst du?«

Ich stellte meinen Becher genau in der Mitte des Tisches ab. »Willst du damit sagen ...?«

»Ja.« Er grinste. »Als ich meinen Stamm gesucht habe, habe ich auch die anderen gefunden. In den Nördlichen Einöden gibt es viele Orte, an denen sich ein Stamm verbergen kann, und ich habe einige von ihnen gefunden. Es hat Zeit gekostet, aber wir haben jeden Krieger versammelt, den wir finden konnten.« Er zuckte die Achseln. »Alle Stämme sind hier, und wir errichten gerade jenseits des Hügels einen Keep.«

Das sagte er so einfach: *»Alle Stämme sind hier, und wir errichten gerade jenseits des Hügels einen Keep.«*

Ich starrte ihn an. Einen Keep. Mit dreihundert Kriegern und ihren *Lirs*.

Ich stieß einen Jubelschrei aus, sprang auf und ergriff ihn bei den Armen, als könnte ich ihn nicht wieder loslassen. Mein Verhalten war für Finns Empfinden sicherlich zu überschwenglich, aber er kannte den Grund. Und er lächelte und trat zurück, als ich mich wieder beruhigt hatte.

»Mein Geschenk für dich«, sagte er leichthin. »Nun komm mit, und ich werde es dir zeigen.«

Wie gingen sofort hinaus und überließen Alix ihrem Brot. Finn gab mir mein Ihlinipferd zurück. Er wartete ab, bis wir vom Haus fort auf die Hügel zuritten, bevor er mir schließlich zögernd eine Frage stellte.

»Torrin sagte, du seist nach Joyenne gegangen.«

»Ja. Um meine Mutter zu holen.«

»Du hattest keinen Erfolg?«

»Nein, aber nur weil sie nicht mitkommen wollte.« Das Sonnenlicht schien hell in unsere Augen. Ich hob eine Hand, um das betäubende Gleißen zu verdecken. »Bellam hält schon seit geraumer Zeit meine Schwester Tourmaline gefangen. Ich bezweifle nicht, daß sie aufgrund ihres Ranges bei ihm sicher ist, aber ich will sie dennoch aus seinen Händen befreien.« Plötzlich fluchte ich, als der Zorn überkochte. »Bei den Göttern, der Mann droht sie zu heiraten!«

Wir ritten nebeneinander her, während Storr die Führung übernommen hatte. Finn runzelte die Stirn, nickte und sagte nur wenig. »Das ist die Art der Könige und besonders der unrechtmäßigen.«

»Er wird meine Schwester *nicht* bekommen!«

»Dann willst du also genauso einfach in Homana-Mujhar hereinschneien, wie du es in Joyenne getan hast?«

Und so erfuhr ich, wie er über meine Handlungen dachte. Ich starrte ihn düster und stirnrunzelnd an. »Ich bin ohne größere Schwierigkeiten hinein- und wieder herausgelangt. Ich war vorsichtig. Niemand hat mich erkannt.«

»Und hast du dir diese Quetschungen im Gesicht selbst zugefügt?«

Das hatte ich beinahe vergessen. Meine Hand wanderte zu meiner Wange und berührte die geschundene Haut. »Das hat der Ihlini getan. Oder genauer gesagt: seine heraufbeschworene Bestie.«

»Aha.« Finn nickte offensichtlich befriedigt. »In Joyenne hat es keine größeren Schwierigkeiten gegeben, wie du sagtest, aber ein Ihlini hat eine Bestie auf dich gehetzt.« Er seufzte und schüttelte den Kopf. »Warum sollte ich mich um dein Wohlergehen sorgen? Du schaffst es ganz allein, mit einem von Tynstars Günstlingen aneinanderzugeraten.«

Seine Ironie verärgerte mich wie üblich. »Das reicht. Es war nicht mein Fehler, daß mich die Männer gefunden haben. Sie hätten mich auch hier finden können.«

»*Männer?* Zuerst waren es ein Ihlini und seine Bestie. Jetzt sind es mehrere.« Er bedeutete mir, den Hügel hinaufzureiten.

Ich sah ihn an. »Warum zwingst du mich nicht einfach, dir die Wahrheit zu sagen, wie du es bei Lachlan getan hast?«

»Weil ich glaubte, daß du klug genug wärst, sie mir von selbst zu erzählen.«

Ich seufzte und beugte mich vor, als mein Pferd den Hügel auf die Baumlinie zu emporkletterte. »Du solltest dir keine Gedanken machen. Ich habe sie alle getötet, einschließlich des Ihlini.«

»Ich habe keinen Grund, mir Gedanken zu machen«, stimmte er mir zu. »Was habe ich denn schon anderes getan, als einen Blutschwur zu leisten, dir ewig zu dienen?« Zum ersten Mal war eine Spur von Verärgerung aus seiner Stimme herauszuhören. »Glaubst du, daß ich meine Zeit verschwende? Willst du dies allein tun? Denk daran, wie viele Male du ohne mich bereits getötet worden wärst. Und jetzt hast du dich, als ich dich verließ, um – auf dein Geheiß – meinen Stamm zu suchen, in eine Gefahr begeben, die selbst ein Kind zu vermeiden gewußt hätte.«

»Finn – es reicht.«

»Es reicht *nicht*.« Er sah mich jetzt offen an. »Ich habe dir nicht gerade wenig von meinem Leben gewidmet. Und inzwischen sogar *alles*. Was wir tun, gilt nicht nur dir, Carillon, und Homana, sondern auch den Cheysuli.« Er preßte den Mund zusammen, während er sein Pferd zurücknahm. »Solltest du jetzt sterben, aufgrund einer deiner törichten Handlungsweisen, würde der Widerstand fehlschlagen. Bellam könnte ewig weiterregieren. Er würde wahrscheinlich deine Schwester heiraten, neue Söhne von ihr bekommen und *sie* zu Nachfolgern ernennen. Ist es das, was du erreichen willst?«

Ich streckte die Hand aus, ergriff seine Zügel und brachte seine Pferd ruckartig zum Stehen. Alle Verärgerung und Enttäuschung brach als Stolz hervor. »Ich bin dein *Prinz*!«

»Und ich dein treuer Gefolgsmann!« Er achtete nicht darauf, daß der Ruck an den Zügeln auch an seinen Händen zog. »Glaubst du, es ist leicht für mich, dich so zu betrachten wie ein Vater seinen Sohn? Und ich bin nicht dein *Jehan*, nur dein treuer Gefolgsmann. Und eine Art Cousin, weil mein *Jehan* es für angemessen gehalten hat, mit einer hochmütigen homanischen Prinzessin zu schlafen, obwohl er zu Hause eine *Cheysula* hatte!«

Er hatte noch niemals zuvor soviel verraten. Kam dies durch die Nähe seiner heimatlichen Stämme? Ich kannte die Kämpfe in mir selbst. Vielleicht trug Finn sie auch in sich.

Ich ließ seine Zügel los und nahm die meinen wieder auf, aber ich ritt noch nicht wieder weiter. »Wenn dir der Dienst zu schwer wird, dann suche dir einen anderen«, schlug ich verbittert vor.

Sein Lachen klang wie ein Bellen. »Wie bitte? Die Götter haben mich an dich gebunden. Mehr noch: Sie haben Eisenbänder um meinen und um deinen Hals gelegt und sie zusammengeschlossen wie bei Ochsen im Joch.«

Ich saß im blendenden Gold der späten Nachmittagssonne und schwieg eine Weile. Und als ich mich dann wieder gefaßt hatte, stellte ich eine Frage, die mir niemals zuvor in den Sinn gekommen war: »Was erwartest du von diesem Leben?«

Er war überrascht. So konnte ich in seinen Augen lesen. Er verstand vollkommen, was ich ihn gefragt hatte und wahrscheinlich auch, warum ich es gefragt hatte, aber er umging die Frage. »Ich möchte dich auf dem Thron von Homana sehen.«

»Und wenn das erfüllt ist«, fragte ich, »was dann noch?«

»Dann wünsche ich mir, daß die Cheysuli wieder so frei sein können wie früher.«

»Und wenn das erfüllt ist?« Wenn es sein müßte, würde ich ihn weiter befragen, bis der Mond aufginge.

Finn blinzelte in die Sonne, als könnte das Licht seine Gefühle vor mir verbergen oder den durch meine Frage hervorgerufenen Schmerz mindern. Er schien mir nicht antworten zu wollen, aber dieses Mal würde ich ihn dazu zwingen.

»Finn«, sagte ich geduldig und mit allem mir möglichen Ernst, »wenn die Götter dir etwas gewähren würden, *irgend* etwas, worum würdest du bitten?«

Schließlich sah er mich an. Das wie Leuchtpfeile zwischen den Bäumen hindurchfallende Sonnenlicht strahlte ihn an. Finns ganze Seele lag darin vor mir ausgebreitet. Dieses Mal, nur dieses eine Mal, aber deutlich genug, daß ich in ihr lesen konnte. »Du hast Donal nicht gesehen, nicht wahr?«

Ich dachte, daß mich diese Frage ablenken sollte, wie ein Hund von einem schlauen Fuchs abgelenkt wird. »Alix' Sohn? Nein. Ich bin gerade erst hier angekommen. *Finn ...*«

Aber er meinte es ernst. »Wenn es möglich wäre, würde ich um einen Sohn bitten.« Er sagte es sehr barsch, als würde dieses Eingeständnis die Hoffnung in Gefahr bringen können, und dann ritt er von mir fort, als habe er zuviel verraten.

Es gab keine Anzeichen für ein Heer, keine Rauchwolken hingen über der Baumlinie, die seine Anwesenheit hätten verraten können. Es gab nichts, was Bellam auf meine Spur hätte bringen können. Finn führte mich vom Tal fort in den Wald, und ich wußte, daß das Heer sicher war. Rowan war meinem Befehl gefolgt, indem er die Männer tief in den Schutz des Waldes geführt hatte. Sogar ich selbst konnte nicht sagen, ob ein Heer in der Nähe war, und es handelte sich immerhin um mein eigenes Heer.

Der Wald war von Weinranken, Kriechgewächsen, Himbeersträuchern und Büschen überwuchert. Von den Bäumen wuchs Efeu herab, der die Pferde stolpern ließ und sich an meinen Stiefelspitzen verfing. Misteln wuchsen in den hölzernen Gabelungen, und eine Fülle von Blumen grüßte uns im Vorüberreiten. Homana. Endlich. Endlich war ich nach der zu langen Zeit im Exil wieder zu Hause.

Sonnenschein drang durch die Blätter und sprenkelte den Waldboden golden, grün und braun. Finn, der vor mir ritt, scheuchte einen Fasan aus seinem Versteck auf, und ich hörte das Schlagen seiner Flügel, als er davonflog, wobei er Blätter peitschte und in der Sonne gen Himmel schwebenden Staub aufwirbelte. Ich dachte plötzlich an das letzte Mal, als ich Fasan gegessen hatte: in Homana-Mujhar, anläßlich der Bewirtung eines Gastes, als mein Onkel sich über ein neu abgeschlossenes Bündnis gefreut hatte. Es war schon zu lange her. Ich war schon zu lange Söldner, nicht Prinz.

Ich hörte die Harfe und hielt beinahe an. Es war nichts weiter zu hören gewesen außer dem Geräusch der durch das Gebüsch und die Weinranken und die Kriechgewächse brechenden Pferde. Aber jetzt übertönte der Harfengesang alles, und ich erkannte die Hand an den Saiten. »Lachlan«, sagte ich laut.

Finn ritt neben mir und nickte. »Er kam jeden Tag und teilte seine Musik mit uns. Früher hätte ich es vielleicht als unbedeutende Laune abgetan, aber jetzt nicht mehr. Er hat Magie in dieser Harfe, Carillon – mehr als wir erfahren haben. Er hat bereits begonnen, den Cheysuli zu geben, was uns während dieser vergangenen Jahre gefehlt hat: den geistigen Frieden.« Er lächelte, wenn auch etwas verzerrt. »Wir haben die Musik unserer Vorfahren schon zu lange vernachläßigt und statt dessen nur an Krieg gedacht. Der Ellasier hat uns erinnert und uns einen Teil der Musik zurückgegeben. Ich glaube, es wird im Keep wieder mehr musiziert werden.«

Wir ritten durch den letzten Vorhang aus Laub und Weinranken und in den Keep hinein. Obwohl es noch kein richtiger Keep war, denn es fehlte die hohe Steinmauer um die einfachen Zelte. Dies war überhaupt kein richtiger Keep, nicht wie ich ihn gekannt hatte, sondern eine weit im Wald verstreute Ansammlung von Zelten. Es gab keine Ordnung darin, keine Planung.

Finn duckte sich unter einem niedrigen Ast hinweg, ergriff ihn und bog ihn zurück, während ich vorbeiritt. Er bemerkte meinen Gesichtsausdruck. »Der Keep ist noch nicht vollendet. Das kommt später, wenn Homana für solche Dinge wie feste Keeps wieder sicher ist.« Er ließ den Ast los und ritt neben mir weiter. »Dieser Keep kann leicht verteidigt werden. Und er kann leicht abgebaut werden, wenn wir weiterziehen müssen.«

Die Zelte kauerten am Boden wie Pilze unter einem Baum. Sie waren erdfarben: Dunkelgrün, Hellmoosgrün, Schiefergrau, Rostrot, Braun und Schwarz und hellstes Beige. Klein und flach und ohne die *Lir*symbole, an die ich mich erinnerte, eben ganz einfache Zelte, die aber doch eine Art Cheysulikeep bildeten, wenn er auch seltsam schien.

Ich lächelte, obwohl mein verletztes Gesicht dabei schmerzte. Ich konnte sie nicht alle zählen, ich konnte sie nicht einmal alle sehen, so gut hielten sie sich verborgen, und das obwohl ich ja wußte, wie ich sie suchen mußte. Und Bellam? Zweifellos würden seine Männer diesen Keep vollkommen übersehen, selbst wenn sie so weit kämen.

Leicht zu verteidigen? Ja – weil ein Feind es erst zu sehen bekam, wenn es zu spät war. Leicht abzubauen? O ja – es brauchte nur einen Augenblick, um den erdfarbenen Stoff einzuziehen. Ein vollendeter, tragbarer Keep.

Und voller Cheysuli.

Ich lachte laut und zügelte mein Pferd. Der Keep breitete sich um mich herum aus, zusammengekauert und unscheinbar und ruhig. Und meine Kraft breitete sich um mich herum aus, ebenso unscheinbar und ruhig. Wenn ich die Cheysuli und ein Heer an meiner Seite hatte, konnte Bellam mich niemals aufhalten.

»Tahlmorra lujhalla mei wiccan, Cheysu«, sagte ich weich. *Das Schicksal eines Menschen liegt immer in Händen der Götter.*

Finn, der ganz leise neben mich getreten war, lächelte. »Willkommen in Homana, Mylord. Und in der Heimat meiner Leute.«

Ich schüttelte plötzlich überwältigt den Kopf. »Ich bin das alles nicht wert...« In diesem Augenblick war ich mir dessen sicher. Ich war der Aufgabe nicht gewachsen.

»Wenn Ihr es nicht seid«, sagte mein treuer Gefolgsmann einfach, »dann ist es niemand.«

Sobald ich mich wieder gefangen hatte, ritt ich weiter in den Keep hinein und dankte den Göttern für die Cheysuli.

Kapitel Zehn

Das Harfenspiel erfüllte den Wald. Die Melodie war so zart, so zerbrechlich und doch so stark. Sie zog mich an, als riefe mich eine Frau in ihr Bett. Es war Lachlans Lady, und ich war ein Mann, der ihren Charme erkannte. Ich vergaß die Krieger, die Finn mir versprochen hatte, und folgte statt dessen einem Lied, spürte seine Magie sich nach meiner Seele ausstrecken.

Schließlich fand ich Lachlan auf dem Stumpf einer großen, gefällten Buche mit glänzendem Stamm sitzend vor. Der Baum war schon lange gefallen, aber er gab eine vorzügliche Bank – oder einen Thron – für den Harfenisten ab. Das Sonnenlicht durchbrach den Vorhang aus Ästen und Zweigen ringsum wie feindliche Speere, die alle auf einen einzigen Feind gerichtet waren: auf den Harfenisten mit seiner so dunklen und alten und weisen Lady mit dem einen grünen Auge und den goldenen Saiten. Solch eine beredte Stimme, die mich rief. Ich zügelte mein Pferd vor dem Baum und wartete, bis er sein Lied beendet hatte.

Lachlan lächelte. Die schlanken, geschmeidigen Finger hielten auf den schimmernden Saiten inne, so daß die Musik und die Magie erstarben und er nur noch ein Mann war, ein Harfenist, der mit Lodhis Gunst gesegnet war.

»Ich wußte, daß Ihr kommen würdet«, sagte er mit seiner fließend seidigen Stimme.

»Magier«, erwiderte ich.

Er lachte. »Einige Menschen nennen mich so. Laßt sie nur. Ihr solltet mich inzwischen besser kennen.« Einen Augenblick lang schimmerte eine nicht erkennbare

Empfindung in seinen Augen auf. »Ich bin ein Freund«, sagte er. »Nicht mehr.«

Ich merkte, daß wir allein waren. Ich hatte Finn zurückgelassen. Und das allein genügte schon, daß ich den Harfenisten fürchtete.

Er bemerkte es sofort. Er saß regungslos auf der Baumstammbank, die Hände auf seiner Lady. »Ihr seid gekommen, weil ich es wollte und weil *Ihr* es wolltet«, sagte er ruhig. »Finn brauchte ich nicht, noch nicht. Aber er wird kommen und Duncan auch.« Das Sonnenlicht fiel auf sein Gesicht, auf dem keine Täuschung und keine Ausflucht zu erkennen waren. Nur Ehrlichkeit und ein wenig Zuneigung. »Ich bin ein Harfenist«, sagte er deutlich. »Harfenisten brauchen Menschen, um die sich Legenden ranken, damit sie ihre Weisen darbringen können. Ihr, Mylord, seid für die meisten Menschen Legende genug und sicherlich auch für mich.« Er lächelte. »Habe ich Euch meine Treue nicht bewiesen?«

»Menschen töten, wen zu töten ihnen befohlen wird, wenn sie einen ausreichenden Grund dafür haben.« Ich blieb auf meinem Pferd sitzen, denn ich traute ihm nicht ganz, solange er die Harfe in Händen hielt. »Ihr habt die Männer getötet, die zu töten ich Euch befohlen habe, aber auch ein Spion würde dies ohne Gewissensbisse tun, einfach um den Anschein seiner Harmlosigkeit aufrechtzuerhalten.«

Er nahm seine Hände von der Harfe und spreizte sie. »Ich bin kein Spion, außer vielleicht Eurer.«

»Meiner.« Mehr sagte ich nicht, denn ich war sprachlos. Und dann sah ich ihm tiefer in die Augen. »Würdet Ihr, ein Ellasier, mir, einem Homaner, in allem dienen, worum ich Euch bäte?«

»Solange es nicht gegen mein Gewissen geht«, sagte er sofort. »Ich bin ein Priester des Allvaters und werde mich gegen keine seiner Lehren versündigen.«

Ich winkte ab. »Ich würde keinen Mann bitten, gegen seine Überzeugung zu handeln, nicht wenn es seine

Götter betrifft. Nein, Lachlan, ich möchte nur feststellen, wie treu Ihr tatsächlich seid.«

»Dann fordert mich«, erwiderte er. »Ich bin hier, weil ich hier sein will – und nicht weil ein Ihlinimagier oder ein solindischer König mich gesandt haben. Und wenn sie es getan hätten, würde ich ihnen dann nicht die gewünschten Nachrichten überbringen? Wäre ich noch immer hier, wenn ich ihnen den Aufenthaltsort der Cheysuli und Eures Heeres mitteilen könnte?«

»Ein kluger Spion spioniert nur«, belehrte ich ihn gleichgültig. »Den Vogel, der am Morgen singt, frißt am Abend die Katze.«

Er lachte. Lachlans Lachen war warm, großzügig und ein wahres Fenster zu seiner Seele. »Aber es ist nicht die Katze, die ich fürchte, Mylord ... es ist ein Wolf, ein Cheysuliwolf.« Sein Blick wanderte an mir vorbei. Ich wandte mich nicht um, denn ich wußte, wer dort stand.

»Was würdet Ihr also tun?« fragte ich.

Das Lachen war verklungen. Er sah mich an. »Ich möchte für Euch spionieren, Carillon. Ich möchte nach Homana-Mujhar hineingelangen, in den Palast selbst, und auskundschaften, was Bellam vorhat.«

»Das wäre gefährlich«, sagte Finn hinter mir. »Der Vogel könnte erwischt werden.«

»Ja«, stimmte Lachlan zu. »Aber wer könnte es sonst tun? Kein Cheysuli, das ist sicher. Kein Homaner, denn wen würde Bellam ohne guten Grund einlassen? Aber ich, *ich* bin ein Harfenist, und Harfenisten gehen, wohin sie wollen.«

Es stimmte, daß Harfenisten an Orten eingelassen wurden, die kein anderer Mensch betreten durfte. Das wußte ich aus meiner eigenen Kindheit, als mein Onkel Harfenisten von nah und fern in Homana-Mujhar beherbergt hatte. Ein Harfenist wäre zweifellos ein guter Spion.

Und dennoch ... »Lachlan von Ellas«, fragte ich, »welchen Dienst wollt Ihr mir erweisen?«

Seine Finger flogen über die Saiten. Es war eine lebendige Melodie, die Tanz und Lachen und Jugend heraufbeschwor. Sie erweckte vor meinem inneren Auge ein Bild: eine junge Frau, geschmeidig und wunderschön, mit dunkelbraunem Haar und hellblauen Augen. Ein Lachen lag um ihre Lippen und Fröhlichkeit in ihrer Seele. Meine Schwester, Tourmaline, wie ich sie in Erinnerung hatte. Mit neunzehn, als ich sie zuletzt gesehen hatte, obwohl sie inzwischen vierundzwanzig Jahre alt sein mußte.

Tourmaline, eine Geisel Bellams selbst. Und Lachlan wußte das nur zu gut.

Ich sprang sofort von meinem Pferd und trat mit zwei großen Schritten zu der Buche hinüber. Ich streckte die Hände aus, um seinen Fingern auf den Saiten Einhalt zu gebieten, aber ich berührte sie dann doch nicht. Ich verspürte plötzlich ein solch gewaltiges Aufwallen von Macht, daß es mich fast von dem Mann zurückstieß. Ich trat ungewollt und völlig unerwartet einen Schritt zurück und stand dann ganz still.

Seine Finger verlangsamten ihr Spiel. Die Melodie erstarb, bis nur noch ein Echo davon in der Luft hing. Und dann erstarb auch dieses, und die Stille errichtete eine Mauer zwischen uns.

»Nein«, sagte er ruhig. »Niemand kann die Wahrheit leugnen.«

»*Mich* behext Ihr nicht!«

»*Ich* tue das auch nicht«, stimmte er mir zu. »Die vorhandene Macht erwächst aus Lodhi und nicht aus seinem Diener. Und wenn Ihr meine Lady verletzen wollt, wird sie Euch verletzen.« Er lächelte nicht. »Ich möchte Euch keinen Schaden zufügen, Mylord, und meine Lady ebenfalls nicht. Und dennoch kann *dem* Menschen Schaden zugefügt werden, der *mir* Schaden zufügen will.«

Ich spürte ein Aufwallen von Zorn in der Brust, das bis in meine Kehle aufstieg. »Ich wollte Euch nicht verletzen«, sagte ich schwerfällig. »Ich wollte nur, daß es *aufhört* ...«

»Meine Lady führt, wohin sie will«, sagte er freundlich. »Eure Schwester lebt jetzt durch Bellams Macht in Euch. Ich wollte es Euch nur zeigen, damit Ihr wißt, wozu ich fähig bin.«

Finn stand neben mir. »Was werdet Ihr tun?« fragte er. »Werdet Ihr seine Schwester aus Bellams Gewalt befreien?«

Lachlan schüttelte den Kopf. »Das kann nicht ich bewerkstelligen, nicht einmal mit aller Hilfe Lodhis. Aber ich *kann* ihr jede Nachricht überbringen, die Ihr ihr vielleicht zukommen lassen wollt, und ich kann auch soviel wie möglich über Bellams und Tynstars Pläne erfahren.«

»Götter!« Das Wort drang zischend aus meinem Mund hervor. »Wenn ich Euch nur vertrauen könnte ...«

»Tut es einfach, Mylord«, sagte er sanft. »Oder vertraut Eurem treuen Gefolgsmann, wenn Ihr mir nicht vertrauen könnt. Hat er meine Absicht nicht in Frage gestellt?«

Ich atmete jäh aus, bis meine Brust hohl und dünn wurde. Ich sah Finn an und sah den Ernst auf seinem Gesicht. Er war Duncan manchmal so ähnlich, dachte ich, und das hauptsächlich bei solch seltsamen Gelegenheiten.

Er sah Lachlan an. Das Sonnenlicht ließ sein *Lir*gold genauso schimmern wie die Saiten seiner Lady. Keiner der Männer sprach, als würden sie einander beobachten. Meine eigene Beurteilung war schmerzlich unvollständig, als könnte ich nicht erkennen, was getan werden mußte. Ich war müde und hungrig, und plötzlich wußte ich, was ich tun mußte.

»Vertraue ihm«, sagte Finn schließlich auf eine Art, als mißfalle ihm diese Aussage. »Was könnte er schlimmstenfalls tun – Bellam verraten, wo wir uns befinden?« Sein Lächeln wirkte wenig humorvoll. »Wenn er das tut und Bellam seine Krieger sendet, werden wir sie einfach alle töten.«

Das konnte er mit seinen dreihundert Cheysulikriegern zweifellos tun. Und Lachlan wußte das zweifellos.

Er erhob sich von dem Baumstamm, die Lady mit seinen Armen umfangend. Langsam sank er auf ein Knie, wobei er noch immer die Harfe umfing, und beugte leicht den Kopf. Lachlan war ein stolzer Mann, und diese Ehrerbietung erfolgte völlig unerwartet. Ich antwortete nicht entsprechend, behielt mir eine eingehendere Einlassung vor. »Ich werde Euch in dieser Sache dienen, wie ich es auch von Euch erwarten würde, wenn die Rollen vertauscht wären.« Sein Gesicht wirkte grimmig, aber ich bemerkte die gewohnte Ernsthaftigkeit in seinen Augen, diese Sicherheit bezüglich seines Schicksals.

Wie auch Finn sich seines *Tahlmorra* sicher war.

Ich nickte. »Nun gut. Geht nach Homana-Mujhar und dient mir gewissenhaft.«

»Mylord.« Er verharrte noch einen Augenblick länger in seiner Haltung, Bittsteller eines Königs anstatt eines Gottes, und stand dann auf. Er verschwand fast augenblicklich, von Strauchwerk verschluckt und ohne Abschiedsgruß. Aber der Harfengesang erklang seltsamerweise weiterhin, als hätte er ihn aus der Luft herbeibeschworen.

»Komm mit«, sagte Finn schließlich. »Duncan wartet.«

Kurz darauf sah ich ihn an. »Duncan? Woher weiß er, daß ich angekommen bin?«

Finn grinste. »Du vergißt ... wir befinden uns in einer Art Keep. Dort wohnen *Lirs* und zweifellos auch geschwätzige Frauen.« Er grinste erneut. »Mach mich dafür verantwortlich oder Storr oder sogar Cai, der, wie Storr mir sagte, Duncan erzählt hat, daß du angekommen bist. Mein *Rujho* wartet und ist ziemlich ungeduldig.«

»Duncan war noch nie in seinem Leben ungeduldig.« Gereizt wandte ich mich zu meinem Pferd um und schwang mich in den Sattel. »Kommst du mit, oder soll ich ohne dich losreiten?«

»Wer ist *jetzt* ungeduldig?« Er wartete nicht auf eine Antwort, die ich ihm auch nicht gegeben hätte, sondern stieg auf sein Pferd und ritt voraus.

Ich sah Duncan, bevor er mich sah, denn seine Aufmerksamkeit war auf seinen Sohn gerichtet. Ich nahm zumindest an, daß der Junge sein Sohn war. Er war klein genug für einen Fünfjährigen, und seine Ernsthaftigkeit paßte zu der seines Vaters. Er war ein kleiner Cheysulikrieger in Leder und mit Stiefeln, aber ohne den Goldschmuck, denn er war noch kein Mann und hatte noch keinen *Lir*. Das würde später kommen.

Der Junge hörte seinem Vater aufmerksam zu. Schwarzes, wie in der Cheysulikindheit üblich, gekräuseltes Haar umrahmte sein dunkles Gesicht mit den wißbegierigen gelben Augen. Der Junge hatte wenig von Alix, dachte ich, und dann lächelte er, und ich erkannte sie darin und merkte, wie sehr es schmerzte, daß Donal Duncans Sohn war und nicht meiner.

Plötzlich beugte sich Duncan herab, umfing den Jungen mit seinen Armen und hob ihn schwungvoll auf seine Schulter. Er wandte sich um, lächelte sein schiefes, vertrautes Lächeln – Finns Lächeln –, und ich erkannte, daß ich Duncan gar nicht wirklich kannte. Ich hatte nur den Rivalen gesehen, den Mann, der die Frau begehrte, die ich liebte, den Mann, der sie für sich gewonnen hatte, als ich es nicht konnte, den Mann, der ein Rennen vom Rande des Todes zum Versprechen neuen Lebens allein bestritten hatte. Ich hatte mir über das hinaus, was er mir bedeutete, wenig Gedanken über ihn gemacht. Jetzt dachte ich darüber nach, was er den Cheysuli bedeutete ... und dem Jungen, den er auf seiner Schulter trug.

Der Junge lachte. Es war ein reiner Sopranton, mädchenhaft in seiner Jugend, unerschrocken und ohne Angst vor Entdeckung. Donal wußte zweifellos, was es bedeutete, sich zu verbergen, da er sich schon sein ganzes kurzes Leben lang hatte verbergen müssen, aber er hatte seine Lebensfreude dadurch nicht verloren. Duncan und Alix sorgten dafür, daß er seine kleinen Freiheiten genießen konnte.

Der Keep zog sich plötzlich zurück. Das Summen der Stimmen und das Lachen der anderen Kinder betonten diesen Augenblick. Während ich Duncan und seinen Sohn betrachtete, wußte ich, daß ich die Zukunft Homanas betrachtete. Aus dem Mann war der Sohn erwachsen, der zweifellos an seines Vaters Statt regieren würde, wenn Duncans Zeit vorüber wäre. Und würde mein Sohn neben ihm regieren? Der homanische Mujhar und der Anführer des Cheysulistammes – unter ihnen würde eine Nation aus dem Krieg wiedergeboren und erneut zum Leben geführt werden, die besser und stärker wäre denn je.

Ich lachte. Es schallte laut, eher eine Baßstimme als Donals Sopran, und einen kleinen Augenblick vereinten sich die Stimmen. Ich sah kurzzeitig die Überraschung auf Duncans Gesicht, dann das Wiedererkennen und schließlich die Bestätigung. Er hob seinen Sohn von seiner Schulter herab und wartete ab, während ich vom Pferd stieg.

Ich trat zu Donal, nicht zu seinem Vater, zu dem Jungen, der neben dem Mann so klein wirkte und der mich plötzlich so wachsam betrachtete. Er wußte genug über Fremde, um sich der Tatsache bewußt zu sein, daß sie manchmal Gefahren mit sich brachten.

Ich überragte ihn weit, denn ich war sogar noch größer als Duncan. Ich ließ mich sofort auf ein Knie nieder, um nicht wie ein hungriger Dämon über ihm aufzuragen. Nun befanden wir uns auf gleicher Höhe: ein großer Prinz und ein kleiner Junge, beides Krieger, Vergangenheit, Gegenwart und Zukunft.

»Ich bin Carillon«, sagte ich zu ihm, »und ich danke den Göttern, daß du hier bist, um mir zu helfen.«

Die Wachsamkeit schwand. Ich sah Verwunderung und Verwirrung und Unsicherheit, aber auch Stolz. Donal löste seine Hand aus der seines Vaters und stellte sich mit stark gefurchter Stirn vor mich hin, während sich seine Wangen röteten. Er war ein hübscher Junge und würde ein gutaussehender Mann werden. Aber die Cheysuli sind ohnehin nicht häßlich.

»Mein *Jehan* dient Euch«, sagte er sanft.

»Ja.«

»Und mein *Su'fali* dient Euch auch.«

Ich dachte an Finn, wohl wissend, daß er hinter mir stand. »Ja. Sehr gut.«

Donals Blick schwankte nicht. Es war ihm wenig Unentschlossenheit oder Zögerlichkeit anzusehen. Ich sah das Verständnis auf seinem Gesicht und erkannte, daß er wußte, was er sagte, sogar in dem Augenblick, in dem er es sagte: »Dann werde ich Euch auch dienen.«

Solch ein kleiner Schwur von solch einem kleinen Jungen. Und doch bezweifelte ich seine Ehrlichkeit und Ehrerbietung nicht. Diese Dinge liegen allen Cheysuli im Blut. Donal war noch Jahre davon entfernt, ein Krieger zu sein, und doch bezweifelte ich seine Entschlossenheit nicht.

Ich legte beide Hände auf seine schmalen Schultern. Ich fühlte mich plötzlich übergroß, wie es mir auch bei meiner Mutter ergangen war, denn ich verströmte wenig Güte und überhaupt keine Väterlichkeit.

Aber ich erkannte Ehre und Stolz und schätzte sie an ihm. »Könnte ich nur *einen* Cheysuli an meiner Seite haben, dann wärst du es«, sagte ich zu ihm und meinte es auch so.

Er grinste. »Ihr habt bereits meinen *Su'fali*!«

Ich lachte. »Ja, das stimmt, und ich bin dankbar dafür. Ich bezweifle nicht, daß ich ihn noch sehr lange Zeit an meiner Seite haben werde. Aber wenn ich einen anderen Begleiter brauchte, wüßte ich, zu wem ich ginge.«

Er wurde plötzlich schüchtern. Er war noch immer ein Kind und sehr jung. Die Vertrautheit war verschwunden. Ich war wieder ein Prinz und er nur Duncans Sohn, und die Zeit für solche Schwüre schien vergangen.

»Donal«, sagte Finn hinter mir, »wenn du deinem Herrn genauso dienen willst wie ich, könntest du dich um sein Pferd kümmern. Komm her und versorge es für ihn.«

Der Junge lief sofort los. Ich wandte mich um, erhob mich und sah das Leuchten auf seinem Gesicht, während er Finns Aufforderung folgte. Er nahm die Zügel meines Pferdes auf und führte den Wallach ganz vorsichtig auf die Pflockleine im Wald zu. Sowohl Donal als auch Finn waren zu Fuß, und ich bemerkte das stille Glück auf Finns Gesicht, während er den Jungen begleitete. Er brauchte tatsächlich einen Sohn.

»Ihr erweist mir damit Ehre«, sagte Duncan.

Ich sah ihn an. Seine Stimme klang seltsam, eine Mischung aus Überraschung, Demut und Stolz. Was hatte er von mir erwartet? Daß ich den Jungen ablehnen würde? Aber etwas so Grausames konnte ich nicht tun, nicht wenn es um Alix' Sohn ging.

Und dann erkannte ich, was er gemeint hatte. Er hatte nichts von dem vergessen, was zwischen uns stand. Vielleicht hatte er unser erstes Zusammentreffen sogar gefürchtet, nein, nicht gefürchtet, nicht Duncan, der mich dafür zu gut kannte. Vielleicht hatte er lediglich angenommen, daß wir Abneigung gegeneinander empfinden würden.

Nun, das war das eine – vielleicht. Aber Alix stand auch noch zwischen uns.

»Ich erweise Euch damit Ehre«, stimmte ich ihm zu, »aber ich erweise auch dem Jungen selbst Ehre. Ich habe nicht fünf Jahre mit Finn verbracht, ohne etwas über

Eure Bräuche zu lernen und darüber, wie ihr Eure Kinder aufzieht. Ich werde Donal nicht entehren, indem ich ihn als Kind abtue, weil er doch nur ein noch nicht ganz erwachsener Krieger ist.«

Duncan seufzte. Ich sah einen wehmütigen Ausdruck die übliche Ernsthaftigkeit auf seinem Gesicht durchdringen. Er schüttelte den Kopf. »Vergebt mir, Carillon, daß ich Euch unterschätzt habe.«

Ich lachte, und mir wurde plötzlich leicht ums Herz. »Dafür müßt Ihr Eurem Bruder danken. Finn hat mich zu dem gemacht, was ich bin.«

»Nicht nach seinem Bild, hoffe ich.«

»Könntet Ihr keine zwei Menschen von der Sorte ertragen?«

»Götter«, sagte er entsetzt, »zwei von Finns Sorte? Einer ist schon zuviel!« Aber ich hörte den Anklang von Zuneigung in seiner Stimme und sah die Freude auf seinem Gesicht. Ich erkannte spät, daß er Finn zweifellos genausosehr vermißt hatte wie Finn ihn – egal wie wenig sie miteinander übereinstimmten, wenn sie zusammen waren.

Ich streckte eine Hand aus, um in vertrauter Cheysulibegrüßung seinen Arm zu umfassen. »Ich danke Euch für ihn, Duncan. Durch ihn habt Ihr mein Leben viele Male gerettet.«

Seine Hand schloß sich um meinen Oberarm. »Was Finn kann, hat er woanders gelernt«, erwiderte er. »Es ist nur wenig von mir in ihm. Obwohl die Götter wissen, daß ich mein Bestes versucht habe ...« Er grinste und nahm dem Ganzen damit die Spitze. »Er hat nicht gelogen, als er sagte, Ihr wärt als Mann zurückgekommen.«

Daraufhin mußte ich lachen. »Das würde er in *meiner* Gegenwart niemals sagen.«

»Vielleicht nicht«, räumte Duncan ein, »aber er hat es in meiner Gegenwart gesagt, und jetzt habe ich es Euch gesagt.«

Männer beurteilen Männer nach ihrem Händedruck. Wir dehnten unsere Begrüßung noch einen Augenblick aus, erinnerten uns an die Vergangenheit, und weder sein noch mein Griff wurde unsicher. Es bestand eine tiefe Verbindung zwischen uns, und keiner von uns würde das vergessen.

Schließlich lösten wir uns voneinander, zwei andere Menschen, dachte ich, als wir zuvor gewesen waren, Freunde. Irgendein unerkannter Austausch hatte zwischen uns stattgefunden: Er hatte mich als jemand anderen entdeckt, als ich damals gewesen war, als er mich kennengelernt hatte, und ich hatte erkannt, was er war, kein Rivale, sondern ein Freund und ein Mann, dem ich mein Leben anvertrauen konnte. Wenn ein König Gold auf jemandes Kopf ausgesetzt hat, kann dieser Jemand eine solche Behauptung nicht mehr allzu leicht aufstellen.

»Mein Zelt ist zu klein für Mujhare«, sagte er ruhig, und als ich genauer hinsah, bemerkte ich das amüsierte Schimmern in seinen Augen. »Mein Zelt ist vor allem für *dich* jetzt zu klein. Komm mit mir, und ich werde dir einen Thron zuweisen, der vielleicht besser als andere geeignet ist, zumindest bis du den Mann getötet hast, der deinen eigentlichen Thron zu seinem gemacht hat.«

Ich schwieg, denn ich hatte den grimmigen Unterton in seiner Stimme gehört und zum ersten Mal erkannt, daß Duncan wahrscheinlich genausosehr haßte wie ich. Ich hatte früher nie darüber nachgedacht, da ich so sehr in meinem eigenen – und manchmal selbstsüchtigen – Trachten gefangen gewesen war. Ich wollte den Thron genausosehr für mich selbst wie für Homana. Duncan hatte eigene Gründe, mich als Mujhar sehen zu wollen.

Er führte mich von den Zelten fort zu einem Stapel riesiger Granitblöcke, die grau und grün und mit Moos überzogen waren. Das Sonnenlicht ließ das Moos zu einer smaragdgrünen Hülle werden, die dicht und üppig war und wie der Stein in Lachlans Lady schimmerte. Der Thron war ein abgeflachter Block, gegen einen anderen gelehnt, der dadurch eine Rückenlehne bildete. Das Moos konnte mir als Kissen dienen. Von Göttern erschaffen, hätte Finn gesagt. Ich setzte mich darauf und lächelte.

»Es ist wenig genug, was wir dem rechtmäßigen Mujhar bieten können.« Duncan kauerte sich auf einen Felsen neben meinem. Der Laubvorhang über uns bewegte sich in einer leichten Brise, so daß Sonnenlicht und Schatten sein Gesicht umspielten und die Flächen und Höhlungen und die gewohnte Ernsthaftigkeit nachzeichneten. Duncan hatte schon immer weniger zur Fröhlichkeit geneigt als Finn. Er war steter, ernsthafter und fast stur. Er wirkte alt, obwohl er nach der Zeitrechnung der meisten Menschen noch jung war. Ich wußte, daß er zumindest für einen Stammesführer noch jung war, der nur darum herrschte, weil seine Vorfahren bei Shaines *Qu'mahlin* bereits umgekommen waren.

»Dieser Thron wird genügen, bis ich einen anderen bekomme«, sagte ich leichthin.

Duncan beugte sich herab und zupfte einen Halm wilden Weizens aus dem feuchten Boden. Er betrachtete die mattgrüne Pflanze, als beanspruche sie seine ganze Aufmerksamkeit. Es sah Duncan nicht ähnlich, Ausflüchte zu machen, dachte ich. Es sei denn, er wäre einfach alt genug geworden, einen nächstliegenden Punkt vorzuziehen.

»Es wird schwierig werden, die Homaner mit den Cheysuli zu versöhnen.«

»Nicht bei allen.« Ich verstand ihn sofort. »Bei einigen vielleicht, das ist zu erwarten. Aber ich möchte keinen Mann in meinem Heer haben, der mir nicht freiwillig dient, gleichgültig ob neben einem Cheysuli oder neben mir.« Ich beugte mich auf meinem Thron aus Moos und Granit vor, der so anders war als der Löwenthron. »Duncan, ich möchte dieses *Qu'mahlin* so schnell wie möglich beenden. Ich werde bei meinem Heer anfangen.«

Er lächelte nicht. »Man spricht über unsere Magie.«

»Man wird immer über eure Magie sprechen. Das hat ihnen in erster Linie angst gemacht.« Ich erinnerte mich an die Einschätzung meines Onkels, als ich jung war – er hatte gesagt, ganz Homana fürchte die Cheysuli, weil er bewirkt hätte, daß sie gefürchtet wurden, und daß die Gestaltwandler das Haus Homana stürzen wollten, um ihr eigenes Haus zu errichten.

Ihr eigenes Haus. Der Cheysulilegende nach hatte ihr eigenes Haus Homana selbst gestaltet und es dem meinen erst übergeben.

»Da ist Rowan«, sagte er ruhig.

Ich antwortete nicht sofort. »Rowan dient mir gut. Ich könnte mir keinen besseren Leutnant wünschen.«

»Rowan ist ein Gefangener zwischen zwei Welten.« Duncan sah mich an. »Du hast ihn gesehen, Carillon. Kannst du seine Qual nicht erkennen?«

Ich runzelte die Stirn. »Ich verstehe nicht ...«

Ein Muskel an seinem Kinn zuckte. »Er ist ein Cheysuli. Und jetzt wissen es die Homaner.«

»Er hat immer geleugnet ...« Ich brach sofort ab. Es stimmte, daß er immer geleugnet hatte, ein Cheysuli zu sein. Und ich hatte mich stets gefragt, ob er es dennoch wäre, da er die Haut- und Augenfarbe eines Cheysuli hatte.

»Cai hat es mir bestätigt«, sagte Duncan. »Ich habe Rowan zu mir gerufen und es ihm gesagt, aber er leugnet es noch immer. Er behauptet, Homaner zu sein. Wie ein Mann das tun kann ...« Er brach jäh ab, als erkannte er, daß es nichts mit unserem Gespräch zu tun hatte. »Ich führe Rowan an, weil er die Schwierigkeiten innerhalb deines Heeres sehr gut verdeutlicht, Carillon. Du hast Homaner und Cheysuli zu deiner Verfügung, und du erwartest, daß sie zusammen kämpfen, nachdem Shaines *Qu'mahlin* bereits seit dreißig Jahren andauert.«

»Was kann ich sonst tun?« fragte ich. »Ich brauche Männer – *jeden* Mann –, und ich muß beide einsetzen!

Wie sonst könnte ich diesen Krieg gewinnen? Bellam kümmert es wenig, wer Cheysuli und wer Homaner ist... Er wird jeden töten, wenn wir ihm die Gelegenheit dazu geben! Ich kann es mir nicht leisten, mein Heer wegen des Wahnsinns meines Onkels aufzuteilen.«

»Dieser Wahnsinn hat den größten Teil von Homana befallen.« Duncan schüttelte den Kopf und preßte den Mund zusammen. »Ich will nicht sagen, daß *alle* uns hassen. Haßt Torrin uns? Aber es bleibt eine Tatsache, daß du vor Bellam deine eigenen Männer bekämpfen mußt, wenn du diese Feindschaft weiter gedeihen läßt. Kümmere dich zunächst um dein Heer, Carillon, bevor du dich darauf verläßt.«

»Ich tue, was ich kann.« Ich fühlte mich plötzlich merkwürdig müde. Mein Gesicht schmerzte von den Verletzungen. »Götter – ich tue, was ich kann... was soll ich noch tun?«

»Ich weiß.« Er betrachtete seinen Getreidehalm. »Ich weiß. Und ich habe mein Vertrauen in dich gesetzt.«

Ich seufzte und sank auf meinem Moosthron zusammen, denn ich spürte das Gewicht meiner Aufgabe. »Wir könnten verlieren.«

»Das ist wahr. Aber die Götter sind auf unserer Seite.«

Ich lachte kurz und humorlos auf. »Du bist immer so ernst, Duncan. Kannst du nicht lachen? Und fürchtest du nicht, daß die Ihlinigötter stärker sind als deine eigenen?«

Er blieb ernst. Seine Augen schätzten mich auf seine ruhige, verständige Art ab, und ich erfuhr erneut die Unsicherheit der Jugend vor einem älteren, weiseren Mann. »Ich werde wieder lachen, wenn ich nicht mehr fürchten muß, meinen Sohn zu verlieren, weil seine Augen gelb sind.«

Ich wich unter diesem Satz zurück, der genau in meine Seele traf. Ich dächte an seiner Stelle vielleicht genauso. Aber was würde er an *meiner* Stelle tun?

»Wenn du der Mujhar wärst …« begann ich und hielt dann inne, als ich das Aufflackern in seinen Augen bemerkte. »Duncan?«

»Ich bin es nicht.« Mehr nicht, und das Aufflackern war verschwunden.

Ich sah ihn stirnrunzelnd an, während ich mich auf meinem Felsen aufsetzte. »Ich will eine Antwort von dir: Wenn du der Mujhar wärst, was würdest du tun?«

Er lächelte vollkommen ruhig. »Ich würde meinen Thron zurückerobern. Wir sind einer Meinung – du hast keinen Grund zu befürchten, daß dein Thron in Gefahr ist. Du bist dem Löwen willkommen.«

Ich dachte an den Thron, den Löwenthron, der in Homana-Mujhar stand, in der Großen Halle, auf dem Marmorpodest, dunkel und schwer und brütend. Ich konnte nicht sagen, wie lange schon. Uralt und noch älter.

»Cheysuli«, sagte ich unversehens.

Duncan lächelte jetzt wärmer. Das Lächeln ließ Fältchen um seine Augen entstehen, verscheuchte die Ernsthaftigkeit und nahm seinem Gesicht das Alter. »Ebenso Homana. Aber wir haben die Ungeweihten schon vor so langer Zeit willkommen geheißen. Willst du uns nicht auch willkommen heißen?«

Ich legte das Gesicht in die Hände. Ich hatte Sand in den Augen und rieb sie. Und ich rieb auch meine Haut, die vor Sorge und Anspannung hart war. Es gab so vieles zu tun – und es war so wenig Zeit, es zu vollbringen. Ich mußte zwei kriegführende Reiche vereinen und ein Königreich zurückerobern, ein von unvorstellbar starker Magie gehaltenes Königreich.

»Du bist nicht allein«, sagte Duncan leise. »Niemals. Ich bin da und Finn … und Alix.«

Ich saß zusammengekauert da, die Augen fest gegen meine Handballen gepreßt, als könne der Druck mich an allem Schmerz, an allen Schlachten, an allen Notwendigkeiten des Krieges vorbei und unmittelbar zum

Thron führen. Wenn es so sein könnte, würde ich mich nicht den Gefahren und Verlusten und Ängsten stellen müssen.

Aber so leicht konnte es nicht geschehen, und ein Mann lernt durch das, was er überlebt, nicht durch das, was er umgeht.

Ich spürte eine Hand auf meiner Schulter, hob das Gesicht von meinen Händen und blickte in Duncans Augen, die so klug und traurig und mitfühlend schauten, voller Mitgefühl für einen Mann, der sein König sein wollte. Dadurch fühlte ich mich wieder klein.

»*Tahlmorra lujhalla mei wiccan, Cheysu*«, sagte er ruhig und machte mit seiner rechten Hand die vertraute Geste. »Nun komm mit und speise mit mir. Kriege werden auch durch leere Mägen verloren.«

Ich stieß mich mit einer einzigen Bewegung von dem Felsen hoch. *Das Schicksal eines Menschen liegt immer in Händen der Götter.*

In den Händen meiner Götter? fragte ich mich. Oder in den Händen von Bellams Göttern.

Kapitel Elf

Cai hockte auf einem glatten, in den Boden versenkten Holzpfahl neben Duncans schiefergrauem Zelt. Seine wuchtigen Schwingen waren perfekt vollendet, so daß keine einzige Feder in Unordnung war. Der große gebogene Schnabel schimmerte im trüben Feuerschein und roten Glühen der untergehenden Sonne dunkel, scharf und tödlich. Und seinen so hellen und wachsamen Augen entging keine einzige Bewegung innerhalb des Keep.

Ich stand vor dem Zelt. Duncan, Finn und der Junge waren drinnen geblieben und beendeten ihre Mahlzeit aus heißem Eintopf, frischem Brot, Käse und Cheysulibier. Und Alix, die Brot aus Torrins Haus gebracht hatte, war jetzt zu einem anderen Zelt gegangen.

Ich hatte mir einen Cheysuliumhang umgelegt und hüllte mich gegen die Abendkälte in die rauhen Wollfalten. Der Stoff war so dunkelgrün, daß ich selbst im Schein des Feuers mit der mich umgebenden Dunkelheit verschmolz. Ich fragte mich nicht mehr, wie die Cheysuli ihre Verborgenheit herstellten. Ein Mann, der ganz stillsteht, kann sich nur zu leicht verbergen. Er muß nur die richtige Farbe tragen und abwarten – und der Feind wird zu ihm kommen.

Cai wandte den Kopf. Der große Falke sah mich an, und die dunklen Augen schimmerten im ersterbenden Licht. Sein Blick zeigte genausoviel Wachsamkeit wie der eines Menschen, denn er war ein *Lir*, und ein *Lir* gilt mehr als ein Mensch, zumindest bei den Cheysuli. Ich hatte keinen Grund, diese Behauptung in Frage zu stellen. Ich kannte Storr lange genug, um seine Fähigkeiten zu schätzen und für seine Dienste dankbar zu sein.

Ich zitterte, aber nicht vor Kälte, sondern weil ich im Cheysulikeep ganz deutlich ein Schicksal verspürte, denn ein Keep ist immer dort, wo sich ein Mensch mit seinem *Lir* befindet, und hier saß ein *Lir* neben mir, Cai, der große dunkle Falke mit der Weisheit aus Jahrhunderten und dem Wissen dessen, was kommen mochte, was er aber niemals preisgeben würde, nicht einmal Duncan gegenüber, der den Göttern besser diente als jeder andere, den ich jemals gekannt hatte. Solch ein harter Dienst, dachte ich, der Tod und Opfer forderte. Die Cheysuli trugen eine Last in sich, die ich nicht tragen konnte. Der Gestaltwandel war tatsächlich Magie, aber ich wollte diesen Preis nicht bezahlen.

Ich wandte mich ab und zog den Zelteingang zur Seite. Das trübe Licht von der kleinen eisernen Kohlenpfanne erfüllte das Zelt mit Schatten, und ich sah drei Paar gelbe Augen auf mein Gesicht gerichtet.

Bestienaugen …

Sogar Freundschaft kann die von solchen Augen eingejagte Angst nicht dämpfen.

»Ich gehe zum Heerlager hinauf. Ich habe genug Zeit von meinen Männern getrennt verbracht.«

Finn stand sofort auf und reichte Duncan seinen Becher. Das Licht spiegelte auf dem Steppenmesser an seinem Gürtel, und plötzlich erinnerte ich mich, daß an meinem Gürtel kein Messer hing. Die caledonische Waffe mit dem Knochenheft lag auf den Schneefeldern nahe Joyenne.

Finn nahm einen nachtschwarzen Umhang auf und hing ihn sich um die Schultern. Er verbarg das Gold an seinen Armen vollständig und verwandelte seine braune Körperfarbe im schwachen Feuerschein zu Schwarz. Sein Haar fiel nach vorn und verbarg seinen Ohrring, so daß ich nur noch das Gelb seiner Augen sah. Plötzlich empfand ich, der Prinz von Homana, mich in Gegenwart von drei Cheysuli als minderwertig.

Finn lächelte. »Brechen wir auf?«

Wenn ich ihn an meiner Seite hatte, brauchte ich keine Waffe. Er war Messer und Bogen und Schwert.

»Wir brechen auf.« Ich schaute an ihm vorbei zu Duncan und seinem Jungen. »Ich werde gründlich über das nachdenken, was du mir gesagt hast. Ich werde mit Rowan sprechen und zu ergründen versuchen, welcher Schmerz ihn quält, damit ich einen Mann an meine Seite bekomme, der solcher Sorgen enthoben ist.«

Duncan lächelte. Er wirkte in dem schwachen Licht älter, aber der Junge an seiner Seite ließ ihn wiederum jung erscheinen – die Zukunft seiner Rasse. »Vielleicht genügt es Homana, wieder einen Mujhar zu haben.«

Ich trat zur Seite, und Finn kam heraus. Wir gingen zusammen durch die Dunkelheit zu unseren Pferden, die noch immer gesattelt an der Pflockleine standen. Die Cheysuli vertrauten so nahe bei Mujhara niemandem und ich ebenfalls nicht.

»Das Heer ist nicht weit entfernt.« Finn duckte sich unter einem niedrigen Zweig. »Ich glaube, selbst Homaner erkennen den Wert von dreihundert Cheysuli.«

»Sie werden ihn erkennen, wenn wir mit ihnen fertig sind.«

Er lachte weich, in der sich vertiefenden Nacht fast unsichtbar.

Ich band mein dunkles Ihlinipferd los und stieg auf. Finn war kurz darauf ebenfalls aufgestiegen, ritt durch den Wald voran, und ich folgte ihm. Storr glitt hinter mir heran und bildete die Nachhut, so wie Finn die Vorhut. Es war eine schwierige Aufgabe, die sie mit Leichtigkeit ausführten.

Der Mond stieg über uns auf, zog über die starren schwarzen, skelettartigen Bäume hinweg: eine Silberscheibe am dunklen Nachthimmel. Ich schaute durch den sich über meinem Kopf wölbenden Baumschild. Jenseits des Schildes schimmerten die herabstarrenden weißen Augen der Sterne. Ich hörte das Knacken von Ästen und Zweigen, die von den Pferdehufen zerbrochen wurden, und das leise Geräusch von Eisenhufen auf Grasboden. Ich bemerkte den Geruch und die Nachtgeräusche des Waldes, die ich so lange als selbstverständlich angesehen hatte. Grillen meldeten unser Vorüberziehen, und eine Motte flatterte auf ihrer Reise zum Licht an meinem Gesicht vorbei. Aber es gab kein Licht, nicht hier, so tief im Wald.

Und dann stieg eine so helle Freude darüber in mir auf, wieder in Homana zu sein, daß ich kaum atmen konnte. Schließlich hielt ich tatsächlich den Atem an und schreckte kurz zurück, aber dann überließ ich mich der Empfindung. Finn genügte sein *Lir*bund und die Magie seiner Rasse, aber ich sehnte mich nur nach Homana. Sogar ein Mujhar im Exil kann dieses Exil genießen, wenn es ihn letztlich wieder nach Hause führt.

Wir ritten einen Hügelgrat entlang, der zwischen den Bäumen aufstieg und dann wieder hinabführte wie Wasser, das eine gepflasterte Rinne entlangläuft. Finn führte mich in einen kleinen Talkessel hinab, wobei er am Rand entlangritt, damit die Bäume uns Schutz gewähren konnten. Deutliche Punkte flackernden Lichts sammelten sich inmitten der Nacht und der dunkleren Schatten. Winzige Lichter, kaum mehr als von Glühwürmchen ausgesandte Lumineszenz. Mein Heer begnügte sich genau wie die Cheysuli mit wenig Wärme und Licht. Man mußte genau hinschauen, um das Lager sehen zu können, aber da ich es erwartet hatte, konnte ich es leichter entdecken: hier und dort ein Lichtpunkt, in den Schatten verloren, von Bäumen und Gestrüpp abgeschirmt.

Ein Lichtring säumte den Talkessel. Er krönte die Grate wie das mit glänzenden Edelsteinen besetzte Diadem eines Königs und schimmerte gegen die Dunkelheit an. Wir ritten näher heran, blieben noch immer im Schutz des Waldes, und dann erlebte ich, wie gut das Heer geschützt war.

»Halt!« rief eine Stimme. Ich hörte das Rascheln im Laub und machte die Männer aus: ein Halbkreis von fünf Wächtern, dachte ich. »Sagt, wer Euer Herr ist.« Der Befehl erklang knapp, ohne die Gewandtheit vornehmer Sprache, aber dennoch unbedingt homanisch.

»Carillon der Mujhar«, sagte ich leise, denn ich wußte, daß Finns Akzent seine Rasse verraten würde. Die Männer würden ihn in der Dunkelheit vielleicht ohne Überlegung töten.

»Wie viele?« erklang die Stimme.

»Drei.« Ich lächelte. »Ein Homaner, ein Cheysuli... und ein *Lir*.«

Ich spürte den angehaltenen Atem von fünf Männern, obwohl ich nichts hörte. Gute Männer. Ich war dankbar dafür, obwohl ich auf meinem Pferd zu frieren begann.

»Seid Ihr Homaner?«

»Ja. Möchtet Ihr, daß ich noch mehr spreche, damit Ihr meinen Akzent erkennen könnt?« Ich hielt das für einen nützlichen Test, denn die solindische Sprache ähnelt der unseren kaum und würde einen Feind verraten.

»Ihr habt genug gesagt. Welche Waffen führt Ihr mit Euch?«

»Ein Schwert und einen Bogen, und einen Cheysulikrieger – ausreichende Waffen, denke ich.«

Ein Brummen erklang. »Kommt weiter, aber Ihr werdet begleitet.«

Wir ritten weiter, Finn als erster, von den Männern umringt. Es waren nicht genügend Männer, um Finn abzuwehren, wenn er versuchen sollte, sie zu töten. Sogar ich hätte zwei, vielleicht sogar drei von ihnen übernehmen können und Storr noch einige mehr. Mir gefielen diese Umstände.

Weiteres Rascheln und das Knirschen nachtgefrorenen Schnees erklang in den Büschen. Schließlich hielten wir nahe des äußeren Randes einer Feuerstelle an, und ich sah Waffen schimmern. Schweigende, schattenhafte Männer mit ernsten Gesichtern und wachsamen Augen beobachteten uns. Sie achteten besonders auf Storr, wie jedermann es tun würde, der nur den Wolf in ihm erkannte. Und sie beobachteten Finn, schwarzgekleidet, mit rabenschwarzem Haar, dunklem Gesicht und gelben Augen. Mich bemerkten sie kaum, außer daß ihnen vielleicht meine Größe auffiel.

Der Anführer trat in den Feuerschein. Er trug ein Langmesser und ein Schwert an seinem Gürtel. Er war untersetzt, breit, mit kurzgeschnittenem, bereits ergrauendem roten Haar und hellgrünen Augen. Sein Körper schrie förmlich nach der Leder- und Kettenpanzerkleidung der Krieger, obwohl er jetzt nur Wolle trug. Er verströmte die ruhige Autorität eines geborenen Anführers. Ich erkannte sofort, daß er ein Veteran aus den Kriegen meines Onkels gegen die Solinder sein mußte.

Weitere Männer versammelten sich um die kleine Feuerstelle. Es war nicht hell genug, um sie alle deutlich sehen zu können, vielmehr sah ich nur von der Dunkelheit umschattete Arme, Beine und Gesichter, schweigend und abwartend und wachsam wie Gejagte. Bellam hatte sie dazu gemacht.

»Wie ist Euer Name?« fragte ich den Anführer.

»Zared«, sagte er ruhig. »Und wie ist Euer Name?«

Ich grinste. »Söldner. Und dies ist Finn mit dem Wolf Storr.« Ich regte mich im Sattel und sah Hände zu Heften schnellen. »Laßt eure Waffen stecken, denn ich bin geborener Homaner und möchte nur in den Krieg ziehen. Ich bin beeindruckt von eurem Können, aber jetzt ist es genug.« Ich hielt inne. »Ich bin Carillon.«

Zareds grüne Augen verengten sich. »Steigt von dem Pferd herab.«

Ich folgte seiner Aufforderung und stellte mich vor den Mann, der aufmerksam mein Gesicht betrachtete.

»Ich habe mit Prinz Fergus, Carillons Vater, gekämpft«, sagte er plötzlich. »Ich sah, wie der Sohn von Thorne selbst gefangengenommen wurde. Wollt Ihr mir erzählen, daß Ihr dieser Junge seid?«

Seine Stimme klang zweifelnd, aber er meinte seine Frage ernst. Ich streckte beide Hände aus und schob die

Ärmel von meinen Handgelenken zurück. Die Narben wirkten im schwachen Feuerschein fast schwarz, es waren wulstige Armbänder in meiner Haut. Zareds Blick ruhte darauf und wanderte dann wieder zu meinem Gesicht. Seine Augen verengten sich erneut. »Es heißt, Ihr wärt im Exil getötet worden.«

»Nein. Ich lebe, wie Ihr seht.« Ich senkte meine Arme wieder.

»Wollt Ihr noch mehr Beweise sehen?«

»Viele Männer sind in Ketten gelegt worden.« Ein seltsamer Hinweis, aber ich verstand ihn.

»Nehmt das Schwert von meinem Sattel.«

Er schnippte mit dem Finger. Ein Mann trat an die andere Seite meines Pferdes, nahm die Schwertscheide herab und brachte sie Zared. Er zog die Klinge ein Stück aus der Scheide heraus, so daß sich die Runen auf dem Metall wanden, aber das fest lederumwickelte Heft wirkte nichtssagend.

»Schneidet es frei«, sagte ich dennoch.

Er nahm sein Messer und löste das Leder, so daß das Gold zum Vorschein kam. Der wilde Löwe schlug seine Krallen in das Metall, als die Schatten darübertanzten. Der Löwe von Homana, und im Knauf glühte der Rubin.

»Das kenne ich«, sagte er zufrieden und reichte mir das Schwert.

»Wenn Ihr mich für tot gehalten habt, warum habt Ihr Euch dann diesem Heer angeschlossen?« fragte ich neugierig.

»Ich bin ein Krieger«, sagte er einfach. »Ich diene Homana. Auch wenn ich keinem Mujhar folgen kann – einem *homanischen* Mujhar –, werde ich doch kämpfen, um mein Land zu verteidigen. Aber ich konnte es nicht allein tun, und bisher waren nur wenige bereit, ihr Leben zu wagen.« Er lächelte, so daß Furchen sein gezeichnetes Gesicht durchzogen. »Jetzt haben wir mehr als eintausend Mann, Mylord, und endlich auch einen Prinzen, der sie anführen kann.«

Ich bemerkte, daß die anderen mich betrachteten. Sie hatten gerade gehört, wie ihr Anführer anerkannte, daß ich ihr Herr war. Es flößt Männern manchmal Furcht ein zu sehen, wer sie befehligt, wenn derjenige für sie zuvor nur ein Name war.

Ich wandte mich zu meinem Pferd um und befestigte das in der Scheide steckende Schwert wieder. »Führt mich zu Rowan.«

»Rowan?« Zared klang überrascht. »Ihr wollt mit *ihm* sprechen?«

»Warum sollte ich es nicht wollen? Er hat dieses Heer aufgestellt.« Ich schwang mich erneut in den Sattel. »Wollt Ihr sagen, daß ein anderer als Rowan es getan hat?«

Er errötete. »Mylord ... es heißt, er sei ein Cheysuli... Cheysuli führen keine Homaner an.« Seine Stimme klang barsch, die Worte abgehackt. Er sah Finn nicht an.

Seine Entschiedenheit erschreckte mich. Ich beurteilte Zared als gerechten Mann, der jedes Ranges wert war, den ich für ihn aussuchen würde. Und er, der um die Fähigkeiten der Cheysuli wußte, schätzte ihre Anwesenheit weiterhin gering.

Ich atmete tief durch und sprach betont ruhig. »Wir werden jeden Mann entlassen, der die Cheysuli zu hassen beschließt. *Jeden* Mann. Wir werden nicht darüber streiten, was der Fluch meines Onkels in euch erweckt hat – er hat hart genug darum gekämpft –, aber wir müssen dies in unserem Heer nicht dulden. Jene von euch, die Shaines Politik der Auslöschung der Cheysuli weiterführen wollen, können jetzt gehen. Solche Leute wollen wir nicht bei uns haben.«

Zared sah mich offen verblüfft an. »*Mylord ...*«

»Solche Leute wollen wir nicht bei uns haben«, wiederholte ich. »Bekämpft Bellam und Tynstar, aber nicht einander und keine Cheysuli. Sie dienen uns zu gut.« Ich zügelte mein Pferd. »Führt uns jetzt sofort zu Rowan.«

Zared deutete auf ein entferntes Flackern. »Dort, Mylord. Dort.«

»Denkt über das nach, was ich gesagt habe«, befahl ich ihm. »Wenn wir diesen Krieg gewonnen haben werden, werden die Cheysuli ihre Freiheit zurückerhalten. Und mit dieser Politik werden wir *jetzt* beginnen.«

»Mylord ...«

Ich hörte seine Bemerkung nicht mehr, da ich sein Herdfeuer so schnell verließ, wie mein Pferd mich tragen konnte.

Rowan saß allein an seiner kleinen Feuerstelle. Er war von Baumgruppen umgeben, als hätte er eine teilnahmslose und schweigende königliche Wache um sich versammelt. Und doch war er in diesem Schutz ein einsamer Mensch, unberührt von allem – außer seinem Kummer. Er war erkannt worden, und das Geheimnis blieb nicht mehr gewahrt.

Die Feuerstelle reichte nicht aus, ihn zu wärmen, wie ich merkte, wahrscheinlich nicht einmal, um den Lederbecher mit Wein zu wärmen, den er in seinen starren Fingern hielt. Aber der schwache Feuerschein tanzte über sein Gesicht in der tiefen Dunkelheit, und ich sah darauf den unheimlichen Ausdruck des Verlustes.

Ich schwang mich von meinem Pferd und trat zu der Feuerstelle, so daß er mich bemerken mußte. Er hob den Kopf. Einen Augenblick sah er mich nur an, noch immer in seine Träumerei versunken, und dann erhob er sich zögernd auf die Knie. Es schien die ungelenke Bewegung eines alten Mannes.

Ich sah, was hinter dem Entsetzen lag. Ich sah die Enttäuschung hinter der äußeren Hülle des Verlustes.

Er hatte es gewußt.

»Wie lange weißt du es schon?« fragte ich. »Und warum hast du es vor mir verborgen?«

»Ich weiß es schon mein ganzes Leben lang«, sagte er dumpf, noch immer am Boden kniend. »Und warum ich es vor Euch verborgen habe – was hätte ich sonst tun sollen? Nur wenige Homaner sind wie Ihr, Mylord ...

Ich dachte, sie würden mich schmähen. Und das *haben* sie auch getan.«

Ich ließ die Zügel sinken, trat noch näher heran und bedeutete ihm, sich von den Knien zu erheben. Zögernd setzte er sich wieder auf den Feldstuhl. Der Becher in seiner Hand zitterte. »Erzähle es mir«, sagte ich ruhig.

Er schloß die Augen. In dem fahlen Licht wirkte er wie ein Dämon aus der Kindheit. *Cheysuli.*

»Ich war fünf Jahre alt«, sagte er leise. »Ich sah die Männer des Mujhar meine Leute ermorden, alle, nur mich nicht.« Ein Zittern lief über sein junges Gesicht. »Sie überfielen uns im Wald und riefen, sie hätten ein Dämonennest gefunden. Ich lief davon. Mein *Jehan* und meine *Jehana* – und meine *Rujholla* – konnten nicht rechtzeitig entkommen. Sie wurden getötet.«

Die Cheysuliworte aus Rowans Mund waren ein Schock für mich. Er hatte immer mit homanischem Akzent gesprochen, überhaupt nicht in der Alten Sprache –, und jetzt erfuhr ich, daß er mehr Anspruch darauf hatte als die meisten.

Ich hörte Finn neben meinem Pferd auftauchen. Ich blickte nicht zu ihm, aber Rowan tat es. Sie waren sich so ähnlich wie zwei Blätter derselben Weinranke. Sie waren sich ähnlich genug, um Vater und Sohn sein zu können. Vielleicht waren sie sogar tatsächlich miteinander verwandt.

»Ich hatte keine andere Wahl«, sagte Rowan. »Ich wurde von einem Ehepaar gefunden, das keine Kinder hatte. Sie waren Ellasier, aber sie lebten in Homana. Das Tal war abgelegen und einsam, und es gab dort niemanden, der jemals einen Cheysuli gesehen hatte. Ich war sicher. Und dabei beließ ich es, bis ich hierher kam.«

»Du mußt gewußt haben, daß du entdeckt werden würdest.«

Er zuckte die Achseln. »Ich wußte, daß die Möglichkeit bestand. In Mujhara war ich vorsichtig. Und die Männer, die Bellam bekämpfen wollten, waren genauso jung wie ich und hatten ebenfalls noch niemals einen Cheysuligestaltwandler gesehen. Also bezeichnete ich mich als Homaner, und sie glaubten es. Es ist schon so lange her, daß es den Cheysuli freistand zu gehen, wohin sie wollten, und viele Homaner kennen die uralte Rasse ihres Landes überhaupt nicht mehr.« Er sah mich kurz an. »Ja, ich wußte die ganze Zeit über, was ich bin, und was nicht.« Er wandte sein Gesicht dem Feuer zu. »Ich habe keinen *Lir*.«

Ich verstand nicht ganz, aber dann dachte ich an Finns Verbindung mit Storr und an den Preis, den es ihn kostete, und ich wußte, was Rowan meinte. »Du kannst nicht allen Ernstes behaupten, daß du den Tod wünschst!«

»Das ist nicht notwendig«, sagte Finn. Er schwang sich von seinem Pferd und trat mit Storr an seiner Seite in den Feuerschein. »Er hatte niemals einen *Lir*, was etwas anderes ist, als wenn er seinen *Lir* verloren hätte. Wo es keinen Verlust gibt, ist ein Mann nicht gezwungen, das Todesritual auszuführen.«

Rowans Gesicht erblaßte und wurde vom Feuerschein noch blasser gezeichnet. »Das Ritual wurde bereits ausgeführt, auch wenn es ein homanisches Ritual ist, denn ich werde Gestaltwandler genannt und aller Ehre beraubt, die ich jemals hatte.«

Ich dachte an die Männer aus dem Wirtshaus, in dem Lachlan und ich Rowan entdeckt hatten. Sie waren ihm freiwillig gefolgt. Rowan hatte die meisten derer versammelt, die hier waren. Die Kunde hatte weitere Männer angelockt und tat es noch immer, aber Rowan hatte mit alledem begonnen.

»Nicht alle Leute sind so«, belehrte ich ihn und überging Zareds Meinung dazu. »Diejenigen, die wirklich Menschen sind, erkennen einen Menschen. Sie beurteilen dich nicht nach der Augenfarbe oder nach dem Gold.« Ich bemerkte jetzt auch, daß er kein *Lir*gold trug. Er hatte sich das Recht dazu nicht erworben.

»Die Götter sind Euch gegenüber blind«, sagte Finn leise.

Ich sah ihn entsetzt an. »Willst du auch noch den Rest zerstören, der von ihm übriggeblieben ist?«

»Nein, ich sage ihm nur, was er schon weiß. Du brauchst ihn nur zu fragen.« Finns Stimme und sein Blick waren unerbittlich. »Er ist *lir*los, unvollständig, ein halber Mann, ohne Seele, genauso ungesegnet wie du, obwohl er Cheysuli statt Homaner ist.« Er fuhr fort, ohne auf meine Versuche, ihm zu widersprechen, zu antworten. »Er ist kein Krieger des Stammes, weil er keinen *Lir* hat. Er wird keinen Übergang zu den alten Göttern finden.«

Meine Hand lag auf seinem Arm. Ich spürte die verhärteten Sehnen unter seiner Haut. Ich hatte ihn niemals zuvor im Zorn berührt...

Er hielt inne. Er wartete ab. Und als ich meine Hand fortnahm, erklärte er mir seine Worte. »Er hat es freiwillig aufgegeben, Carillon. Jetzt muß er dafür leiden.«

»Leiden!«

»Ja.« Sein Blick zuckte zu Rowans zusammengekauerter Gestalt hinab. »Wenn ich die Wahl gehabt hätte, wäre ich das Risiko eingegangen.«

»Und du wärst *gestorben*«, erwiderte ich verärgert.

»O ja«, sagte er nüchtern, »aber anders hätte ich nicht damit umgehen können.«

»Hör nicht zu«, sagte ich erschöpft zu Rowan. »Finn redet manchmal, wenn er seine Empfindungen besser für sich behalten sollte.«

»Laßt ihn reden«, sagte Rowan müde. »Er sagt genau das, was ich mein ganzes Leben lang erwartet habe. Mylord – es gibt vieles, was Ihr über die Cheysuli nicht wißt, und vieles, was *ich* über sie nicht weiß, da ich meine Seele aufgegeben habe.« Ein verbittertes, schwaches Lächeln verzog seinen Mund zu dem Zerrbild eines Gesichtsausdrucks. »O ja, ich weiß, was ich bin. Ich bin ohne Seele und *lir*los und unvollständig. Aber es ist das, was ich mir zu sein erwählt habe, da ich zu feige war den Tod zu erwählen. Und ich dachte, daß ich *tatsächlich* sterben würde, als die Zeit für den *Lir*bund gekommen war.«

»Du wußtest es?« Ich starrte ihn an. »Du wußtest, wann die Zeit gekommen war?«

»Wie sollte ich es nicht wissen? Ich war tagelang krank, bis sogar mein Pflegevater fürchtete, daß ich sterben würde, aus Sehnsucht, aus Verlangen und wegen der Leere in mir.« Eine furchtbare Grimasse verzerrte sein Gesicht. »Die Qual des Leugnens ...«

»Ihr hättet diesem Verlangen nur nachgeben müssen«, sagte Finn barsch. »Die Götter haben einen *Lir* für Euch gestaltet, und Ihr habt ihn dem Tod überantwortet. *Ku'reshtin!* Ihr hättet für das, was Ihr getan habt, sterben sollen.«

»Das genügt!« schrie ich ihn an. »Finn – bei den Göttern! –, ich fordere Unterstützung von dir und nicht die Verurteilung eines Mannes, den ich brauche.«

Finn streckte die Hand aus und deutete auf Rowans gesenkten Kopf. »Er lebte, während der *Lir* starb. Kannst du nicht verstehen, was dadurch aus ihm geworden ist? Ein Mörder, Carillon ... Und das, was er getötet hat, war ein persönliches Geschenk der Götter ...«

»Das genügt«, wiederholte ich. »Schweig.«

»Sieh dir Storr an«, fauchte Finn. »Denk daran, wie dein Leben verlaufen wäre, wenn *ich* meine Chance vertan hätte, eine Verbindung zu ihm herzustellen. Er wäre gestorben, denn ein *Lir*, der sich nicht verbindet, wenn er die Notwendigkeit verspürt, überantwortet sich dem Tod. Das ist der Preis, den *sie* bezahlen und den auch ein Krieger bezahlen muß, wenn sein *Lir* getötet wird.« Einen Augenblick wirkte er wie ein sprungbereiter Wolf.

Ein Wolf ... Finn.

»Laß Rowan in Ruhe«, sagte ich schließlich. »Du hast mehr gesagt als nötig war.«

»Ich würde alles noch mal sagen und noch mehr,

wenn ich glaubte, daß er dadurch erkennen würde, was er getan hat.«

»Ich *weiß*, was ich getan habe!« Rowan sprang jäh auf und hob die Arme, als wollte er Finns Worte abwehren. »Bei den Göttern, glaubt Ihr, ich hätte nicht gelitten? Glaubt Ihr, ich hätte mich nicht verflucht? Ich lebe jeden Tag damit, *Gestaltwandler*. Das Wissen wird niemals schwinden.«

Da erkannte ich, daß beide litten... Rowan wegen dem, was er niemals gehabt hatte, und Finn wegen dem, was er nicht verstehen konnte, nämlich daß ein Cheysuli sein Geburtsrecht aufgeben und dennoch überleben konnte. Nicht Rowan wurde vergessen, sondern ich, Carillon, der Homaner, der wahrscheinlich nicht wissen konnte, wie es war, einen *Lir* zu haben oder was es bedeutete, einen *Lir* aufzugeben.

»Ich brauche euch beide«, sagte ich schließlich, während sie sich über den Feuerschein hinweg ansahen. »Ich will keinen Mißklang unter meinen Männern, weder unter Cheysuli und Homanern noch unter Männern der gleichen Rasse, ob sie nun gesegnet ist oder nicht.« Ich seufzte, denn ich empfand plötzlich Abscheu. »Bei den Göttern, weiß ich überhaupt etwas über die Cheysuli? Ich beginne zu glauben, daß es gar nicht *möglich* ist, etwas über sie zu wissen.«

»Ich weiß nur *eines*«, sagte Rowan, der noch immer Finn ansah. »Kein Ungeweihter kann jemals die Gnade der Götter erfahren oder die Prophezeiung verstehen.«

Finn lachte rauh. »Ihr seid also doch nicht so seelenlos, nicht wahr? Ihr habt genug Blut in Euch, um das zu erkennen.«

Die Spannung nahm sofort ab. Sie standen einander immer noch wie Raubtiere gegenüber: das eine ein weiser Wolf und das andere ein Mensch, dem die Gaben des *Lir*bundes fehlten und der dennoch das ganze unheimliche Charisma seiner Rasse in sich trug.

»Ungeweiht«, knurrte ich. »Bei den Göttern, jetzt

plappert ihr schon *beide* diesen Unsinn…« Ich wandte mich zu meinem Pferd um, zu meinem Ihlinipferd, das in der Welt der Cheysuli genauso fremd war wie ich.

Am nächsten Tag versammelte ich meine Streitkräfte, Cheysuli und Homaner gleichermaßen, im Tal. Ich beobachtete ihr Herannahen vom Pferd aus und wartete, bis der Talkessel von Kriegern erfüllt war. Es war nur ein kleiner Talkessel, der mein Heer noch unbedeutender wirken ließ. Ich hatte nur so wenige Männer unter meinem Banner. Und doch kamen jeden Tag mehr mit dem Tauwetter heran.

Ich dachte daran, sie mit so vielen Argumenten und Befehlen zu beladen, bis sie mit dem Geschmack Carillons im Mund wieder davongingen. Ich war verärgert genug darüber, daß meine Homaner die Cheysuli geringschätzten, obwohl wir jeden Mann brauchten. Wollten sie diesen Krieg verlieren? Und doch verstand ich es, denn auch ich hatte gelernt, diese Rasse zu hassen und zu fürchten. Ich hatte meine Lektion gelernt und zwar gut gelernt, wenn auch notgedrungen. Vielen der Homaner in meiner Umgebung fehlte der Lehrer, den ich gehabt hatte.

Aber anstatt einen Vortrag zu halten, sprach ich ruhig zu den Männern oder rief ihnen sogar meine Worte zu, da ich sie, indem ich lediglich sprach, nicht alle erreichen konnte, und ließ meine Verärgerung außer acht. Ich sagte ihnen, was uns bevorstünde, erzählte ihnen, wie stark wir zahlenmäßig unterlegen waren. Ich wollte nicht, daß auch nur einer von ihnen später sagen konnte, ich hätte sie ahnungslos in diesen Krieg geführt. Wenn ein Mann seinem Tod entgegenging, sollte er die Gefahr kennen.

Ich unterteilte sie in einzelne Einheiten und erklärte ihnen meine Planung. Wir konnten uns keine offenen Schlachten leisten, wie wir sie bisher gekannt hatten, da wir zu wenige waren und ich niemanden bei solch nutzlosen Attacken verlieren durfte. Statt dessen würden wir nach und nach – Stück für Stück – angreifen und Bellams Truppen bekämpfen. Sie würden jetzt, während der Ernte, weniger zahlreich sein, und wir hätten eine größere Chance, sie überraschend angreifen zu können.

Ich hielt die Einheiten getrennt, um Cheysuli und Homaner gezielt voneinander fernzuhalten. Viele unserer Homaner waren lange genug Veteranen, um sich an die Zeit vor dem *Qu'mahlin* zu erinnern, und sie erkannten die Cheysuli bereitwillig als erfahrene Kämpfer an. Diese Männer würden die Angriffe führen. Ich verließ mich darauf, daß sie der durch Unzufriedenheit hervorgerufenen Unruhe Herr werden würden. Alle Männer wußten um die Wildheit und die unglaublichen Fähigkeiten der Cheysuli. Ich glaubte, daß sie es letztlich vorziehen würden, sie an ihrer Seite zu haben anstatt gegen sich.

Es wurden nur wenige Fragen gestellt. Ich fragte mich, wie viele der Männer aus wahrer Überzeugung meinem Ziel gegenüber hierhergekommen waren – oder nur eine Abwechslung vom Alltag suchten. Einige Männer, wie Zared, wollten Homana zweifellos von Bellams Herrschaft befreien. Aber andere suchten wohl eher eine Befreiung von dem, was sie erlebt hatten und wollten einfach nur ein anderes Leben führen. Das konnte ich ihnen zusagen. Sie würden, wenn überhaupt, als völlig andere Menschen heimkehren.

Ich benannte meine Führer, und Rowan war einer davon. Ich wies ihn den Männern zu, die er in dem Wirtshaus versammelt hatte, denn ich wußte, daß er keine Homaner führen könnte, bevor er sich nicht selbst bewiesen hätte. Und ich glaubte, daß die Cheysuli ihn, nach Finns Erwiderung zu urteilen, auch nicht anerkennen würden.

Ich entließ die Männer zu ihren Einheiten und machte den Führern das von mir angestrebte Ziel zur Aufgabe: schlagkräftige Angriffsgruppen heranzuziehen, Männer auszubilden, die bereit sein würden, schnell auf solindische Truppen loszuschlagen und so schnell wieder zurückzuweichen, wie sie gekommen waren. Es sollte keine Zeit verschwendet und es sollten nur wenige Leben verloren werden. Ich wußte, daß es gelingen konnte, wenn sie bereit waren, meinem Wunsch gemäß zu handeln.

»Du hast sie im Griff«, erklang es von Finn, der hinter mir auf seinem Pferd saß.

Ich lächelte und beobachtete den Abmarsch des Heeres. »Tatsächlich? Dann bist du taub für all die gemurmelten Beschwerden.«

»Die Männer werden sich immer beschweren. Das liegt in ihrer Natur.« Er drängte sein Pferd mit den Knien vorwärts und ritt neben mir. »Ich glaube, du hast ihre Herzen erobert.«

»Genau das brauche ich – das *und* ihre Kampfbereitschaft.«

»Und ich denke, du wirst beides bekommen.« Er zog etwas aus seinem Gürtel und streckte es mir hin – ein Messer, ein Cheysulilangmesser mit silbernem Heft und einem glänzenden Wolfskopfknauf. Es war mein eigenes Messer, das Finn mir vor so vielen Jahren geschenkt hatte. »Ich habe es deiner persönlichen Habe entnommen«, sagte er ruhig. »Ein Mujhar trägt stets ein Messer.«

Ich dachte an das Messer, das ich zurückgelassen hatte, an das Stück Knochen. Und ich dachte an das Messer, das ich mir als Ersatz genommen hatte: ein homanisches Messer aus Heeresbeständen, obwohl mein eigenes noch da war. Aber ich hatte es so lange verborgen... Ich streckte jetzt die Hand aus und nahm das Cheysulimesser entgegen. Und dann erzählte ich Finn, wie ich das andere verloren hatte. Ich erzählte ihm von dem Magier und von der Löwenbestie.

Er furchte die Brauen, während er zuhörte. Der ruhige Gesichtsausdruck des treuen Gefolgsmannes war verschwunden. Jetzt hörte er zu und dachte noch während ich sprach nach, und als ich geendet hatte, nickte er, als hätte ich ihm keine Neuigkeiten erzählt.

»Ihlini«, sagte er seufzend, als wäre mehr nicht notwendig.

»Das war offensichtlich.«

Sein Blick blieb auf mir haften, aber er sah mehr als nur mich. Dann klärte sich sein Blick, und er sah mich an und lächelte wie in einer grimmigen Parodie des Finn, den ich kannte. »So offensichtlich? Nein. Er war zweifellos ein Ihlini, aber es ist schon fragwürdig, daß er soviel seiner Magie gebraucht haben soll.«

»Soviel?« Das verwirrte mich. »Es gibt Abstufungen der Magie?«

Er nickte und verlagerte sein Gewicht im Sattel. »Es gibt vieles, was ich über die Ihlini nicht weiß. Sie hüllen sich in Rätsel. Aber es *ist* bekannt, daß sie über Gaben verfügen, die den unseren ähnlich sind.«

Ich starrte ihn an, denn ich war betroffen von dieser Enthüllung. »Willst du damit sagen, daß sie ihre Gestalt verändern können?«

»Nein, das ist allein Sache der Cheysuli.« Er runzelte nachdenklich die Stirn. »Aber sie können die Gestalt von Dingen verändern, wie zum Beispiel die von Waffen.« Er betrachtete das Cheysulimesser in meiner Hand. »Wenn du *dies* getragen hättest, hätte er keine Bestie heraufbeschwören können. Verstehst du? Er berührte, was nicht lebendig – und nicht von Cheysuli gemacht – war und gestaltete daraus einen Feind für dich.« Er schüttelte den Kopf. »Ich habe davon gehört... aber ich habe es noch niemals selbst gesehen.«

Ich spürte, wie sich meine Kehle verengte. Ich hatte dem Löwen gegenübergestanden, wohl wissend, daß er aus Magie entstanden war, aber ich hatte ihn dennoch bekämpft, als wäre er wirklich gewesen, ein aus Homana geborenes Wesen, das getötet werden mußte, bevor es mich töten konnte. Ich hatte gewußt, daß es aus dem caledonischen Knochenheft erwachsen war – wie sonst hätte es erscheinen sollen? –, aber irgendwie hatte ich die Umstände geleugnet. Wenn die Ihlini solche Macht über Dinge hatten, stand ich einem gefährlicheren Gegner gegenüber, als ich gedacht hatte.

»Was können sie außerdem tun?« fragte ich. »Welche Magie muß ich noch erwarten?«

Eine flüchtige Brise hob die schwarze Haarsträhne auf Finns linker Schulter an. Der Ohrring schimmerte. Wie er da in seiner dunklen Lederkleidung auf dem dunklen Pferd saß, erinnerte er mich an die Geschichten, die ich von Zentauren gehört hatte, von Wesen, die halb Mensch und halb Pferd und untrennbar miteinander verbunden waren. Nun, Finn war ebenfalls untrennbar – von seinem *Lir*, wenn auch nicht von seinem Pferd.

»Bei den Ihlini muß man alles erwarten«, sagte er.

Die letzten Homaner verschwanden im Wald, um sich um ihre Führer zu versammeln, um Pläne zu schmieden, um das zu tun, was ich wollte, das heißt: Bellam seine Männer und seine Macht zu nehmen, bis ich endlich alles von ihm zurückerobern konnte:

Mein Magen verkrampfte sich. »Ich habe Angst«, sagte ich tonlos und erwartete, daß er mich auslachen würde – oder Schlimmeres.

»Kein Mann, der dem gegenübertritt, was dir bevorsteht, leugnet seine Angst«, sagte Finn ruhig. »Es sei denn, er lügt. Und du bist kein Lügner.«

Ich lachte gekünstelt. »Nein, ich bin kein Lügner. Ich bin vielleicht ein Narr, aber kein Lügner.« Ich schüttelte den Kopf und spürte den scharfen Geschmack der Erkenntnis. »Was uns bevorsteht ...«

»... steht uns bevor«, vollendete er. »Nach dem Wunsch der Götter.« Er machte die vertraute Geste. »*Tahlmorra*, Mylord. Es wird weitergehen.« Er schloß jäh seine Hand, und die Geste war verbannt. Seine Hand war zur Faust geworden, eine harte braune Faust aus Fleisch und Knochen und mit dem Versprechen eines bevorstehenden Todes.

Kapitel Zwölf

Unsere ersten Schläge gegen Bellam waren erfolgreich. Meine Angriffsgruppen erwischten die solindischen Truppen vollkommen überraschend, wie ich es beabsichtigt hatte, töteten alle Männer blitzartig und verschwanden schneller, als sie gekommen waren. Aber Bellam war kein Narr. Schon bald errichtete er eine Abwehr. Innerhalb von zwei Monaten hatten die solindischen Truppen viele meiner Männer getötet. Aber noch immer strömten mehr herbei, um sich mir anzuschließen, eingenommen von dem Wissen, daß ich wiedergekehrt war, um meinen Thron zurückzuerobern. In jenen ersten Tagen hatte ich dreizehnhundert Mann zur Verfügung, Cheysuli und Homaner gleichermaßen. Jetzt war ihre Anzahl auf das Vierfache gestiegen, und es kamen immer noch mehr.

Ich teilte meine Angriffsgruppen sorgfältig ein und sandte sie aus, um Bellam von allen Richtungen zu verheeren. Ich nahm mehrere meiner besten Befehlshaber, alles erfahrene Veteranen, und sandte sie mit ihren Männern in entferntere Teile Homanas. Sie würden sich aus allen vier Richtungen langsam auf Mujhara und Bellams Hauptstreitkräfte zu voranarbeiten. Sie würden sich ihren Weg ins Innere nach und nach erkämpfen und Lücken in Bellams Kriegsbestände schlagen, bis er geschwächt wäre. Selbst ein großes Heer kann von kleinen Insekten besiegt werden.

Ein großer Teil meiner Zeit wurde von Heeresangelegenheiten verbraucht, so daß ich kaum Gelegenheit hatte selbst zu kämpfen, aber ich war dennoch bereit ins Feld zu ziehen, und das tat ich auch, wann immer es mir möglich war. Finn und Storr kämpften mit mir, ebenso wie Rowan und seine Männer. Und wenn ich nicht kämpfen konnte, weil ich mit anderen Angelegenheiten beschäftigt war, übte ich, wenn möglich, mit Schwert und Bogen und Messer.

Häufig war Zared mein Partner, denn der rothaarige Krieger hatte sich als unschätzbarer Kämpfer erwiesen. Er war nicht lange nach den ersten wenigen Angriffen zu mir gekommen und hatte sich für seine Worte über Rowan entschuldigt. Ich hatte ihm schweigend zugehört, ihn ausreden lassen, und dann hatte ich nach Rowan geschickt, damit Zared seine Worte demjenigen gegenüber wiederholen konnte, für den sie gedacht waren. Rowan war gekommen, hatte ebenfalls schweigend zugehört und die Entschuldigung dann angenommen. Ich glaube, daß er sich danach etwas erholt hat.

Seit diesem Gespräch kamen Zared und ich gut miteinander aus, und ich lernte ihn auch besser kennen. Er beherrschte die Kriegsführung, da er bereits jahrelang unter meinem Vater gekämpft hatte, und allein dafür war ich dankbar. Es waren nicht mehr viele übriggeblieben, die sich an meinen Erzeuger erinnern konnten, denn Tausende waren mit ihm ausgelöscht worden. Die Erinnerung schmerzte noch immer, denn ich war im Gegensatz zu ihm davongekommen. Und das nur, weil ich der Erbe Shaines des Mujhar war, der nicht geopfert werden durfte, was für meinen Vater nicht zutraf.

Zared und ich übten zwischen Angriffen gegen Bellams Truppen auf einer Lichtung im Wald. Wir behielten unser Lager niemals länger als nur wenige Tage auf einem Platz bei, denn wir wußten, daß wir anderenfalls leichter aufzuspüren wären. Wir zogen ständig und ohne Murren weiter. Die Krieger verstanden, daß unsere Sicherheit von dieser Heimlichkeit abhing.

Ich hatte mich bis auf Hose und Stiefel ausgezogen und genoß mit bloßer Brust die späte Frühjahrswärme und die körperliche Anstrengung. Zared trug ebenfalls nur wenig Kleidung und widmete sich ganz der Fußarbeit. Ich war ihm an Gewicht und Größe weit überlegen, und wenn wir den meisten auch als ungleiche Gegner erschienen, so hatten wir so doch beide die Gelegenheit, gegen einen anderen Kampfstil anzutreten. Er war ein ausgezeichneter Schwertkämpfer, und ich konnte solche Lehrmeister noch gut gebrauchen. Finn hatte mich den Schwertkampf nicht gelehrt, denn die Cheysuli glauben nicht an den Gebrauch von Schwertern, wenn ein Messer denselben Dienst erweisen konnte. Alles, was ich über den Schwertkampf wußte, hatte ich von Waffenmeistern in Homana-Mujhar und durch das Exil in fremden Ländern gelernt.

Unser Übungsgang dauerte schon lange. Meine Oberschenkel brannten, und meine Arme schmerzten. Und doch wagte ich die Runde nicht abzubrechen, denn dann würde sich Zared als Sieger fühlen. Bisher hatte meistens ich gesiegt, da ich jünger und kräftiger war, aber wenn er einen Übungsgang gewann, dann mit großer Finesse und viel Geschrei, damit die anderen wußten, daß er seinen Mujhar besiegt hatte. Mein Stolz konnte dies nach dem ersten Mal gut ertragen, aber meinem geschundenen Körper gefiel es nicht so sehr. Ich kämpfte für den Sieg.

Zared, der mir gerade einen Stoß mit seinem Schwert versetzen wollte, fiel plötzlich zurück. Ich folgte ihm mit einem Gegenstoß und gelangte mit meiner Klinge fast zu ihm durch, als er keinerlei Abwehrbewegung machte, und hielt dann jäh inne. Zared blieb auf einem Fleck stehen und starrte an mir vorbei. Er ließ sein Schwert fallen. Ich sah seinen Gesichtsausdruck – der Entsetzen und Ehrfurcht und äußerstes Verlangen ausdrückte – und wandte mich um, um die Ursache zu ergründen.

Eine Frau. Frauen sind in einem Heerlager nicht unbekannt – ich hatte selbst stets mein Vergnügen an weiblichen Mitreisenden gefunden –, aber diese Frau war anders. Diese Frau war kein leichtes Mädchen und auch nicht die Tochter eines Kleinpächters, die einen Krieger in ihr Bett holen wollte.

Ich vergaß, daß ich ein Schwert in Händen hielt. Ich vergaß, daß ich halb nackt und schweißgebadet war, daß meine Haare naß waren und ich nach körperlicher Anstrengung roch. Ich vergaß vollständig, wer ich war, und wußte nur, daß ich ein Mann war, und zwar ein Mann, der jene Frau begehrte.

Ich spürte, wie sich mein Magen verkrampfte und mir sagte, was ich brauchte. Was ich wollte, ja, aber auch was ich brauchte. Und mit dieser plötzlichen Erkenntnis wußte ich auch, daß ich die Frau noch vor Anbruch der Nacht ins Bett bekommen wollte.

Sie war nicht aus eigenem Willen erschienen, soviel war klar. Finn umfaßte grob ihren Arm und führte sie mit unendlich zufriedener Miene zu mir. Ich hatte ihn niemals zuvor so erfreut gesehen, und doch war seine Freude sicherlich für andere – und ganz sicher für diese Frau – nicht sichtbar. Sie zeigte sich nur in dem tiefen, ungezähmten Leuchten seiner Augen und dem Ausdruck um seinen Mund, der für Finns Verhältnisse zuviel Ruhe ausdrückte. Er lächelte nicht, aber ich sah das Lachen in seiner Seele.

Er brachte sie zu mir. Ich erinnerte mich ganz plötzlich, welchen Anblick ich bot, und zugleich mißfiel mir mein verschworener Gefolgsmann. Die Frau war zweifellos eine Gefangene, aber dennoch hätte er mir sicherlich aus Höflichkeit die Zeit lassen können, mich umzuziehen und mir den Schweiß aus dem Gesicht zu wischen. Er tropfte aus meinen Haaren und dem Bart und lief meine bloße Brust hinab.

Sie war starr und angespannt vor Zorn. Weißblondes Haar hatte sich aus seiner seidenen Bedeckung gelöst und fiel über schmale, mit schiefergrauer Seide bedeckte Schultern. Ihr Gewand war zerrissen und verschmutzt, und Haut schimmerte durch die Risse hindurch, aber ihr Stolz war ungemindert. Sogar als sie jetzt offensichtlich aufgelöst vor mir stand, wo sie jedermann sehen konnte, nahm mir der Anblick ihres Stolzes mein Lächeln.

Ihr Blick hielt mich fest. Weit auseinanderstehende Augen, grau und kühl wie Wasser, mit langen Lidern und von höhnischer Verachtung erfüllt. Eine passende Empfindung für den vor ihr stehenden, übereifrigen Mann, der eine gezogene Klinge in seinen schwieligen Händen hielt.

Ich bemerkte erneut das wilde Leuchten in Finns Augen. »Wir haben eine Gesellschaft aus Mujhara gefangengenommen, die auf dem Weg nach Solinde war.«

Ich sah die Frau wieder an. Ihre Haut war bleich wie der Tod, aber das änderte sich, als ihr Gesicht Farbe bekam. Vor Zorn, wie ich wußte, und vor Trotz.

Und dann sprach sie. »Wollt Ihr etwa behaupten, Gestaltwandler, daß es *dieser* Mann ist, der vorgibt, Prinz zu sein?«

»Carillon von Homana«, bestätigte ich, und ein Verdacht kam mir in den Sinn. Ich sah Finn suchend an und bemerkte sein zufriedenes Lächeln. Alles Weitere mußte ich mir zusammenreimen. »Gebe ich tatsächlich nur vor, der Prinz zu sein? Obwohl ich als Thronerbe geboren wurde? Ich glaube nicht, Mylady. Ich glaube, Euer Vater gibt als unrechtmäßiger König etwas vor, und Ihr seid seine Tochter.« Dann lachte ich ihr ins verärgerte Gesicht. »Electra!« sagte ich. »O ja, Ihr seid in diesem Lager willkommen. Und ich danke den Göttern für dieses Geschenk.«

Sie lachte kurz und wild auf, genauso wie ich es bei Finn von Zeit zu Zeit schon gesehen hatte. Aber sie hatte nichts von einer Cheysuli. Sie war blaß, so blaß wie Schnee, weiß auf weiß, mit diesen eisgrauen Augen. Götter, welch eine Frau!

»Electra«, sagte ich erneut und lächelte noch immer. Dann sprach ich zu Finn: »Bringe sie zu meinem Zelt.

Bewache sie gut – wir dürfen es nicht riskieren, diese Frau zu verlieren.«

»Nein, Mylord.« Ich sah die Anerkennung in seinen Augen. Es war offensichtlich, was ich wollte, für sie genauso wie für ihn.

Ich beobachtete, wie sie mit Finn davonging, ein schlanker Arm noch immer in seiner sonnengebräunten Hand gefangen. Das zerrissene Gewand verbarg kaum ihren Körper. Nur mit großer Mühe sandte ich Zared nach Tüchern und frischem Wein. Als er zurückkam, trocknete ich mich so gut wie möglich ab, trank zwei Becher herben roten Wein und zog mein Hemd und das Lederwams wieder an. Nur wenig an meiner Erscheinung erinnerte an einen Prinzen, aber ich hielt das für unwichtig. Ich hatte etwas anderes im Sinn als meinen Rang.

Schließlich betrat ich mein Zelt. Electra stand genau in dessen Mitte und hatte sich entschieden von Finn und jetzt auch von mir abgewandt. Das Zelt wies nicht viele edle Dinge auf, da es ein Kriegerzelt war: Es gab ein einfaches Bett, einen Tisch und einen Stuhl, einen Dreifuß und eine Kohlenpfanne. Es war kaum Platz für anderes.

Außer vielleicht für Electra.

Finn wandte sich um. Er lächelte nicht mehr, aber ich merkte an dem Ausdruck um seinen Mund und der Angespanntheit seines Gesichts, daß etwas vorgefallen sein mußte. Ich fragte mich, was sie zu ihm gesagt oder was sie getan hatte, um ihn dermaßen zu verärgern. Ich hatte ihn selten so gesehen, besonders in Gegenwart einer Frau.

In diesem Augenblick musterten wir einander. Aber Electra brach das Schweigen, indem sie sich uns beiden zuwandte. »Das ist schlechtes Benehmen, Homaner. Ihr entführt mich von meinen Frauen und überlaßt mich den Gestaltwandlern.«

»Kümmere dich um deine Männer«, befahl ich Finn kurz. »Du kannst sie bei mir lassen.«

Er wußte, wann er entlassen war. Wir verhielten uns nicht selten wie Herr und Gefolgsmann, wobei wir bessere Freunde waren, als die meisten Männer unserer Ränge, aber dieses Mal hörte er den Befehl heraus. Ich hatte meine Worte nicht so schroff klingen lassen wollen, aber für Finn war kein Platz in dieser Angelegenheit.

Er lächelte grimmig. »Hütet Eure Waffe, Mylord Mujhar.«

Diese Umschreibung ließ sie heftig erröten, als er ging, und ich fragte mich, wieviel sie über Männer wußte. Zweifellos hielt Bellam seine Tochter für eine Jungfrau, aber ich war anderer Meinung. Sie betrachtete mich nicht mit der Angst oder Neugier einer Jungfrau. Sie war noch immer verärgert und trotzig, aber sie wirkte auch wie eine Frau, die spürt, wenn ein Mann sie begehrt.

Das Zelt bestand aus dünnem, hellem Stoff. Obwohl der Zelteingang geschlossen war, drang genug Licht durch den Spalt. Das Dach war kunstvoll von der obersten Zeltstange herabdrapiert worden und berührte fast meinen Kopf, und die Seitenwände wurden vom Wind gebauscht. Sie stand ganz still in der Mitte des Zeltes, den Kopf erhoben und die Arme an den Seiten herabhängend, scharfkantig wie eine Klinge. Ich erinnerte mich daran, daß ich ein ungeschütztes Schwert trug, was sie zweifellos als Bedrohung auffaßte.

Ich trat an ihr vorbei zum Tisch und legte die Klinge darauf. Ich wandte mich wieder um, beobachtete sie sich ebenfalls umwendend und bemerkte den verlokkenden Zauber ihrer Bewegungen. Sie wußte nur zu gut, was sie tat, denn sie beobachtete mich genauso, wie ich sie beobachtete.

»Electra.« Ihre Augen verengten sich, während ich sprach. »Wißt Ihr, wie die Männer Euch nennen?«

Sie hob den Kopf über dem blassen schlanken Hals. Gold glitzerte an ihren Ohren und ihrer Kehle. Sie lächelte mich zögerlich an und ließ sich von der Anspielung in meinem Tonfall nicht beeindrucken. »Ich weiß es.«

Ich nahm mir einen Becher Wein, bot ihr aber keinen an. Sie ließ sich nichts anmerken, und ich fühlte mich plötzlich lächerlich. Ich stellte den Becher so plötzlich ab, daß der Wein über den Rand schwappte und wie eine karmesinrote Schlange, die ihr Lager sucht, über die pergamentene Landkarte auf dem Tisch lief.

»Tynstars Geliebte«, sagte ich. »Eine Ihlinihure.«

Ihre hellen Augen wirkten in ihrem makellosen Gesicht ausdruckslos und kühl. Sie maß mich von Kopf bis Fuß, genauso wie ich sie, und ich spürte die Hitze vom Bauch in mein Gesicht steigen. Ich konnte nur mühsam die Hände von ihr fernhalten.

»Ihr seid eine solindische Prinzessin«, erinnerte ich sie vielleicht unnötigerweise. »Ich weiß es, auch wenn Ihr es vergessen habt. Oder ist es Bellam gleichgültig, was die Männer über seine Tochter sagen?«

Electra lächelte. Langsam streckte sie die Hand aus, nahm den vergessenen Weinbecher auf und hob ihn an ihren Mund. Sie hielt meinen Blick fest, trank drei Schlucke und warf den Becher dann mit einer herablassenden Geste zu Boden. Der rote Wein färbte ihre Lippen und ließ mich sie noch genauer wahrnehmen, obwohl es gar keiner Erinnerung bedurft hätte.

»Wie sagtet Ihr noch, Mylord?« Ihre Stimme klang heiser und schleppend. »Behauptetet Ihr, ich sei eher eine Hexe als eine Frau?«

»Ihr seid eine Frau. Braucht Ihr noch mehr Hexenkunst?« Das hatte ich nicht sagen wollen, denn dieser Satz gab ihr eine Waffe in die Hand, die sie aber vielleicht schon die ganze Zeit über zur Verfügung gehabt hatte.

Sie lachte tief in ihrer Kehle. »Ja, Ihr, der Ihr Ansprüche als Prinz erhebt, vielleicht stimmt das. Aber ich sage es Euch trotzdem.« Eine schlanke, feinknochige

Hand strich eine Haarsträhne aus dem Gesicht. »Wie alt bin ich, Carillon?«

Der solindische Akzent ließ die Silben meines Namens wie einen Gesang klingen. Ich wollte sie ihn wieder aussprechen hören, in meinen Armen, in meinem Bett, während sie den Knoten in meinem Magen löste. »Wie alt?« fragte ich verwirrt.

»Sicherlich könnt Ihr mein Alter schätzen.«

Die Eitelkeit der Frauen. »Vielleicht zwanzig.«

Electra lachte. »Als Lindir von Homana – Eure Cousine, glaube ich? – meinem Bruder versprochen wurde, war ich zehn Jahre alt.« Sie hielt inne. »Falls Ihr nicht zählen könnt, Mylord – das war vor dreißig Jahren.«

Kaltes Grauen lief mein Rückgrat hinab. »Nein.«

»Doch, Carillon.« Zwei Finger berührten das Gold an ihrer Kehle. Es war ein gewundenes Stück Metall, einfach und doch passend. »Sind Tynstars Künste nicht beeindruckend?«

Mein Verlangen begann zu versiegen. Tynstars Künste – Tynstars Geliebte. Götter. »Electra.« Ich hielt inne. »Ich glaube, Ihr habt eine lockere Zunge. Aber Ihr unterschätzt meinen Verstand.«

»Tatsächlich? Glaubt Ihr mir nicht?« Der Samt auf ihren Schultern kräuselte sich, als sie die Achseln zuckte. »Nun gut, glaubt, was Ihr wollt. Das tun Männer stets, da sie sich für klug halten.« Sie lächelte. »Ihr bewohnt dieses armselige kleine Zelt und trachtet danach, den Thron meines Vaters zu erobern.«

»*Meinen* Thron, Lady.«

»Bellam hat ihn von Shaine übernommen«, sagte sie ruhig. »Er gehört dem Haus Solinde.«

Ich lächelte mit einer Zuversicht, die ich vor ihr gar nicht empfand. »Und ich werde ihn zurückerobern.«

»Tatsächlich? Wie? Indem Ihr mich verkauft?« Ihre kalten Augen verengten sich. Der Ausdruck darin paßte nicht zu ihrem langlidrig schläfrigen Seitenblick. »Was werdet Ihr mit mir tun, Mylord?«

»Das habe ich noch nicht entschieden.«

»Wollt Ihr Lösegeld für mich verlangen? Wollt Ihr mich töten?«

Ich runzelte die Stirn. »Euch *töten*… ich? Warum sollte ich Euren Tod wollen?«

»Warum nicht? Ich bin die Tochter Eures Feindes.«

Ich lachte. »Und eine Frau, wie ich sie noch nie erlebt habe. Und Euch sollte ich töten wollen? Niemals. Nicht solange es so vieles gibt, was ich lieber mit Euch tun würde.«

Ich sah die leichte Veränderung des Zuges um ihren Mund und um ihr Kinn. Sie *hatte* mich, nicht ich sie, und sie wußte es. Sie lächelte, ein schwaches, zögerndes, verführerisches Lächeln, und nahm so den Knoten in meinem Magen in Angriff. Die langlidrigen Augen maßen mich, und ich fragte mich, ob sie einen Mangel an mir entdeckte.

Electra bewegte sich blitzschnell auf das Cheysulischwert auf dem Tisch neben mir zu. Ich fuhr herum und umfaßte ihre Taille, als sie vorüberhuschen wollte. Sie umklammerte das Schwert, und im selben Augenblick schlossen sich meine Hände um sie. Sie hielt das Schwert in Händen, in beiden Händen, und riß es vom Tisch hoch. Die Klinge blitzte im fahlen gedämpften Licht auf, und ich ergriff ihr Handgelenk und schlug ihren Arm auf mein angewinkeltes Bein. Sie stieß einen zischenden Schmerzenslaut aus und ließ das Schwert auf die festgetretene Erde fallen.

Das weißblonde Haar bildete einen Vorhang vor ihrem Gesicht und verbarg es, während sich die feinen Strähnen an meinem Lederwams verfingen. Ich ließ einen ihrer Arme los und strich ihr das Haar aus dem verärgerten Gesicht, während ich sie unerbittlich näher zu mir heranzog. Und dann, gerade als sie meinen Nacken mit ihren Armen umfing, senkte ich meinen Mund auf ihren.

Sie war wie der edelste Wein, zart und berauschend

und mächtig. Sie stieg mir unmittelbar zu Kopf, verwirrte meine Sinne und raubte mir den Verstand. Ich konnte mich diesem Gefühl nur hingeben, noch mehr kosten, während ich dies tat – und verspürte nur noch den Wunsch, sie mit mir zu nehmen. Ich konnte nicht daran denken sie loszulassen, und sie bestand nicht darauf, sondern griff aufwärts und versenkte ihre beiden Fäuste in meinem feuchten Haar. Aber ihre Zähne versanken in meiner Unterlippe und rissen daran, und ich fluchte und brachte mein Gesicht in Sicherheit.

»Vergewaltigung?« fragte sie.

»Wer vergewaltigt?« fragte ich. »Ihr oder ich? Ich glaube, Ihr findet genausoviel Gefallen daran wie ich.«

Ich ließ sie nicht los. Ich ließ sie sogar dann nicht los, als ich einen Handrücken an meine blutende Lippe hielt. Die andere Hand war im Stoff ihres Gewandes verfangen, ein Arm um ihr Rückgrat geschlungen. Ich konnte jede Linie ihres Körpers spüren, der so angespannt an meinem lag. Götter, es wäre leicht, sie einfach niederzuzwingen und hier zu nehmen …

»Electra«, sagte ich rauh, »seid Ihr Tynstars Geliebte?«

»Ist das wichtig?« Ihre Brüste hoben sich an meiner Brust. »Ist das so wichtig, du Möchtegern-Prinz?«

Meine Lippe blutete noch immer. Und dennoch kümmerte ich mich kaum um den Schmerz. Ich wollte ihn mit ihr teilen. »O ja, es ist wichtig. Denn er wird teuer für Euch bezahlen.«

Sie erstarrte augenblicklich. »Also werdet Ihr Lösegeld fordern …«

»Ich werde sehen, was ich bekommen kann«, erwiderte ich ihr offen. »Bei den Göttern, Frau, was versucht *Ihr* zu tun? Mich zu behexen?«

Sie lächelte. »Ich tue, was ich kann.« Sie berührte meine Lippe sanft mit einem Finger. »Soll ich Euch den Schmerz nehmen?«

»Hexe«, beschuldigte ich sie.

»Frau.« Dieses Mal war sie ebenso der Angreifer wie zuvor ich, und sie tat, was sie gesagt hatte. Sie nahm den Schmerz von meinem Mund und versetzte ihn auf eine tiefer gelegene Stelle, die ich nicht unter Kontrolle hatte.

»Wieviel werdet Ihr für mich fordern?« flüsterte sie an meinem Mund.

»Meine Schwester.«

Sie hob den Kopf. »Tourmaline?«

»Ja. Gold ist mir nicht wichtig. Ich will nur meine Schwester.«

»Diesen Preis wird mein Vater niemals bezahlen.«

»Er wird. Ich würde es auch tun.« Und ich erkannte in dem Augenblick, als ich es sagte, daß sie damit die Wahrheit von mir gehört hatte.

Electra lachte. »Carillon, o Carillon … bereits solche Worte von Euch? Beugt Ihr Euch meiner Hexenmacht so bald?«

Ich schob sie mühsam zurück. Ich fühlte mich unsicher, als leide ich unter einem Fieber. Ich schwitzte und fror, und mein Körper war sowohl von der Anspannung als auch von dem Verlangen völlig erschöpft.

Ich erkannte mit leichtem Erstaunen, daß das Schwert noch immer zwischen uns auf dem Boden lag. Ich hatte es nicht wieder aufgenommen. Es hatte die ganze Zeit über dort gelegen, mit nackter Klinge, wie ein Versprechen dessen, was in Zukunft zwischen uns stehen könnte.

Electra stand am Tisch. Ihr Mund war noch immer vom Wein gerötet und von meinem Blut befleckt. Die langlidrigen Augen betrachteten mich ruhig, abschätzend, als beurteile sie mich im Geiste. Ich wagte nicht zu fragen, was sie sah. Ich hatte nicht den Mut dazu.

Ich beugte mich hinab und hob das Schwert auf. Langsam ließ ich es wieder in die Scheide gleiten und legte es auf den Tisch. In Reichweite. Sie mußte es nur wieder aufnehmen.

Electra lachte. »Ihr seid zu schnell für mich, Mylord,

und viel zu stark. Ihr seid ein Mann, versteht Ihr, und ich nur eine Frau.«

»Nur«, sagte ich angewidert und sah ihr zufriedenes Lächeln. »Keine Vergewaltigung«, belehrte ich sie, »obwohl ich nach dem ersten Eindruck bezweifle, daß Ihr so unwillig wärt, aber ich werde Euch dennoch nicht vergewaltigen.« Ich lächelte. »Ich werde nicht vergewaltigen, wen ich durch Heirat bekommen kann.«

»*Heirat!*« schrie sie, und ich wußte, daß ich ihre Abwehr letztlich durchbrochen hatte.

»Ja«, bestätigte ich ruhig. »Wenn ich Euren Vater – und Tynstar – getötet habe und *meinen* Thron wieder bestiegen habe… werde ich Euch zur Königin von Homana machen.«

»Nein!« schrie sie. »Das werde ich nicht *zulassen*!«

»Glaubt Ihr, es kümmert mich, was Ihr zulaßt?« fragte ich sie freundlich. »Ich werde Euch zur Frau nehmen, Electra. Niemand kann mich daran hindern.«

»*Ich* werde Euch daran hindern!« Sie war so in Rage, daß ich meinen Atem sparen konnte. »Ihr winselnder Narr, *ich* werde Euch daran hindern!«

Ich lächelte nur und bot ihr noch etwas Wein an.

Finn, der in meinem Zelt auf einem Stuhl saß, ließ fast seinen Becher fallen. »Du wirst *was* tun?«

»Ich werde sie heiraten.« Ich saß auf dem Rand meines Feldbetts, hatte die Stiefel ausgezogen und Wein in meinen Holzbecher gegossen. »Hast du eine bessere Idee?«

»Mit ihr schlafen«, sagte er kurz. »Sie benutzen, aber nicht *heiraten*. Der Mujhar von Homana soll Bellams Tochter heiraten?«

»Ja«, bestätigte ich. »So werden Bündnisse geschlossen.«

»Bündnis!« zischte er. »Du bist hier, um den Thron von dem Mann zurückzufordern, der ihn sich unrechtmäßig angeeignet hat, und nicht, um ihn um die Hand seiner Tochter zu bitten. Bei den Göttern, wie konnte dir solche Narrheit in den Sinn kommen?«

Ich sah ihn stirnrunzelnd an. »Du nennst *mich* einen Narren? Bist du blind? Dies ist nicht einfach eine Sache zwischen einem Mann und einer Frau, sondern zwischen Königreichen und sogar zwischen Völkern.« Ich veränderte meine Lage auf dem Feldbett. »Wir können Homana nicht ewig den Krieg aufzwingen. Wenn ich Bellam töte und den Löwen zurückerobere, wird Solinde immer noch da sein. Das Königreich ist groß und stark, und ich würde es vorziehen, es nicht ewig bekämpfen zu müssen. Wenn ich Electra heirate, um meinen Sieg zu krönen, kann ich damit vielleicht einen dauerhaften Frieden herbeiführen.«

Jetzt runzelte Finn die Stirn. Sein Wein war noch immer unberührt geblieben. »Erinnerst du dich daran, wie es war, als das *Qu'mahlin* begann?«

»Ich erinnere mich nur zu gut«, fauchte ich ungeduldig. »Und ich bezweifle nicht, daß Electra sich ebenso weigern wird mich zu heiraten, wie Lindir sich geweigert hat Ellic zu heiraten, aber sie wird keine andere Wahl haben, wenn der Thron erst mir gehört.«

Finn sagte etwas im Tonfall zutiefsten Angewidertseins, aber er sagte es in der Alten Sprache, die ich nicht verstand. Er griff hinab und zog Storr an einem Ohr, als suche er Hilfe. Ich fragte mich, was der Wolf ihm sagte.

»Ich weiß, was ich tue«, sagte ich ruhig.

»Tatsächlich? Woher willst du wissen, daß sie nicht Tynstars Geliebte ist? Woher willst du wissen, daß sie dich nicht im Hochzeitsbett tötet?«

Jetzt war es an mir zu fluchen, aber ich fluchte auf homanisch. »Wenn dieser Krieg beendet ist, wird Tynstar tot sein.«

»Was wirst du solange mit ihr tun?«

»Ich werde sie hierbehalten. Bellam wird uns von der Freilassung Torrys benachrichtigen, und dann werden wir dafür sorgen, daß seine Tochter zu ihm zurückkehrt.« Ich lächelte. »Wenn er dann nicht schon selbst tot ist.«

Finn schüttelte den Kopf. »Ich kann mir vorstellen, daß wir sie hierbehalten, denn sie ist ein Werkzeug, mit dem du deine *Rujholla* aus der Gefangenschaft befreien kannst. Aber sie heiraten? Nein. Suche dir deine *Cheysula* woanders.«

»Willst du also, daß ich eine Cheysuli heirate?« höhnte ich. »Das würden die Homaner niemals zulassen.«

»Cheysulifrauen heiraten Cheysulimänner«, sagte er tonlos. »Keine Frau würde sich ihren Mann außerhalb des Stammes erwählen.«

»Und was ist mit den Männern?« fragte ich. »Ich habe nicht bemerkt, daß sich die Krieger an ihren Stamm halten, nicht einmal du selbst.« Ich mußte über seinen wachsamen Gesichtsausdruck lächeln. »Da war Alix, die nur zur Hälfte Cheysuli ist, ohne überhaupt etwas davon gewußt zu haben.« Ich hielt inne. »Und jetzt vielleicht Electra?«

Er setzte sich so plötzlich auf, daß der Wein über den Rand seines Bechers schwappte und sich über Storrs Kopf ergoß. Der Wolf setzte sich genauso schnell auf wie Finn, schüttelte den Kopf und ließ Tropfen in alle Richtungen fliegen. Er warf Finn einen so ernsthaft entrüsteten Blick zu, daß ich lachen mußte, obwohl Finn es wenig belustigend fand.

Er stand auf und stellte seinen Becher auf den Tisch, wobei er noch immer die Stirn furchte. »Ich will nichts mit Electra zu tun haben.«

»Du vergißt, daß ich dich kenne. Ich habe dich schon zuvor mit Frauen zusammen gesehen. Sie hat dich gerührt, Finn, genauso sehr wie sie mich gerührt hat.«

»Ich will nichts mit ihr zu tun haben«, wiederholte er.

Ich lachte ihn an. Und dann erstarb das Gelächter, und ich runzelte die Stirn. »Warum werden wir von derselben Frau angezogen? Zuerst war es Alix, dann das rothaarige Mädchen in Caledon und jetzt ...«

»Ein Gefolgsmann kennt seinen Platz.« Diese Bemerkung nahm mir den Wind aus den Segeln. »Glaubst du wirklich, er würde sich die Frau aussuchen, die sein Herr zu seiner Königin machen will?«

»Finn.« Ich stand auf, als er sich abwandte. »Finn, ich kenne dich besser.«

»Tatsächlich?« Sein Gesicht wirkte ungewohnt ernst. »Das glaube ich nicht. Das glaube ich überhaupt nicht.«

Ich stellte meinen Weinbecher ebenfalls ab. »Ich nehme sie zur Frau, weil sie es wert ist. Ich werde sie nicht aus anderen Gründen bekommen.«

»Streck die Hand aus und nimm sie«, sagte Finn. »Sie wird zu dir kommen wie eine Katze zur Milch.«

Die Mauer wuchs zwischen uns, Stein für Stein. Einst hatte ihr Name Alix gelautet und jetzt lautete er Electra. Und obwohl ich dachte, daß das, was er für Electra empfand, eher Abneigung als etwas wie Liebe war, konnte ich mir nicht vorstellen, wie die Mauer wieder einzureißen wäre. Königreiche fordern auch Vorrang vor Freundschaften.

»Es gibt Dinge, die ein König tun muß«, sagte ich ruhig.

»Ja, Mylord Mujhar.« Dieses Mal ging er, und der Wolf ging mit ihm.

Kapitel Dreizehn

Ich riß den Zelteingang beiseite und trat hinaus, wobei ich fast unter meinem Schwertgürtel mit seinem schweren Cheysuligold einknickte. Ich umwickelte das Heft jetzt nicht mehr mit Leder, um die Krone und den Rubin zu verbergen. Inzwischen wußten alle Menschen – einschließlich Bellam –, daß ich zurückgekehrt war, und ich wollte meine Anwesenheit nicht mehr verbergen.

Finn stand wartend bei den Pferden. Er hatte seinen Kriegsbogen genau wie ich über eine Schulter geschlungen. Aber er trug keinen Kettenpanzer oder gegerbtes Leder, sondern vertraute statt dessen darauf, daß ihn sein Können vor Schaden bewahrte. Kein Cheysuli trug eine Rüstung. Aber vielleicht würde ich sie auch weglassen, wenn ich die Chance hätte, Tiergestalt anzunehmen.

Ich nahm die Zügel von Finn entgegen und wandte mich um, um aufzusteigen. Aber dann hielt ich in der Bewegung inne und sah erneut zurück, als Rowan mich rief.

»Mylord … wartet!« Er eilte unter dem Rasseln von Kettenpanzer und Schwert zu mir heran. Er bereitete sich genau wie wir darauf vor, einen Angriff gegen eine von Bellams Truppen zu führen. »Mylord, die Lady verlangt nach Euch.« Schließlich hatte er uns erreicht, und sein Gesichtsausdruck und seine Stimme verliehen seinen Worten Nachdruck.

»Electra verlangt nach nichts«, belehrte ich ihn milde. »Sicherlich meinst du, daß sie nach mir *gesandt* hat.«

Er errötete. »Ja«, bestätigte er, »sie hat gesandt.« Er seufzte. »Nach Euch.«

Ich nickte. Electra sandte häufig nach mir, üblicherweise noch weitere zwei oder mehr Male an einem einzigen Tag. Und immer aus dem Grund, sich über ihre Gefangenschaft zu beklagen und ihre sofortige Freilassung zu fordern. Das war zu einem Spiel zwischen uns geworden – Electra wußte nur zu gut, was sie mir antat, wenn ich sie sah. Und sie baute auf diese Wirkung.

In den sechs Wochen, seit Finn sie gefangengenommen hatte, war außer der gegenseitigen Anziehung nichts zwischen uns geklärt worden. Das wußte sie genausogut wie ich – als scheinbare Feinde waren wir doch mögliche Bettgefährten. Es war einfach eine Frage der Zeit und der Umstände. Wenn ich wollte, konnte ich sie haben, bevor ihre Gefangenschaft beendet war. Aber ich spielte um höhere Einsätze – Beständigkeit in Herrschaft und Häuslichkeit –, und sie wußte das und nutzte es aus. So machte ich ihr weiterhin den Hof, obwohl es eine merkwürdige Angelegenheit blieb.

»Sie wartet«, erinnerte Rowan mich.

Ich lächelte. »Laß sie.« Ich schwang mich auf mein Pferd, nahm die Zügel auf und bemerkte, daß meine Männer warteten. Und dann war ich fort, bevor Rowan noch etwas sagen konnte.

Finn schloß nicht weit vom Lager entfernt zu mir auf. Hinter uns ritt unsere Rotte Krieger: dreißig bis an die Zähne bewaffnete und erneut zum Kampf bereite Homaner. Kundschafter hatten bereits von drei solindischen Truppen berichtet. Ich würde eine davon übernehmen, Rowan eine weitere und Duncan die dritte. Diese Kriegführung hatte sich während der vergangenen Monate bewährt. Bellam schrie bereits haltlose Drohungen von seinem gestohlenen Thron herab.

»Wie lange werden wir sie noch festhalten?« fragte Finn.

Es war nicht nötig, einen Namen zu nennen. »Bis ich Torry zurückhabe.« Ich blinzelte gegen das Sonnenlicht an. »Bellams letzte Nachricht lautete, daß er Torry mit einer Eskorte aus Mujhara hinausschicken würde – und Lachlan ebenfalls. Electra wird schon bald wieder bei ihrem Vater sein.«

»Wirst du sie gehen lassen?«

»Ja«, sagte ich ruhig. »Es wird nicht schwer sein, sie gehen zu lassen, wo ich sie doch schon so bald wieder zurückbekommen werde.«

Er lächelte. »Keine Versteckspielerei und Bescheidenheit mehr.«

»Nein«, stimmte ich grinsend zu. »Ich bin nach Hause zurückgekehrt, um den Thron meines Onkels zu übernehmen, und ich habe die volle Absicht, dies auch zu tun. Und was Bellam betrifft, so haben wir ihn lange genug bedrängt. In einem Monat, oder in zwei oder drei Monaten, wird er aus Mujhara herauskommen, um zu kämpfen. Dann wird die Angelegenheit geregelt werden.«

»Und seine Tochter?«

Ich sah ihn an und schmeckte den Staub des Krieges in meinem Mund, während wir auf unseren Kampf zustrebten. »Sie ist allen Gerüchten nach – einschließlich ihrer eigenen – Tynstars Geliebte. Allein deshalb werde ich sie zu der meinen machen.«

»Rache.« Er lächelte nicht. »Das verstehe ich nur zu gut, Carillon, da ich sie selbst geschmeckt habe, aber ich glaube, daß es noch um anderes geht.«

»Sie ist auch aus politischen Gründen sehr wertvoll für uns«, bestätigte ich seine Vermutung.

Er runzelte grimmig die Stirn. »Das ist bei den Stämmen anders.«

»Ja«, stimmte ich ihm zu. »Bei den Stämmen nimmt man Frauen wie man will und kümmert sich wenig um die politische Wirkung dieser Handlungsweise.« Ich schaute zu meinen Kriegern zurück. Sie folgten uns als geschlossene Einheit, vor Schwertern und Messern und Kettenpanzern strotzend. »Männer brauchen Frauen und Kinder«, belehrte ich ihn ruhig. »*Könige* brauchen mehr.«

»Mehr«, sagte er angewidert, während sein Blick auf Storr ruhte. Der Wolf lief neben Finns Pferd her, den Silberkopf nach oben gerichtet, so daß sich ihre Blicke treffen konnten: ein Paar unheimliche, gelbe Augen und ein Paar bernsteinfarbene, tierhafte Augen. Und dennoch konnte ich nicht sagen, wer tatsächlich das Tier war.

Oder ob überhaupt einer von beiden ein Tier war.

Unser Angriff überraschte Bellams Truppe und setzte als erstes die Wächter außer Gefecht. Ich brachte mein Pferd ein Stück von dem Gemetzel entfernt zum Stehen und schoß Pfeil auf Pfeil auf auserwählte Ziele ab. Der atvianische Langbogen rühmte sich zwar einer großen Reichweite, aber ihm fehlte die Kraft meines Cheysulibogens. Bis ich meine Pfeile verschossen hätte, so dachte ich, wäre ich nahezu unbesiegbar. Oder bis ein atvianischer Pfeil die zarte Haut an der Nase meines Pferdes träfe und es in panischem Schrecken losstürzen ließe. Ich hatte keine Macht darüber. Und um mich dieser Lage nicht auszusetzen, stieg ich ab und kämpfte zu Fuß.

Meine Homaner schlugen sich tapfer und bewiesen ihren Wert. Sie zögerten nicht, selbst als sie den Bogenschützen gegenüberstanden, die sie vor sechs Jahren so schwer geschlagen hatten. Aber wir waren zahlenmäßig weit unterlegen, und Bellams Männer schlugen wild auf meine Männer ein, stießen mit ihren Schwertern zu, setzten ihre Messer ein und schrien wie Wahnsinnige, während sie kämpften. So viele Male waren wir wie Mücken auf sie eingeschwärmt, doch erst jetzt schlugen sie zurück.

Ich warf meinen Bogen weg, als die Pfeile verschossen waren, und griff statt dessen zum Schwert. Ich drang in das nächstgelegene Menschenknäuel vor und schlug auf den Feind ein. Fast augenblicklich stand ich einem Atvianer gegenüber, der ein großes Breitschwert schwang. Ich begegnete seiner Klinge mit der meinen und keuchte, als die Erschütterung durch meine Arme in die Schultern lief und sich in verspannten Muskeln festsetzte. Ich löste mich, führte einen Gegenschlag und versenkte meine Klinge dann tief in seiner Brust.

Der Mann ging sofort zu Boden. Ich riß mein Schwert frei und stolperte über den Körper, während ich mich unter einem weiteren Sensenschwung nahe meines Kopfes bückte, herumfuhr und den Arm abtrennte, der die Klinge geführt hatte. Der Solinder ging schreiend zu Boden und verspritzte Blut über das stumpfe Gras, das von anderem Blut bereits morastig war. Ein Blick zeigte mir, daß sich die Lage entschieden zugunsten der Solinder entwickelt hatte.

Jetzt ging es nur noch darum, aus dem Kampf herauszukommen. Ich hatte mein Pferd zurückgelassen. Aber die meisten der Feinde waren ebenfalls zu Fuß, da wir zuerst auf ihre Pferde eingeschlagen hatten. Und ein Kampf zu Fuß wird häufiger von dem gewonnen, der mehr Grund hat davonzulaufen. Ich hatte ausreichenden Grund.

Ich suchte nach Finn und fand ihn wie immer nicht weit von mir entfernt. Er rief etwas, während er sich einem solindischen Krieger näherte. Er trug Menschengestalt, denn er mied inmitten einer Schlacht die mit dem Gestaltwandel einhergehende Wildheit. Es hatte mit Ausgewogenheit zu tun, hatte er mir einmal erklärt. Ein Cheysulikrieger bleibt selbst in *Lir*gestalt er selbst, aber sollte er sich im Eifer des Gefechts jemals verlieren, war es möglich, sich für immer zu verlieren. Es war möglich, daß ein Krieger, der die Grenzen der Ausgewogenheit überschritt, für immer ein Tier bleiben würde.

Ich mochte nicht daran denken, daß Finn in seiner Wolfsgestalt gefangen sein könnte, nicht für immer, denn ich brauchte ihn zu sehr in eigener Gestalt: als Finn.

Und dann sah ich Storr zwischen zwei Männer laufen. Sein Schwanz war steil aufgerichtet, während er über das vom Blut gefärbte Feld strich. Er hatte die Ohren zurückgelegt und die Zähne gefletscht. Schließlich erkannte ich, daß er Finn zu Hilfe eilen wollte – und wußte, daß er zu spät kam.

Das Schwert sank herab und schnitt in die linke Schulter des Wolfes. Sein Schmerzensschrei durchdrang den Kampflärm wie eine Sense. Finn hörte ihn sofort, und vielleicht hörte er durch die zwischen ihnen bestehende Verbindung auch noch mehr. Hilflos beobachtete ich, wie er sich von seinem Feind abwandte, um nach Storr zu sehen.

»Nein!« brüllte ich und versuchte über das rutschige Gras zu laufen. »Finn – paß auf dich *selbst* auf!«

Aber er tat es nicht. Und der atvianische Speer wurde in sein rechtes Bein getrieben und bohrte sich in den Hang.

Ich sprang über Tote und Verwundete hinweg, über Feinde und Homaner gleichermaßen. Finn lag auf dem Rücken ausgestreckt am Boden und versuchte den Speer aus seinem Oberschenkel zu ziehen. Aber er war glatt hindurchgedrungen und hielt ihn auch dann noch am Boden fest, als er den Schaft zu zerbrechen versuchte.

Der atvianische Speerkämpfer, der seinen Vorteil sehr wohl erkannte, zog sein Messer aus der Scheide und sprang los.

Ich ließ mein Schwert vom höchsten Scheitelpunkt herabsausen und Leder, Kettenpanzer und Haut durchdringen. Der Körper fiel vornüber. Ich fing ihn auf, bevor er über Finn fallen konnte, zog ihn fort und stieß ihn zur Seite. Und dann fluchte ich, als ich den schon zugefügten Schaden bemerkte, denn er hatte Finns Gesicht mit seinem Messer verletzt. Die blutige Wunde teilte die linke Gesichtshälfte vom Auge bis zum Kinn.

Ich zerbrach den Speer mit meinen Händen, rollte Finn auf eine Seite und war dankbar, daß er bewußtlos war. Ich zog den Schaft heraus, während sich das Bein unter meinen Händen wand und zuckte. Blut strömte aus der Wunde und bildete in dem stumpfen, niedergetretenen Gras Lachen. Und dann hob ich meinen treuen Gefolgsmann in meinen Armen und trug ihn vom Feld.

Finn schrie Storrs Namen und kämpfte gegen meine Hände an, die ihn festhielten. Ich drückte ihn auf das Bett herab und versuchte ihn mit Worten zu trösten, aber er war zu gefangen in Fieber und Schmerz. Ich bezweifelte, daß er mich hörte oder auch nur wahrnahm, daß ich da war.

Das kleine Zelt roch stark nach Hitze und Blut. Die Ärzte hatten getan, was sie konnten, hatten sein Gesicht mit einem Seidenfaden wieder zusammengenäht und es mit einer Kräutersalbe bestrichen, aber es war stark verletzt, angeschwollen und unansehnlich. Die Wunde an seinem Oberschenkel hatten sie trockengelegt und mit einem Breiumschlag versehen, aber ein Mann war bereits so weit gegangen zu sagen, daß das Bein vielleicht abgenommen werden müßte. Ich hatte sofort widersprochen, denn die Vorstellung war zu entsetzlich für mich – aber jetzt, wo einige Zeit verstrichen ist, verstehe ich die Notwendigkeit dieses Vorschlags.

Wenn sich das Bein entzündete, mußte Finn sterben. Und ich wollte ihn nicht solchen Schmerzen ausliefern.

Ich kniete mich steif neben ihn, zu erstarrt und entsetzt, um fortzugehen. Der Zelteingang war geschlossen, um Insekten und Fliegen fernzuhalten. Die Luft war schwer und erstickend. Rowan stand in der Dunkelheit des Zeltes schweigend neben mir, aber ich spürte, daß er ebenfalls entsetzt und betroffen war. Wir hatten immer geglaubt, Finn sei unbesiegbar, selbst jene, die ihn kaum kannten. Und die von uns, die ihn am besten kannten …

»Er ist ein Cheysuli.« Rowan wollte mich beruhigen.

Ich blickte auf das blasse, verschwitzte Gesicht mit der scheußlichen Wunde. Selbst jetzt, wo sie bereits behandelt worden war, wirkte sie noch entsetzlich. Sie schlängelte sich vom Auge bis zum Kinn über sein Gesicht und zog die Haut in einer gezackten, nässenden Schlangenlinie zusammen. Ja, er war ein Cheysuli.

»Auch sie sterben«, sagte ich erstickt. »Sogar Cheysuli sterben.«

»Sie sterben seltener als andere.« Er trat ein wenig vor. Er war – wie ich – blutbespritzt. Rowan und seine Männer hatten sich ohne einen einzigen Toten aus dem Kampf befreit. Ich hatte die meisten Männer meiner Einheit verloren und würde jetzt vielleicht auch noch Finn verlieren. »Mylord ... der Wolf wird vermißt.«

»Ich habe Männer ausgesandt, ihn zu suchen ...« Mehr sagte ich nicht. Storrs Körper war auf dem Schlachtfeld nicht gefunden worden. Und ich hatte selbst gesehen, wie das Schwert seine Schulter verletzt hatte.

»Vielleicht ... wenn er erst einmal gefunden wird ...«

»Du weißt für einen Cheysuli ziemlich wenig über eure Bräuche.« Und ich verfluchte mich sofort für meine Schroffheit. Es war nicht meine Aufgabe, Rowan für etwas zu strafen, wofür er nichts konnte. Ich betrachtete sein betroffenes Gesicht und erkannte, daß er sich genausosehr bemüht hatte wie ich. Ich versuchte, mich zu entschuldigen.

Er schüttelte den Kopf. »Nein. Ich weiß, was Ihr sagen wolltet, und Ihr habt das Recht dazu. Wenn der Wolf bereits getötet wurde – oder noch stirbt – werdet Ihr Euren Gefolgsmann ebenfalls verlieren.«

»Ich verliere ihn vielleicht ohnehin.« Es schien kaum Hoffnung möglich, daß er überleben würde. Und wenn ich befehlen würde, ihm sein Bein abzunehmen ...

»Carillon.« Es war Alix, die den Zelteingang zur Seite zog, und ich sah sie höchst erstaunt an. »Sie haben nach mir gesandt.« Sie betrat das Zelt, ließ es hinter sich zufallen, und ich sah, wie blaß sie war. »Duncan ist nicht hier?«

»Ich habe nach ihm geschickt.«

Sie trat näher heran und kniete sich neben mich, die bernsteinfarbenen Augen auf Finn gerichtet. Ich sah ihn aus ihrem Blickwinkel erneut und wandte mich ab. Er trug anstelle seines eigenen Hemdes ein Totenhemd.

Alix streckte eine Hand aus und berührte seinen bloßen Arm. Das *Lir*gold in Wolfsgestalt war blutbeschmiert und schmutzgetrübt. Es schien wie eine Widerspiegelung seines Todes. Aber sie berührte seinen Arm und ergriff dann seine schlaffe Hand, als könne sie ihn nicht gehen lassen.

Ich beobachtete ihr Gesicht. Sie kniete neben ihm und hielt seine Hand so sanft. Plötzlich standen Schmerz und Erschrecken in ihren Augen, als erkenne sie, daß sie den Mann verlieren würde, der sie ihrem Erbe übergeben hatte und als habe diese Erkenntnis die Mauer zwischen ihnen zum Einsturz gebracht. Stets waren sie einander gegenseitig an die Kehle gesprungen, hatten sich mit Worten wie Messern und mit Empfindungen wie Schwertern verletzt. Sie waren miteinander verwandt und doch auch mehr als das, viel mehr, und ich denke, daß sie es letztlich erkannte.

Sie warf den Kopf zurück. Ich sah den vertrauten losgelösten Ausdruck in ihre Augen treten, der sie nichtssagend schwarz und seltsam werden ließ. Plötzlich war Alix deutlicher eine Cheysuli als ich jemals bemerkt hatte, und ich spürte, wie die Macht in ihre Seele eintrat. Sie berief sie so leicht herauf, und dann stieß sie einen Seufzer aus.

»Storr lebt.«

Ich starrte sie an.

»Aber er ist schwer verletzt. Er wird sterben.« Der Kummer grub tiefe Linien in ihr glattes Gesicht. »Du mußt gehen. Bring ihn sofort zurück, dann können wir sie vielleicht beide retten.«

»Wo ist er?«

»Nicht weit entfernt.« Ihr Blick ruhte erneut auf Finn, und sie hielt noch immer seine Hand. »Vielleicht eine

Meile in nordwestlicher Richtung. Dort gibt es einen Hügel, auf dem nur ein Baum steht. Und dort befindet sich ein Steinhügel als Markierungszeichen.« Sie schloß kurz die Augen, als stärke sie sich an der Erinnerung der Macht. »Carillon ... geh *jetzt* los ... Ich kann Duncan durch Cai erreichen.«

Ich stand sofort auf und bemerkte kaum, wie sich mein Körper dagegen wehrte. Ich mußte ihr nicht sagen, daß sie Finn gut versorgen sollte. Ich verließ einfach, so blutüberkrustet wie ich war, das Zelt und ließ mir sofort ein Pferd bringen.

* * *

Rowan trat aus dem Zelt, als ich mit Storr in meinen Armen heranritt. Ich stieg vorsichtig ab, war nicht bereit, den Wolf jemand anderem zu übergeben, und betrat das Zelt, nachdem Rowan den Zelteingang beiseite gezogen hatte. Erst da bemerkte ich den Harfengesang und Lachlans flinke Finger.

Er saß auf einem Feldstuhl neben Finn. Die Lady hatte er gegen seine Brust und auf ein Knie gestützt – und spielte. Und wie er spielte! Die goldenen Noten, süß und rein, stiegen von den goldenen Saiten auf. Er hatte den Kopf gebeugt und die Augen geschlossen. Sein Gesicht war starr vor Spannung. Er sang nicht, sondern ließ die Harfe für sich singen, aber ich wußte, welche Magie er heraufbeschwören wollte.

Ein Heiler, so hatte er sich selbst genannt. Und jetzt versuchte er zu heilen.

Ich kniete nieder und bettete Storr so sanft ich konnte neben Finn. Vorsichtig legte ich eine schlaffe braune Hand auf das starre Silberfell und trat dann zurück. Der Harfengesang erklang weiterhin, erstarb dann, und schließlich war es wieder still.

Lachlan regte sich ein wenig, als erwache er. »Ich ... kann ihm nicht helfen. Sogar Lodhi kann ihm nicht helfen, fürchte ich. Er ist ein Cheysuli ...« Er hielt inne, denn es gab nicht mehr viel zu sagen.

Alix stand in den Schatten. Sie war von Finns Seite gewichen, um Platz für Storr zu schaffen, als ich eingetreten war, und jetzt stand sie inmitten des Zeltes. Sie hatte ihre Zöpfe eingerollt auf ihrem Kopf festgesteckt, aber sie glänzten nicht, denn es drang kein Licht ins Zelt, überhaupt kein Licht.

»Duncan kommt«, sagte sie leise.

»Rechtzeitig?«

»Das weiß ich nicht.«

Ich kreuzte die Arme und umfing meine Brust, als könne ich so verhindern, daß mir meine Qual anzusehen war. »Götter ... er ist meine rechte Hand! Ich brauche ihn noch immer ...«

»Wir brauchen ihn alle.« Ihre ruhig ausgesprochenen Worte rügten mich wegen meiner Selbstsucht, obwohl ich bezweifelte, daß sie es so gemeint hatte.

Eine einzelne Note erklang von der Harfe, als Lachlan erneut seine Lage auf dem Stuhl veränderte. Er brachte sie sofort mit sehr ernstem Gesichtsausdruck zum Schweigen. »Wie geht es *Euch*, Carillon?«

»Recht gut«, erwiderte ich ungeduldig, und dann erkannte ich, daß er wegen des Blutes auf meinem Kettenpanzer gefragt hatte. »Ich bin unverletzt. Sie haben statt dessen Finn getroffen.« Der Wolf lag still an seiner Seite und atmete noch, was, den Göttern sei Dank, auch für Finn galt.

»Mylord.« Es war Rowans zögernde Stimme. »Soll ich der Prinzessin sagen, daß der Harfenist gekommen ist?«

Zunächst verstand ich ihn nicht. Doch dann wußte ich, was er meinte. Lachlan war von Bellam gesandt worden, um den geforderten Austausch durchzuführen – Electra für Tourmaline. Und jetzt konnte ich kaum klar denken.

Lachlans Blick ruhte auf mir. »Eurer Schwester geht

es gut, Carillon. Sie war es ein wenig leid, in Bellams Gewalt zu sein, aber sie hat keinen Schaden erlitten. Überhaupt keinen Schaden.« Ich bemerkte einen seltsamen Unterton in seiner Stimme. »Es geht ihr wirklich gut ... und sie ist wunderschön.«

Ich betrachtete ihn genauer. Aber ich hatte jetzt keine Zeit, die Feinheiten oder Empfindungen des Augenblicks zu beachten. Es gab dringendere Dinge zu bedenken. »Wo ist sie?«

»Nicht weit von hier. Bellam hat sie mit einer solindischen Wache mit mir ziehen lassen. Sie warten außerhalb. Ich soll die Prinzessin Electra zu ihnen bringen und Torry dann zurückbegleiten.« Er fing sich sofort wieder. »Die Prinzessin Tourmaline.«

Ich wollte nicht über Electra nachdenken, und nicht einmal über Tourmaline. Aber dennoch mußte ich es tun. Ich nickte Rowan ungeduldig zu. »Sage ihr, daß Lachlan angekommen ist und daß sie sich bereithalten soll. Wenn es an der Zeit ist, wird der Austausch durchgeführt werden.«

Rowan verbeugte sich und verließ sofort das Zelt. Vielleicht war er dankbar für die ihm übertragene Aufgabe. Es gibt nichts Hilfloseres als einen Mann, der einem anderen beim Sterben zusehen muß.

Der Zelteingang wurde beiseite gerissen. Duncan stand in der Öffnung, sein Profil wurde vom Sonnenlicht hervorgehoben, und plötzlich war das ganze Zelt von Licht erfüllt. Bis er eintrat, war er nur eine Silhouette vor der Helligkeit, und dann sah ich, wie angespannt sein Gesicht war.

»Alix.« Sie ging sofort zu ihm. Duncan sah mich kaum an, denn seine Aufmerksamkeit war auf Finn gerichtet. »Harfenist«, sagte er, »ich danke Euch. Aber dies ist eine Angelegenheit der Cheysuli.«

Lachlan nahm die Verabschiedung gelassen auf, erhob sich sofort von seinem Stuhl und trat aus dem Weg. Duncan schob den Stuhl beiseite und kniete mit

Alix neben ihm nieder. Er sagte überhaupt nichts zu mir.

»Ich habe dies noch niemals getan.« Alix' Stimme bebte vor Angst.

Das schwere Gold um Duncans Arme schimmerte in den Schatten und spiegelte das durch die Spalte im Zelteingang hereinkriechende Licht wider. »Du hast das Alte Blut, *Cheysula*. Du mußt nichts daran fürchten. Wir brauchen die Erdmagie. Du mußt sie nur heraufbeschwören, und sie wird Finn durch dich hindurch heilen. Und Storr.« Er nahm ihren Kopf kurz in beide Hände und zog sie an seine Schulter. »Ich verspreche dir ... es wird alles gut werden.«

Sie schwieg. Duncan ließ sie los und legte eine Hand auf die Wunde an Storrs Seite. Storrs Lebensfaden schien der dünnere von beiden zu sein. Und wenn er starb, bevor sie Finn heilen konnten, war alles umsonst.

»Löse dich«, sagte Duncan. »Versenke dich in die Erde, bis es nur noch die Lebensströme gibt. Du wirst sie erkennen ... hab keine Angst. Rühr sie an, Alix, und laß sie durch dich in den Wolf einfließen. Er ist ein *Lir*. Er wird wissen, was wir für ihn tun.«

Ich beobachtete die Veränderungen auf Alix' Gesicht. Zunächst zögerte sie, folgte Duncans Anleitung, und dann sah ich die ersten Anzeichen ihrer eigenen Macht. Sie kniete neben dem Wolf, die Hände leicht in ihrem Schoß ruhend, die Augen nach innen auf ihre Seele gerichtet. Einen Augenblick schwankte ihr Körper, und dann richtete sie sich auf. Ich sah die Tiefe und Verwunderung, als sie von dieser Welt in eine andere hinüberglitt.

Da berührte ich sie beinahe. Ich trat zwei Schritte vor, in der Absicht, sie in meine Arme zu nehmen, aber das Gewissen hielt mich davon ab. Was sie tat, lag jenseits meines Begreifens – und auch das, was sie *war* –, aber ich kannte Duncan. Ich wußte, daß er niemals ihr Leben opfern würde, nicht einmal um seinen Bruder zu retten.

Ein winziger Laut entfloh ihrem Mund, und dann war sie fort. Ihr Körper blieb, so still und starr, aber Alix war fort. Sie wanderte irgendwo weit unter der Erde umher und suchte die Heilkünste, die ihre Rasse als die ihren beanspruchte. Und Duncan war bei ihr. Ich mußte nur sein Gesicht betrachten und die vertraute Gelöstheit darauf erkennen. Die Erkenntnis, daß sich ein Mann und eine Frau auf einer anderen als der geschlechtlichen Ebene so tief miteinander verbinden konnten, rührte mich zutiefst, und das auch, um einen Wolf zu retten.

Cheysulimagie versenkt sich in die Erde, rührt die Kraft uralter Götter an und leitet sie zu demjenigen, der die Heilkraft benötigt. Die Schwertwunde an Storrs Schulter blieb, aber der Gestank und das gefährliche Aussehen waren verschwunden. Sein Atem wurde gleichmäßiger. Er bewegte sich, zuckte einmal am ganzen Körper und kam wieder auf die Welt zurück.

Alix brach zusammen. Duncan fing sie auf und drückte sie an seine Brust, so wie Lachlan es mit seiner Lady gemacht hatte. Ich sah die Angst und die Erschöpfung auf seinem Gesicht und fragte mich, ob er sie belogen hatte, als er sagte, es sei ohne Gefahr – während solche Magie in Wahrheit einen Teil der Seele mit sich nahm. Vielleicht würde er Alix' Leben *doch* für Finn riskieren.

Das verärgerte mich zutiefst. Und dann verschwand der Ärger, denn ich brauchte sie beide. Ich brauchte sie alle.

»Nicht mehr«, befahl Duncan ihr. »Storr geht es ausreichend gut. Und jetzt ist es meine Aufgabe, Finn zu heilen.«

»Nicht allein!« Sie setzte sich auf und entzog sich seinen Armen. »Glaubst du, ich werde dich *dem* überlassen, das ich doch gerade selbst gespürt habe? Nein, Duncan… ruf die anderen. Verbinde dich mit ihnen allen. Du mußt dies nicht allein tun.«

»Doch, ich muß es allein tun«, belehrte er sie sanft.

»Er ist mein *Rujho*. Und ich bin nicht allein … ich habe Cai.« Er lächelte. »Ich danke dir für deine Sorge, aber sie ist verschwendet. Spare sie für Finn auf, wenn er erwacht.«

Und dann entglitt er, bevor sie Einwände erheben konnte, entglitt unseren Händen wie Öl. Die uns als Duncan bekannte Hülle blieb, aber er war fort. Was auch immer ihn zu Duncan machte, war zu einem anderen Ort gegangen, und dieses Mal versank er tiefer und länger, so tief und so lange, daß ich dachte, wir hätten sie beide verloren.

»Alix!« Ich wußte, daß sie Duncan folgen wollte. Ich beugte mich hinab, um sie vom Boden hochzuziehen.

Sie wandte mir ihr verärgertes Gesicht zu. »Halte mich nicht von ihm fern, Carillon! Glaubst du, ich könnte es ertragen, ihn so zu verlieren? Selbst für Finn …«

»Du hast einmal dein Leben für mich riskiert, obwohl ich nicht wollte, daß du es tust«, erwiderte ich rauh. »Als ich in atvianisches Eisen gekettet dalag und du als Falke kamst, um mich zu befreien. Glaubst du, ich hätte dir das erlaubt?« Ich schüttelte den Kopf. »Was Duncan tut, ist seine Sache. Wenn er gewollt hätte, daß du ihm folgst, hätte er dich darum gebeten.«

Sie wandte den Kopf und sah erneut ihren Mann an. Er kniete neben Finn, er war da und doch nicht da. Und Finn, der so krank auf dem Bett lag, rührte sich nicht.

»Ich konnte mich nicht entscheiden«, sagte sie mit schwankender Stimme. »Ich dachte immer, ich würde Duncan vor jedem anderen erwählen, aber ich konnte es nicht. Ich will sie *beide* …«

»Ich weiß. Ich doch auch. Aber das müssen die Götter entscheiden.«

»Hat Lachlan dich zum Priestertum bekehrt?« Sie lächelte, einen bitteren Zug um den Mund. »Ich habe dich noch niemals solche Dinge sagen hören.«

»Ich könnte auch jetzt nicht mehr darüber sagen. Nenne es *Tahlmorra*, wenn du willst.« Ich lächelte und vollführte die Geste. »Was können wir tun außer warten und sehen, was geschieht?«

Dann sagte Duncan etwas. Es war unverständlich, in der Alten Sprache und völlig erschöpft, aber es war immerhin ein Laut. Er machte Anstalten aufzustehen, konnte es nicht, fiel wieder zurück und stieß sich den Kopf an dem Feldstuhl. Lachlan legte seine Lady ab und kniete sich sofort hin, um ihm zu helfen, während sich Alix meinem Griff entwand.

»Du Narr«, sagte Finn schwach. »Das sollte ein Mann nicht allein tun.«

Ich starrte ihn an, denn ich war nicht sicher, ob ich ihn wirklich gehört hatte. Aber es war Finn, bleich wie der Tod, und ich sah Tränen in seinen Augen.

Duncan stieß sich mit Lachlans Hilfe hoch. Er saß halb benommen da, die Beine langgestreckt, als könne er nicht wieder zu sich finden. Selbst als Alix sich vor ihn hinkniete, schien er sie nicht zu erkennen.

Ich sah Finn einen Ellbogen auf dem Bett aufstützen, um sich aufzurichten. Und wieder war ich es, der ihn aufs Bett zurück drückte. »Lieg still.«

»Duncan ...« sagte er mit belegter Stimme und in nutzlosem Protest.

»Komm zurück!« schrie Alix. »Bei den Göttern, du Narr ...« Und sie schlug Duncan mit der flachen Hand hart ins Gesicht.

Der Schlag ließ sein Gesicht glühen und seine Wange dunkelrot werden. Aber seine Augen wurden wieder klar. Er sah Alix an, dann mich, dann Finn, und dann war er wieder Duncan. »Götter«, sagte er schwach. »Ich wußte nicht ...«

»Nein«, stimmte Finn ihm zu, während meine Hand noch auf seiner Schulter lag, für den Fall, daß er sich wieder aufrichten wollte. »Du wußtest es nicht, du Narr. Hast du geglaubt, ich wollte, daß du dein Leben für meines gibst?« Er zog eine Grimasse und stieß sofort einen zischenden Laut aus, als dadurch die Stiche in seiner geschwollenen Haut auseinandergezogen wurden. »Bei den Göttern … dieser Atvianer …«

»… ist tot«, beendete ich seinen Satz. »Hast du geglaubt, ich hätte ihn beenden lassen, was er begonnen hatte?«

Finns Hand lag auf Storrs stumpfem Fell. Seine Augen in dem grauweißen Gesicht waren geschlossen. Ich dachte, er hätte erneut das Bewußtsein verloren.

»*Rujho*«, sagte Duncan, »es gibt etwas, was du tun mußt.«

»Später«, sagte Finn mit angespanntem Mund.

»Jetzt.« Duncan lächelte. »Du schuldest Carillon Dank.«

Ich sah ihn überrascht an. Finn öffnete die Augen einen Spaltbreit, und sie erweiterten sich dann unter der Wirkung seines Fiebers zu ihrer Schwärze. »*Du* warst es, der …«

»Ja«, unterbrach Duncan ihn, »aber Carillon hat dich vom Feld getragen. Sonst lägst du noch immer dort und wärst tot.«

Ich wußte, was er wollte. Finn konnte noch nie gut Dankbarkeit zeigen, obwohl ich recht häufig spürte, daß er sie empfand. Ich hatte selbst Schwierigkeiten damit zu sagen, was ich meinte, und für Finn war es noch schwerer. Ich wollte Einwände erheben, aber dann ließ ich Duncan es auf seine Weise handhaben. Er hatte Finn aufgezogen, nicht ich.

Finn seufzte und schloß erneut die Augen. »Er hätte mich dort lassen sollen. Er hätte nicht sein Leben riskieren sollen.«

»Nein«, stimmte Duncan ihm zu, »aber er hat es getan. Und jetzt solltest du dazu etwas sagen.«

Ich dachte, Finn wäre eingeschlafen. Er rührte sich nicht, zeigte in keiner Weise, daß er Duncan gehört hatte. Aber er hatte ihn gehört. Und schließlich sah er mich unter schweren Lidern hervor an. *»Leijhana tu'sai«*, murmelte er.

Ich blinzelte. Und dann lachte ich. »Wenn du die Alte Sprache gebrauchst, kann ich nicht erkennen, ob du mir dankst oder mich verfluchst.«

»Er hat dir gedankt«, sagte Duncan ernst. Und dann sagte er: *»Leijhana tu'sai*, Carillon.«

Ich bemerkte, daß ich der einzige war, der stand. Selbst Lachlan kniete, ganz nah bei Duncan, und seine Lady schimmerte auf dem Tisch. Es war ein seltsames Gefühl, diese Menschen in solchen Haltungen zu sehen und zu wissen, daß es eines Tages sogar erwartet würde.

Ich sah Lachlan an. »Wir haben einen Austausch durchzuführen.«

Er erhob sich und nahm seine Harfe auf. Aber bevor wir das Zelt verließen, schaute ich zu Finn zurück.

Er schlief. *»Leijhana tu'sai«*, sagte ich, »daß du lebst, anstatt gestorben zu sein.«

Kapitel Vierzehn

Ich verließ das Zelt, und meine Beine zitterten vor Müdigkeit und Anspannung. Ich blieb gleich außerhalb des Zeltes stehen und ließ den Zelteingang hinter mir zufallen. Einen Augenblick konnte ich nur blind die wenigen, offensichtlich wirr über das Gras verteilten Zelte anstarren. Ich hatte die Idee von den Cheysuli übernommen, obwohl hier kein Wald war, in dem wir uns angemessen hätten verbergen können. Wir hatten unser Lager auf einer grasbewachsenen Ebene errichtet und die Wälder hinter uns gelassen, während wir uns Mujhara näherten, das heißt: Bellam und meinem Thron. Das Lager war kaum mehr als eine verstreute Anzahl von Männern und einem Herdfeuer hier und dort. Aber es hatte uns gute Dienste geleistet.

Ich atmete tief ein, so tief ich konnte, und füllte meine Lungen mit Luft. Der Geruch des Heerlagers verschwand völlig, während ich darüber nachdachte, wie nahe ich daran gewesen war, Finn zu verlieren. Ich wußte nur zu gut, daß er, wenn meine Ärzte darauf gedrängt hätten, ihm das Bein abzunehmen, einen anderen Weg zum Sterben gefunden hätte. Ein verkrüppelter Krieger, hatte er mir einmal gesagt, sei für seinen Stamm kaum mehr von Nutzen. In Finns Fall war es noch schlimmer – er würde sich auch seinem Mujhar gegenüber als nutzlos empfinden, und das würde sein *Tahlmorra* verkehren und somit seinen grundsätzlichen Lebenssinn.

Lachlan schlüpfte durch den Zelteingang. Ich hörte das Rascheln des Stoffes, als er eine Hand über das gewebte Material gleiten ließ. Nur wenige von uns hatten

Zelte, die ihnen Schutz gewähren konnten. Mir stand als Mujhar das größte zur Verfügung, aber es war nichts besonderes und diente jetzt zeitweise als Krankenzimmer. Die Ärzte hatten alle anderen davon ferngehalten, als ich Finn hineingetragen hatte. Er würde für sich allein gepflegt werden.

Zum ersten Mal trug Lachlan seine Harfe nicht bei sich. »Finn wird leben. Ihr braucht keine Angst mehr zu haben.«

»Habt Ihr Lodhi um Rat gefragt?«

Er ließ sich nicht anmerken, ob ihn meine Bemerkung traf. »Das ist nicht notwendig. Ich habe seine Hilfe schon zuvor erbeten, aber ich konnte nichts in Finn anrühren. Er war zu weit von dieser Welt entfernt, zu verloren in seinem Schmerz und der Erkenntnis von Storrs Abwesenheit. Aber als Duncan und Alix ihre Magie anwandten...« Er brach ab und lächelte. »Ich verstehe vieles nicht. Und bis ich mehr über die Cheysuli weiß, kann ich nicht hoffen, Lieder über sie zu komponieren.«

»Die meisten Menschen können die Cheysuli nicht verstehen«, sagte ich zu ihm. »Und was die Lieder betrifft... ich glaube nicht, daß sie das wollten. Es gibt genügend Legenden über sie.« Ich betrachtete das von unserem Standort am weitesten entfernte, winzige Zelt. Es wurde von sechs Kriegern bewacht. »Wie viele Männer befinden sich bei meiner Schwester?«

»Bellam hat ihr eine Wache von fünfzig Mann mitgegeben.« Sein Gesichtsausdruck war ernst. »Mylord... Ihr wollt nicht *selbst* dort hingehen...«

»Sie ist meine Schwester.« Ich ging auf das safranfarbene Zelt zu, während sich Lachlan meinem Schritt anpaßte. »Ich schulde Tourmaline alle Ehre, auch wenn in letzter Zeit nur wenig davon übriggeblieben ist. Ich werde niemanden an meiner Statt schicken.«

»Aber sicherlich werdet Ihr einen Teil des Heers mit Euch nehmen.«

Ich lächelte und fragte mich, ob er dies nur aus Neugier wissen wollte. »Nein.«

»Carillon ...«

»Wenn es eine Falle ist, wird sie umsonst errichtet worden sein.« Ich machte den Kriegern, die Electras Zelt bewachten, ein Zeichen. Sie traten sofort zur Seite und gewährten mir auf diese Weise Spielraum, obwohl sie in Rufweite blieben. »*Ihr* wißt vielleicht, was Bellam für mich geplant hat.«

Lachlan lächelte, als ich vor dem Zelt stehenblieb. »Er hat mir seine Pläne leider nicht verraten. Er hat mich als Harfenist willkommen geheißen und nicht als Vertrauten. Ich weiß nicht, ob er Männer aussendet, um Euch gefangenzunehmen, aber ich halte es für sehr wahrscheinlich.« Sein Blick wanderte an mir vorbei, und er betrachtete das verstreut errichtete Lager. »Ihr tätet gut daran, eine angemessene Eskorte mitzunehmen.«

»Zweifellos«, sagte ich sanft.

Ich wandte mich um und zog den Zelteingang zur Seite, trat aber nicht sofort ein. Ich konnte es nicht tun. Das Sonnenlicht fiel hell ins Zelt und beleuchtete die darin sitzende Frau. Sie trug ein dunkelbraunes Gewand, das am Hals und an den Ärmeln mit kupferfarbener Seide gebunden war. Ein edler, mit Ton zu einem hellen Gelb gebleichter, mit einer Kupferschnalle befestigter Gürtel umgab ihre schmale Taille. Das Gewand stammte von Alix, die es selbst gestaltet und gern hergegeben hatte, um das verschmutzte graue Samtgewand zu ersetzen, das Electra an dem Tag ihrer Gefangennahme durch Finn getragen hatte. Das neue Gewand paßte recht gut, denn Alix und sie waren gleich groß, wenn auch von sehr unterschiedlicher Hautfarbe.

Electra wartete ruhig ab, während sie auf einem dreibeinigen Klappstuhl sitzen blieb und die Falten ihrer dunklen Röcke um ihre Füße schwappten wie Wellen auf einen Strand. Sie saß aufrecht, die Schultern zurückgenommen, so daß die schlanke, wohlgeformte, bis zum

Kinn verlaufende Linie ihres Halses die Vollkommenheit ihres Knochenbaus noch betonte. Sie hatte ihr Haar zu einem lockeren Zopf geflochten, der über ihre Schulter hing und sich wie eine Schlange bis in ihren Schoß wand. Die glatte, helle Stirn schrie förmlich nach einem Diadem aus gehämmertem Gold oder – vielleicht noch besser – Silber, um die langlidrigen, prachtvollen Augen zu betonen.

Ich wußte, daß Rowan hiergewesen war, um es ihr zu sagen. Sie wartete mit unter dem Seil glänzenden Haars gefalteten Händen. Sie saß schweigend auf dem Stuhl, während das Sonnenlicht durch das Gewebe des safranfarbenen Zeltes drang und sie mit einem ocker-pastellfarbenen Leuchten belegte. Sie trug das gewundene, goldene Schmuckstück um ihren Hals, und es strahlte.

Bei den Göttern, und sie strahlte auch. Und ich wollte mich so sehr darin verlieren – in ihr. Götter, was kann eine Frau einem Mann alles antun …

Das galt sogar für den Feind.

Vierzig Jahre alt war diese Frau. Und wie immer leugnete ich es.

Ich streckte eine Hand aus, um sie von ihrem Stuhl hochzuziehen. Ihre Finger waren ruhig, versprachen nichts, obwohl ich auch das schon von ihr bekommen hatte.

»Ihr habt gekämpft.« Ihre Stimme klang kühl wie immer, mit weichem solindischem Akzent.

Ich hatte den blutverkrusteten Kettenpanzer nicht abgelegt. Mein Haar, das jetzt vom Schweiß der Anstrengung getrocknet war, hing starr auf meine Schultern herab. Und ich roch zweifellos auch danach, aber ich verschwendete keine Zeit mit solchen Feinheiten, wenn ich einen Krieg zu führen hatte. »Kommt mit, Lady … Euer Vater wartet.«

»Habt Ihr Euren Kampf gewonnen?« Sie ließ sich von mir aus dem Zelt führen und machte keinerlei Anstalten, ihre Hand aus meinem Griff zu befreien.

Ich schüttelte den Kopf. Rowan stand mit vier Pferden vor dem Zelt. Ich hielt es nicht für gut, mit ihr zu spielen, indem ich den Verlust zugunsten einer doch nur vorläufigen Befriedigung geleugnet hätte. Ich hatte *tatsächlich* verloren, aber Bellam hatte seinen Ansprüche erhebenden Prinz noch immer nicht bekommen.

Electra hielt inne, als sie die leeren Sättel bemerkte. Nur vier Pferde und keine Begleitung. »Wo sind meine Frauen?«

»Ich habe sie schon vor längerer Zeit zurückgeschickt.« Ich lächelte sie an. »Nur Ihr wurdet hierher gebracht. Und Ihr wurdet in dem Augenblick bloßgestellt, als Finn Euch gefangennahm. Aber was soll es, Electra… Ihr seid die Geliebte eines Ihlini.«

Sie errötete. Das hatte ich bei ihr nicht erwartet. Sie war plötzlich eine junge Frau ohne die Weisheit der Erfahrung, und doch sah ich das wissende Schimmern in ihren Augen. Ich fragte mich unbehaglich, ob Tynstars Künste ihr *tatsächlich* die Jugend geschenkt hatten. »Nagt es an Eurer Seele?« fragte sie. »Wollt Ihr mir jetzt Euren Stempel aufdrücken, um Tynstars Spuren auszulöschen?« Sie lächelte durch eine kaum sichtbare Wölbung ihres vollendet gestalteten Mundes. »Ihr Narr. Ihr könntet niemals seinen Platz einnehmen.«

»Ihr werdet Gelegenheit bekommen, es zu erfahren.« Ich hob sie ohne weiteren Kommentar in den Sattel und spürte die starre Unnachgiebigkeit ihres Körpers. Ich hatte sie getroffen, wie sie mich auch, und zwar ausreichend oft. Ich nickte Rowan zu. »Schick sofort nach Zared.«

Als Zared kam, verbeugte er sich respektvoll. Sein graurotes Haar war noch immer ganz kurz geschnitten, wie es im Heer üblich war. Ich hatte diesen Brauch nicht übernommen, weil es in Caledon sehr leicht gewesen war, das Haar zu flechten und mit dem scharlachroten Band eines Söldners zu binden, denn genau das war ich gewesen.

»Sorgt dafür, daß das Lager abgebaut wird«, befahl ich ihm. »Ich will nicht, daß meine Männer Bellams Willkommensgruß hören müssen, denn Ihr könnt sicher sein, daß seine Tochter ihm sagen wird, wo wir gelagert haben.« Ich sah sie nicht an, weil es nicht nötig war. Ich konnte ihre starre Aufmerksamkeit spüren. »Wenn dieser Austausch beendet ist, werde ich das Heer finden.«

»Ja, Mylord Mujhar.« Er verbeugte sich in vollendeter Untergebung und trat fort, um die Befehle auszuführen.

Lachlan stieg neben mir auf sein Pferd und Rowan neben Electra. Sie war auf beiden Seiten bewacht und in Schach gehalten. Es wäre nicht gut, sie jetzt, bevor ich meine Schwester bei mir hatte, zu verlieren.

Electra sah uns alle an. »Ihr laßt Euch nicht von einem Heer begleiten?«

»Brauche ich eines?« Ich lächelte, schaute zu Lachlan und bemerkte seine Geste – westwärts, auf Mujhara zu und zu Tourmaline, meiner Schwester.

Die Sonne brannte auf unsere Köpfe herab, während wir auf dem Hügel warteten. Wir bildeten Silhouetten vor dem Horizont, etwas was ich in den langen Monaten des verbitterten Krieges nicht gewagt hatte, was ich aber jetzt nur zu bereitwillig tat. Ich wollte, daß Tourmaline uns sah, bevor der Austausch durchgeführt wurde, damit sie wußte, daß wahrhaftig wir es waren und es sich nicht um eine Täuschung Bellams handelte.

Die Ebenen erstreckten sich unter uns. Der Frühling war vergangen und der Sommer schon fast zur Hälfte vorüber. Die Sonne hatte das Grün des Landes ausgedörrt, hatte es gelb und ocker und bernsteinfarben werden lassen, und der Staub stieg unter den Hufen von mehr als fünfzig Pferden auf und hing in der Luft wie Rauch. Durch den Dunst konnte ich die Männer in den Farben Solindes sehen, deren Kettenpanzer und Schwerter glitzerten. Ein Trupp Männer, der sich um eine Frau ballte wie eine Faust um ein Schwertheft.

Ich konnte Tourmaline nicht genau sehen. Aber von Zeit zu Zeit sah ich das grau gescheckte Pferd und die schlanke, aufrechte Gestalt, die keine Rüstung, sondern ein indigofarbenes Gewand ohne einen Reiseumhang trug, der ihre Kleidung vor Staub geschützt hätte. Sogar ihr Kopf war ungeschützt, und ihr dunkelbraunes Haar hing gelöst über den Pferderumpf.

Ich hörte Lachlans ruhiges Atmen. Ich hörte auch meines, aber es klang anders als Lachlans. Ich sah ihn einen Augenblick an und bemerkte, wie begierig er den herannahenden Trupp betrachtete, wie gebannt sein Blick auf der Frau ruhte, die jetzt nicht mehr meine Schwester war, sondern eben eine Frau.

Da wußte ich genau, daß Lachlan keine Hinterlist und keinen Verrat geplant hatte. In diesem Augenblick war ich mir dessen sicher. So etwas zu tun hätte Tourmaline in Gefahr gebracht, und das würde er niemals zulassen. Ich mußte mir nur sein Gesicht ansehen, während er ihres betrachtete, und hatte endlich meine Antwort.

Wenn nicht aus einem anderen Grund, so wäre er mir gegenüber doch loyal, weil er meiner Schwester gegenüber Verantwortung empfand. Und welche Waffe er mir damit in die Hand gab, wenn ich denn eine Verwendung dafür finden würde.

Der solindische Trupp hielt am Fuß des Hügels. Die Sonne spiegelte sich in ihren Pferdegeschirren und Kettenpanzern. Fünfzig Mann, die darauf erpicht waren, Bellams Feind gefangenzunehmen. Und dieser Feind hatte nur eine Scheineskorte an seiner Seite.

Es war warm auf dem Hügel, die Luft ganz ruhig, die Stille wurde nur von dem Klingen und Schlagen der Pferdegeschirre und dem brummenden Summen eines Insekts unterbrochen. Der Staub legte sich trocken in Mund und Nase. Ich schmeckte das schale, bittere Salz der vom Sommer heimgesuchten Ebenen. Wenn der Herbst kam, würde das Gras unter einer gnädigeren

Sonne sprießen. Wenn der Winter kam, würde der Schnee die Welt zudecken. Wenn der Frühling kam, sollte ich König sein.

Wenn nicht eher.

Ich schaute über den versammelten Trupp hinweg zu dem Schatz, den sie so streng bewachten. Tourmaline, eine Prinzessin von Homana. Die Frau, die Bellam zu heiraten drohte, die Frau, die er nicht heiraten konnte, weil ich seine Tochter gefangengenommen hatte. Eine Prinzessin für eine Prinzessin.

Sie saß ganz ruhig auf ihrem Pferd, die Hände um die Zügel gelegt. Aber sie war noch nicht ganz befreit. Ein Krieger ritt auf einer Seite neben ihr, und ein Führungsseil verband sie mit einem vor ihr reitenden Mann. Sie wollten sie nicht so einfach verlieren, falls ich ihnen Grund zum Kampf gäbe.

Lachlan atmete hörbar. Der Atem drang langsam und rasselnd durch seine verengte Kehle, so daß Rowan ihn ansah. Neugier lag in Rowans Blick und Gewißheit in Electras. Sie würde es wissen. Sie würde wissen, was er empfand: ein in eine Frau verliebter Mann, der sie verlangend betrachtete.

»Nun?« sagte ich schließlich. »Wollen wir uns den ganzen Tag lang schweigend gegenüberstehen oder soll ich etwas tun?«

Lachlan richtete seine Aufmerksamkeit auf mich. »Ich soll Electra hinabbegleiten und Torry mit mir zurücknehmen.«

»Dann tut es.«

Er rieb die Haut unter dem Silberdiadem auf seiner Stirn. »Nicht mehr?«

»Soll ich glauben, daß Ihr mich vor irgendeiner Form von Verrat warnen wollt?« Ich lächelte. »Tut, was, wie Ihr sagtet, getan werden muß. Ich will meine Schwester zurückhaben.«

Er biß die Zähne zusammen und schaute kurz zu Electra. Sie saß genauso still auf ihrem Pferd wie Torry, die Hände um die Zügel bewegten sich kaum. Aber ich sah, wie sich ihre Finger anspannten und sie ihr Gewicht leicht verlagerte. Sie wollte fliehen, solange Tourmaline noch gefangen war.

Ich streckte die Hand aus und ergriff eines ihrer Handgelenke, das ich fest umklammerte. »Nein«, sagte ich ruhig. »Habt Ihr vergessen, daß ich einen Bogen besitze?«

Ihr Blick wanderte sofort zu dem Cheysulibogen. Und zu meinem frisch gefüllten Köcher. »Vielleicht könntet Ihr einige wenige töten«, räumte sie kühl ein, »aber ich bezweifle, daß Ihr sie alle töten könntet, bevor sie Euch gefangennehmen.«

»Nein«, stimmte ich ihr zu, »aber habe ich davon gesprochen, daß ich *Männer* töten will?«

Sie verstand sofort. Ich sah sie schnell vor Zorn erröten. Die schläfrigen eisgrauen Augen hatten sich vor Enttäuschung schwarz gefärbt, aber nur einen Augenblick lang. Sie lächelte. »Dann tötet mich, und Ihr handelt Euch Euer Schicksal von Tynstar ein.«

»Ich bezweifle nicht, daß das bereits geschehen ist«, belehrte ich sie ruhig. »Ich denke, meine Schwester ist es wert, für sie zu sterben. Aber seid Ihr es auch wert?«

»Solange *Ihr* sterbt.« Sie sah mich nicht an, sondern blickte statt dessen zu dem Trupp von Männern, den ihr Vater gesandt hatte, um sie abzuholen.

Ich lachte und ließ ihr Handgelenk los. »Dann geht, Electra. Erzählt Eurem Vater – und Eurem Magier –, was immer Ihr ihnen erzählen wollt. Aber erinnert Euch daran, daß ich Euch zur Frau nehmen werde.«

Ihr Gesicht drückte Abscheu aus. »Ihr werdet nichts dergleichen tun. Dafür wird Tynstar sorgen.«

»Mylord.« Rowan klang unruhig. »Sie sind uns fünfzig zu drei überlegen.«

»So ist es.« Ich nickte Lachlan zu. »Bringt sie hinunter und nehmt meine Schwester mit zurück.«

Lachlan streckte die Hand aus, um Electras Zügel zu

ergreifen. Aber sie ließ es nicht zu. Sie zog das Pferd zurück und setzte es den Hügel hinab in Gang. Lachlan ritt fast augenblicklich dicht neben sie, und ich beobachtete, wie sie auf den Trupp zuritten. Ich nahm den Bogen von meinem Rücken, damit der Befehlshaber ihn sehen konnte, obwohl ich nicht die Absicht hatte, die Waffe zu benutzen.

Electra wurde fast sofort von den solindischen Kriegern umringt, und ich blieb ohne Ziel zurück. Es sei denn, man rechnete den Befehlshaber und seine Männer als Ziele. Aber Electra hatte recht: Ich konnte sie nicht alle töten, selbst mit Rowan an meiner Seite nicht.

Er regte sich im Sattel. »Mylord ...«

»Hab Geduld«, schalt ich ihn mild.

Lachlan wartete am Rande der hart dreinblickenden Menge. Die Sonne machte sein gefärbtes Haar stumpf und leblos. Nur das silberne Schimmern auf seiner Stirn und seine Harfe verliehen ihm Glaubwürdigkeit. Ich fragte mich erneut, was ihn zu dem Mann werden ließ, der er war – und wie es sein mußte, ein Priester zu sein.

Der Trupp teilte sich. Tourmaline ritt auf ihrem grau gescheckten Pferd vorwärts. Sie ritt langsam, genau wie Electra, und ich bemerkte die Anspannung ihres Körpers. Zweifellos fürchtete sie, daß der Handel nicht beendet würde.

Nun, er war auch noch nicht beendet.

Lachlan streckte seine Hand nach ihr aus. Sie umfaßte sie kurz, als danke sie ihm für seine Umsicht. Ich sah wie betäubt zu. Alles schien in Ordnung, und es war gut, wenn ein Harfenist eine Prinzessin liebte – das geschah recht häufig –, aber ich war mir nicht sicher, ob mir Tourmalines offensichtliche Wertschätzung für ihn auf Anhieb gefiel. Er war ein Harfenist, und sie war für einen Prinz bestimmt.

»Sie kommen«, sagte Rowan leise und mehr zu sich selbst als zu mir.

Sie kamen tatsächlich. Seite an Seite, obwohl sie sich

nicht mehr an den Händen hielten, die Schultern wegen der solindischen Wachen hart angespannt. Staub stieg vom Boden auf und umhüllte sie. Tourmaline blinzelte dagegen an, während sie mir immer näher kam. Und dann lachte sie, rief meinen Namen und trieb ihr Pferd zum Galopp an.

Ich stieg nicht ab, auch wenn eine Begrüßung am Boden einfacher gewesen wäre. Sie führte ihr Pferd langsam an meines heran, und unsere Knie berührten sich, während sie sich streckte, um mich zu umarmen. Das war auf dem Pferderücken umständlich, aber es gelang. Und als sie dann den Mund öffnete, um etwas zu sagen, bedeutete ich ihr zu schweigen.

»Mylord!« rief Rowan, als Lachlan heranritt. »Sie kommen!«

Und so war es. Fast alle fünfzig Mann galoppierten den Hügel herauf, um uns mit ihrer riesigen, mit Kettenpanzern geschützten Faust zu bestürmen.

Ich lächelte grimmig und wenig überrascht. Ich sah die enttäuschte, nutzlose Verärgerung auf Rowans jungem Gesicht, während er die Hand nach seinem Schwert ausstreckte. Aber er zog es nicht, weil er keinen Grund dafür sah. Wir waren zu offensichtlich gefangen.

Lachlan sagte etwas in ellasischer Sprache. Ein Fluch, dachte ich, denn ich verstand die Worte nicht, oder vielleicht eine Bitte an seinen Allvater. Was auch immer es war, es klang, als wolle er ihnen die Knochen zermalmen, falls sie es wagten, nah genug heranzukommen.

Tourmaline, die vollkommen bleich im Gesicht war, warf mir einen Blick zu, der besagte, daß sie verstand, warum wir uns nur so kurz begrüßt hatten. Die Angst, die ich in ihrem Gesicht erkannte, galt nicht ihr selbst, sondern mir. Ihrem Bruder, der sechs lange Jahre gesucht worden war und jetzt endlich nach Hause zurückgekehrt war. Und gefangengenommen worden war.

Der solindische Befehlshaber trug einen Helm, der seinen ganzen Kopf bis auf das Gesicht verbarg. Ein breites, hartes, von Kampfspuren gezeichnetes Gesicht mit braunen Augen, das im Krieg zweifellos alles gesehen hatte und jetzt doch eine aus Unglauben geborene Verwirrung ausdrückte. Sein Homanisch wurde von dem solindischen Akzent verzerrt, aber ich verstand ihn ausreichend gut. »Sogar ein *Kind* hätte es besser gewußt.«

Mein Pferd stampfte unter mir auf, so daß mein Rückgrat im Sattel erschüttert wurde. Ich antwortete nicht.

»Carillon von Homana?« fragte der Befehlshaber, als könne er nicht glauben, daß er die richtige Beute gefangen hatte.

»Der Mujhar«, stimmte ich ihm ruhig zu. »Wollt Ihr uns zu dem Eindringling auf dem gestohlenen Thron bringen?«

Tourmaline atmete heftig ein. Lachlan führte sein Pferd näher an das meiner Schwester heran, als wolle er sie beschützen. Das wäre meine Sache gewesen, nicht seine, aber ich war im Augenblick beschäftigt.

»Euer Schwert«, sagte der Befehlshaber. »Es gibt keine Hoffnung auf Flucht für Euch.«

»Nein?« Ich lächelte. »Ich werde mein Schwert behalten.«

Der erste Schatten glitt über mein Gesicht, zog schnell weiter, verdeckte das Gesicht des Befehlshabers und dann ein weiteres. Und ein drittes, und der Boden war plötzlich mit beweglicher Dunkelheit bedeckt, als sei eine Schattenplage hereingebrochen, um sich über uns alle zu senken. Alle Männer außer mir schauten auf und sahen die sich kreisförmig versammelnden Vögel.

Dutzende von Vögeln waren dort. Adler und Falken, Eulen und Raben und noch andere. Mit weit ausgebreiteten Schwingen und eingezogenen Krallen tanzten sie in der Luft, aufwärts, dann wieder abwärts und dann immer rundherum wie auf ein Ziel gerichtet.

Rowan lachte. »Mylord«, sagte er schließlich, »vergebt mir, daß ich an Euch gezweifelt habe.«

Sie schossen herab. Sie schrien. Sie stürzten auf den Feind ein und schlugen Schwingen gegen starrende Augen, bis die solindischen Krieger vor Angst und Schmerz aufschrien. Kein Mann wurde getötet, kein Mann wurde auch nur verletzt, aber ihr Können, ihr Stolz und ihre Würde wurden vollständig zunichte gemacht. Es gibt mehr Möglichkeiten einen Feind zu überwältigen als nur die, ihn zu töten. Bei den Cheysuli erwächst der halbe Sieg schon aus dem Wissen um ihr Wesen.

Die Hälfte der Vögel löste sich. Sie sanken mit einem Rascheln der ausgebreiteten Schwingen zu Boden und die Federn verschwanden. Sie waren keine Vögel mehr, sondern wurden zu Menschen, als der Gestaltwandel sie alle verschlang.

Ich hörte die Ausrufe höchster Panik von den Solindern. Einer oder zwei würgten und übergaben sich, zu erschreckt, um es zurückzuhalten. Einige mußten sich um Pferde kümmern, die davonjagen wollten. Andere saßen vollkommen still in ihren Sätteln und starrten uns an, ohne ihre Waffen auch nur zu berühren.

Ich lächelte. Mit Rowan, meiner Schwester und Lachlan hinter mir bahnte ich mir einen Weg durch die Feinde in die Freiheit außerhalb der zerschlagenen Faust. Und als wir wieder frei waren, vor einem Angriff von mehr als einem halben Hundert Kriegern geschützt, nickte ich. »Tötet sie«, sagte ich. »Alle bis auf fünf Mann. Sie können die Lady zu ihrem Vater begleiten.«

»Mylord?« Es war Rowan, der die Notwendigkeit, auch nur fünf Solinder zu verschonen, die uns eines Tages wieder bekämpfen würden, in Frage stellte.

»Ich will, daß Bellam es erfährt«, sagte ich. »Er soll mit dem zu kämpfen haben, was ich getan habe.«

»Überlaßt Ihr ihm seine Tochter?« fragte Lachlan.

Ich schaute an dem sprachlosen Trupp vorbei zu den fünf Männern, die Electra unten am Hügel streng bewachten. Ich sah die Anspannung der Körper. Ihre

Hände lagen auf den Schwertern. Electra, deren Gesichtsausdruck ich nicht erkennen konnte, weil sie zu weit von mir entfernt war, saß starr im Sattel. Zweifellos dachte sie, ich würde sie zurückholen lassen. Zweifellos wußte sie, daß ich das wollte.

»Ich überlasse ihm seine Tochter«, sagte ich schließlich. »Sie soll sich ihre Zeit in Homana-Mujhar damit vertreiben, sich zu fragen, wann ich komme.« Ich betrachtete die die gefangenen Solinder umstehenden Cheysuli. Pferde und Menschen zitterten. Ich hielt es für ein passendes Ende.

Und dann sah ich Duncan. Er stand mit Cai auf der Schulter an einer Seite der Gefangenen. Der große Falke saß ganz ruhig, eine Masse Gold und Braun neben der Schwärze von Duncans Haaren. Der Stammesführer schien ihn mühelos zu tragen, obwohl ich mir das Gewicht des Vogels vorstellen konnte. In diesem Augenblick dachte ich an die Zeit vor sechs Jahren zurück, als ich bei den Cheysuli gefangen gewesen war, als Finn mich festgehalten und verhöhnt hatte. Duncan hatte regiert, wie die Cheysuli regiert werden, von vielen anstatt von einem einzigen Mann. Aber es bestand kein Zweifel darüber, wer die Macht im Stamm innehatte. Auch jetzt bestand kein Zweifel darüber.

Cai erhob sich in die Lüfte, brachte mit seinen großen ausgebreiteten Schwingen Bewegung in den feinen Staubschleier und flog zusammen mit den anderen *Lirs* gen Himmel. Die Schatten bedeckten das Land weiterhin, und die Angst lebte fort.

Duncan war ernst. »Soll ich mit dem Befehlshaber beginnen?«

Ich atmete aus und nickte. Dann sah ich Tourmaline an. »Es wird Zeit, das Lager zu suchen.«

Ihre Augen, die genauso blau waren wie meine, weiteten sich, und sie starrte die Cheysuli an. Ich erinnerte mich, daß sie noch nie zuvor welche gesehen hatte, obwohl sie von ihnen gewußt hatte, wie auch ich seit so vielen Jahren von ihnen wußte. Ihr erschienen sie zweifellos wie Barbaren. In ihren Augen waren sie weniger wert als Tiere.

Sie sagte nichts, nicht vor dem Feind, aber ich bezweifelte nicht, daß sie es tun würde, wenn wir frei wären.

»Komm mit«, sagte ich sanft und wandte ihr Pferd um.

Kapitel Fünfzehn

Der Wind kam bei Sonnenuntergang auf, während wir in das neu errichtete Lager einritten. Er blies uns Sand in die Gesichter und verwirrte Tourmalines Haar, bis sie es mit einer Hand festhielt und bändigte, indem sie es flocht. Lachlan murmelte etwas in der ellasischen Sprache – es hatte wie üblich mit Lodhi zu tun –, und Rowan blinzelte gegen den Sand an. Was mich betraf, so genoß ich den Wind. Er würde den Geschmack von Blut und Verlust fortwehen. Denn ich hatte meine Männer in den Tod geführt, und das konnte ich nicht vergessen.

»Ein Sturm«, sagte Torry. »Glaubst du, es gibt Regen?«

Die Herdfeuer, die das offene Gelände sprenkelten, peitschten und kämpften gegen den Wind an. Ich roch das Aroma gebratenen Fleischs, wodurch mir das Wasser im Mund zusammenlief. Ich konnte mich nicht erinnern, wann ich zuletzt etwas gegessen hatte – sicherlich heute morgen?

»Es gibt keinen Regen«, sagte ich schließlich. »Nur Wind und den Geruch des Todes.«

Tourmaline sah mich scharf an. Ich blickte in ihr fragendes Gesicht, aber sie stellte ihre Frage nicht. Sie sah statt dessen Lachlan um Sicherheit heischend an und wandte ihre Aufmerksamkeit dann ihrem Pferd zu, während ich sie zu meinem Zelt führte, nachdem ich einen vorbeigehenden Krieger nach der Richtung gefragt hatte.

Am Zelteingang sprang ich vom Pferd und wandte mich zu Torrys Tier um. Sie glitt aus dem Sattel und in meine Arme, und ich spürte die Erschöpfung ihres Körpers. Sie brauchte genauso Ruhe, Nahrung und Schlaf wie ich. Ich wollte dafür sorgen, daß sie angemessen untergebracht würde, aber sie legte ihre Arme um meinen Hals und drückte mich mit aller Kraft. Ich spürte Tränen warm auf meiner Haut, und wußte, daß sie um uns beide weinte.

»Verzeih mir«, flüsterte sie in mein schweißnasses Haar. »Ich habe all diese Jahre gebetet, daß die Götter dich leben lassen, selbst als Bellam dich suchte – aber als du schließlich kamst, habe ich dich nicht ausreichend begrüßt. Ich dachte, du seist hart und grausam geworden, als du ihrer aller Tod befahlst, aber ich hätte es besser als alle anderen wissen müssen… War unser Vater nicht ein Krieger?«

»Torry …«

Sie hob den Kopf und sah mir ins Gesicht, und als ich sie im Arm hielt, war sie fast genauso groß wie ich. »Lachlan hat mir gesagt, mit welchen Widrigkeiten du zu kämpfen hast und wie gut du sie bewältigst. Es ist nicht meine Aufgabe, dich für deine Methoden zu tadeln. Harte Zeiten erfordern harte Maßnahmen, und die Götter wissen, daß Krieg nichts für sanfte Männer ist.«

»Du hast mich nicht getadelt. Und was das Sanfte betrifft, nein, ich habe wenig Raum dafür.« Ich ließ sie herunter und streckte die Hand aus, um ihr Haar zu zerzausen. Es war ein altes Spiel zwischen uns, und ich merkte, daß sie sich sehr gut daran erinnerte. Die große Schwester hatte dem kleinen Bruder stets gesagt, was er tun sollte. Aber der Junge war jetzt erwachsen geworden.

»Ich habe dich in meinem Herzen getadelt«, sagte sie sanft. »Es ist mein Fehler, wenn ich etwas erwarte. Als du kamst, dachte ich, es sei der alte Carillon, der, den ich üblicherweise neckte. Aber ich stelle fest, daß dies ein neuer Carillon ist und mir als ein anderer Mann gegenübersteht.«

Es waren Fremde unter uns, auch wenn ich ihre Namen kannte, weshalb wir nicht genau das sagen konnten, was wir sagen wollten. Aber für den Augenblick genügte es, sie wiederzusehen und in Sicherheit zu wissen, nachdem sie jahrelang in Gefahr gewesen war. Also sprach ich etwas von dem aus, was ich empfand. »Es tut mir leid. Ich hätte früher nach Hause kommen sollen. Ich hätte irgendwie kommen sollen…«

Sie legte mir eine Hand auf den Mund. »Nein. Sage nichts. Du bist jetzt nach Hause gekommen.« Sie lächelte das strahlende Lächeln unserer Mutter, und die Spuren der Anspannung wichen aus ihrem Gesicht. Ich hatte vergessen, wie schön meine Schwester war, und ich erkannte, warum Lachlan davon hingerissen sein mußte.

Der Wind peitschte den Stoff des Zeltes neben uns. Lachlans Pferd wich unbehaglich aus, und er parierte es mit festem Zügel. Ich schaute zu Rowan hoch und blinzelte gegen den Staub an. »Sorge dafür, daß sie etwas zu essen und Wein bekommt. Es wird deine Aufgabe sein, dafür zu sorgen, daß es ihr gutgeht.«

»In Eurem Zelt, Mylord?« fragte er.

»Es ist jetzt ihr Zelt.« Ich lächelte. »Ich habe während dieser letzten Jahre gelernt, überall zu schlafen.«

Lachlan erhob sofort lachend Einwände. »Habt Ihr vergessen, daß Harfenisten ihre eigene Art von Ehre haben? Zelte sind ein Teil davon. Wenn es dem Stolz und der Würde des Mujhar nicht widerstrebt, könntet Ihr meines mit mir teilen.«

»Nichts widerstrebt mir«, erwiderte ich. »Und so wird es bleiben, solange Ihr nicht im Schlaf singt oder betet.« Ich sah erneut Torry an. »Dies ist ein schnell errichtetes und rauhes Heerlager. Es gibt hier wenig Annehmlichkeiten. Ich muß dich bitten, zu vergeben, was du hörst.«

Sie lachte laut auf und erwiderte freudig: »Nun gut, ich werde deinen Männern vergeben, aber niemals dir.«

Der Wind blies eine Locke ihres Haars gegen meine Brust. Sie verfing sich an den Scharnieren meines Kettenpanzers, verhakte sich, und ich wollte sie befreien, ohne an der Strähne zu ziehen. Ich spürte die reine Seide an meinen schwieligen, blutbefleckten Händen und erkannte wieder, wie sehr sich ihr Bruder verändert hatte.

Es war kein Wunder, daß sie mich tadelte, wenn auch nur im Herzen.

Ich zog den Zelteingang zur Seite und bedeutete ihr einzutreten. »Rowan wird dir etwas zu essen und Wein bringen und auch alles andere, was du vielleicht brauchst. Schlafe, wenn du möchtest. Wir können uns später unterhalten.«

Ich sah die Fragen in ihren Augen – und wie sie sie sofort zurückhielt. Sie nickte und betrat gebückt das Zelt, in dem ich das Schimmern einer entzündeten Kerze bemerkte. Sie würde nicht in Dunkelheit bleiben müssen.

Ich schaute zu Lachlan hoch, der ihr nachsah, während der Zelteingang hinter ihr zufiel. Innerlich mußte ich lächeln, denn ich erkannte, wie sehr er litt, aber äußerlich blieb ich gleichgültig. »Sie hätte zweifellos gern Gesellschaft.«

Er errötete und erblaßte dann wieder. Er hatte nicht bemerkt, wie sichtbar seine Gefühle waren. Seine Hände berührten das Silberdiadem, als sammle er Kraft. »Zweifellos, aber sie wünscht, glaube ich, Eure Gesellschaft und nicht meine.«

Ich ließ das Thema fallen, denn ich wußte, daß ich es vielleicht später dazu nutzen könnte, um ihn an mich zu binden. Zumindest durch Tourmaline konnte ich seine Absichten erfahren. »Dann kommt mit. Wir müssen Finn sagen, was geschehen ist. Es war sein Plan, nicht meiner, und er sollte alles erfahren.«

Rowan war überrascht. »Es war sein Plan?«

Ich nickte. »Wir haben ihn eines Nachts in Caledon ausgearbeitet, oder zumindest einen ähnlichen, als wir nichts Besseres zu tun hatten.« Ich lächelte bei der Erinnerung. »Es war eine Sommernacht wie diese, aber windstill und wärmer. Es war der Abend vor einer Schlacht. Wir sprachen über Ziele und Pläne und daß dies ein guter Trick wäre, um ihn mitten unter Bellams Leuten anzuwenden.« Mein Lächeln schwand. »Aber in jener Nacht wußten wir noch nicht, daß wir eines Tages wieder nach Hause kommen würden oder daß es noch so viele Cheysuli gibt.«

Der Zeltstoff wurde erneut vom Wind gepeitscht. Lachlan stieg vom Pferd. Sein Haar wurde durch das Diadem festgehalten. »Aber es *sind* viele Cheysuli hier, Mylord ... und Ihr seid wieder nach Hause gekommen.«

Ich sah ihn an und bemerkte wieder das stumpfe braune Haar. Ich glaubte, daß er in meine Schwester verliebt war. »Werdet Ihr heute abend die Harfe für mich spielen?« fragte ich. »Spielt mir ›Das Lied von Homana‹.«

Ich sah als erstes die Harfe, als ich das Krankenzelt betrat, Lachlans Lady mit ihrem strahlend grünen Auge. Sie starrte uns beide an, während der Zelteingang hinter uns zufiel, und ich dachte seltsamerweise, daß die Harfe wie ein *Lir* war. Ich stellte nicht in Frage, daß Lachlan ihr diente, denn ich wußte, daß sie ihm diente. Ich hatte es schon früher gespürt, wenn sich die Magie zwischen ihnen aufbaute.

»Aha«, sagte Finn, »er hat mich nicht vergessen. Der Schüler erinnert sich des Lehrers.«

Ich grinste über alle Maßen, erleichtert, seine Stimme so lebendig zu hören. Aber als ich ihn ansah, konnte ich dennoch nicht umhin, zumindest innerlich zurückzuschrecken. Die Stiche hielten sein Gesicht zusammen, aber die Narbe würde immer sichtbar bleiben. *Sie* würde von jedem Mann und jeder Frau vor allem anderen bemerkt werden.

Lachlan schlüpfte an mir vorbei, um seine Harfe aufzunehmen. Er hatte den größten Teil des Tages ohne seine Lady verbracht, und ich fragte mich, ob ihn das schmerzte.

Finn lächelte nicht. Aber da ich ihn kannte, bemerkte ich das versteckte Vergnügen in seinen Augen und, wie ich glaubte, die Erleichterung. Hatte er geglaubt, ich würde nicht zurückkommen?

»Haben sie dich alle allein gelassen?« Ich zog mir mit dem Fuß einen Stuhl heran.

Finns Lachen klang sehr leise. Er war noch immer geschwächt, wie ich sehen konnte. Aber ich dachte, daß er überleben würde. Die Magie hatte ihm soviel gegeben, auch wenn sie ihn nicht vollständig geheilt hatte. »Alix war den ganzen Tag bei mir. Erst jetzt konnte ich sie fortschicken.« Er regte sich ein wenig, als schmerze ihn das Bein noch immer. »Ich habe ihr gesagt, daß ich ein wenig Zeit für mich brauche, und das stimmt auch. Es besteht kein Grund, mich zu verhätscheln.«

»Alix würde kaum *dich* verhätscheln.« Ich betrachtete sein Gesicht genauer und sah die leichte Röte. Das war besser als der aschfarbene Hauch des Todes, aber er hatte noch nicht wieder seine ursprüngliche Hautfarbe zurückerlangt. Er hatte kein Fieber, das konnte ich erkennen, war aber offensichtlich erschöpft. »Brauchst du irgend etwas?«

»Ein Mujhar will mir dienen?« Dieses Mal lächelte er, wenn auch sehr schwach. »Nein, es geht mir gut. Alix hat mehr als genug für mich getan. Mehr als ich jemals erwartet hätte.«

»Vielleicht ist das ihre Art des Ausgleichs«, bemerkte ich ernst.

»Vielleicht«, stimmte er mir ironisch zu. »Sie weiß, was ihr fehlt. Ich habe sie bei mehreren Gelegenheiten darauf aufmerksam gemacht.«

Lachlan, der am Tisch lehnte, stimmte einen Ton auf seiner Harfe an. »Ich könnte ein Lied daraus gestalten – wie Ihr ein Mädchen umworben und verloren habt und wie der Bruder gewann.«

Finn blickte ihn stirnrunzelnd an, wenn auch nicht so grimmig wie üblich. »Harfenist, Ihr tätet gut daran, an Eure eigenen Frauen zu denken und meine Frauen mir selbst zu überlassen.«

Lachlans Lächeln gefror, und er wirkte dann verwirrt; ich wußte, daß er an Torry dachte. Seine Fingerspitzen strichen über die golden schimmernden Saiten, und ich hörte die leisen Töne. Sie beschworen die Anmut und vornehme Schönheit einer Frau herauf, und ich dachte sofort an Electra. Zweifellos dachte *er* an meine Schwester. Und Finn – Finn erinnerte sich zweifellos an Alix, bevor sie Duncan kennenlernte.

»Der Austausch ist durchgeführt worden«, sagte ich ruhig. »Meine Schwester ist in Sicherheit, und Electra kehrt zu ihrem Vater zurück.«

»Ich dachte, du wolltest sie vielleicht hierbehalten.«

Ich runzelte die Stirn, weil seine Worte so ironisch klangen. »Nein. Ich will zuerst den Thron zurückerobern, bevor ich die Frau erobere. Wenn ich wählen müßte, wüßtest du, wie meine Wahl aussähe.«

Finn hob leicht die Brauen. »Es hat in letzter Zeit Augenblicke gegeben, in denen ich mir dessen nicht mehr so sicher war.« Er bewegte sich ruhelos, und ich sah den Schmerz auf seinem Gesicht. Storr, der neben ihm lag, rückte näher an ihn heran. Ein brauner Arm mit den goldenen Reifen umarmte den Wolf, als habe Finn Angst, ihn loszulassen.

»Wirst du wieder gesund werden?« fragte ich schärfer als beabsichtigt. »Hat die Erdmagie dich nicht vollständig geheilt?«

Er machte mit schwacher Hand eine kurze Geste. »Sie heilt einen Körper nicht immer vollständig, sie fördert den Heilprozeß nur. Es hängt von der Verletzung ab.« Kurze Zeit berührten zögernde Finger den Verband, der seinen Oberschenkel umschloß. »Es geht mir recht gut – für einen Mann, der hätte sterben sollen.«

Ich atmete tief durch und spürte das langsame Voranschreiten der Schatten im Zelt. Ich war so müde... »Unser Plan war gut. Duncan brachte alle Flug*lirs* heran. Die Solinder hatten keine Chance.«

»Nein«, stimmte er mir zu. »Darum hatte ich es vorgeschlagen.«

Lachlan lachte weich. »Tut Carillon nichts, ohne daß Ihr es vorschlagt?«

Einen Augenblick schaute Finn grimmig drein, sofern man das bei einem durch Schwellungen und nässende Stiche fast völlig zerstörten Gesicht sagen konnte. »Manchmal tut er zuviel.«

»Wenn ich zum Beispiel beschließe, wen ich heiraten werde.« Ich mußte über Lachlans überraschten Gesichtsausdruck lächeln. »Die Dame, die zu ihrem Vater unterwegs ist, wird Königin von Homana werden.«

Er hob unter dem Diadem die Brauen. »Vielleicht will Bellam das nicht.«

»Bellam wird bereits tot sein, wenn ich seine Tochter heirate.« Ich wiegte meinen Kopf hin und her, um die Verspannungen im Nacken zu lösen. Mein Rücken war ebenfalls verspannt, aber dagegen konnte ich nichts tun. Ich würde mit viel Schlaf und Übung dagegen angehen müssen, wobei ich ersteres zweifellos nicht bekommen würde, letzteres aber mit Sicherheit.

»Ich habe gehört, daß sie Hochkönig Rhodris Erben angetragen worden sei.« Lachlans Finger entlockten den Saiten eine singende Kadenz.

Ich zuckte die Achseln. »Vielleicht hat Bellam dieses Angebot tatsächlich gemacht, aber ich habe nichts davon gehört, daß Rhodri darauf geantwortet hätte. Ihr wißt es vielleicht besser, da Ihr Ellasier und sein Untertan seid.«

Lachlan verzog nachdenklich den Mund. »Ich bezweifle, daß er sich Euch entgegenstellen würde. Was ich von Cuinn weiß, habe ich überwiegend aus erster Hand erfahren, während ich im Schloß beherbergt wurde. Der Hochprinz ist eitel, wenn auch ausreichend freundlich, und denkt noch nicht an Heirat.« Er zuckte die Achseln. »Rhodri hat selbst genug Kraft. Ich bezweifle, daß er so bald die Hochzeit seines Erben fordern wird. Aber wer bin ich, daß ich die Gedanken von Königen zu kennen meine?« Er grinste mich an. »Hier seid nur Ihr, Mylord, und was weiß ich von Euch?«

»Ihr wißt, daß ich eine Schwester habe.«

Sein Gesicht wurde ganz starr. »Ja, das weiß ich.« Er schaute kurz zu Finn. »Aber wenn wir weiter darüber sprechen, werdet Ihr Euren Gefolgsmann zum Lachen bringen.«

Finn lächelte. »Hat eine Prinzessin Eure Aufmerksamkeit erregt? Aber was sonst... Ihr seid ein Harfenist.«

Die goldenen Klänge schwebten weiterhin durch den Raum, und dennoch lächelte Lachlan nicht. »Das bin ich, dank Lodhis Macht. Aber manchmal wünschte ich, ich wäre mehr...«

Damit eine Prinzessin ihn beachtete? Zweifellos. Aber obwohl Harfenisten an den Höfen der Könige große Ehre widerfährt, besitzen sie nicht genug, um eine Frau von Torrys Rang zu heiraten.

Ich beugte mich kurz vor und rieb meine sandig brennenden Augen. Und dann hörte ich den Schrei.

Finn spannte sich an, als wollte er aufstehen, und sank dann wieder zurück. Er befürchtete zweifellos, daß Alix den Schrei ausgestoßen haben könnte. Aber ich wußte sofort, daß dem nicht so war. Es war die Stimme meiner Schwester.

Ich erinnere mich nicht, wie ich von Finns Zelt zu meinem gelangt bin, und ich erinnere mich auch nicht daran, daß sich Lachlan mit seiner schimmernden Harfe neben mir befand. Er war einfach dort, umklammerte seine Lady, und Flüche drangen aus seinem Mund. Aber ich hörte sie kaum. Statt dessen hörte ich das Echo von Torrys Schrei und das Pochen meines Blutes.

Männer standen um mein Zelt herum. Jemand hatte

den Eingang zur Seite gezogen und festgebunden. Ich sah in dem Zelt Schatten und Silhouetten. Ich zwängte mich durch die Menschenmenge und stürzte ins Zelt, wobei es mir gleichgültig war, wen ich verletzte.

Tourmaline stand in einer Ecke und umklammerte eines meiner weiten, grünen Gewänder, das sie trug. Eine einzelne Kerze erfüllte das Zelt mit gedämpft rauchigem Licht, das ihr Gesicht starr und bleich scheinen ließ und von dem Gold in ihrem Haar gespiegelt wurde.

Sie sah mich und hob sofort eine Hand, als wollte sie mir sagen, ich solle stehenbleiben, sie sei unbeschadet. Da kam mir in den Sinn, daß meine Schwester stärker war, als ich erwartet hatte, aber ich hatte nicht mehr Zeit für diesen Gedanken. Ich schaute zu Rowan und zu dem Körper, über den er gebeugt stand.

»Tot?« fragte ich.

Rowan schüttelte den Kopf, während er hinabgriff und dem Mann ein Messer aus der schlaffen Hand nahm. »Nein, Mylord. Ich habe ihn mit meinem Schwertheft niedergeschlagen, denn ich wußte, daß Ihr Fragen an ihn haben würdet.«

Nun trat ich vor und streckte die Hand aus, um den Mann an seiner Leder- und Kettenhalsberge zu ergreifen. Die Scharniere schnitten in meine Hände ein, während ich ihn herum- und hochzog, damit ich ihn deutlich sehen konnte. Dann hätte ich ihn beinahe losgelassen, denn das Licht fiel auf Zareds Gesicht.

Er war nur halb bei Bewußtsein. Er blinzelte, hatte seine Augen nicht in der Gewalt, und sein Kopf schwankte, während ich ihn hochhielt. »Nun?« fragte ich Rowan. »Du solltest sie bewachen.«

»Gegen Zared?« Sein Tonfall klang ungläubig. »Dann sollte ich sie besser gegen *mich* bewachen.«

Ich spürte das ärgerliche Brennen in meinem Bauch. »Wenn sogar *das* nötig ist, werde ich es tun! Beantworte meine Frage!«

Er erblaßte. Ich hörte Tourmalines Protestlaut, aber meine ganze Aufmerksamkeit wurde von Rowan in Anspruch genommen. Einen ganz kurzen Augenblick schien in seinen gelben Cheysuliaugen ebenfalls Ärger aufzuflammen, aber dann nickte er. Er schien nicht beschämt, nur verständnisvoll und bereitwillig. Es war gut so, denn ich wollte keinen Mann, der kneift.

»Ich hörte sie aufschreien«, sagte er. »Ich kam sofort herein und sah einen Mann in der Dunkelheit über das Bett gebeugt stehen. Er hielt ein Messer in der Hand.« Rowan hob eine Hand, und ich sah es. »Und daher habe ich ihn niedergeschlagen. Aber erst als er fiel, sah ich, daß es Zared war.«

»Tourmaline?« fragte ich weitaus sanfter, als ich Rowan angesprochen hatte.

»Ich hatte die Kerze gelöscht, weil ich schlafen wollte«, erzählte sie mir ruhig. »Ich habe nichts gehört. Er war sehr leise. Und dann war da plötzlich jemand, eine Gestalt, und ich schrie. Aber ich glaube, daß er schon vorher gewußt hat, daß nicht du hier warst.«

Zared erwachte in meinen Händen zu vollem Bewußtsein, und ich festigte meinen Griff. Der Kettenpanzer drückte hart gegen meine Finger, aber es kümmerte mich nicht. Ich zog Zared hoch, stieß ihn durch das Zelt und ließ ihn in die Menge stolpern. Ich hielt ihn nicht mehr fest, so daß er hinfiel. Die Menge schloß sich als glitzernder Kettenpanzer- und Lederkreis um ihn, aber sie berührten ihn nicht. Sie warteten darauf, daß ich handelte.

Zared war jetzt völlig bei Bewußtsein. Er regte sich, als wollte er aufstehen, fiel aber dann wieder zurück und kniete sich auf den Boden, während die Menge einen Schritt vortrat. Er kannte diese Männer. Er kannte mich.

Er legte die Finger auf die Stelle seines Nackens, wo Rowan ihn getroffen hatte. Er schaute kurz zu Torry, die im geöffneten Zelteingang stand, und dann sah er mich an. »Ich wollte die Lady nicht verletzen«, erklärte er mir ruhig. »Ich gebe es offen zu: Ich wollte Euch.«

»Vielen Dank«, sagte ich grimmig. »Wenn ich geglaubt hätte, daß Ihr meine Schwester hättet töten wollen, hätte ich Euch bereits auseinandergenommen.«

»Nur zu«, erwiderte er sofort. »Übergebt mich den Göttern.«

Ich sah ihn an, wie er da kniete, den gedrungenen, kräftigen Veteran der solindischen Kriege meines Onkels, den Gefolgsmann meines Vaters, der jetzt dessen Sohn hatte töten wollen. »Nach einer Erklärung«, stimmte ich ihm zu.

Er wandte den Kopf und spie aus. »*Soviel* zu Eurer Erklärung.«

Er atmete geräuschvoll ein, während die Männer untereinander murmelnd Bemerkungen austauschten. »Ich schulde Euch nichts. Ich *gebe* Euch nichts. Es wird keine Erklärung folgen.«

Ich trat einen Schritt vor, ausreichend verärgert, um ihn zu schlagen, während er noch kniete, aber dann lag Lachlans Hand auf meinem Arm. »Nein«, sagte er, »laßt *mich* ...«

Er sagte nicht mehr. Er brauchte es nicht. Seine Finger waren zu den Saiten seiner Lady gewandert, zupften daran, und der Klang brachte uns alle zum Schweigen.

Das Zelt flatterte hinter mir. Ich hörte den Atem des Windes, während er auf nahegelegene Feuer einpeitschte. Torry sagte ein Wort, stieß nur einen einzigen Laut aus, und dann war Stille.

Die Harfenmusik nahm uns alle ein. Ich spürte sie mehr als daß ich sie hörte, während sie sich in meine Seele grub und dort bewegte. Der Wind blies mir Staub in die Augen, aber ich blinzelte nicht. Ich spürte Sand gegen mein Gesicht peitschen, aber ich machte keinerlei Anstalten, ihn fortzuwischen. Ich stand genauso still wie alle anderen und lauschte Lachlans leisem Versprechen.

»Ihr habt die Lage falsch eingeschätzt, Zared«, sagte

er. »Genau wie Ihr meine Lady falsch einschätzt. Sie kann einem blinden Mann Bilder bescheren und einen Stummen zum Sprechen bringen. Und sie verweist Wahnsinn an seinen Platz …«

Zared schrie auf, krümmte sich und schlug sich die Hände über die Ohren. Der Gesang fuhr fort und verwob uns alle in seinen Zauber. Zareds Finger gruben sich heftig in seine Haut, als könne er den Klang dadurch ausschließen. Aber die Musik fuhr fort und grub sich in seinen Geist, während er den unseren abschirmte.

»Lachlan«, sagte ich, aber kein Laut drang aus meinem Mund.

Zareds Hände sanken von seinem Kopf herab. Er kniete sich hin und starrte, gebannt wie ein Kind vor einem Wunder, mit herabgesunkenem Kinn, einem Speichelfaden und vor schrecklicher Wonne hervorstehenden Augen vor sich hin.

Die Harfe sang weiter, eine Melodie für den Wind. So fein, verlockend und verstohlen. Lachlan selbst mit seinem vom Wind verwehten, gefärbten Haar und den starren blauen Augen lächelte mit unglaublicher Macht. Ich sah sein Gesicht von der Gegenwart seines Gottes verwandelt. Er war nicht mehr der Harfenist, sondern ein Instrument Lodhis, vielleicht die Harfe selbst und ein Platz für die Magie. Zupft ihn, und sie erklang, scharf und süß. Zupft sie, und er erzitterte, schwang mit dem Wind mit.

Ich erschauderte. Es überlief mich vom Kopf bis zu den Zehen, und ich erschauderte erneut. Ich spürte, wie sich die Haare auf meiner Haut aufrichteten und die Kälte in meine Seele kroch. »Lachlan«, bat ich, *»nein …«*

Der Harfengesang breitete sich aus und umgab Zared wie ein Leichentuch. Und dort saß er, lautlos, während der Gesang in seinen Geist eindrang und ihn entblößte, um seine Erinnerungen sichtbar werden zu lassen.

Ein Zelt. Das Innere. Ockerfarben und Bernsteinfarben und Grau. Eine Kerze schimmerte in der Dunkelheit. Sie wurde von einer Metallhauberge und einem matten Schwertheft gespiegelt. Der Mann stand still, den rötlichen Kopf gesenkt. Er wagte die Lady nicht anzusehen.

Sie trat ins Licht. Sie trug ein braunes Gewand und einen gelben Gürtel. An ihrer Kehle und an den Handgelenken schimmerte die kupferfarbene Seide. Aber das Haar hob sie hervor, das Haar und ihre überirdische Schönheit.

Sie hob eine Hand. Sie berührte ihn nicht. Er sah sie nicht an. Aber als sie ihre Finger bewegte, begannen sie schwach zu schimmern. Lilafarben, dachte ich, nein – purpurfarben. Das tiefe Purpur der Ihlinimagie.

Sie zeichnete eine zischende und glühende Rune in die Luft, die sich an die Schatten klammerte und Funken und Flammenzungen versprühte. Zared hob furchtsam den Kopf.

Seine Augen hefteten sich darauf. Eine Weile versuchte er fortzuschauen, die Frau anzuschauen, aber ich konnte erkennen, daß er nicht die Kraft dazu hatte. Er konnte nur die Rune betrachten. Eine feine Spur reinsten purpurfarbenen Glanzes in der Luft, und als Electra ihn darum bat, hob er die Hand.

»Berühre sie«, sagte sie. *»Nimm sie. Halte sie. Sie wird dir den nötigen Mut verleihen.«*

Zared berührte mit einer zitternden Fingerspitze die Rune. Sofort ergoß sie sich auf seine Haut herab, verschlang seine Hand in einer lebendigen Flamme, bis er aufschrie und seinen Arm schüttelte, als wollte er ihn befreien. Aber da war es schon geschehen. Ich sah die Rune, die so lebendige und gierige Rune seinen Arm zu seinem Gesicht hinauflaufen bis zu seiner Nase, und dann in seine Nasenlöcher gleiten.

Er schrie auf, aber es war ein unhörbarer Laut. Sein Körper wurde von Zittern geschüttelt. Seine Augen traten hervor, und Blut lief aus seiner Nase, zwei dünne

Spuren geschwärzten Blutes. Und dann, als er nach seinem Messer griff, war das Zittern vergangen, und Electra berührte seine Hand.

»Es ist vorbei«, sagte sie ruhig. *»Du hast mich schon so lang beobachtet, mich so begehrt, daß ich nicht umhin konnte, dir deinen Wunsch zu erfüllen. Ich werde dir gehören, aber erst nachdem diese Sache erledigt ist. Wirst du mir dabei dienen?«*

Zared nickte nur, den Blick wie gebannt auf ihr Gesicht gerichtet. Und Electra erteilte ihm seinen Auftrag.

»Töte ihn«, sagte sie. *»Töte den Prinz, der seinen Thron fordert.«*

Der Harfengesang erstarb. Lachlans Lady wurde still. Ich hörte, wie der Wind den Gesang und das Echo in meiner Seele aufnahm. So leicht hatte sie es erreicht.

Zared saß zusammengesunken auf dem Boden. Sein Kopf fiel auf seine Brust, als könne er es nicht ertragen, meinem Blick zu begegnen. Vielleicht konnte er es wirklich nicht ertragen. Er hatte seinen Herrn töten wollen.

Ich fühlte mich alt. Nichts gelang mehr richtig. Ich dachte daran, zu dem Mann zu gehen und ruhig mit ihm zu sprechen, aber meine Muskeln gehorchten dieser Absicht nicht. Und dann hörte ich die Harfe erneut, erkannte die veränderte Melodie und sah die Verwandlung in Lachlans Augen.

»Lachlan!« schrie ich, aber es war bereits geschehen.

Er beschwor Electra vor uns herauf. Das vollkommene, wohlgestaltete, zerbrechliche Gesicht mit der makellosen Haut. Die geschwungenen Brauen, die eisgrauen Augen und den Mund, der Männer schwächte. Lachlan zeigte uns die ganze Schönheit, und dann nahm er sie ihr.

Er nahm ihr die Haut. Er schälte sie ihr von den Knochen, bis sie als zusammengesunkener Aschehaufen abfiel. Ich sah die gähnenden Höhlungen der verschwundenen Augen, die elfenbeinfarbenen Erhebungen blinkender Zähne. Das Kiefergelenk und die Wangenbögen konnten von uns allen ungehindert betrachtet werden. Und der so glatte und perlmuttartige Schädel starrte uns alle an.

Niemand rührte sich. Niemand konnte sich rühren. Lachlan hatte uns alle gebunden.

Die Musik hörte auf und damit auch Zareds Herzschlag.

Ich schwankte, fing mich wieder und blinzelte gegen den Staub an. Ich hob eine Hand zu meinem Gesicht, um den Sand fortzuwischen, und dann hielt ich inne, denn ich sah die Tränen auf Lachlans Gesicht.

Seine Hände lagen ganz still auf den Saiten. Der grüne Stein in dem glatten dunklen Holz war trübe und durchscheinend geworden, und sein Blick wanderte an mir vorbei zu Torry.

»Wenn ich es ungeschehen machen könnte, würde ich es tun«, sagte er in tonloser Verzweiflung. »Lodhi hat mich zum Heiler geschaffen, und jetzt habe ich ein Leben genommen. Aber für Euch, Lady, für das; was er Euch beinahe angetan hätte … es schien keinen anderen Weg zu geben.«

Torrys Hand verkrampfte sich um eine Falte am Hals ihres grünen Wollgewandes. Ihr Gesicht war bleich. Aber ich sah das Verständnis in ihren Augen.

»Lachlan.« Meine Stimme klang seltsam belegt. Ich schluckte, räusperte mich und versuchte dann erneut zu sprechen. »Lachlan, niemand wird Euch für das tadeln, was Ihr getan habt. Vielleicht war es ein wenig … unerwartet, aber die Gründe waren ohne Zweifel ausreichend.«

»Das ist richtig«, sagte er. »Ich dachte nur, ich stünde über solch kleinlicher Rache.« Er seufzte, strich mit zwei Fingern über seine Lady und berührte zärtlich den grünen Stein. »Solche Macht, wie Lodhi sie verleiht, kann sowohl zum Guten als auch zum Bösen verwendet werden. Und jetzt habt Ihr beide Möglichkeiten kennengelernt.«

Ich warf einen prüfenden Blick in die rundum stehende Menschenmenge. Eines mußte noch gesagt werden. »Ist hier noch jemand, der mich töten würde? Noch jemand, der bereit wäre, der Macht dieser Frau zu dienen?« Ich deutete auf Zareds Körper auf dem Boden. »Ich gebe euch zu bedenken, daß ihr es euch gut überlegen solltet, wenn ihr mich töten wollt.«

Ich hielt nicht mehr für nötig, ihnen allen zuzuschreien, daß ich unverwundbar sei, obwohl etwas in mir danach verlangte. Aber es hätte nicht gestimmt. Könige und Prinzen werden häufiger Opfer einer Ermordung und sterben selten aus Altersgründen. Und doch hielt ich es für unwahrscheinlich, daß jetzt noch mehr Männer zuschlagen würden, nach dem, was gerade geschehen war.

Ich betrachtete Zareds Körper. Er erinnerte an den eines Kindes im Mutterleib – ich hatte einmal eine Totgeburt gesehen. Die Arme waren um die hochgezogenen Knie geschlungen und die Finger gekrümmt. Die Füße steckten starr in den Schuhen. Zareds Kopf war auf dem Hals verdreht und die Augen geöffnet. Starrend. Ich dachte, daß mir dies den Ruf eines Mannes einbringen könnte, der sich mit Gestaltwandlern und ellasischen Magiern umgibt, und ich hielt es für angemessen. Sollte jeder Mann, der seinen König töten wollte, zweimal darüber nachdenken.

»Geht«, sagte ich ruhiger. »Es sind noch immer Kämpfe auszufechten und Weinkrüge zu leeren.«

Ich sah die Männer lächeln. Ich hörte das leise Reden. Sie würden nicht vergessen, was sie gesehen hatten, es würde vielmehr dazu benutzt werden, bereits bestehende Geschichten noch zu vertiefen. Sie würden sich in den Schlaf trinken und dabei über den Tod sprechen, aber zumindest würden sie schlafen. Ich hielt es für unwahrscheinlich, daß ich schlafen konnte.

Ich berührte Lachlan an der Schulter. »Es war so das beste.«

Aber er sah mich nicht an. Er sah nur meine Schwester an, die unbewegt Zareds Körper betrachtete.

»Freut es dich zu wissen, wie sehr diese Frau deinen Tod begehrt hat?« fragte Finn.

Ich fuhr herum. Er war blaß und verschwitzt, bleich um den Mund, seine Lippen fest zusammengepreßt. Ich erkannte die unheimliche Anspannung seines Körpers an der Haltung seiner Schultern. Die Stiche hoben sich wie Feuermale von seinem Gesicht ab. Er stand so starr, daß ich ihn nicht zu berühren wagte, auch nicht um ihm zu helfen, aus Angst, er könnte hinfallen.

»Es freut mich nicht«, antwortete ich einfach. »Aber es überrascht mich auch nicht. Hast du wirklich geglaubt, das wäre der Fall?« Ich schüttelte den Kopf. »Und dennoch... ich wußte nicht, daß sie solche Macht besitzt.«

»Sie ist Tynstars *Meijha*«, sagte Finn deutlich. »Eine Hure, deren Name die Alte Sprache beschmutzt. Glaubst du, sie wird dich leben lassen? Sei nicht so blind, Carillon... du hast jetzt gesehen, wozu sie imstande ist. Sie wird deinen Becher mit bitterem Gift füllen, während du den Inhalt für süß hältst.«

»Warum?« fragte Torry scharf. »Was sagst du da zu meinem Bruder?«

Ich hob eine Hand, um ihn zum Schweigen zu bringen, und ließ sie dann wieder sinken. Finn würde seine Zunge niemals von Schweigen beherrschen lassen, wenn er etwas sagen wollte.

»Hat er es dir nicht erzählt? Er will die Frau heiraten.«

Das Gewand umgab sie wie eine hellgrüne Wolke, während sie durch das Zelt auf mich zukam. Ihr Haar ergoß sich bis über ihre Taille, kräuselte sich an den Knien, und sie hob eine geballte Faust. »Das wirst du nicht tun! *Electra?* Carillon... sei klug! Du hast gesehen, was sie plant... Electra will deinen Tod!«

»Wie auch Bellam und Tynstar und jeder andere

Solinder in Homana. Glaubst du, ich bin blind?« Ich streckte die Hand aus und ergriff ihr Handgelenk. »Ich will sie heiraten, wenn dieser Krieg vorüber ist, weil das den Frieden zwischen zwei Ländern besiegeln wird, die schon zu lange Krieg gegeneinander führen. Es wird häufig so gehandhabt, wie du sehr wohl weißt. Vielleicht kann ein dauerhafter Friede daraus werden.«

»Eine Verbindung?« fragte sie. »Glaubst du, Solinde wird einer solchen Idee zustimmen? Wenn Bellam tot ist...«

»... wird Solinde keinen König mehr haben«, beendete ich ihren Satz. »Statt dessen werde ich dasein und keine Ihlinigünstlinge mehr. Was glaubst du, was Shaine vorhatte, als er Lindir mit Ellic verlobte! Er wollte einen dauerhaften Frieden, der diese unsinnigen Kriege beenden würde. Jetzt habe *ich* die Möglichkeit, diesen Frieden zustande zu bringen, und ich habe die volle Absicht, dies zu tun. Ich werde Electra heiraten, genauso wie du eines Tages einen fremden Prinz heiraten wirst.«

Ihr Arm erschlaffte in meiner Hand. Alle Farbe wich aus ihrem Gesicht. »Carillon... warte...«

»Wir werden unserem Haus dienen, Tourmaline, wie alle unsere Vorfahren es getan haben«, sagte ich deutlich. »Soll ich sie dir aufzählen? Shaine selbst heiratete Ellinda von Erinn, bevor er die Homanerin Lorsilla nahm. Und davor...«

»Ich weiß!« schrie sie. »Bei den Göttern, Carillon, ich bin älter als du! Aber mit welchem Recht bestimmst du, wen ich heiraten werde?«

»Mit dem Recht eines Bruders«, sagte ich grimmig und es gefiel mir nicht, sie so verletzen zu müssen. »Mit dem Recht des letzten männlichen Überlebenden unseres Hauses. Aber vor allem... mit dem Recht des Mujhar.«

Ihr Arm lag noch immer schlaff in meiner Hand. Und

dann spannte sie sich an und entwand sich meinem Griff. »Sicherlich wirst du mir eine *Wahl* lassen...«

»Ich würde es tun, wenn ich es könnte«, sagte ich sanft. »Aber die Gesandten werden an den Mujhar von Homana herantreten und nicht an seine unverheiratete Schwester.« Ich hielt inne, wohl wissend wie sehr ich sie verletzte und ebenso wohl wissend, wen sie begehrte, zumal er auch zuhörte. »Hast du geglaubt, du wärst frei von solchen Verantwortlichkeiten?«

»Nein«, sagte sie schließlich. »Nein... nicht völlig. Aber es scheint übereilt, darüber zu streiten, wen ich heiraten werde, wenn du den Löwenthron noch gar nicht wieder innehast.«

»Das ist nur eine Frage der Zeit.« Ich rieb meine schmerzende Stirn und wandte meine Aufmerksamkeit dann Finn zu. »Wirst du einen von mir gegebenen Befehl befolgen?«

Eine schwarze Augenbraue hob sich leicht. »So verläuft mein Dienst... üblicherweise.«

»Dann geh zum Keep, sobald du kannst.« Er öffnete den Mund zum Protest, aber dieses Mal siegte ich. »Ich werde Torry hinschicken, damit sie in Sicherheit und frei von solchen Angriffen wie heute abend ist.« Ich sagte damit nicht, daß sie auch von Lachlan getrennt sein müßte, der, wie ich glaubte, vielleicht für sie beide zuviel wagen würde. »Ich möchte, daß du gesund wirst«, fuhr ich fort. »Alix wird zweifellos zu Donal zurückkehren wollen, so daß sie Torry begleiten kann. Bleibe dort, bis du völlig wiederhergestellt bist. Und so, mein getreuer Gefolgsmann, lautet der Befehl.«

Er war nicht sehr erfreut darüber, aber er widersprach nicht. Ich hatte ihm diese Möglichkeit genommen. Und dann, bevor ich eine Hand ausstrecken und ihm helfen konnte, wie ich es gern getan hätte, wandte er sich um und hinkte davon.

Der Wind bauschte Torrys Haar, während wir ihm

nachsahen. Ich hörte die Überraschung und die Ehrfurcht in ihrer Stimme und erinnerte mich, daß sie nur wenig von den Cheysuli wußte. Sie kannte nur die Legenden und Lieder. »Das ist Stärke«, sagte sie, »und ein Stolz, wie ich ihn niemals zuvor erlebt habe.«

Ich lächelte. »Das ist Finn«, sagte ich nur.

Kapitel Sechzehn

Es war hell wie Glas, als ich außerhalb meines Zeltes saß und mir die Sonne auf den Kopf brannte. Ich saß mit ausgestreckten Beinen auf einem dreibeinigen Feldstuhl, und das Cheysulischwert lag über meinen Oberschenkeln. Ich blinzelte gegen die grellen Blitze der spiegelnden Klinge an und überprüfte sorgfältig ihre Schneiden. Aus nicht allzu großer Entfernung schwebten die Klänge von Lachlans Musik heran.

Kommt, Lady, und setzt Euch neben mich,
ordnet Eure Röcke auf den sanften grünen Hügeln
und hört meinen Gesang,
denn ich bin ein Harfenist
und jemand, der alles geben würde
für Euch.

Rowan stand zu meiner Rechten und wartete auf eine Bemerkung. Er hatte Stunden damit verbracht, die Klinge zu schleifen und zu reinigen. Zunächst hatte ich nicht daran gedacht, ihn mit dieser Aufgabe zu betrauen, denn in Caledon hatte ich gelernt, mich selbst um meine Waffen zu kümmern, wie ich mich auch selbst um mein Leben kümmerte, aber hier waren wir nicht in Caledon. Hier waren wir in Homana, und ich mußte mir das Verhalten eines Königs aneignen. Das bedeutete, daß es Männer gab, die sich um meine Waffen, meinen Kettenpanzer und mein Pferd kümmerten. Dennoch hatte ich mein Schwert erst heute morgen einem anderen Menschen anvertraut.

Der Rubin, das Auge des Mujhar, glänzte hell in dem Knauf. Die Goldzacken, die ihn an seinem Platz hielten, wanden sich dicht darum wie Löwenkrallen, was sehr dazu paßte, dachte ich, da es die königliche Krone war. Das wilde, auf dem Heft abgebildete Tier glänzte durch die sorgfältige Reinigung, und ich dachte, daß es alles in allem genügte. Ich berührte mit den Fingerspitzen die Runen, spürte die feinen Erhebungen unter meiner Haut und nickte. »Gut gemacht, Rowan. Du hättest Waffenmeister werden sollen.«

»Ich bin lieber Befehlshaber«, sagte er, »solange ich Euch dienen kann.«

Ich lächelte und rieb mit einem weichen Tuch das Öl von meinen Fingern, mit dem Rowan den Stahl auf Hochglanz gebracht hatte. »Ich bin kein Gott, Rowan. Ich bin genauso ein Mensch wie du.«

»*Das* weiß ich.« Ein Teil seiner Furcht war offensichtlich geschwunden. »Aber wenn ich die Wahl hätte, würde ich weiterhin dem Mujhar dienen, ob er nun ein Mensch ist oder nicht.« Ich schaute auf und bemerkte sein Lächeln.

Ein dünner Staubschleier hing in der Luft und legte sich auf die Männer, die ihn aufgewirbelt hatten. Ich hörte Waffenklirren, Kämpfen, Gerede und Gelächter. Aber ich hörte auch die Harfe und Lachlans ausdrucksvolle Stimme.

Kommt, Lady, und lauscht meiner Harfe.
Ich werde für Euch singen, für Euch spielen
auf Euch warten und dafür beten,
daß Ihr sagt, daß Ihr mich liebt …
genauso sehr wie ich Euch liebe.

Ich hob meinen Schwertgürtel vom Boden auf und setzte die Spitze der Klinge auf den Rand der Scheide. Langsam ließ ich das Schwert hineingleiten und genoß den leidenschaftlichen Klang von Stahl auf gegerbtem und umwickeltem Leder, das Zischen der Klinge an der Scheide entlang. Besser als das Geräusch einer in Haut eindringenden Klinge oder das Knirschen von Stahl auf Knochen.

»Heda, ihr im Lager!« rief eine entfernte Stimme. »Eine Nachricht von Bellam!«

Die Staubwolke überrollte das Lager. Vier Männer ritten herein: Drei waren Wächter und der dritte ein Homaner, den ich nur einmal zuvor gesehen hatte, als ich ihm seine Aufgabe erteilt hatte.

Die Wächter brachten ihn heran, führten sein Pferd fort, als er abgesprungen war und sich ungeduldig mit einer schnellen Geste der Ehrerbietung auf ein Knie hatte fallen lassen. Seine Augen funkelten vor Erregung, während ich ihm bedeutete aufzustehen. »Mylord, ich überbringe eine Nachricht aus Mujhara.«

»Fahrt fort.«

»Die Nachricht ist von Bellam, Mylord. Er wünscht einen wahren Kampf, zwei Heere im Feld, damit keine weitere Zeit und kein weiteres Blut auf sinnlose Scharmützel verschwendet werde.« Er grinste, denn er wußte, was ich sagen würde.

Ich lächelte. »Sinnlos sind sie also, ja? So sinnlos, daß er mich jetzt bittet, meine Männer zurückzuhalten, weil wir seinen Zugriff auf Homana unterwandert haben. So sinnlos, daß er das Ganze jetzt endlich klären will.« Ich spürte Hoffnung in meiner Brust. Endlich. *Endlich.* »Gibt es noch mehr auszurichten?«

Er war erschöpft und versuchte wieder zu Atem zu kommen. Ich hatte es mir zur Gewohnheit gemacht, Männer gestaffelt an den Hauptstraßen entlang zu postieren, vorgebliche Reisende, Kleinpächter oder Händler, alles, nur keine Krieger. Einige waren sogar nach Mujhara gesandt worden, um aus erster Hand zu erfahren, was sie erfahren konnten, und um den Einblick in Bellams Denken zu vertiefen, den Lachlan uns bereits verschafft hatte.

»Mylord«, sagte der Mann, »es scheint, daß Bellam verärgert und ungeduldig sei. Er ist entschlossen, Euch zu vernichten. Er fordert Euch, Mylord, zu einem Kampf in der Nähe Mujharas heraus. Ein letzter Kampf, so fordert er, der die Angelegenheit schließlich beenden soll.«

»Tatsächlich?« Ich grinste Rowan an. »Zweifellos hat er diese seine Worte mit ausgesuchten Beleidigungen gewürzt.«

Der Bote lachte. »Aber natürlich, Mylord! Was sonst tut ein geschlagener Mann? Er poltert und schreit und droht, weil er weiß, daß seine Kräfte versiegen.« Er errötete. »Mylord Carillon, er behauptet, daß Ihr jene Scharmützel führt, weil Ihr unfähig wärt, ein ganzes Heer in einem wahren Kampf zu befehligen, daß Ihr Euch darauf verlaßt, daß die Cheysuli seine Truppen verhexen, da Ihr selbst nichts vermögt. Mylord ... werden wir kämpfen?«

Sein Eifer war offenkundig. Ich sah andere sich uns nähern. Sie kamen nicht so nahe heran, daß sie uns bedrängt hätten, aber doch nahe genug, um meine Antwort hören zu können. Es machte mir nichts aus. Zweifellos verspürten alle meine Männer einen Teil der Ungeduld, die auch Bellam trieb.

»Wir werden kämpfen«, bestätigte ich und erhob mich von meinem Stuhl. Der Jubel brach sofort los. »Sorgt dafür, daß Ihr ausreichend Nahrung und Ruhe und Euren Lieblingswein bekommt. Heute abend werden wir auf Bellams Niederlage trinken, und morgen werden wir planen.«

Der Bote verbeugte sich und ging, um meine Befehle auszuführen. Andere eilten ebenfalls davon, um die Nachricht zu verbreiten. Ich wußte, daß die Gerüchte bewirken würden, was ich nicht konnte, nämlich jeden Mann zu erreichen. Es waren jetzt zu viele.

Rowan seufzte. »Mylord ... es ist gut. Sogar ich würde einen Kampf vorziehen.«

»Obwohl du dabei sterben könntest?«

»Diese Möglichkeit besteht jedesmal, wenn ich einen

Angriff führe«, antwortete er. »Welchen Unterschied macht es für mich, ob ich mit zwanzig oder mit zweihundert Mann zusammen sterbe? Oder auch mit zwanzigtausend?«

Das Heft meines Schwertes lag warm in meiner Handfläche, und der königliche Rubin schimmerte. »Ja, wirklich, welchen Unterschied macht es?« Ich schaute über das Lager mit seinen Gruppen zusammenstehender Männer hinweg. »Wird die Stärke eines Mujhar daran gemessen, daß das Blut *wie vieler* Männer vergossen wird... oder nur daran, *daß* es vergossen wird?« Dann runzelte ich die Stirn und vertrieb kopfschüttelnd diese Gedanken. »Such mir Duncan. Als ich ihn das letzte Mal gesehen habe, saß er bei Finn, jetzt, da sein Bruder zurückgekehrt ist. Es gibt einiges zu besprechen.«

Rowan nickte und ging sofort davon. Ich legte meinen Schwertgürtel an und wandte mich, um mein Zelt zu betreten, da ich die Landkarten studieren wollte, aber statt dessen hielt ich inne und verweilte.

Kommt, Lady, und schmeckt meinen Wein,
eßt von meinen Früchten
und hört mein Herz,
denn ich sehne mich nach Euch, rufe nach Euch,
empfinde Schmerz und Haß,
wenn Ihr sagt, daß Ihr nicht kommen werdet.

Ich zog eine Grimasse und strich mir mit den Fingern durch den Bart, um mein fest angespanntes Kinn zu kratzen. Torry hatte nicht gesagt, daß sie nicht kommen würde, sondern ihr Bruder hatte es befohlen. Und während der acht Wochen, seit ich sie zum Keep geschickt hatte, hatte Lachlan sich an seinen Gedanken und an seiner Lady festgehalten und der Vertrautheit entsagt, die wir einst gewohnt waren.

»Ein Narr«, murmelte ich. »Ein Narr, weil er so hoch greift... und sicherlich weiß ein Harfenist das.«

Vielleicht hatte er es einst gewußt. Er hatte seine Zeit mit Königen verbracht. Aber ein Mann kann nicht immer wählen, wohin er seine Liebe wenden wird, nicht mehr, als eine Prinzessin wählen kann, welchen Mann sie heiraten wird.

Der Harfengesang erstarb. Ich stand vor meinem Zelt und hörte das Pfeifen des Windes über den sandigen, zertretenen Untergrund. Und dann fluchte ich und betrat das Zelt.

»Carillon.«

Finn stand im Zelteingang, aber als ich ihn einzutreten bat, zog er nur den Eingang beiseite. Er stand zum größten Teil im Schatten, die Dunkelheit der tiefen Nacht hinter sich.

Ich setzte mich auf und war sofort hellwach – denn ich hatte in dem Wissen, daß ich Bellam endlich gegenüberstehen würde, ohnehin kaum geschlafen – und entzündete meine einzige Kerze. Ich schaute zu Finn und runzelte die Stirn. Er war mir plötzlich fremd und in seiner Gegenwart unheimlich.

»Nimm dein Schwert und komm mit.«

Ich schaute auf das in der Scheide geborgene Schwert. Es wartete jetzt genausosehr auf mich wie auf den Morgen, auf *den* Morgen. Und da ich wußte, daß Finn nichts ohne Grund tat, zog ich meine Stiefel an und stand auf, sonst bereits vollkommen angezogen, wie es im Heer lagern üblich war. »Wohin?« Ich zog das Schwert aus der Scheide.

»Hier entlang.« Er sagte nicht mehr, sondern wartete nur darauf, daß ich ihm folgen würde. Und so ging ich mit ihm, der Storr folgte, zu der Höhlung in einem Hügel. Wir ließen das Lager hinter uns. Ein schwacher dunstiger Schimmer erschien über dem Hügelkamm, und ich wartete auf Finns Erklärung.

Zunächst schwieg er. Ich sah ihn zu Boden schauen und nach einem Zeichen oder einem anderen Hinweis suchen, und dann sah ich es im gleichen Augenblick wie er.

Fünf glatte Steine, die sorgfältig zu einem Kreis ausgelegt waren. Er lächelte, kniete sich hin und berührte jeden Stein mit einer Fingerspitze, als zähle er sie oder als mache er sich mit allen fünfen vertraut. Er murmelte etwas, einen unbekannten Satz in der Alten Sprache, der noch unverständlicher klang als sonst. Dies war nicht der Finn, den ich kannte.

Er schaute hoch. Höher und höher, bis er den Kopf zurücklegen mußte. Er betrachtete den Himmel, den dunklen Nachthimmel mit seinem Teppich schimmernder Sterne – der Wind blies ihm das Haar aus dem Gesicht. Ich sah erneut die bläuliche Narbe, die sich über Wange und Kiefer wand, aber ich sah noch mehr. Ich sah einen Mann, der von selbst zu einem weit entfernten Ort gegangen war.

»Ja'hai«, sagte er. *»Ja'hai, Cheysu, Mujhar.«*

Der Wolf umlief den Kreis einmal. Ich sah das bernsteinfarbene Schimmern seiner Augen. Finn betrachtete ihn kurz mit der unbestimmten Begrüßung der *Lir*sprache, und ich fragte mich, was wohl gesprochen wurde.

Die Nacht war kühl. Der Wind blies mir Sand ins Gesicht und verfing sich in meinem Bart. Ich berührte mit einer Hand meinen Mund, um mir die Lippen abzuwischen, aber da machte Finn eine Geste, die ich noch niemals zuvor gesehen hatte, und ich hielt in der Bewegung inne. Ich schaute auf, wie er es getan hatte, und sah die Sternengirlanden.

Fünf Sternengirlanden, zu einem Kreis angeordnet, wie der Halsreif einer Frau. Noch kurz zuvor waren sie fünf unter vielen gewesen, im Strahlen Tausender verloren, und jetzt hoben sie sich ab.

Finn berührte jeden Stein erneut sanft mit der Fingerspitze. Dann legte er eine Handfläche flach auf die Erde, als erteile – oder suche – er einen Segen, und legte die andere Hand auf sein Herz.

»Vertrau mir.« Ich erkannte, daß er jetzt zu mir sprach.

Ich brauchte Zeit für die Antwort. Die vollkommene Stille ließ mich zögern. »Habe ich dir jemals nicht vertraut?«

»Vertrau mir.« Ich sah die Schwärze seiner Augen, die in der Dunkelheit geschwollen wirkten.

Ich unterdrückte meine Vorahnung. »Gern. Mein Leben gehört dir.«

Er lächelte nicht. »Dein Leben hat mir schon immer gehört. Und jetzt haben die Götter mir eine weitere Aufgabe erteilt …« Er schloß die Augen. Sein Gesicht bestand im Mondlicht nur aus Höhlungen und Flächen und wirkte so seiner Menschlichkeit beraubt. Er war ein Schattengeist, der vor mir auf dem Boden kauerte. »Du weißt, was uns morgen bevorsteht.« Sein Blick ruhte auf meinem Gesicht. »Du weißt um die Widrigkeiten. Und du weißt natürlich auch, daß das Ende der Cheysulirasse gekommen ist, wenn wir fehlen – und Bellam Homana behält.«

»Die Homaner …«

»Ich spreche nicht von den Homanern.« Finns Stimme klang sehr abweisend. »Wir sprechen jetzt von den Cheysuli und von den Göttern, die diesen Ort geschaffen haben. Es ist keine Zeit für Homaner.«

»*Ich* bin ein Homaner …«

»Du bist ein Teil unserer Prophezeiung.« Da erschien sein altes, ironisches Lächeln. »Du hättest es zweifellos lieber anders, wenn du die Wahl hättest – genau wie ich, Carillon … aber wir haben keine Wahl. Wenn du morgen stirbst, wenn du innerhalb einer Woche in Bellams Kämpfen stirbst, stirbt Homana und sterben die Cheysuli mit dir.«

Ich spürte das leichte Rumoren in meinem Bauch. »Finn, du lädst großes Gewicht auf meine Schultern. Willst du mich niederdrücken?«

»Du bist der Mujhar«, sagte er sanft. »Es ist die Beschaffenheit der Aufgabe.«

Ich regte mich unbehaglich. »Was soll ich deiner Meinung nach tun? Einen Handel mit den Göttern schließen? Sag mir nur wie.«

Er blieb ernst. »Kein Handel«, sagte er. »Sie handeln nicht mit Menschen. Sie bieten etwas an, und die Menschen wollen es oder lehnen es ab. Die Menschen lehnen es viel zu häufig ab.« Er stützte eine Hand auf den Boden und stieß sich hoch. Der Ohrring blinkte im Mondlicht. »Was ich dir heute nacht erzähle, ist nicht das, was Menschen, und besonders Könige, hören wollen. Aber ich erzähle es dir wegen dem, was wir geteilt haben, dennoch ... und weil es einen Unterschied bedeuten wird.«

Ich atmete tief durch. Finn war ... nicht Finn. Und doch wußte ich ihn mit keinem anderen Namen zu benennen. »Dann sprich weiter.«

»Jenes Schwert«, er deutete flüchtig darauf, »dein Schwert ist von Cheysuli gemacht, von Hale, meinem *Jehan*. Er sagte, er fertige es für den Mujhar, und doch wußten wir im Keep, daß es sich anders verhielte.« Sein Gesicht war sehr ernst. »Nicht für Shaine wurde es gefertigt, obwohl Shaine derjenige war, der es trug. Und auch nicht für dich wurde es gefertigt, dem Shaine es bei deiner Ernennung übergab. Für einen Mujhar wurde es gefertigt, das ist wahr ... aber für einen Cheysulimujhar, nicht für einen Homaner.«

»So etwas Ähnliches habe ich schon einmal gehört«, sagte ich grimmig. »Ich glaube, Duncan hat diese Worte – oder ähnliche – schon oft ausgesprochen.«

»Du kämpfst, um Homana zu retten«, sagte Finn. »*Wir* kämpfen ebenfalls, um Homana zu retten, Homana und die Lebensart der Cheysuli. Es gibt die Prophezeiung, Carillon. Ich weiß ...« Er hob eine Hand, als ich sprechen wollte. »Ich weiß, daß du dem keine Bedeutung beimißt. Aber *ich* tue es und überhaupt alle, die mit *Lirs* verbunden sind.« Sein Blick ruhte auf Storr, der so still und schweigend in der Nacht stand. »Es ist die Wahrheit, Carillon. *Eines Tages wird ein Mann aller Rassen vier kriegführende Reiche und zwei magische Völker in Frieden vereinen.*« Er lächelte. »Deinem Gesichtsausdruck nach zu urteilen, scheint das dein Verderben zu sein.«

»Worauf willst du hinaus?« Seine Art machte mich ungeduldig. »Was hat die Prophezeiung mit diesem Schwert zu tun?«

»Das Schwert wurde für jemand anderen gefertigt. Hale wußte es, als er die Klinge aus dem Sternstein gestaltete. Und das Versprechen wurde dort hineingelegt.« Seine Finger deuteten auf die Runen, die sich die Klinge hinabzogen. »Ein Cheysulischwert wartet auf die Hand dessen, für den es gestaltet wurde. Diese Hand ist nicht deine Hand, und doch wirst du das Schwert im Kampf tragen.«

Ich konnte die Feindseligkeit in meiner Stimme nicht unterdrücken. »Cheysuliduldung?« fragte ich. »Geht es wieder darum?«

»Nicht Duldung«, sagte er. »Du dienst dem Schwert gut, und es hat dich am Leben erhalten, aber bald kommt die Zeit, da es in den Händen eines anderen Mannes leben wird.«

»In denen meines Sohnes«, sagte ich fest. »Was *mir* gehört, wird meinem Sohn gehören. Ich werde es ihm vererben.«

»Vielleicht haben die Götter diese Absicht«, stimmte er mir zu.

»Finn ...«

»Lege das Schwert ab, Carillon.«

Ich sah ihn in der Dunkelheit an. »Du forderst mich auf, es aufzugeben?« Ich wählte meine Worte sorgfältig. »Willst du es mir nehmen?«

»Das ist nicht meine Aufgabe. Wenn das Schwert dem Mann übergeben wird, für den es gemacht wurde, wird es freiwillig gegeben werden.« Er schwieg eine Weile, als lausche er seinen Worten, und dann lächelte er. Er berührte mit einer kameradschaftlichen Geste, wie ich sie nur selten zuvor bei ihm erlebt hatte, kurz meinen Arm. »Lege das Schwert ab, Carillon. Heute nacht gehört es den Göttern.«

Ich beugte mich hinab. Ich legte das Schwert auf den Boden, und dann erhob ich mich erneut. Es lag im Mondlicht schimmernd da: ganz in Gold, Silber und Karmesinrot.

»Dein Messer«, sagte Finn.

Und so entwaffnete er mich. Ich stand nackt und allein da, hatte einen Krieger und einen Wolf vor mir und wartete auf die Antworten. Ich dachte, es gäbe vielleicht keine. Finn gab nur selten preis, was er dachte, und ich hielt es für unwahrscheinlich, daß ich heute nacht etwas von ihm erfahren würde. Ich wartete.

Er hielt das Messer in seiner Hand, in der Hand, die die Waffe gestaltet hatte. Das Cheysulilangmesser mit dem Wolfskopfheft, das keine homanische Waffe war. Und dann verstand ich.

In dieser Nacht war er ganz Cheysuli, mehr als jemals zuvor. Er legte die ausgeborgten homanischen Verhaltensweisen ab wie ein Krieger, der aus seinem Umhang schlüpft. Er war nicht mehr der Finn, den ich kannte, sondern eine andere, ruhigere Seele. Er war erfüllt von seinen Göttern und von Magie, und wenn ich nicht anerkannte, was er war, würde ich es zweifellos sofort bedauern. Tatsächlich hatte ich ihn nicht allzu häufig auf eine Art gesehen, die mich meine Ehrfurcht vor ihm verlieren ließ.

Plötzlich stand ich allein auf den Ebenen von Homana, und ein Gestaltwandler stand abwartend vor mir, und ich erkannte, daß ich Angst hatte.

Er ergriff mit einer Hand mein Handgelenk. Bevor ich etwas sagen konnte, brachte er die Unterseite den Göttern dar und schnitt tief in die Haut ein.

Ich zischte etwas zwischen zusammengebissenen Zähnen hervor und versuchte den Arm zurückzuziehen.

Er hielt mich fest, umklammerte den Arm so fest, daß meine Hand vor Schreck über den Einschnitt zurückzuckte.

Ich hatte vergessen, wie stark er war, hatte seine tierische Entschlossenheit vergessen, die meine beachtliche Größe vollkommen verblassen ließ. Er hielt mich genauso leicht fest wie ein Vater ein Kind und achtete nicht auf meinen gemurmelten Protest. Er zwang meine Arme hinab und hielt sie still, und dann löste er seine Finger, um das Blut ungehindert und schnell fließen zu lassen.

Es lief mein Handgelenk hinab, sammelte sich in meiner Handfläche und tropfte dann von den starren Fingern. Finn hielt den Arm über den Flecken der ebenen Erde mit dem Kreis aus fünf glatten Steinen.

»Knie nieder.« Ein Druck auf das gefaßte Handgelenk ließ mich niedersinken, und ich kniete mich hin, wie er es befohlen hatte.

Finn ließ mein Handgelenk los. Es schmerzte dumpf, und ich spürte, daß das Blut noch immer ungehindert floß. Ich hob meine rechte Hand, um den Schnitt zu schließen, aber der Ausdruck auf Finns Gesicht hinderte mich daran. Er wollte noch mehr von mir.

Er nahm mein Schwert vom Boden auf und stellte sich vor mich. »Wir müssen dies eine Zeitlang zu deinem machen«, sagte er freundlich. »Wir werden es von den Göttern borgen. Für morgen, für Homana … du brauchst ein wenig Magie.« Er deutete auf die blutige Erde. »Das Blut des Menschen, die Kruste der Erde – zu einem Zweck vereint …« Er stieß das Schwert in die Erde wie in eine Scheide, bis das Heft auf einer Höhe mit meinem Gesicht stand, während ich kniete. Das sauber glänzende Heft mit seinem so fest in dem Knauf sitzenden rubinroten Auge. »Lege deine Hand darauf.«

Ich wußte sofort, welche Hand er meinte – meine linke mit dem blutigen Handschuh.

Ich berührte das Heft. Ich berührte den wilden Löwen. Ich berührte das rote Auge mit dem Rot meines Blutes und schloß meine Hand darüber.

Das Blut floß das Heft hinab zum Kreuzstück und dann über die Klinge ganz hinunter. Die Runen wurden damit angefüllt, rotschwarz im silbernen Mondlicht, bis sie überliefen. Ich sah das scharlachrote Band hinab- und hinablaufen und die Erde berühren, wo es sich mit dem blutbefleckten Boden verband, und der Rubin begann zu glühen.

Er erfüllte meine Augen mit karmesinrotem Feuer und machte mich blind für die Welt. Kein Finn mehr, kein Ich mehr … nur rotes Feuer.

»*Ja'hai*«, flüsterte Finn rauh. »*Ja'hai, Cheysu, Mujhar …*«

Fünf Sterne. Fünf Steine. Ein Schwert. Und ein Kampf, den wir gewinnen mußten.

Die Sterne bewegten sich. Sie lösten sich aus ihrer Ordnung und zogen über den Himmel, wurden heller und zogen Feuerspuren hinter sich her. Sie schossen über den Himmel, beschrieben Bögen wie von Bogen geschossene Pfeile und eilten auf die Erde zu. Ich hatte schon Sternschnuppen gesehen, aber dies war etwas anderes. Dies war …

»Götter«, flüsterte ich verwirrt. »Müssen Menschen immer erst sehen, bevor sie glauben können?«

Ich schwankte auf den Knien. Finn zog mich hoch und hielt mich aufrecht, obwohl ich hinzufallen und mich bloßzustellen fürchtete. Eine Hand legte sich über den Schnitt und stoppte die Blutung. Er lächelte kurz, und dann blickten seine Augen leer und gelöst, so daß ich wußte, daß er die Erdmagie anrief.

Als er seine Hand fortnahm, war mein Handgelenk geheilt und trug keine andere Narbe als die der atvianischen Eisenfesseln. Ich beugte meine Hand, bewegte die Finger und sah das vertraute schiefe Lächeln Finns. »Ich sagte, du solltest mir vertrauen.«

»Dir zu vertrauen, verschafft mir vielleicht Alpträume.« Ich schaute mit Unbehagen zum Himmel auf. »Hast du die Sterne gesehen?«

»Sterne?« Er lächelte nicht. »Steine«, sagte er. »Nur Steine.«

Er nahm sie auf und zeigte sie mir. Es waren wirklich Steine in seiner Hand. Ich streckte meine Hand aus, hielt sie selbst und fragte mich, welche Magie gewirkt worden war.

Ich sah Finn an. Er schien müde und verbraucht, und in seinen Augen lag etwas. Ich konnte den Ausdruck nicht deuten. »Du wirst schlafen.« Er runzelte abwesend die Stirn. »Die Götter werden dafür sorgen.«

»Und du?« fragte ich scharf.

»Es ist meine Sache, was die Götter mir geben.« Sein Blick wanderte wieder gen Himmel.

Ich dachte, daß er noch mehr sagen wollte. Aber er schloß vorher den Mund, sagte nichts, und es war nicht an mir zu fragen. Also legte ich meine freie Hand auf das aufragende Heft und schloß meine Finger um das blutige Gold. Aber ich wußte, als ich es aus der Erde zog, daß ich Rowan nicht bitten würde, es zu säubern.

»Steine«, murmelte Finn und wandte sich mit Storr ab.

Ich öffnete meine Hand und betrachtete die Steine. Fünf glatte Steine. Nicht mehr.

Aber ich ließ sie nicht zu Boden fallen. Statt dessen behielt ich sie.

Rowan hielt den großen Eschenstab in der Dämmerung empor. Dunst hing daran, Tropfen rannen den Stab hinab und näßten den nebelfeuchten Boden, genauso wie mein Blut das Schwert hinabgeronnen war und die Erde befeuchtet hatte. Das Banner hing schlaff von dem Stab herab, ein Vorhang karmesinroten Stoffs, der sich in der Stille nicht bewegte. In seinen seidenen Falten ruhte der wilde schwarze Löwe von Homana, mit weit geöffnetem Rachen und ausgestreckten Krallen, und wartete auf seine Beute.

Die Spitze des Stabes bohrte sich in den Boden, als Rowan sie hineinstieß. Er wand den Stab und zwang die Standarte in die feuchte schwammige Erde, bis das Eschenholz fest hineingetrieben war. Und dann nahm er seine Hände fort und wartete ab, ob sie stehenbleiben würde.

Beifallsrufe wurden laut, homanische Beifallsrufe. Die Cheysuli schwiegen. Sie warteten zu Fuß hinter mir, getrennt von den Homanern, und ihre Standarte waren die *Lirs*, die neben ihnen standen oder auf ihren Schultern saßen.

Ich schmeckte den nichtssagend dumpfen Geschmack ängstlicher Erkenntnis. Ich hatte ihn niemals loswerden können, egal wie viele Male ich es versucht hatte. Ich saß mit dem geschützten Schwert auf meinem Pferd, der Kettenpanzer bedeckte meinen Körper, und ich wußte, daß ich Angst hatte. Aber die Angst würde mich bei dem Versuch sie zu überwinden vorantreiben. Und während ich dies tat, würde ich auch, so betete ich, den Feind überwinden.

Ich wandte diesem Feind den Rücken zu. Bellams Truppen lagen vor uns auf den Ebenen und warteten, während das heraufdämmernde Sonnenlicht von den Waffen und Kettenpanzern gespiegelt wurde. Sie waren zu weit entfernt, als daß man sie deutlich hätte sehen können, waren nur eine riesige Ansammlung von kampfbereiten Männern. Tausende und Tausende.

Ich wandte ihnen den Rücken zu, so daß ich mein Heer betrachten konnte. Es zog sich über den Hügel hin wie eine Flut von Beinen und Armen und Gesichtern. Anders als Bellams Horden, besaßen wir nicht alle Kettenpanzer und gegerbtes Leder. Viele nutzten jede verfügbare Ausrüstung, wie Lederarmschutze, starre Lederbeinschienen und eine Ledertunika. Ein Brustharnisch hier und dort, vielleicht eine gehärtete Hauberge.

Aber viele trugen nur Stoff, da sie nichts Besseres besaßen, und waren dennoch bereit zu kämpfen. Meinem Heer fehlte die Großartigkeit von Bellams in Seide gekleideten Truppen, aber keineswegs Mut und Entschlossenheit.

Ich zog mein Schwert aus der Scheide. Ich hob es langsam an und faßte dann nahe der Spitze meine schwielige Hand um die Klinge. Ich stieß die Waffe senkrecht in die Luft, so daß das Heft nach oben wies und der Rubin die aufgehende Sonne einfing.

»Zeigt Eure Zähne!« rief ich. »Breitet Eure Krallen aus! *Und laßt den Löwen brüllen!*«

Kapitel Siebzehn

Ich sah, daß die Sonne unterging. Das Feld war eine Masse aus Karmesinrot, Orange und Gelb. Aber ich konnte nicht sicher sein, wieviel des Karmesinrots Blut war oder Widerschein der untergehenden Sonne.

Der Boden unter meinen Knien war morastig und das trockene Gras befleckt, aber ich stand nicht sofort auf. Ich blieb knien, stützte mich auf mein eingepflanztes Schwert, während ich in das Auge des Mujhar schaute. Vielleicht war der große Rubin verantwortlich für die Färbung. Vielleicht hatte er die Ebenen so rot gemalt.

Aber ich wußte es besser. Das Feld war rot und braun und schwarz vom Blut und von den gedämpften Farben der Toten. Aasfressende Vögel wirbelten bereits umher und zeigten ihren ewigen Tanz, riefen ihren Sieg heraus, wie Menschen ihre Niederlage herausschrien. Nur Geräusche, andere Geräusche erfüllten meinen brummenden Kopf.

Alle Kraft war aus meinem Körper gewichen. Ich zitterte vor einer aus Müdigkeit geborenen Schwäche, die meine Knochen ausfüllte und meine Glieder aufweichte. In mir war nichts übriggeblieben außer der schwachen Erkenntnis, daß es vorbei war und ich noch immer lebte.

Leise Schritte ertönten hinter mir. Ich fuhr sofort herum, hob das Schwert und richtete die Spitze auf den Mann.

Er stand gerade außer Reichweite und doch nah genug, daß ich einen Stoß versucht hätte, wäre die Kraft dazu noch dagewesen. Aber ich tat es nicht. Und es war auch nicht nötig, da Finn kein Feind war.

Ich ließ die Spitze des Schwertes zu Boden sinken, befeuchtete meine blutigen Lippen und sehnte mich nach einem Schluck Wein. Oder noch besser: Wasser, das meine schmerzende Kehle kühlen würde. Meine Stimme war ein flüchtiger Hauch ihres üblichen Klangs. Das Schreien hatte ihr die Kraft genommen.

»Es ist vorbei«, sagte Finn sanft.

»Ich weiß.« Ich schluckte und bezähmte meine Stimme. »Ich weiß.«

»Warum bleibst du dann auf den Knien liegen wie ein Bittsteller vor Lachlans Allvaterwesen?«

»Vielleicht bin ich einer ...« Ich atmete tief durch und stand unsicher auf. Die Anstrengung ließ mich fast wieder zu Boden sinken, und ich schwankte. Jeder Knochen in meinem Körper schmerzte, und meine Muskeln waren zu Fetzen geschunden. Ich fuhr mit einem geschützten Unterarm über mein Gesicht, rieb den Schweiß und das Blut fort. Und dann erkannte ich, was ich zuvor nicht laut zu sagen oder auch nur zu denken gewagt hatte. »Bellam ist ... besiegt. Homana gehört mir.«

»Ja, Mylord Mujhar.« Seine Stimme klang wie immer ironisch und respektlos.

Ich seufzte und runzelte die Stirn. »Danke für deinen Schutz, Finn.« Ich erinnerte mich daran, wie er mich inmitten des eintägigen Kampfes abgeschirmt hatte, wie er nicht zulassen wollte, daß mich der Feind von den anderen abschneiden konnte. In dem ganzen Kampfgetümmel war ich nicht einmal allein zurückgeblieben.

Er zuckte die Achseln. »Der Blutschwur bindet mich *tatsächlich* ...« Dann grinste er offen und machte eine fließende Geste, die ausdrückte, daß er begriff. Wir verständigten uns sehr häufig ohne Worte, weil Worte nicht notwendig waren.

Und dann streckte er eine Hand aus und ergriff meinen Arm, und ich nahm das Zeichen der Achtung schweigend an, weil ich den Bann des Augenblicks nicht brechen wollte.

»Hast du geglaubt, daß es so kommen würde?« fragte ich schließlich.

»O ja, die Prophezeiung ...«

Ich unterbrach ihn mit einer Bewegung meines schmerzenden Arms. »Genug, genug davon. Ich habe genug von deinem Geschwätz über dieses und jenes.« Ich seufzte und sparte meinen Atem. »Wir müssen immer noch Mujhara erobern. Unsere Befreiung ist noch nicht zu Ende geführt.«

»Es wird bald genug soweit sein«, sagte Finn ruhig. »Ich bin gekommen, um dich zu Bellam zu bringen.«

Ich betrachtete ihn scharf. »Ihr habt ihn?«

»Duncan ... hat ihn. Komm mit und sieh selbst.«

Wir überquerten langsam das Schlachtfeld. Ich war rundum von Tod umgeben, von dem Gestank nach Angst und Sinnlosigkeit. Männer waren zerhackt und in Stücke gerissen worden, von Schwertern und Speeren gleichermaßen niedergestreckt. Pfeile standen aus ihrer Haut hervor. Vögel schrien und kreischten, während wir vorübergingen, zogen einen Kreis und kehrten zurück, während wir an ihrer Beute vorbeikamen. Und die Männer, Feinde und Gefährten gleichermaßen lagen im schmutzigen Zwiegespräch mit dem Tod auf dem befleckten blutigen Gras.

Ich blieb stehen. Ich betrachtete das noch immer in meiner Hand befindliche Schwert, das von Hale gefertigte Cheysulischwert mit seinem Gewicht des glühenden Rubins: dem Auge des Mujhar. Oder war es nur *mein* Auge, das von zuviel Krieg blutig geworden war?

Finn legte eine Hand auf meine Schulter. Als ich dazu in der Lage war, steckte ich das Schwert in die Scheide und ging weiter.

Duncan und Rowan standen zusammen mit einigen meiner Befehlshaber oben auf einem kleinen Hügel, auf dem auch der zerbrochene und in den Staub getretene Pfahl von Bellams Standarte steckte. Die weiße Sonne stieg über einem indigofarbenen Feld auf. Aber Bellams Sonne war untergegangen.

Er war wirklich tot. Aber er war auf eine Art gestorben, die ich nicht beschreiben konnte, so entsetzlich war sein Zustand. Er war kaum noch wirklich ein Mensch.

Tynstar. Ich wußte es sofort. Aber ich kannte nicht den Grund für diesen Tod. Und ich würde ihn wahrscheinlich auch niemals erfahren.

Es – denn Bellam war nicht mehr als Mensch erkennbar – schien fest eingerollt wie ein ungeborenes Kind. Die Kleidung und die Rüstung waren abgebrannt und fortgeschmolzen. Asche wurde zur Wiege für das Wesen. Der Kettenpanzer, der von der magischen Hitze noch immer rauchte, war nur noch ein Klumpen abkühlenden Metalls. Die Haut war fest über die Knochen gespannt. Das Kinn ruhte auf den Knien, die Arme umfaßten die Beine, Nase und Ohren waren geschmolzen. Bellam grinste uns alle mit seinem lippenlosen Mund an, aber seine Augen blieben nur leere Höhlen.

Und auf dem geschwärzten Schädel ruhte ein Diadem aus reinstem Gold.

Als ich wieder ohne beißenden Schleim und Galle sprechen konnte, sagte ich zwei Worte: »Begrabt es.«

»Mylord«, wagte Rowan zu fragen, »was werdet Ihr jetzt tun?«

»Jetzt?« Ich betrachtete ihn und versuchte zu lächeln. »Jetzt werde ich nach Mujhara gehen, um endlich meinen Thron zu beanspruchen.«

»Allein?« Er war entsetzt. *»Jetzt?«*

»Jetzt«, sagte ich, »aber nicht allein. Die Cheysuli gehen mit mir.«

Wir trafen in der Stadt auf scheinbaren Widerstand. Solindische Krieger und ihre atvianischen Verbündeten kämpften noch immer um ihren gestohlenen Palast, aber die Nachricht von Bellams Tod und der schrecklichen Art seines Todes verbreitete sich schnell. Ich wunderte mich über Tynstars Entscheidung. Sicherlich würden ihn die Solinder für das, was er getan hatte, hassen und fürchten. Hatte er nicht den überlieferten Bund zwischen Bellam und den Ihlini gebrochen? Oder würde sich die Magie sogar stärker als Angst erweisen und die Solinder dazu bringen, ihm dennoch weiterhin zu folgen?

Der Widerstand in Homana-Mujhar brach nur zu schnell. Ich ließ die bronzebeschlagenen Holztore hinter mir und schickte Cheysuli und *Lirs* ins Innere der unzähligen Außenmauern und Wachtürme, um die Schützenstände und Türme entlang der Mauern, der rötlichen Mauern Homana-Mujhars, zu erobern. Ich stieg bei den Marmorstufen an dem gebogenen Eingang ab und nahm eine Stufe nach der anderen, das blankgezogene Schwert in Händen. Bei den Göttern, dieser Ort gehörte *mir* …

Bei den Göttern, tatsächlich. Ich dachte erneut an die Sterne.

Finn und Duncan gingen einige Schritte hinter mir, und ihre *Lirs* waren bei ihnen. Und dann war ich plötzlich allein. Vor mir befanden sich die gehämmerten Silbertüren der Großen Halle. Hinter mir hörte ich Kampfgeräusche, aber ich beachtete sie kaum. Vor mir lag mein *Tahlmorra.*

Ich lächelte. *Tahlmorra.* Ja. Ich glaubte, daß es das war. Und so öffnete ich ruckartig die Türen und trat ein.

Die Erinnerungen prallten rundum auf mich ein wie einstürzende Mauern. Stein für Stein für Stein. Ich erinnerte mich an alles …

Shaine, der auf dem Marmorpodium stand und sein Mißfallen herausbrüllte … Alix, ebenfalls dort, die Cai in die Halle rief, und der Durchflug des gewaltigen Falken, der alle Kerzen löschte … Wieder Shaine, mein Onkel, der den Cheysuli innerhalb der Mauern trotzte, die sie vor so langer Zeit erbaut hatten, und die Magie zerstörte, die die Ihlini außerhalb hielt und bewirkte, daß die Homaner besiegt wurden …

Ich verstärkte den Griff um mein Schwert. Bei den Göttern, ich erinnerte mich an diese Niederlage.

Ich ging auf das Podium zu. Ich beachtete nicht die solindischen Waffen, die die Wände schmückten, und die indigofarbenen Vorhänge mit Bellams Krone ebensowenig. Ich trat neben die unbenutzte Feuerstelle, die sich an der Längsseite der Halle mit ihrer sich hoch oben wölbenden, mit Stichbalken und geschnitzten Tiergestalten versehenen Decke entlang erstreckte. Nein, nicht Tiergestalten – *Lir*gestalten. Inzwischen waren die Cheysuli dazu übergegangen, die *Lirs*, anstatt sie in Schlösser zu schnitzen, auf Zelte aufzumalen. Die Wahrheit war schon viele Jahre hier zu sehen gewesen, auch wenn wir sie Lügner nannten.

Ich blieb vor dem Podium stehen. Der sich so sehr von dem kalten grauen Stein des Hallenbodens abhebende Marmor war hellfarbig, ein warmer rötlicher Ton mit Goldadern darin. Ein angemessenes Postament für den darauf stehenden Thron, dachte ich.

Der Löwe. Er kauerte auf seinen eingezogenen Pranken und Krallen, sein drohendes Gesicht bildete das Kopfstück auf der Rückenlehne des Throns. Dunkles, uraltes Holz, das vor Bienenwachs und Gold an den Verzierungen glänzte. Golddraht umgab die Beine. Der Sitz war mit karmesinroter Seide gepolstert, durch deren Falten der wilde schwarze Löwe lief. Das hatte Bellam nicht geändert. Er hatte den Löwen in Ruhe gelassen.

Meinen Löwen – mein Löwe.

Oder war es nicht mein Löwe?

Ich wandte mich um, und er stand dort, wo ich es erwartet hatte.

»Eurer?« fragte ich. »Oder meiner?«

Duncan versuchte mich nicht zu mißachten oder mißzuverstehen. Er steckte einfach nur sein blutiges Messer in die Scheide, kreuzte seine Arme und lächelte. »Im Augenblick ist es der Eure, Mylord.«

Ich hörte die Kampfrufe hinter ihm. Duncan stand im geöffneten Eingang. Das schwarze Haar hing, blutig und verschwitzt wie meines, um seine Schultern, und er hatte Quetschungen im Gesicht. Aber trotz all des Schmutzes auf seiner Kleidung und dem Geruch des Todes um ihn herum überstrahlte er die Halle, in der er stand.

Der Atem drang rauh aus meiner Kehle hervor. So weit zu kommen und zu wissen, daß ich so bedeutungslos war… »Der Thron«, sagte ich heiser, »ist für einen Cheysulimujhar gedacht. Das habt Ihr selbst gesagt.«

»Eines Tages«, stimmte er mir zu. »Aber dieser Tag wird erst kommen, wenn wir beide tot sind.«

»Dann ist es wie mit diesem Schwert…« Ich berührte den glühenden Rubin. »Es ist auch für einen anderen Mann geschaffen.«

»Die Erstgeborenen werden zurückkehren.« Duncan lächelte. »Man wird eine Weile auf *ihn* warten müssen.«

Ein sanftes, zischendes Flüstern drang auf uns ein. »Und werdet Ihr auch eine Weile auf *mich* warten?«

Ich fuhr herum und riß mein Schwert aus der Scheide. Tynstar, *Tynstar* glitt aus einer Nische ganz in der Nähe des Throns.

Er hob eine Hand, als Duncan sich regte. »Tut das nicht, Gestaltwandler! Bleibt, wo Ihr seid, oder ich werde ihn mit Sicherheit töten.« Er lächelte. »Würde es Euch nicht grämen zu wissen, daß Ihr Euren Mujhar am gleichen Tag verliert, an dem Ihr ihn zum Thron geführt habt?«

Er hatte sich nicht verändert. Der alterslose Ihlini lächelte. Sein bärtiges Gesicht wirkte heiter und unbesorgt. Sein Haar war noch immer dicht und schwarz mit einer Spur von Silberstreifen. Er war in schwarzes Leder gekleidet und trug ein Silberschwert.

Ich spürte alle Furcht und Wut und Enttäuschung in meiner Seele aufsteigen. Es war immer Tynstar, der seinen Willen durchsetzte und mit uns spielte.

»Warum habt Ihr Bellam getötet?« Ich stellte diese

Frage erst, als ich wieder Kontrolle über meine Stimme hatte.

»Habe ich das getan?« Er lächelte. Er *lächelte.*

Ich dachte plötzlich an Zared und an die Art seines Todes. Wie Lachlan ihn auf seiner Lady zu Tode gespielt hatte. Ich erinnerte mich sehr deutlich, wie Zareds Leiche ausgesehen hatte: ganz zusammengekrümmt und eingesunken – wie auch Bellams Leiche.

Ich wunderte mich nur kurze Zeit darüber. Und dann wußte ich es besser, und ließ nicht zu, daß er mich ködern konnte. »Warum?«

Er zuckte die Schultern. »Er war… abgenutzt. Ich brauchte ihn nicht mehr. Er war… überflüssig.« Ein gleichgültiges Winken der Hand verbannte Bellam in das Nichts. Aber ich erinnerte mich an seinen Körper und an seine Art.

»Was noch?« fragte ich mißtrauisch. »Sicherlich war da noch mehr.«

Tynstar lächelte, und die schwarzen Augen beherrschten sein Gesicht. An einem Finger glühte ein Blitz blauweißen Feuers – ein Ring. Ein in Silber eingelassener Kristall. »Da war noch mehr«, stimmte er mir zu. »Ein unbedeutendes Versprechen, das aus Bequemlichkeit vergessen wurde. Bellam war dumm genug, einen ellasischen Prinz für seine liebliche Tochter zu begehren, als sie bereits mir gegeben war.« Belustigung huschte über das feine, scheinbar arglose Gesicht. »Aber dann sagte ich ihm, daß er sterben würde, wenn er Euch an diesem Tag gegenüberstände. Manchmal kommen Eure Götter den meinen zuvor.«

Das Schwert lag in meiner Hand. Ich wollte so sehr damit zuschlagen, und doch konnte ich es jetzt nicht. Ich hatte eine andere Waffe. »Electra«, sagte ich. »Eure Geliebte, wie ich gehört habe. Nun, ich werde ihre Vergangenheit vergessen, wenn ich an ihre Zukunft denke – ihre Zukunft als meine Frau und als Königin von Homana.«

Zorn flammte in seinen Augen auf. »Ihr werdet Electra nicht zur Frau nehmen.«

»Ich werde es tun.« Ich hob das Schwert soweit an, daß er den schimmernden Rubin sehen konnte. »Wie wollt Ihr mich aufhalten, wenn mir sogar die *Götter* Hilfe senden?«

Tynstar lächelte. Und dann streckte er, gerade als ich zustieß, die Hand aus und hielt die Klinge fest. »Stirb«, sagte er sanft. »Ich habe unsere kindischen Spiele satt.«

Der Schreck rann durch meinen Arm in meine Schulter. Die Klinge hatte Haut getroffen, aber dennoch blutete er nicht. Statt dessen verwandelte er das Schwert in einen Ort für seine Macht und ließ sie durch meinen Körper schneiden.

Ich wurde gegen den Thron zurückgeschleudert und brach mir fast das Rückgrat. Das Schwert war aus meiner Hand verschwunden. Tynstar hielt es an der Klinge fest, hob das Heft vor meine Augen, und ich sah den Rubin dunkel werden.

»Soll ich diese Waffe gegen Euch richten?« Seine schwarzen Augen glitzerten so hell wie sein Kristallring. »Ich brauche Euch nur mit diesem Stein zu berühren – *ganz leicht* –, und des armen Carillon Regierungszeit ist vorüber.«

Das Schwert kam näher. *Mein* Schwert, das jetzt ihm diente. Ich sank nach vorn auf die Knie, in der Absicht, mich unter dem Schwert zu bücken und fortzurollen, aber Tynstar war zu schnell.

Und doch war er es auch wieder nicht. In dem Augenblick, in dem der Rubin, der jetzt schwarz und verwandelt war, meinen Kopf berührte, flog ein Messer in Tynstars Schulter, Duncans Messer, das vom Ende der Halle geworfen worden war. Und jetzt folgte Duncan der Klinge.

Ich fand mich mit dem Gesicht nach unten auf dem Marmor wieder. Ich war hingefallen, und das Schwert lag neben mir. Aber der einst so strahlende Rubin erinnerte jetzt an Tynstars Augen.

Duncans Sprung schleuderte Tynstar, nicht weit von der Stelle, an der ich lag, gegen das Podium. Tynstar kämpfte sich wieder hoch, aber Duncan nicht. Er lag – von der Gewalt seines Aufpralls benommen – ausgebreitet auf den Stufen. Ein bloßer brauner Arm mit dem glänzenden *Lir*band auf dem Marmor ausgestreckt, Gold auf Gold, und Blut befleckte den Boden.

»Tynstar!«

Das war Finn, der die Länge der Halle durchschritt, und ich sah das Messer in seiner Hand. Wie passend es wäre, dachte ich, wenn Tynstar durch eine königlich homanische Klinge sterben würde.

Aber er starb nicht. Gerade als Finn auf ihn zuschoß, zog der Ihlini Duncans Messer aus seiner Schulter und warf es zu Boden. Dann zeichnete er hastig eine Rune in die Luft, hüllte sich in einen Lavendelnebel und verschwand einfach.

Ich fluchte und mühte mich aufzustehen. Es mißlang mir kläglich, und ich schlug hart gegen das Podium. Und so gab ich auf, lag dort und versuchte wieder zu Atem zu kommen, während Finn sich neben seinen Bruder kniete.

Duncan murmelte etwas. Ich sah, wie er sich vom Boden hochstemmte und dann erstarrte – und nur Finn verhinderte, daß er zurückfiel. »Ich glaube, eine Rippe ist verletzt«, stieß Duncan zwischen zusammengebissenen Zähnen hervor. »Ich werde leben, *Rujho.*«

»All das Blut ...«

»Tynstars Blut.« Duncan zuckte zusammen, als er sich auf der obersten Stufe niederließ, und preßte eine Hand auf seine Brust. »Das Messer hatte nicht mehr genug Schwung, als es ihn erreichte, sonst wäre er sicherlich gestorben.« Er sah mich kurz an und bedeutete Finn, sich um mich zu kümmern.

Finn richtete mich in eine sitzende Haltung auf und

lehnte mich gegen den Thron. Eine gebogene, mit Krallen versehene Pranke stützte meinen Kopf. »Ich dachte, ich hätte ihn vielleicht töten können«, erklärte ich, »um uns die Sorge seiner Freiheit zu ersparen.«

Finn nahm das Schwert auf. Ich sah alle Farbe aus seinem Gesicht weichen, als er den Rubin betrachtete, den schwarzen Rubin. »*Das* hat er getan?«

»Etwas hat es getan.« Ich schluckte gegen die Müdigkeit in meinen Knochen an. »Er hat seine Hand um die Klinge gelegt, und der Stein wurde schwarz, wie du sehen kannst.«

»Er hat das Schwert benutzt, um seine Macht zu fixieren«, sagte Duncan. »Alle Willenskraft und Stärke Carillons wurde durch das Schwert abgesaugt und dann mit verdoppelter Wirkung zurückgesandt – und brachte die Magie mit sich.« Er runzelte die Stirn. »*Rujho*, das Schwert ist immer nur ein Schwert gewesen. Aber damit es frei für die Ihlinimagie werden konnte, mußte es seine eigene Magie haben. Was weißt du darüber?«

Finn konnte Duncans Blick nicht erwidern. Ich sah ihn erstaunt an und versuchte seine Empfindungen zu ergründen, aber er hatte sich gegen uns alle abgeschirmt.

»*Rujho*«, sagte Duncan jetzt schärfer. »Hast du die Sternenmagie gesucht?«

»Er hat sie gefunden. Er hat *etwas* gefunden.« Ich zuckte die Achseln. »Fünf Steine und Blut, und die Sterne fielen vom Himmel. Er sagte ...« Ich hielt inne, um mich genau an die Worte zu erinnern. »*Ja'hai, Cheysu, Mujhar.*«

Duncans geschundenes Gesicht wurde bleich. Zuerst dachte ich, es sei aus Angst geschehen, und dann erkannte ich, daß Zorn die Ursache war. Er stieß etwas in der Alten Sprache hervor, etwas für mich Unverständliches, was mir angesichts des Zorns in seinem Tonfall auch lieber war. Da ich Duncan noch niemals so wütend gesehen hatte, war ich sogar beeindruckt davon. Und froh, sehr froh darüber, daß ich nicht der Grund für seinen Zorn war.

Finn machte eine abgehackte Bewegung mit seiner rechten Hand, eine beschwichtigende Geste, wie ich sie nur selten gesehen hatte, denn sie wurde als unhöflich betrachtet. Und sie hatte auf Duncan keine Wirkung.

Er schrie nicht. Er sprach ziemlich ruhig, aber mit solcher Heftigkeit in der Stimme, daß es nur um so wirkungsvoller war. Ich regte mich mit Unbehagen und dachte daran, ihn zu unterbrechen, aber das war nicht meine Angelegenheit. Es war eine Sache zwischen Brüdern.

Finn stand jäh auf. Er hielt noch immer das Schwert in Händen, und der Rubin schimmerte dumpf und schwarz. Sogar die Runen schienen matt. »Genug!« schrie er so laut, daß seine Worte in der Halle widerhallten. »Willst du mir *alle* Würde nehmen? Ich gebe zu, daß ich falsch gehandelt habe – ich gebe es zu! –, aber du brauchst mich nicht weiter darauf hinzuweisen. Ich habe es getan, weil ich es tun mußte.«

»Weil du es tun mußtest!« Duncan starrte ihn an, vollkommen weiß um den Mund, der vor Schmerz und Zorn verzerrt war. »Wenn die Götter dich abgewiesen hätten – was dann? Welchen Dienst hätten wir einem König dann erwiesen?«

»König?« echote ich und erkannte, daß ich doch noch mit diesem Streit zu tun hatte. »Was meint Ihr damit, Duncan?«

Finn machte erneut die abgehackte Bewegung. Und Duncan übersah sie erneut. »Er hat die Götter um die Sternenmagie gebeten. Ich nehme an, daß sie sie gewährten, da Ihr noch immer lebt.«

»Da ich noch immer *lebe*?« Ich richtete mich weiter auf. »Wollt Ihr damit sagen, ich hätte sterben können?«

Duncan kreuzte die Arme vor der Brust. »Es ist ein Ritual, das nur selten durchgeführt wird, und dann auch nur, weil es keine andere Wahl gibt. Das Risiko ist … groß. Während mehr als sechshundert Jahren haben nur zwei Menschen diese Zeremonie überlebt.«

Ich schluckte gegen die plötzliche Trockenheit in meinem Mund an. »Und jetzt drei.«

»Zwei.« Duncan blieb ernst. »Ich habe Euch schon mitgezählt.«

Ich sah Finn an. *»Warum?«*

»Wir brauchten die Magie für Homana.« Er sah keinen von uns an. Seine Aufmerksamkeit war auf das Schwert in seinen Händen gerichtet. »Wir brauchten die Magie für die Cheysuli.«

»Du brauchtest die Magie für *dich*«, erwiderte Duncan. »Du weißt genausogut wie ich, daß nur ein Krieger, der mit dem Gestalter des Schwertes blutsverwandt ist, die Götter um die Magie bitten darf. Es war deine Chance, den Platz deines *Jehan* einzunehmen. Hale ist tot, aber Finn nicht. Also wollte der Sohn die Macht des *Jehan* erben.« Duncan sah mich an. »Das Risiko war nicht nur für Euch groß. Wäre die Bitte abgeschlagen worden, hätte die Magie Euch beide getötet.«

Ich betrachtete Finns Gesicht. Er war noch immer bleich, noch immer wütend über Duncans Entgegnung und erwartete von mir zweifellos das schlimmste. Ich war mir nicht sicher, daß er es nicht verdient hätte.

»Warum?« fragte ich erneut.

Er betrachtete noch immer den Stein. »Ich wollte es«, sagte er ganz leise. »Mein ganzes Leben lang wollte ich darum bitten. Um zu sehen, ob ich wirklich der wahre Sohn meines *Jehan* bin.« Ich sah Verbitterung sein Gesicht verzerren. »Ich habe weniger von ihm als Duncan … sein *Bu'sala*. Ich wollte alles, was ich bekommen konnte. Und um es bekommen zu können, würde ich es mir nehmen. Also tat ich es. Und ich würde es wieder tun, weil ich weiß, daß es gelingen wird.«

»Wie?« fragte Duncan. »Es gibt keine Gewißheit.«

»Dieses Mal schon. Du mußt dir nur die Prophezeiung ansehen.«

Schweigen erfüllte die Halle. Und dann brach Duncan es, indem er lachte. Es war kein wirklich belustigtes Lachen, sondern ein Lachen, das endlich die Anspannung löste. »Die Prophezeiung«, sagte er. »Bei den Göttern, mein *Rujholli* spricht von der Prophezeiung. Und er spricht *zu* den Göttern.« Er seufzte und schüttelte den Kopf. »Ersteres tue ich selbst nur allzu häufig, aber letzteres … oh, letzteres … das tut kein *Bu'sala*, nein, nur ein Sohn des eigenen Blutes, kein Pflegesohn.« Einen Augenblick wirkte Duncan älter als er war und sehr müde. »Ich würde alles dafür geben, um mich Hales eigener Sohn nennen zu können. Und *du* opferst das den Göttern – ein Opfer. O Finn, wirst du niemals dazulernen?«

Finn betrachtete seinen älteren Bruder. Halbbruder. Sie hatten nur die gleiche Mutter, und doch sah ich den Vater in ihnen beiden, wenn ich sie betrachtete, obwohl er nur einen von ihnen gezeugt hatte.

Ich schwieg lange, konnte mir nichts ausdenken, was die Stille hätte erfüllen können. Dann stand ich schließlich auf und nahm mein Schwert von Finn entgegen, wobei ich den verdunkelten Rubin berührte. Ich steckte die Waffe in die Scheide. »Es ist geschehen«, sagte ich. »Diese Bitte war das Risiko wert. Und ich würde es auch wieder tun.«

Finn sah mich scharf an. »Obwohl du jetzt alles weißt?«

»Obwohl ich jetzt alles weiß.« Ich zuckte die Achseln und setzte mich auf den Thron. »Was wäre sonst zu tun gewesen?«

Duncan seufzte. Er streckte eine Hand aus und zeigte die vertraute Geste mit gespreizten Fingern und einer nach oben gerichteten Handfläche.

Ich lächelte und machte sie ebenfalls.

Kapitel Achtzehn

Ich empfing die Abordnung der Solinder – meinem Rang nach bekleidet. Die zerrissene und befleckte Leder- und Kettenpanzerrüstung des Kriegers war durch rostbraunen und bernsteinfarbenen Samt und Brokatsatin ersetzt worden. Ich hatte Haare und Bart frisch geschnitten und mit Duftöl geglättet. Zum ersten Mal in meinem Leben fühlte ich mich fast als König.

Ich wußte, als die solindischen Adligen die Große Halle durchschritten, daß sie nicht den Mann sahen, den sie erwartet hatten. Vor fast sieben Jahren, als Bellam Homana eingenommen hatte, war ich ein Junge gewesen. Groß wie ein Mann und auch genauso stark, aber ohne die Härte des Erwachsenen. Es schien so lange her, da ich jetzt auf meinem Löwenthron saß. Ich erinnerte mich daran, als Keoughs Sohn mir mein Schwert genommen und mich in Eisenketten gelegt hatte. Ich erinnerte mich an die endlosen Nächte, in denen der Schlaf meinen Geist gemieden hatte. Ich erinnerte mich meiner vollkommenen Überraschung, als Alix mir zu Hilfe geeilt war. Und ich lächelte.

Die Solinder verstanden das Lächeln nicht, aber das war unwichtig. Sollten sie denken, was sie wollten. Sollten sie mich dem äußeren Schein nach beurteilen. Es würde alles rechtzeitig geklärt werden.

Ich war nicht allein mit ihnen. Ich hatte bewußt eine Cheysuliehrengarde gewählt. Finn, Duncan und sechs weitere Krieger standen über das Podium verteilt auf einer Seite des Thrones aufgereiht. Sie blickten ernst drein, schwiegen und beobachteten die Szenerie mit teilnahmslosen gelben Augen.

Rowan, der die solindische Abordnung in die von Homanern geschmückte Halle geführt hatte, stellte jeden Mann einzeln vor. Herzog sowieso, Baron sowieso, solindische Titel, die ich nicht kannte. Mein junger Cheysuli-Homaner-Befehlshaber machte seine Sache gut, hielt seine Stimme angemessen zurück und wirkte so ein wenig herablassend. Wir waren die Sieger und sie die Besiegten, und sie befanden sich in *meinem* Palast.

Da war Essien, der Mann mit dem höchsten Rang und entsprechend anmaßender Haltung. Er trug natürlich Indigoblau, aber irgend jemand hatte die Krone von der linken Brustseite seiner seidenen Tunika abgerissen. Ich konnte den dunkleren Umriß von Bellams aufgehender Sonne erkennen, eine feine Art, mich zu beleidigen, so fein, daß ich nichts dagegen tun konnte. Äußerlich verhielt er sich angemessen ehrerbietig. Wenn ich Einwände erhöbe, würde er zweifellos den ausrüstungsverschleißenden Krieg für den Verlust jeder besseren Kleidung verantwortlich machen. Also ließ ich ihn seinen Widerstand bewahren. Ich konnte es mir jetzt leisten.

Sein dunkelbraunes Haar war glatt aus der hohen Stirn gestrichen, und seine Hände blieben ruhig. Aber seine braunen Augen glitzerten wenig respektvoll, als er sich ehrerbietig verbeugte. »Mylord«, sagte er in ruhigem Tonfall, »wir kommen als Vertreter Solindes, um die Souveränität Carillons des Mujhar anzuerkennen.«

»Ihr kennt unsere Bedingungen?«

»Selbstverständlich, Mylord.« Er schaute kurz zu den anderen fünf Männern. »Es wurde alles sorgfältig erörtert. Solinde ist, wie Ihr wißt, besiegt. Die Krone ist … unbestreitbar die Eure.« Ich bemerkte die Anspannung seiner Kinnmuskeln. »Wir haben keinen König … keinen *solindischen* König.« Er hob den Blick zu mir, und ich sah die Verbitterung in seinen Augen. »Nur einen leeren Platz, Mylord, den auszufüllen wir Euch bescheiden bitten.«

»Hat Bellam keine Erben?« Ich lächelte ein kleines

höfliches Lächeln, das ausdrückte, was ich nicht aussprechen wollte. Eine Formsache, die zur Sprache brachte, was alle wußten. »Ellic ist schon seit Jahren tot, aber Bellam hat natürlich uneheliche Kinder.«

»Viele«, stimmte Essien ihm grimmig zu. »Dennoch kann uns keines davon für unsere Zwecke nützlich sein. Es würde ... Streit geben.« Er lächelte dünn. »Wir möchten solche Schwierigkeiten vermeiden, jetzt, wo unser Herr tot ist. Ihr habt Euch als – ausreichend – geeignet für diese Aufgabe erwiesen.«

Ausreichend. Essien hatte eine merkwürdige Art zu sprechen und seine Worte mit Pausen und Betonungen zu würzen, die von jemandem, der ein Ohr dafür hatte, leicht verstanden werden konnten. Da ich an einem Königshof und umgeben von Ratgebern und Höflingen aufgewachsen war, hatte ich ein Ohr dafür.

»Sehr gut«, stimmte ich ihm zu, nachdem ich ihn lange genug warten gelassen hatte. »Ich werde mich weiterhin als ... ausreichend für diese Aufgabe erweisen. Aber wir haben um etwas anderes ersucht.«

Essien errötete. »Ja, Mylord Mujhar. Die Frage des rechtmäßigen Erstgeburtsrechts.« Er atmete tief durch, so daß sich seine Tunika hob. »Als Zeichen des vollständigen Einverständnisses mit Eurer neu errungenen Oberherrschaft über unser Land bieten wir Euch die Hand der Prinzessin Electra, Bellams einziger Tochter, Bellams einziges überlebendes *legitimes* Kind.« Seine Nasenflügel waren fest zusammengepreßt. »Ein aus Solinde und Homana geborener Sohn wäre für den Thron geeignet.«

»Das rechtmäßige Erstgeburtsrecht«, sagte ich nachdenklich. »Sehr gut, wir werden die Lady zur Frau nehmen. Ihr könnt ihr in meinem Namen ausrichten, daß sie einen Monat Zeit hat, die angemessene Kleidung und die entsprechenden Hausdiener zusammenzustellen. *Wenn sie* in diesem bewilligten Zeitraum *nicht kommt*, werden wir die Cheysuli nach ihr schicken.«

Essien und die anderen verstanden sehr gut. Ich wußte, was sie sahen: Acht in Leder und barbarisch schimmerndes Gold gekleidete und bewaffnete Krieger, mit Messern und Bogen und den *Lirs*. Sie mußten nur die *Lirs* ansehen, um zu verstehen.

Essien beugte als Bestätigung meines Befehls den Kopf. Die Unterhaltung war anscheinend beendet, aber ich mußte noch eine letzte Frage stellen: »Wo ist Tynstar?«

Essiens Kopf fuhr hoch. Er strich mit einer Hand über sein Haar, eine gewohnt unruhige Geste. Seine Kehle bewegte sich, als er mehrmals schluckte. Er schaute schnell zu den anderen, aber sie halfen ihm nicht. Essien hatte den höheren Rang.

»Ich weiß es nicht«, sagte er schließlich übertrieben bestimmt. »Niemand kann sagen, wohin der Ihlini geht, niemand, Mylord. Er *geht* einfach.« Er lächelte dünn und sowohl ein wenig triumphierend als auch belustigt... auf meine Kosten. »Er plant zweifellos, Euch auf jede nur mögliche Art zu behindern, und er wird es tun, aber ich kann Euch nicht sagen, welche Absichten er hegt. Tynstar ist... Tynstar.«

»Und er wird zweifellos unterstützt werden«, sagte ich ohne nachzudenken. »In Solinde sind die Ihlini jetzt mächtig. Aber ihr Reich – *sein* Reich – wird nur noch ein Schatten dessen sein, was es einmal war, weil wir jetzt die Cheysuli auf unserer Seite haben.«

Essien sah Finn fest an. »Aber selbst wir in Solinde haben von dem gehört, was die Magie schwächt und wie es kommt, daß ein Cheysuli angesichts eines Ihlini seine Macht verliert.« Sein Blick kehrte zu mir zurück. »Stimmt das nicht?«

Ich lächelte. »Warum fragt Ihr nicht Tynstar? *Er* könnte sicherlich erklären, was zwischen den Rassen besteht.«

Ich achtete sehr genau auf seinen Gesichtsausdruck. Ich erwartete – *erhoffte* – daß er ungewollt preisgab, was er wußte. Das sollte er tun, wenn er wußte, wo sich Tynstar aufhielt. Er sollte es mit seinem Verhalten verraten, auch wenn er schwieg. Aber ich sah nur leichten Triumph in seinen Augen. Lediglich ein schwaches Stirnrunzeln erweckte in mir den Eindruck, als dächte er über etwas nach, was er wissen wollte, und erkannte, daß er es nicht erfahren könnte, bevor er nicht die Quelle entdeckt hätte. Er hatte nicht gelogen.

Ich machte eine abschließende Geste. »Wir werden in der Stadt Lestra eine homanische Regierung errichten. Royce ist ein vertrauenswürdiger, unbestechlicher Mann. Er wird in unserem Namen die Oberherrschaft über Solinde innehaben und unser Haus vertreten, bis wir einen Sohn haben, der den Thron übernehmen kann. Dient meinem Regenten gut, und Ihr werdet feststellen, daß wir nur *ein* Herr sind.«

Essien biß die Zähne zusammen. »Ja, Mylord Mujhar.«

»Und wir werden einige Cheysuli mit ihm schicken.« Ich lächelte über die plötzliche Erkenntnis im Gesicht des Solinders. »Nun mögt Ihr gehen.«

Sie gingen, und ich wandte mich zu den Cheysuli um.

Duncan lächelte. »Finn war Euch ein guter Lehrer.«

»Unter großen Schwierigkeiten.« Das wie üblich verzerrte Grinsen kräuselte die Narbe auf Finns dunklem Gesicht. »Aber ich glaube, daß die Zeit nicht verschwendet war, wenn ich nach dem gehe, was ich gerade gesehen habe.«

Ich stand vom Thron auf und streckte mich, ließ die Gelenke hinter meinem Rücken knacken. »Electra wird über meine Worte nicht erfreut sein.«

»Electra wird über nichts erfreut sein, was du sagst oder tust«, erwiderte Finn. »Aber wenn du eine ruhige Ehe eingehen wolltest, hättest du zweifellos jemand anderen gefragt.«

Ich lachte und nahm das goldene Diadem von meiner Stirn. Es war mit Diamanten und Smaragden besetzt und hatte einst Shaine gehört. Und jetzt gehörte es mir. »Eine langweilige Ehe ist keine Ehe, wie ich gehört habe.« Ich sah Duncan an. »Aber Ihr müßtet das besser wissen als ich.«

Einen Augenblick sah er Finn ähnlich, weil er ebenso ironisch grinste. Dann zuckte er die Achseln. »Alix war noch nie langweilig.«

Ich nahm das Diadem in die Hand und dachte über Electra nach. »Sie wird kommen«, murmelte ich stirnrunzelnd. »Sie wird kommen, und ich werde für sie bereit sein müssen. Es ist nicht so, daß ich eine ruhige kleine Jungfrau erwählt hätte, die zitternd in mein Bett steigt ... dies ist *Electra ...*«

»Ja«, sagte Finn trocken. »Die Königin von Homana, zu der du sie machst.«

Ich sah Rowan an. Er war sehr still und mied meinen Blick auch. Die Krieger gingen keiner Gefahr aus dem Weg, aber ich konnte sie niemals ergründen, wenn sie es nicht wollten. Bei Duncan und Finn wußte ich recht gut, was sie dachten.

Ich werde mir eine Schlange ins Bett nehmen ... Ich seufzte. Aber dann erinnerte ich mich daran, welche Macht diese Schlange über Männer im allgemeinen, und mich im besonderen, ausübte, und ich konnte nicht verhindern, daß sich meine Lenden zusammenzogen. Bei den Göttern, vielleicht war es richtig, mein Leben für eine Nacht in ihrem Bett zu riskieren ... nun, ich würde es tun.

Ich sah erneut Finn an. »Diese Ehe wird Homana den Frieden bringen.«

Er blieb ernst. »Wen willst du überzeugen?«

Ich runzelte die Stirn und stieg dann die Stufen des Podiums hinab. »Rowan, komm mit mir. Ich werde dir die Aufgabe übertragen, meine Mutter, sobald sie reisen kann, von Joyenne hierher zu bringen. Und Torry muß ebenfalls abgeholt werden ... obwohl Lachlan zweifellos bereit wäre, dies zu tun.« Ich seufzte und wandte mich wieder um. »Finn, wirst du dafür sorgen, daß Torry hierher begleitet wird?«

Er nickte und schwieg. Ich glaubte, daß er meine Entscheidung, Electra zu heiraten, noch immer mißbilligte. Aber das war unwichtig. Ich würde ja nicht Finn heiraten.

Ein Geräusch.

Nicht wirklich ein Lärm, sondern mehr: keine Stille. Ein Hauch von Geräusch, hintergründig und zischend, und ich setzte mich im Bett sofort auf.

Meine Hand wanderte zu dem Messer neben meinem Kissen, denn selbst in Homana-Mujhar wollte ich diese Gewohnheit nicht ablegen. Mein Schwert und mein Messer waren zu lange meine Bettgenossen gewesen, so daß ich mich sogar in dem Himmelbett ohne meine Waffen unsicher fühlte. Aber als ich die Vorhänge zur Seite riß und hinausglitt, wußte ich mich gut aufgehoben. Niemand kann dem Cheysuliungestüm standhalten.·

Ich sah zuerst den Falken. Er kauerte auf einer Stuhllehne und starrte unbewegt in das Licht der brennenden Fackel. Und die Fackel befand sich in Duncans Hand. »Kommt mit«, sagte er nur.

Ich legte das Messer hin. Erneut rief mich ein Cheysuli aus den Tiefen der Nacht. Aber diesen kannte ich kaum, und was ich von ihm wußte, machte mich nur mißtrauisch. »Wohin? Und warum?«

Er lächelte. Sein Gesicht wurde im Fackellicht zu einer undurchdringlichen Maske. Die Augen wirkten darin noch gelber als zuvor und die Pupillen nur nadelstichgroß. Der falkenförmige Ohrring glitzerte in seinem Haar. »Wollt Ihr, daß ich mein Messer ablege?«

Ich spürte die Hitze und Röte schnell in mein Gesicht aufsteigen. »Warum?« erwiderte ich betroffen. »Ihr könntet mich ohne es genauso leicht töten.«

Duncan lachte. »Ich hätte nie gedacht, daß Ihr mich *fürchtet* …«

»Es ist nicht wirklich Furcht«, antwortete ich. »Ihr würdet mich niemals töten, denn Ihr habt mir selbst erzählt, ein wie wichtiges Verbindungsglied ich in eurer Prophezeiung bin. Aber ich mißtraue dem Grund für Eure Handlungen.«

»Carillon«, schalt er, »heute nacht werde ich Euch zum König machen.«

Ich spürte das Kribbeln auf meiner Kopfhaut. »Wollt Ihr *mich* zum König machen oder jemand anderen?« fragte ich ganz offen.

»Kommt mit mir und findet es heraus.«

Ich zog Hose, Hemd und Stiefel an, die bis zu den Knien eng anlagen. Duncan befahl Cai zu bleiben, und dann folgte ich ihm durch meinen Palast.

Er bewegte sich so sicher wie ein Mann, der einen Ort gut kennt. Und doch wußte ich, daß Duncan niemals längere Zeit in Homana-Mujhar verbracht hatte. Hale hatte ihn mindestens einmal zum Palast gebracht, aber damals war er noch ein Kind gewesen, zu jung, um das Labyrinth von Gängen und Räumen kennenzulernen. Und doch durchschritt er sie, als sei er hier geboren.

Er führte mich natürlich in die große Halle. Dort nahm er eine zweite Fackel aus ihrer Halterung an der Wand, entzündete sie mit seiner eigenen und reichte sie mir beide. »Wo wir hingehen, ist es dunkel«, sagte er. »Aber es wird genug Luft zum Atmen da sein.«

Ich spürte, wie sich die Haare an meinem Nacken aufrichteten. Aber ich fragte ihn nicht, wohin wir gingen. Und so beobachtete ich schweigend und erstaunt, wie er sich an den Rand der Feuerstelle kniete.

Er zog die nicht entzündeten Holzscheite zur Seite. Asche flog auf und setzte sich auf seinem Haar fest. Plötzlich wurde er zu einem alten Mann ohne Falten, mit grauen statt schwarzen Haaren, während das Gold um seinen Arm schimmerte. Ich hustete, als mir die Asche in die Nase stieg, und dann nieste ich. Aber Duncan streckte nur die Hand aus und ergriff einen Eisenring, den ich nie zuvor gesehen hatte.

Ich runzelte die Stirn und fragte mich, welche Geheimnisse Duncan von Homana-Mujhar noch kannte. Und dann beobachtete ich nur noch, zwang mich zur Geduld und sah ihn vor Anspannung die Stirn runzeln. Er brauchte beide Hände und alle seine Kraft, und dann riß er den Ring hoch.

Er war an einer mit Scharnieren versehenen Eisenplatte befestigt, die eine Öffnung verdeckte. Langsam zog er die Platte hoch, bis die Öffnung freilag. Er legte die Abdeckung zurück, so daß die Ascheschicht auf den Rand der Feuerstelle herabrieselte, und zog dann eine Grimasse, als er sah, daß seine Lederkleidung ruiniert war.

Ich beugte mich vor, um in die Öffnung hinabzuspähen. Ich sah Stufen und runzelte die Stirn. »Wohin…?«

»Kommt mit und seht selbst.« Duncan nahm seine Fackel wieder an sich und stieg in die Öffnung hinab. Er verschwand, Stufe um Stufe. Ich folgte ihm mit Unbehagen.

Es gab genug Luft zum Atmen, wie er es versprochen hatte. Schale und modrige Luft, aber immerhin Luft. Beide Fackeln brannten ohne Unterlaß weiter, so daß ich uns sicher wußte. Und so stieg ich mit Duncan die Stufen hinab und fragte mich, wie es wohl kam, daß er einen solchen Ort kannte.

Die Treppe war sehr eng und die Stufen flach. Ich mußte mich bücken, um mir nicht den Kopf zu stoßen. Duncan, der fast genauso groß war wie ich, mußte es mir gleichtun, aber Finn könnte aufrecht hier entlanggehen, dachte ich. Und dann wünschte ich, als ich das vertraute Schaudern des Unbehagens spürte, daß auch er bei mir wäre. Aber nein, ich mußte ihn ja zu meiner Schwester schicken und mich den Absichten seines Bruders überantworten.

»Hier.« Duncan stieg zwei weitere Stufen zum Ende der Treppe hinab in eine kleine Felsenkammer. Er legte seine Finger an den Stein, und ich sah die Runen, alt und grün vor Feuchtigkeit und Verfall. Duncans braune Finger, die jetzt von der Asche grau waren, hinterließen auf der Wand Flecke. Er zeichnete die Runen nach, sagte leise etwas und nickte dann. »Hier.«

»Was tut...« Ich machte mir nicht die Mühe, die Frage zu Ende zu stellen. Er drückte auf einen der Steine und lehnte sich dann gegen die Wand. Ein Teil der Mauer gab nach, drehte sich und fiel nach innen.

Eine weitere Treppe...? Nein, ein Raum, ein Gewölbe. Ich zog eine Grimasse, denn es erinnerte an eine Gruft.

Duncan hielt seine Fackel hinein und schaute. Dann zog er sie zurück und bedeutete mir, zuerst hineinzugehen.

Ich sah ihn an und verstand immer mehr.

»Ihr habt die Wahl«, sagte Duncan. »Geht als Prinz hinein und kommt als Mujhar wieder heraus... oder geht jetzt fort und seid Euch stets sicher, daß Euch etwas fehlt.«

»Mir fehlt nichts!« sagte ich zunehmend erschreckt. »Bin ich nicht das Verbindungsglied, von dem Ihr immer sprecht?«

»Ein Verbindungsglied muß passend geschmiedet werden.« Er schaute an mir vorbei zu der Treppe, die nach oben führte. »Dort ist Eure Fluchtmöglichkeit, Carillon. Aber ich denke, Ihr werdet sie nicht nutzen. Mein *Rujholli* würde niemals einem Feigling oder Narr dienen.«

Ich grinste wenig belustigt. »Solche Worte wirken bei mir nicht, Gestaltwandler. Ich bin nur allzu gern bereit, mich als beides zu bezeichnen, wenn mir das eine Möglichkeit zum Überleben bietet. Und wenn Ihr mich nicht tötet, was Ihr, wie Ihr sagtet, nicht tun wollt, werde ich hier als ein Mujhar herauskommen, auch wenn ich diesen Raum *nicht* betrete.« Ich blinzelte, als meine Fackel spuckte und flackerte. »Ihr seid nicht Finn, versteht Ihr, aber nach allem, was ich weiß, sollte ich Euch vertrauen… wir sind niemals leichtfertig miteinander umgegangen.«

»Nein«, stimmte er mir zu. »Aber nur eine Frau hat uns davon abgehalten, und sogar für Alix ist hier kein Platz. Dies ist Eure Aufgabe.«

»Ihr habt Cai zurückgelassen.« Irgendwie machte ihn das schuldig.

»Ich habe das nur getan, weil er hier an diesem Ort als *Lir* überflüssig wäre.«

Ich starrte ihn verblüfft an. Als *Lir* überflüssig? Hatte *Duncan* das gesagt? Bei den Göttern, wenn er eine solche Bereitschaft zeigte, auf die andere Hälfte seiner Seele zu verzichten, dann konnte ich ihm sicherlich vertrauen.

Ich seufzte, schluckte gegen die Enge in meiner Kehle an, hielt die Fackel vor mich und betrat den Raum.

Überflüssig. Ja, er wäre hier überflüssig gewesen. Denn hier befanden sich alle *Lirs* der Welt, und es waren keine weiteren nötig.

Der Raum war keine Gruft. Er war eine Art Gedenkraum oder vielleicht eine Kapelle. Es hatte etwas mit den Cheysuli und den *Lirs* und mit ihren Göttern zu tun, denn die Wände bestanden aus *Lirs*, *Lir* auf *Lir*, die in den hellbeigen Marmor geschnitzt worden waren.

Das Fackellicht lief über die Wände wie Wasser und zeichnete die Goldadern nach. Aus dem glatten, nachgiebigen Stein brach ein Adler hervor, den Schnabel weit geöffnet und die Krallen zum Zugreifen bereit. Ein aufrecht stehender Bär war zu sehen, der eine Pranke zum Schlag ausgestreckt hatte. Ein flinker Fuchs mit dichtem Schweif, den Kopf umgewandt, war ebenso zu betrachten wie der Keiler mit schimmernden Hauern und feindselig kleinen Augen.

Viele, noch so viele mehr. Ich spürte, wie mir der

Atem in der Kehle stockte, als ich mich langsam im Kreis drehte und alle Wände betrachtete. Solcher Reichtum, diese Kunst, solch unvergleichliche Schönheit – und so tief in der Erde verborgen.

Ich sah einen Falken, dessen Flügelspitzen die eines Jagdfalken berührten, und einen Berglöwen, so wunderschön, im Sprung. Und den Wolf, natürlich den Wolf, wie Storr – mit Gold in den Augen. Jeder Zentimeter von der Decke bis zum Boden war mit *Lirs* bedeckt.

Ein *Lir* war hier überflüssig, ja, aber ich war hier auch überflüssig.

Ich spürte Tränen in meinen Augen brennen. Unerwarteter Schmerz tobte in meiner Brust. Wie sinnlos war es plötzlich, Homaner anstatt Cheysuli zu sein, dem der Segen der Götter und die Magie der *Lirs* fehlte. Wie völlig unbedeutend war Carillon von Homana.

»Ja'hai«, sagte Duncan. *»Ja'hai, Cheysu, Mujhar.«*

Ich wandte ruckartig den Kopf, um ihn anzusehen. Er stand mit erhobener Fackel in dem Gewölbe und betrachtete mit bewunderndem Gesichtsausdruck die *Lirs*.

»Was bedeuten diese Worte?« fragte ich. »Finn sagte sie ebenfalls, als er mit den Göttern sprach, und du selbst sagtest, er hätte sie nicht aussprechen sollen.«

»Das galt für Finn.« Das zischende Flüstern drang aus den Schatten der *Lirs* hervor. »In diesem Fall hat ein Stammesführer die Worte ausgesprochen und ein Mann, der vielleicht Mujhar geworden wäre.« Er lächelte, als ich sofort den Mund öffnete, um ihm zu widersprechen. »Ich will es nicht sein, Carillon. Wenn ich es wollte, hätte ich Euch nicht hierher gebracht. Hier, im Schoß der *Jehana* werdet Ihr neu geboren und zu einem wahren Mujhar gemacht werden.«

»Die Worte«, wiederholte ich hartnäckig. »Was bedeuten sie?«

»Ihr habt von Finn genug aus der Alten Sprache gelernt, um zu wissen, daß man sie nicht ganz übersetzen kann. Es sind feine Unterschiede, ungesprochene Worte, die keiner Sprache bedürfen. Wie Gesten ...« Er machte das Zeichen für des *Tahlmorra*. »*Ja'hai, Cheysu, Mujhar* ist im Grunde ein Gebet an die Götter, eine Bitte. Ein Homaner würde vielleicht sagen: *Nehmt diesen Mann an, diesen Mujhar.*«

Ich runzelte die Stirn. »Es klingt nicht wie ein Gebet.«

»Eine Bitte – oder ein Gebet –, wie Finn es gesprochen hat – und wie jetzt *ich* es spreche –, erfordert eine besondere Antwort. Die Götter werden immer antworten. Mit dem Leben ... oder mit dem Tod.«

Ich erschrak erneut. »Dann könnte ich hier unten *sterben* ...?«

»Vielleicht. Und dieses Mal werdet Ihr dieser Gefahr allein gegenüberstehen.«

»Ihr wußtet es«, sagte ich plötzlich. »Hat Hale es Euch gesagt?«

Duncans Gesicht war ruhig. »Hale hat dieses Gewölbe gekannt. Aber die meisten Cheysuli wissen ebenfalls davon.« Ein schwaches Lächeln erschien auf seinem Gesicht. »Es ist nicht so erschreckend, Carillon. Es ist nur der Schoß der Erde.«

Das Schaudern lief mein Rückgrat hinab. »Welcher Schoß? Welche Erde? Duncan ...«

Er deutete auf eine Stelle in dem Raum. Bisher hatte ich nur die Wände betrachtet und den Boden völlig außer acht gelassen. Aber jetzt sah ich hin und entdeckte die Grube genau in der Mitte des Gewölbes.

Ein Verlies. Darin konnte ein Mann sterben.

Ich trat unbewußt einen Schritt zurück und prallte fast gegen Duncan, der unmittelbar innerhalb des Eingangs stand, aber er streckte nur eine Hand aus und nahm mir die Fackel ab. Ich wandte mich schnell um und griff nach dem Messer, das ich nicht hatte, aber er steckte nur ruhig beide Fackeln in Halterungen in der Nähe des Eingangs, so daß das Gewölbe lichterfüllt war. Licht? Es ergoß sich in das Verlies und wurde vollständig verschluckt.

»Ihr werdet in den Schoß hinabsteigen«, sagte er ruhig, »und wenn Ihr wieder herauskommt, werdet Ihr zum Mujhar geboren sein.«

Ich fluchte leise. Ich war kurz davor, ihm den Hals zu brechen – und ich war mir überhaupt nicht sicher, daß ich das vollbringen konnte –, aber ich hatte keine andere Wahl, als in dem Gewölbe zu bleiben. Nur – der Schoß war etwas anderes. »Einfach … hineingehen? Wie? Gibt es ein Seil? Grifflöcher?« Ich hielt inne, denn ich wußte, daß es sinnlos war. Verliese werden eingerichtet, um Menschen darin festzuhalten. Dieses würde auch keine Möglichkeit bieten hinauszugelangen.

»Ihr müßt springen.«

»Springen.« Meine Hände schlossen sich ruckartig zu Fäusten, so daß die Fingernägel in meine Handflächen einschnitten. »Duncan …«

»Je eher Ihr hineingeht, desto eher kommt Ihr wieder heraus.« Er blieb ernst, aber ich bemerkte das belustigte Glitzern in seinen Augen. »Die Erde ist wie die meisten *Jehanas,* Carillon: Sie ist rauh und schnell erzürnt und manchmal ungeduldig, aber sie teilt auch ihr Herz. Sie schenkt ihrem Kind das Leben. In diesem Fall wollen wir einen Mujhar zur Welt bringen.«

»Ich bin bereits *auf* der Welt«, erinnerte ich ihn. »Ich bin von Gwynneth von Homana bereits einmal geboren worden. Einmal ist mehr als genug … zumindest an *jenes* Mal kann ich mich nicht mehr erinnern. Wir sollten diesen Hokuspokus beenden und woandershin gehen. Ich kann keinen Geschmack an Schößen finden.«

Seine Hand lag auf meiner Schulter. »Ihr werdet bleiben. Wir werden dies beenden. Wenn es sein muß, werde ich Euch dazu *zwingen.«*

Ich wandte ihm den Rücken zu und trat in die entfernteste Ecke des Gewölbes, wobei ich den Rand der Grube mied. Dort wartete ich gegen den Stein gelehnt und spürte die sanften Schwingen eines Falken meinen

Nacken liebkosen. Das ließ mich wieder von der Wand forttreten.

»Ihr seid kein Cheysuli«, sagte Duncan. »Ihr könnt kein Cheysuli *sein*. Aber Ihr könnt dazu gebracht werden, besser zu verstehen, wie es ist, als ein Cheysuli zu denken und zu fühlen.«

»Und das wird mich zum Mann machen?« Ich konnte meinen Unmut nicht vollständig verbergen.

»Es wird Euch – für wie kurze Zeit auch immer – zu einem der Unseren machen.« Sein Gesicht wirkte im Fackellicht sehr ernst. »Es wird nicht andauern. Aber Ihr werdet einen Augenblick lang erkennen, was es heißt, ein Cheysuli zu sein. Ein Kind der Götter.« Er machte die Geste des *Tahlmorra*. »Und das wird Euch zu einem besseren Mujhar machen.«

Meine Kehle war wie ausgedörrt. »Mujhar ist ein Cheysuliwort, nicht wahr? Und Homana?«

»Mujhar bedeutet *König*«, sagte er ruhig. »Und Homana steht für den Begriff *allen Blutes*.«

»Ein König allen Blutes.« Ich spürte die Anspannung in mir. »Da Ihr also keinen Cheysuli auf den Thron bringen könnt – noch nicht –, werdet ihr tun, was ihr könnt, um mich zu einem Cheysuli zu machen.«

»Ja'hai, Cheysu«, antwortete er. *»Ja'hai, Cheysu, Mujhar.«*

»Nein!« schrie ich. »Wollt Ihr mich den Göttern überantworten? Duncan ... ich habe *Angst* ...«

Das Wort hallte in dem Gewölbe wider. Duncan wartete nur ab.

Das zerbrach mich beinahe. Ich spürte, wie mir der Schweiß ausbrach und von den Achselhöhlen herablief. Der Geruch der Angst bedeckte meinen Körper. Ein Schaudern erschütterte meine Knochen und machte mir eine Gänsehaut. Ich wollte mich erleichtern, aber meine Hoden waren zerflossen.

»Ein Mann geht nackt zu den Göttern.«

Also würde er mich auch noch zwingen, mich auszuziehen. Grimmig und mir sehr wohl der Tatsache bewußt, daß er mein eingeschrumpftes Geschlecht bemerken würde, zog ich meine Stiefel, mein Hemd und zuletzt die enge dunkle Hose aus. Es war kein Mitleid in Duncans Augen zu erkennen und auch keine Belustigung, nur Mitgefühl und vollkommenes Verstehen.

Er trat zu den Fackeln. Er nahm beide aus den Halterungen und trug sie in den Treppenschacht hinaus. Die Tür des Gewölbes stand geöffnet, aber ich wußte, es war kein Ausgang.

»Wenn ich die Wand schließe, müßt Ihr springen.«

Er schloß die Wand.

Und ich sprang…

Kapitel Neunzehn

Ja'hai, Cheysu, Mujhar …

Die Worte hallten in meinem Kopf wider.

Ja'hai, Cheysu, Mujhar …

Ich fiel. Und fiel. *So tief …* In die Dunkelheit, in eine vollkommene Leere. *So tief …*

Ich schrie.

Der Klang prallte von den Wänden des Verlieses ab, von den runden glatten Wänden, die ich nicht sehen konnte. Der Schrei hallte doppelt so laut zurück und schwang in meinen Knochen nach.

Ich fiel.

Ich fragte mich, ob Duncan mich hörte. Ich fragte mich … ich fragte mich … ich fragte mich nichts: Ich fiel einfach.

Ja'hai, Cheysu, Mujhar …

Es verschlang mich vollkommen, das Verlies. Ich fiel in den Schoß zurück. Und ich konnte nicht sagen, ob er mich wieder hervorbringen würde …

Duncan, o Duncan, Ihr habt mich nicht genug gewarnt … Aber hätte er mich ausreichend warnen können? Oder muß man einfach fallen und es im Fall erst lernen?

Abwärts.

Ich wurde angehalten. Ich wurde aufgefangen. Ich wurde mitten im Fall aufgehalten. Etwas legte sich um meine Knöchel und Handgelenke. Hände? Nein, etwas anderes, etwas, das aus der Dunkelheit hervorzüngelte und mich fest um Handgelenke und Knöchel, um Brust und Hüften faßte. Und ich hing mit dem Bauch nach unten, schwebend in völliger Dunkelheit.

Ich übergab mich. Die Gallenflüssigkeit floß von den Tiefen meines Bauches aus meinem Mund und fiel in die

Grube hinab. Meine Blase und die Hoden entleerten sich, so daß ich nur noch eine Hülle zitternden Fleisches war. Ich hing vollkommen ruhig, wagte mich nicht zu bewegen, zu atmen und betete, daß ich weiter von dem festgehalten würde, was auch immer mich ergriffen hatte.

Götter … laßt mich nicht wieder fallen … nicht wieder …

Ein Geflecht? Ein festes, aber dünnes Geflecht vielleicht, das von unsichtbaren Vorsprüngen aus der Runde des Verlieses herabhing. Ich hatte vom Rand der Grube aus nichts gesehen als die Grube selbst, und doch war es möglich, daß sie nicht ganz glatt war. Vielleicht gab es sogar eine Möglichkeit herauszugelangen.

Die Seile schnitten mir nicht in die Haut. Sie hielten mich einfach unbeweglich fest, so daß mein Körper nichts als die Luft berührte. Mein Gewicht lastete nicht auf Armen und Beinen, weil mich die Seile auch um Brust und Hüften hielten. Ich wurde gestützt und auch wieder nicht.

Eine Wiege, und das Kind schwebte mit dem Gesicht nach unten im Schoß.

»Duncan?« flüsterte ich und fürchtete, daß meine Stimme das Gleichgewicht stören könnte. »Soll es so sein?«

Aber Duncan war fort, hatte mich vollkommen allein gelassen, und ich wußte, warum. Finn hatte mir nur wenig von den Mannesriten der Cheysuli erzählt, da die meisten Krieger durch die Verbindung mit dem *Lir* als erwachsen angesehen wurden, aber ich dachte, daß da vielleicht noch mehr war. Und ich würde es weiterhin nicht erfahren, da ich Homaner und daher nicht gesegnet war, es sei denn, dies wäre der Weg zu entdecken, was die Cheysuli zu Cheysuli machte.

Heute nacht werde ich dich zum König machen.

Zum König? fragte ich mich. Oder zu einem Wahnsinnigen? Angst kann eine Seele zerstören.

Ich bewegte mich nicht. Ich hing einfach da und lauschte. Ich fragte mich, ob Duncan zurückkehren würde, um nachzusehen, wie es mir erging. Ich würde ihn hören. Ich würde das Knirschen von Stein auf Stein hören und sogar die tiefe Stille seiner Bewegungen. Ich würde ihn hören, weil ich so genau lauschte, mit der Verzweiflung eines Mannes, der sich einen gesunden Geist erhalten will. Und wenn er zurückkäme, würde ich ihm zurufen, daß er mich herauslassen sollte.

Vielleicht würde ich ihn bitten.

Geht als Prinz hinein und kommt als Mujhar wieder heraus.

Götter, würde es das wert sein?

Luft. Ich atmete. Es war da kein Geruch, keine Fäulnis, nur Luft. Sie sickerte von irgendwo heran und hielt mich am Leben. Vielleicht gab es Höhlungen, die ich zur Flucht benutzen könnte.

Ich hing vollkommen still. Als ich dann langsam den Kopf wandte, hörte ich das knirschende Knacken sich lösender Verspannungen an meinem Rückgrat. Ich hörte mein Haar über meine Schultern schaben. Kaum wahrnehmbare Geräusche, eigentlich nur ein Flüstern, und doch hörte ich sie.

Ich hörte auch das beginnende Schlagen: *pa-dam, pa-dam, pa-dam.*

Schritte? Nein. Duncan? Nein.

Pa-dam, pa-dam, pa-dam.

Ich hörte den Wind in meinem Kopf, das rauhe zischende Brüllen. Lärm, so viel Lärm, der in meinem Kopf tobte. Ich schloß die Augen und versuchte den Lärm abzuhalten.

Pa-dam, pa-dam, pa-dam.

Ich hing da, nackt und ganz allein, in der Dunkelheit verloren.

Der Schoß der Erde. Ich war wieder ein Kind, eine ungeborene Seele, im Leib gefangen. Ich hörte meinen eigenen Herzschlag und den Lärm der Stille. Ich war wieder ein Kind, das darauf wartete, geboren zu werden.

»Duncannnn …!«

Ich schloß die Augen und hing da. Das angstvolle Frösteln verging. Ich verlor meinen Tastsinn, weil ich wußte, daß ich gehalten wurde.

Ich schwebte.

Stille.

Schweben …

Keine Wärme. Keine Kälte. Nichts. Ich schwebte ohne Licht, Geräusch, Berührung, Geschmack und Geruch. Es gab mich nicht.

Ich wartete mit unendlicher Geduld.

Klingen. Wie Schwert gegen Schwert. Klingen. *Lärm …*

Er erfüllte meinen Kopf, bis ich ihn schmecken konnte, bis ich ihn riechen konnte. Er haftete auf meiner Zunge wie der herbe Geschmack von Blut. Hatte ich mich gebissen? Nein, ich hatte kein Blut. Nur Haut, die von den Seilen herabhing.

Meine Augen waren geöffnet, wie ich wußte. Sie schauten. Aber ich war blind. Ich sah nur Dunkelheit, die vollkommene Abwesenheit von Licht. Und dann stieg es herauf und traf mich ins Gesicht, und das Licht der Welt fiel auf mich.

Ich schrie auf. Zuviel, zuviel … willst du mich mit dem Licht erblinden lassen?

Ich werde Euch für wie kurze Zeit auch immer zu einem der Unseren machen.

»Duncan?«

Das Flüstern, das ich hervorbrachte, war ein Schrei. Ich zuckte an meinen Seilen zusammen und erinnerte mich wieder an meinen Körper. Ein Körper. Mit zwei Armen, zwei Beinen, einem Kopf. Menschlich. Männlich. Carillon von Homana.

Ihr werdet einen Augenblick lang wissen, was es heißt, ein Cheysuli zu sein.

Aber ich wußte es nicht.
Ich wußte nichts.
Ich dachte nur daran, geboren zu werden.

Ich hörte das Rauschen von Schwingen. Das Kratzen von Krallen. Cai? Nein. Duncan hatte ihn zurückgelassen.

Das Sausen von Schwingen, die ausgebreitet und wieder eingezogen wurden. Schwingen, die geputzt wurden. Die rauhen Laute eines Falken, das schrille Schreien eines Jagdfalken. Der Schrei eines wütenden Adlers.

Vögel. Überall um mich herum Vögel. Ich spürte den Hauch ihrer Schwingen auf dem Gesicht, die Liebkosung vieler Federn. Wie sehr ich mich ihnen anschließen wollte, den Wind an meinen Schwingen zu spüren und die Freiheit des Himmels zu erfahren. Tanzen. Oh, auf dem Wind zu tanzen …

Ich spürte die feine Verlockung. Ich öffnete den Mund und rief: »Ich bin ein Mensch, kein Vogel! Ein *Mensch*, kein Tier! *Mensch*, nicht Gestaltwandler!«

Stille beruhigte mich. *Pa-dam, pa-dam, pa-dam.*

Flüstern.

DämonDämonDämon …

Ich schwebte.

DämonDämonDämon …

Ich bewegte mich. *Nein.*

GESTALTwandlerGESTALTwandlerGESTALTwandler …

NeinNeinNein. Ich lächelte. *MenschMenschMensch.*

DubewegstdichDubewegstdichDubewegstdich …

Der Segen der Götter. Ich deutete auf eine Stelle. *Er kann nicht geleugnet werden.*

TierTierTier …

Nein!Nein!Nein!

Ich schwebte. Und ich wurde ein Tier.

* * *

Ich lief. Auf vier Beinen. Ich lief, mit einem Schweif, der hinter mir hin und her schlug. Und erkannte die Großartigkeit solcher Freiheit.

Die warme Erde unter meinen Pranken, die sich in den gebogenen Krallen verfing. Der Geruch von Bäumen und Himmel und Gras und Gestrüpp. Die Freude am spielerischen Flug, über die Bäche zu springen. Das heiße rote Fleisch niedergerissener Beute, der Geschmack von rohem Fleisch in meinem Mund. Aber vor allem die Freiheit, die äußerste, vollkommene Freiheit, ohne Sorgen und ein Denken nur an diesen Tag. An den Augenblick. Nicht an gestern, nicht an morgen, an heute. An den Augenblick. *Jetzt.*

Und zu wissen, daß ich ein *Lir* war.

Lir? Ich blieb stehen. Ich stand im Schatten eines weiten Strandes. Das glitzernd durch die Blätter fallende Sonnenlicht warf verstreute Edelsteine auf meinen Weg.

Lir?

Ein Wolf. Wie Storr, mit silbernem Fell und bernsteinfarbenen Augen. Mit einer Anmut, wie ein Mensch sie niemals erreichen konnte.

Wie? fragte ich. *Wie ist das geschehen?*

Finn hatte es mir niemals so mit Worten beschreiben können, daß ich es verstanden hätte. *Lir* und Krieger und *Lir*, hatte er gesagt, weil er es nicht anders konnte. Sie zu trennen bedeutete, sie dem Tode zu überantworten, einem schnellen oder einem langsamen Tod. Die große gähnende Leere würde unmittelbar in den Wahnsinn führen, und der Tod müßte erträglicher sein als solch ein Ende.

Zum ersten Mal verstand ich den Gestaltwandel. Ich spürte ihn in den Knochen, ob es nun die Knochen eines Wolfes oder die eines Menschen waren. Ich spürte das Wesen meines Selbst weit auf der Erde ausgreifen, bis die Magie berührt werden konnte.

Die Leere. Dieses seltsam verzerrte Bild eines Mannes, der seine Gestalt für eine andere eintauschte.

Er *veränderte seine Gestalt* willentlich, indem er die menschliche Gestalt der Erde übergab. Sie floß aus ihm heraus, wurde von seinen Knochen abgeschüttelt, während sich die Knochen selbst veränderten. Was in *Lir*gestalt nicht benötigt wurde, wie Kleidung, Waffen und zuviel menschliches Gewicht, wurde in der Erde aufbewahrt und von der Magie geschützt. Ein Austausch. Gib Überschüssiges ab und erhalte die kleinere Gestalt.

Magie, mächtige Magie, die in der Erde wurzelte. Ich spürte das schwere Fell sich an meinem Nacken sträuben, so daß ich die Umwandlung erlebte, die Umwandlung sowohl der Seele als auch des Körpers.

Ich erkannte die Leere als das, was sie war. Ich verstand, warum es sie gab. Die Götter hatten sie als Schutz vor den verwirrten Augen der Menschen geschaffen, die Zeuge der Umwandlung wurden. Denn Fleisch und Knochen vor sich in den Boden fließen zu sehen, die in anderer Gestalt wieder hervortreten, könnte selbst für den stärksten Bär zuviel sein. Und so umgab den Wandel ein Geheimnis aus Magie und Zauberei. Niemand, der den Gestaltwandel als das ansah, was er war, würde die Cheysuli jemals *Menschen* nennen.

Und jetzt konnte ich dies auch nicht mehr tun.

Die Angst drohte mich vollkommen zu verschlingen, und ich krümmte mich in meinen Seilen.

Seile. Ich hing in der Grube. Ein Mensch, kein Wolf, kein Tier. Aber ich würde niemals Mujhar werden, bevor ich nicht anerkannte, was die Cheysuli waren.

Homana war Cheysuli.

Ich spürte den Wahnsinn aus meinem Mund entweichen. »Nehmt ihn an!« schrie ich. »Nehmt diesen Menschen an, diesen Mujhar!«

Stille.

»Ja'hai«, schrie ich. *»Ja'hai, Cheysu, ja'hai ... Ja'hai, Cheysu, Mujhar!«*

»Carillon.«

»Ja'hai«, keuchte ich. *»Ja'hai!« O Götter, nehmt mich an. O Götter, nehmt mich an Nehmt mich an Nehmt mich an …*

»Carillon.«

Wenn sie es nicht taten … wenn sie es nicht taten …

»Carillon.«

Haut auf Haut. *Haut auf Haut,* eine Hand, die meinen Kopf stützte.

»Jehana?« krächzte ich. *»Jehana? Ja'hai … Jehana, ja'hai …«*

Zwei Hände lagen um meinen Kopf. Sie hielten ihn. Sie bargen ihn, wie den eines Kindes, das zu schwach war, ihn selbst hochzuhalten. Ich lag auf dem kühlen Steinboden auf dem Rücken, und ein Schatten kniete über mir.

Meine geblendeten Augen konnten nur Umrisse sehen. Ein Mann. Nicht meine *Jehana.*

»Jehan?« brachte ich mühsam hervor.

»Nein«, sagte er. *»Rujholli.* In dieser Sache, in dieser Stunde sind wir es.« Die Hände griffen einen Augenblick lang fester zu. *»Rujho,* es ist vorbei.«

»Ja'hai …?«

»Ja'hai-na«, sagte er tröstend. *»Ja'hai-na Homana Mujhar.* Du bist geboren.«

GeborenGeborenGeboren. *»Ja'hai-na?«*

»Angenommen«, sagte er sanft. »Der König aller Rassen ist geboren.«

Ich konnte wieder Homanisch sprechen, aber meine Stimme klang kaum menschlich. »Aber das bin ich nicht.« Plötzlich erkannte ich es. »Ich bin nur ein *Homaner.«*

»Vier Tage lang warst du ein Cheysuli. Das wird genügen.«

Ich schluckte. »Es ist so dunkel. Ich kann dich kaum sehen.«

Ich konnte *tatsächlich* nur den dunkleren Umriß seines Körpers vor den hellen Wänden und den hoch aufragenden *Lirs* erkennen.

»Ich habe die Fackel an der Treppe zurückgelassen, und die Tür ist fast geschlossen. Bis du bereit bist, ist es so das beste.«

Meine Augen schmerzten. Das kam von dem Licht, das, wie kärglich auch immer, um die Öffnung in der Wand herumkroch. Es schimmerte auf seinem Gold und blendete mich fast mit seinem Glanz. Es ließ die Narbe zu einer schwarzen Linie auf seinem Gesicht werden.

Die Narbe. Es war nicht Duncan. Es war Finn.

»*Finn* ...« Ich versuchte mich aufzusetzen, aber es gelang mir nicht. Ich hatte nicht die Kraft dazu.

Er drückte mich wieder hinab. »Überstürze nichts. Du bist noch nicht wieder ganz beisammen.«

Nicht ganz beisammen? Was war ich *denn*?

»Finn ...« Ich brach ab. »Bin ich herausgelangt? Bin ich aus dem Verlies herausgelangt?« Das schien unvorstellbar.

Er lächelte. Dieses Lächeln vertrieb die Anspannung und die Müdigkeit, die die Haut seines umschatteten Gesichts gestrafft hatte.

»Du bist aus dem Schoß der Erde herausgelangt. Sagte ich nicht, daß du geboren seist?«

Den Marmor unter meinem nackten Körper fühlte ich hart. Ich zog die Beine soweit an, daß ich meine Knie sehen konnte, um festzustellen, ob ich heil geblieben war. Ich war es, zumindest körperlich, wenn auch nicht geistig. »Bin ich wahnsinnig geworden? Hast du das gemeint?«

»Nur ein wenig vielleicht. Aber es wird vorübergehen. Es ist nicht ...« Er brach kurz ab. »Wir haben dies noch nicht sehr oft durchgeführt: dieses Erzwingen einer Geburt. Bei einem Kind ist es niemals leicht.«

Nun setzte ich mich auf, stieß mich von dem kalten Steinboden hoch. Plötzlich war ich ein völlig anderer Mensch geworden. Nicht Carillon, sondern jemand anderes. Etwas trieb mich hoch. Ich kniete da und sah Finn an, schaute ihm in die Augen, die selbst in der Dunkelheit so gelb waren, so vollkommen *tierhaft* …

Ich hob eine Hand an meine Augen. Ich konnte die Farbe nicht berühren. Sie waren blau gewesen … ich fragte mich, wie sie jetzt aussahen. Ich fragte mich, was *ich* war …

»Ein Mensch«, sagte Finn.

Ich schloß die Augen. Ich saß in der Dunkelheit ganz still, und das Licht war nur durch die leichte Röte an meinen Augenlidern erkennbar. Ich hörte meinen Atem so, wie ich ihn in der Grube gehört hatte.

Und *pa-dam, pa-dam, pa-dam.*

»Ja'hai-na«, sagte Finn sanft. *»Ja'hai-na Homana Mujhar.«*

Ich streckte eine Hand aus und ergriff sein Handgelenk, bevor er entgegnen konnte. Ich erkannte, daß es das erste Mal war, daß ich gedanklich schneller gewesen war als er, indem ich seine Bewegung vorausgeahnt hatte. Meine Finger klammerten sich um sein Handgelenk, wie er einst meines umklammert und dann eingeschnitten hatte. Ich hatte kein Messer, aber er hatte eines. Ich mußte nur meine Hand ausstrecken und es mir nehmen.

Ich lächelte. Ich spürte Haut unter meinen Fingern und Blut unter der Haut. Er würde bluten, wie ich geblutet hatte. Ein Mensch, der sterben konnte, kein Magier, der vielleicht ewig lebte.

Nicht wie Tynstar, sondern ein Cheysuli, kein Ihlini.

Ich betrachtete seine Hand. Er versuchte sie nicht zu bewegen, er wartete einfach ab. »Ist es schwer, es zu tun?« fragte ich. »Wenn du dein *Selbst* der Erde überantwortest und eine andere Gestalt annimmst? Ich habe gesehen, wie du es getan hast. Ich habe den Ausdruck auf deinem Gesicht gesehen, als es noch ein Gesicht war und noch nicht von Leere verborgen wurde.« Ich hielt inne. »Ich spüre das Bedürfnis, es wissen zu wollen.«

Dieses Eingeständnis ließ seine Augen schwarz werden. »Es gibt keine homanischen Worte ...«

»Dann sage es in Cheysuliworten. Sage es in der Alten Sprache.«

Er lächelte. »*Sul'harai,* Carillon. Das bedeutet es.«

Das hatte ich schon zuvor gehört, einmal zuvor. Wir hatten eines Nachts in Caledon zusammengesessen, in unseren Krügen mit *Usca* verloren, und hatten so über Frauen gesprochen, wie Männer das nun einmal tun, und hatten uns erzählt, was wir begehrten. Vieles war nicht laut ausgesprochen worden, aber wir hatten es dennoch gewußt. Wir hatten Alix im Sinn gehabt. Und das Ergebnis dieser Nacht war ein einziges allumfassendes Wort gewesen: *Sul'harai.*

Es bezeichnete, was in der Vereinigung von Männern und Frauen vollkommen war, etwas beinahe Heiliges. Und obwohl er die richtigen Worte dafür nicht auf homanisch sagen konnte, hatte ich durch den Tonfall seiner Stimme verstanden.

Sul'harai. Wenn ein Mann eine Frau war und eine Frau ein Mann, zwei Hälften eines Ganzen, diesen einzigen, flüchtigen Augenblick lang. Und so erkannte ich endlich den Gestaltwandel.

Finn trat an die nächste Wand und setzte sich dorthin, wobei seine Unterarme auf seinen hochgezogenen Knien ruhten. Schwarzes Haar fiel ihm ins Gesicht. Es mußte geschnitten werden, wie üblich. Aber am meisten fiel mir auf, wie sehr er den *Lir*gestalten an der Wand ähnelte, sogar in menschlicher Gestalt. Die Cheysuli haben einen räuberischen Zug, der sie wild erscheinen läßt.

»Wann bist du zurückgekommen?«

Er lächelte. »Das ist eine übliche Carillonfrage. Ich glaube, du bist wieder genesen.« Er verlagerte sein Gewicht. Hinter ihm war ein Falke mit ausgebreiteten Schwingen zu sehen. Der Stein schien seine Schultern zu umschließen, so daß er die Schwingen ausbreiten mußte. Aber nein, das war die Gabe seines Bruders. »Ich bin vor zwei Tagen zurückgekommen. Alle waren in heller Aufregung. Es hieß, der Mujhar sei vermißt. Ob er ermordet worden war? Nein. Duncan erzählte mir dann ganz ruhig, daß er dich hierher gebracht hätte, damit du geboren würdest.«

Ich rieb mit einem Arm meine Stirn. »Wußtest du über diesen Ort Bescheid?«

»Ich wußte, daß es ihn gibt. Ich wußte nicht genau wo, und ich wußte nicht, daß Duncan dies plante.« Er runzelte die Stirn. »Er hat mich zurechtgewiesen, weil ich mit der Sternenmagie dein Leben aufs Spiel gesetzt habe, und doch hat er dich hier hinunter gebracht und dein Leben erneut gewagt. Ich verstehe ihn nicht.«

»Er wäre vielleicht Mujhar geworden«, sagte ich nachdenklich und spürte das Krächzen in meiner Kehle. »Duncan hätte es an meiner Stelle werden können. Wenn die Homaner niemals geherrscht hätten ….«

Finn zuckte die Achseln. »Aber sie – und jetzt du – haben regiert. Es ist unwichtig, was gewesen wäre. Duncan ist Stammesführer, und das ist für einen Cheysuli genug.«

Ich hob eine Hand und betrachtete sie. Sie bestand lediglich aus Knochen und Haut. Schwielige Haut. Und doch hatte ich sie für eine Pranke gehalten. »Träume«, murmelte ich.

»Verrate nichts«, riet Finn. »*Du* bist der Mujhar, nicht ich. Du solltest für dich behalten, was geschehen ist. Das stärkt die Magie.«

Ich ließ meine Hand auf einen Oberschenkel sinken. Ich fühlte mich zu schwach, um mich zu bewegen. »Welche Magie? Ich bin Homaner.«

»Aber du bist aus dem Schoß der Erde wiedergeboren worden. Du hast nicht das richtige Blut, das stimmt, und du hast auch nicht die *Lir*gaben …, aber du hast Anteil an einem kleinen Teil der Magie.« Er lächelte. »Zu wissen, daß du überlebt hast, sollte Magie genug sein.«

Leere erfüllte mich. »Essen. Götter, ich brauche etwas zu essen!«

»Dann warte, ich habe etwas für dich.« Finn erhob sich und ging davon, verließ das Gewölbe. Ich starrte auf die Wände, bis er wieder zurückkam. Er hielt einen Weinschlauch in Händen.

Ich trank und spie dann fast wieder aus. *»Usca!«*

»Jehanas Milch«, stimmte er mir zu. »Du brauchst sie jetzt. Trink sie, nicht viel, nur ein wenig. Und verschütte sie nicht wie ein kleines Kind.«

Ich versuchte zu lächeln, und es mißlang mir beinahe. »Götter, wenn ich nichts zu *essen* bekomme ...«

»Dann zieh dich an, und wir werden hier herausgehen.«

Ich betrachtete unglücklich den Stapel Kleider, ein Hemd, eine Hose und Stiefel. Ich bezweifelte, daß ich auch nur das Hemd anziehen könnte.

Und dann erinnerte ich mich daran, wie ich in dem Verlies die Gewalt über meinen Körper verloren hatte, und errötete stark.

»Götter«, sagte ich schließlich, »ich kann nicht *so* gehen ...«

Finn nahm die Kleidung, brachte sie mir und begann mich anzuziehen wie ein kleines Kind. »Du bist zu groß, als daß ich dich tragen könnte«, sagte er, als ich, wenn auch wackelig, auf den Beinen stand. »Und es könnte deinem Ruf schaden. Carillon der Mujhar, der betrunken in irgendeiner Ecke seines Palastes liegt. Was würden die Diener sagen?«

Ich sagte ihm sehr deutlich, was ich von Dienern hielt, die zur Unzeit plauderten. Ich sagte es in der Sprache des Heeres, die wir gesprochen hatten, und das ließ ihn lächeln. Und dann ergriff er meinen Arm.

»Ja'hai-na. Es gibt keine Demütigung.«

Ich wandte mich unsicher zur Tür und sah das Licht dahinter. Ich schwankte.

»Geht, Mylord Mujhar. Eure *Jehana* und Eure *Rujholla* sind hier.«

»Stufen.«

»Steige hinauf«, riet er mir. »Es sei denn, du willst lieber fliegen.«

Einen Augenblick lang, nur einen Augenblick, überlegte ich, ob ich es könnte. Und dann seufzte ich, denn ich wußte, daß ich es nicht konnte, und begann die Stufen hinaufzusteigen.

Kapitel Zwanzig

Ich betrachtete mein Spiegelbild in der polierten Silbertafel, die gegen die Wand gelehnt stand. Mein Haar war geschnitten, so daß es nicht mehr bis auf die Schultern herabfiel, und mein Bart war gestutzt. Ich war weniger unordentlich als seit Jahren, so daß ich mich selbst kaum wiedererkannte.

»Jetzt bist du nicht mehr der Söldnerprinz«, sagte Finn.

Ich konnte ihn in der Tafel sehen. Er war genau wie ich der Gelegenheit entsprechend gekleidet, obwohl er Leder statt Samt trug, weißes Leder, so daß seine Haut noch dunkler wirkte. Und Gold – an den Armen, an seinem Ohr und am Gürtel. Und die königliche Klinge mit dem wilden Löwen. Obwohl bei einer Hochzeit niemand außer dem Mujhar mit seinem Cheysulischwert bewaffnet erschien, bildeten die Cheysuli eine Ausnahme. Das galt für Finn noch mehr als für die meisten anderen, dachte ich, denn er war eher ein Barbar als ein Mensch – mit all seinem Gold, mehr Krieger als Hochzeitsgast.

»Und du?« fragte ich. »Was bist du?«

Er lächelte. »Dein verschworener Gefolgsmann.«

Ich wandte mich von der Silbertafel ab und runzelte die Stirn. »Wieviel Zeit bleibt uns noch?«

»Genug Zeit«, erwiderte er. »Carillon… quäle dich nicht so. Glaubst du, sie wird nicht kommen?«

»Hunderte von Leuten sind in der Großen Halle versammelt«, sagte ich gereizt. »Sollte Electra beschließen, mich demütigen zu wollen, indem sie die Zeremonie verzögert, wird sie dies tun. Ich fühle mich bereits jetzt schlecht.« Ich legte eine Hand auf meinen Bauch. »Bei den Göttern… ich hätte dem niemals zustimmen sollen…«

Finn lachte. »Dann betrachte sie als deinen Feind und nicht nur als Braut. Immerhin *ist* sie ein Feind. Nun, wie willst du ihr entgegentreten?«

Ich runzelte die Stirn und rückte das Diadem auf meinem Kopf zurecht. »Ich würde ihr lieber im Bett entgegentreten als vor einem Priester.«

»Du sagtest mir, daß du dies tun willst, um den Frieden zwischen den beiden Reichen herzustellen. Hast du es dir anders überlegt?«

Ich seufzte und legte eine Hand auf das Heft meines Schwertes. Der Blick darauf erinnerte mich daran, was Tynstar getan hatte, denn der Rubin schimmerte noch immer schwarz. »Nein«, antwortete ich. »Es muß so geschehen. Aber meine Freiheit wäre mir lieber.«

»Aha.« Er hob die Brauen. »Jetzt erkennst du den Nutzen des Alleinelebens. Wenn du an *meiner* Stelle wärst…« Aber er brach achselzuckend ab. »Das bist du nicht. Und wenn ich eine Wahl hätte…« Er zuckte erneut die Achseln. »Du wirst deine Aufgabe hinlänglich erfüllen.«

»Carillon.« Torry stand im Eingang meines Raumes, mit bronzefarbener Seide und einem Perlenkranz bekleidet. »Electra ist fast fertig.«

Etwas der Angst sehr Ähnliches durchdrang meinen Körper. Dann erkannte ich, daß es *tatsächlich* Angst war. »O Götter… was tue ich nur? Wie soll ich das durchstehen?« Ich sah Finn an. »Ich war ein Narr…«

»Das bist du häufig«, stimmte Torry mir zu und kam sofort zu mir, um meine Hand von dem Schwert zu lösen. »Aber jetzt wirst du den anderen und *besonders* Electra beweisen müssen, daß du kein Narr bist. Glaubst du, sie wird nichts dazu sagen, wenn du so zu ihr kommst?« Sie richtete mein grünes Samtwams, obwohl sich schon mein Leibdiener sehr aufmerksam darum gekümmert hatte.

Ich schob ihre Hände ungeduldig beiseite. »O Götter,

ich hätte fast das Geschenk vergessen ...« Ich trat an ihr vorbei zum Marmortisch und hob den Deckel eines Elfenbeinkästchens an. In den Tiefen des blauen Samts blinkte das Silber. Ich griff hinein und nahm den vor Perlen und Saphiren strotzenden Gürtel hervor. Die Silberglieder würden Electras Taille sehr tief umschließen und dann vorn über ihre Röcke herabhängen.

»Carillon!« rief Torry aus. »Wo hast du ein solches Schmuckstück entdeckt?«

Ich nahm auch den Halsreif aus dem Kästchen, einen schmalen Silberhalsreif mit einem einzelnen, von zwei Perlen gesäumten Saphir. Es lagen noch Ohrringe auf dem Samt, aber dafür hatte ich keine Hand mehr frei.

Finn streckte ruckartig die Hand aus und ergriff den Halsreif. Ich überließ ihn ihm überrascht und bemerkte die Verärgerung in seinen Augen. »Weißt du, was dies ist?« fragte er.

Tourmaline und ich starrten ihn beide an. Schließlich nickte ich. »Er hat Lindir gehört. Alle königlichen Schmuckstücke sind vor drei Wochen zu mir gebracht worden, um daraus etwas für Electra zu erwählen. Ich dachte, diese ...«

»*Hale* hat sie gestaltet.« Finn war blaß geworden, während die Narbe tiefrot leuchtete. »Mein *Jehan* hat die Schmuckstücke mit ungeahnter Sorgfalt gestaltet, und jetzt willst du sie *ihr* überlassen?«

Ich legte den Gürtel langsam in das Kästchen zurück. »Ja«, sagte ich leise. »Es tut mir leid ... ich wußte nicht, daß Hale sie gefertigt hat. Aber ja, sie sind für Electra gedacht.«

»Das kannst du nicht tun. Sie haben Lindir gehört.« Sein Mund wurde zu einer dünnen blassen Linie. »Ich achte die Erinnerung an die homanische Prinzessin, wegen der mein *Jehan* uns verlassen hat, wenig genug, aber ich achte das, was er gestaltet hat. Schenke den Schmuck statt dessen Torry.«

Ich schaute kurz zu meiner Schwester und bemerkte,

wie sie als Antwort auf Finns Worte erblaßte. Nun, ich konnte es ihr nicht verübeln. Er zeigte seine Gefühle sehr deutlich, ohne sie herauszuschreien.

Ich sah, wie fest seine Finger den Halsreif umklammerten. Das Silber war so zart, daß ich befürchtete, er könnte es verbiegen. Ich streckte langsam die Hand aus und deutete darauf.

»Carillon …« begann Torry, aber ich schnitt ihr das Wort ab.

»Gib ihn mir«, sagte ich zu Finn. »Ich erwähnte bereits, daß es mir leid tut. Aber diese Schmuckstücke sind für Electra gedacht, für die *Königin.*«

Finn ließ den Halsreif nicht los. Statt dessen wandte er sich um, bevor ich mich rühren konnte, und legte ihn Torry um. »So«, sagte er verbittert, »wenn du ihn haben willst, mußt du ihn deiner *Rujholla* abnehmen.«

»Nein!« rief Torry schneidend. »Du wirst mich nicht zum Stein des Anstoßes machen, nicht *dadurch.*« Sie zog den Halsreif schnell ab und legte ihn in meine Hände. Ihre Blicke verbanden sich kurz, und dann wandte Finn sich ab.

Ich legte den Halsreif in das Kästchen zurück und schloß den Deckel. Einen Augenblick lang betrachtete ich das Kästchen und nahm es dann mit beiden Händen auf. »Torry, würdest du es nehmen? Es ist mein Brautgeschenk für sie.«

Finn legte seine Hände auf das Kästchen. »Nein.« Er schüttelte den Kopf. »Wenn jemand die Schmuckstücke übergibt, die mein *Jehan* gestaltet hat, dann werde ich derjenige sein. Verstehst du? Es muß so geschehen.«

»Ja«, stimmte ich ihm zu, »das ist wahr. Und wenn die Übergabe verhindert wird …«

»Sie wird nicht verhindert werden.« Finn brach ab. »Bin ich nicht dein treuer Gefolgsmann?« Er wandte sich sofort um und verließ meine Räume, wobei er das Kästchen fest umklammerte. Ich legte meine Hände an die Stirn, rieb sie und wünschte, ich könnte das schwere Diadem abnehmen.

»Ich habe ihn niemals so verärgert erlebt«, sagte Torry schließlich. »Nicht einmal im Keep, als Alix ihn dazu brachte, sich in einem Zelt auszuruhen, obwohl er mit Donal jagen gehen wollte.«

Ich lachte und war froh über die Ablenkung von Finns schlechter Laune. »Alix erzürnt Finn häufig und er sie ebenfalls. Das war bei den beiden schon immer so.«

»Weil er sie geraubt hat?« Torry lächelte, als ich sie scharf ansah. »Ja, Finn hat mir die Geschichte erzählt … als ich ihn danach fragte. Er hat mir auch noch etwas anderes erzählt.« Sie streckte die Hand aus und zupfte erneut mein Wams zurecht. »Er sagte, daß er, würde er jemals wieder eine Frau so sehr begehren wie Alix, niemals zulassen würde, daß sich jemand zwischen sie stellte – nicht du und auch nicht sein Bruder.« Ihre Hand lag starr auf meiner Brust, ihr Blick war tief. »Und ich glaube ihm.«

Ich beugte mich herab und küßte sie auf die Stirn. »Da spricht die Verbitterung, Torry. Er ist niemals über Alix hinweggekommen. Und ich bezweifle, daß ihm das jemals gelingen wird.« Ich zog ihre Hand unter meinem Arm hindurch. »Nun komm. Es wird Zeit, daß diese Hochzeit stattfindet.«

Die Große Halle war vom Adel Solindes und Homanas und dem Stolz der Cheysuli erfüllt. Ich wartete an den gehämmerten Silbertüren auf Electra und betrachtete dabei ehrfürchtig die versammelte Menge. Ich hatte nicht geglaubt, daß so viele Menschen der Vereinigung zweier Reiche beiwohnen wollten, die einander so lange bekämpft hatten. Vielleicht dachten sie, daß wir uns vor dem Priester gegenseitig umbringen würden.

Ich wurde es müde, die Verspannungen in Kiefer und Bauch immer wieder zu lockern. Meine Zähne schmerzten, aber nur weil ich sie so fest zusammenbiß. Ich hatte nicht gedacht, daß eine Hochzeit eine dermaßen erschreckende Angelegenheit wäre. Und das mir, der ich ein Krieger war... Ich lächelte verzerrt – heute nicht. Heute war ich nur ein Bräutigam, und noch dazu ein nervöser Bräutigam.

Der homanische Priester wartete ruhig auf dem Podium beim Thron. Die Gäste standen wie eine Ansammlung von Bienen, die auf die Königin – oder den Mujhar – zuschwärmen wollten, in der Halle gruppiert.

Ich suchte bekannte Gesichter: Finn, der weit vorne stand, Duncan und Alix, ersterer ernst wie immer, letztere ungewohnt düster. Meine Mutter saß auf einem Stuhl, und meine Schwester stand neben ihr. Meine Mutter trug noch immer eine Haube, die ihr Silberhaar bedeckte, aber sie war nicht mehr ärmlich gekleidet. Sie war jetzt die Mutter eines Königs, nicht mehr die eines Aufständischen, und das zeigte sich in ihrer Kleidung sehr deutlich. Tourmaline ließ die Halle mit ihrer lohfarbenen Schönheit erstrahlen. Und Lachlan, der neben ihr stand, erkannte es.

Ich seufzte. Armer Lachlan, so verloren in der Verehrung meiner Schwester. Ich hatte ihm kürzlich nur wenig Zeit schenken können, und solange Tourmaline anwesend war, litt er noch mehr. Und doch konnte ich nichts für ihn tun. Und auch *er* konnte nichts tun außer den Schmerz, den er empfand, auszuhalten.

»Mylord.«

Ich erstarrte sofort. Der Augenblick war gekommen. *Unser* Augenblick, denn es war Electras Stimme. Ich wandte mich nach einem kurzen Zögern zu ihr um.

Sie war ganz Bellams Tochter, trug Weiß, die Farbe der Trauer, als wollte sie deutlich – ohne Worte – ausdrücken, was sie von dieser Verbindung hielt. Nun, ich hatte kaum etwas anderes erwartet.

Sie betrachtete mich aus ihren großen, grauen Augen mit den schweren Wimpern und den langen Lidern. Die

Masse ihres weißblonden Haars fiel ihr über die Schultern bis zu den Knien herab und war ungebunden, wie es sich für eine noch unverheiratete Frau gehörte. Ich wollte meine Hände darin versenken und sie an mich ziehen.

»Seht Ihr?« sagte sie. »Ich trage Euer Brautgeschenk.«

Sie wurde dem Silber und den Saphiren gerecht. Götter, welch eine Frau ...

Und doch schien sie mir jetzt nicht so sehr eine Frau als vielmehr ein räuberisches Wesen zu sein. Ihre Sicherheit ließ mir keinen Raum für Zweifel, und doch begehrte ich sie mehr denn je. Mehr noch als ich selbst erkennen konnte.

Ich streckte einen Arm aus. »Lady ... Ihr erweist mir Ehre.«

Sie ließ eine blaße, glatte Hand über den grünen Samt meines Ärmels gleiten. »Mylord ... das ist das *mindeste,* was ich für Euch tun werde.«

Die Zeremonie war nur kurz, aber ich nahm wenig davon wahr. Etwas tief in mir forderte meine Aufmerksamkeit, obwohl ich es nicht beachten wollte. Finns offen gezeigte Mißbilligung schwebte unaufhörlich an die Oberfläche meines Bewußtseins, obwohl sein Gesicht nichts preisgab, als ich hinsah. Jedes Mal wenn ich Electra betrachtete, sah ich eine Frau und ihre Schönheit und wußte, wie sehr ich sie wollte.

Ich sprach die Schwüre, die uns verbinden würden, sprach die homanischen Worte mit dem hauchfeinen Anklang an die Cheysulisprache. Es schien passend. Homana und die Cheysuli waren untrennbar miteinander verbunden, und jetzt wußte ich auch warum.

Electra sprach mir die Worte nach und beobachtete mich dabei. Ihr solindischer Mund formte sie auf seltsame Art und ließ die Schwüre damit zu einer Farce werden. Ich fragte mich, ob sie es absichtlich tat. Nein. Sie *war* solindisch ... und wußte zweifellos, was sie sagte, als sie es sagte.

Der Priester legte die eine Hand auf ihren Kopf, die andere auf meinen. Gewichtiges Schweigen herrschte, während wir vor dem Mann knieten. Und dann lächelte er und segnete den neu ernannten Mujhar und seine Ehefrau.

Ich hatte die Frau genommen, und ich würde sie behalten. Electra war endlich mein.

Als die Hochzeitsfeier vorüber war, begaben wir uns in eine zweite Empfangshalle, die etwas kleiner, aber nicht weniger phantastisch als die Große Halle mit ihrem Löwenthron schien. An den Seitenwänden entlang verlief eine Galerie. Lauten, Flöten, Trommeln und ein Knabenchor begleiteten die Festlichkeiten. Schon bald weigerten sich die vom Wein erhitzten Männer, über Politik zu sprechen, und warteten darauf, ihre Damen auf den roten Steinboden führen zu können.

Aber der Tanz konnte erst anfangen, wenn der Mujhar und seine Königin ihn eröffneten. Also führte ich Electra zur Mitte des glänzenden Fußbodens und ließ den Tanz beginnen.

Sie paßte sich leicht dem schwierigen Muster tanzender Füße und wirbelnder Röcke an. Unsere Hände berührten sich und lösten sich wieder voneinander. Der Tanz bedeutete mehr Werbung als alles andere, erfüllt von den feinen Eröffnungen eines Mannes gegenüber einer Frau und einer Frau gegenüber einem Mann. Ich war mir der auf uns ruhenden Blicke und der lächelnden Münder bewußt, obwohl nur wenige davon den solindischen Gästen gehörten. Sie waren wenig glücklich.

»Erzähle mir«, sagte ich, während wir einen Tanzschritt versuchten, der uns fast zur Mitte des Tanzbodens führte, »wo ist Tynstar?«

Sie erstarrte und machte beinahe einen falschen Schritt. Ich ergriff ihren Arm und stützte sie, wobei ich ausdruckslos lächelte, während sie mich entsetzt ansah.

»Hast du geglaubt, ich würde diese Frage nicht stellen?« Ich bewegte mich im Tanzmuster von ihr fort, aber gleich waren wir wieder zusammen.

Sie atmete tief, so daß die Saphire auf der blassen Haut ihres Halses schimmerten. Der Gürtel klimperte in den Falten ihres Gewandes. »Mylord ... Ihr habt mich unvorbereitet getroffen.«

»Ich glaube nicht, daß Ihr jemals unvorbereitet seid, Electra.« Ich lächelte. »Wo ist er?«

Das Tanzmuster trennte uns erneut. Ich wartete und beobachtete derweil ihren Gesichtsausdruck. Sie bewegte sich mühelos mit natürlicher Anmut, war aber geistig nicht bei der Sache.

»Carillon ...«

»Wo ist Tynstar?«

Die langen Lider verdeckten ihre Augen kurz, aber als sie sie wieder anhob, sah ich deutliche Feindseligkeit. Ihr Mund schien eine angespannte dünne Linie. »Er ist fort, und ich weiß nicht wohin.«

Ich ergriff im Rhythmus des Tanzes ihre Hand. Ihre Finger waren so kühl wie immer. Ich erinnerte mich von früher daran. »Ihr solltet Euch besser mit mir zufriedengeben, Electra. Ihr seid meine Frau.«

»Und Königin?« konterte sie geschwind.

Ich lächelte. »Ihr wollt eine Krone, nicht wahr?«

Der Hochmut ihres königlichen Ranges brach erneut hervor. »Ich bin es wert! Selbst *Ihr* könnt das nicht leugnen!«

Wir kamen im Tanzrhythmus wieder zusammen. Ich hielt ihre Hand und führte sie die Halle entlang. Wir wandten uns um, tanzten wieder zurück und nahmen die Beifallsbezeigungen der Gäste entgegen. Die Werbung war beendet, die Lady hatte gewonnen.

»Vielleicht kann ich es nicht leugnen«, stimmte ich ihr zu. »Denn Ihr werdet die Mutter meines Erben sein.«

Sie lächelte kurz. »Das ist Euer Preis? Ein Kind?«

»Ein Sohn. Schenkt mir einen Sohn, Electra.«

Nur kurz war sorgfältige Überlegung in ihren Augen

zu erkennen. Und dann lächelte sie. »Vielleicht bin ich zu alt, um Euch ein Kind zu schenken. Habt Ihr daran niemals gedacht?«

Ich drückte ihre Hand mit meiner fest zusammen. »Redet nicht solchen Unsinn, Lady! Ich bezweifle nicht, daß Tynstar Euch auch Eure Gebärfähigkeit erhalten hat, als er Euch ewige Jugend verlieh.«

Ihre Wangen röteten sich stark. Der Tanz war vorüber, so daß sie meiner Führung nicht länger zu folgen brauchte. Aber wir wurden beobachtet und wagten daher unsere Unterhaltung nicht öffentlich fortzuführen.

Electra lächelte angespannt. »Wir Ihr wünscht, mein Ehemann. Ich werde Euch das Kind schenken.«

Ich dachte dann, daß die Feier zu lange dauerte. Und doch konnte ich sie noch nicht zu Bett führen. Der Anstand verlangte es, daß wir noch ein wenig warteten.

Aber selbst ein wenig kann zu lange sein.

Electra sah mich von der Seite an. Ich bemerkte die Neigung ihres Kopfes und die Nachdenklichkeit in ihren Augen. Sie versuchte mich genauso zu beurteilen, wie ich sie. Und dann ergriff ich ihre Hand und führte sie an meine Lippen. »Lady … ich verehre Euch.«

Electra lächelte nur.

Später dachte ich, daß sich die Welt verändert hatte, wenn auch nur ein wenig. Aber vielleicht doch mehr als nur ein wenig. Was mit Begierde und Freude begonnen hatte, endete mit mehr. Nicht mit Liebe – es war wohl kaum Liebe, aber mit besserem Verständnis. Die gegenseitigen Beschuldigungen hatten ein Ende und waren sogar durch Verstehen ersetzt worden, wenn ich auch auf dem Weg dahin bereits erkannte, daß es nicht leicht werden würde, denn wir waren zu lange Feinde gewesen.

Electras Beine waren mit meinen verschlungen, und ein großer Teil ihrer Haarpracht verfing sich unter meiner Schulter. Ihr Kopf ruhte auf meinem Arm, der so als

Kissen diente, und wir beobachteten beide, wie das erste rötliche Licht der Dämmerung durch die Bettvorhänge kroch.

Nachdem wir dem Tanz endlich entkommen waren, hatten wir den Rest der Nacht mit dem Vollzug unserer Ehe verbracht, und wir waren beide nicht überrascht gewesen zu entdecken, wie gut wir zusammenpaßten. Das hatte von Anfang an zwischen uns bestanden. Aber jetzt lagen wir in schweigender Betrachtung des vor uns liegenden Lebens da und waren hellwach und uns erneut dessen bewußt, was geschehen war.

»Hast du es vergessen?« fragte sie. »Ich war Tynstars Frau.«

Ich lächelte die Vorhänge, die die Kälte von unserer Haut fernhielten, grimmig an. »Jetzt teilst du das Bett mit *mir*, nicht mehr mit Tynstar. Es ist unwichtig.«

»Tatsächlich?« Sie lächelte, genau wie ich, aber aus einem anderen Grund, schien mir.

Ich seufzte. »Nein, es ist doch wichtig. Das weißt du, Electra. Aber du hast *mich* geheiratet, nicht ihn. Also sollten wir ihn aus unserer Ehe heraushalten.«

»Ich hätte nicht gedacht, daß du das zugeben würdest.« Sie rückte näher an mich heran. »Ich dachte, du würdest mich für alles verantwortlich machen.«

Ich drehte meinen Arm so, daß ich meine Finger in ihrem Haar versenken konnte. »*Sollte* ich das tun?«

»Nein«, sagte sie, »du solltest mich nicht zur Verantwortung ziehen. Ich hatte in dieser Angelegenheit keine andere Wahl.« Sie wand sich aus meinem Arm heraus und kniete in der Dämmerung vor mir. »Du kannst nicht wissen, wie es ist, eine Frau zu sein. Du weißt, daß du als Preis für den Sieger ausgesetzt worden bist. Zuerst hat Tynstar mich *gefordert* ... sein Preis dafür, daß er meinem Vater geholfen hat. Und dann hast du, *tatsächlich du*, gesagt, daß du mich heiraten würdest, wenn wir den Krieg verlören. Verstehst du? Es ist immer derselbe Preis, der dem Mann zugestanden wird.«

»Tynstars Preis?« Ich runzelte die Stirn, als sie erneut nickte. »Der Preis für die Hilfe des Ihlini…« Ich schüttelte den Kopf. »So habe ich mir das nicht vorgestellt…«

»Hast du gedacht, ich hätte ihn *gewollt*?«

Ich lachte kurz auf. »Du hast es recht überzeugend so dargestellt. Du hast es mir stets so ins Gesicht geschleudert…«

»Du warst der Feind!« Sie schien überrascht, daß ich das nicht verstehen konnte. »Sollte ich mich so bereitwillig ergeben? Sollte ich dich glauben lassen, ich sei leicht zu erobern? Ach, Carillon, du bist ein Mann und genau wie andere Männer. Du denkst, daß eine Frau nur will, daß ein Mann sie begehrt.« Sie lachte. »Es gibt noch andere Dinge… Dinge wie Macht…«

Ich zog sie wieder zu mir herab. »Dann ist der Krieg zwischen uns beendet?«

Das Licht umschmeichelte sanft ihr Gesicht. »Ich möchte keinen Krieg in unserem Bett. Aber wenn du versuchst irgendeinem Reich Schaden zuzufügen, werde ich alles tun, um dich daran zu hindern.«

Ich zog die Linie ihres Kinns nach und legte ihr meine Finger an die Kehle. »Vielleicht dadurch, daß du mich erneut zu töten versuchst?«

Sie erstarrte und riß den Kopf zurück. »Willst du mir *das* vorwerfen?«

Ich ergriff eine Handvoll ihres Haars, so daß sie sich nicht abwenden konnte. »Zared *hätte* Erfolg haben können. Und noch schlimmer – er hätte meine Schwester töten können. Erwartest du, daß ich das vergebe – *oder* vergesse?«

»Ja, ich wollte dich tot sehen!« schrie sie. »Du warst der Feind! Was sollte ich sonst tun? Wäre ich ein *Mann*, Mylord Mujhar, würdet Ihr meine Absichten nicht in Frage stellen. Bist *du* nicht ein Krieger? Tötest *du* nicht? Warum sollte ich anders sein?« Ihr Gesicht wurde hochrot. »Sage mir, daß es falsch war zu versuchen, den Mann zu töten, der meinen Vater bedrohte. Sage mir, daß du an *meiner* Stelle nicht dasselbe getan hättest. Sage mir, daß ich nicht jede verfügbare Waffe hätte gebrauchen sollen, egal ob es Magie oder Messer oder Worte waren.« Sie lächelte nicht und sah mich nur angespannt an. »Ich bin kein Mann und kann nicht in den Krieg ziehen. Aber ich bin die Tochter meines Vaters. Und wenn ich die Gelegenheit hätte, würde ich wieder genauso handeln … aber er lebt nicht mehr. Was würde es also nützen? Solinde gehört dir, und du hast mich zur Königin von Homana gemacht. Falls du sterben solltest, wäre Solinde auch nicht besser dran. Eine Frau kann dort nicht herrschen.« An ihrem Kinn zuckte ein Muskel. »Also habe ich Euch geheiratet, Mylord, und teile Euer Bett mit Euch, Mylord, weil eine Frau nicht mehr tun *kann*.«

Kurz darauf atmete ich tief durch. »Es gibt noch etwas«, sagte ich sanft. »Du kannst auch einen Sohn gebären.«

»Einen Sohn!« sagte sie verbittert. »Einen Sohn für Homana, der regieren soll, wenn du tot bist. Was nützt das *Solinde*?«

»*Zwei* Söhne«, sagte ich. »Schenk mir zwei Söhne, Electra … und der zweite soll Solinde bekommen.«

Ihre langlidrigen Augen betrachteten mich prüfend, aber sie sah, daß es mir ernst war. »Ist das wirklich dein Ernst?«

»Dein Sohn soll Solinde bekommen.«

Sie hob das Kinn an. *»Mein Sohn«*, flüsterte sie und lächelte triumphierend.

Ich fiel. Noch ein Verlies. Aber dieses Mal fing mich eine Frau auf und nahm mir die Angst.

»Ja'hai«, murmelte ich. *»Ja'hai, Cheysu, Mujhar.«*

Nimm diesen Mann an, diesen Mujhar …

Aber nicht die Götter bat ich darum.

Teil II

Kapitel Eins

Ich sah Finn bekümmert an. »Warum wird es nicht endlich *geboren*?«

Er blieb ernst, aber ich bemerkte die leichte Belustigung in seinen Augen. »Kinder kommen zu ihrer eigenen Zeit. Man darf sie nicht drängen, sonst zögern sie ... wie dieses.«

»Zwei Tage.« Sie schienen wie ein ganzes Leben. »Wie erträgt Electra das? *Ich* könnte das nicht ertragen ... ich könnte das keinen Augenblick lang ertragen.«

»Vielleicht haben die Götter deshalb den Frauen und nicht den Männern die Aufgabe des Kindergebärens übertragen.« Finns Stimme ließ nicht den trockenen Humor durchklingen, den ich erwartet hatte, sondern wirkte verständnisvoller, als ich es jemals bei ihm erlebt hatte. »Es ist bei den Stämmen auch nicht einfacher. Aber dort überlassen wir es den Göttern.«

»Götter«, murmelte ich und betrachtete die schwere eisenbeschlagene Holztür. »Nicht die Götter haben ihr dieses Kind gezeugt ... sondern *ich*.«

»Und du hast damit deine Männlichkeit bewiesen.« Jetzt lächelte Finn. »Carillon ... Electra wird es gut überstehen. Sie ist eine starke Frau ...«

»Zwei Tage«, wiederholte ich. »Sie könnte daran sterben.«

»Nein«, sagte Finn, »nicht Electra. Sie ist weitaus stärker als du glaubst ...«

Ich unterbrach ihn mit einer Bewegung meiner Hand, konnte es nicht ertragen, ihm zuzuhören. Ich bemerkte, daß ich im Augenblick erstaunlich unaufmerksam war, da ich von der Geburt meines ersten Kindes in Anspruch genommen wurde. Ich konnte nur an Electra, die hinter der Tür lag, denken, Electra im Bett, ihre Frauen um sie herum und die Hebamme in Bereitschaft, während ich auf dem Gang wartete wie ein Lakai.

»Carillon«, sagte Finn geduldig, »sie wird das Kind gebären, wenn es bereit ist, geboren zu werden.«

»Alix hat *auch* ein Kind verloren.« Ich erinnerte mich des Schmerzes, den ich empfunden hatte, als ich es von Duncan erfahren hatte. Der Ihliniangriff auf das Keep hatte den Verlust des Kindes bewirkt, und Duncan hatte gesagt, es sei unwahrscheinlich, daß sie noch einmal ein Kind gebären könnte. Ich dachte erneut an Electra und erkannte, wie zerbrechlich auch eine starke Frau sein konnte. »Sie ist… nicht so jung wie sie scheint. Sie könnte daran sterben.«

Finn schloß den Mund, und ich sah, wie er die Brauen senkte. Finn vergaß, ebenso wie die meisten anderen, daß Electra zwanzig Jahre älter war als sie schien. Daß ich ihn daran erinnern mußte, bedeutete, daß sie mehr als nur eine Frau und Ehefrau war. Sie war auch von Magie beeinflußt, was entschieden mit Tynstar zu tun hatte. Sie war vielleicht nicht mehr seine *Meijha*, aber sie trug den Makel – oder den Segen – seiner Magie in sich.

Ich lehnte mich gegen die Tür und ließ meinen Kopf an das Holz sinken. »Götter… ich würde fast lieber einen *Krieg* durchstehen als das hier…«

Finn verzog das Gesicht. »Das ist etwas völlig anderes…«

»Das kannst du nicht sagen«, fuhr ich ihn an. »*Ich* habe dieses Kind gezeugt, nicht du. Du kannst nicht einmal behaupten, einen Bastard gezeugt zu haben.«

»Nein«, stimmte er mir zu, »das kann ich nicht behaupten.« Einen Augenblick schaute er zu Storr hinab, der so ruhig neben ihm saß. Die Augen des Wolfes waren fast geschlossen und schläfrig, als langweile ihn seine Umgebung. Ich wünschte, ich könnte genauso ruhig sein.

Ich schloß die Augen. »Warum kommen sie nicht und sagen mir, daß es geboren ist?«

»Weil es noch nicht soweit ist.« Finn legte eine Hand auf meinen Arm und zog mich von der Tür fort. »Wenn du es so sehr willst, werde ich mit ihr sprechen. Ich werde die dritte Gabe bei ihr anwenden und ihr sagen, daß sie das Kind bekommen soll.«

Ich starrte ihn an. »Das kannst du tun?«

»Jetzt ebensogut, wie zu jeder anderen Zeit, wenn ich diese Gabe benutzt habe.« Finn zuckte die Achseln. »Zwang muß nicht immer nur zum Bösen verwendet werden ... er kann auch einen angenehmen Gehorsam fördern, wie zum Beispiel den, eine Frau dazu zu bringen zu gebären.« Er lächelte. »Ich bin keine Hebamme, aber ich halte es für wahrscheinlich, daß sie Angst hat. Wie du schon sagtest, sie ist nicht so jung, wie sie aussieht ... und sie fürchtet vielleicht auch, keinen Sohn zu gebären.«

Ich fluchte leise. »Vielleicht gewähren uns die Götter einen Sohn, aber ich möchte sie einfach nur sicher wissen. Kannst du das erreichen? Kannst du sie das Kind sicher gebären lassen?«

»Ich kann ihr sagen, daß sie das tun soll, was Frauen immer tun, während sie gebären«, sagte er äußerst ernst. »Und ich halte es für sehr wahrscheinlich, daß das Kind dann auch geboren wird.«

Ich runzelte die Stirn. »Das klingt barbarisch.«

»Vielleicht ist es barbarisch. Aber Kinder werden geboren, und Frauen gebären sie weiter. Ich glaube nicht, daß sie dadurch Schaden erleiden wird.«

»Dann komm. Verschwende keine Zeit mehr hier draußen.« Ich hämmerte gegen die Tür. Als die Frau öffnete, achtete ich nicht auf ihre Proteste, sondern stieß die Tür weiter auf. »Komm mit«, wies ich Finn an, und er betrat nach einem Augenblick stirnrunzelnden Zögerns hinter mir den Raum.

Ein Kreis entsetzter Frauen bildete eine Barrikade um

das Bett in dem Geburtszimmer. Zweifellos war *meine* Anwesenheit schon schlimm genug, aber Finn war ein Gestaltwandler. Ihrem Glauben nach waren wir beide Verfluchte.

Ich drängte mich durch die Barrikade hindurch und kniete mich neben Electras Bett. Dunkle Schatten waren unter ihren Augen zu sehen, und ihr Haar war feucht und zerzaust. Die großartige Schönheit, die ich so bewundert hatte, schien vergangen, aber sie war durch eine noch großartigere Schönheit ersetzt worden. Die Frau gebar mein Kind.

»Electra?«

Sie öffnete ruckartig die Augen, und eine weitere Wehe durchfuhr den hohen, von einem Seidenlaken bedeckten Leib. »Carillon! O Götter, willst du mich nicht in Ruhe lassen? Ich *kann nicht ...*«

Ich legte meine Hand auf ihren Mund. »Still, Electra. Ich bin hier, um dir die Mühsal zu erleichtern. Finn wird das Kind dazu bringen zu kommen.«

Ihr vom Schmerz halb wahnsinniger Blick strich an mir vorbei und traf auf Finn, der in der Tür wartete. Sie sah ihn nur an, als verstehe sie nicht, und dann öffnete sie plötzlich den Mund und schrie etwas in solindischer Sprache heraus.

Ich winkte ihn heran, denn ich wußte, daß dies die einzige Möglichkeit war, ihr Erleichterung zu verschaffen. Und doch schrie sie erneut auf und versuchte zurückzuweichen. Sie war fast wahnsinnig, und ich konnte die Angst auf ihrem Gesicht lebendig werden sehen.

»Schick ihn fort!« keuchte sie. Ein kurzes Stöhnen entwich ihren zusammengepreßten Lippen. »Carillon ... schick ihn fort ...« Ihr Gesicht war verzerrt. »O Götter ... *tu, was ich dir sage ...*«

Die Frauen standen dicht zusammengedrängt und murmelten vor sich hin. Ich hatte zugelassen, daß solindische Frauen Electra bei der Geburt helfen sollten, weil ich wußte, daß sie sich, wäre sie nur von Homanerinnen umgeben gewesen, allein gefühlt hätte – aber jetzt wünschte ich, sie wären fort. Sie bedrückten mich.

»Finn«, flehte ich, »kannst du nichts tun?«

Er trat langsam vor und bemerkte nicht, wie die Frauen ihre Röcke rafften, während er vorüberging. Ich sah Handzeichen und gemurmelte Beschwörungen. Hielten sie ihn für einen Dämon? Ja, das war sehr wahrscheinlich. Und das, obwohl sie Solinder waren, die Ihlinimagier besaßen.

Ich sah Befremden auf Finns Gesicht, während er Electra betrachtete. Es war ein betroffener Ausdruck, als hätte er plötzlich den Wert dieses Kindes erkannt – oder den Wert der Frau, die es gebar – und, was es bedeutete, ein Kind zu zeugen. Eine plötzlich aufbrechende Gewißheit Electra gegenüber überwältigte ihn, wie er sie noch nie erlebt hatte. Ich konnte es ihm ansehen. Neun Monate lang hatte ich bemerkt, wie er sie beobachtete, genauso wie sie ihn beobachtete, beide mit ernsthafter, ausdrücklicher Wachsamkeit, und bereit zur Abwehr. Aber jetzt, als er neben dem Bett kauerte, sah ich erwachende Verwunderung in seinen Augen.

Electras Stolz war geschwunden. Er sah statt dessen die Frau, nicht die *Meijha* des Ihlini, nicht die hochmütige solindische Prinzessin, nicht die Königin von Homana, die seinen Lehnsherrn geheiratet hatte. Und ich wußte, als ich ihn betrachtete, daß ich einen tödlichen Fehler begangen hatte.

Ich dachte daran, ihn fortzuschicken. Aber er hatte ihre Hand bereits in seine Hände genommen, obwohl sie sie ihm entziehen wollte, und es war zu spät, um noch etwas zu sagen.

Er war unendlich geduldig mit ihr und so sanft, daß ich ihn kaum wiedererkannte. Der alte Finn war fort. Und doch hatte ich, als er sie ansah, das Gefühl, daß er nicht Electra sah. Er sah jemand anderen, dachte ich, denn die Veränderung war zu plötzlich eingetreten.

»*Ja'hai*«, sagte er deutlich und dann – als wüßte er, daß sie die Alte Sprache nicht verstehen konnte – übersetzte er jedes seiner Worte. »*Ja'hai* – nimm es an. *Cheysuli i'halla shansu.*«

Er hielt inne. »*Shansu, Meijhana* – Frieden. Mögest du Cheysulifrieden verspüren …«

»Ich pfeife auf Euren Frieden!« Electra hielt die Luft an, als eine weitere Wehe sie schüttelte.

Dann hatte Finn sie erreicht. Ich sah den undeutlichen, aber losgelösten Ausdruck in seine Augen treten, der sie leer werden ließ, und ich wußte, daß er die Magie suchte. Ich dachte erneut an das Gewölbe in der Erde, das wartende Verlies, und erinnerte mich an die dortigen Empfindungen. Ich erschauderte fast, ein Frösteln lief mein Rückgrat hinab, das die Haare auf meiner Haut sich aufrichten ließ, denn ich empfand mehr Ehrfurcht denn je vor der Magie. So sehr die Cheysuli auch immer behaupteten, sie seien Menschen – jetzt wußte ich, daß sie keine Menschen waren, sondern mehr, so viel, viel mehr.

Finn zuckte zusammen. Er schloß die Augen und öffnete sie dann wieder. Ich sah seinen Kopf sich vorwärts neigen, als habe er geschlafen und würde nun ruckartig wach. Die Ausdruckslosigkeit in seinen Augen vertiefte sich, und dann erkannte ich plötzlich, daß etwas geschehen war. Er war … anders. Seine Haut wurde hart wie Stein, und die Narbe hob sich davon ab. Alle Farbe wich aus seinem Gesicht.

Electra schrie auf und Finn ebenfalls.

Ich hörte ein Grollen. Storr sprang in den Raum und schlängelte sich durch die Gruppe der Frauen. Ich hörte Schreie. Ich hörte Weinen. Ich hörte Electra zischend solindische Schmähungen ausstoßen. Ich hörte das tiefe Grollen ansteigen. O Götter, *Storr* war im Raum …

Finn war so weiß wie der Tod, mit einer leicht aschfarbenen Schattierung um den Mund. Ich legte eine Hand auf seinen Arm und spürte die starr hervorstehenden Muskeln. Er zuckte erneut zusammen und begann dann anfallartig zu zittern, wobei sein Kinn schlaff herabsank. Seine Zunge wurde schwarz, während sie sich in seine Kehle zurückrollte.

Und dann erkannte ich, daß Electra seine Hand festhielt und er sich nicht aus ihrem Griff befreien konnte.

Ich ergriff beider Handgelenke und zog daran, versuchte ihre Hände auseinanderzubringen. Zunächst gelang es mir nicht. Electras Nägel gruben sich in seine Haut, bis er blutete – es quoll dunkel und dick hervor. Dann durchbrach ich den Griff, und Finn war frei, aber er war kaum noch der Finn, den ich kannte. Er sank noch immer zitternd zurück, die gelben Augen verdreht, so daß das Weiße darin sichtbar wurde. Eine Schulter schabte an der Wand entlang. Ich dachte, er sei bewußtlos, aber er war wach. Zu wach, wie ich fand.

Er schloß die Augen, öffnete sie dann erneut, und ich konnte das Gelbe darin wieder sehen. Zuviel Gelb, denn seine Pupillen waren große Flecke. Er schaute mit dem wilden Blick eines räuberischen Wesens drein.

Er grollte, nicht Storr. Finn. Das Grollen drang aus einer menschlichen Kehle, aber es war nichts Menschliches mehr an ihm.

Ich ergriff seine Schultern, als er sich aufrichtete, und stieß ihn gegen die Wand. Es bestand kein Zweifel darüber, welche Beute er im Sinn hatte. Einer seiner Arme war in ihre Richtung ausgestreckt, und seine Finger bogen sich wie Klauen.

»Finn …«

Alle Muskeln standen unter seiner Haut hervor, und ich spürte die gewaltige Kraft, aber sie war nichts im Vergleich zu meiner Angst. Ich hielt ihn fest, preßte ihn an die Wand. Ich wußte, daß er sie dort, wo sie lag, töten würde, wenn ich ihn losließe.

Sein Rückgrat bog sich durch und wurde dann wieder gerade. Eine Hand legte sich um meinen rechten Arm und versuchte ihn fortzuziehen, aber ich stieß meinen Ellbogen gegen seine Kehle. Das Grollen wurde erstickt, aber ich sah die wilde Grimasse. Weiße Zähne, die Zähne eines Menschen, in einem blutleeren Mund, aber die Zunge hatte ihre alte Farbe zurückgewonnen.

Ich biß die Zähne zusammen und lehnte mich gegen ihn, drückte meinen Ellbogen gegen seine Luftröhre und betete, daß ich ihn weiterhin festhalten könnte. »Finn ...«

Und dann war der Anfall genausoschnell wieder vorüber, wie er gekommen war.

Finn sackte zusammen. Er fiel nicht hin, da ich ihn festhielt, aber sein Kopf sank ohne Halt auf meinen Arm, und ich sah, daß seine Zähne in die Unterlippe bissen. Ich dachte, er würde ohnmächtig werden. Und doch hatte er sich noch so weit in der Gewalt, daß dies nicht geschah, und als sich Storr an mir vorbeidrängte, um nach seinem *Lir* zu sehen, zeigten Finns Augen allmählich wieder Bewußtsein.

Er zwang sich hoch. Sein Kopf sank gegen die Wand. Er atmete tief ein, mit keuchendem Atem und hielt ihn dann an, während Blut aus seinem Mund lief. Er runzelte wie verwirrt die Stirn, fing sich dann aber selbst wieder, als sein Körper erneut zusammensackte. Er richtete sich mühevoll auf, wobei seine *Lir*bänder an der Wand entlang schabten. Ich sah, wie er erneut die Zähne zeigte, aber diesmal war es eine Grimasse des Entsetzens und der Qual.

»Finn ...?«

Er versuchte ein einziges Wort hervorzustoßen, aber ich konnte es nicht verstehen, weil seine Stimme zu erschöpft war. Es blieb nur ein Geräusch, ein Ausstoßen von Luft, aber sein Gesicht bekam wieder Farbe. Ich wußte, daß er wieder stehen konnte, aber ich ließ ihn dennoch nicht los.

»Tynstar ...« Es war kaum ein Flüstern, rauh und erstaunt. »Tynstar ... *hier* ...«

Die Frauen standen dicht um das Bett herum, und ich

wußte, daß ich Finn aus dem Raum bringen mußte. Electra weinte erschöpft und ängstlich, während die Wehen ihren Körper schüttelten. Ich zog Finn zur Tür und schob ihn in den Gang hinaus, während Storr mit gesträubtem Fell grollend an meinen Fersen klebte.

Finn bemerkte es kaum, als ich ihn an die Wand lehnte. Er bewegte sich wie ein Betrunkener, ganz schlaff und ohne Anmut. Das war nicht Finn, das war überhaupt nicht Finn. »Tynstar ...«, keuchte er erneut. »Tynstar ... *hier* ...«

Ich hielt ihn an seinem Lederwams fest und schob ihn gegen die Wand. »Bei den Göttern, weißt du, was du getan hast? Finn ...«

Wenn ich meine Hände fortnähme, würde er hinfallen. Das konnte ich in seinen Augen lesen. »Tynstar«, sagte er erneut. »Carillon ... es war *Tynstar* ...«

»Er ist nicht *hier*!« schrie ich. »Wie könnte er hier sein? Du wolltest *Electra* töten!«

Er hob eine Hand an sein Gesicht, und ich sah, wie sehr seine Finger zitterten. Er fuhr damit durch sein Haar, strich es sich aus den Augen, und die Narbe stand auf Wange und Kinn hervor wie ein Brandzeichen. »Er ... war ... hier.« Er sprach jedes Wort ganz betont aus. Er sprach mit der bestimmten Klarheit des Betrunkenen oder des sehr Erschütterten, abgehackt in ärgerlichem Tonfall, mit einer Angst, wie ich sie noch niemals bei ihm erlebt hatte. »Tynstar hat eine Falle gestellt ...«

»Genug von Tynstar!« schrie ich, und dann wurde ich still. Aus dem Raum drang der gebieterische Schrei eines Neugeborenen und das Murmeln der Frauen. Ich wollte jetzt dort sein, nicht mehr hier, und doch wußte ich, daß er mich brauchte. Dieses eine Mal brauchte er *mich*. »Ruh dich aus«, sagte ich kurz angebunden. »Iß etwas – und *trink* etwas. Wirst du gehen? *Geh* ... bevor ich dich von hier forttragen muß.«

Ich nahm meine Hände fort. Er lehnte sich mit fest aufgestützten Beinen gegen die Wand, und die Muskeln wölbten sich unter dem Leder seiner Hose. Er wirkte verwirrt, ärgerlich und völlig verständnislos.

»Finn«, sagte ich hilflos, »wirst du gehen?«

Er stieß sich von der Wand ab, schwankte und kniete sich dann auf den Boden. Einen unvernünftigen Augenblick lang dachte ich, er knie sich hin, um Verzeihung zu erbitten, aber das tat er nicht. Ich dachte, daß er beten würde, aber das tat er auch nicht. Er nahm nur Storr in die Arme und drückte ihn so fest er konnte.

Seine Augen waren geschlossen. Ich wußte, daß dies eine zu persönliche Regung war, als daß er sie hätte teilen wollen, auch nicht mit mir. Vielleicht *vor allem* nicht mit mir. Ich ließ sie dort zurück, den Wolf und den Mann, und betrat den Raum, um mein Kind zu sehen.

Eine der Frauen wickelte das Kind bei meinem Eintreten hastig in ein Leinentuch, wischte ihm das Gesicht ab und legte es mir dann in die Arme. Sie waren alle Solinder, diese Frauen, aber ich war ihr König... und würde ihr König bleiben, bis ich einen zweiten Sohn zeugte.

Und dann betrachtete ich ihre Gesichter und erkannte, daß ich nicht einmal einen ersten Sohn hatte.

»Es ist ein Mädchen, Mylord Mujhar«, erklang ein Flüstern in deutlichem Homanisch.

Ich betrachtete das winzige Gesicht. Es zeigte noch keine Persönlichkeit, sondern schien kaum mehr als eine Ansammlung runzliger Züge, aber ich erkannte sie als meine Tochter.

Welcher Mensch empfindet nicht Unsterblichkeit, wenn er sein Kind in den Armen hält? Plötzlich war es nicht mehr wichtig, daß ich keinen Sohn hatte. Das würde beizeiten geschehen. Jetzt hatte ich eine Tochter, und ich dachte, daß das genügte.

Ich trat langsam zum Bett, während ich das Kind mit unendlicher Vorsicht und ausgesprochener Sorgfalt hielt. Sie war so winzig und hilflos und ich so groß und gleichermaßen hilflos. Es schien ein Wunder, daß *ich* dieses Mädchen gezeugt hatte. Ich kniete mich neben das Bett und zeigte Electra ihr Kind.

»Dein Erbe«, flüsterte sie, und ich erkannte, daß sie es noch nicht wußte. Sie hatten es ihr noch nicht gesagt.

»Unsere Tochter«, sagte ich sanft.

Sie begriff plötzlich, mit einem glasigen, entsetzten Blick. »Willst du damit sagen, daß es ein *Mädchen* ist…?«

»Eine Prinzessin«, sagte ich. »Electra, sie ist ein wundervolles Mädchen.« Oder sie wird es sein, dachte ich, hoffte ich. »Wir haben noch genug Zeit, Söhne zu bekommen. Jetzt haben wir eine Tochter.«

»Götter!« schrie sie auf. »All dieser Schmerz für ein *Mädchen*? Kein Sohn für Homana… kein Sohn für Solinde…« Tränen liefen ihr über das Gesicht und zeigten ihre Erschöpfung. »Wie soll ich meinen Teil des Handels einhalten? *Diese* Geburt hätte mich schon beinahe umgebracht…«

Ich bedeutete einer der Frauen, mir das Kind abzunehmen. Dann schob ich einen Arm unter Electras Schultern und hielt sie, als wäre sie das Kind. »Electra, sei ruhig. Wir haben keine Eile. Wir haben eine Tochter, und wir werden jene Söhne haben… nur nicht sofort. Sei ruhig. Ich möchte dich nicht bekümmert sehen, weil du ein Mädchen geboren hast.«

»Ein Mädchen«, sagte sie erneut. »Welchen Nutzen hat ein Mädchen – außer zum Heiraten? Ich wollte einen *Sohn*…!«

Ich ließ sie auf die Kissen zurücksinken und zog ihre Bettdecke hoch. »Schlafe. Ich werde später zurückkommen. Die Neuigkeit muß verkündet werden, und ich muß Finn suchen…« Ich hielt inne. Ich sollte nicht über Finn sprechen, nicht zu ihr und nicht jetzt.

Aber Electra schlief bereits. Ich strich ihr das feuchte Haar aus der Stirn, betrachtete erneut das schlafende Kind und verließ dann den Raum, um die Neuigkeit zu verkünden.

Schon bald wurden die Ausrufer ausgesandt, und die Glocken begannen zu läuten. Diener gratulierten und wünschten alles Gute. Jemand drückte mir einen Becher Wein in die Hand, während ich auf meinem Weg zu Finns Räumen einen Gang entlang ging. Ich erkannte die Gesichter nicht. Ich kannte kaum ihre Namen. Ich hatte eine Tochter, aber ich hatte auch ein Problem.

Finn war nicht in seinen Räumen. Er war auch nicht in den Küchen, wo sich die Lehrlinge und die Köche ehrfürchtig verbeugten, weil der Mujhar anwesend war. Ich fragte nach Finn, und man sagte mir, daß er nicht hiergewesen sei. Dann ging ich wieder fort.

Lachlan fand mich schließlich, und er war sehr ernst und besorgt. Er hatte seine Lady nicht bei sich, aber meine Schwester begleitete ihn. Ich dachte zuerst, sie wollten mir alles Gute wünschen, als ich es ihnen erzählte. Statt dessen brachten sie Neues von Finn.

»Er hat den Wolf genommen und ist gegangen«, sagte Lachlan leise. »Er hat kein Pferd mitgenommen.«

»Er hat *Lir*gestalt angenommen«, sagte ich grimmig.

»Er war … seltsam.« Torry schien sehr bleich. »Er war nicht er selbst. Aber er wollte auf keine unserer Fragen antworten.« Sie machte eine hilflose Geste. »Lachlan spielte für mich auf seiner Lady, als ich Finn hereinkommen sah. Er wirkte … krank. Er sagte, er müsse fortgehen.«

»Fortgehen!« Ich spürte, wie sich mir der Magen umdrehte. »Wohin?«

»Zum Keep«, antwortete Lachlan. »Er sagte, er müsse von etwas losgesprochen werden, was er getan habe. Er sagte auch, daß Ihr nicht nach ihm schicken oder selbst folgen solltet.«

Ich sah Torry kurz an. »Er sagte, es sei eine Cheysuliangelegenheit und daß die Stammesbindungen manchmal wichtiger seien als andere Bindungen.«

Ich fühlte mich ziemlich schlecht. »Ja. Und darauf beruft er sich nur selten …« Ich hielt inne, denn ich erinnerte mich an die Wildheit in seinen Augen und das Grollen in seiner Kehle. »Hat er gesagt, wie lange er dort bleiben wird?«

Torrys Blick wirkte ängstlich. »Er sagte, die Art der Lossprechung hinge von der Art des Vergehens ab. Und daß es in diesem Fall um ein wirklich großes Vergehen ginge.« Sie legte eine Hand an ihre Kehle. »Carillon … was hat er getan?«

»Er hat versucht, die Königin zu töten.« Ich sprach diese Worte völlig ohne Regung aus, als spräche jemand anders. Ich sah das Entsetzen in ihren Augen. »Götter!« sagte ich atemlos. »Ich *muß* ihm folgen. Ihr habt nicht gesehen, wie er war …« Ich lief zur Tür und rannte fast Rowan um.

»Mylord!« Er ergriff meinen Arm. »Mylord … wartet …«

»Ich kann nicht.« Ich riß mich los und wollte weitergehen, aber er ergriff meinen Arm erneut. *»Rowan …«*

»Mylord, ich habe Neuigkeiten aus Solinde«, beharrte er. »Von Royce, Eurem Regenten in Lestra.«

»Ja«, sagte ich ungeduldig, »kann das nicht warten? Ich komme so schnell wie möglich zurück.«

»Finn sagte, daß Ihr ihm nicht folgen solltet«, wiederholte Lachlan. »Er hat zweifellos guten Grund dazu …«

»Carillon.« Rowan verzichtete darauf, mich mit meinem Titel und allen Ehrenbezeugungen anzusprechen, wodurch mir klar wurde, wie ernst es ihm war. »Es geht um Thorne von Atvia. Er bereitet sich auf einen Einfall vor.«

»Auf einen Einfall *Solindes*?« Ich sah ihn überrascht an.

»Auf einen Einfall Homanas, Mylord.« Er ließ meinen Arm los, als er bemerkte, daß ich mich nicht rührte. Ich konnte mich jetzt nicht rühren. »Die Nachricht traf in Lestra ein, und Royce hat sofort einen Boten ausgesandt. Es ist noch Zeit, sagt Royce, aber Thorne kommt. Mylord …« Er hielt inne. »Er will Homana und Euch. Er zürnt Euch wegen des Todes seines Vaters und der in Bellams Krieg umgekommenen Atvianer. Der Bote brachte diese Nachricht.« Sein junges Gesicht war vor Sorge verzerrt. »Thorne will Hondarth einnehmen ...«

»Hondarth!« brach es aus mir heraus. »Solange *ich* lebe, wird er keinen Fuß in eine homanische Stadt setzen!«

»Er will Hilfe von den Solindern«, sagte Rowan mit ruhiger Stimme. »Um über Land durch Solinde heranzukommen, und auf dem Seewege über das Idrianische Meer nach Hondarth.«

Ich dachte an die südliche Stadt am Strand des Idrianischen Meeres. Hondarth war eine reiche Stadt, deren Handel sich auf Fischerflotten und Handelsschiffe von anderen Ländern begründete. Aber es war ein mindestens zweiwöchiger Ritt bis Hondarth und ein noch längerer Fußmarsch. Und die Moore würden ein Heer zusätzlich behindern.

Ich schloß die Augen und versuchte meine Sinne zu ordnen. Zuerst Finns ... Anfall, dann die Geburt meiner Tochter und jetzt das. Es war zuviel.

Ich legte eine Hand auf Rowans Schulter. »Wo ist dieser Bote? Und bring mir alle Berater, die du finden kannst. Wir müssen nach jenen schicken, die auf ihre Güter zurückgekehrt sind. Es wird Zeit brauchen – o Götter, wenn wir wieder in den Krieg ziehen sollen, müssen wir das Heer erneut versammeln.« Ich rieb meine brennenden Augen. »Finn wird warten müssen.«

Als ich mich endlich von den Planungsbesprechungen freimachen konnte, eilte ich zum Keep. Und als ich über die Ebenen hinwegritt, begegnete ich Finn von Angesicht zu Angesicht.

Er hatte Mujhara ohne Pferd verlassen, aber jetzt führte er eines bei sich, vom Keep geborgt – oder vielleicht war es auch eines seiner eigenen. Er sagte es mir nicht. Er sagte überhaupt nicht viel und schien sehr in sich verschlossen. Als ich ihn ansah, bemerkte ich den dichten, dunklen Schatten über ihm. Seine gelben Augen wirkten seltsam.

Wir trafen uns unter einem von Wolkendecken schiefergrauen Himmel. Es würde gleich regnen. Es war fast Herbst, und in vier Monaten würde der Schnee den Boden hoch bedecken. Jetzt war noch kein Schnee gefallen, ich trug aber dennoch einen grünen Wollumhang, den ich fest um die einfache Jagdkleidung herumgezogen hatte. Finn, der noch immer mit bloßen Armen und ohne Umhang ritt, zügelte sein Pferd und wartete. Der Wind peitschte ihm das Haar aus dem Gesicht und legte die bläuliche Narbe frei, und ich hätte schwören können, Silberfäden in seinem Haar zu sehen, wo zuvor Rabenflügelschwärze gewesen war. Er wirkte älter und nicht unerheblich härter. Oder war es nur so, daß ich das zuvor nicht bemerkt hatte?

»Ich wollte kommen«, sagte ich. »Lachlan meinte, ich sollte es nicht tun, aber ich wollte es. Du schienst so verwirrt.« Ich zuckte die Achseln, denn sein Schweigen verursachte mir Unbehagen. »Aber ein Bote von Lestra kam ...« Ich brach ab, denn ich konnte auf seinem Gesicht nur Steinhärte erkennen.

»Ich habe davon gehört.« Das Pferd stampfte, ein dunkel kastanienbraunes Pferd mit einer weißen Blesse. Finn bemerkte die Bewegung kaum, paßte sich ihr aber unwillkürlich an.

»Bist du deshalb zurückgekommen?«

Er deutete mit dem Kinn in die Richtung, aus der ich gekommen war. »Mujhara ist dort. Ich bin noch nicht zurückgekehrt.«

Seine Stimme klang vollkommen tonlos. Ich versuchte hinter das zu gelangen, was ich sah. Aber ich konnte die Cheysuli noch nie gut lesen, denn sie kennen Möglichkeiten, sich nicht zu offenbaren. »Willst du denn zurückkommen?«

Die Narbe zuckte einmal. »Ich kann nirgendwo anders hingehen.«

Das erstaunte mich, wenn man bedachte, wo er gerade herkam. »Aber ... der Keep ...«

»Ich bin Gefolgsmann des Mujhar. Mein Platz ist nicht beim Stamm, sondern bei ihm. Duncan hat gesagt ...« Er unterbrach sich und wandte aus irgendeinem Grund den Kopf ab. »Duncan hat mich für das, was ich zu tun versucht habe, nicht ... freigesprochen. Wie der *Shar Tahl* sagt: *Wenn man Angst hat, kann man die Angst nur verlieren, indem man sich ihrem Ursprung stellt.«* Der Wind, der seine Richtung inzwischen geändert hatte, blies ihm das Haar wieder ins Gesicht, dessen Ausdruck ich nicht mehr erkennen konnte. »Und so werde ich mich ihm wieder stellen. Ich konnte meine Angst nicht eingestehen – das *i'toshaa-ni* wurde nicht vollendet. Ich bin ... unrein.«

»*Wem oder was* willst du dich wieder stellen?« fragte ich unbehaglich. »Es wäre mir lieber, wenn du Electra nicht sehen würdest.«

Er sah mir jetzt mitten ins Gesicht, und das Befremden war noch immer in seinen Augen erkennbar. »*Ich* würde sie lieber auch nicht sehen. Aber du hast sie geheiratet, und mein Platz ist beim Mujhar. Ich habe kaum eine Wahl, Mylord.«

Mylord. Keine Ironie, kein Humor. Ich spürte die Angst in meiner Brust aufsteigen. »Wolltest du sie wirklich töten?«

»Nicht sie«, sagte er sanft, »sondern Tynstar.«

Mein Zorn kochte über. Ich hatte nicht erkannt, wieviel Angst ich davor gehabt hatte, daß es ihm gelungen wäre, wie nahe daran ich gewesen war, sie beide zu verlieren. *Beide,* denn wenn Finn Electra getötet hätte, hätte ich ihn ebenfalls töten müssen. »Electra ist nicht Tynstar! Bist du blind? Sie ist meine Frau ...«

»Sie war Tynstars *Meijha*«, sagte er ruhig, »und ich bezweifle nicht, daß er sie noch immer benutzt. Durch ihre Seele, wenn nicht durch ihren Körper.«

»Finn ...«

»Ich wäre beinahe gestorben!« Er war wieder lebendig, zornig, und ebenso verängstigt. »Nicht Electra – sie ist zu stark. Ich wäre trotz meines Cheysulibluts beinahe gestorben.« Er atmete geräuschvoll ein, und ich sah, wie er ohne es zu merken die Zähne zeigte. »Es hat mich fast vernichtet. Es hat mich fast ganz besessen. Es war Tynstar, das sage ich dir … *er war es.*«

»Dann geh«, sagte ich ärgerlich. »Geh nach Homana-Mujhar und warte dort auf mich. Wir werden uns dem stellen, was immer es ist, wem oder was du dich stellen mußt, und werden dem dann sofort ein Ende setzen. Aber ich habe zuvor noch einiges mit Duncan zu besprechen.«

Es *waren* graue Strähnen in seinem Haar. Ich sah es jetzt ganz deutlich. Und es war Leere in seinen Augen. »Carillon …«

»Geh«, sagte ich jetzt ruhiger. »Ich muß mich wieder um einen Krieg kümmern. Ich werde dich an meiner Seite brauchen.«

Der Wind blies durch sein Haar. Das so trüb messingfarbene, hinter Wolken hervorscheinende Sonnenlicht ließ sein *Lir*gold in der Düsterkeit des Tages leuchten. Sein Gesicht war mir fremd. Ich dachte erneut an das Gewölbe und das Verlies. Hatten sie mich so sehr verändert? Oder war Finn anders geworden?

»Dann werde ich dasein«, sagte er, »solange ich kann.«

Ein seltsames Versprechen. Ich runzelte die Stirn und öffnete den Mund, um ihn zu fragen, was er meinte, aber er hatte sein Pferd bereits angetrieben, indem er sich im Sattel vorbeugte. Und dann, als ich mich umwandte und schaute, galoppierte er auf Mujhara zu. Und neben ihm lief der Wolf.

Kapitel Zwei

Ich ritt gerade in dem Augenblick in den Keep ein, als der Sturm losbrach. Der Regen fiel heftig und durchtränkte meinen Umhang schnell bis auf das Lederwams und die darunterliegende Wolle. Die Kapuze war auch wenig hilfreich. Ich gab auf und schob sie auf die Schultern zurück, während mein Pferd durch den Schlamm auf Duncans schieferfarbenes Zelt zuplatschte. Es war früher Abend, und ich konnte die anderen Zelte kaum sehen, nur das dumpfe Schimmern der Feuerstellen darin.

Ich ließ mich vom Pferd in den glitschigen Schlamm gleiten, fluchte und bemerkte dann, daß Cai nicht auf seiner Stange saß. Zweifellos hatte er in einem dickblättrigen Baum Schutz gesucht oder vielleicht auch im Zelt. Nun, ich tat es ihm nach.

Jemand kam und übernahm mein Pferd, während ich um Einlaß bat. Ich dankte ihm und wandte mich um, als der Zelteingang beiseite gezogen wurde. Ich schaute hinab und erblickte Donal. Er sah überrascht zu mir hoch und grinste dann. »*Seht* Ihr?«

Ich sah. Seine schlanken, noch immer bloßen Arme waren mit dem *Lir*gold beschwert, wenn das auch bei ihm weniger Gewicht bedeutete als bei erwachsenen Kriegern. Und in seinem schwarzen Haar glitzerte ein Ohrring, obwohl ich die Gestalt nicht erkennen konnte. Er ist jung, dachte ich, so sehr jung.

Duncans große Hand senkte sich auf Donals Kopf und schob ihn sanft zur Seite. »Kommt aus dem Regen heraus, Carillon. Vergebt meinem Sohn sein schlechtes Betragen.«

Ich trat ein. »Er hat ein Recht, stolz zu sein«, wandte ich ein. »Aber ist er nicht zu jung?«

»Bei den Stämmen gibt es kein *zu jung*«, sagte Duncan seufzend. »Wer kann wissen, was den Göttern lieber ist? Vor einer Woche wurde er von der Sehnsucht gepackt, und wir ließen ihn gehen. Letzte Nacht hat er in seiner Ehrenzeremonie sein *Lir*gold empfangen.«

Ich spürte einen Stich verletzten Stolzes. »Hätte *ich* nicht Zeuge der Zeremonie sein können?«

Duncan blieb ernst. »Ihr seid kein Cheysuli.«

Vier Tage lang war ich es einst gewesen. Und doch verweigerte er mir jetzt diese Ehre.

Ich schaute an ihm vorbei zu Alix. »Du mußt stolz sein.«

Sie stand auf der entgegengesetzten Seite der Feuerstelle, und der Feuerschein tanzte auf ihrem Gesicht. Sie wirkte in dem trüben Licht dunkel, cheysulihafter denn je, und ich spürte sofort, daß ich anders war. »Das bin ich«, sagte sie sanft. »Mein Sohn ist jetzt ein Krieger.«

Und dennoch war er noch klein. Er muß sieben Jahre alt sein, dachte ich. Ich wußte es nicht genau, aber er war noch jung.

»Setzt Euch«, forderte Duncan mich auf. »Donal *will* seinen Wolf bewegen.«

Dann erkannte ich, was er gemeint hatte, denn auf einem der Felle, die die festgestampfte Erde bedeckten, lag ein schlafender Wolfswelpe, sehr jung und den Schlaf der Toten oder der sehr Müden schlafend. Er war feucht, und das Zelt roch nach nassem Fell. Zweifellos war Donal mit dem Wolfswelpen draußen gewesen, als der Regen begonnen hatte.

Donal, der die Worte seines Vaters sofort begriff, kniete sich hin und umfing den Wolf mit den Armen. Er war wie ein Sack voller Knochen, so schlaff und schwer, aber Donal zog ihn nach draußen. Der Welpe hatte rötliches Fell, nicht silbernes wie Storr, und dann öffnete er ein Auge, und ich sah, daß es braun war.

»Er beklagt sich«, sagte Donal beleidigt. »Er wollte am Feuer bleiben.«

»Er hat mehr Fell als du«, erwiderte Alix. »Lorn wird sich auch ein Stück vom Feuer wohl fühlen. Wir haben den Mujhar zu Gast.«

Ich winkte ab. »Für ihn bin ich Carillon. Er ist immerhin mein Verwandter.« Ich grinste den Jungen an. »Wir sind auf gewisse Weise Cousins.«

»Taj ist Cais Gesellschaft leid«, sagte Donal offen. »Kann *er* nicht auch hereinkommen?«

»Taj ist ein Falke und wird draußen bleiben«, sagte Duncan fest, während er dem umhertapsenden Wolfswelpen auswich. »Cai ist all die Jahre über draußen geblieben, und genauso werden wir es mit Taj handhaben.«

Donal brachte Lorn, den Wolf, dazu sich niederzulassen und setzte sich dicht neben ihn, eine kleine Hand in dem feuchten Fell versenkt. Seine gelben Augen spähten mit der strahlenden Ernsthaftigkeit unbeeindruckter Jugend zu mir hoch. »Wußtet Ihr, daß ich zwei habe?«

»Zwei *Lirs*?« Ich sah Alix und Duncan an. »Ich dachte, jeder Krieger hätte nur einen *Lir*.«

»Ja, sonst.« Duncans Stimme klang trocken, während er mir bedeutete, mich auf das nächstgelegene Fell zu setzen. Alix goß einen Becher heißen Honigmets ein und reichte ihn mir. »Aber Donal hat das Alte Blut, versteht Ihr?«

Alix lachte, während ich den Becher nahm. »Ja. Er hat es von mir. Das sind die Erstgeborenen in ihm.« Sie setzte sich dicht neben Duncan. »Ich habe zweimal *Lir*-gestalt angenommen, während ich ihn unter dem Herzen trug, einmal als Wolf und einmal als Falke. Du kannst das Ergebnis sehen.«

Ich nippte an dem heißen, süßen Met. Es war warm im Zelt, wenn auch etwas beengt. Ich war an größere Quartiere gewöhnt. Aber es war ein gemütliches Zelt, voller Felle, Truhen und Dingen, die ein Stammesführer bewahrt. Ein schwerer Teppich hing von der Querstange herab und teilte das Zelt in zwei Bereiche. Der eine bildete zweifellos das Schlafzimmer für Alix und Duncan. Und Donal schlief auf der anderen Seite – beim Feuer. Und jetzt schlief der Wolf bei ihm.

»Wie geht es dem Mädchen?« fragte Duncan.

Ich lächelte. »Sie ist mit ihren zwei Monaten bereits wunderschön. Wir haben sie Aislinn genannt, zu Ehren der Mutter meiner Mutter.«

»Möge sie alle Weisheit ihres *Jehan* besitzen«, sagte Duncan ernst.

Ich lachte. »Und möglichst nicht so aussehen wie er, hoffe ich.«

Alix lächelte, aber dann wurde ihr Gesicht bald nachdenklich. »Sicherlich bist du gekommen, um Finn zu sehen. Er ist nicht mehr hier.«

Der Honigmet schmeckte plötzlich sauer. »Nein, ich habe ihn unterwegs getroffen. Er will nach Homana-Mujhar. Und nein, ich bin nicht gekommen, um mit ihm zu sprechen. Ich bin gekommen, um über Homana zu sprechen.«

Ich erzählte ihnen, was ich wußte. Sie hörten alle drei schweigend zu. Donals Augen weiteten sich voller Verwunderung. Es war zweifellos das erste Mal, daß er vom Mujhar selbst etwas über den Krieg hörte, und ich wußte, daß er sich stets daran erinnern würde. Ich entsann mich auch noch der Zeit, als ich bei meinem Vater gesessen und den Plänen gelauscht hatte – und daran, wie jene Ereignisse ihn getötet hatten. Aber Donal dachte nicht an den Tod, das konnte ich erkennen. Er war ein Cheysuli, der statt dessen ans Kämpfen dachte.

»Ich brauche Verbündete«, sagte ich schließlich. »Ich brauche mehr Verbündete als nur die Cheysuli.«

»Also wollt Ihr Bündnisse anbieten.« Duncan nickte nachdenklich. »Was könnt Ihr noch bieten?«

»Meine Schwester«, sagte ich tonlos und wußte ganz genau, wie es klang. »Ich kann Tourmaline anbieten und habe es auch bereits getan. Ich habe sie Ellas, Falia und Caledon angeboten, die alle heiratsfähige Prinzen besitzen.«

Alix hob eine Hand an den Mund und sah Duncan an. »O Carillon, nein. Gib deine Schwester nicht durch einen Handel fort.«

»Torry ist für einen Prinzen bestimmt«, sagte ich ungeduldig. »Sie wird ohnehin einen Prinzen heiraten, also warum sollte ich warten? Ich brauche Männer, und Torry braucht einen Ehemann, einen *standesgemäßen* Ehemann.« Ich mußte unwillkürlich an Lachlan denken. »Ich weiß ... es ist nicht Cheysulibrauch, Frauen auf diese Art anzubieten. Aber so wird es in den meisten Königshäusern getan. Wie sonst sollte man einen standesgemäßen Gemahl finden? Torry hat das heiratsfähige Alter bereits überschritten, so daß ich die Mitgift erhöhen muß. Und ihre Jungfräulichkeit wird in Frage gestellt werden.« Ich sah erneut Donal an und dachte, er sei zu jung für dieses Gespräch. Aber er war ein Cheysuli, und Cheysuli schienen stets älter als ich zu sein. »Bellam hat sie jahrelang gefangengehalten und sogar davon gesprochen, sie selbst zu heiraten. Danach wird gefragt. Aber sie ist meine Schwester, und das ist etwas wert. Ich sollte einen würdigen Preis für sie erlangen können.«

»Und Verbündete für Homana.« Duncans Stimme klang völlig unbewegt, wodurch mir klar wurde, was er dachte. »Genügen die Cheysuli nicht?«

»Dieses Mal nicht«, antwortete ich tonlos. »Thorne dringt an mehr als einer Stelle in Homana ein. Bellam trat unmittelbar an uns heran, aber Thorne ist klüger, er hat aus Bellams Fehlern gelernt. Er wird nach und nach über meine Grenzen dringen. Wenn ich die Cheysuli aufteile, teile ich meine stärkste Waffe auf. Ich brauche mehr Männer, um meine Heere entsprechend aufzustellen.«

Duncan betrachtete mich und lächelte dann zögernd. »Dachtet Ihr, wir würden nicht kommen?«

»Ich kann niemandem *befehlen* zu kommen«, sagte ich ruhig. »Ich bitte statt dessen darum.«

Sein Lächeln wurde breiter, und ich sah ein schwaches Schimmern weißer Zähne. Er lächelte nicht so offen, wie Finn es mit echter Erheiterung getan hatte. »Versammelt Eure Heere, Carillon. Ihr werdet die Hilfe der Cheysuli bekommen. Tut, was immer Ihr tun müßt – und auf die Art, wie Ihr es tun müßt, um die Verbündeten zu gewinnen, die Ihr braucht. Und dann werden wir Thorne in sein Inselreich zurückschicken.« Er hielt inne. »Vorausgesetzt, daß er die Begegnung überlebt.«

Alix betrachtete ihn und sah mich dann offen an. »Was hat Finn zu dir gesagt, als du ihn unterwegs getroffen hast?«

»Nur wenig.«

»Aber du weißt, warum er hergekommen ist ...«

Ich setzte mich auf dem Fell um. »Man sagte mir, es hätte etwas mit Lossprechung zu tun, mit einer Art Ritual.«

»Ja«, sagte Duncan. »Und jetzt mußte er zurückkehren.«

Der Becher kühlte in meinen Händen ab. »Er sagte, er könne nirgendwo anders hingehen und daß du ihn letztlich aus dem Keep gewiesen hättest.« Ich wollte meine Stimme unbeteiligt halten, aber es gelang mir nicht. Es war ein Zeichen des Bundes zwischen Finn und mir, daß ich sogar seinen Bruder falschen Verhaltens bezichtigte.

»Finn ist hier jederzeit willkommen«, widersprach Duncan. »Keinem Cheysuli wird Zuflucht verweigert, wenn er sie braucht, aber seine Zeit hier war vorüber. Finns Platz ist bei dir.«

»Auch wenn es ihn so unglücklich macht?«

Alix wirkte besorgt. »*Ich* fand, er hätte nicht gehen sollen ...«

»Er muß lernen, allein damit zurechtzukommen.« Duncan nahm meinen Becher, füllte erneut heißen Wein hinein und gab ihn mir wieder. Das war eine hohe Ehrenbezeugung von einem Stammesführer. Aber ich dachte, daß es einfach üblich für Duncan war. »Finn hat seine Augen immer schon vor vielem verschlossen und sich dann in den Hintergrund zurückgezogen.« Er schnippte bedeutungsvoll mit den Fingern und deutete zur Rückseite des Zeltes. »Gelegentlich erinnere ich ihn nach Möglichkeit daran, daß es auch noch einen Vordergrund gibt.«

»*Etwas* hat ihn aufgebracht.« Ich runzelte die Stirn und nippte an meinem Getränk. »Er ist... anders. Ich kann es nicht genau sagen...« Ich schüttelte den Kopf und erinnerte mich des Ausdrucks in seinen Augen. »Es hat mich erschreckt, was mit Electra geschehen ist. Ich habe ihn niemals zuvor so erlebt.«

»Darum ist er gekommen«, stimmte Duncan mir zu, »und darum ist er so lange geblieben. Acht Wochen.« Sein Gesicht wirkte grimmig. »Ein Gefolgsmann verläßt seinen Herrn nur selten für so lange Zeit, es sei denn, es hat etwas mit seinem Stamm und seinen Familienbanden zu tun. Aber er konnte mit dem, was er getan hat, nicht leben, und so kam er hierher, um wieder zu sich zu kommen, um durch *I'toshaa-ni* erneut die Macht der Erde zu berühren.« Er wirkte plötzlich müde. »Dieses Verlangen, *losgesprochen* zu werden, befällt uns alle einoder zweimal im Leben.«

Das Wort hatte selbst in der homanischen Sprache einen Beiklang, den ich nicht verstehen konnte. Duncan sprach von Dingen, die kein Homaner jemals erlebt hatte, obwohl ich einmal einen flüchtigen Augenblick ihr Leben geteilt hatte. Solch strenge Bestimmungen und Ehrengesetze, dachte ich. Konnte ich mich so fest binden?

Duncan nippte an seinem Honigmet. Ich bemerkte plötzlich, daß sein Haar noch immer schwarz war und keinerlei Silberstreifen aufwies. Seltsam, dachte ich, denn Duncan war der ältere der beiden Brüder.

»Ich bin nicht sicher, daß er überhaupt losgesprochen wurde«, sagte Alix sehr leise. »Er ist ... unglücklich.« Sie schaute kurz zu Duncan. »Aber das ist eine persönliche Angelegenheit.«

»Kann er mir nichts sagen?« Ich konnte die Verzweiflung in meiner Stimme nicht unterdrücken. »Bei den Göttern, wir haben uns nähergestanden als die meisten anderen. Wir haben nur um meinetwillen das Exil miteinander geteilt. *Er* hätte zurückbleiben können.« Ich betrachtete sie beide und flehte fast um Verständnis. »Warum kann er mir nichts sagen?«

»Es ist eine persönliche Angelegenheit«, wiederholte Duncan. »Aber nein, er kann Euch nichts sagen. Er kennt Euch zu gut.«

Ich fluchte und schaute dann besorgt zu Donal. Aber Jungen werden älter, und ich bezweifelte nicht, daß er Flüche schon zuvor gehört hatte. Finn hatte mir die Cheysulischmähungen beigebracht. »Also hat er euch gesagt, was er getan hat. Hat er gesagt, was er Electra angetan hat?«

»Er hat erzählt, was er Tynstar angetan hat«, sagte Duncan.

Ich hörte die Feuerstelle während des plötzlichen Schweigens knistern. Zischende Funkenteilchen flogen auf. »Tynstar?« sagte ich schließlich.

»Ja. Er wollte nicht *Electra* töten. Habt Ihr das geglaubt?« Er runzelte die Stirn. »Hat er Euch nichts gesagt?«

Ich erinnerte mich daran, wie er es wieder und wieder ausgesprochen hatte, so heiser und betroffen: *Tynstar war hier*, und wie ich es unbeachtet gelassen hatte. »Er hat ... etwas gesagt ...«

»Tynstar hatte eine Falle errichtet«, erklärte Duncan mir und wiederholte damit Finns eigene Worte. »Er hatte sie in Electras Geist errichtet, so daß jedermann, der die Erdmagie bei ihr anwenden wollte, besessen würde.«

Ich zuckte überrascht zusammen. *»Besessen!«*

Der Feuerschein warf einen bernsteinfarbenen Schimmer über Duncans Gesicht. Rauch wurde zum Zeltlappen aufwärts gesogen, aber es blieb noch genug im Zelt übrig, so daß die Luft darin ein dünner, ockerfarbener Dunst wurde. Duncan wirkte in dem Licht golden und bronzefarben und schwarz, und der Falkenohrring zog meinen Blick auf sich. Ich roch Rauch und nasses Fell und Honig, süßen Honig, mit dem bittersüßen Duft von Gewürzen.

»Die Ihlini haben diese Macht«, sagte Duncan ruhig. »Sie ist ein Gegengewicht zu unserer eigenen Gabe, weshalb wir sie auch nur selten gebrauchen. Wir möchten nicht, daß wir für etwas Ähnliches wie die Ihlini gehalten werden.« Er runzelte kurz die Stirn und sah in seinen Becher hinab. »Wenn wir unsere Gabe gebrauchen, belassen wir einem Menschen seine Seele. Wir *schlagen* eigentlich nur etwas *vor*, borgen uns seinen Willen dafür nur kurz aus.« Wieder dieses Stirnrunzeln, das mich beunruhigte. Er gab nichts preis. »Wenn die Ihlini ihre Macht gebrauchen, wird die Seele eines Menschen ganz verschlungen, *ganz*... und wird niemals wieder zurückgegeben.«

Schweigen. Duncan streckte eine Hand nach seinem Sohn aus, zerzauste sein Haar mit einer Geste, die seine Besorgtheit Lügen strafte, während der Junge näher an ihn heranrückte – zwischen Vater und *Lir* rückte. Ich glaubte, daß Duncan merkte, wie begierig der Junge zuhörte, und daß er ihm seine Ängste nehmen wollte. Die Götter wußten von meinen eigenen Ängsten.

»Finn hat so geantwortet, wie jeder Cheysuli es tun würde und wie vielleicht sogar Ihr es getan hättet.« Er blieb ernst. »Er hat versucht den Fallensteller durch seine eigene Falle zu töten. Das ist ... verständlich.« Sein Blick hielt meinem offen stand. »In diesem Augenblick war Eure Frau für ihn nicht Electra und nicht einmal tatsächlich eine Frau. Für Finn war sie nur Tynstar. Tynstar war ... *dort.*«

Ich runzelte die Stirn. »Dann *wußte* Tynstar, daß er Finn besaß ...«

»Daran zweifle ich nicht«, sagte Duncan deutlich. »Eine Ihlinifalle wird töten. Er wollte Finn nicht am Leben lassen. Aber etwas – *jemand* – hat seinen Tod verhindert, indem ein Verbindungsglied zerstört wurde.«

»*Ich* habe es zerstört.« Ich erinnerte mich daran, wie Electra Finns Hand ergriffen und ihn blutig gekratzt hatte, wie er sich nicht von ihr hatte lösen können.

Und ich erinnerte mich plötzlich auch daran, wie er vor über einem Jahr den homanischen Meuchelmörder in dem ellasischen Schneesturm getötet hatte. Wie er gesagt hatte, er hätte Tynstar *berührt,* der dem Mann eine Aufgabe übertragen hätte ...

Ich stand auf. Galle stieg mir in die Kehle. Bevor sie etwas sagen konnten, beugte ich mich herab und nahm meine feuchte Kleidung auf, verließ dann das Zelt und verlangte mein Pferd.

Alix, die in den Regen herausgelaufen kam, ergriff meinen Arm, als ich mir den Umhang überwerfen wollte. »Carillon ... warte! Was hast du vor?«

Die Kapuze lag auf meinen Schultern, und der Regen lief mir in den Mund. »Verstehst du nicht?« Ich war erstaunt, daß sie so blind sein konnte. »Finn dachte, er hätte Tynstar durch Electra getötet. Und Tynstar dachte, er hätte *ihn* getötet ...« Ich schwang mich auf mein Pferd. *»Wenn man Angst hat, kann man diese Angst nur verlieren, indem man sich ihrem Ursprung stellt.«*

»Carillon!« rief sie, aber ich war bereits fort.

Ich hörte das Heulen, als ich Homana-Mujhar erreichte. *Heulen.* Götter, war Finn ein Wolf ...?

Die blassen Gesichter wirkten verschwommen, aber ich hörte die erschreckten Stimmen. *»Mylord!« »Mylord Carillon!« »Der Mujhar!«* Ich eilte an ihnen allen vorbei und antwortete keinem von ihnen, da ich mir nur des heftigen, angstvollen Herzschlags in meiner Brust gewiß war.

Heulen. Götter, es war Storr. Nicht Finn. Aber die Schreie wurden von Electra ausgestoßen.

Schweres Gewicht lastete auf meinen Schultern, während ich die gewundene rote Steintreppe hinaufrannte. Ich zog die Umhangspange von meiner linken Schulter und spürte, wie der Stoff riß. Gewicht und Gold fielen hinter mir ab. Ich hörte das Klingen der Spange auf Stein und das weiche Auftreffen durchnäßter Wolle, die auf die Stufen fiel. »*Mylord!*« Aber ich lief weiter.

Ich eilte zwischen den Frauen hindurch in den Raum. Ich sah zuerst Electra, mit bleichem Gesicht und schreiend, obwohl Lachlan sie zu beruhigen versuchte. Sie brauche nicht zu schreien, sagte er. Sie sei in Sicherheit, sagte er, und unbeschadet. Der Wolf werde in Schach gehalten.

Electra war nichts geschehen, das sah ich sofort. Sie stand in einer Ecke und Lachlan hielt sie zurück, beide Hände an ihren Armen. Er hielt sie *zurück* ...

Er hielt sie von Finn zurück. Von Finn, der von Rowan mit seinem Schwert und noch einem weiteren bewaffneten Krieger in eine andere Ecke gedrängt wurde. Sie hielten ihn mit glitzerndem und tödlichem Stahl gefangen, und der Wolf in Menschengestalt wurde in Schach gehalten.

Er blutete. Die Narbe in seinem Gesicht war offen und troff vor Blut. Es durchtränkte das Lederwams und lief bis auf seine Oberschenkel hinab, wo noch mehr Blut zu sehen war, auf seinem rechten Oberschenkel, wo ihn der atvianische Speer durchbohrt hatte. Ein Schnitt war in seiner Hose und Blut an Rowans Klinge zu sehen.

Er stand eng an die Wand gepreßt, den Kopf zurückgedrückt, so daß seine Kehle freilag. Blut lief aus der geöffneten Narbe und tropfte seine Kehle hinab, Karmesinrot auf bronzefarbener Haut. Ich roch den Gestank der Angst. Götter, sie verschlang ihn völlig und ließ nichts zum Ausspeien übrig.

Ich schaute erneut zu Electra und hörte die erschreckten Worte der Frauen. Ich verstand nur wenig davon, da es solindische Worte waren. Aber ich verstand die Schreie.

Ich ging zu ihr und legte eine Hand auf Lachlans Schulter. Er sah mich, ließ sie aber nicht los. Ich wußte warum. Blut war an ihren Fingernägeln, und sie wollte noch mehr Blut. Sie würde ihm die Haut von den Knochen reißen.

»Electra«, sagte ich.

Das Schreien hörte auf. »*Carillon ...*«

»Ich weiß.« Ich konnte das Heulen noch immer hören. Storr, der irgendwo im Palast eingesperrt war, von seinem *Lir* getrennt war.

Ich wandte mich wieder ab und schaute zu Finn. Seine Augen waren geweitet und wild. Der Atem rasselte in seiner Kehle. Sogar von hier aus konnte ich sehen, wie er zitterte, wie das Zittern seine Knochen erschütterte.

»Hinaus!« schrie ich die Frauen an. »Dies wird ohne eure solindischen Reden besser geregelt werden können!«

Sie widersprachen sofort – und Electra ebenso. Aber ich hörte nicht darauf. Ich wartete, und als sie merkten, daß ich es ernst meinte, nahmen sie ihre Röcke auf und trippelten aus dem Raum. Ich warf die schwere Tür hinter ihnen zu, und dann trat ich zu Finn.

Der bewaffnete Krieger – Perrin, wie ich wußte – ging mir sofort aus dem Weg. Rowan zögerte, hielt Finn noch immer mit der Schwertspitze in Schach, und ich schob ihn mit einer unsanften Bewegung meines Arms beiseite. Ich durchschritt den Raum, den Rowan eingenommen hatte, ergriff mit beiden Händen Finns Wams und zog ihn von der Wand fort, als auch er zusammensackte.

»*Ku'reshtin!*« Ich gebrauchte das Cheysulischimpfwort, wohl wissend, daß er keinem Homaner antworten würde. »*Tu'halla dei!*« *Von Herr zu Gefolgsmann,* ein Befehl, dem er gehorchen mußte.

Ich spürte das Zittern der Haut unter meinen Händen, sah die hilflos geballten und wieder geöffneten, krallenlosen und menschlichen, aber dennoch verräterischen Fäuste. Ich hatte die Quetschungen an Electras Kehle gesehen.

Ich hörte das angestrengte Atmen. Heulen erfüllte die Gänge. Mensch und Wolf, beide zum Äußersten getrieben. Aber in diesem Augenblick glaubte ich, daß zumindest Storr wußte, was vor sich ging.

Ich stieß Finn in eine Ecke, wo er von zwei Steinmauern eingegrenzt wurde. Ich zog eine Faust zurück und stieß sie ihm ins Gesicht, wodurch sein Schädel gegen den Stein schleuderte. Blut brach aus einer geplatzten Lippe hervor.

»Nein!« Rowan ergriff meinen Arm.

»Verschwinde!« Ich stieß ihn erneut zurück. »Ich werde ihn nicht zu Tode prügeln, ich prügele ihm nur *Verstand* ein ...«

Eine Hand schloß sich um mein Handgelenk. Finns Hand, der aber jegliche Kraft fehlte. »Tynstar ...«

Zumindest konnte er wieder sprechen. »Finn ... du Narr! *Du Narr!* Es war eine Falle ... *eine Falle ...*« Ich schüttelte verzweifelt den Kopf. »Warum bist du noch einmal hereingekommen? Warum hast du ihm die Chance gegeben?«

»Tynstar ...« drang es zischend aus seinem blutigen Mund.

»Tynstar ... *hier ...*«

»Er hat mich fast getötet!« Electras Stimme klang heiser und gebrochen. »Dein Gestaltwandler hat mich zu töten versucht!«

»Tynstar war hier ...«

»Nein.« Ich spürte die Sinnlosigkeit in mir aufwallen. »O Finn, nein … nicht Tynstar. *Electra.* Es war eine Falle …«

»Tynstar.« Er runzelte einen Augenblick verwirrt die Stirn und versuchte allein zu stehen. Er wußte, daß ich ihn festhielt, und ich dachte, daß er auch wußte warum. »Laß los.«

»Nein.« Ich schüttelte den Kopf. »Du wirst sie erneut zu töten versuchen.«

Das brachte ihn zu sich. Ich sah wieder in seinen Augen, daß er begriff, und die Angst kam zurück und vereinnahmte ihn erneut.

Ich stieß ihn noch einmal gegen die Wand, als er sich davon lösen wollte. Electra rief wieder etwas, jetzt auf solindisch, und ich hörte die Wut in ihrer Stimme. Nicht nur Angst, obwohl auch sie deutlich herauszuhören war. Wut und wilder, wilder Haß.

»Finn …« Ich legte den Ellbogen an seine Kehle und spürte, wie er erneut erstarrte. Das hatten wir alles schon zuvor erlebt.

»Mylord.« Rowans Stimme klang entsetzt. »Was werdet Ihr tun?«

»Tynstars *Meijha* …« keuchte Finn. »Tynstar war *hier* …«

Ich ließ ihn los. Ich ließ sein Handgelenk los, nahm meinen Arm von seiner Kehle und trat zurück. Aber dieses Mal hielt ich das Schwert in Händen, mein Schwert, und er blieb stehen, als ich die Schwertspitze an seine Kehle legte. »Nein«, sagte ich. »Bleib stehen. Ich werde die Wahrheit aus dir herausbekommen.« Ich bemerkte das Entsetzen in seinen Augen. »Finn, ich *verstehe.* Duncan hat mir erzählt, was es war, und ich erinnere mich daran, wie du dich in dem ellasischen Schneesturm verhalten hast.« Ich hielt inne und suchte in seinen Augen Verständnis. »Mach es nicht noch schlimmer.«

Er war noch immer bleich wie der Tod. Blut drang aus der eröffneten Wunde hervor. Jetzt, wo ich ihn an seiner äußersten Grenze erlebte, sah ich die Silberfäden in seinem Haar deutlich. Sogar unter all dem Blut konnte ich erkennen, daß sein Gesicht härter, seine Augen leerer und die Wangen hagerer geworden waren. Er war innerhalb von zwei Monaten zehn Jahre älter geworden.

»Finn«, sagte ich zunehmend erschreckt, »bist du krank?«

»Tynstar«, war alles, was er sagte, und noch einmal: »Tynstar. Er hat Hand an mich gelegt.«

Ich sah Rowan an, der entsetzt und schweigend neben mir stand. »Wie kommt es, daß du hier bist?«

Er schluckte zweimal. »Die Königin schrie, Mylord. Wir sind alle hergekommen.« Er deutete auf Lachlan und Perrin. »Es waren zuerst noch mehr Leute da, aber ich habe sie fortgeschickt. Ich dachte, Ihr wolltet diese Angelegenheit lieber allein regeln.«

Ich fühlte mich alt, müde und verbraucht. Ich richtete ein Schwert auf meinen Gefolgsmann. Ich mußte mir nur sein Gesicht ansehen, um zu wissen, warum es sein mußte. »Was hast du vorgefunden, als du hier eintrafst?«

»Die Königin war … verwirrt. Finns Hände lagen um ihre Kehle.« Rowan wirkte verärgert und selber verwirrt. »Mylord … ich konnte nichts anderes tun. Er versuchte die Königin zu töten.«

Ich wußte, daß er die Wunde an Finns Bein meinte. Ich fragte mich, wie schlimm sie sein mochte. Finn stand *jetzt* recht fest, aber ich konnte den Schmerz hinter der Angespanntheit seines hageren, blutigen Gesichts erkennen.

Schließlich sprach Lachlan. »Carillon … ich will ihn nicht verurteilen, aber es ist wahr. Er hätte ihr das Leben genommen.«

»Töte ihn.« Electras Stimme klang drängend. »Er hat mich umzubringen versucht, Carillon.«

»Es war Tynstar«, sagte Finn deutlich. »Ich wollte Tynstar.«

»Aber du hättest Electra getötet.« Das Schwert schwankte kurz in meinen Händen. »Du Narr«, flüsterte ich, »warum hast du mir das angetan? Du weißt, was ich tun muß ...«

»Nein!« entfuhr es Rowans Kehle. »Mylord ... Ihr *könnt nicht* ...«

»Nein«, sagte ich müde, »ich kann nicht ... das nicht. Aber etwas anderes ...«

»Töte ihn!« erklang erneut Electras Stimme. »Du kannst nichts anderes tun. Er wollte die Königin umbringen!«

»Ich werde ihn *nicht* töten.«

Lachlan verstand als erster. »Carillon! Ihr werdet dem Feind den ungeschützten Rücken zuwenden!«

»Ich habe keine andere Wahl.« Ich sah Finn an, der noch immer vom Stahl meines Schwertes gefangen war. »Erkennst du, was du getan hast?«

Er hob die Hände. Er schloß sie beide um die Klinge und verdeckte damit die Runen. Die Runen, die sein Vater gefertigt hatte. *»Nein.«*

Ich zitterte fast selbst. »Und du würdest es wieder tun, nicht wahr?«

Sein Gesicht wurde schlagartig zu einer Grimasse mit gebleckten Zähnen, und ein tiefes, fast tierisches Grollen drang aus der menschlichen Kehle. »Tynstar ...«

»Electra«, sagte ich. »Du würdest es wieder tun, nicht wahr?«

»Ja ...« Ein atemlos gezischter Laut drang aus einer verengten Kehle. Er zitterte.

»Finn«, sagte ich, »es ist entschieden. Ich habe keine andere Wahl. Der Dienst ist vorüber.« Ich hielt jäh inne und sprach erst kurz danach weiter. »Der Blutschwur ist ... gebrochen.«

Sein Blick hielt meinen fest, und ich konnte ihn schon bald nicht mehr ertragen, aber ich hielt ihm dennoch stand. Ich hatte ihm eine Aufgabe übertragen, und ich mußte meine eigene ebenfalls erfüllen.

Er nahm seine Hände von der Klinge. Ich sah die in seine Handflächen gepreßten Linien, aber kein Blut. Er blutete bereits genug, sowohl innerlich als auch äußerlich.

Seine Stimme war ein Flüstern. *»Ja'hai-na«*, sagte er nur. *Angenommen.*

Ich nahm das Schwert fort, hörte das Zischen von Stahl auf gegerbtem Leder, als es in die Scheide glitt. Der Löwe war stumm, der glänzende Rubin schwarz.

Finn nahm das Messer aus der Scheide an seinem Gürtel und reichte es mir. Es war einst meines gewesen, die königliche Klinge mit ihrer goldenen, homanischen Krone.

Daran zerbrach ich fast. »Finn«, sagte ich, »ich kann es nicht tun.«

»Der Blutschwur ist gebrochen.« Sein Gesicht war starr, alt, verbraucht. »*Ja'hai*, Mylord Mujhar.«

Ich nahm das Messer entgegen. Blut war auf dem Gold zu sehen. *»Ja'hai-na«*, sagte ich schließlich, und Finn verließ den Raum.

Kapitel Drei

Als ich dazu in der Lage war, trat ich in den Gang hinaus und schritt langsam durch die Düsternis. Die Fackeln brannten nicht. Die Halle war leer. Meine Diener, die wußten, wie sie mir am besten helfen konnten, überließen mich mir selbst.

Kein Heulen war mehr zu hören, nur Stille. Storr war mit Finn gegangen. Mein Geist fühlte sich genauso erloschen an wie die Fackeln.

Ich ging allein zur Großen Halle und stand dann in deren Dunkelheit. Die Feuergrube war aufgehäuft, die Kohlen glühten. Hier brannte ebenfalls keine Fackel.

Stille.

Ich ließ die homanische Klinge in meinen Gürtel neben das Cheysulimesser in seine Scheide gleiten und begann die nicht entzündeten Scheite in der Feuergrube mit meinen Stiefeln umzuschichten. Ich trat auch die Kohlen beiseite, bis der Eisenring unter der dicken Ascheschicht freigelegt war. Dann nahm ich eine Fackel, steckte sie durch den Ring und zog daran, bis die schwere Platte angehoben wurde und zurückfiel, wobei sie klirrend auf den Rand der Feuergrube aufschlug. Die Asche wurde rings um sie herum aufgewirbelt.

Ich entzündete die Fackel und stieg die nun freiliegende Treppe hinab. Dieses Mal zählte ich: einhundertundzwei Stufen. Ich stand vor der Mauer und sah, daß der Regen durch den Sturm hereingetreten war. Die Wände waren glitschig und glänzten vor Feuchtigkeit. Die Runen schimmerten hellgrün vor dem dunklen Stein. Ich legte meine Finger darauf und zog die fremdartigen Formen nach, bis ich den richtigen Keilstein fand. Die Wand öffnete sich, als ich mich dagegenlehnte.

Ich blieb im Eingang stehen. *Lir*gestalten, hell und von Gold durchzogen, ragten an den Wänden über mir auf. Bär und Keiler, Eule und Falke und Jagdfalke. Wolf und Fuchs, Rabe, Katze und noch andere. Im zischenden Licht der eisernen Fackel bewegten sie sich, leise und kaum merklich, auf dem seidigen Gestein.

Ich betrat das Gewölbe. Ich ließ mich von der Stille niederdrücken.

NarrNarrNarr, dachte ich.

Ich nahm das Cheysulimesser aus der Scheide. Das Licht wurde von dem Silber widergespiegelt. Ich sah das gewundene Wolfskopfheft mit den Augen aus ungeschliffenen Smaragden. Es war einst Finns Messer gewesen.

Ich trat an den Rand des Kerkers. Wie zuvor konnte das Fackellicht auch diesmal die Schwärze darin nicht durchdringen. So tief, so sanft, so dunkel. Ich erinnerte mich an meine Tage dort drinnen und wie ich jemand anderer als ich selbst geworden war. Wie ich mich vier Tage lang für einen Cheysuli gehalten hatte.

Ich schloß die Augen. Das Schimmern des Fackellichts brannte gelb auf meinen Lidern. Ich konnte nichts sehen, aber ich erinnerte mich an alles. Der sanfte Klang von Schwingen, die Geräusche eines sich putzenden Falken, wie es sich anfühlte, mit einem Fell auf dem Rücken durch den Wald zu jagen, und Freiheit, vollkommene Freiheit, von nichts anderem eingeschränkt als von dem, was die Götter mir gegeben hatten.

»*Ja'hai.*« Ich streckte die Hand aus, um das Messer in die Grube fallen zu lassen.

»Carillon.«

Ich fuhr herum und schwankte am Rand der Grube, während die Fackel die Bewegung sanft ausglich.

Ich hätte vielleicht Finn erwartet, aber niemals Tourmaline.

Sie trug einen schweren braunen Reiseumhang und war von Kopf bis Fuß in Wolle gekleidet. Die Kapuze lag auf ihren Schultern, und ich sah, daß das Fackellicht auf den Goldfäden in ihrem dunklen Haar schimmerte. »Du hast ihn fortgeschickt«, sagte sie, »und damit hast du auch mich fortgeschickt.«

Ich wollte sofort widersprechen. Ich brauchte die Worte nur als Klangfolge hervorzubringen: Ungeduld, Verwirrung, Gereiztheit, Erstaunen und Beschwichtigung. Aber nichts davon war richtig. Ich erkannte es, plötzlich und entsetzt. *Ich erkannte es.* Nicht Lachlan war für Torry wichtig, Lachlan überhaupt nicht.

Die Teile des Glücksspiels wurden plötzlich aus ihrem Kästchen über den Tisch geschüttet und in ihren vielfach verschachtelten Mustern vor mir ausgebreitet, die nur zu oft in doppeltem Sinn als Prophezeiungen dienen. Der Knochenwürfel und die geschnitzten Runenstäbe standen in Gestalt meiner älteren Schwester vor mir, und ich erkannte endlich die Muster.

»Torry«, sagte ich nur. Sie war mir zu ähnlich. Sie ließ sich durch niemanden von einem Weg abbringen, den sie wirklich gehen wollte.

»Wir wagten es dir nicht zu sagen«, erklärte sie mir ruhig. »Wir wußten, was du tun würdest. Er sagt…« – sie war bereits in den Ton verfallen, der Frauen so eigen ist, wenn sie über ihre Männer sprechen – »…daß in den Stämmen niemals mit Kriegern um Frauen gehandelt wird. Daß ein Mann und eine Frau ihre eigenen Entscheidungen treffen können, ohne daß jemand sie von ihrem Willen abbringen wird.«

»Tourmaline…« Ich fühlte mich plötzlich müde und voller Weh und Schmerz. »Torry, du weißt, warum ich es tun mußte. In unserem Hause verbinden sich Menschen gleichen Ranges. Ich wollte einen Prinz für dich, weil du es verdienst, wenn nicht mehr. Torry… ich wollte dich nicht unglücklich machen. Aber ich brauche die Hilfe eines anderen Reiches…«

»Hast du einmal daran gedacht, mich zu fragen?« Sie schüttelte langsam den Kopf, und das Fackellicht schimmerte auf ihrem Haar. »Nein. Dachtest du, es wäre mir wichtig? Nein. Dachtest du, ich würde auch nur widersprechen? Nein.« Sie lächelte leicht. »Versetz dich einmal in meine Lage, Carillon, und empfinde, wie *du* dich fühlen würdest.«

Die Grube befand sich hinter mir. Jetzt aber hatte ich das Gefühl, als würde vor mir eine weitere Grube gähnen. »Torry«, sagte ich schließlich. »Glaubst du, ich habe eine Wahl, wen *ich* heirate? Prinzen – und Könige – haben nicht mehr zu sagen als ihre Frauen. Ich konnte nichts anderes tun.«

»Du hättest mich fragen können. Aber nein, du hast immer nur *befohlen*. Der Mujhar von Homana befiehlt seiner Schwester denjenigen zu heiraten, den er auserwählt hat.« Sie hob, Ruhe gebietend, eine Hand. Ihre Finger erschienen mir scharf wie Klingen. »Ja, ich weiß … so ist es immer gewesen. Und so wird es immer sein. Aber dieses eine Mal, *dieses eine Mal,* sage ich – nein. Ich sage, daß ich selbst wähle.«

»Unsere Mutter …«

»… ist nach Joyenne zurückgekehrt.« Sie bemerkte, daß ich erstaunt die Stirn runzelte. »Ich habe es ihr gesagt, Carillon. Sie glaubt genau wie du, daß ich verrückt bin. Aber sie weiß es besser, als daß sie mir dreinreden würde.« Sie lächelte jetzt gelöster. »Sie hat eigenwillige Kinder aufgezogen, Carillon … sie tun, was sie tun wollen, wenn es ums Heiraten geht.« Sie lachte weich. »Glaubst du, ich hätte mich in bezug auf Electra täuschen lassen? O Carillon, ich bin nicht blind. Ich will nicht abstreiten, daß sie den Weg nach Solinde geebnet hat, aber sie bedeutet dir noch mehr. Du wolltest sie, weil du – wie alle Männer, die ihrer ansichtig werden – sie einfach besitzen mußtest. Das ist ein Teil ihrer Macht.«

»Tourmaline …«

»Ich werde fortgehen«, sagte sie ruhig und mit der kühlen Sicherheit einer Frau, die nach der Art eines Mannes bekommt, was sie bekommen will. »Aber ich möchte dir zu unser beider Verständnis soviel sagen: Es war nicht beabsichtigt.« Tourmaline lächelte, und ich sah sie, wie Finn sie sehen mußte: nicht als Prinzessin, nicht als Schachfigur, nicht einmal als Carillons Schwester, sondern als eine Frau, nicht mehr und nicht weniger. Es war kein Wunder, daß er sie begehrte. »Du hattest ihn zum Keep gesandt, damit er sich von seinen Wunden erholen konnte. Du hattest *mich* aus Gründen der Sicherheit ebenfalls dorthin gesandt. Ich habe mich um ihn gekümmert, als Alix es nicht konnte, und habe mich gefragt, welche Art von Mann er war, daß er den Zwecken meines Bruders dienen konnte, und er gab mir die Sicherheit, die ich brauchte. Und dann wurde es bald schon mehr.« Sie schüttelte den Kopf. »Wir wollten keinen Schaden anrichten. Aber jetzt ist es doch soweit: Er wurde von seinem *Tahlmorra* verbannt, und meines ist es, mit ihm zu gehen.«

»*Tahlmorra* ist eine Cheysuliangelegenheit«, erklärte ich ihr. »Torry, nein, ich will dich nicht auch verlieren.«

»Dann nimm ihn wieder in deine Dienste.«

»Das kann ich nicht!« Der Aufschrei hallte in dem Gewölbe wider, prallte von den schweigenden *Lirs* ab. »Verstehst du nicht? Electra ist die Königin und er ein Cheysuligestaltwandler. Ganz gleich, was *ich* in dieser Sache sage, man wird Finn immer unterstellen, daß er die Königin töten wollte. Und wenn er bliebe, könnte er es vielleicht auch tun. Hat er dir nicht gesagt, was er zu tun versucht hat?«

Ihre Lippen wurden bleich. »Doch, aber er hatte keine andere Wahl ...«

»Und ich habe jetzt auch keine andere Wahl.« Ich schüttelte den Kopf. »Denkst du, ich wollte ihn nicht zurückhaben? Götter, Torry, du weißt nicht, wie es für uns beide im Exil war. Er ist schon zu lange bei mir, als daß mir diese Trennung leichtfiele. Aber es muß sein. Was soll ich sonst tun? Ich könnte ihm in bezug auf Electra niemals trauen …«

»Vielleicht solltest du *ihr* nicht trauen.«

»Ich habe sie geheiratet«, sagte ich grimmig. »Ich brauche sie. Wenn ich Finn bleiben ließe und Electra etwas geschähe, weißt du, was dann mit Homana geschehen würde? Solinde würde sich erheben. Und ein einfaches Heer kann einem zornigen Reich nicht standhalten. Es gäbe *Mord* und Totschlag, Torry.« Ich schüttelte bedächtig den Kopf. »Hältst du das *Qu'mahlin* für beendet? Nein. Sei nicht so töricht. Eine solche Angelegenheit wird vielleicht unwichtiger, aber niemals vergessen. Schon zu lange werden die Cheysuli gehaßt. Es ist noch nicht vorbei.« Die Fackel zischte und spuckte und warf Schatten auf ihr Gesicht. »Dieses Mal würde eine ganze Rasse vernichtet werden. Und damit müßte zweifellos auch Homana fallen.«

Tränen liefen über ihr Gesicht und glitzerten im Licht. »Carillon«, flüsterte sie, »ich trage sein Kind.«

Als ich wieder sprechen konnte, wenn auch nur zitternd flüstern, sprach ich seinen Namen aus. Und dann sagte ich wie zu mir selbst: »Wie konnte ich das übersehen?«

»Du hast nicht hingeschaut. Du hast nicht gefragt. Und jetzt ist es zu spät.« Sie nahm mit beiden Händen ihre Röcke und ihren Umhang auf. »Carillon … er wartet. Ich muß dich verlassen.«

»Torry …«

»Ich werde gehen«, sagte sie sanft. »Ich möchte bei ihm sein.«

Wir sahen einander im flackernden Licht eines Gewölbes voller Marmor*lirs* an. Ich hörte den schwachen Schrei eines Falken und dann den eines Jagdfalken, das Heulen eines jagenden Wolfs. Ich erinnerte mich daran, wie es war, ein Cheysuli zu sein.

Ich ließ die Fackel in das Verlies fallen. »Ich kann in

dieser Dunkelheit niemanden sehen. Jemand könnte bleiben oder gehen … und ich würde es niemals erfahren.«

Schwaches Licht kroch die Stufen hinter ihr herab. Jemand hielt eine Fackel. Jemand, der auf Torry wartete.

Ich sah die Träne auf der Rundung ihrer Wange, während sie herankam, um mich zu küssen. Und dann war sie fort, und ich blieb allein mit der Stille und den *Lirs*.

Ich ließ den Deckel einfach aus meinen Händen gleiten und sich krachend über die Öffnung senken. Der Luftzug ließ Asche auffliegen, die sich auf meiner Kleidung absetzte, aber es kümmerte mich nicht. Ich schob mit den Füssen wieder Kohle und Holz über die Platte und verbarg so den Ring in der Asche. Dann verließ ich die Große Halle allein.

Ich wollte zu Bett gehen, obwohl ich wußte, daß ich nicht würde schlafen können. Ich wollte mich in Wein ertränken, obwohl ich wußte, daß ich nüchtern bleiben würde. Ich wollte versuchen zu vergessen, aber ich wußte, daß es mir nicht gelingen würde.

Kommt, Lady, und lauscht meiner Seele.
Die schwache Magie eines Harfenisten
kann das edle Herz einer Lady
kaum bannen,
wenn sie es für sich behält.

Ich verlangsamte meinen Schritt. Die Musik kam näher und hüllte mich in ihre Magie – ich dachte sofort an Lachlan. An Lachlan und seine Lady. Lachlan, dessen Lieder alle für Torry gedacht waren.

Kommt, Lady, und lauscht:
Ich werde für Euch Musik
aus der Welt spielen,
wenn Ihr mit mir wartet,

bei mir bleibt,
auch mit mir schlaft ...
Ich werde mich Euch überantworten
wie auch die Harfe in meinen Händen.

Ich folgte dem Gesang bis zu seinem Ursprung und fand Lachlan in einem kleinen, sonnigen Privatraum, einem geschützten Ort in der Großzügigkeit des Palastes. Kissen lagen auf dem Boden, aber Lachlan saß auf einem dreibeinigen, mit Samt bezogenen Stuhl, seine Lady mit den Händen eines Liebenden liebkosend. Ich blieb innerhalb der Tür stehen und sah das Gold der Saiten und das Schimmern des grünen Steins.

Sein Kopf war über die Harfe gebeugt. Er schien in der Musik verloren. Ich sah, wie seine flinken Finger über die Saiten strichen, hier zupften, dort berührten und seine Lady stets besänftigten. Er war in Frieden mit sich, die Augen geschlossen und das Gesicht entspannt, so daß ich die Schönheit seiner Züge erkennen konnte. Ein Harfenist ist von den Göttern berührt und sich darüber auch stets im klaren. Daher stammt ihr Vertrauen und ihr ruhiger Stolz.

Die Musik erstarb. Stille. Und dann schaute er auf, sah mich und stand sofort von seinem Stuhl auf. »Carillon! Ich dachte, Ihr wärt zu Bett gegangen.«

»Nein.«

Er runzelte die Stirn. »Ihr seid ganz voller Asche und noch immer naß. Meint Ihr nicht, Ihr solltet besser ...«

»Er ist fort«, unterbrach ich ihn. »Und Tourmaline ebenfalls.«

Er sah mich verständnislos an. »Torry! Torry ...?«

»Mit Finn.« Ich wollte es sagen, damit der Schnitt schneller bluten und der Schmerz sofort vergehen würde.

»Lodhi!« Lachlans Gesicht wurde schneeweiß. »O Lodhi ... *nein* ...« Er kam drei Schritte heran, noch immer seine Lady umklammernd, und blieb dann stehen. »Carillon ... sagt, daß Ihr Euch irrt ...«

»Es wäre eine Lüge.« Ich sah den Schmerz in seine Augen treten und die Haut über seinen Wangen anspannen. Er war plötzlich ein Kind geworden, von einem neuen Alptraum heimgesucht und um Verständnis ringend.

»Aber ... Ihr sagtet, sie solle heiraten. Ihr sagtet, sie wäre für einen Prinzen bestimmt.«

»Für einen Prinzen«, stimmte ich ihm zu. »Niemals für einen Harfenisten, Lachlan ...«

»Habe ich zu lange gewartet?« Seine Arme wirkten starr, während er die Harfe an seine Brust drückte. »Lodhi, habe ich *zu lange* gewartet?«

»Lachlan, ich weiß, daß Ihr von ihr eingenommen wart. Ich habe es von Anfang an bemerkt. Aber es hat keinen Sinn, sich an die Hoffnung auf das zu klammern, was gewesen sein könnte.«

»Holt sie zurück.« Er klang plötzlich sehr bestimmt. »Nehmt sie ihm fort. Laßt sie nicht gehen ...«

»Nein«, sagte ich fest. »Ich habe sie gehen lassen, weil ich sie letztlich auf keine Art daran hindern konnte. Ich kenne Finn zu gut. Und er hat sehr deutlich gesagt, daß er niemandem erlauben wird, ihn von der Frau fernzuhalten, die er begehrt.«

Lachlan hob eine Hand an seine Stirn. Er kratzte an dem Silberdiadem, als sitze es ihm zu fest. Dann zog er es, als habe er es gerade selbst erst entdeckt, plötzlich von seinem Kopf und hielt es mit geballter Faust vor sich, während sein anderer Arm noch immer seine Lady umklammerte.

»Harfenist!« Sein Schmerz brach hervor. *»Lodhi,* welch ein Narr war ich!«

»Lachlan ...«

Er schüttelte den Kopf. »Carillon, könnt Ihr sie nicht zurückbekommen? Ich verspreche Euch, Ihr werdet es nicht bereuen. Es gibt etwas, was ich ihr sagen würde ...«

»Nein«, sagte ich, dieses Mal sehr sanft. »Lachlan... sie trägt Finns Kind.«

Er wurde endgültig totenbleich. Dann setzte er sich jäh auf den dreibeinigen Stuhl. Einen Augenblick starrte er nur den Holzboden an. Dann legte er seine Lady und das Diadem steif auf dem Boden ab, als wollte er beides aufgeben. »Ich wollte sie mit nach Hause nehmen«, sagte er nur.

»Nein«, sagte ich erneut. »Lachlan ... es tut mir leid.«

Schweigend zog er ein Lederband aus seinem Wams. Er zog es über den Kopf und reichte mir den Schmuck.

Schmuck? Es war ein Ring. Er hing von dem Band herab. Ich hielt ihn ins Kerzenlicht und sah das kunstvolle Emblem: eine Harfe und die Krone von Ellas.

»Es gibt sieben solcher Ringe«, sagte er nüchtern. »Fünf davon werden von meinen Brüdern getragen. Der sechste steckt am Finger meines Vaters.« Schließlich schaute er zu mir hoch. »O ja, ich weiß, wie solche Dinge in Königshäusern gehandhabt werden. Ich entstamme selbst einem Königshaus.«

»Lachlan«, sagte ich. »Oder ist das nicht Euer Name?«

»O doch, Cuinn Lachlan Llewellyn. Mein Vater hat eine Vorliebe für Namen.« Er runzelte leicht die Stirn und wirkte seltsam abwesend und losgelöst. »Aber er hat immerhin elf Kinder, so daß es so am besten ist.«

»Hochprinz Cuinn von Ellas.« Der Ring fiel mir aus den Händen und hing dann baumelnd an seinem Band. »In den Namen aller Götter von Homana, *warum habt Ihr es geheimgehalten*?«

Er zuckte nur die Achseln. »Es war ... eine Sache zwischen meinem Vater und mir. Ich bin nicht die Art Erbe, den Rhodri wollte, versteht Ihr? Ich spielte lieber die Harfe, als mich um Regierungsgeschäfte zu kümmern, und widmete mich lieber den Heilkünsten, als Frauen zu umwerben.« Er lächelte zaghaft. »Ich war nicht bereit, Verantwortung zu übernehmen. Ich wollte nicht von einer Frau ans Schloß gebunden werden. Ich wollte

Rheghed hinter mir lassen und ganz Ellas kennenlernen, allein, ohne Gefolge. Das Erbrecht ist so … bindend.« Jetzt erinnerte sein Lächeln eher an den Lachlan, den ich kannte. »Ihr wißt, was ich meine, denke ich.«

»Aber … all dieses Schweigen gegenüber Torry, und *mir* gegenüber!« Ich dachte, daß er ein Narr gewesen war. »Wenn Ihr etwas *gesagt* hättet, wäre vielleicht nichts von alledem geschehen!«

»Ich konnte nichts sagen. So lautete die Vereinbarung zwischen meinem Vater und mir.« Lachlan rieb sich die Stirn und starrte auf seine Harfe. Er kauerte mit eingezogenen Schultern auf dem Stuhl, und das Kerzenlicht schimmerte matt auf seinem braun gefärbten Haar.

Braun gefärbtes Haar, nicht grau, wie er gesagt hatte, als er eitel zu sein behauptete, sondern eine völlig andere Farbe.

Ich setzte mich hin, lehnte den Rücken gegen die kalte Wand und wartete ab. Ich dachte über Torry und Finn in Dunkelheit und Regen und über Lachlan hier vor mir nach. »Warum?«

Er seufzte und rieb sich die Augen. »Ursprünglich war es nur ein Spiel. Wie konnte ich Euer Königreich besser kennenlernen, als wenn ich seine Länge und Breite als Unbekannter bewanderte? Also stimmte mein Vater zu und sagte, wenn ich solche Narrheit begehen wollte, dann sollte ich es ganz tun. Er verbot mir, meinen Namen und Rang zu offenbaren, es sei denn, ich geriete in Gefahr.«

»Aber ihn vor *mir* geheimzuhalten …« Ich schüttelte den Kopf.

»Es geschah *wegen* Euch.« Er nickte, als ich ihn stirnrunzelnd ansah. »Als ich Euch traf und erfuhr, wer Ihr wart, schrieb ich sofort an meinen Vater. Ich erzählte ihm, was Ihr vorhattet und daß ich dachte, Ihr könntet das nicht tun. Homana von Bellam zurückerobern? Nein. Ihr hattet keine Männer, kein Heer, nur Finn … und mich.« Er lächelte. »Ich kam mit Euch, weil ich es wollte, um zu sehen, was Ihr erreichen konntet. Und ich kam mit, weil mein Vater, als er erfuhr, was Ihr vorhattet, wollte, daß Ihr siegtet.«

Ich spürte den Zorn langsam in mir aufwallen. »Er hat mir keine Hilfe gesandt …«

»Hilfe für den Prinzen von Homana?« Lachlan schüttelte den Kopf. »Ihr vergeßt … Bellam hat in Ellas eingegriffen, indem er Rhodris Erben Electra angeboten hat. Es lag nicht in Ellas' Willen, Carillons Anspruch auf den Thron zu unterstützen.« Seine Stimme wurde ein wenig weicher. »Auch wenn ich Euch gern alle nur mögliche Hilfe gegeben hätte, mußte ich auch an das Reich meines Vaters denken. Wir haben Feinde. Dies mußte Euer Kampf bleiben.«

»Und dennoch seid *Ihr* mit mir gekommen. Ihr habt Euer Leben riskiert.«

»Ich habe nichts riskiert. Wenn Ihr Euch erinnert, habe ich nicht gekämpft, sondern nur die Rolle des Harfenisten gespielt.« Er schüttelte den Kopf. »Es war nicht leicht. Ich bin zum Krieger ausgebildet worden, seit ich ein Kind war. Aber mein Vater verbot mir zu kämpfen, und es schien so am besten. Er sagte, ich solle *beobachten* und lernen, was immer ich könnte. Wenn Ihr den Krieg gewännt und Euer Reich zwölf Monate und einen Tag halten könntet, würde Rhodri ein Bündnis anbieten.«

»Es ist schon mehr Zeit vergangen.« Ich brauchte die Tage nicht zu zählen.

»Und habt Ihr nicht gerade zu anderen Reichen gesandt und die Hand Eurer Schwester zur Hochzeit angeboten?« Er errötete. »Es ist nicht an mir anzubieten, was ich nicht anbieten kann. Mein Vater ist Hochkönig. Es war an ihm, Euer Angebot anzunehmen, und ich mußte warten.« Er schloß kurz die Augen. »Lodhi, aber ich dachte, auch *sie* würde warten …«

»Das habe ich auch geglaubt.« Der Stein an meinem Rücken fühlte sich kalt an. »O Lachlan, wenn ich gewußt hätte …«

»Ich weiß. Aber ich konnte nichts sagen.« Sein Gesicht wirkte erschreckend. »Das ist das Los der Prinzen.«

»Hättet Ihr *ihr* nichts sagen können?«

Er betrachtete den kissenübersäten Boden. »Fast hätte ich es getan. Ich war häufiger in Versuchung, als ich zählen kann. Einmal sprach ich sogar über Rhodris Erbe, aber sie bat mich nur zu schweigen. Sie wollte nicht an Heirat denken.« Er seufzte. »Sie ist immer sanft mit meinen Gefühlen umgegangen und hat versucht, mich – den Harfenisten – davon abzuhalten, zu hoch zu greifen, wie auch ihr Bruder der Mujhar es versucht hat.« Er blieb ernst. »Und ich dachte in meiner ganzen Selbstzufriedenheit, daß sie anderes antworten würde, wenn sie es erführe. Und Ihr auch. Und so beschloß ich statt dessen zu warten.«

Ich schloß die Augen und lehnte meinen Kopf gegen den Stein. Ich erinnerte mich des Harfenisten in dem ellasischen Wirtshaus, der mir meine Erinnerungen geschenkt hatte. Ich erinnerte mich seines geduldigen Verständnisses, als ich ihn verächtlich behandelt und ihn einen Spion genannt hatte, während er doch nur ein Freund gewesen war und nicht mehr.

Und ich erinnerte mich daran, wie ich ihn gebeten hatte, einen Mann zu töten, um zu sehen, ob er es tun würde.

Soviel stand zwischen uns und jetzt nur noch so wenig. Ich wußte, was er tun würde. »Ihr hattet keine andere Wahl«, sagte ich schließlich. »Die Götter wissen, daß *ich* erkannt habe, was es heißt, einem Rang und einer Verantwortung zu dienen. Aber Lachlan, Ihr braucht Euch keine Vorwürfe zu machen. Was hättet Ihr sonst tun können?«

»Ich hätte etwas sagen können, entgegen den Anweisungen meines Vaters.« Er starrte mit eingezogenen Schultern zu Boden. Er wirkte plötzlich so verletzlich, obwohl er doch stets so stark gewesen war. »Ich hätte irgend jemandem etwas sagen sollen.«

Und doch hätte es nichts genützt. Wir erkannten es beide, sprachen es aber nicht aus, weil dies als Tatsache auszusprechen noch mehr Qual bedeutet hätte. Ein Mann kann vielleicht eine Frau lieben, während die Frau einen anderen Mann liebt, aber kein Mann kann sie dazu zwingen, *ihn* zu lieben, wenn sie es nicht will.

»Beim Allvater selbst«, sagte Lachlan müde. »Ich glaube, es ist das alles nicht wert.« Er nahm seine Lady auf, erhob sich und steckte einen Arm durch das Silberdiadem. Er hatte mehr Recht darauf als die meisten, obwohl es königlich golden hätte schimmern sollen.

Ich erhob mich steif und sah ihn an. Ich hielt ihm den Ring am Lederband entgegen. »Lachlan…« Ich brach ab.

Er wußte, was ich sagen wollte. Er nahm den Ring entgegen, betrachtete das Emblem, das ihn zu einem außergewöhnlichen Menschen – zu einem Prinz – erhob, und ließ das Band dann wieder über seinen Kopf gleiten. »Ich kam als Harfenist«, sagte er ruhig. »Und so werde ich am Morgen auch wieder gehen.«

»Wenn *Ihr* mich verlaßt, alter Freund, werde ich ziemlich allein sein.« Mehr konnte ich ihm nicht sagen. Es war das einzige Eingeständnis, das ich jemals aussprechen würde.

Ich sah den Schmerz in seinen Augen. »Ich kam in dem Bewußtsein, daß ich eines Tages wieder würde gehen müssen. Ich wußte nicht wann, aber ich wußte, daß die Zeit kommen würde. Ich hatte eine Zeitlang gehofft, daß ich nicht allein gehen würde.« Sein Kiefer war angespannt, die Sanftheit war vergangen, und an ihrer Stelle sah ich den Mann, der Lachlan schon immer gewesen, als der er sich aber nur wenigen gegenüber gezeigt hatte. »Ihr seid ein König, Carillon. Könige sind immer allein. Eines Tages… werde ich das ebenso erfahren.« Er streckte die Hand aus und ergriff freundschaftlich meinen Arm. »*Yhana Lodhi, yffennog faer.*«

»Geht in Frieden, Harfenist«, sagte ich weich.

Er trat aus dem Raum in die Schatten des Ganges, und sein ›Lied von Homana‹ war beendet.

Ich betrat meine Räume und fand sie wartend vor. Sie saß im Schatten, denn nur eine einzige Kerze war entzündet. Sie war in eines meiner Hausgewänder gehüllt: weinroter Samt, der von einem gesprenkelten Silberpelz gesäumt war. An ihr wirkte es gewaltig, denn ich konnte kaum mehr als Hände und Füße sehen.

Ich blieb stehen, weil ich ihr jetzt nicht gegenübertreten konnte. Sie anzusehen würde mich an das erinnern, was Finn getan hatte, und an seine Verbannung. Genauso wie es mit Torry und Lachlan geendet hatte, die ebenfalls gegangen waren. Sie anzusehen bedeutete, das Angesicht der Einsamkeit anzusehen, und das konnte ich nicht ertragen.

»Nein«, sagte sie, als ich Anstalten machte zu gehen. »Bleib. Wenn du willst, werde *ich* gehen.«

Sie befand sich noch immer im Schatten. Der weinrote Samt verschmolz mit der Dämmerung. Das Kerzenlicht tanzte auf ihrem gelösten Haar, das ihr bis auf die Knie reichte.

Ich setzte mich hin, weil ich keine Kraft mehr hatte zu stehen. Ich saß auf dem Rand meines schon zurechtgemachten Bettes. Ich war ganz voller Asche, wie Lachlan gesagt hatte, und noch immer naß von dem Sturm draußen. Zweifellos roch ich auch dementsprechend: nach nasser Wolle, Rauch und Flammen.

Sie kam auf mich zu und stellte sich vor mich hin. »Laß mich dir diesen Kummer nehmen.«

Ich betrachtete ihre Kehle mit den Quetschungen, die Zeichen des Wahnsinns eines zerbrochenen Mannes.

Sie kniete sich hin und zog mir die schweren Stiefel aus. Ich schwieg, beobachtete sie und staunte darüber, daß sie das tat, was ich oder ein Diener sehr viel leichter hätte tun können.

Ihre Hände waren geschickt und sanft, streiften mir

die Kleidung ab, und dann kniete sie vor mir. »Ach, Carillon, gräme dich nicht so. Du fügst dir selbst Schmerz zu.«

Ich fragte mich plötzlich, ob sie sich jemals vor Tynstar hingekniet hatte.

Sie legte eine Hand auf meinen Oberschenkel. Ihre Finger waren kühl. Ich konnte den Pulsschlag auf ihrer Handfläche spüren.

Ich betrachtete noch einmal die Quetschungen an ihrer Kehle. Langsam streckte ich die Hände aus, legte sie darauf, wie Finn es getan hatte, und spürte die Zartheit ihrer Haut. »Deinetwegen«, sagte ich.

»Ja.« Ihr Blick hielt dem meinen stand. »Und es tut mir leid für dich, daß er gehen mußte.«

Meine Hände verkrampften sich. Sie zuckte nicht zusammen und entzog sich mir auch nicht. »Ich bin nicht Tynstar, Lady.«

»Nein.« Sie lächelte auch nicht.

Meine Hände glitten langsam aufwärts und umfaßten ihren Kopf mit dem schimmernden Haar. Das jetzt gelockerte Gewand glitt von ihren Schultern und fiel zu Boden: ein Teich weinroten Samts. Sie war nackt.

Ich zog sie von dem Steinboden hoch in meine Arme und sank mit ihr aufs Bett. Um die Einsamkeit zu verscheuchen, würde ich mit dem dunklen Gott selbst schlafen.

»Ich brauche dich«, flüsterte ich an ihrem Mund. »Bei den Göttern, Frau, *wie sehr ich dich brauche ...*«

Kapitel Vier

Das Krankenzelt stank nach Blut und verbranntem Fleisch. Ich beobachtete, wie der Heereschirurg das heiße Eisen von Rowans Arm anhob, die verbrannten Wundränder betrachtete und dann nickte. »Die Wunde ist jetzt geschlossen. Sie blutet nicht mehr, Hauptmann. Ich denke, Ihr werdet den Arm mit Hilfe der Götter behalten.«

Rowan saß starr, bleich und zitternd auf dem Feldstuhl. Das Schwert hatte in das Fleisch seines Unterarms eingeschnitten, hatte aber die Muskeln und den Knochen verfehlt. Er würde den Arm weiterhin gebrauchen können, obwohl ich nicht bezweifelte, daß er sich im Moment so fühlte, als sei der Arm bereits abgetrennt worden.

Er ließ langsam und zischend den Atem entweichen. Er streckte seine rechte Hand aus und griff nach dem Becher sauren Weins, den Waite auf den Tisch gestellt hatte. Seine Finger schlossen sich um den Becher, griffen so fest zu, daß seine Knöchel weiß durch die Haut schimmerten, und dann hob er ihn an den Mund. Ich lächelte. Waite hatte ein Pulver hineingegeben, das den Schmerz ein wenig lindern würde. Rowan hatte solche Hilfe eigentlich abgelehnt, aber er hatte die Zugabe des Pulvers nicht bemerkt. Jetzt trank er es unwissentlich, und der Schmerz würde ein wenig gemildert werden.

Ich schaute über die Schulter zurück durch die Lücke im Zelteingang. Der Tag draußen war grau, grau und dunkelblau, voller Wolken und Winternebel. Mein Atem schwebte weiß wie Rauch in der Luft, nachdem er der Wärme des Krankenzelts entwichen war.

»Ich danke Euch, Mylord.« Rowans Stimme zeugte

noch immer von der Mühe, aber es wurde besser, als das Pulver zu wirken begann.

Er zog seine pelzbesetzte Lederkleidung an, obwohl mir klar war, daß ihm die Bewegung weh tun mußte. Ich machte keinerlei Anstalten, ihm zu helfen, weil ich wußte, daß er es nicht zulassen würde, da ich sein Mujhar war und es seinen Stolz verletzt hätte. Er hatte seinen Stolz wie alle Cheysuli, einen heiklen, überheblichen Stolz, der von einigen Leuten als Herablassung verstanden wurde. Üblicherweise war das aber nicht der Fall. Dieser Stolz bedeutete nur die Gewißheit ihres Platzes im Brettspiel der Götter. Und Rowan spiegelte einen Großteil dieses vererbten Stolzes wider, obwohl er in seinem Verhalten weniger Cheysuli als Homaner war.

Ich regte mich und verzog das Gesicht, als sich meine Muskeln gegen die Bewegung wehrten. Mein Körper war zerschlagen und wund, aber ich hatte von der letzten Begegnung früh an diesem Tag keine Verletzung davongetragen. Mein Blut war noch immer mein eigenes, anders als bei Rowan – es sei denn, man rechnete das Nasenbluten mit, das ich hatte, als der Kopf meines Pferdes mein Gesicht getroffen hatte. Der Schlag hatte mich für kurze Zeit leicht betäubt und zu einer leichten Beute werden lassen können, wenn ich es nicht geschafft hätte, im Sattel zu bleiben. Und Rowan, der herbeigeeilt war, um das Schwert eines Angreifers abzuwehren, hatte den für mich bestimmten Stoß auf sich genommen. Wir hatten beide Glück gehabt, daß der Atvianer sein Ziel verfehlte.

»Bist du hungrig?« fragte ich.

Rowan nickte. Er war zu dünn, wie wir alle, war nur noch Haut und Knochen. Aufgrund seiner Cheysuligesichtszüge wirkte sein Gesicht hagerer als meines, und wegen meines Bartes bemerkte niemand, ob ich selber hager war oder nicht. Das hatte seine Vorteile. Rowan sah krank aus, ich nicht, und ich haßte es, gefragt zu werden, wie es mir ginge. Das ließ mich auch dann anfällig fühlen, wenn ich es nicht war, aber das ist der Preis für den Rang eines Königs.

Rowan zog seine Handschuhe an, zuerst den rechten, und die Bewegung schmerzte in seinem Arm. Er war noch immer blaß, ohne die tiefere Färbung der Cheysulihaut, weil er Blut verloren hatte. Da seine Augen durch das Schmerzmittel und durch die Blässe seiner Haut jetzt schwarz wirkten, sah er mehr wie ein Homaner als wie ein Cheysuli aus.

Armer Rowan, dachte ich: für immer zwischen zwei Welten gefangen.

Er rieb seinen gesunden Arm durch die dichte Behaarung hindurch und sah mich dann an. Er zwang sich zu einem Lächeln. »Es tut nicht weh, Mylord.«

Waite, der gerade seine chirurgischen Instrumente fortlegte, brummte verärgert. »In meiner Gegenwart schmerzt die Wunde. In Gegenwart des Mujhar schmerzt sie nicht. Vielleicht habt Ihr wundersame Heilkräfte, Mylord ... vielleicht sollten wir die Plätze tauschen.«

Rowan errötete. Ich grinste, zog den Zelteingang zur Seite und bedeutete ihm hinauszugehen, selbst als er einwandte, ich solle vorweg gehen. Der Nebel legte sich sofort kalt auf unsere Gesichter. Rowan beugte seine Schultern gegen die Kälte nach vorn und barg seinen schmerzenden Arm. »Es geht mir *wirklich* besser, Mylord.«

Ich sagte nichts über das Pulver, sondern deutete nur auf das nächstgelegene Herdfeuer. »Geh dorthin. Dort gibt es heißen Wein und gebratenen Keiler. Du wirst dich zweifellos besser fühlen, wenn dein Magen erst wieder gefüllt ist.«

Er lief vorsichtig über den gefrorenen, festgetretenen Boden und versuchte den verletzten Arm nicht zu erschüttern. »Mylord ... es tut mir leid.«

»Es tut dir leid, daß du verletzt wurdest?« Ich schüttelte den Kopf. »Du hast meine Verletzung auf dich genommen. Dafür gebührt dir mein Dank – und nicht mir deine Entschuldigung.«

»Doch.« Spuren der Anspannung verzerrten die Jugendlichkeit seiner Züge. Er schaute zu Boden, während er ging, und das dichte schwarze Haar verbarg den größten Teil seines Gesichts. Er hatte es – wie ich – lange nicht geschnitten. »Mit Finn an Eurer Seite wärt Ihr besser dran. Ich bin … kein Gefolgsmann.« Er warf mir einen schnellen, glänzenden Blick aus umnebelten Augen zu. »Ich habe nicht die Begabung, Euch Sicherheit zu gewähren, Mylord.«

Ich blieb am Herdfeuer stehen und nickte dem Krieger zu, der sich um den gebratenen Keiler kümmerte. Er begann ihn mit einem fettigen Messer zu zerteilen. »Du bist nicht Finn und kannst es auch niemals werden«, erklärte ich Rowan deutlich. »Aber ich möchte dich an meiner Seite haben.«

»Mylord …«

Ich unterbrach ihn mit einer Geste meiner Hand. »Als ich Finn vor sechs Monaten aus meinen Diensten entlassen habe, wußte ich, was ich riskierte. Dennoch mußte es zu unser aller Bestem getan werden. Ich leugne nicht, daß mir seine Anwesenheit wichtig war. Der Bund zwischen einem Cheysuligefolgsmann und seinem Mujhar ist eine heilige Sache, aber wenn er einmal gebrochen wird, gibt es kein Zurück mehr.« Ich umfaßte seinen unverletzten Arm und wußte, daß unter den Fellen und dem Leder kein *Lir*gold war. »Ich suche keinen neuen Finn. Ich schätze *dich*. Enttäusche mich nicht, indem du *dich* unterbewertest.« Der Krieger ließ ein Stück Fleisch auf eine Scheibe zähes Brot fallen und legte es mir in die Hände. Ich wiederum reichte es Rowan. »Nun iß. Du mußt deine Kräfte zurückgewinnen, damit wir wieder kämpfen können.«

Der Nebel hinterließ Wasserperlen auf seinem Haar. Feucht hing es auf seine Schultern herab. Sein Gesicht wirkte ausdruckslos und bleich, fest über hervorstehende Knochen gespannt, aber ich glaubte, daß der Schmerz von etwas anderem als von seinem verletzten Arm herrührte.

Ein Topf voll Wein wurde nahe der Feuerstelle erwärmt. Ich kniete mich hin, goß einen Becher voll und reichte ihn Rowan. Und als ich mich dann umwandte, um mir selbst auch einen Becher einzugießen, hörte ich jemanden nach mir rufen.

»Wollt Ihr ein wenig Fleisch, Mylord?« fragte der Krieger mit dem Messer.

»Einen Augenblick.« Ich erhob mich und wandte mich in Richtung des Rufes. Es war schwer, solche Geräusche im Nebel zu orten, aber dann sah ich die aus dem Grau hervortretenden Schatten. Drei Männer auf Pferden: zwei davon Homaner und der dritte Mann ein Fremder.

Sie waren in pelzbesetztes Leder und Wollkleidung gehüllt. Der Nebel teilte sich, als sie hindurchritten, ließ sie deutlicher erkennbar werden und schloß sich hinter ihnen dann wieder. »Mylord!« Einer der Männer stieg vor mir ab, sank auf ein Knie und stand dann wieder auf. »Ein Bote, Mylord.«

Er deutete auf den Fremden, der noch immer auf seinem Pferd saß. Er ritt ein gutes Pferd, wie Boten dies meist tun, aber ich sah kein Emblem, das ihn gekennzeichnet hätte. Er trug dunkles Leder und noch dunklere Wolle. Eine Kappe verbarg den größten Teil seines Kopfes, so daß nur sein Gesicht zu sehen war.

Der heiße Wein wärmte meine Hände sogar durch die Handschuhe hindurch. »Atvianer?« Ich sagte es ohne besondere Betonung.

Der Fremde griff aufwärts und zog wollene Hüllen von seinem Gesicht. »Nein, Mylord ... Ellasier.« Als sein Mund freilag, war er deutlicher zu verstehen. »Gesandt von Hochprinz Cuinn.«

Lachlan. Ich konnte nicht umhin zu lächeln. »Tretet näher, Freund Bote. Ihr seid meinem Heer willkommen.«

Er stieg ab, kam näher heran und sank, sich schnell ehrerbietig verbeugend, vorbildlich auf ein Knie. Er hatte ein warmes freundliches Gesicht. Er war jung und schien sein Geschäft dennoch zu verstehen. Sein Haar unter der Kappe war, seinen Brauen nach zu urteilen, rot, und seine Augen waren grün. Er hatte Sommersprossen im Gesicht.

»Mylord, ich freue mich, dem Hochprinz dienlich sein zu können. Er bat mich, Euch dies zu geben.« Er griff in eine Ledertasche an seinem Gürtel und entnahm ihr ein zusammengefaltetes Pergament. Es war mit einem blauen Wachssiegel versehen, in das das königliche Emblem eingedrückt war: eine Harfe und die Krone von Ellas. Es erinnerte mich an Lachlan und seine Lady, als er mir gesagt hatte, wer er war.

Ich brach das Siegel und entfaltete das Pergament. Es knisterte in der nebligen Luft, aber seine Krausheit schwand, als das Papier weicher wurde. Und die Worte waren gut lesbar.

Nachdem ich nach Rheged zurückgekehrt war, wurde ich von meinem Vater, dem König, herzlich willkommen geheißen. So herzlich, daß er mich in der Tat mit Geschenken überhäuft hat. Eines dieser Geschenke war ein eigenes Kommando, falls ich jemals eines brauchen sollte. Ich bezweifle, daß Rhodri jemals geglaubt hätte, daß ich so großzügig sein würde, Euch das Geschenk auszuleihen, aber es soll hiermit geschehen. Meine Männer stehen zu Eurer Verfügung – solange Ihr sie benötigt. Und wenn Ihr ein Gegengeschenk machen wollt, bitte ich nur darum, daß Ihr Ellas freundlich behandelt, wenn wir um ein Bündnis ersuchen.

Unterzeichnet von
Cuinn Lachlan Llewellyn

Ich grinste. Und dann lachte ich und gab dem Boten meinen Becher mit heißem Wein. »Das kommt mir tatsächlich gelegen«, sagte ich. »Wie viele Männer sind es, und wo befinden sie sich?«

Er grinste ebenfalls, nachdem er getrunken hatte. »Eine halbe Meile östlich, Mylord. Und es sind fünftausend Mann. Die Königliche Ellasische Wache.«

Ich lachte erneut laut auf. »Ach, Lodhi, ich danke dir für diesen Boten! Aber noch mehr danke ich dir für Lachlans Freundschaft!« Ich schlug dem Boten auf die Schulter. »Wie lautet Euer Name?«

»Gryffth, Mylord.«

»Und der Eures Hauptmanns?«

»Meredyth, ein Mann, der dem Hochprinz selbst nahesteht.« Gryffth grinste. »Mylord, vergebt mir, aber wir wissen alle, was Prinz Cuinn beabsichtigt hat. Und keiner von uns kommt ungern. Soll ich sie herbeibringen lassen?«

»Fünftausend …« Ich schüttelte den Kopf und lächelte bei dem Gedanken. »Thorne wird innerhalb eines Tages vernichtet sein.«

Gryffth strahlte. »Dann werdet Ihr schon bald siegen?«

»Wir *werden* siegen«, sagte ich. »Aber jetzt wird das Ende süßer sein. O Götter, ich danke euch für den Harfenisten.« Ich nahm Gryffth den Becher ab, er stieg wieder auf sein Pferd, und ich beobachtete, wie er mit seinen homanischen Führern in den Nebel zurückritt.

»Nun ist es endlich geschafft, Mylord«, sagte Rowan.

»Und das ist gut so.« Ich grinste. »Du kannst mit diesem Arm nicht kämpfen, und jetzt wirst du auch nicht mehr kämpfen müssen.«

»Mylord …« protestierte er, aber ich hörte nicht mehr zu, sondern las erneut Lachlans Nachricht.

Die Karte bestand aus weich gegerbtem, hellem Leder, auf dem die Farbe deutlich sichtbar war. In dem von Kerzen erleuchteten Zelt schienen die Linien und Runenzeichen zu schimmern.

»Hier.« Ich deutete mit dem Zeigefinger auf die Karte. »Hier liegt Mujhara. *Wir* befinden uns hier... vielleicht vierzig Meilen nordwestlich der Stadt.« Ich deutete auf eine Stelle weiter westlich. »Die Cheysuli sind hier, näher an Lestra, aber immer noch innerhalb Homanas.« Ich hob den Finger an und bewegte ihn jetzt mit mehr Nachdruck in Richtung des solindischen Hafens Andemir. »Thorne kam hier herein. Atvia liegt über das Idrianische Meer hinweg nur acht Meilen entfernt, unmittelbar westlich von Solinde. Er nahm den kürzesten Seeweg nach Solinde und den kürzesten Landweg nach Homana.« Ich zog die unsichtbare Linie über die Karte nach. »Seht Ihr hier? Er kam hier entlang, mitten durch Solinde. Hier streckt unsere Grenze ihre Faust nach Solinde hinein, und genau hierhin wollte Thorne.«

»Aber Ihr habt ihn aufgehalten.« Der ellasische Hauptmann nickte. »Ihr habt ihm den Weg abgeschnitten, und er kommt nicht weiter.«

Es schien seltsam, den rauhen Akzent wieder zu hören, obwohl wir untereinander und mit allen Hauptmännern stets homanisch sprachen. Es drängten sich auch noch andere Ellasier in meinem Zelt zusammen. Ich wollte, daß die von Lachlan gesandten Leute genau wußten, was sie taten.

»Thorne ließ bekanntwerden, daß er sein Heer aufteilen würde«, erklärte ich. »Er käme über Land durch Solinde und würde dort die Unterstützung von Aufständischen gewinnen. Aber er habe auch eine Flotte ausgesandt... oder zumindest wurde dies berichtet. Eine Flotte, die nach Hondarth segele... hier hinunter.« Ich legte meinen Finger auf die Stelle der Karte, die Hondarth zeigte, nahe dem unteren Rand der Karte und direkt südlich von Mujhara. »Aber da war keine Flotte... keine *richtige* Flotte. Es war eine Finte.«

Meredyth nickte. »Er wollte, daß Ihr Euer Heer halbiert und eine Hälfte nach Hondarth schickt, so daß er, wenn er – in voller Schlagkraft – hierherkäme, einem verminderten homanischen Gegner gegenüberstünde.« Er lächelte. »Klug gedacht. Aber Ihr seid noch klüger, Mylord Mujhar.«

Ich schüttelte den Kopf. »Es war nur Glück. Meine Spione arbeiten gut. Ich hörte von dem Trick und unternahm Schritte, um jene zurückzurufen, die ich nach Hondarth geschickt hatte. Den Göttern sei Dank, sie waren noch nicht weit gekommen. Jetzt haben wir Thorne, aber er wird nicht aufgeben. Er wird seine Männer gegen mich schicken, bis keiner mehr übrig ist.«

»Und was ist mit der Hilfe der Solinder, die er wünschte?«

»Er hat weniger bekommen als er wollte.« Meredyth war mindestens zwanzig Jahre älter als ich, aber er hörte mir genau zu. Zunächst hatte ich gezögert, so offen zu sprechen, denn ich wußte, daß er mehr Erfahrung besaß als ich, aber Lachlan hatte gut gewählt. Hier war ein Mann, der meinen Worten zuhören, sie bemessen und sich dann ein Urteil darüber bilden würde. »Er kam in der Erwartung nach Solinde, Tausende für die Eroberung bereit zu finden, aber es waren nur Hunderte. Da ich die Cheysuli dorthin geschickt habe, sind die Solinder… zögerlich, das Bündnis zu brüskieren, das ich eingegangen bin.«

Meredyths Gesichtsausdruck spiegelte ruhige Höflichkeit wider. »Geht es der Königin gut?«

Ich wußte, was er meinte. Es war mehr als nur eine Frage nach Electras Wohlbefinden. Die Zukunft von Solinde hing von dem Ausgang – oder dem Verlauf – der Ehe ab. Electra würde mir in drei Monaten ein zweites Kind gebären, und wenn es ein Junge war, wäre Solinde der eigenen Freiheit und Eigenständigkeit um ein Kind näher. Darum hatte Thorne nur so wenig Hilfe gefunden, darum und wegen der Cheysuli.

»Es geht der Königin gut«, sagte ich.

Meredyth lächelte leicht. »Und was ist mit den Ihlini,

Mylord? Haben sie sich nicht mit Thorne zusammengeschlossen?«

»Im atvianischen Heer ist nichts über die Anwesenheit von Ihlini bekannt.« Den Göttern sei Dank, aber das sagte ich nicht. »Wir stehen den Atvianern mit wenigen Hundert solindischen Aufständischen gegenüber.« Ich machte eine schnelle Geste. »Thorne ist gerissen, das stimmt, und er weiß, wie er mir beikommen kann. Ich werde ihn nicht so vernichten können, wie ich es mir vielleicht wünsche, nicht wenn er meine eigenen Ideen gegen mich einsetzt. Es wird keine offenen Schlachten geben, nur plötzliche Angriffe und Scharmützel wie auch schon gegen Bellam. Wie Ihr wißt, sind wir schon seit sechs Monaten hier. Das wird kein leichter Sieg. Zumindest ... *wäre* es kein leichter Sieg geworden, bevor Lachlan sein Geschenk gesandt hat.«

Meredyth nickte zustimmend. »Ich denke, Mylord, daß Ihr rechtzeitig nach Hause kommen werdet, um die Geburt Eures Erben miterleben zu können.«

»Wenn die Götter es wollen.« Ich deutete erneut auf die Karte. »Thorne hat einen Teil seines Heeres an der Stelle nach Homana hineingesandt, wo ich die Cheysuli aufgestellt habe. Aber der größere Teil seines Heers ist hier geblieben, wo wir uns befinden. Das letzte Scharmützel hat vor zwei Tagen stattgefunden. Ich bezweifle, daß er mich vor übermorgen angreifen wird. Bis dahin sollten wir unsere Pläne gemacht haben.«

Thorne von Atvia griff uns zwei Tage später mit aller ihm zur Verfügung stehenden Macht an. Kein Zuschlagen und Zurückziehen mehr, wie er es von mir gelernt hatte. Dieses Mal kämpfte er mit der Entschlossenheit eines Mannes, der weiß, daß er unterliegen und sich bei der Niederlage auch selbst verlieren wird. Zusammen mit den ellasischen Männern schlugen wir ihn zurück und versperrten ihm den Weg nach Homana. Ungeachtet atvianischer Bogenschützen zerschlugen wir seine schwächer werdende Offensive.

Ich suchte in dem Kampfgetümmel nur Thorne. Ich wollte ihn am Ende meiner Klinge sehen, sich seines Todes und dessen, der ihn bewirken würde, vollkommen gewiß. Er hatte mir vor fast sieben Jahren auf dem Schlachtfeld nahe Mujhara mein Schwert genommen. Er hatte mich in Eisen legen lassen und befohlen, daß Rowan ausgepeitscht werden sollte. Weiterhin hätte er vielleicht Alix getötet, wenn er die Möglichkeit dazu gehabt hätte und die Cheysuli nicht gekommen wären. Und Thorne beleidigte mich, indem er geglaubt hatte, er könne mein Haus besiegen und es durch seines ersetzen.

Als der Pfeil in den Leder- und Kettenpanzer meiner Rüstung eindrang, dachte ich zunächst, ich sei unverletzt geblieben. Ich setzte mich kurz im Sattel zurück, als ich den Schlag einer harten Faust an meiner linken Schulter spürte, aber ich glaubte nicht, daß er bis auf meine Haut durchgedrungen war. Erst als ich mein Pferd einem heranpreschenden Atvianer zuwandte, spürte ich, daß mein Arm taub war.

Ich fluchte. Der Atvianer näherte sich in vollem Galopp, das Schwert hoch über dem Kopf erhoben. Er lenkte sein Pferd mit den Knien, achtete nicht auf dessen Verhalten, sondern war nur darauf bedacht, mich zu töten. Ich war ebenso bedacht, ihn zu töten, aber jetzt konnte ich es nicht mehr tun. Ich konnte nur noch einen Arm gebrauchen.

Sein Pferd prallte gegen meines. Der Aufprall löste eine Schmerzwelle von der Schulter zum Schädel hin aus. Ich beugte mich sofort vor und versuchte im Sattel zu bleiben, während das Schwert des Atvianers herabschoß. Klinge auf Klinge und das Kreischen von Stahl waren zu hören. Der abgewehrte Schlag traf wuchtig hinter mir auf dem Sattel auf. Ich riß mein Pferd herum, und der Atvianer verlor sein Schwert. Es blieb in meinem Sattel stecken, was gefährlich sein konnte, da eine ungeschickte Bewegung mit einem aufgeschnittenen Gesäß enden könnte – aber zumindest hatte ich ihn entwaffnet. Ich stellte mich in den Steigbügeln auf, vermied die Berührung mit dem Schwert und sah den Atvianer auf mich zukommen.

Er war unbewaffnet. Er schrie. Und er warf sich von seinem Pferd herab, um mit beiden Händen die Glieder meines Kettenpanzers zu ergreifen.

Mein Schwert war ebenfalls verloren. Ich merkte, wie es herabfiel, sich aus meiner Hand wand, als das Gewicht des Atvianers mich niederdrückte. Er war groß, zu groß und unverletzt. Er ergriff den Kettenpanzer meiner Rüstung mit beiden Händen und zog mich vom Pferd.

Ich drehte mich in der Luft und versuchte mich zu befreien. Aber der Boden kam uns entgegen und schlug mich fast bewußtlos. Mein linker Arm blieb noch immer taub, noch immer nutzlos.

Das Gewicht des Atvianers war unerträglich. Er drückte mich in die Erde. Ein Knie wurde auf meinen Bauch gepreßt, während er sich aufrichtete, um nach seinem Messer zu greifen, und ich spürte, wie meine Atemluft entwich. Doch schaffte ich es zähneknirschend, mein eigenes Messer aus der Scheide zu ziehen und aufwärts in seine Leistengegend zu stoßen.

Er schrie. Seine Waffe fiel ihm aus der Hand, während er sich krümmte und mit beiden Händen nach seinen Leisten faßte. Blut drang aus der Wunde hervor und spritzte mir ins Gesicht. Und doch konnte ich mich nicht bewegen, konnte mich ihm nicht entwinden. Sein Gewicht lag auf meinem Bauch und das Feuer brannte in meiner Schulter.

Ich stach erneut zu, schlug mit den Panzerhandschuhen bekleideten Händen zu. Er schrie weiter, ein Schrei reihte sich an den nächsten, bis ein einziger Klang des Entsetzens, des Schmerzes und des Zorns daraus wurde. Ich sah die Blindheit seiner Augen und wußte, daß er verbluten würde.

Er beugte sich vor und sackte zusammen. Das Knie drückte mir noch einmal die Luft ab, dann fiel er endgültig, und die Luft kehrte zurück – ein wenig, denn sein ganzes Gewicht lag noch immer auf mir. Sein rechter Arm war über mein Gesicht gefallen, so daß Kettenpanzerglieder in meinen Mund drückten und ich den kupferartigen Geschmack von Blut an meinen Zähnen spürte. Blut. Götter, so viel Blut und ein wenig davon mein eigenes ...

Ich wand mich. Ich stieß mit meinem gesunden Arm zu und versuchte ihn abzuwerfen. Aber seine Größe und die Todesschlaffheit machten es mir, dem schwersten Gewicht von allen, unmöglich, und ich hatte keine Kraft mehr übrig, um dagegen anzukämpfen. Ich sank hinab, hinab in das Verlies, und niemand war da, um mich aufzufangen ...

Schatten. Dunkelheit. Ein wenig Licht. Ich hob mich dem Licht entgegen und rief einen Namen.

»Seid ruhig, Mylord«, sagte Rowan. »Seid ganz ruhig.«

Waite nahm ein blutiges Leinentuch von mir, und ich erkannte, daß er sich um meine Schulter kümmerte. Noch mehr Blut. Götter, würde er die Wunde ausbrennen? Kein Wunder, daß Rowan so ruhig schien. Er hatte die Berührung heißen Stahls bereits gespürt und erwartete jetzt, daß das gleiche mit mir geschähe.

Ich schloß die Augen. Schweiß brach auf meiner Haut aus und rann mein Gesicht hinab. Ich hatte vergessen, was Schmerz war, wahrer Schmerz, da ich so lange nicht mehr solch eine Wunde erlitten hatte. In Caledon war ich ein- oder zweimal schwer verletzt gewesen, aber ich hatte den Schmerz und die Schwäche, die die Seele zerbrachen, bereits vergessen.

»Der Pfeil ist aus nächster Nähe abgeschossen worden«, sagte Waite gesprächig. »Eure Rüstung hat die schlimmste Wucht abgefangen, aber nicht alle – es ist dennoch eine ernste Verletzung. Ich habe die Pfeilspitze entfernt. Wenn Ihr lange genug ruhig liegenbleibt, wird die Wunde, meiner Meinung nach, heilen.«

Ich öffnete ein Auge einen Spaltbreit. »Sie muß nicht ausgebrannt werden?«

»Wäre Euch das lieber?«

»Nein …« Ich stieß einen Zischlaut aus, als die Schulter stechend schmerzte. »Bei den Göttern … könnt Ihr mir nicht geben, was Ihr Rowan gabt?«

»Ich *dachte* mir schon, daß Ihr mir etwas gegeben habt«, brummte Rowan. »Ich habe in jener Nacht zu gut geschlafen.«

Waite preßte ein weiteres Leinentuch auf die Wunde. Sie blutete jetzt nicht mehr so stark, aber der Schmerz blieb unvermindert. »Ich werde Euch geben, was immer Ihr braucht, Mylord. Das ist ein Teil der Dienste eines Chirurgen.« Er lächelte, als ich die Stirn runzelte. »Wartet, bis ich mit den Verbänden fertig bin, dann werdet Ihr Euer Pulver bekommen.« Er machte Rowan ein Zeichen. »Hebt Ihn vorsichtig hoch, Hauptmann. Behandelt ihn wie ein rohes Ei.«

Ich hätte gelacht, wenn ich die Kraft dazu gehabt hätte, doch so konnte ich nicht einmal lächeln. Und als Rowan mich hob, damit Waite das Leinen um meine Brust wickeln konnte, stöhnte ich fast laut auf. »Götter … sind alle meine Knochen gebrochen?«

»Nein.« Waite preßte einen Leinenbausch gegen meine Schulter und begann Leinenstreifen um meine Brust zu wickeln. »Ihr wurdet unter dreihundert Pfund eines mit einer Rüstung bekleideten atvianischen Körpers gefunden. Ich vermute, daß Ihr mehrere Stunden lang darunter lagt, während der Kampf weitertobte. Es ist kein Wunder, daß Ihr Euch halb zerschmettert fühlt … so, Hauptmann, ich bin fertig. Legt ihn langsam wieder zurück, vorsichtig. Zerbrecht die Eierschale nicht.«

Ich schloß erneut die Augen, bis der Schweiß auf meinem Körper getrocknet war. Kurz darauf hielt mir Waite einen Becher an den Mund. »Trinkt, Mylord. Schlaf ist jetzt das beste für Euch.«

Es war gesüßter Wein. Ich trank den Becher leer und legte den Kopf wieder zurück, versuchte so den Schmerz erneut abzuwehren. Rowan, der neben meinem Bett kniete, betrachtete mich mit besorgtem Blick.

Ich zitterte. Waite zog Decken und Felle über meinen Körper, bis nur noch mein Kopf hervorsah. Kohlenpfannen standen rund um mein Bett herum. Im Winter konnte auch eine geringere Verletzung tödlich sein.

Mein Mund war wund, zweifellos von dem Augenblick, als der Kettenpanzer meine Lippen hatte aufplatzen lassen. Ich berührte sie mit der Zunge, spürte den angeschwollenen Schnitt und zog dann eine Grimasse. Welch törichte Art, aus einem Kampf gezogen zu werden.

»Ich muß annehmen, daß wir diesen Tag gewonnen haben«, sagte ich. »Sonst würde ich zweifellos ohne Chirurg und Hauptmann in einem atvianischen Zelt liegen.« Ich hielt inne. »Es sei denn, Ihr wärt auch gefangengenommen worden.«

»Nein.« Rowan schüttelte den Kopf. »Wir haben entschieden gesiegt, Mylord. Den Krieg gewonnen, und auch diesen Tag. Die Atvianer sind vernichtet ... die meisten jener, die dazu in der Lage waren, sind nach Solinde zurückgelaufen. Ich bezweifle, daß sie uns noch einmal Sorgen bereiten werden.«

»Und was ist mit Thorne?«

»Er ist tot, Mylord.«

Ich seufzte. »Ich wollte ihn vernichten.«

»Genau das wollte ich auch.« Rowans Gesicht war grimmig. »Ich habe nicht auf Euch geachtet, Mylord, sondern habe mich selbst an der Schlacht beteiligt. Aber ich konnte ihn in dem Kampfgetümmel nicht finden.«

Das Pulver begann zu wirken. Zusammen mit der durch die Wunde verursachten Schwäche sog es mich in die Dunkelheit. Das Sprechen fiel mir zunehmend schwerer. »Sorge dafür, daß er begraben wird, wie es seinem Rang gebührt«, sagte ich schwerfällig, »aber übergib seinen Körper nicht seinen Leuten. Als mein Vater auf den Ebenen in der Nähe von Mujhara im Sterben lag und Thorne mich gefangengenommen hatte, habe ich um eine homanische Beerdigung gebeten. Thorne hat sie mir verweigert. Und so verweigere ich Thorne eine atvianische Beerdigung.«

»Ja, Mylord«, sagte Rowan leise.

Ich kämpfte darum, wach zu bleiben. »Er hat Erben. Zwei Söhne, wie ich gehört habe. Sende … sende einen Boten mit der Nachricht, daß der Mujhar von Homana Loyalität fordert. Ich werde Thornes Söhne in Homana-Mujhar empfangen … und sie zum Schwur auffordern.« Ich runzelte die Stirn, als sich meine Lider schlossen. »Rowan … sorge dafür …«

»Ja, Mylord.«

Ich zwang mich noch einmal in den Wachzustand. »Wir werden am Morgen von hier aufbrechen. Ich möchte nach Mujhara zurückkehren.«

»Ihr werdet morgen früh noch nicht in der Lage sein zurückzukehren«, sagte Waite tonlos. »Das werdet Ihr selbst merken, Mylord.«

»Ich bin nicht abgeneigt, in einer Sänfte zu reisen«, murmelte ich. »Das kann mein Stolz ertragen, denke ich.«

Rowan lächelte. »Ja, Mylord. Eine Sänfte anstatt eines Pferdes.«

Ich dachte darüber nach. Zweifellos würde Electra davon hören. Ich wollte nicht, daß sie sich sorgte. »Ich werde in einer Sänfte reisen, bis wir nur noch eine halbe Meile von Mujhara entfernt sind«, sagte ich deutlich. »*Dann* werde ich das Pferd nehmen.«

»Natürlich, Mylord. Ich werde mich darum kümmern.«

Dann überließ ich mich der Dunkelheit.

Waite hatte leider recht gehabt. Ich war am Morgen – mit oder ohne Sänfte – nicht in der Lage zurückzukehren. Aber am dritten Tag fühlte ich mich schon viel besser. Ich zog meine wärmste Kleidung an, versuchte den Schmerz in meiner Schulter nicht zu beachten und ging hinaus, um mit Meredyth und den anderen Hauptmännern zu sprechen.

Ihre Zeit bei mir war vorüber. Ihre Hilfe hatte es mir ermöglicht, Thorne zu besiegen, und es war jetzt an mir, sie wieder nach Hause zu schicken. Ich sorgte dafür, daß jeder Hauptmann Gold nach Ellas mitbrachte – sowie Geld für jeden gewöhnlichen Krieger. Der Krieg mit Thorne hatte mich nicht arm gemacht, aber ich hatte dennoch wenig übrig. Ich konnte dem Hochkönig nur ein beständiges Bündnis versprechen, was Meredyth zu genügen schien. Dann bat er mich um einen Dienst, den ich ihm nur allzu gern erwies. Gryffth hatte darum ersucht, in Homana bleiben zu dürfen, um Ellas in Homana-Mujhar zu dienen – eher als Gesandter denn als einfacher Bote. Und so marschierte die Königlich Ellasische Wache ohne ihren rothaarigen Kurier nach Hause.

Ich zog ebenfalls nach Hause, letztlich doch in einer Sänfte – denn ich war zu erschöpft, um lange Zeit auf dem Pferderücken verbringen zu können – und verbrachte den größten Teil der Reise schlafend oder mit Gedanken über meine Zukunft. Atvia gehörte mir, wenn ich es behalten wollte, aber vielleicht würden Thornes Söhne darum kämpfen wollen. Ich hielt sie für zu jung, wußte aber nicht genau, wie alt sie wirklich waren. Doch Atvia selbst regieren zu wollen, schien mir fast unmöglich. Die Insel war zu weit entfernt. Ein Regent in Solinde war schon unglücklich genug, und doch hatte ich keine andere Wahl. Ich hatte nicht einmal Solinde besitzen wollen. Bellam hinterließ es mir durch seinen Tod mehr oder weniger, und die Heirat hatte dieses Erbe besiegelt. Obwohl ich nicht abgeneigt war, zwei anstatt des einen Königreiches, das ich besitzen wollte, mein eigen zu nennen, war ich jedoch nicht begierig darauf. In der Vergangenheit hatten weit abgelegene Königreiche die Schätze anderer Könige verschlungen. Ich würde nicht in diese Falle tappen. Atvia war atvianisch. Und wenn Electra mir dieses Mal einen Erben schenken sollte, wäre ich nur zu glücklich, Solinde meinem zweiten Sohn übergeben zu können.

Mit der Sänfte dauerte es Tage bis Mujhara, und erst eine gute halbe Meile vor der Stadt stieg ich schließlich aufs Pferd. Die Wunde an meiner Schulter schmerzte, aber sie begann auch zu heilen. Ich dachte, daß ich den Rest des Weges reiten könnte, solange ich mich nicht zu hart vorantrieb.

Und doch spürte ich die Müdigkeit in meinem Körper, als ich schließlich durch die Haupttore meines Palastes ritt. Mein Geist war ebenfalls davon beeinträchtigt, und ich konnte kaum denken. Ich wollte nur noch ins Bett, in mein Bett, nicht in irgendein Feldbett. Und ich wollte Electra in meinen Armen spüren.

Ich nahm den Willkommensgruß meiner Diener entgegen und stieg dann sofort ins dritte Stockwerk hinauf, um Electras Räume aufzusuchen. Aber eine solindische Kammerfrau begegnete mir an der Tür und sagte, die Königin würde baden – ob ich nicht warten könne?

Nein, sagte ich, das *Bad* könne warten, aber sie kicherte und sagte, die Königin habe eine besondere Begrüßung vorbereitet, als sie die Nachricht meiner Rückkehr erhalten habe. Da ich zu müde war, um diese Einwände beiseite zu schieben – und da ich mich fragte, was Electra planen könnte –, wandte ich mich wieder um und ging davon.

Wenn ich meine Frau nicht sehen konnte, konnte ich doch zumindest meine Tochter aufsuchen. Ich betrat das Kinderzimmer und fand die acht Monate alte Aislinn fest in ihrer Eiche-und-Elfenbein-Wiege schlafend und von drei Kindermädchen beaufsichtigt vor. Sie war in Leinen und Decken gehüllt, aber ein Fäustchen war den Decken entkommen. Sie hatte es gegen ihr Gesicht gepreßt.

Ich lächelte und beugte mich herab, um eine Hand an ihre Wange zu legen. So weich, so lieblich... Ich konnte kaum glauben, daß sie meine Tochter war. Meine Hand war so groß und hart und schwielig, als sie die zarte Haut berührte. Ihr Haar, das der rötlichen Kopfhaut entsprang, war kupferrot und um die Ohren lockig. Und ihre Augen waren, wenn sie sie öffnete, grau und von Gold durchzogen. Sie hatte die ganze Schönheit ihrer Mutter und nichts von der Gestalt ihres Vaters.

»Prinzessin von Homana«, flüsterte ich meiner Tochter zu, »wer wird dein Prinz sein?«

Aislinn antwortete nicht. Und ich, der ich immer müder wurde, hielt es für besser, sie ungestört zu lassen. Also ging ich zu meinen Räumen, entließ meinen Leibdiener und fiel auf das Bett, um die gleiche Ruhe zu finden wie meine Tochter.

Ich kam aus der Dunkelheit hervor und stellte fest, daß ich nicht atmen konnte. Irgend etwas hatte die Luft aus meinen Lungen gepreßt, bis ich nicht einmal mehr aufzuschreien vermochte. Ich konnte nicht schreien, ich konnte nicht sprechen, ich konnte nur den Mund aufsperren wie ein Fisch auf dem Trockenen.

Ich empfand keinen Schmerz, nur Hilflosigkeit und Verwirrung, genug Qual für einen Mann, der weiß, daß er gefangen ist – und der nicht weiß, warum.

Eine kühle Hand legte sich auf meine Stirn. Sie schwebte aus der Dunkelheit heran, ohne zu einem Arm zu gehören, bis ich erkannte, daß der Arm nur von einem Ärmel verdeckt war.

»Carillon. Ach, mein armer Carillon – in deinen Schlachten so siegreich und jetzt in deinem Bett so hilflos.«

Electras Stimme, Electras Hand. Ich konnte den Duft

riechen, der sie umgab. Ein Bad, hatte die Frau gesagt, eine besondere Begrüßung sei vorbereitet worden.

Die kühlen Finger zogen die Linie meiner Nase nach und berührten sanft meine Augenlider. »Carillon ... es geht dem Ende zu, dieses Zerrbild unserer Ehe. *Ihr* geht dem Ende zu, Mylord.« Die Hand wanderte meine Wange hinab und liebkoste meinen geöffneten Mund. »Es ist Zeit für mich zu gehen.«

Eine Rune, eine glühend purpurfarbene Rune entsprang der Dunkelheit, und in ihrer Spiegelung sah ich meine Frau. Ihr Körper war schwarz verhüllt, und doch sah ich ihren Bauch. Das Kind. Der Erbe von Homana. Wagte sie es, ihn mir zu nehmen?

Electra lächelte. Eine Kapuze bedeckte ihr Haar vollständig und ließ nur ihr Gesicht frei. Eine Hand umfaßte ihren Bauch. »Es ist nicht deines«, sagte sie sanft. »Hast du das wirklich geglaubt? O nein, Carillon ... es ist das Kind eines anderen Mannes. Glaubst du, ich würde mich für dich aufsparen, wenn ich die Liebe meines wahren Herrn haben kann?« Sie wandte sich etwas um, und ich sah den Mann hinter ihr.

Ich formte mit den Lippen seinen Namen, und er lächelte. Das sanfte betörende Lächeln, das ich schon zuvor gesehen hatte.

Er trat aus der Dunkelheit hervor. Seine Rune hatte den Raum entflammt. Sie tanzte in seiner rechten Handfläche.

Tynstar legte seine Hand an den Docht der Kerze neben meinem Bett, und die Kerze begann zu brennen – nicht mit dem reinen gelben Feuer gewöhnlicher Kerzen, sondern mit einer seltsam purpurfarbenen Flamme, die zischte und Funken im Raum versprühte.

Die Rune in seiner Hand erlöschte. Er lächelte. »Ihr wart ein guter Gegner. Es war reizvoll, Euch wachsen zu sehen, Euch zu einem Mann werden zu sehen, Euch lernen zu sehen, was herrschen bedeutet. Ihr habt gelernt, wie man Menschen lenkt und sie seinem Willen beugt, ohne sie erkennen zu lassen, was man tut. Es ist mehr Herrschergeschick in Euch, als ich annahm, als ich Euch vor acht Jahren freigestellt habe, diesen Ort zu verlassen.«

Ich konnte mich nicht bewegen. Ich spürte die Hilflosigkeit in meinem Körper und die Sinnlosigkeit in meiner Seele. Ich würde ohne Widerspruch sterben, da ich nicht fähig war, auch nur einen Laut auszustoßen. Laß mich wenigstens einen Ton hervorbringen…

»Schreibt es Euch selbst zu«, belehrte Tynstar mich freundlich. »Was ich jetzt tue, wurde erst dadurch möglich, daß Ihr den Cheysuli fortgeschickt habt. Wenn Ihr ihn *bei* Euch behalten hättet…« Er lächelte. »Aber damals konntet Ihr es nicht tun, nicht wahr, solange er die Königin bedrohte. Ihr mußtet an Electra denken anstatt an Euch selbst. Lobenswert, Mylord Mujhar, das beweist Eure Vordringlichkeiten. Aber es wird auch Euren Tod bedeuten.« Die Flamme tanzte auf ihrem Docht und gestaltete sein bärtiges Gesicht in einen Totenschädel unvergleichlicher Schönheit um. »Finn kannte die Wahrheit. *Er* verstand. Finn hat mich in Electras Bett gesehen.« Er lächelte hämisch, während ich mich auf den Laken krümmte. Eine Hand wanderte zu Electras Bauch.

Ich versuchte mich im Bett aufzurichten, aber meine Glieder wollten mir nicht gehorchen. Und dann kam Tynstar nahe heran, betrat den Lichtkreis und legte seine Hand auf meine.

»Mein Spiel mit Euch ist beendet«, sagte er. »Es ist an der Zeit, daß *ich* herrsche.« Er lächelte. »Erinnert Euch an das, was Bellam war, als Ihr ihn auf dem Feld fandet.«

Ich krümmte mich erneut, und Tynstar lachte. Electra beobachtete mich wie ein Falke ein Kaninchen, der den Sturz herab verzögert, bis der rechte Augenblick gekommen ist.

»Cheysuli i'halla shansu«, sagte Tynstar. »Nehmt meine Grüße an die Götter mit.«

Ich spürte die Veränderung in meinem Körper. Obwohl ich dagegen ankämpfte, spannten sich meine Muskeln und zogen meine Beine hoch. Das Gesäß, die Füße und die Knie verkrampften sich, bis ich beinahe schrie, während meine Beine einknickten und sich gegen meine Brust preßten. Meine Hände ballten sich zu Fäusten, und ich geriet in eine Maulsperre, so daß die Zähne sich in einem wilden Knurren entblößten. Ich spürte, wie sich die Haut über meinen Knochen anspannte und trocken und hart wurde.

Was ich noch an Stimmgewalt besaß, entwich als entstelltes Klagen, und ich wußte, daß ich ein toter Mann war. Tynstar hatte seine Beute erlegt.

Cheysuli i'halla shansu, hatte er gesagt. *Möge Cheysulifrieden mit Euch sein.* Ein seltsamer Abschiedsgruß eines Ihlini an einen Homaner. Keiner von uns konnte die Magie beanspruchen, die die Cheysuli ausstrahlten, und doch erinnerte Tynstar mich daran. Er erinnerte mich an die vier Tage, die ich in dem Verlies verbracht und mich für einen Cheysuli gehalten hatte.

Nun, warum konnte ich das nicht wieder tun? Hatte ich nicht die Macht der Rasse gespürt, während ich in völliger Dunkelheit hing?

Meine Augen wurden starr. Ich schloß sie. Obwohl ich spürte, wie meine Muskeln an Knochen und Haut zerbarsten, streckte ich mich nach innen zu meiner Seele aus, wo ich das berühren konnte, was ich schon zuvor berührt hatte: das, was mich zu einem Cheysuli gemacht hatte.

Vier Tage lang hatte ich einst die Götter erfahren. Konnte es nicht erneut geschehen?

Ich hörte das Zischen einer Stahlklinge an einer Scheide. Und dann nichts mehr.

Kapitel Fünf

Stille. Die Dunkelheit war vergangen, und Tageslicht durchdrang meine Lider. Es malte alles Orangefarben und Gelb und Karmesinrot.

Ich lag ganz still. Ich atmete nicht und wagte es auch nicht, bis meine Lungen endlich so entleert waren, daß mein Herz aus einem Bedürfnis nach Luft gegen meine Brust hämmerte. Ich tat einen flachen Atemzug.

Dann sah ich den Schatten. Ein dunkler Fleck bewegte sich über den Sonnenaufgang meines Auges. Er flüsterte und seufzte wie eine Brise durch Sommergras, wie die sich weitenden Schwingen eines Falken.

Aus Angst nichts zu sehen und doch sehen zu müssen, öffnete ich die Augen. Ich sah. Der Falke kauerte auf einer Stuhllehne, der gebogene Schnabel schimmerte im Sonnenlicht, und seine strahlenden Augen waren voller Weisheit. Und voller Geduld, voll endloser Geduld. Cai war ein überaus geduldiger Vogel.

Ich wandte den Kopf auf dem Kissen. Die Vorhänge vor meinem Bett waren zurückgezogen, oben über die hölzernen Baldachinpfosten geschlungen und mit scharlachroten und goldenen Kordeln befestigt worden. Das Sonnenlicht floß durch das nächstgelegene Fenster herein und spiegelte sich darin. Überall war Gold, an meinem Bett und an Duncans Armen.

Ich hörte meinen rauhen Atem und die Heiserkeit meiner Stimme. »Tynstar hat mich getötet.«

»Tynstar hat es *versucht.*«

Ich war mir des Bettes unter meinem Leib gewiß. Es schien sich mir entgegenzudrängen, mich zu drücken und dennoch zu bergen. Alles war wie betont. Ich hörte das kleinste Geräusch, sah Farben, wie ich sie niemals zuvor gesehen hatte, und spürte die Faserung der Bettwäsche. Aber vor allem nahm ich die Anspannung in Duncans Körper wahr.

Er saß aufrecht auf einem Stuhl, ganz still, während er wartete. Ich sah, wie er mich beobachtete, als erwarte er mehr, als ich ihm angeboten hatte. Ich konnte mir nicht denken, was das sein konnte ... wir hatten Finns Entlassung bereits besprochen. Und doch wußte ich, daß er Angst hatte.

Duncan hatte Angst? Nein. Es gab nichts, was er fürchten mußte.

Ich sammelte meine Stimme erneut. »Ihr wißt, was geschehen ist ...?«

»Ich weiß, was Rowan mir gesagt hat.«

»Rowan.« Ich runzelte die Stirn. »Rowan war nicht da, als Tynstar kam, um mich zu töten.«

»Doch, er war da.« Duncan lächelte kurz. »Ihr solltet den Göttern lieber dafür danken, daß er da war, sonst würdet Ihr jetzt nicht mehr leben. Nur durch Rowans rechtzeitiges Eintreffen wurde Tynstar gehindert, Euch zu töten.« Er hielt inne. »Dadurch ... und durch die Macht, die Ihr auf ihn zurückgeworfen habt.«

Ich spürte ein winziges Aufwallen in meiner Brust. »Dann habe ich die Magie also *tatsächlich* angerührt!«

Er nickte. »Ihr habt kurz angerührt, was wir auch anrühren. Es war nicht genug, um Tynstar für längere Zeit in Schach zu halten – er hätte Euch kurz darauf getötet –, aber Rowans Gegenwart genügte, um diesem Augenblick ein Ende zu setzen. Die Anwesenheit eines Cheysuli – auch wenn er keinen *Lir* besitzt – war ausreichend, um Tynstars Macht noch mehr abzuschwächen. Er konnte nichts dagegen tun, außer selbst zu sterben, als er Rowans Stahl gegenüberstand. Also ... verschwand er. Aber nicht, bevor er Euch berührt hatte.« Er hielt inne. »Ihr wärt fast gestorben, Carillon. Glaubt nicht, daß Ihr unversehrt geblieben seid.«

»Er ist fort?«

»Tynstar ist fort.« Duncan nickte. »Aber Electra hat er zurückgelassen.«

Ich schloß die Augen. Ich erinnerte mich daran, wie sie aus der Dunkelheit herausgetreten war, um mir die Wahrheit über das Kind mitzuteilen. Götter ... *Tynstars Kind ...*

Ich schaute erneut zu Duncan. Meine Augen fühlten sich sandig an. Meine Zunge lag mir schwer im Mund. »Wo ist sie?«

»In ihren Gemächern, mit einer Cheysuliwache an den Türen.« Duncan lächelte nicht. »Sie hat ihren eigenen Anteil an Macht, Carillon. Wir sollten bei ihr kein Risiko eingehen.«

»Nein.« Ich stieß mich auf einem Ellbogen hoch und versuchte mich aufzusetzen. Ich entdeckte, daß sich keiner meiner Körperteile bewegen wollte. Ich war steif und sehr wund, weitaus schlimmer als nach einem Kampf, als sei alle Feuchtigkeit in meine Knochen gezogen. Dann berührte ich meine Schulter, denn ich erinnerte mich der heilenden Wunde. Es gab keine Verbände. Nur ein kleiner Fleck runzliger Haut. »Ihr habt mich geheilt ...«

»Wir haben es versucht.« Duncan war sehr ernst. »Die Pfeilwunde war schnell behandelt. Das ... andere ... nicht, Carillon ...« Er hielt kurz inne, und dann bemerkte ich seine gerunzelte Stirn. »Glaubt nicht, daß Ihlinimacht leicht überwältigt werden kann. Sogar die Erdmagie kann nicht wiederherstellen, was einer Seele genommen wurde. Tynstar hat Macht im Überfluß. Was Euch genommen wurde, wird niemals wieder ergänzt werden. Ihr seid ... wie Ihr seid.«

Ich starrte ihn an. Und dann schaute ich an mir herab und sah mich. Ich schien nicht anders auszusehen als vorher. Ich war sehr steif und wund und langsam, aber ein längerer Aufenthalt im Bett würde das in Ordnung bringen.

Duncan wartete einfach ab. Ich machte erneut Anstalten mich aufzusetzen und fand es genauso schwierig wie zuvor, aber dieses Mal schaffte ich es. Ich schwang meine Beine aus dem Bett, hob den Kopf trotz der knirschenden Gelenke an und saß schließlich da, während alle meine Muskeln zitterten.

Und da erst sah ich auf meine Finger. Die Knöchel waren enorm vergrößert, die Haut spannte sich dünn über brüchigen Knochen. Ich sah, daß die Schwielen weniger geworden waren und die Härte zurückgegangen war, die ich beim Gebrauch des Schwertes brauchte. Ich sah, daß sich die Finger leicht vom Daumen fort bogen. Und ich hatte Schmerzen. Sogar im Sonnenschein hatte ich Schmerzen bis auf die Knochen.

»Wie lange?« fragte ich jäh, wohl wissend, daß ich mehr als nur wenige Tage in meinem Bett verbracht hatte.

»Zwei Monate. Wir konnten Euch nicht aus der Betäubung befreien.«

Nackt mühte ich mich vom Bett hoch und stolperte durch den Raum zur Platte an der Wand. Das polierte Silber spiegelte mein Gesicht wider, und ich sah, was Tynstar getan hatte.

Carillon war noch immer Carillon – und sicherlich wiederzuerkennen. Aber er war älter, so viel älter, mindestens zwanzig Jahre.

»Das ist mein Vater«, sagte ich entsetzt und erinnerte mich seines von der Zeit ausgelaugten Gesichts. Das dunkle Haar war von grauen Fäden durchzogen, und der Bart zeigte dieselben Spuren. Falten breiteten sich von den Augen, der schmalen Nase und dem Mund aus, obwohl die meisten vom Bart verdeckt wurden. Und tief in den noch immer blauen Augen lag die Gewißheit beständiger Qual.

Es war kein Wunder, daß ich unter Schmerzen litt. Ich hatte dieselbe Krankheit wie meine Mutter mit ihren verkrümmten Händen, den brüchigen Knochen und den geschwollenen, schmerzenden Gelenken. Und mit jedem Jahr würden der Schmerz und die Unbeweglichkeit zunehmen.

Tynstar hatte Hand an mich gelegt, und meine Jugend war augenblicklich dahin.

Ich wandte mich langsam um und setzte mich auf die nächststehende Kiste. Ich begann zu zittern, weniger aus Gründen körperlicher Schwäche als aus dieser Erkenntnis.

Duncan wartete und schwieg, und ich sah das Mitgefühl in seinen Augen. »Könnt Ihr mich nicht davon heilen?« Ich machte eine leere Geste. »Das Alter und das graue Haar sind Dinge, mit denen ich leben kann, aber die Krankheit… Ihr braucht Euch nur meine Mutter anzusehen…« Ich hielt inne. Ich sah die Antwort auf seinem Gesicht.

Dann sagte er: »Es wird besser werden. Ihr werdet nicht mehr steif sein, wenn einige Zeit vergangen ist. Ihr habt zwei Monate im Bett verbracht, und das fordert seinen Tribut von jedermann – Ihr werdet feststellen, daß es nicht so schlimm ist, wie es jetzt scheint. Aber was die Krankheit betrifft…« Er schüttelte den Kopf. »Tynstar hat Euch nichts gegeben, was Ihr nicht ohnehin kennengelernt hättet. Er hat Euch nichts auferlegt, was die Zeit selbst Euch nicht auch auferlegt hätte. Er hat Euch diese Zeit nur gestohlen, so daß ein Monat zu zehn Jahren wurde. Ihr seid älter, ja, aber nicht alt. Es bleiben Euch noch viele Jahre.«

Ich dachte an Finn. Ich erinnerte mich an die Silberfäden in seinem Haar und sein hageres Gesicht. Ich erinnerte mich an das, was er über Tynstar gesagt hatte: *»Er hat Hand an mich gelegt.«*

Die Kiste fühlte sich hart und kalt an unter meinem nackten Gesäß. »Wenn meine Tochter etwas älter geworden ist, werde ich alt sein. Sie wird einen Großvater zum Vater haben.«

»Ich bezweifle, daß sie Euch deshalb weniger lieben wird.«

Ich sah ihn überrascht an. Ein Cheysuli, der von Liebe spricht? ... Ja, vielleicht, wenn der Augenblick eine Ehrlichkeit verlangt, die mich wieder zu mir selbst bringen kann.

Mein Körper wehrte sich gegen die Feuchtigkeit des Raumes. Ich stand auf, ging – nein, hinkte – steif zu meinem Bett zurück und ergriff das Gewand, das ein Diener dagelassen hatte. »Ich werde mich um Electra kümmern müssen.«

»Ja. Und sie ist noch immer die Königin von Homana.«

»Zu der ich sie gemacht habe.« Ich schüttelte den Kopf. »Ich hätte auf Euch hören sollen. Und auf Finn. Ich hätte auf irgend jemanden hören sollen.«

Duncan, der noch immer auf seinem Stuhl saß, lächelte. »Ihr wißt mehr über Herrschergeschick als ich, Carillon. Diese Heirat hat Homana den Frieden gebracht – zumindest was Solinde betrifft –, und ich kann Euch das nicht vorwerfen. Aber ...«

»... aber ich habe eine Frau geheiratet, die vom ersten Augenblick an meinen Tod gewollt hat.« Der Schmerz wand sich tief in meinen Lenden. »Götter ... ich hätte es wissen sollen, als ich sie sah. Sie ist älter als vierzig ... ich hätte wissen müssen, daß Tynstar diese Jahre genauso nehmen wie geben kann.« Ich rieb mein vom Alter gezeichnetes Gesicht und spürte das Zwicken in meinen Fingern. »Ich hätte wissen müssen, daß Tynstars Künste siegen würden, wenn ich keinen Cheysuli bei mir hätte, keinen Gefolgsmann.«

»Tynstar und Electra haben das alles ausgezeichnet geplant«, stimmte Duncan mir zu. »Zuerst war da die Verbindung, eine Falle, die Finn hätte töten können, so daß sie ihn schon eher losgeworden wären. Dann, als das nicht half, lockten sie ihn in eine zweite Falle. Finn ging zweifellos auf Tynstar und Electra zu, weil er nur ihr gegenübertreten wollte. Er konnte Tynstar nicht anrühren, aber dieser rührte ihn an, verschwand, und Finn hatte nur noch Electra. Und doch dachtet Ihr, als er Euch sagte, Tynstar sei dagewesen, statt dessen an die erste Falle.« Duncan schüttelte den Kopf, und der Ohrring glitzerte im Sonnenschein. »Sie haben mit uns allen nur gespielt, Carillon … und das Spiel fast gewonnen.«

»Sie *haben* gewonnen.« Ich saß in meinem Gewand zusammengekauert da. »Ich habe nur eine Tochter, und Homana braucht einen Erben.«

Duncan stand auf. Er trat zu Cai und streckte die Hand aus, als wolle er ihn liebkosen. Aber er berührte ihn gar nicht, und ich sah, daß seine Finger zitterten. »Ihr seid noch immer jung, auch wenn Ihr Euch jetzt alt fühlt.« Er hatte mir den Rücken zugewandt. »Nehmt Euch eine andere *Cheysula* und schenkt Homana diesen Erben.«

Ich betrachtete seinen so starren und unbeweglichen Rücken. »Ihr kennt die homanischen Bräuche. Ihr wart bei der Hochzeitszeremonie zugegen. Erinnert Ihr Euch nicht an die Schwüre? Homaner schicken ihre Frauen nicht fort. Das ist sowohl Gesetz als auch Brauch. Sicherlich könnt Ihr mit all Eurer Ergebenheit gegenüber den Cheysulibräuchen die auf mir lastenden Zwänge verstehen. Sie lasten sogar auf einem Mujhar.«

»Ist der Brauch so wichtig, wenn die Ehefrau den Ehemann zu töten versucht?«

Ich hörte die Ironie in seiner Stimme. »Nein. Aber sie erreichte ihr Ziel nicht, und ich weiß, was das Konzil sagen wird. Sie werden vielleicht sagen, ich solle sie fortschicken, aber nicht, daß ich die Schwüre brechen darf. Es würde bedeuten, homanisches Gesetz zu brechen. Das Konzil würde das niemals zulassen.«

Duncan fuhr herum und sah mich an. »Electra ist Tynstars *Meijha*! Sie trägt sein Kind in ihrem Bauch! Würde das homanische Konzil Euch lieber *tot* sehen?«

»Versteht Ihr nicht?« schrie ich zurück. »Die Entscheidung ist mir abgenommen worden. Wäre Tourmaline nicht mit Finn gegangen, sondern hätte sich statt dessen mit Lachlan verheiratet, hätte sie Homana einen Erben schenken können. Hätte sie nur *irgendeinen* Prinzen geheiratet, dann hätte Homana seinen Erben. Aber das hat sie nicht getan. Sie ging mit Finn und hat mir diese Chance genommen.«

»Schickt sie fort«, sagte er drängend. »Ihr seid der Mujhar … Ihr könnt alles tun, was Ihr wollt.«

Ich schüttelte bedächtig den Kopf. »Wenn ich meine eigenen Regeln aufzustellen begänne, würde ich zum Tyrannen. Ich würde wie Shaine, der die Rasse der Cheysuli vernichten wollte. Nein, Duncan. Electra bleibt meine Frau, obwohl ich bezweifle, daß ich sie hierbleiben lasse. Ich möchte weder sie *noch* den Bastard sehen, den sie trägt.«

Er schloß kurz die Augen, und dann verstand ich. Ich begriff endlich, was er befürchtete.

Ich war müde. Der Schmerz hatte sich mir tief in die Knochen gegraben. Ich fühlte mich von dem Wissen dessen, was mir bevorstand, erdrückt. Und doch konnte ich es nicht verhindern. »Ihr braucht mich nicht zu fürchten«, sagte ich ruhig.

»Nein?« Duncans Augen blickten freudlos drein. »Ich weiß, was Ihr tun werdet.«

»Ich habe keine andere Wahl.«

»Er ist *mein* Sohn …«

»… und Alix' Sohn, und Alix ist meine Cousine.« Ich hielt inne, denn ich sah den Schmerz in dem von Alix so geliebten Gesicht. »Wie lange wußtet Ihr schon, daß es dazu kommen würde?«

Duncan lachte, aber es klang hohl und verzweifelt. »Offenbar mein ganzes Leben lang, seit ich mein *Tahlmorra* erfuhr.« Er schüttelte den Kopf und setzte sich wieder. Seine Schultern sanken vor, und er starrte blind zu Boden. »Ich habe immer Angst gehabt. Vor Euch … vor der Vergangenheit und der Zukunft … vor dem, was die Prophezeiung für jeden meiner Söhne bereithielt, wie ich wußte. Habt Ihr geglaubt, ich hätte Alix *nur* aus Verlangen gewollt?« Die Qual nahm seinem Gesicht die mir vertraute Förmlichkeit. »Alix war ein Teil meines eigenen *Tahlmorra*. Ich wußte, daß ich, wenn ich sie nähme und mit ihr einen Sohn bekäme, diesen Sohn aufgeben müßte. *Ich wußte es.* Und so hoffte ich, als sie erneut empfangen hatte, daß wir zumindest noch einen weiteren Sohn für uns hätten … aber der Ihlini hat uns sogar das genommen.« Er seufzte. »Ich hatte keine Wahl. Überhaupt keine Wahl.«

»Duncan«, sagte ich kurz darauf, »kann man sich nicht von seinem *Tahlmorra* abwenden?«

Er schüttelte sofort den Kopf. »Der Krieger, der sich von seinem *Tahlmorra* abwendet, kann die Prophezeiung verzerren. Und wenn er dies tut, zerstört er das *Tahlmorra* seiner ganzen Rasse. Homana würde fallen. Nicht in einem Jahr oder in zehn oder zwanzig Jahren – vielleicht nicht einmal in hundert Jahren –, aber es würde fallen, und das Reich würde den Ihlini und ihresgleichen überlassen bleiben.« Er hielt inne. »Und da ist noch etwas: Der Krieger, der sich von seinem *Tahlmorra* abwendet, gibt sein zukünftiges Leben auf. Ich glaube, daß niemand von uns bereit wäre, das zu tun.«

Ich dachte an Tynstar und andere wie ihn, die in Homana herrschten. Nein. Es war kein Wunder, daß Duncan niemals erwägen würde, sein *Tahlmorra* zu ändern.

Ich runzelte die Stirn. »Wollt Ihr damit sagen, daß sogar ein *einzelner* Krieger, der sich von seinem *Tahlmorra* abwendet, die Ausgewogenheit des Schicksals verändern könnte?«

Duncan runzelte ebenfalls die Stirn. Dieses eine Mal schien er die richtigen Worte suchen zu müssen, als wisse er, daß mir die homanische Sprache niemals erklären könnte, wonach ich gefragt hatte. Aber die Alte Sprache würde auch nicht dienlich sein, denn ich kannte zu wenig davon. Und was ich kannte, hatte ich von Finn gelernt. Aber er hatte niemals über derart persönliche Cheysuliangelegenheiten gesprochen.

Schließlich seufzte Duncan. »Ein Kleinpächter geht heute, nicht morgen nach Mujhara. Sein Sohn fällt in einen Brunnen. Der Sohn stirbt.« Er machte die Geste mit den gespreizten Fingern und der aufwärts gerichteter Handfläche. »*Tahlmorra.* Aber wäre der Kleinpächter morgen, und nicht heute gegangen, würde der Sohn dann noch leben? Ich weiß es nicht. Unterliegt der Tod einem größeren Plan? Vielleicht. Wenn er überlebt hätte, wäre der Plan dann völlig zerstört worden? Vielleicht ... ich weiß es nicht.« Er zuckte die Achseln. »Ich kann nicht wissen, was die Götter beabsichtigen.«

»Aber ihr dient ihnen alle so blind ...«

»Nein. Meine Augen sind geöffnet.« Er blieb ernst. »Sie haben uns die Prophezeiung gegeben, damit wir wissen, worauf wir hinarbeiten. Wir wissen, was wir verlieren können, wenn wir ihr nicht weiter dienen. Ich glaube, daß bestimmte Ereignisse, die einmal geändert werden, auch andere Ereignisse ändern können. Wenn ausreichend viele geändert werden, egal wie untergeordnet sie sind, wird auch das wichtigste Ereignis sich ändern. Vielleicht sogar die Prophezeiung der Erstgeborenen.«

»Also lebt ihr euer Leben in Ketten.« Ich konnte die Tiefe seiner Hingabe nicht verstehen.

Duncan lächelte. »Ihr tragt eine Krone, Mylord Mujhar. Sicherlich kennt Ihr ihr Gewicht.«

»Das ist etwas anderes ...«

»Tatsächlich? Selbst jetzt steht Ihr der überwältigenden Notwendigkeit gegenüber, einen Erben zu finden. Und um einen Prinz auf den Thron Homanas setzen zu können, werdet Ihr mir sogar meinen Sohn nehmen.«

Ich betrachtete ihn. Leere breitete sich in meinem schmerzenden Körper aus. »Ich habe keine andere Wahl.«

»Ich auch nicht, Mylord Mujhar.« Duncan wirkte

plötzlich müde. »Aber Ihr überantwortet meinen Sohn großen Mühen.«

»Er wird der Prinz von Homana sein.« Der Rang schien mir die Mühen zu rechtfertigen.

Er blieb ernst. »Das war einst Euer Titel. Er hat Euch fast umgebracht. Leugnet die Gefahr nicht.«

»Donal ist ein Cheysuli.« Ich war einen Augenblick nicht in der Lage, mehr zu sagen. Ich erkannte jetzt, daß sogar *ich* den Göttern gedient hatte. Duncan hatte mehr als einmal gesagt, daß der Löwenthron ein Cheysulithron sei, und daß ihn eines Tages ein Cheysuli anstatt eines Homaners als Mujhar einnehmen würde. Und jetzt ließ ich diese Vorhersage mit nur wenigen Worten wahr werden.

Sind Menschen den Göttern gegenüber immer so blind, selbst wenn sie ihnen dienen?

»Ja, er ist ein Cheysuli«, wiederholte Duncan, »und so werden die Verbindungen geschmiedet.«

Ich betrachtete Cai. Ich dachte an den Falken und den Wolf, die Donal beanspruchte, zwei *Lirs* anstatt einem. Die Dinge veränderten sich. Die Zeit schritt voran, manchmal viel zu schnell. Und Ereignisse änderten ihrerseits Ereignisse.

Ich seufzte und rieb mir die Knie. »Die Homaner werden ihn nicht anerkennen. Nicht bereitwillig. Er ist bis auf die Knochen Cheysuli, trotz seines homanischen Blutes.«

»Ja«, stimmte Duncan mir zu, »Ihr beginnt die Gefahr zu erkennen.«

»Ich kann sie mindern. Ich kann die Wahlmöglichkeit nehmen. Ich kann sicherstellen, daß die Homaner ihn anerkennen.«

Duncan schüttelte den Kopf. »Es ist weniger als acht Jahre her, daß Shaines *Qu'mahlin* durch Euch beendet wurde. Es ist zu früh. Solche Dinge sind nicht leicht zu erreichen.«

»Nein. Aber ich kann sie leichter werden lassen.«

»Wie?«

»Indem ich ihn mit Aislinn verheirate.«

Duncan stand sofort auf. »Sie sind noch Kinder!«

»Jetzt ja, aber Kinder werden erwachsen.« Ich kümmerte mich nicht um den bestürzten, sogar verärgerten Ausdruck auf seinem Gesicht, und ich hatte auch keine andere Wahl. »Eine lange Verlobungszeit, Duncan, wie Königshäuser es häufig handhaben. In fünfzehn Jahren wird Donal ... dreiundzwanzig sein? Und Aislinn wird fast sechzehn sein: alt genug zum Heiraten. Und dann werde ich ihn zu meinem Erben ernennen.«

Duncan schloß die Augen. Ich sah seine rechte Hand das beredte Zeichen vollführen. *»Tahlmorra lujhalla mei wiccan, Cheysu.«* Seine Stimme war voller Hilflosigkeit, und ich wußte, daß diese Hilflosigkeit an seiner Seele nagte. Duncan war kein Mann, der ihr mit Anstrengung begegnete.

Ich seufzte und wiederholte seine Geste sowie den Cheysuliwunsch für Frieden: *Cheysuli i'halla shansu.*

»Friede!« Duncan stieß dieses Wort verbittert aus, was bei ihm überraschend war. »Mein Sohn wird keinen Frieden kennenlernen.«

Ich spürte die Feuchtigkeit in meinen Knochen und zog das schwere Gewand fester um meine Schultern. »Ich glaube, *ich* habe auch wenig davon kennengelernt. Und Ihr?«

»O ja«, erwiderte er sofort mit aller Macht seiner Verbitterung. »Mehr als Ihr, Carillon. Alix ist zu *mir* gekommen.«

Der Pfeil traf. Ich zog eine Grimasse, denn ich dachte an Electra und war mir darüber im klaren, daß ich mich darum würde kümmern müssen, bevor noch mehr Zeit verging. Die Götter wußten, daß Tynstar genug gestohlen hatte.

»Ich werde nach Alix schicken«, sagte ich schließlich und kauerte mich gegen das Frösteln zusammen, das er anscheinend nicht empfand. »Und nach Donal. Ich werde ihnen beiden die Dinge erklären. Ich würde Euch bitten, Cai zu schicken, aber ich habe eine andere Aufgabe für Euch.« Ich erwartete Abwehr, aber Duncan sagte gar nichts. Ich bemerkte die Müdigkeit in seiner Haltung und das Wissen in seinen Augen. Er war mir stets einen Schritt voraus. »Duncan ... es tut mir leid. Ich wollte Euch Euren Sohn nicht nehmen.«

»Entschuldigt Euch nicht für die Absichten der Götter.« Er winkte den Falken auf seinen Arm. Ich wußte nicht, wie er ihn halten konnte, denn Cai ist ein schwerer Vogel. »Und was die Aufgabe betrifft, so werde ich sie ausführen. Ich werde mich aus diesen Mauern befreien.« Einen Augenblick sackten seine Schultern nach vorn, genauso wie meine, aber aus einem anderen Grund. »Sie erdrücken mich«, sagte er schließlich. »Und wie sie mich erdrücken ... wie sie eine Cheysuliseele binden.«

»Aber die Cheysuli haben diese Mauern erbaut.« Ich war überrascht über die Heftigkeit seiner Worte.

»Wir haben sie erbaut, und wir haben sie verlassen.« Er schüttelte den Kopf. »*Ich* verlasse sie. Mein Sohn wird lernen müssen, was es heißt, sich selbst sicher eingesperrt zu wissen. Ich bin zu alt, zu eingefahren, um mich noch zu ändern.«

»Genau wie ich«, sagte ich verbittert. »Tynstar hat mich so gemacht.«

»Tynstar hat den Körper verändert, nicht den Geist«, sagte Duncan. »Laßt den Körper nicht das Herz beeinträchtigen.« Er lächelte kurz, wenn auch nur schwach, und dann verließ er den Raum.

Ich betrat Electras Gemächer und fand sie an einem Fenster sitzend vor. Das Sonnenlicht ließ ihr Haar schimmern und machte sie mir gegenüber blind. Erst als die Tür zufiel, wandte sie den Kopf und sah mich.

Sie erhob sich nicht. Sie saß auf der Bank, den schwarzen Umhang um sich gelegt wie ein von Tynstar geknüpftes Leichentuch. Die Kapuze lag auf ihren Schultern, ließ ihr Haar frei, und ich sah die beiden mit Silber gebundenen Zöpfe. Das Silber schimmerte vor dem Umhang.

Tynstars Kind wölbte ihren Bauch. Zuvor hatte mein Kind dies getan. Das machte mich ärgerlich, aber nicht so sehr, daß ich es gezeigt hätte. Ich stand nur in dem Raum und sah sie an, ließ sie sehen, was die Magie bewirkt hatte, ließ sie wissen, daß ich mich durch ihr Werk so verändert hatte.

Sie hob ein wenig das Kinn. Sie hatte ihr Gefühl für Stolz und Trotz nicht verloren, obwohl sie wußte, daß sie gefangen war.

»Er hat dich zurückgelassen«, sagte ich. »Kümmert er sich so um dich?«

Ich sah das kurze Verziehen ihres Mundes. Ich hatte Salz in die offene Wunde gestreut. »Wenn du mich nicht tötest, gehöre ich noch immer ihm.«

»Aber du glaubst nicht, daß ich dich töten werde.«

Sie lächelte. »Ich bin Aislinns Mutter und die Königin von Homana. Du kannst nichts dagegen tun.«

»Und wenn ich behaupten würde, daß du eine Hexe bist?«

»Behaupte es«, erwiderte sie. »Und dann laß mich töten und sieh, wie Solinde antworten wird.«

»Soweit ich mich erinnere, wolltest du Solinde befreit wissen.« Ich trat ein wenig näher an sie heran. »Du wolltest nicht, daß es der Vasall Homanas bleibt.«

»Tynstar wird das verhindern.« Ihr Blick hielt meinem stand. »Du hast gesehen, was er tun kann. Du hast es *gespürt*.«

»Ja«, sagte ich sanft und näherte mich ihr erneut. »Ich habe es gespürt und du ebenfalls, obwohl die Ergebnisse gegensätzlich sind. Anscheinend habe ich all die Jahre bekommen, die du abgelegt hast, Electra, und ich denke, ich möchte sie auch behalten. Schade, zweifellos, aber dadurch werde ich meinen Thron nicht verlieren.

Ich bin noch immer der Mujhar von Homana ... und Solinde ist mein Vasall.«

»Wie lange wirst du leben?« erwiderte sie. »Du bist jetzt fünfundvierzig Jahre alt. Du bist nicht mehr der junge Mujhar. In fünf oder zehn Jahren wirst du alt sein. *Alt.* Im Krieg sterben alte Männer schnell. Und du wirst den Krieg erleben, Carillon, das verspreche ich dir.«

»Aber du wirst ihn niemals erleben.« Ich beugte mich herab, ergriff eines ihrer Handgelenke und zog sie hoch. Sie war schwer – durch Tynstars Kind. Ihr freier Arm legte sich schützend über ihren Bauch unter dem schweren Umhang. »Ich verbanne dich, Electra, für die Zeit, die dir noch bleibt.«

Sie errötete, zeigte aber keine Angst. »Und wohin schickst du mich?«

»Zur Kristallinsel.« Ich lächelte. »Ich sehe, daß du sie kennst. Ja, ein vorzüglicher Ort, wenn man der Feind Homanas ist. Es ist der Geburtsort der Cheysuli und beansprucht den Schutz der Götter. Tynstar könnte dich dort niemals anrühren. Niemals wieder, Electra. Die Insel wird dein Gefängnis sein.« Ich hielt ihr Handgelenk noch immer mit einer Hand fest. Dann streckte ich die andere Hand aus, umfaßte ihren Zopf und verschränkte meine Finger darin. »Du wirst so behandelt werden, wie es deinem Rang gebührt. Du wirst Diener haben und die edelsten Kleider, gutes Essen, Wein und eine angemessene Ausstattung ... alles, nur keine Freiheit. Und dort wirst du – mit diesem Kind – alt werden und sterben.« Ich lächelte breiter, während ich ihr seidiges Haar spürte. »Für einen Menschen wie dich wird das Bestrafung genug sein.«

»Ich bekomme dieses Kind in weniger als einem Monat.« Ihre Lippen waren blaß und zusammengepreßt. »Wenn ich jetzt reise, könnte ich es verlieren.«

»Wenn die Götter es wollen«, stimmte ich ihr freimütig zu. »Ich schicke dich am Morgen mit Duncan und einer Cheysulieskorte los. Versuche deine Künste an ihnen, wenn du deine Zeit verschwenden willst. Sie sind, anders als ich, unverwundbar.«

Ich sah die Bewegung tief in ihren Augen und spürte die Berührung ihrer Macht. Sie bekam wieder Farbe. Sie lächelte schwach, wußte, was ich wußte, und die langlidrigen Augen verschlangen mich. Wie immer. Sie würde stets mein Verderben sein.

Ich ließ ihr Handgelenk und ihren Zopf los und umfaßte ihren Kopf mit beiden Händen. Ich küßte sie so, wie sich ein Ertrinkender an ein Stück Holz klammert. Götter, sie konnte mich noch immer aufwühlen ... sie konnte noch immer meine Seele anrühren ...

Und sie verwirren.

Ich schob sie nach reiflicher Überlegung von mir fort und sah den Schock der Erkenntnis auf ihrem Gesicht. »Es ist soweit, Electra. Du mußt den Preis für deine Torheit bezahlen.«

Das Sonnenlicht spiegelte sich in den Silberbändern ihrer Zöpfe. Aber auch in ihren Tränen. Sie standen in den großen grauen Augen und drohten herabzufließen.

Aber ich kannte sie. Nur zu gut. Es waren Tränen des Zorns, nicht der Angst, und ich verließ den Raum mit dem Geschmack der Niederlage im Mund.

Kapitel Sechs

Der Waffenmeister trat zurück und senkte sein Schwert. »Mylord Mujhar, wir sollten damit aufhören. Es hat keinen Sinn.«

Der Atem drang zischend zwischen meinen Zähnen hervor. »Es wird solange keinen Sinn haben, bis ich es zu bewältigen lerne.« Ich ergriff das Heft meines Cheysulischwertes und hob die Klinge doch wieder an. »Greift mich an, Cormac.«

»Mylord …« Er trat erneut fort und schüttelte den kurzgeschorenen Kopf. »Das hat keinen Sinn.«

Ich verfluchte ihn. Ich hatte fast eine Stunde mit dem Versuch verbracht, einen Teil meines Könnens zurückzugewinnen, und jetzt versagte er mir jede weitere Chance. Ich senkte mein Schwert und stand da, bekleidet mit einer Hose und einer Übungstunika, während der Schweiß meine Arme hinablief. Ich schloß kurz die Augen und versuchte mit dem Schmerz umzugehen. Als ich sie wieder öffnete, sah ich das Mitleid in Cormacs dunkelbraunen Augen.

»Ku'reshtin!« fauchte ich. »Spart Euch Euer Mitleid für jemand anderen auf! Ich brauche solche …« Ich ging auf ihn zu, hob das Schwert erneut und gelangte fast durch seine verspätete Abwehr hindurch.

Er tänzelte zurück, tänzelte wieder vor und duckte sich dann unter meinem schwungvoll geführten Schwert fort. Er nahm sein eigenes hoch, um meinen Schlag zu parieren. Ich kam darunter hindurch und stieß auf seinen Bauch zu. Er zog ihn ein, sprang beiseite, drehte sich dann und stand seitlich von mir. Ich blockte seinen Stoß ab, verhinderte so einen Treffer und stieß seine Klinge zur Seite.

Der Rhythmus kehrte allmählich zurück. Er kam unregelmäßig und sehr langsam, aber ich hatte nur wenig meiner Kraft verloren. Die Vitalität war eingeschränkt, aber sie würde vielleicht rechtzeitig zurückkehren. Ich mußte nur lernen, mit der Steifheit meiner Gelenke umzugehen und den Schmerz zu vergessen.

Cormac biß sich auf die Lippen. Ich sah das Schimmern in seinen Augen. Seine in weiches Leder gekleideten Füße schabten über den Boden, während er wieder und wieder seitwärts glitt und sich unter den von mir ausgeführten Stößen hinwegbog. Wir kämpften nicht auf Leben und Tod, sondern übten nur, aber er wußte, daß ich ihn besiegen wollte. Er würde mir keinen Zentimeter Boden überlassen, selbst wenn ich ihn darum bäte.

Endlich versagten meine Hände, meine schmerzenden Hände mit den vergrößerten Knöcheln. In den Wochen, nachdem ich das Bewußtsein wiedererlangt hatte, hatte ich erlebt, wie geschwächt sie waren. Meine Knie schmerzten ebenfalls ununterbrochen, als nage ein Dämon sie von innen nach außen an, aber wenn ich mich bewegte, vergaß ich sie. Meistens. Erst wenn ich innehielt, erinnerte ich mich an den Schmerz in meinen Knochen. Aber beim Schwertkampf waren meine Hände das wichtigste, und sie waren, wie ich festgestellt hatte, das größte Hindernis beim Wiedererlangen des verschütteten Könnens.

Meine Handgelenke hielten seinem Schlag stand, aber die Finger lösten sich. Sie wanden sich und sandten Schmerzen meine Unterarme hinauf. Das Schwert flog mir aus der Hand, fiel klirrend auf den Stein, und ich verfluchte mich, weil ich ein Narr gewesen war, es loszulassen. Aber als sich Cormac herabbeugte, um es aufzuheben, stellte ich meinen Fuß darauf. »Laßt es gut sein. Genug damit. Wir werden ein anderes Mal weitermachen.«

Er verbeugte sich schnell und ging mit seinem

Schwert davon. Mein eigenes lag noch immer auf dem Boden, als wolle es mich verspotten, während ich wieder zu Atem zu kommen versuchte. Ich biß gegen den Schmerz in meinen geschwollenen Händen die Zähne zusammen. Kurz darauf beugte ich mich hinab, verzog das Gesicht, als sich mein Rücken plötzlich verkrampfte, und hob die Klinge mit einer Hand auf.

Der Schweiß lief mir in die Augen. Ich rieb mit einem Unterarm mein Gesicht und wischte mir die brennenden Augen frei. Und dann gab ich es auf und setzte mich auf die nächste Bank, streckte vorsichtig die Beine aus und überließ mich einen Augenblick dem Schmerz, spürte das Feuer in meinen Knien. Ich setzte mich zurück, lehnte den Kopf gegen die Wand und versuchte alles zu vergessen.

»Ihr seid seit dem letzten Mal besser geworden, Mylord.«

Als ich wieder dazu in der Lage war, rollte ich meinen Kopf zur Seite und sah Rowan. »Tatsächlich? Oder willst du mich das nur glauben machen?«

»Ich würde nicht gegen Euch antreten«, sagte er einfach und kam näher heran. »Aber Ihr solltet nicht zu viel erwarten, nicht so bald. Es wird Zeit brauchen, Mylord.«

»Ich habe keine Zeit. Tynstar hat sie mir gestohlen.« Ich rieb das Rückgrat an der Wand, setzte mich wieder aufrecht hin, wobei ich eine Grimasse unterdrückte, und zog meine Füße an. Sogar die Knöchel schmerzten. »Bist du aus einem Grund hier, oder nur um mir zu sagen, was ich hören will?«

»Ein Besucher ist gekommen.« Er streckte einen Silbersiegelring mit einem darin eingelassenen schlichten schwarzen Stein vor.

Ich nahm ihn und rollte ihn in der Hand umher. »Also wer ist es? Kenne ich ihn?«

»Er nennt sich Alaric von Atvia, Mylord. Kronprinz, um genau zu sein.«

Ich schaute jäh von dem Ring auf. »Thorne ist tot. Wenn dieser Junge sein Sohn ist, dann ist er jetzt an Thornes Stelle der Herr von Atvia. Warum bescheidet er sich?«

»Alric ist nicht der Erbe. Osric, sein älterer Bruder, sitzt auf dem atvianischen Thron.« Er hielt inne. »In *Atvia,* Mylord.«

»Also ist Osric nicht gekommen.«

»Nein, Mylord.«

Ich knirschte mit den Zähnen und fluchte im Geiste. Ich war nicht in der Stimmung für taktvolles Vorgehen, besonders nicht mit einem Kind. »Wo ist dieser atvianische Junge?«

Rowan lächelte. »Ich habe ihn in den Vorraum der Großen Halle geführt. Möchtet Ihr ihn lieber woanders empfangen?«

»Nein, ich werde mir die Große Halle für seinen Bruder aufsparen.« Ich stand auf und benutzte die Wand als Stütze. Ich wartete einen Augenblick, bis der schlimmste Schmerz verklungen war, und dann gab ich Rowan mein Schwert. Ich nahm den Ring in die geschlossene Faust und verließ den Übungsraum.

Der Junge schien in der Umgebung äußerst klein, wie ich bemerkte. Die Große Halle hätte ihn noch mehr erdrückt, und ich war nicht in der Stimmung für solche Listen. Alaric wirkte nicht älter als sechs oder sieben und würde kaum den politischen Wert dieser Begegnung verstehen.

Er erhob sich steif, als ich den Raum betrat, nachdem ich mich umgezogen hatte. Er verbeugte sich mit einer kurzen, ausgesprochen flüchtigen Geste der Huldigung, an der nicht viel zur Herablassung fehlte. Der Ausdruck in seinen braunen Augen zeigte plötzliche Feindschaft, und sein Gesicht wirkte kühl.

Ich trat zu einem gepolsterten Mahagonistuhl und setzte mich, ließ mir aber meine Schmerzen nicht anmerken. Ich wurde nach dem Übungskampf noch steifer. »Also ... kommt Atvia zu Homana.«

»Nein, Mylord.« Alaric sprach ruhig. »Mein Bruder, Lord Osric von Atvia, schickt mich, Euch auszurichten, daß Atvia *nicht* zu Homana kommt und auch niemals kommen wird, es sei denn, um dieses Land zu erobern.«

Ich betrachtete Alaric ziemlich überrascht. Er schien seinem Rang nach angemessen gekleidet, und sein dunkelbraunes Haar war glatt gekämmt. Ein genauerer Blick offenbarte mir, daß er älter sein mußte als ich angenommen hatte, vielleicht ein oder zwei Jahre älter als Donal – aber das Wissen in seinen Augen schien das eines Erwachsenen zu übertreffen.

Ich erlaubte mir ein Lächeln, obwohl es keinerlei Belustigung enthielt. »Ich habe Euren Vater getötet, weil er mein Haus stürzen und durch sein eigenes ersetzen wollte. Ich könnte Eurem Haus dasselbe antun, indem ich mit Euch begänne.« Ich hielt inne. »Hat Euer Bruder darauf eine Antwort?«

Alarics schlanker Körper war angespannt. »Er hat eine Antwort darauf, Mylord. Ich soll ausrichten, daß wir Eure Oberherrschaft nicht anerkennen.«

Ich legte mein Kinn in eine Hand, den Ellbogen auf den anderen Arm aufgestützt. »Osric schickt Euch mit solchen Worten in Gefahr, mein junger atvianischer Adler. Was sagt Ihr dazu, wenn ich Euch als Geisel hierbehalte?«

Zornige Röte entflammte Alarics Gesicht, aber er schwankte kein bißchen. »Mein Bruder sagte, daß ich damit rechnen müßte.«

Ich runzelte die Stirn. »Wie alt ist Osric?«

»Sechzehn.«

Ich seufzte. »So jung ... und riskiert so bereitwillig das Leben seines Bruders und sein Reich.«

»Mein Vater sagte, daß Ihr schon immer Atvias Feind gewesen wärt und bekämpft werden müßtet.« Kummer trat in die braunen Augen, und sein Mund zuckte leicht, aber er verbarg es fast augenblicklich. »Mein Bruder und ich werden das Andenken unseres Vaters ehren, indem wir Euch an seiner Stelle bekämpfen. Am Ende werden wir siegen. Und wenn das nicht gelingt, werden wir Euch überleben. Ihr seid ein alter Mann, Mylord... Osric und ich sind jung.«

Ich spürte eine Faust sich in meinem Bauch ballen. War ich tatsächlich alt? Ja, in seinen Augen schon. »Ich bin zu jung zum Sterben«, erwiderte ich grimmig. »Soll ich Euch töten lassen, Alaric?«

Alle Farbe wich aus seinem Gesicht. Er war plötzlich wieder ein kleiner Junge. »Tut, was Ihr wollt, Mylord... ich bin auf alles vorbereitet.« Seine Stimme zitterte jetzt ein wenig.

»Nein«, sagte ich plötzlich, »das seid Ihr nicht. Ihr glaubt es nur zu sein. Ihr müßt dem Tod noch ins Angesicht sehen und ihn kennenlernen. Hättet Ihr das bereits getan, würdet Ihr ihn nicht so bereitwillig annehmen.« Ich stützte mich hoch und verbiß mir den Fluch, den ich mit zusammengebissenen Zähnen ausstoßen wollte. »Dient Eurem Herrn, Junge... dient ihm so gut Ihr könnt. Aber tut dies zu Hause in Atvia. Ich töte keine kleinen Jungen und halte sie auch nicht gefangen.«

Alaric fing den schweren Ring auf, den ich ihm zuwarf. Sein Gesicht wirkte erschreckt. »Ich kann nach Hause zurückkehren?«

»Ihr könnt nach Hause zurückkehren. Sagt Eurem Bruder, daß ich ihm seinen Erben zurückgebe, obwohl ich nicht bezweifle, daß er sehr bald einen weiteren haben wird, wenn er sich eine Frau nimmt.«

»Er ist bereits verheiratet, Mylord.«

Ich betrachtete den Jungen erneut. »Sagt ihm auch, daß zweimal im Jahr homanische Schiffe nach Rondule kommen werden. Für diese Schiffe soll Osric Abgaben an Homana bezahlen. Wenn Ihr weiterhin von Homana frei sein wollt, mein junges Herrchen, werdet Ihr die

Abgaben bezahlen müssen.« Ich hielt inne. »Außerdem könnt Ihr ihm sagen, daß ich ihn töten werde, wenn er jemals im Feld gegen mich antreten will.«

Das kleine Gesicht wirkte verkniffen. »Ich werde es ihm ausrichten, Mylord. Aber … was diese Abgaben betrifft …«

»Ihr werdet sie bezahlen«, sagte ich. »Ich werde Euch am Morgen eine Nachricht für Euren Bruder mitgeben, in der alle Einzelheiten über diese Abgaben enthalten sind. Ihr müßt den Preis für die Narrheit, Homana einnehmen zu wollen, bezahlen.« Ich machte einem der wartenden Diener ein Zeichen. »Sorge dafür, daß er zu essen bekommt und seinem Rang gemäß untergebracht wird. Morgen früh kann er nach Hause ziehen.«

»Ja, Mylord.«

Ich legte Alaric eine Hand auf die Schulter und wandte ihn dem Mann zu. »Geht mit Breman, mein stolzer junger Prinz. Ihr werdet in Homana-Mujhar keinen Schaden erleiden.« Ich gab ihm mit meiner geschwollenen Hand einen leichten Schubs und sah ihn auf Breman zugehen. Kurz darauf waren beide gegangen.

Rowan räusperte sich. »Ist er nicht eine wertvolle Geisel?«

»Ja. Aber er ist noch ein Kind.«

»Ich dachte, das würde häufig so gehandhabt. Werden Prinzen nicht oft bei befreundeten Häusern aufgezogen? Was wäre der Unterschied?«

»Ich werde ihm nicht seine Kindheit nehmen.« Ich zitterte in der kühlen Feuchtigkeit des Raumes. »Osric ist bereits verheiratet. Er wird selbst Söhne genug haben. Alaric wird seinen Wert verlieren. Da ich bezweifle, daß Osric Homana sehr bald angreifen wird, verliere ich nichts, wenn ich Alaric gehen lasse.«

»Und wenn er als Mann zurückkommt, um zu kämpfen?«

»Dann werde ich mich zu gegebener Zeit darum kümmern.«

Rowan seufzte. »Und was ist mit Osric? Mit sechzehn ist er kein Kind mehr, aber auch noch kein Mann.«

»Wäre es Osric gewesen, hätte ich ihn in Ketten gelegt.« Ich hielt inne. »Um das anmaßende Mundwerk zu dämpfen.«

Rowan lächelte. »Das könnt Ihr vielleicht immer noch tun, Mylord.«

»Vielleicht.« Ich sah Rowan offen an. »Aber wenn er seinem Vater auch nur ein wenig ähnelt – oder auch Keough, seinem Großvater – werden Osric und ich uns im Kampf begegnen. Und einer von uns wird sterben.«

»Mylord.« Ein Diener war in den Eingang getreten, der sich jetzt höflich verbeugte. »Mylord Mujhar, da ist ein Junge.«

»Breman hat Alaric mitgenommen«, sagte ich. »Er soll mit aller ihm gebührender Ehre behandelt werden.«

»Nein, Mylord ... ein anderer Junge. Dieser ist ein Cheysuli.«

Ich runzelte die Stirn. »Sprich weiter.«

»Er behauptet, mit Euch verwandt zu sein, Mylord ... er hat einen Wolf und einen Falken bei sich.«

Da lachte ich. »Donal! Ja, er ist mit mir verwandt. Aber er sollte zusätzlich zu den *Lirs* seine Mutter mitgebracht haben.«

»Nein, Mylord.« Der Mann wirkte bekümmert. »Er ist bis auf die Tiere allein, und er scheint schlecht behandelt worden zu sein.«

Ich trat sofort an ihm vorbei in die Eingangshalle. Dort sah ich einen Falken auf einem Kerzenhalter hocken. Der Wolf stand nahe bei Donal und hatte ein Bein angezogen. Donals schwarzes Haar war zerzaust und sein Gesicht vor Erschöpfung verzerrt. Blaue Flecke umgaben seinen Hals.

Er sah mich und starrte mich mit geweiteten Augen an, und ich erkannte, was er sah. Nicht den Mann, den er gekannt hatte. »Donal«, sagte ich, und dann erkannte er mich und lief auf mich zu.

»Sie haben meine *Jehana* mitgenommen...« Seine Stimme zitterte stark. Er schloß die Augen, um die Tränen zurückzuhalten, und versuchte dann erneut zu sprechen. »Sie haben sie mitgenommen ... und Torrin in der Hütte getötet.«

Ich fluchte, wenn auch nur innerlich. Donal preßte sich an mich, hing an meinem Wams, und ich wollte nichts mehr als ihn in meine Arme nehmen. Aber ich tat es nicht. Ich kenne den Cheysulistolz, auch bei den Jungen.

Ich legte eine Hand auf seinen Hinterkopf, dachte plötzlich an Aislinn und fragte mich, wie sie über ihn denken würde, wenn sie alt genug dazu wäre. Dieser Junge würde mein Erbe sein.

»Komm mit«, sagte ich und stand auf. »Wir werden woanders darüber sprechen.« Ich wandte mich um und wollte ihn aus dem Raum führen, aber er ergriff meine Hand. Ich vergaß meinen Entschluß sofort und beugte mich hinab, um ihn hochzuheben, während ich zu der nächsten Bank in einen wärmeren Raum trat. Ich setzte mich hin und nahm ihn auf meinen Schoß, während ich vor Schmerz stöhnte. »Du mußt mir so genau wie möglich erzählen, was geschehen ist. Ich kann nichts tun, wenn ich es nicht weiß.«

Lorn legte sich mit einem Brummen zu meinen Füßen nieder, aber seine braunen Augen wichen nicht von Donals Gesicht. Der Falke flog herein, fand einen anderen Platz und wurde ruhig.

Donal rieb sich die Augen, und ich bemerkte, wie glasig sie waren. Er war bis zum Umfallen erschöpft, aber ich mußte erfahren, was geschehen war. Als Rowan hereinkam, bat ich ihn, Donal einen oder zwei Schlucke Wein einzugießen.

»Meine *Jehana* und ich waren auf dem Weg hierher«, begann Donal. »Sie sagte, Ihr hättet nach uns geschickt. Aber es sei nicht dringend, und sie wollte in Torrins Haus rasten.« Er unterbrach sich, als Rowan den Becher mit Wein brachte. Ich hielt ihn ihm an den Mund, ließ ihn trinken und gab Rowan den Becher dann zurück. Donal wischte sich über den Mund und fuhr fort. »Während wir dort waren, kamen Männer. Zuerst erwiesen sie meiner *Jehana* Ehre. Sie teilten ihren Wein und beobachteten uns dann, und innerhalb von Augenblicken waren Torrin und meine *Jehana* bewußtlos. Sie… haben Torrin die Kehle durchgeschnitten. Sie haben ihn *getötet*!«

Ich hielt ihn ein wenig fester und sah das tiefste Mitleid auf Rowans Gesicht. Donal war früh erwachsen geworden, aber Rowan seinerzeit noch eher. »Erzähle weiter, Donal… rede weiter, bis du alles losgeworden bist.«

Seine Stimme wurde etwas lebhafter. Vielleicht hatte der Wein das bewirkt. »Ich habe nach Taj und Lorn gerufen, aber die Männer sagten, sie würden meine *Jehana* töten. Also schickte ich meine *Lirs* fort.« Neuer Kummer ließ sein Gesicht hohl und seine Augen schwarz wirken. »Sie haben sie auf eine Trage gelegt und sie *gefesselt*… Sie haben eine Kette um ihren Hals gelegt. Sie sagten, wir würden in die Nördlichen Einöden ziehen…«

Ich sah Rowan an und bemerkte seine Bestürzung. Die Nördlichen Einöden lagen auf der anderen Seite des Blauzahnflusses. Es gab keinen Grund, Donal oder Alix dorthin zu bringen.

»Sie sagten, sie würden uns zu *Tynstar* bringen…« Donals Stimme war kaum noch ein Flüstern.

Und dann verstand ich sofort. Rowan fluchte im gleichen Augenblick auf homanisch, als ich etwas in der Alten Sprache sagte, das Donal dazu brachte, große Augen zu machen. Aber ich konnte es mir nicht leisten, ihn aufzuregen. »War da noch etwas?«

Sein Gesicht verzog sich vor Anspannung und Verwirrung. »Ich habe es nicht verstanden. Sie sprachen untereinander, und ich konnte mir keinen Reim darauf machen. Sie sagten, Tynstar wolle den Samen der Prophezeiung – *mich!* – und meine *Jehana* als Frau haben.

Eine Frau, die den Platz derjenigen einnehmen soll, die er an Euch verloren hat.« Donal sah zu mir hoch. »Aber *warum* will er meine *Jehana*?«

»Götter ...« Ich schloß die Augen und sah Alix in Tynstars Gewalt. Er würde es mir zweifellos heimzahlen, daß ich Electra zur Kristallinsel geschickt hatte. Er würde Alix zweifellos übel mitspielen. Sie hatten einander schon zuvor gegenübergestanden.

Rowan lenkte Donal von meinem verärgerten Gesicht ab. »Wie bist *du* freigekommen?«

Jetzt lächelte der Junge. »Sie haben mich für ein Kind gehalten, nicht für einen Krieger, und dachten, ich sei hilflos. Sie haben meine *Lirs* für Haustiere gehalten. Und so hielten sich Taj und Lorn in den Schatten und folgten uns über den Fluß. Eines Nachts, als die Männer dachten, ich schliefe, sprach ich mit Taj und Lorn und sagte ihnen, wie wichtig es wäre, daß ich entkäme. Und so haben sie mich gelehrt, *Lir*gestalt anzunehmen, obwohl es eigentlich zu früh gewesen ist.« Sein ·Gesicht wirkte wieder angespannt. »*Jehan* hatte gesagt, ich müsse warten, aber ich konnte es nicht. Ich mußte es in dem Augenblick tun.«

»Du bist den ganzen Weg in *Lir*gestalt gekommen?« Ich wußte, wie erschöpfend das sein konnte, und dann ein Kind ... Ich hatte Alix einmal gesehen, als sie zu häufig gestaltgewandelt war, und Finn ebenfalls, nachdem er zuviel Zeit in Wolfsgestalt verbracht hatte. Es erschütterte das menschliche Gleichmaß.

»Ich bin geflogen.« Donal runzelte die Stirn. »Und als ich nicht mehr fliegen konnte, lief ich als Wolf weiter. Und als mich das zu sehr ermüdete, lief ich als ich selbst weiter. Es war schwer ... schwerer als ich gedacht hatte ... ich dachte, es wäre für einen Krieger leicht, in *Lir*gestalt zu gehen.«

Ich hielt ihn noch ein wenig fester. »Nichts geschieht so leicht, wenn die Macht der Götter dahintersteht.« Ich stand auf und stellte ihn auf die Füße. »Komm mit. Ich werde dafür sorgen, daß du etwas zu essen und ein Bad bekommst und in einem bequemen Bett schlafen kannst.«

Donal sank zu Boden. »Aber mein *Jehan* ist hier. *Jehana* sagte es mir.«

»Dein *Jehan* ist nach Hondarth gezogen und kann noch nicht zurück sein. In einer Woche vielleicht. Du wirst mit mir warten müssen.« Ich streichelte sein dichtes schwarzes Haar, das bereits die kindliche Kräuselung verloren hatte. »Donal ... ich verspreche dir, daß wir deine *Jehana* zurückholen. Ich verspreche dir, daß alles gut werden wird.«

Er schaute zu mir hoch, mit großen gelben Augen in dem dunklen Cheysuligesicht. Kein Cheysuli vertraut leicht, aber ich wußte, daß er mir vertraute. Nun, er würde mir vertrauen müssen. Ich würde ihn zum König machen.

Donal stützte beide Ellbogen auf die Tischplatte. Er legte das Kinn auf die Hände und beobachtete gebannt wie immer, wie ich auf der Karte Caledons die eingezeichneten Kampfpunkte nachfuhr. In den vergangenen zehn Tagen hatten wir Stunden über den Karten verbracht.

»Es war hier.« Ich berührte die Grenze zwischen Caledon und den Steppen. »Dein *Su'fali* und ich sind mit den Caledonesern geritten und haben die Steppen an diesem Punkt betreten.«

»Wie lange hat der Kampf gedauert?«

»Einen Tag und eine Nacht. Aber es war nur einer von vielen Kämpfen. Die Steppenbewohner kämpfen anders als die Homaner ... Finn und ich mußten neue Methoden lernen.« Nun, *ich* hatte sie gelernt. Finns Methoden waren sehr anpassungsfähig und hatten keine Erneuerung nötig gehabt.

Donal runzelte vor Anstrengung die Stirn. Er streckte einen Finger aus, der viel kleiner war als meiner, und setzte ihn auf der Lederkarte auf. »Mein *Su'fali* hat mit Euch gekämpft... und mein *Jehan* auch... werde ich ebenfalls mit Euch kämpfen, wenn ich Prinz werde?«

»Ich hoffe, daß ich den Frieden zwischen Homana und anderen Reichen erhalten kann«, sagte ich ihm wahrheitsgemäß. »Aber wenn es wirklich zum Krieg kommen sollte, dann wirst du, egal was ich tue, mit mir kämpfen. Vielleicht gegen Atvia, wenn Osric mich herausfordern will... vielleicht sogar gegen Solinde, wenn die Regentschaft scheitert.«

»Wird sie scheitern?« Er hielt meinen Blick mit seinen aufmerksamen gelben Augen und den herabgezogenen dunklen Brauen fest.

»Vielleicht. Ich habe Electra fortgeschickt, und das hat den Solindern nicht gefallen.« Ich sah keinen Sinn darin, die Wahrheit vor ihm zu verbergen. Cheysulikinder sind reifer als die meisten anderen. Donal war außerdem der Sohn eines Stammesführers, und ich bezweifelte nicht, daß er bereits einiges über Staatsführung wußte.

Donal seufzte und wandte seine Aufmerksamkeit anderen Dingen zu. Er stieß sich vom Tisch ab, stand auf und setzte sich zu Lorn auf den Boden. Der Wolf streckte sich, gähnte und legte eine Pfote auf Donals Oberschenkel, während dieser die Hand ausstreckte und ihn auf seinen Schoß zog. Taj, der auf der Rückenlehne eines Stuhls hockte, pfiff aufgeregt, und dann stand Duncan im Eingang.

»*Jehan!*« Donal sprang auf, so daß Lorn herabfiel, und durchquerte schnell den Raum. Ich sah Duncans Lächeln und die allmähliche Entspannung auf seinem Gesicht, als er seinen Sohn auffing. Er hob den Jungen hoch und hielt ihn fest, wobei er etwas in der Alten Sprache sagte, und mir war klar, daß er nichts von allem wissen konnte. Es blieb mir überlassen, es ihm zu erzählen.

»Hast du Carillon von seinen Pflichten abgehalten?« fragte Duncan, während Donal seinen Hals umfaßte.

»*Jehan* … o *Jehan* … warum bist du nicht früher gekommen? Ich hatte solche Angst …«

»Wovor hattest du Angst?« Duncan grinste. »Es sei denn, du hattest Angst um mich, was unnötig gewesen wäre. Du siehst, daß es mir gutgeht.« Er sah mich über den dunklen Kopf seines Sohnes hinweg an. »Carillon, es gibt …«

»*Jehan* …« Donal wollte ihn nicht aussprechen lassen. »*Jehan* … wirst du jetzt gehen? Wirst du über den Fluß gehen? Wirst du sie zurückholen?«

»Wohin gehen? Warum? *Wen* soll ich zurückholen?« Duncan grinste noch immer und durchschritt den Raum zu einer dort stehenden Bank. Er setzte sich hin und nahm Donal auf den Schoß, obwohl der Junge eigentlich schon zu groß war, um noch so gehalten zu werden. Es schien seltsam, Duncan bei solchen Dingen so duldsam zu erleben. Ich wußte, daß die Cheysuli ihre Liebe nicht zeigten, und darum fehlten die entsprechenden Worte in ihrer Sprache auch. Und doch war, während er dort auf der Bank saß, die Liebe zu seinem Sohn in Duncans Bewegungen und seiner Stimme deutlich erkennbar. »Hast du jemanden verloren, kleiner Mann?«

»*Jehana*«, flüsterte Donal, und ich sah, wie Duncans Gesicht erstarrte.

Er sah mich an. »Wo ist Alix?«

»Alix wurde … entführt.« Ich atmete vorsichtig ein. »Anscheinend ist das Tynstars Werk.«

»*Tynstar* …« Duncans Gesicht wurde aschfarben.

»Du solltest es dir besser von Donal erzählen lassen«, sagte ich leise. »Er hat sich befreit und ist hierher zu mir gekommen, um mir zu erzählen, was geschehen ist.«

Duncans Arme lagen kraftlos um den Jungen. Und dann spannten sie sich plötzlich an. »Donal … sage mir, was geschehen ist. Alles. Sage mir, was du gesehen hast, und sage mir, was du gehört hast.«

Donal wurde ebenfalls bleich. Ich bezweifelte, daß er

seinen Vater jemals so erschüttert gesehen hatte. Er saß zusammengesunken auf Duncans Schoß und erzählte ihm die Geschichte so, wie er sie mir erzählt hatte, und ich sah den Kampf auf Duncans Gesicht. Er ließ meinen eigenen Kampf nur wie einen Schatten der wahren Empfindungen wirken.

Schließlich war Donal am Ende angelangt und seine Stimme verklang. Er wartete genauso wie ich darauf, daß sein Vater sprechen würde, aber Duncan schwieg. Er saß nur da und starrte in die Ferne, als habe er nicht gehört.

»Jehan ...?« Donals Stimme klang traurig und ängstlich, während er noch immer auf Duncans Schoß saß.

Schließlich sprach Duncan. Er sagte etwas in der Alten Sprache zu Donal, etwas unendlich Tröstliches, und ich sah, wie sich der Junge entspannte. »Haben sie ihr Schaden zugefügt, kleiner Mann?«

»Nein, *Jehan.* Aber sie konnte kaum sprechen.« Donals Gesicht war durch die Erinnerung verzerrt, und die ganze Angst überfiel ihn erneut.

Duncan berührte mit seiner Hand sanft den Kopf seines Sohnes. Nur sein übriger Körper war vollkommen angespannt. »*Shansu, shansu* ... Ich werde deine *Jehana* zurückholen. Aber du mußt mir versprechen, hier zu warten, bis wir wieder nach Hause kommen.«

»Hier?« Donal setzte sich in Duncans Armen auf. »Du schickst mich nicht zum Keep zurück?«

»Noch nicht. Deine *Jehana* und ich werden dich dorthin mitnehmen, wenn wir zurück sind.« Sein über Donals Kopf hinwegstreifender Blick war wieder in die Ferne gerichtet. Duncan schien in einer anderen Welt zu wandeln, selbst während er seinen Sohn festhielt. Und dann erkannte ich, daß er mit Cai sprach. Er war ganz in der Verbindung versunken.

Als er wieder daraus zurückkehrte, sah ich seine Angst, obwohl er sie vor Donal zu verbergen versuchte. Er schloß kurz die Augen, verschloß seine Seele, und dann hielt er Donal fester. »*Shansu*, Donal ... Friede. Ich werde deine *Jehana* zurückholen.«

Aber ich wußte, als ich ihn ansah, daß er es mehr für sich als für seinen Sohn gesagt hatte.

»Duncan.« Ich wartete, bis er aus seinem Schreckensdunst wieder hervorgekommen war und mich ansah. »Ich habe mit deinem Stellvertreter im Keep gesprochen ... und auch mit den Homanern. Wir sind bereit, mit dir zu gehen.«

»Wohin zu gehen?« fragte er. »Weißt du es? Weißt du auch nur, wo sie ist?«

»Ich habe angenommen, daß die *Lirs* sie finden können.«

»Die *Lirs* müssen sie nicht finden ... ich weiß, wo Alix ist. Ich weiß, was er vorhat.« Duncan setzte Donal ab und befahl ihm seine *Lirs* zu nehmen und zu gehen. Der Junge wehrte sich, genauso erschreckt wie gekränkt, aber Duncan zwang ihn dennoch zu gehen.

Schließlich stand ich ihm allein gegenüber. »Wo ist sie?«

»In Valgaard.« Er bemerkte, wie ich schreckensbleich wurde. »Tynstars Lager. Es ist eine Festung hoch oben in den Schluchten von Solinde ... du mußt nur den Blauzahnfluß überqueren und nördlich in die Berge gehen. Überquere den Molonpaß nach Solinde und du hast es gefunden. Du kannst es nicht verfehlen.« Er stand auf und wanderte hin und her, aber dann sah ich, daß er zögerte. »Dorthin wollte er sie bringen.«

»Dann werden wir dorthin gehen und sie herausholen müssen.«

Er fuhr herum. Eine Hand lag auf dem Heft seines Langmessers. Ich sah, daß er schreien wollte, bis die Mauern einstürzten, und doch blieb er ganz still. Es war unheimlich. Diese Unbedingtheit hatte ich so oft bei Finn gesehen, und ich hatte Abstand dazu bewahrt, aber dieses Mal konnte ich es nicht.

»Valgaard beherbergt den Gate«, sagte er in gepreßt

zischendem Tonfall. »Was hast du vor?« Er schüttelte den Kopf. »Nein, du weißt es nicht. Du kennst den Gate nicht.«

»Das gebe ich zu. Es gibt viele Dinge, die ich nicht kenne.«

Duncan durchmaß mit starrem, zornigem Schritt den Raum. Er erinnerte mich plötzlich an einen Puma, der sich an seine Beute heranpirscht. »Der Gate«, wiederholte er. »Asar-Sutis Gate. Der Gate der Welt der Sucher.«

Die Worte klangen seltsam. Sie entstammten nicht der Alten Sprache, sondern einer weitaus älteren, einer Sprache, die von Verderben kündete. »Dämonen«, sagte ich, bevor ich es zurückhalten konnte.

»Asar-Suti ist mehr als ein Dämon. Er ist der Gott der Unterwelt. Der Sucher selbst – der die Räume in der Dunkelheit geschaffen hat. Er ist der Brunnen der Ihlinimacht.« Er hielt inne, stand ganz still. »In Valgaard... hat Tynstar Anteil an dieser Macht.«

Ich erinnerte mich daran, wie leicht er mich in meinem Bett gefangen und mir das Leben zu nehmen versucht hatte. Ich erinnerte mich daran, wie er den Rubin von Rot in Schwarz verwandelt hatte. Ich erinnerte mich daran, wie er meinem Onkel Homana gestohlen hatte. Ich erinnerte mich an Bellams Körper. Wenn er alles das tun konnte, während er sich *außerhalb* von Valgaard befand, was konnte er dann in seinen Grenzen tun?

Duncan stand an der Tür. Er wandte sich um, das Gesicht vor Kummer und Entschlossenheit stark gefurcht. »Ich würde keinen Menschen bitten, sein Leben für eine Sache wie diese zu wagen.«

»Alix hat ihr Leben für mich riskiert, als ich in atvianisches Eisen geschlagen war.«

»Alix war nicht der Mujhar von Homana.«

»Nein.« Ich blieb ernst. »Sie trug den Samen der Prophezeiung in ihrem Bauch, und Ereignisse können Ereignisse ändern.«

Ich sah den Schreck der Erkenntnis auf seinem Gesicht. Es war ein tatsächliches Wagnis, von dem er sprach, aber es war nicht größer als das, was Alix eingegangen war. Wäre sie bei meiner Rettung gestorben oder hätte sie das Kind dabei verloren, hätte die Prophezeiung vielleicht geendet, bevor sie begonnen hatte.

»Ich werde mitgehen«, sagte ich ruhig. »Es gibt keine andere Möglichkeit.«

Er stand im Eingang. Eine lange Zeit sagte er nichts, er schien nicht dazu in der Lage zu sein, und dann nickte er leicht. »Wenn du auf Tynstar triffst, Carillon, wirst du eine mächtige Waffe zur Verfügung haben.«

Ich wartete ab.

»Electra hat das Kind verloren.«

Kapitel Sieben

Meine homanische Truppe brachte ihre Pferde wie ein Mann zum Halten. Ich hörte leises Reden, ausgesprochene und unterdrückte Flüche und Gebete an die Götter. Ich konnte ihnen keine Vorwürfe machen. Niemand hatte dies erwartet.

Vielleicht niemand außer den Cheysuli. Sie schienen von dem Ort unbeeindruckt. Sie warteten einfach ab, ungeschützt auf ihren Pferden sitzend, während die Sonne von ihrem Gold widerstrahlte.

Ein Frösteln lief mein Rückgrat hinab. Ich unterdrückte es und zügelte mein nervös tänzelndes Pferd. Duncan, der ein Stück von mir entfernt war, ritt heran, um nach dem Grund für die Verzögerung zu fragen.

»Seht Euch um«, sagte ich ernst. »Habt Ihr so etwas früher schon einmal gesehen?«

Er zuckte die Achseln. »Wir sind über den Molonpaß gekommen. Dies ist Solinde. Wir nähern uns Tynstars Reich. Dachtet Ihr, es wäre Eurem ähnlich?«

Ich konnte nicht sagen, was ich erwartet hatte, aber sicherlich nicht dies. Von Orten wie diesen hatte ich nur geträumt.

Wir überquerten den Blauzahnfluß zwölf Tage, nachdem wir Mujhara verlassen hatten: neun Homaner, neun Cheysuli, Rowan und Gryffth, ich selbst und Duncan. Zweiundzwanzig Männer zu Alix' Rettung, zweiundzwanzig Männer, die sie von Tynstar zurückholen wollten. Während ich mich jetzt umsah, bezweifelte ich, daß wir es schaffen konnten.

Die Nördlichen Einöden von Homana lagen hinter uns. Jetzt betraten wir Solinde, nachdem wir vom Molonpaß herabgestiegen waren, und Valgaard lag noch immer vor uns. Aber es war offensichtlich, daß wir näher herankamen. Das Land spiegelte das Lager wider.

Eisige Winde wehten vom Paß herab. In Homana war der Winter vorüber, aber jenseits des Blauzahnflusses wich der Frost niemals ganz. Es erstaunte mich, daß die Cheysuli mit bloßen Armen umherlaufen konnten, obwohl ich wußte, daß sie Mühsal besser ertrugen als die Homaner.

Der Schnee bildete noch immer große Flecke unter den Bäumen und umgab die felsigen Berge. Tiefe Engpässe fielen in Schluchten ab, glatt, dunkel und naß vom schmelzenden Schnee. Die Welt rund um uns herum war eine große, dunkle, glitschige Wunde, die im Sonnenschein zögernd blutete. Jemand hatte die Erde aufgerissen.

Sogar die Bäume spiegelten die Qual des Landes wieder. Sie waren krank und verkrümmt, als habe eine riesige kalte Hand sie in einem furchtbaren Wutausbruch gestreift. Felsen waren zu genauen Hälften und Vierteln gespalten und einige sogar zu nicht mehr als Pulver zerrieben worden. Aber die meisten Felsen bildeten Gestalten, furchtbare, scheußliche Gestalten, wie zu Stein gewordene Alpträume, deren Entsetzlichkeit allen auffiel.

»Wir sind Valgaard sehr nahe«, sagte Duncan. »Dies war der Turnierplatz der Ihlini.«

Ich sah ihn scharf an. »Was sagt Ihr da?«

»Ihlinimacht ist angeboren«, erklärte er, »aber die Gewalt darüber muß gelernt werden. Ein Ihlinikind weiß nicht mehr über seine Fähigkeiten als ein Cheysulikind. Sie wissen, daß sie Magie besitzen, aber nicht, wie sie sie gebrauchen können. Das muß ... geübt werden.«

Ich sah mich ungläubig um. »Wollt Ihr damit sagen, daß diese ... Gestalten ... von Ihlini gemacht wurden?«

Duncans Pferd stampfte auf und schabte mit dem beschlagenen Huf über kalten schwarzen Stein. Das plötzliche Geräusch hallte in der Schlucht wider. »Ihr kennt die drei Gaben der Cheysuli«, sagte er ruhig. »Ich dachte, Ihr wüßtet, daß auch die Ihlini über sie verfügen.«

»Ich weiß, daß sie aus dem Tod Leben schaffen können«, sagte ich scharf. »Ein Ihlini hat aus einem Messer einen Löwen gestaltet.«

»Das ist eine Sache«, stimmte Duncan mir zu. »Sie haben die Macht, die Gestalt von leblosen Dingen zu verändern.« Er deutete mit der Hand auf die Felsen. »Aber Ihr habt noch eine weitere ihrer Gaben zu spüren bekommen, die Macht, das Altern zu beschleunigen. Mit der Berührung einer Hand kann ein Ihlini einen alten Mann schaffen, kann die mit den Jahren eintretenden Gebrechen fördern.« Das wußte ich nur zu gut, aber ich schwieg. »Und ich sprach bereits von der Besitzergreifung, daß sie den Geist und die Seele vereinnahmen und aneignen können. Außerdem können sie den Heilungsprozeß einer Wunde rückgängig machen. Und sie beherrschen die Kunst der Sinnestäuschung. ›Was ist, ist nicht, was aber nicht ist, scheint zu sein. Jene Gaben, Carillon, und alle Schattierungen zwischen ihnen, bieten nur eine Facette Asar-Sutis, des Suchers, der seine Magie jenen gibt, die darum bitten.«

»Aber ... alle Ihlini haben Magie. Oder nicht?«

»Alle Ihlini haben Magie. Aber nicht alle sind Tynstar.« Er betrachtete die verkrümmten Bäume und gestaltgewandelten Felsen. »Ihr seht, wie Tynstars Macht beschaffen ist und wie er sie weitergibt. Wir nähern uns dem Tor Asar-Sutis.«

Ich betrachtete meine Männer. Die Homaner waren bleich und ernst und schwiegen. Ich bezweifelte nicht, daß sie Angst hatten – *ich* hatte Angst –, aber sie würden nicht aufgeben. Und die Cheysuli brauchte ich gar nicht zu fragen. Ihr Leben gehörte den Göttern, deren Macht, wie ich hoffte, diejenige Tynstars *oder* Asar-Sutis, des Suchers der Unterwelt, aufwog.

Duncan drängte sein Pferd vorwärts. »Wir müssen

ein Lager für die Nacht errichten. Die Sonne geht bereits unter.«

Wir ritten schweigsam weiter, und unsere Nacken prickelten unter dem reinen Gefühl für die gegnerische Macht. Sie sickerte aus der Erde wie Wasser aus einer Schlammquelle.

Schließlich errichteten wir unser Lager hinter der Schulter einer Schlucht, die vom sich verdunkelnden Himmel abfiel und uns vor dem Nachtwind schützte. Die Erdkruste war sehr dünn. Hier und da brach das Skelett hindurch, Steinknochen, die im Sonnenuntergang feucht und wie schweißbedeckt schimmerten. Baumwurzeln wanden sich unter der dünnen Erdschicht wie Schlangen, die Wärme suchten. Einer meiner Homaner, der Holz für ein Feuer suchte, wollte mit seinem schweren Messer einige dürre, vom Wind gezeichnete Zweige abnehmen und zog dabei den ganzen Baum aus der Wand der Schlucht heraus, was die besondere Vergänglichkeit des Lebens in der Nähe von Valgaard nur betonte.

Wir bereiteten uns aus dem, was wir in unseren Satteltaschen mit uns trugen, eine Mahlzeit zu: getrocknetes Fleisch, flache, für die Reise gebackene Brotlaibe, ein wenig süßen dunklen Zucker und Wein. Wir hatten alle Wein dabei. Die Pferde wurden mit dem Korn gefüttert, das wir mitgenommen hatten, und Wasser wurde aus schmelzendem Schnee gewonnen. Und als unsere Bäuche gefüllt waren, hatten wir Zeit darüber nachzudenken, was wir tun sollten.

Ich saß zu lange in meinen dicksten Umhang gekauert. Ich konnte die Schmerzen in meinen Knochen und die Ahnung, daß wir alle sterben könnten, nicht verlieren. Und so stand ich auf, als es unauffällig möglich war, und verließ das kleine Lager. Ich überließ die Männer ihren aufgeregten Gesprächen und dem Spiel. Ich wollte Duncan finden.

Als ich schon fast bereit war aufzugeben, fand ich ihn

schließlich. Er stand nahe der Wand der Schlucht und starrte in die dunkle Ferne. Seine völlige Ruhe machte ihn unsichtbar, nur das Schimmern des Mondes auf seinem Ohrring verriet seine Anwesenheit. Und so trat ich zu ihm heran, wartete darauf, daß er mich bemerkte, und sah, wie angespannt er war.

Er hatte endlich einen Umhang umgelegt, der genauso dunkel wie meiner war und mit der Nacht verschmolz. Der Ohrring glitzerte in seinem Haar. »Was tut er mit ihr?« fragte er. »Was tut er ihr *an*?«

Das hatte ich mich auch schon gefragt. Aber ich zwang mich, zuversichtlich zu klingen. »Sie ist stark, Duncan. Stärker als die meisten Männer. Ich glaube, Tynstar wird in ihr einen ebenbürtigen Gegner finden.«

»Dies ist Valgaard.« Seine Stimme klang rauh.

Ich schluckte. »Sie hat das Alte Blut.«

Er wandte sich jäh um. Sein Gesicht war umschattet, während er sich an die Wand der Schlucht zurücklehnte und sein Rückgrat dagegen preßte. »Hier ist das Alte Blut vielleicht völlig nutzlos.«

»Das könnt Ihr nicht wissen. Ist Donal nicht freigekommen? Sie waren Ihlini, und doch nahm er vor ihren Augen *Lir*gestalt an. Vielleicht kann Alix sie trotz allem überwältigen.«

»Ru'shalla-tu.« Er sagte es ohne große Hoffnung. *So soll es sein.* Dann sah er mich im Mondlicht mit schwarzen Augen an, und ich sah die Angst darin. Aber er erwähnte Alix nicht mehr. Statt dessen hockte er sich hin, noch immer an die Wand der Schlucht gelehnt, und zog den Umhang fester um seine Schultern. »Überlegt Ihr Euch manchmal, was aus Tourmaline geworden ist?« fragte er. »Was aus Finn geworden ist?«

»Jeden Tag«, antwortete ich bereitwillig. »Und jeden Tag bedaure ich, was geschehen ist.«

»Würdet Ihr es ändern, wenn Finn zu Euch käme und Euch bäte, Eure *Rujholla* zu seiner *Cheysula* nehmen zu dürfen?«

Ich kauerte mich auf den nächststehenden Baumstumpf. Duncan wartete auf meine Antwort, und schließlich gab ich sie ihm. »Ich bräuchte das Bündnis, das Rhodri mir angeboten hat, für den Fall, daß ich meine Schwester mit seinem Sohn verheiratet hätte.«

»Er hat es Euch auch so angeboten.«

»*Lachlan* hat mir geholfen. Ich habe keine Unterstützung von Rhodri bekommen.« Ich zuckte die Achseln. »Ich bezweifle nicht, daß es zu einem Bündnis kommen wird, wenn dies alles vorüber ist, aber jetzt ist es noch nicht soweit. Was Lachlan getan hat, war eine Sache zwischen einem Söldner und einem Harfenisten und nicht zwischen einem Mujhar und einem Hochprinz von Ellas. Es bestehen gewisse Unterschiede zwischen beidem.«

»Unterschiede.« Seine Stimme klang sehr tonlos. »Ja. Wie die Unterschiede zwischen Cheysuli und Homanern.«

Ich trat einen Stein fort. »Bedauert Ihr, daß Donal Aislinn heiraten muß? Daß ein Cheysuli mit einer Homanerin verheiratet wird?«

»Ich bedaure, daß Donal ein anderes Leben kennenlernen wird, als ich es mir für ihn gewünscht hätte.« Duncan war kaum mehr als ein dunkler Fleck vor der Felswand. »Im Stamm wäre er nur ein Krieger, es sei denn, sie machten ihn zum Stammesführer. Das wäre … ein einfacheres Leben als das, was ihn als Prinz erwartet. Das würde ich mir für ihn wünschen. Nicht was Ihr ihm geben wollt.«

»Ich habe keine andere Wahl. Die Götter – *unsere* Götter – haben mir keine andere Wahl gelassen.«

Er schwieg eine Weile. »Dann müssen wir annehmen, daß es einen Grund für das gibt, was er werden wird.«

Ich lächelte, wenn auch ohne Erleichterung. »Aber Ihr habt einen Vorteil, Duncan. Ihr könnt miterleben, wie Euer Sohn zum König wird. Aber *ich* muß sterben, um ihm den Thron zu überlassen.«

Duncan schwieg lange Zeit. Er verschmolz mit der Dunkelheit der Wand, als der Mond hinter vorüberziehenden Wolken verschwand. Ich konnte ihn nicht mehr sehen, aber an dem Geräusch einer über die Erde schabenden Hand erkennen, wo er war.

»Ihr habt Euch verändert«, sagte Duncan schließlich. »Zunächst dachte ich, es wäre nicht so … oder nur ein wenig. Aber ich sehe jetzt, daß ich mich geirrt habe. Finn hat gut gearbeitet, als er den Stahl geschmiedet hat … aber erst das Königsamt hat die Klingen geschliffen.«

Ich kauerte mich in meinem Umhang zusammen. »Wie Ihr schon sagtet, das Königsamt verändert einen Mann. Ich scheine keine Wahl zu haben.«

»Auch die Notwendigkeit verändert«, sagte Duncan ruhig. »Sie hat mich verändert. Ich bin jetzt fast vierzig Jahre alt, alt genug, meinen Platz zu erkennen und mein *Tahlmorra* ohne Zorn anzunehmen, aber in letzter Zeit frage ich mich jeden Tag, was geschehen wäre: mit einer anderen Vergangenheit.« Er schüttelte den Kopf. »Wir fragen uns, wir fragen uns immerzu, wieviel Freiheit es bedeuten würde, ohne *Tahlmorra* zu sein.«

Der Mond war wieder hinter den Wolken hervorgekommen, und ich sah, wie Duncan erneut den Kopf schüttelte. »Was würde geschehen, wenn ich meinen Sohn *behielte*? Die Prophezeiung würde verzerrt. Die Erstgeborenen, die uns die Worte gegeben haben, würden niemals wieder zum Leben erwachen. Wir wären nicht länger Cheysuli.« Ich sah das traurige Lächeln. »Die Cheysuli: Kinder der Götter. Aber wir können auch aufsässige Kinder sein.«

»Duncan …« Ich hielt inne. »Wir werden sie finden. Und wir werden sie ihm wieder fortnehmen.«

Das Mondlicht fiel jetzt ganz über sein Gesicht. »Viele Männer verlieren ihre Frauen«, sagte er ruhig. »Bei Geburten … durch Unfälle … durch Krankheit. Ein Krieger kann in der Abgeschiedenheit seines Zeltes trauern, aber er zeigt dem Stamm seine Gefühle nicht. Das tut man nicht. Solche Dinge behält man … für sich.« Er hielt Kieselsteine in der Hand. »Aber würde mir Alix von diesem Dämon genommen, dann wäre mir gleich, wer meinen Kummer sieht.« Die Kieselsteine flossen als stetig herabfallender Strom aus seiner Hand. »Ich wäre ohne sie … und leer …«

Gegen Mittag kamen wir zu der Schlucht, in der Valgaard lag. Wir ritten aus einem Engpaß heraus in das Tal selbst hinein und bemerkten, daß wir von hoch über unsere Köpfe aufragenden, steilen Felswänden eingeschlossen waren. Wir ritten hintereinander her, da es anders unmöglich war, aber als wir tiefer in die Schlucht hineingelangten, wichen die Wände zurück, bis wir nur noch wie menschliche Kieselsteine in einer tiefen, felsenharten Höhlung waren.

»Dort«, sagte Duncan. »Seht Ihr?«

Ich sah, daß Valgaard vor uns lag: wie ein Adler auf seinem Horst, oder eher wie ein Aasfresser über seiner Beute. Die Festung selbst bildete die dritte Wand der Schlucht.

Wir waren vollkommen eingeschlossen. Flucht war nur nach hinten möglich. Und vor uns lag Valgaard. Das Gefühl gefiel mir nicht.

»*Lodhi!*« keuchte Gryffth. »So etwas habe ich noch niemals gesehen!«

Ich ebensowenig. Valgaard erhob sich aus dem glasartigen, schwarzen Basalt wie eine Woge festen Eises, schwarz und scharf umrissen, mit Facetten wie denen eines Edelsteins. Es gab Festungsmauern und Schützenstände, Wachttürme und Brustwehren. Alles schimmerte wie Glas, und Rauch stieg rundherum auf. Ich konnte den Gestank dort schon riechen, wo wir standen.

»Der Gate«, sagte Duncan. »Er liegt in der Festung. Valgaard ist sein Wachtposten.«

»Daher der Rauch?«

»Der Rauch ist der Atem des Gottes«, sagte Duncan. »Er brennt wie Feuer. Ich habe die Geschichten gehört. In den Felsen fließt Blut: heißes, weißes Blut. Wen es berührt, der muß sterben.«

Die Schlucht war frei von Schnee. Nichts verunstaltete ihre Oberfläche. Sie bestand aus glattem, glänzendem Basalt, auf dem keine Bäume und kein Gras wuchsen. Wir waren vom Winter in den Sommer gekommen – und ich zog die Kälte vor.

»Asar-Suti«, sagte Duncan. »Der Sucher selbst.« Er spie sehr bedächtig aus.

»Was bedeuten alle diese Umrisse?« fragte Rowan. Er meinte die großen Felsbrocken, die wie hingestreute Würfel überall herumlagen. Schwarze unbehauene Würfel, die über den Boden verstreut waren. Sie schienen groß genug, daß sich ein Mann dahinter verbergen konnte.

Oder darunter sterben konnte, wenn er davon begraben wurde.

»Ein Ihlinibestiarium*«, erklärte Duncan. »Ihre Antwort auf die *Lirs*.«

Wir ritten näher heran, und dann sah ich, was er meinte. Jede Felsansammlung hatte eine Gestalt, wenn man es aus menschlicher Sicht so nennen wollte. Die Umrisse waren gewaltige Verzerrungen von Tieren. Gesichter und Glieder erinnerten an mir unbekannte Wesen. Sie glichen einer Verspottung der Götter, die die *Lirs* entweihten, vielleicht eine Widerspiegelung ihrer Gottheit. Asar-Suti in Stein. Ein Gott vieler Gestalten. Ein Gott der Groteske.

Ich unterdrückte ein entschieden angewidertes Schaudern. Dieser Ort war die fleischgewordene Schlechtigkeit. »Wir sollten uns vorsichtig annähern.«

Duncan, der zurückfiel, um neben mir reiten zu können, nickte nur. »Sie würden kaum erwarten, daß wir

---

* mittelalterliches, symbolisch-mystisches Tierbuch

einfach hineinreiten wie so viele andere Opfer, aber es wäre auch töricht. Ich möchte nicht als Narr sterben. Also werden wir uns Deckung suchen und abwarten, bis wir einen Plan haben, wie wir hineingelangen können.«

»Wie wir *dort* hineingelangen können?« Rowan schüttelte den Kopf. »Ich sehe keinen Weg.«

»Es gibt eine Möglichkeit«, belehrte Duncan ihn. »Es gibt immer einen Weg hineinzugelangen. Aber das Herauskommen wird schwierig.«

Ich stimmte ihm unbehaglich zu.

Schließlich war es Gryffth, der einen Weg hinein fand. Ich war erstaunt, als er sich anbot, denn es war möglich, ohne weiteres im Blut des Gottes lebendig gekocht zu werden, doch schien es die einzige Möglichkeit. Und so stimmte ich zu, aber erst nachdem ich seine Erklärung gehört hatte.

Wir alle knieten hinter den schwarzgefrorenen Umrissen, zu weit entfernt, als daß uns ein Beobachter von den Brustwehren aus hätte sehen können. Der weiße, stinkende Rauch gab uns noch mehr Sichtschutz, so daß wir uns in unserem Versteck sicher fühlten. Die Felsen waren groß genug, um auch bei Sonnenschein Schatten zu gewähren. Und in den Schatten war es kühl.

Gryffth, der neben mir kniete, zog einen Ring aus seiner Gürteltasche. »Mylord, dies sollte genügen. Dieser Ring zeichnet mich als königlichen Kurier aus. Er wird mir sicheren Eintritt gewähren.«

»Er *sollte* genügen«, sagte ich scharf. »Aber vielleicht genügt er auch nicht.«

Gryffth grinste. Sein rotes Haar schimmerte im Sonnenlicht. »Ich denke, es wird problemlos gelingen. Der Hochprinz hat häufig genug festgestellt, daß ich die Gabe einer geschickten Zunge habe. Ich werde Tynstar um diesen Finger wickeln.« Er machte eine großzügige Geste mit seiner Hand, und alle Homaner lachten. In den Monaten, seit der Ellasier in meinen Dienst getreten war, hatte er viele Freunde gewonnen. Er zeigte Verstand und Entschlossenheit und hatte eine zuvorkommende Art.

Rowan blickte nachdenklich drein. »Was wirst du sagen, wenn du Tynstar gegenüberstehst? Der Ring kann nicht für dich sprechen.«

»Nein, aber er bringt mich hinein. Wenn ich erst drinnen bin, werde ich Tynstar erzählen, daß der Hochkönig von Ellas mich geschickt hat und daß er ein Bündnis einzugehen wünscht.«

»Das würde Rhodri niemals tun!« rief Rowan aus. »Denkst du, Tynstar wird dir *glauben*?«

»Vielleicht, aber vielleicht auch nicht – es ist unwichtig.« Gryffth sommersprossiges Gesicht war genauso ernst wie Duncans. »Ich werde ihm erzählen, daß der Hochprinz Cuinn seinen Vater zutiefst verärgert hat, indem er mich zum Mujhar schickte, und daß Rhodri kein Bündnis mit den Homanern, sondern Ihlinihilfe wünscht. Wenn nichts sonst, so wird wenigstens das Tynstars Aufmerksamkeit erregen. Er wird mich wahrscheinlich zumindest für diese Nacht beherbergen. Und in der Nacht werde ich das Tor öffnen und Euch einlassen.« Er lächelte warm. »Wenn Ihr erst hineingelangt seid, werdet Ihr entweder leben oder sterben. Dann ist es nicht mehr wichtig, wie Tynstar meine Geschichte beurteilt.«

»*Du* könntest sterben.« Rowan klang verärgert.

Gryffth zuckte die Achseln. »Ein Mann lebt, ein Mann stirbt. Er wählt sich sein Leben nicht aus. Lodhi wird mich beschützen.«

Duncan lächelte. »Ihr könntet fast ein Cheysuli sein.«

Ich sah, wie Gryffth darüber nachdachte. Da er in Ellas aufgewachsen war, kannte er die Cheysuli kaum. Aber er hielt sie nicht für Dämonen. Und so entschied er, daß die Bemerkung ein Kompliment gewesen war. »Danke, Duncan… obwohl Lodhi es vielleicht anders sieht.«

»Ihr nennt ihn den Allweisen«, erwiderte Duncan. »Er muß weise genug sein zu wissen, wenn ich es gut mit Euch meine.«

Gryffth grinste, streckte die Hand aus und berührte seinen Arm. »Dafür, Stammesführer, werde ich gern tun, was ich kann, um zu ihrer Rettung beizutragen.«

Duncan ergriff auch seinen Arm. »Ellasier … *Cheysuli i'halla shansu.*« Er lächelte, als Gryffth verständnislos die Stirn runzelte. »Möge der Cheysulifriede mit Euch sein.«

Gryffth nickte. »Ja, mein Freund. Und mögt Ihr die Weisheit Lodhis erfahren.« Er wandte sich mir zu. »Wenn es Euch recht ist, Mylord, werde ich hineingehen und heute nacht, wenn möglich, ein Tor finden, das ich für Euch öffnen kann.«

»Wie werden wir davon erfahren?« fragte Rowan. »Wir können nicht so nah hinaufgelangen … und du kannst kaum ein Feuer entzünden.«

»Ich werde Cai zu ihm schicken«, sagte Duncan. »Mein *Lir* kann erkennen, wenn Gryffth herauskommt, und mir mitteilen, welches Tor er öffnet.«

Rowan seufzte und rieb sich müde die Stirn. »Das scheint alles so gewagt …«

»Gewagt, ja«, stimmte ich ihm zu, »aber den Versuch auch mehr als wert.«

Gryffth stand auf. »Ich werde hineingehen, Mylord. Ich werde tun, was ich kann.«

Ich erhob mich ebenfalls und ergriff seinen Arm. »Viel Glück, Gryffth. Möge Lodhi Euch gut beschützen.«

Er band sein Pferd los, stieg auf und wandte es um. Er sah zu Rowan hinab, der ihm ein guter Gefährte geworden war, und grinste. »Gräme dich nicht, *Alvi*. Ich will es so.«

Ich sah Gryffth auf die Festung zureiten. Der Rauch hing darüber wie ein giftiger Dunst und hüllte den Fels in Nebel. Der Atem des Gottes stank.

Kapitel Acht

Der Mond, der die Schwärze des Himmels über unseren Köpfen erhellte, verlieh der Schlucht einen unheimlichen Glanz. Der Rauch verstopfte unsere Nasen. Er stieg in stinkenden Wolken auf und erhitzte gegen unseren Willen die Haut. Schatten krochen aus den riesigen Felsenumrissen heran und verschlangen uns mit Rachen und Klauen. Meine Homaner murmelten etwas von Dämonen und Ihlinimagiern, ich dachte aber, dies sei ein und dasselbe.

Duncan, der neben mir saß, legte jetzt seinen Umhang ab und stand auf. »Cai sagt, Gryffth sei aus der Halle herausgekommen. Er befindet sich jetzt im inneren Verteidigungsring der Außenmauer. Wir sollten aufbrechen.«

Wir ließen die Pferde angepflockt und gingen zu Fuß. Die Umhänge verbargen unsere Schwerter und Messer vor dem Mondlicht. Unsere Stiefel schabten über glänzenden Basalt und verteilten Asche und pulverisierte Steine. Als wir näher kamen, wobei wir die gestaltgewandelten Felsen als Deckung benutzten, wurde der Boden unter unseren Füßen wärmer. Der Rauch zischte und pfiff aus der Erde und stieg zum Mond auf.

Wir wanden uns den Weg zu den im Mondlicht schimmernden Mauern hinauf. Sie waren sogar höher als die Mauern Homana-Mujhars, als wollte Tynstar mich verspotten. An jeder der Ecken und jeweils auf halbem Weg der Mauern stand ein Turm, ein großer runder Turm, der aus dem festen Basalt herausragte, mit Schießscharten versehen und zweifellos mit Ihlinigünstlingen bemannt war. Der Ort stank nach Magie.

Das nächstgelegene Tor war schmal. Ich hielt es für

wahrscheinlich, daß es sich zu einem kleineren Innenhof hin öffnen würde. Wir waren um die Vorderseite der Festungsmauern herumgeschlichen und kamen jetzt von der Seite heran, wobei wir den Hauptwachtturm mieden, der uns wie so viele hilflose Kinder verschlingen könnte. Aber jetzt öffnete sich das Seitentor, und ich sah Gryffths Gesicht in dem Spalt zwischen der Mauer und dem dunklen Holz auftauchen.

Eine Hand winkte uns vorwärts. Wir bewegten uns lautlos und schweigend und hielten die Schwertscheiden fest, damit sie keine Geräusche verursachen konnten. Gryffth stieß das Tor weiter auf, sobald ich ihn erreicht hatte. »Tynstar ist nicht hier«, flüsterte er und wußte, was das für mich bedeutete. »Kommt jetzt herein, und Ihr könnt das Schlimmste verhindern.«

Einer nach dem anderen schlichen wir durch das Tor hinein. Ich sah die Schatten der geflügelten *Lirs* über uns hinweghuschen.

Wir hatten auch Wölfe und Füchse und Pumas bei uns, die ebenfalls durch das Tor schlüpften, aber ich fragte mich, ob sie kämpfen würden. Finn hatte gesagt, das Gesetz der Götter hielte die *Lirs* davon ab, Ihlini anzugreifen.

Gryffth schloß das Tor hinter uns, und ich sah die zwei an der Mauer liegenden Körper. Ich sah Gryffth an, aber er schwieg. Dennoch war ich dankbar. Genau wie Lachlan diente er mir, als sei er dazu geboren, und war sogar bereit, andere zu töten.

Wir befanden uns in einem kleineren Innenhof, weit entfernt vom Haupthof, und Valgaard lag vor uns. Die Hallen und deren Nebenräume wölbten sich aus einer mittleren Felsmasse heraus. Aber wir schienen das Schlimmste überstanden zu haben. Wir begannen den Hof zu überqueren, den freien Raum zu durchschreiten, obwohl wir in den Schatten zu bleiben versuchten. Die Schwerter waren jetzt gezogen und glitzerten im Mondschein, da hörte ich das Schaben von Füßen auf Stein.

Von dem Hof aus gingen wir auf einen inneren Wachtturm zu, während die Mauern rund um uns herum aufragten. Wie lange würden wir sicher sein?

Anscheinend nicht lange. Noch während Gryffth uns zu dem inneren Wachtturm führte, hörte ich das Zischen und sah einen Flammenstrahl von einem der Türme in die Luft hinaufschießen. Er brach seine Bahn über unseren Köpfen ab und überzog uns mit einem violetten Schimmer – und ich wußte, daß er die Schatten in das weiß-heiße Glühen der Sonne verwandeln würde. Kein Versteck in der Dunkelheit wäre mehr da.

»Verteilt euch«, schrie ich und lief auf eine Halle zu.

Ich hielt mein Schwert in der Hand. Ich hörte den Schritt neben mir, fuhr herum und sah Feind, nicht Freund, die Hand erhoben, um eine Rune in die Luft zu zeichnen. Ich richtete meine Klinge aus und durchbohrte damit die Kehle des Feindes. Er fiel in einem Geysir aus Blut.

Rowan befand sich hinter mir und Gryffth wiederum hinter ihm. Wir betraten die Halle in Dreiecksaufstellung, mit erhobenen Schwertern und bereit zu kämpfen. Die Cheysuli waren fort, in die Myriaden von Gängen geschlüpft, aber ich konnte die Homaner kämpfen hören. Ohne Tynstars Anwesenheit hatten wir eine große Chance auf Erfolg, aber der Kampf würde dennoch schwierig werden. Ich hatte keine Zeit mehr zu verlieren.

»Haltet sie auf!« schrie ich, als vier Männer mit Schwertern und Messern auf uns zukamen. Ich erwartete Magie, und sie griffen uns mit Stahl an.

Als ich mein Schwert hob, spürte ich die Stiche in beiden Händen. Bei aller Übung mit Cormac war es mir nicht gelungen, den Schmerz in meinen geschwollenen Fingern zu vertreiben. Ich konnte zwar auch jetzt noch ein Heft halten, aber die Kraft, die ich immer für selbstverständlich gehalten hatte, war fort. Ich mußte mich mehr auf meine körperliche Schnelligkeit verlassen als auf mein Können bei schwierigen Paraden. Ich war jetzt, dank Tynstar, fast nur noch ein Mann mit durchschnittlichem Talent.

Gryffth zog ein Messer aus einer verborgenen Scheide und ließ es durch die Halle fliegen. Es erwischte einen Ihlini mitten in der Brust. Jetzt waren es noch drei gegen drei, und gerade als ich sie stehen sah, tötete Rowan mit seinem Messer einen weiteren Krieger. Auf mich achteten sie im Augenblick nicht. Deshalb, und weil ich wußte, daß meine Kraft beeinträchtigt war, beschloß ich, den Ihlini soweit wie möglich aus dem Weg zu gehen. Wenn sie mich wollten, sollten sie mich angreifen.

»Haltet sie auf«, rief ich kurz und lief in den nächstgelegenen Gang. Der Steinboden war uneben, wurde plötzlich schräg, in dieser oder jener Richtung, als sollte es jedermann schwierig gemacht werden hindurchzulaufen. Es gab nur wenige Fackeln in Halterungen an den Wänden. Ich erkannte, daß dieser Teil der Festung nur selten benutzt wurde. Oder die Ihlini nahmen das Licht mit sich, wenn sie ihn verließen.

Die Kampfgeräusche verklangen hinter mir, hallten nur noch dumpf in dem tunnelähnlichen Gang wider. Ich ging weiter, hörte das Schaben meiner Sohlen auf dem Stein und wartete auf den gewiß bevorstehenden Angriff.

Ich drang tiefer in die Festung ein, umgeben von schwarzem Basalt, der im Fackellicht schimmerte. Die Wände schienen das Licht zu verschlingen, so daß meine Schwertklinge so schwarz wurde wie der Rubin, und ich spürte, wie sich meine Augen anstrengen mußten, um zu erkennen, wo ich hintrat. Die wenigen Fackeln spuckten und zischten in den Schatten und boten wenig Licht. Ich wollte nur, daß Tynstar aus der Dunkelheit heranschwebte, damit mein Mut nicht ungeprüft bliebe.

Ich hörte das Knirschen von Stein auf Stein und fuhr, meinen Alptraum erwartend, herum. Aber der Mann, der aus der Vertiefung in der Mauer hervortrat, war mir fremd. Sein Blick wirkte leer und gehetzt. Er schien seine Seele verloren zu haben.

Er kam schweigend auf mich zu. Sein Schwert war nur ein verschwommenes Stück Stahl, das im Fackellicht aufblitzte. Ich sprang zurück, um dem Schlag zu entgehen, der dann an meinem Kopf vorbeizischte. Ich hob meine eigene Klinge, um seine abzuwehren. Die Klingen verfingen sich kurz ineinander und lösten sich dann wieder, als wir sie zurückzogen. Ich konnte die Anstrengung in meinen Händen spüren, und doch wagte ich meine Hand nicht zu lockern.

Er griff mich erneut an. Ich sprang zurück, dann zur Seite, und die Schwertspitze knirschte auf Stein. Plötzlich blitzte die Klinge des Ihlini seitwärts auf, als ich sie gerade abfangen wollte, parierte meinen Stoß und wand mir das Schwert aus den Händen. Es war kein schwieriges Kunststück. Und so fiel meine Waffe geräuschvoll auf den schwarzen Steinboden – ich spürte den heißen Schmerz in meinen Knöcheln aufflammen und meine Seele durchbohren.

Er hob seine Klinge erneut an und stieß auf meinen Bauch zu. Ich zuckte zurück, wich der Spitze aus und spürte die Klinge durch Leder und Stoff an meinen Rippen entlangschneiden. Nicht tief, aber es genügte, mich zu erschrecken.

Dann sprang ich senkrecht vom Boden hoch, ergriff die nächstgelegene Fackel und zog sie aus ihrer Halterung. Gerade als der Ihlini wieder angriff, hatte ich sie in Händen, wirbelte herum und stieß sie ihm ins Gesicht. Die Flamme brüllte.

Der Magier schrie auf und ließ sein Schwert fallen, die Hände um das Gesicht verkrampft. Er rief wieder und wieder Asar-Suti an, murmelte schmerzerfüllt etwas, bis er auf die Knie fiel. Ich trat zurück, als ich sah, wie er eine Hand hob, um eine verschlungene Bewegung zu machen.

»Sucher, Sucher …« Er sang und wiegte sich auf den Knien vor und zurück, während sein verbranntes Gesicht im Fackellicht glänzte. »Sucher, Sucher …«

Ich hielt die Fackel noch immer in meiner rechten Hand. Während der Ihlini seinen Gott anrief und die Rune in die Luft zeichnete, wand sich die Flamme über das Eisen und liebkoste meine Hand mit Schmerz.

Ich ließ sie sofort fallen und stieß sie auf die Wand zu, während meine Knöchel vor Schmerz schrien. Die Flamme spritzte auf den Stein und breitete sich aus, bedeckte den Boden des Ganges. Während der Ihlini weitersang, die Hände noch immer um sein Gesicht verkrampft, kroch das Feuer auf meine Stiefel zu.

»Sucher, Sucher … laß ihn *brennen*!«

Aber er hatte einen tödlichen Fehler begangen. Zweifellos wollte er nur, daß sein Gegner brannte, aber er hatte es nicht deutlich genug gesagt. Er kniete selbst auf dem Boden, und als der Stein von dem Fluß der magisch heraufbeschworenen Flamme Feuer fing, brannte auch er. Es lief seine Beine hinauf und hüllte seinen Körper in Flammen. Ich trat schnell zu, schoß das Schwert mit einem Stiefel beiseite und lief dann hinterher, während der Flammenfluß wiederum mir folgte. Ich ließ den lebenden Scheiterhaufen in dem Gang zurück, nahm mein Schwert auf und lief los.

Da hörte ich den Schrei – Alix' Stimme. Sie klang angsterfüllt und verzweifelt, aber auch wütend. Und dann hörte ich im Handgemenge einen weiteren Schrei.

Ich rannte um eine Ecke herum und hob mein Schwert, bereit jemanden darauf aufzuspießen, dann aber sah ich, daß es nicht nötig war. Der Ihlini lag bereits mit dem Gesicht nach unten auf dem Boden, während das Blut aus seinem Körper floß, und Alix kniete sich gerade hin, um ihm sein Messer abzunehmen. Das Schwert hatte sie ihm bereits genommen.

Sie fuhr herum und begab sich sofort in eine geduckte Haltung. Das Messer fiel zu Boden, während sie mit beiden Händen das Schwert ergriff. Und dann sah sie mich deutlich, und das Schwert fiel ihr aus den Händen.

Ich grinste. »Gut getroffen, Alix.«

Sie war so blaß, daß ich dachte, sie könnte im Stehen zusammenbrechen, aber es geschah nicht. Ihre Augen wirkten in dem geschundenen und allzu schmalen Gesicht riesenhaft. Ihr Haar hing in einem zerzausten Zopf herab, und sie trug ein blutgetränktes Nachtgewand. Es war nicht ihr eigenes, wie ich wußte, sondern gehörte dem Mann, den sie getötet hatte.

Ich hatte das Grau in meinen Haaren und die Linien in meinem Gesicht vergessen, und auch die Veränderungen in meiner Haltung und Bewegung. Ich hatte vergessen, was Tynstar getan hatte. Aber als ich das Erschrecken in Alix' Augen bemerkte, erinnerte ich mich nur zu gut wieder an alles. Dadurch kehrte der Schmerz erneut zurück.

Ich streckte eine Hand aus, dabei nicht an die geschwollenen Knöchel denkend. »Kommst du mit?«

Sie betrachtete den toten Ihlini. Dann beugte sie sich, hob das Messer auf und trat neben mich. Ihre freie Hand lag kühl in meiner, und ich spürte, wie sie zitterte. Einen Augenblick standen wir da, von Blut und Schmutz und dem Gestank unserer eigenen Angst überzogen, und dann vergaßen wir unsere Waffen und legten verzweifelt die Arme umeinander.

»Duncan?« fragte sie schließlich, als ich sie aus meinen Armen entließ.

»Er ist hier ... sorge dich nicht. Aber wie hast du den Ihlini überlistet?«

Sie schaute kurz zu dem toten Mann zurück. »Er war töricht genug, meine Tür aufzusperren, um mich wegzubringen, wie er sagte. Er erwartete nicht, daß ich mich wehren würde, aber genau das tat ich. Ich nahm eine Fackel auf und verbrannte ihm damit seine Messerhand.«

Ich streckte meine eigene Messerhand aus und berührte ihre hohle Wange. »Wie geht es dir, Alix?«

Ihr Blick drückte sofort Zurückhaltung aus. »Das sage ich dir ein anderes Mal. Komm mit hier entlang.« Sie ergriff den Saum ihres Nachtgewandes und lief los, das Messer noch immer mit einer Hand umklammernd.

Wir eilten durch die Gänge zu einer gewundenen Treppe. Alix ging voraus, und ich folgte ihr, wobei ich zurückfiel, während wir hinaufkletterten. Wir stiegen höher und höher, und ich verzog das Gesicht, da ich die Anspannung in meinen Knien spürte. Meine Oberschenkel brannten von der Anstrengung, und mir ging der Atem aus. Aber schließlich stieß Alix eine schmale Tür auf, unter der ich mich hindurchducken mußte, und wir traten auf die Brustwehren der Festung hinaus.

Alix deutete in eine bestimmte Richtung. »Dieser Turm ist ein Teil von Tynstars Privatgemächern. Es gibt eine Treppe, die nach unten führt. Wenn wir sie erreichen, können wir ungehindert hinabsteigen und in die Wachttürme eindringen.«

Ich ergriff ihre Hand, und wir liefen los, eilten auf den Turm zu. Ich hörte anderswo Kampfgeräusche, wußte aber, daß wir mengenmäßig völlig unterlegen waren. Und dann umrundeten wir den Turm, suchten nach einem Eingang, und ich blieb jäh stehen. Draußen auf dem Mauergang stand eine vertraute Gestalt ... *»Duncan!«*

Er fuhr herum wie ein in die Enge getriebenes Tier. Sein Blick wirkte erschreckt und ängstlich. »Nein!« schrie er.

Alix riß sich von meiner Hand los und wollte zu ihm laufen, während sie seinen Namen rief, aber etwas in Duncans Gesicht veranlaßte mich dazu, die Hand auszustrecken und sie am Arm zurückzuhalten. »Alix ... warte ...«

Das Mondlicht beschien sein Gesicht vollständig. Ich konnte das Heben und Senken seiner Brust sehen, während ihm der Schweiß die bloßen Arme hinablief. Seine Haar war ebenfalls schweißnaß. »Geht von hier fort… *jetzt*… Alix… zögere nicht!«

Alix versuchte sich erneut aus meinem Griff zu befreien, aber ich hielt sie fest. »Duncan… was sagst du da? Glaubst du, ich werde darauf hören…?« Sie wandte kurz den Kopf und sah mich an. »Laß mich *gehen*…«

Duncan trat einen Schritt auf uns zu und hielt dann inne. Er schaute in den schwarzen Nachthimmel hinauf. Dann sah er mich kurz an und streckte eine Hand nach Alix aus. »Nehmt sie mit, Carillon. Bringt sie von diesem Ort fort…« Er atmete tief und zitternd ein, und es schien, als wollte er zusammenbrechen. Dann sah ich im Mondlicht das Blut seinen linken Arm hinablaufen. »Hört Ihr mich? Geht jetzt, bevor…«

Was er hatte sagen wollen, wurde durch den Donnerschlag über unseren Köpfen verschluckt. Ich zuckte zurück, drückte mich flach an den Turm und zog Alix mit mir. Gleichzeitig mit dem Ausbruch des Donners brach Licht auf, das so hell war, daß es alles grellweiß färbte und uns die Sicht nahm.

»Habe ich euch jetzt alle?« erklang Tynstars schmeichelnde Stimme.

Dann sah ich ihn, wie er sich an der Mauer entlang von einem anderen Turm her näherte. Duncan stand zwischen dem Ihlini und uns. Er streckte eine Hand in meine Richtung aus und warf einen letzten Blick auf Alix. »Bringt sie von hier *fort*, Carillon! Sind wir nicht deshalb hergekommen?«

Daraufhin lief ich los, zog sie mit mir und brachte sie in den Turm. Ich achtete nicht auf ihren Widerspruch. Dieses eine Mal würde ich tun, was Duncan wollte, ohne törichte Fragen zu stellen.

Ich wagte nicht, eines unserer Pferde für Alix zu nehmen, aus Angst, daß es dann einem der Männer fehlen könnte. Also schwang ich mich auf mein Pferd, zog sie hinter mir hinauf und riß das Pferd in den Schatten gestaltgewandelter Felsen herum.

Alix' Arm legte sich um meine Taille. »Carillon... warte! Du kannst ihn nicht zurücklassen!«

Ich gab meinem Pferd die Sporen, ließ es aus dem rauchigen, stinkenden Nebel herauslaufen. Ich ließ es *davon*laufen, auf den Engpaß und die Freiheit zu.

»Carillon...«

»Ich vertraue seinem Können und seinem Willen!« rief ich über das Geräusch der klappernden Hufe hinweg. »Du nicht?«

Sie preßte sich an mich, während das Pferd über den Basalt schlidderte und rutschte. »Ich würde lieber hierbleiben und helfen...«

»Dort!« unterbrach ich sie. »Siehst du das? *Darum* sind wir geflohen...«

Die nächstgelegene Felsengestalt richtete sich gerade in dem Augenblick auf und schüttelte sich vom Boden frei. Sie sprang auf unser Pferd zu und streckte die Hände aus. Nein, nicht Hände: Tatzen und Krallen aus glasartigem Basalt.

Alix schrie auf und preßte sich an mich. Ich zügelte mit einer Hand mein Pferd und riß es beiseite, während ich Alix zurief, sich zu ducken. Wir warfen uns flach auf den Pferderücken, entgingen den zuschlagenden Krallen, und mein ausgestrecktes Schwert kratzte an der Bestie entlang. Funken flogen auf, als die Klinge kreischend auf Fels auftraf wie auf einen Schleifstein.

Wir ritten in fliegender Hast vorbei, während das Pferd um sein Gleichgewicht kämpfte. Steinsplitter flogen auf und schnitten in unsere Gesichter, als die eisenbeschlagenen Hufe tief in den Basalt eindrangen. Dann sah ich, daß sich alle Steingestalten bewegten und über den Boden schabten. Sie erreichten nicht die Geschwindigkeit fleischgeborener Wesen, versprachen aber Entsetzliches. Die meisten waren kaum erkennbar, da sie nur grob gestaltet waren, aber ich sah die gähnenden

Münder und wußte, daß sie uns leicht zermalmen konnten.

Und wieder sprang uns eine der Gestalten in den Weg. Ich brachte das Pferd sofort zum Stehen und ließ es sich aufbäumen, denn ich wußte, daß seine Hufe so auf den grausamen Fels auftreffen würden. Alix schrie auf und klammerte sich an mein Wams, hielt sich mühsam auf dem Pferd. Ich trieb das Tier unaufhörlich an, ließ es wieder weiterlaufen und sah die sich herabsenkenden Tatzen.

Ein Bär, kein Bär. Seine Gestalt war unbestimmt. Das Wesen rumpelte hinter uns her, unbeholfen auf seinen glasartigen Beinen, und doch dachte ich, es könnte uns erreichen. Das Pferd brach unter uns beinahe zusammen.

Rauch schoß neben uns empor: der Atem des Gottes selbst. Er sprühte mir mitten ins Gesicht, und ich spürte das Blut des Gottes. Es brannte – und wie es brannte –, und es fraß sich in meinen Bart. Aber ich wagte nicht, eine Hand an mein Gesicht zu heben, um die Gewalt über das Pferd – und mein Schwert – nicht zu verlieren.

Der Rauch schoß mit einem kreischenden Zischen hoch und blies uns seinen Zorn entgegen. Er stank nach dem faulen Geruch der Verwesung. Das Pferd sprang zur Seite und warf uns fast beide ab. Ich hörte Alix' überraschtes Keuchen. Sie rutschte auf eine Seite, umklammerte meinen Arm und zog sich wieder auf den glatten Pferderumpf hinauf. Ich hörte erneut den Schrei des Rauchs, als er aus der Erde hervorgespien wurde.

Die Schlucht wurde zunehmend von Felsen verengt. Der Paß winkte uns voran. Wir mußten nur dort hindurch und wären von den Bestien befreit. Aber dorthin zu gelangen wäre fast unmöglich, wenn das Pferd unter uns nachgäbe.

Ein weiterer Krater öffnete sich. Das Pferd lief mitten hinein und schrie, als die Hitze in seinen Bauch biß. Es wand sich und buckelte, nahm den Kopf zwischen die

Knie und warf uns nur zu leicht ab. Aber ich beklagte mich nicht, selbst als ich auf dem Fels aufschlug, denn die bärenartige Gestalt erwischte statt uns das Tier.

Ich richtete mich mühsam auf, der Schmerz in meinen Knochen raste. Ich hatte noch immer mein Schwert und zwei Füße zur Verfügung – und nicht die Absicht hierzubleiben. Ich trat zu Alix, die sich nach ihrem Sturz gerade aufrichtete, ergriff ihren Arm und zog sie von den Felsen hoch.

»Lauf«, sagte ich, und wir liefen.

Wir wichen den Steinbestien aus, sprangen über den Rauch und bahnten uns im Laufen unseren Weg. Wir keuchten, würgten und husteten gegen den Geruch an. Aber wir erreichten den Engpaß und liefen hindurch, wohl wissend, daß er zu eng war, um die Bestien hindurchzulassen. Wir ließen den Rauch und die Hitze hinter uns und traten wieder in die Welt hinaus.

Der Boden war hier und da mit Schnee bedeckt. Gekrümmte Bäume, deren Wurzeln sich über die Erde erstreckten und alle Kraft suchten, die sie in dem mageren Boden finden konnten, hingen von den Wänden herab. Hinter uns ragte die Schlucht mit ihrem Käfig voller Bestien und Rauch auf.

Alix hinkte neben mir her und umklammerte noch immer meine Hand. Sie war barfuß, und ich bezweifelte nicht, daß sie das Laufen schmerzte. Ihr Nachtgewand war zerrissen und an manchen Stellen verbrannt. Aber sie lief weiter, ohne sich zu beklagen, während ich mein Schwert fortsteckte.

Ich führte sie in den Schutz windgepeitschter Bäume, die an einem Felsen am Rand der Schlucht kauerten. Dort konnten wir uns verstecken und wieder zu Atem kommen, während wir auf die anderen warteten. Ich fand einen abgebrochenen Stumpf und setzte mich steif darauf, während ich vor Schmerz zischende Laute ausstieß. Meine stechenden Gelenke waren überanstrengt, und ich fühlte mich mindestens hundert Jahre alt. Ich konnte nicht mehr die Taten eines jüngeren Mannes vollbringen, obwohl erst fünfundzwanzig Jahre alt, denn mein Körper war zwanzig Jahre älter.

Alix stand neben mir. Ihre Hand lag auf meinem Kopf und glättete mein grau werdendes Haar. »Es tut mir leid, Carillon. Aber Tynstar hat Hand an uns alle gelegt.«

Ich sah im Mondlicht zu ihr hoch. »Hat er dir Schaden zugefügt?«

Sie zuckte die Achseln. »Was Tynstar getan hat, ist geschehen. Ich will nicht darüber sprechen.«

»Alix ...« Aber sie legte mir eine Hand auf den Mund und bat mich zu schweigen. Kurz darauf kauerte sie sich hin und schloß beide Hände um meinen Arm.

»Ich danke dir«, sagte sie weich. »*Leijhana tu'sai.* Was du für mich getan hast – und was du für mich *verloren* hast – ist mehr als ich verdiene.«

Ich zwang mich zu einem müden Lächeln. »Dein Sohn wird Prinz von Homana werden. Sicherlich bedeutet seine *Jehana* uns beiden viel.«

»Das hast du nicht für Donal getan.«

Ich seufzte. »Nein, ich habe es für dich getan, für mich selbst ... und für Duncan. Vielleicht vor allem für Duncan.« Ich streichelte mit meiner geschwollenen Hand ihr wirres Haar. »Er braucht dich, Alix. Mehr als ich es jemals für möglich gehalten hätte.«

Sie antwortete nicht. Wir saßen schweigend da, dicht beieinander, und warteten auf die anderen.

Die Krieger kehrten zu Fuß und zu Pferde einer nach dem anderen zurück. Einige kamen in *Lir*gestalt durch den Wald gelaufen oder geflogen. Wir waren nicht mehr so nahe, daß die Magie zunichte gemacht werden konnte. Aber als sie alle versammelt waren, merkte ich, daß mindestens vier Krieger zurückgeblieben waren. Ein hoher Preis für die Cheysuli. Das ließ alles noch schlimmer erscheinen.

In der Dämmerung kam schließlich auch Rowan zurück. Er und Gryffth ritten auf einem Pferd aus dem Engpaß heraus. Blut aus einer Kopfwunde hatte Rowans Lederkleidung dunkel gefärbt, aber es schien ihm dennoch recht gut zu gehen, wenn er auch erschöpft war. Er stieß Gryffth mit einem Ellbogen an, und ich sah, wie der Ellasier gegen Rowans Rücken sank. Ich stand auf, spürte das Knacken in beiden Knien und streckte die Hand aus, um Gryffth beim Absteigen zu helfen. Er hatte eine Verletzung an einer Schulter und einen Schnitt im Unterarm davongetragen, aber beide Wunden waren bereits verbunden.

Rowan stieg schwankend ab und schloß die Augen, während er eine Hand zum Kopf führte. Alix kniete sich neben ihn, als er sich hinsetzte, und scheitelte sein Haar, um sich die Wunde anzusehen. Er schluckte und zuckte zusammen, als ihre Finger die Schwellung fanden.

»Dies stammt nicht von einem Schwert«, stellte sie verwirrt fest.

»Nein. Sein Schwert zerbrach. Also nahm er eine Fackel und griff mich damit an. Ich konnte der Flamme ausweichen, aber nicht dem Eisen.« Er zuckte erneut zusammen. »Laßt es gut sein. Es wird von allein heilen.«

Alix trat von ihm fort. Einen Augenblick lang betrachtete sie die anderen, die bei ihrer Rettung verwundet worden waren, und ich merkte, wie diese Verantwortung sie niederdrückte. Ich war von uns allen der einzige Homaner. Die anderen waren, bis auf Gryffth, alle Cheysuli.

Der Ellasier lehnte an einem Felsen, einen Arm gegen die Rippen gepreßt. Sein sommersprossiges Gesicht wirkte im fahlen Sonnenlicht der Dämmerung aschfarben und war blut- und schmutzverschmiert, aber seine hellgrünen Augen zeigten noch immer Leben. Er fuhr sich mit einer Hand durchs Haar, so daß es stachelig hochstand. »Ich danke dem Allvater«, sagte er erschöpft. »Die meisten von uns sind freigekommen, und die Lady wurde befreit, wie wir es beabsichtigt hatten.«

»Und dafür danke *ich*«, sagte Duncan vom Bergrükken aus, und Alix fuhr herum.

Er kam herab und nahm sie in die Arme, drückte sie fest an seine Brust. Er preßte seine Wange in ihr wirres Haar, und ich bemerkte, wie blaß er aussah. Aus der Wunde an seinem linken Arm lief noch immer Blut. Ich sah, wie es seine Lederkleidung und jetzt auch ihr Gewand durchtränkte. Aber es schien sie beide nicht zu kümmern.

Ich stieß mich von meinem Baumstumpf hoch, bewegte mich dabei sehr steif und verfluchte mich selbst für meine Langsamkeit. Und dann stand ich still, um ihre Begrüßung nicht zu stören. Das war das wenigste, was ich tun konnte.

»Es geht mir gut«, antwortete Duncan auf ihre geflüsterte Frage. »Ich bin nicht schwer verletzt. Du brauchst keine Angst um mich zu haben.« Er schob eine Hand in ihren gelösten Zopf. »Was ist mit dir? Was hat er dir angetan?«

Alix, die sich noch immer an ihn preßte, schüttelte den Kopf. Ich konnte ihr Gesicht nicht sehen, nur seines. Die Erschöpfung war offensichtlich. Wie wir alle war auch er blutverschmiert und schmutzig und stank nach dem Atem der Unterwelt. Wie wir alle war auch er kaum noch fähig zu stehen.

Aber es lag noch mehr in seinem Blick. Das Wissen um einen furchtbaren Verlust.

Und ich verstand.

Duncan ließ Alix los und setzte sie auf den nächstgelegenen Baumstumpf, denjenigen, den ich freigemacht hatte. Und dann zog er schweigend das Gold von seinen Armen und legte es auf ihren Schoß. Mit flinken Fingern löste er den Ohrring und zog ihn von seinem Ohrläppchen. Er war ohne sein Gold nackt.

Obwohl noch immer lederbekleidet, war er ohne sein Gold nackt.

Und ein toter Mann ohne seinen *Lir*.

Er legte den Ohrring in ihre Hand. *»Tahlmorra lujhalla mei wiccan, Cheysu.«*

Sie erhob sich mit einem Schrei, und das Gold fiel aus ihrem Schoß und ihren Händen herab. »Duncan ... *nein* ...«

»Doch«, sagte er sanft. »Tynstar hat meinen *Lir* getötet.«

Langsam, zögernd, zitternd streckte sie ihre Hände aus, um ihn zu berühren. Zuerst sanft und dann fordernd. Ich sah, wie dunkel ihre Finger auf der Haut seines Arms wirkten, die niemals die Sonne gesehen hatte, da sie stets durch die *Lir*bänder davon abgeschirmt gewesen war. Ich sah, wie sie ihre Hände um diese Haut schloß, als könne sie so erreichen, daß er blieb.

»Ich bin leer«, sagte er. »Seelenlos und unvollständig. So kann ich nicht leben.«

Ihre Finger legten sich fester um seinen Arm. »Wenn du gehst«, sagte sie nachdrücklich, »wenn du mich verläßt, Duncan ... werde *ich* leer sein. *Ich* werde unvollständig sein.«

»Shansu«, sagte er, »ich habe keine Wahl. Das ist der Preis für den *Lir*bund.«

»Glaubst du, ich lasse dich gehen?« fragte sie. »Glaubst du, ich werde einfach zusehen, wie du mir den Rücken zuwendest? Glaubst du, ich werde *nichts* tun?«

»Nein. Und deshalb werde ich *dies* tun ...« Er ergriff sie, bevor sie sich regen konnte, und barg ihren Kopf mit beiden Händen. »*Cheysula,* ich habe dich sehr geliebt. Und darum werde ich deinen Kummer lindern ...«

»Nein!« Sie versuchte sich seinen Armen zu entziehen, aber er hielt sie zu fest. »Duncan ...«, sagte sie, »... nicht ...«

Als sie zusammensackte, fing er sie auf und hob sie

hoch. Eine Weile hielt er sie fest, die Augen in dem bleichen hageren Gesicht geschlossen, und dann sah er mich an. »Ihr müßt sie in Sicherheit bringen. Bringt sie nach Homana-Mujhar.« Er versuchte ruhig zu sprechen, aber es gelang ihm nicht. »Sie wird lange Zeit schlafen. Sorgt Euch nicht, wenn sie erwacht, denn sie wird scheinbar vergessen haben. Aber alles wird zurückkehren. Sie wird sich wieder an alles erinnern, und ich bezweifle nicht, daß sie dann sehr betrübt sein wird. Aber jetzt ... ist dieses Ende für uns beide das beste.«

Ich versuchte gegen den Krampf in meiner Kehle anzuschlucken. »Was ist mit Tynstar?«

»Er lebt noch«, sagte Duncan tonlos. »Als er Cai getötet hatte ... war mir nichts als Schmerz und Hilflosigkeit geblieben.« Er betrachtete erneut Alix' Gesicht, während sie in seinen nackten Armen schlief. Und dann brachte er sie zu mir und legte sie in meine Arme. »Liebt sie, Mylord Mujhar. Erspart ihr allen Schmerz, den Ihr ihr ersparen könnt.«

Ich sah die Tränen in seinen Augen, während er zurücktrat. Dann traf ein Fuß auf das eine Armband, das auf dem Boden lag, ließ es gegen ein anderes klingen, und er blieb jäh stehen. Er berührte seinen nackten Arm, als könne er den Verlust nicht fassen, und dann ging er davon.

Kapitel Neun

Donals junges Gesicht war angespannt und blaß. Er saß ruhig auf einem Stuhl und lauschte meinen Worten, aber ich bezweifelte, daß er mich wirklich hörte. Sein Geist befand sich anderswo, wählte sich seinen eigenen Weg. Ich konnte es ihm nicht vorwerfen. Ich hatte ihm gesagt, daß sein Vater tot sei.

Er blickte unverwandt zu Boden, die Hände im Schoß verschränkt, als könnten sie es nicht ertragen, getrennt zu sein. Die Haut über den Knöcheln war weiß.

»*Jehana*«, sagte er, mehr nicht.

»Deiner Mutter geht es gut. Sie … schläft. Dein Vater hat ihr diesen Schlaf geschenkt.«

Er nickte einmal, mehr nicht. Er schien zu verstehen. Und dann hob er die rechte Hand und berührte seinen linken Arm, um das schwere Gold zu betasten. Ich konnte es in seinem Geist erkennen: Auch er war ein Cheysuli, von *Lirs* gebunden, genauso sehr, wie sein Vater es gewesen war.

Donal sah zu mir hoch. Sein Gesicht wirkte völlig abwesend. Er sagte nur ein Wort: *»Tahlmorra.«*

Er war ein achtjähriger Junge. Mit acht Jahren hätte ich den Schmerz nicht ertragen können. Ich hätte geweint, ihn herausgeschrien, sogar vor Kummer gebrüllt. All das tat Donal nicht. Er war ein Cheysuli, und er kannte den Preis des *Lir*bundes.

Ich hatte daran gedacht, ihn vielleicht zu umarmen, um einen großen Teil seines Schmerzes zu lindern, und ihm zu erzählen, wie Duncan seine Mutter befreit hatte, um ihm das Gewicht des eingegangenen Wagnisses näherzubringen. Ich hatte auch daran gedacht, sein Schuldgefühl und seinen Kummer zu mildern, indem ich die meinen mit ihm geteilt hätte. Aber als ich ihn ansah, merkte ich, daß es nicht nötig war. Er wirkte fast reifer als ich.

Fremdartig, dachte ich, *so fremdartig. Wird Homana dich anerkennen?*

Ich hob Alix von ihrem Pferd. Sie lag leicht in meinen Armen, zu leicht. Ihr Gesicht war aschfarben. Sie war schließlich in Duncans Zelt zurückgekehrt – sechs Wochen nach seinem Tod –, und ich wußte, daß sie es nicht ertragen konnte.

Ich schwieg, hielt sie nur fest. Sie betrachtete das schieferfarbene Zelt mit seinem in Gold gemalten Falken und erinnerte sich an das Leben, das sie geteilt hatten. Sie vergaß sogar Donal, der zögernd von seinem Pferd glitt und mich flehend ansah.

»Geh hinein«, sagte ich zu ihm. »Es gehört dir ebenso wie ihm.«

Donal streckte eine Hand aus und berührte den Zelteingang. Und dann trat er ein.

»Carillon«, sagte sie. Nicht mehr. Es war nicht mehr nötig. Aller Kummer lag in diesem Ton.

Ich streckte die Arme aus und zog sie an meine Brust. Mit einer Hand streichelte ich ihr schweres Haar. »Verstehst du jetzt? Dies ist kein Ort für dich. Ich hätte schon früher etwas gesagt, aber ich wußte, daß es nichts nützen würde. Du mußtest es selbst merken.«

Sie hatte ihre Arme um mich gelegt. Ihre Schultern zuckten, während sie weinte.

»Komm mit mir zurück«, sagte ich. »Komm zurück nach Homana-Mujhar. Dein Platz ist jetzt dort, bei mir.« Ich wiegte sie sanft in meinen Armen. »Alix ... ich möchte, daß du bei mir bleibst.«

Sie wandte mir ihr Gesicht zu. »Ich kann nicht.«

»Sorge dich nicht wegen Electra. Sie wird nicht ewig leben – wenn sie tot ist, werde ich dich heiraten. Ich werde dich zur Königin von Homana machen. Bis dahin… wirst du dich damit begnügen müssen, lediglich eine Prinzessin zu sein.« Ich lächelte. »Das bist du. Du bist meine Cousine. Damit ist ein Rang verbunden.«

Sie schüttelte bedächtig den Kopf. »Ich kann nicht.«

Ich strich ihr das Haar aus dem Gesicht. »Während all dieser Jahre – sieben? acht? – war ich ein Narr. Ich habe anmaßend gelebt. Ich habe gesehen, was mein Onkel, den ich verabscheute, mich sehen lassen wollte. Aber jetzt bin ich etwas älter… älter sogar als *das*…«, ich lächelte ein wenig, dachte an meinen ergrauten Bart und an die schmerzenden Knochen, »…etwas weiser und sicherlich weniger geneigt, Dinge wie Rang und Brauch zu beachten. Ich wollte dich damals, und ich will dich jetzt – sag, daß du mit mir kommen wirst.«

»Ich schulde Duncan mehr als das.«

»Du schuldest ihm keine Einsamkeit. Alix… warte…« Ich legte meine Arme fester um sie, als sie sich zu befreien versuchte. »Ich weiß, wie tief du verletzt wurdest. Ich weiß, wie sehr es dich quält. Ich weiß, wie tief der Schmerz reicht. Aber ich denke, er wäre nicht überrascht, wenn wir uns zusammentun.« Ich erinnerte mich seiner letzten Worte und wußte, daß er es erwartet hätte. »Alix… ich werde dich nicht drängen. Ich werde dir alle Zeit lassen, die du brauchst. Aber verwehre mir dies nicht. Nicht nach all diesen Jahren.«

»Zeit spielt keine Rolle.« Sie stand starr in meinen Armen. »Und all diese Jahre sind vergangen. Es ist vorbei, Carillon. Ich kann nicht deine *Meijha* sein, und ich kann nicht deine Ehefrau sein.«

»Alix…«

»Bei den Göttern!« schrie sie. »Ich trage Tynstars Kind!«

Ich ließ sie sofort los und sah das Entsetzen in ihren Augen. »*Das* hat Tynstar dir angetan…«

»Er hat mich nicht geschlagen.« Ihre Stimme klang gefaßt. »Er hat mich nicht verletzt. Er hat mich nicht *gezwungen*.« Sie schloß die Augen. »Er hat mir einfach meinen Willen genommen und mir ein Kind gegeben.«

Ich dachte an Electra, auf die Kristallinsel verbannt, Electra, die das Kind des Magiers verloren hatte. Einen Erben. Nicht für mich oder für meinen Titel, sondern für Tynstars Macht. *Er* hatte dieses Kind verloren, und jetzt bekam er ein weiteres.

Ich konnte mich nicht rühren. Ich wollte meine Hände ausstrecken und sie berühren, ihr sagen, daß es mich nicht kümmerte, aber sie kannte mich besser. Ich konnte mich nicht rühren. Ich konnte nur an den Ihlini und an seinen Bastard in Alix' Bauch denken.

Alix wandte sich von mir ab. Sie trat zögernd auf das Zelt zu, streckte eine Hand aus und zog den Zelteingang zurück, schaute aber nicht hinein. »Kommst du mit? Oder gehst du zurück?«

Ich schloß kurz die Augen, denn das Wissen schmerzte noch immer. Ich verlor sie erneut, aber dieses Mal nicht an Duncan, nicht einmal an Duncans Erinnerung. Das hätte ich vielleicht erwartet.

Aber nicht dies, nicht, sie an *Tynstar* zu verlieren. An einen Ihlinibastard!

Bei allen Göttern, es schmerzte. Es schmerzte wie ein Messer in meinen Eingeweiden. Ich wollte den Schmerz ausspeien.

Und dann dachte ich an ihren Schmerz.

Ich atmete aus, sah sie an und konnte erkennen, daß es für sie noch viel schlimmer war. Und ich wollte ihren Kummer nicht noch verstärken, indem ich nutzlose Racheschwüre leistete. Es stand bereits genug zwischen Tynstar und mir. Eines Tages würden wir es bereinigen.

Ich trat zu ihr. Ich hielt den Zelteingang für sie auf und bedeutete ihr hineinzugehen. Und dann betraten wir beide das Zelt, und ich sah Finn neben dem Feuer.

Sein Gesicht wurde hell beleuchtet. Ich sah erneut die verfärbte Narbe, die Wange und Kinn entstellte, und das Silber in seinem Haar. Dann stand er auf, und ich merkte, daß er dünn geworden war. Das Gold schien schwerer an seinen Armen zu hängen.

»*Meijha*«, sagte er. »Es tut mir leid. Aber ein *Tahlmorra* kann nicht abgelehnt werden. Nicht von einem Ehrenmann, und das war mein *Rujho* stets.«

Alix stand ganz still, aber ihr Atem klang laut in dem Zelt. »Du *wußtest* ...?«

»Ich wußte, daß er sterben würde. Er wußte es auch. Nicht wie er sterben würde, nicht wann, nicht den Namen desjenigen, der seinen Tod verursachen würde. Nur daß es geschehen würde.« Er hielt inne. »*Meijhana*, es tut mir leid. Ich würde ihn dir zurückgeben, wenn ich könnte.«

Sie trat zu ihm. Ich sah, daß sie etwas zögerte. Ich sah, wie er die Arme um sie legte und seine narbige Wange an ihr Haar legte. Ich sah ihren Kummer auf seinem Gesicht widergespiegelt.

»Wenn ein *Lir* verloren ist, wissen die anderen es sofort«, sagte er. »Storr hat es mir gesagt... aber ich konnte nicht früher kommen. Ich hatte noch etwas zu erledigen.«

Ich war von all den Empfindungen ausgelaugt. Ich mußte mich hinsetzen. Aber ich tat es nicht. Ich stand da und wartete und sah Donal in den Schatten. Er saß zwischen zwei Wölfen: einer ein junger rötlicher Rüde, der andere der ältere, weisere Storr mit den bernsteinfarbenen Augen.

Alix entzog sich Finns Armen, aber sie trat nicht fort. Ich sah, daß eine seiner Hände in ihrem Haar verweilte, als könne er es nicht loslassen. Eine seltsame Geste, wenn man bedachte, wie er zu Torry stand. Aber andererseits konnte ich es ihm nicht vorwerfen, denn Alix brauchte Trost. Und Finn würde sie zweifellos am besten trösten können. Er war ihr Bruder, aber auch Duncans Bruder. Es war eine stärkere Blutsverwandtschaft als die zwischen Cousins.

Ich seufzte. »Electra wurde verbannt. Sie lebt auf der

Kristallinsel. Es besteht kein Zweifel an ihrer Mitschuld an Tynstars Versuch, mich zu töten. Wenn du wolltest, könntest du deinen alten Platz wieder einnehmen.«

Er blieb ernst. »Diese Zeit ist vorüber. Ein Blutschwur, der einmal gebrochen wird, kann niemals wieder heilen. Ich komme nach Hause, ja, um wieder im Keep zu leben –, aber mehr nicht. Mein Platz ist jetzt hier. Sie haben mich zum Stammesführer der Cheysuli ernannt.«

Alix sah ihn scharf an. »Dich? An Duncans Stelle?« Sie hielt den Atem an und fuhr dann fort: »Ich dachte, solche Dinge wären nichts für dich.«

»Solche Dinge waren etwas für meinen *Rujho*«, stimmte er ihr zu, mit Ernsthaftigkeit und Ironie, wie es bei Duncan häufig der Fall war, »aber die Dinge ändern sich. Die Menschen ändern sich. Torry hat mich verändert.« Er zuckte die Achseln. »Ich habe ein wenig ... Frieden erfahren.«

Er gebrauchte das homanische Wort. Mir gefiel *shansu* besser.

»Es tut mir leid um die Zeit, die du verloren hast«, sagte ich. »Ich hätte dich niemals fortschicken sollen.«

Er schüttelte den Kopf. »Du hattest keine Wahl. Ich habe das verstanden, als Torry es mir erklärt hat. Ich werfe es dir nicht vor. Du hast sie mit mir gehen lassen. Du hättest sie zwingen können zu bleiben.«

»Damit du sie mir fortnehmen würdest?« Ich schüttelte den Kopf. »Nein. Ich wußte, daß der Versuch dich aufzuhalten töricht gewesen wäre.«

»Du hättest es dennoch versuchen sollen«, sagte er. »Du hättest sie bei dir behalten sollen. Du hättest sie mit dem ellasischen Prinzen verheiraten sollen ... denn dann würde sie noch leben.«

Ich spürte alle Kraft aus mir entweichen. Das Zelt drehte sich um mich. Die Feuerstelle war nur ein Lichtfleck in meinem Schädel. »Torry ist ... *tot*?«

»Ja. Zwei Tage, bevor Duncan seinen *Lir* verloren hat. Darum konnte ich nicht früher kommen.«

»Finn«, sagte Alix, »o Finn ... *nein* ...«

»Ja«, bestätigte er rauh, und ich sah den neuerlichen Schmerz in seinem Blick, der den Schmerz in meinen Augen widerspiegelte.

Ich wandte mich um, um hinauszugehen. Ich konnte nicht bleiben. Ich konnte es nicht ertragen, ihn zu sehen, zu wissen, wie sehr sie ihn geliebt hatte. Ich konnte den Kummer nicht ertragen. Ich mußte das allein bewältigen.

Und dann hörte ich das Kind schreien – und der Klang schnitt durch mich hindurch wie ein Messer.

Finn ließ Alix los. Er wandte sich um und zog den Vorhang zur Seite. Ich sah, wie er sich hinkniete und ein Bündel vom Bett nahm. Er war sanft. So sanft, wie ich ihn noch niemals erlebt hatte. Es paßte nicht zu ihm. Aber dann schien es ihm gut zu stehen – als ich den Schreck erst überwunden hatte.

Er brachte das Bündel zu uns herüber und zog die Hüllen von einem kleinen Gesicht zurück. »Ihr Name ist Meghan«, sagte er. »Sie ist vier Monate alt ... und hungrig. Torry ... konnte sie nicht stillen, also wurde ich zum Dieb.« Er lächelte flüchtig. »Die Kühe waren nicht immer willig, gemolken zu werden.«

Meghan schrie weiter. Finn runzelte die Stirn und legte sie in seinen Armen zurecht, versuchte sie bequemer zu halten, aber schließlich schaltete sich Alix ein. Sie nahm Finn das Kind aus den Armen und schickte Donal auf die Suche nach einer Frau mit einem Kleinkind. Sie warf Finn einen Blick zu, bevor sie Donal hinaus folgte. »Kein Milchdiebstahl mehr, *Rujho*. Ich werde deinen Stolz retten, indem ich eine Amme für sie finde.«

Ich sah einen Schatten seines vertrauten Grinsens, während sie aus dem Zelt schlüpfte. Es nahm seinem Gesicht die Härte und milderte den Schmerz in seinen Augen. Jetzt erst erkannte ich, daß er mehr als einen Bruder verloren hatte.

Und ich hatte eine Schwester verloren. »Götter«, sagte ich, »was ist geschehen? Wie ist Torry gestorben? Warum ... *warum*?«

Das Lächeln verging. Finn setzte sich langsam hin und bedeutete mir, es ihm gleichzutun. Nach zehn Monaten, einer zu langen Zeit, waren wir wieder beisammen. »Sie war nicht für Entbehrungen geschaffen«, sagte er. »Sie war stolz und stark und entschlossen, aber sie war nicht für Entbehrungen geschaffen. Und ein Kind zu tragen...« Er schüttelte den Kopf. »Ich bemerkte ungefähr drei Monate, nachdem wir Homana-Mujhar verlassen hatten, daß sie krank wurde. *Sie* behauptete, es sei nichts, ein Fieber, das schwangere Frauen manchmal bekämen. Ich dachte, das könnte tatsächlich der Grund sein. Wie sollte ich es besser wissen? Ich hatte nicht erwartet, daß sie lügen würde.« Er fuhr sich mit einer Hand durchs Haar und strich es aus dem Gesicht. Er war hager, zu hager, und Entbehrungen paßten zu ihm genauso wenig wie sie zu ihr gepaßt hatten.

»Erzähle weiter«, sagte ich.

»Als ich sah, daß es ihr nicht besser ging, brachte ich sie in ein Dorf. Ich dachte, sie bräuchte die Gesellschaft von Frauen und einen besseren Schutz als nur das einfache Zelt, das ich ihr bot. Aber... sie duldeten mich nicht. Sie nannten mich Gestaltwandler. Sie nannten mich Dämon. Sie nannten sie Hure und das Kind Dämonengezücht, ein Werk der Magie.« Der Zorn stand in seinen Augen, und ich sah erneut das Tier, wenn auch nur einen Augenblick lang. Aber ich sah auch die Schuld, die er auf sich geladen hatte. »Shaine ist tot und das *Qu'mahlin* beendet... aber viele Menschen ziehen es vor, es fortzusetzen. Und so gebar sie Meghan in dem kümmerlichen Schutz, den ich ihr bieten konnte, und wurde an jedem folgenden Tag schwächer.« Er schloß die Augen. »Die Götter wollten meine Bitten nicht erhören, selbst als ich mich selbst darbot. Also gab ich ihr

Cheysuligeleit, als sie gestorben war, und brachte ihre Tochter nach Hause.«

Ich dachte an Torry, wie sie schwach und krank dagelegen haben mußte. Ich dachte an Torry, wie sie das Kind gebar. Ich dachte an die Homaner, die sie wegen Finn verflucht hatten, wegen Shaines *Qu'mahlin*. Und ich dachte daran, wie hilflos ich als König war, wenn es darum ging, die Gewalt meines Onkels aufzuhalten.

»Es tut mir leid, Carillon«, sagte Finn. »Ich wollte nicht, daß du sie zweimal verlierst.«

»Gib Shaine die Schuld dafür«, antwortete ich müde. »Mein Onkel hat meine Schwester getötet.« Ich betrachtete ihn über das Feuer hinweg. »Willst du Meghan hierbehalten?«

»Dies ist ihr Zuhause«, wiederholte er. »Wo sonst sollte Meghan leben?«

»In Homana-Mujhar«, sagte ich. »Sie ist eine Prinzessin von Homana.«

Er sah mich an. »Hast du nichts dazugelernt? Bist du noch immer durch *Ränge* gebunden? Bei den Göttern, Carillon, ich dachte, du hättest es inzwischen begriffen...«

»Das habe ich«, sagte ich. »Das habe ich. Ich will sie nicht nehmen. Ich wollte nur, daß du nachdenkst. Du hast zugegeben, daß Torry gestorben ist, weil die Entbehrungen für sie zu hart waren. Willst du deiner Tochter dasselbe Leben zumuten?«

»Ich gebe ihr einen Keep«, sagte er weich. »Ich gebe ihr, was ihr Blut verlangt: das Erbe eines Cheysuli.«

Ich lächelte. »Wer spricht jetzt von Rängen? Du hast dich immer für besser als die Homaner gehalten.«

Er zuckte die Achseln. »Wir sind so, wie die Götter uns gemacht haben.«

Ich lachte. Ich stand auf, und meine Knie knackten, während ich meine Gelenke zu lockern versuchte. Der Ritt hatte mich viel Kraft gekostet. Finn erhob sich ebenfalls schweigend. Er wartete einfach ab. »Die Entbehrungen haben dich viel Kraft gekostet«, sagte ich grob.

»Alix muß dich aufpäppeln. Du wirkst jetzt älter als du wirklich bist.«

Seine schwarzen Brauen hoben sich. »Wer von Alter spricht, sollte in die Silberplatte schauen.«

»Das habe ich getan«, sagte ich, »und sie dann zur Wand umgedreht.« Ich grinste, streckte eine Hand aus und umfaßte wieder seinen Arm. »Sorge gut für Meghan und bringe sie oft zu mir. Sie hat außer dem Gestaltwandlererbe auch noch anderes Blut, und ich würde dafür sorgen, daß sie es erfährt.«

Finns Griff war fest. »Ich bezweifle nicht, daß deine *Tochter* einen Gefährten braucht. Aber der Mujhar von Homana braucht keinen einzelnen Gefolgsmann. Er hatte alle Cheysulistämme zur Verfügung, die ihm helfen, wenn ihm Hilfe fehlt.«

»Dennoch möchte ich, daß du das Messer zurücknimmst«, sagte ich. Ich zog es aus der Scheide. Das Goldheft schimmerte weich im Licht der Feuerstelle: der wilde homanische Löwe und eine Klinge aus reinstem Stahl.

Ich dachte, er würde es nicht annehmen. Ein anderes steckte in seiner Scheide, eines, das von Cheysuli gemacht war. Aber er streckte seine Hand aus und nahm es entgegen, auch wenn diese Geste nicht von Blutschwüren begleitet wurde.

»Ja'hai-na«, sagte er ruhig.

Ich verließ schweigend das Zelt.

Mein Pferd wartete. Ich nahm die Zügel an mich, stieg aber nicht sofort auf. Ich dachte an Alix, die sich um Meghan kümmerte, und an das Kind in ihrem Bauch. Sie würde Finn brauchen. Sie würde Meghan brauchen. Sie würde alle Kraft der Cheysuli brauchen, wenn Tynstars Kind geboren wurde. Und ich wußte, daß sie sie reichlich bekommen würde.

Ich wartete noch, denn ich spürte etwas Vertrautes. Ich konnte es nicht benennen, aber dann erkannte ich es plötzlich. Es war eine Flöte, eine süß klingende Cheysuliflöte. Die Melodie war sehr einfach, ich kannte sie nur zu gut. Das letzte Mal hatte ich sie auf einer Harfe gespielt gehört, von den Händen eines Meisters gezupft. Es waren Lachlans Hände gewesen, die das ›Lied von Homana‹ gespielt hatten. Und jetzt war es in den Keep gelangt.

Ich grinste. Dann lachte ich. Ich stieg auf mein Pferd und wendete es, endlich bereit zu gehen, aber Donal stand mir im Weg. Er hob eine Hand und berührte die Nüstern des Hengstes, während ich ihn zügelte. Lorn saß an seiner linken Seite.

»Cousin«, sagte Donal, »kann ich mitkommen?«

»Ich reite zurück nach Homana-Mujhar.«

»*Jehana* hat gesagt, ich dürfte mitgehen.« Er grinste ein Grinsen, das mir bekannt war.

Ich beugte mich herab, streckte meine Hand aus und hob ihn mit einem Schwung hoch, während er sich gleichzeitig abstieß. Er machte es sich im Sattel hinter mir bequem. »Halt dich fest«, sagte ich. »Das königliche Pferd könnte uns sonst abwerfen.«

Donal lehnte sich gegen meinen Rücken. »Soll es das doch *versuchen*.«

Ich lachte. »Würdest du mich gern herabfallen sehen?«

»Ihr würdet nicht herabfallen. Ihr seid der Mujhar von Homana.«

»Ein Pferd kennt keine Titel. Es kennt nur zusätzliches Gewicht.« Ich drängte den Hengst voran und spürte, wie er den Rücken durchbog. Aber kurz darauf beruhigte er sich.

»Seht Ihr?« fragte Donal, während der Wolf neben dem Pferd dahintrottete. Ich suchte nach Taj und fand ihn als kleines Pünktchen am Himmel.

»Ich sehe«, bestätigte ich. »Wollen wir galoppieren?«

»Ja!« stimmte er begeistert zu, und wir galoppierten los.